죄와 벌 1

죄와 벌 1

표도르 도스토옙스키 | 김학수 옮김

문예출판사

Преступление и наказание

Фёдор Михайлович Достоевский

차례

- 이 책은 1971년(도스토옙스키 탄생 150주년)에 출간된 김학수 교수의 번역본을 재편집한 것이다.

- 이 책의 번역 저본으로는 '도스토옙스키 전집'(10권) 가운데 제5권(Фёдор Михáйлович Достоéвский, Преступление и наказание, Москва, 1957)을 사용했다.

- 본문의 주석은 모두 옮긴이 주다.

- 원서에서 강조된 부분은 굵은 글씨로 표기했다.

등장 인물

라스콜니코프 본명은 로지온 로마느이치 라스콜니코프. 애칭은 로쟈, 로
젠카. 병적일 정도로 이성적이며 명석한 두뇌를 가진 법과 대학 중퇴생
풀헤리야 알렉산드로브나 라스콜니코바 라스콜니코프의 어머니
두냐 본명은 아브도치야 로마노브나 라스콜니코바. 애칭은 두네치카.
라스콜니코프의 여동생

소냐 본명은 소피야 세묘노브나 마르멜라도바. 애칭은 소네치카. 전직
9등관의 딸로 매춘부
마르멜라도프 본명은 세묜 자하르이치 마르멜라도프. 전직 9등관이며,
불행한 주정뱅이
카체리나 이바노브나 마르멜라도바 마르멜라도프의 두 번째 아내. 폐병
환자

라주미힌 본명은 드미트리 프로코피치 라주미힌. 라스콜니코프의 친구.
포르피리 페트로비치 예심판사
조시모프 의사. 라주미힌의 친구

알료나 이바노브나 고리대금업을 하는 전당포 노파

리자베타 이바노브나 알료나의 여동생

스비드리가일로프 본명은 아르카지 이바노비치 스비드리가일로프. 두
냐가 가정교사로 일했던 집의 가장

마르파 페트로브나 스비드리가일로프의 부인

루쥔 본명은 표트르 페트로비치 루쥔. 두냐의 약혼자

니코짐 포미치 경찰서 서장

일리야 페트로비치 경찰서 부서장

자묘토프 본명은 알렉산드르 그리고리예비치 자묘토프. 경찰서 사무관

프라스코비야 자르니츠이나 라스콜니코프가 세 든 하숙집의 주인아주
머니

나스타시야 라스콜니코프가 세 든 하숙집의 하녀

리페베흐젤 아말리야 이바노브나(표도로브나, 류드비고브나). 마르멜라도
프 가족의 셋집 여주인

레베쟈트니코프 본명은 안드레이 세묘느이치 레베쟈트니코프. 마르멜
라도프 가족의 이웃

니콜라이(미콜라이, 미콜카) 칠장이

드미트리(미트레이, 미치카) 니콜라이의 동료

1부

1

7월 초순 찌는 듯이 무더운 어느 날 저녁 무렵, 한 젊은이가 셋집에 하숙하는 S골목의 자기 방에서 거리로 나오자, 어쩐지 좀 망설이는 듯한 걸음걸이로 어슬렁어슬렁 K다리 쪽으로 걷기 시작했다.

그는 다행히도 층계에서 안주인과 얼굴을 마주치지 않고 빠져나올 수 있었다. 그의 방은 높다란 5층집의 바로 지붕 밑에 있었는데, 사람 사는 방이라기보다는 오히려 장롱에 가까웠다. 이 조그만 방을 하녀와 식사를 포함해 빌려주는 하숙집 안주인은 한 층 밑의 딴 방에 살고 있었으므로, 밖에 나가자면 거의 언제나 층계 쪽으로 활짝 열려 있는 주인집 부엌 옆을 반드시 통과해야만 했다. 그래서 청년은 그 옆을 지나갈 때마다 언제나 그 어떤 병적인 두려움 같은 것을 느끼곤 했고, 그러한 자신을 부끄럽게 생각하며 얼굴을 찌푸렸다. 하숙비가 잔뜩 밀려 있었으므로 얼굴을 마주치기가 두려웠던 것이다.

그렇다고는 하지만, 그가 그렇게까지 겁이 많고 나약한 사내는 아니었다. 오히려 그와는 정반대였다. 그러던 것이 얼마 전부터 그는 우울증 같은 흥분하기 쉬운 긴장 상태에 빠져 있었다. 그는 골똘히 자기 생각에만 몰두하면서 고독한 생활을 하고 있었으므로, 안주인뿐만 아니라 누구하고도 얼굴을 마주치기가 두려웠다. 그는 가난에 쪼들리고 있었다. 그러나 이 고통스러운 상태마저도 최근에 와서는 그를 괴롭힐 수 없었다. 반드시

해야 할 당면한 일까지도 모두 내동댕이친 채 손을 대려고도 하지 않았다. 사실 말이지, 상대방이 어떤 일을 꾸미든 간에 그는 하숙집 안주인 따위는 조금도 두려울 것이 없었다. 그러나 층계 위에 서서 자기에겐 아무 소용도 없는 어리석기 짝이 없는 자질구레한 이야기며, 끈덕진 방세 독촉이며, 협박이며, 애걸복걸하는 온갖 넋두리를 고스란히 들어준 다음 이쪽은 또 이쪽대로 상대방을 달래거나 사과하거나 거짓말을 하기보다는, 차라리 고양이처럼 살그머니 층계를 빠져나와 누구의 눈에도 띄지 않게 감쪽같이 자취를 감추어버리는 편이 훨씬 나았다.

그러나 일단 거리에 나와버리자, 빚진 여자하고 만나는 것을 그렇게까지 두려워했던 자신에게 그는 저도 모르게 깜짝 놀라지 않을 수 없었다.

'그 정도의 큰일을 단행하려는 주제에 그런 사소한 일에 두려움을 느끼다니!' 하고 그는 기묘하게 웃으면서 생각했다.

'흠, 그렇다…… 모든 것은 인간의 손아귀에 달려 있다, 그런데도 인간은 그 모든 것이 코 옆을 스쳐가도록 내버려두고 있다, 그 이유는 단 하나, 겁쟁이기 때문이다…… 이것은 이미 하나의 공리라고 할 수 있다…… 그런데 인간은 무엇을 가장 무서워하는 것일까? 새로운 첫걸음, 새로운 자기 자신의 말을 무엇보다도 무서워하고 있다. 그건 그렇고, 나는 너무 지껄이는 것 같군. 너무 많이 지껄이기 때문에 아무것도 하지 못하는 것이다. 아니, 아무것도 하지 못하기 때문에 너무 지껄이는지도 모른다. 나는 지난 한 달 동안 밤낮 방구석에만 누워서…… 옛날이야기 같은 것을 생각하고 있는 사이에 그 지껄이는 버릇을 배워버리고 말았다. 그건 그렇고, 나는 무엇 때문에 지금 걷고 있을까? 과연 나는 **그런** 일을 해낼 수 있을까? 과연 **그것은** 진실한 얘기일까? 천만에, 진실하기는커녕 공상을 위한 공상으로 자기 자신을 달래고 있을 뿐이다. 노리개다! 그렇다, 노리개라고 하는 편이 어울린다!'

거리는 숨이 막힐 정도로 무더웠다. 게다가 답답한 공기, 거리의 혼잡, 여기저기 널브러져 있는 석회, 건축장의 발판, 벽돌, 먼지 그리고 별장을 빌릴 능력이 없는 페테르부르크 사람이라면 누구나 잘 알고 있는 그 독특한 여름의 악취…… 이 모든 것이 거의 하나가 되어, 그렇지 않아도 뒤범벅이 되고 있는 청년의 신경을 불쾌하게 자극했다. 시내에서도 특히 이 근처에 널리 흩어져 있는 술집에서 풍기는 참을 수 없는 악취, 게다가 근무 시간인데도 쉴 새 없이 마주치는 주정뱅이의 모습들이 이러한 정경의 추악하고 우울한 색채를 더욱 짙게 해주고 있었다. 말할 수 없이 깊은 혐오의 빛이 일순간 청년의 섬세한 얼굴을 스치고 지나갔다. 겸해서 말해두지만, 그는 아름다운 검은 눈에 밤색 머리를 한 보기 드문 미남자로서, 키는 중키보다 크고 날씬한 몸매에 균형 잡힌 체격이었다. 그러나 그는 곧 깊은 명상, 아니 명상이라기보다는 그 어떤 망각 상태에 빠지기라도 한 듯이 이미 주위의 사물에는 주의를 돌리지도 않고, 또 돌리려고도 하지 않으면서 앞으로 걸어가고 있었다. 그는 가끔 혼잣말로 무슨 말인가를 중얼거리곤 했다. 방금 그 자신도 고백했듯이, 독백의 습관에서 나오는 것이었다. 그리고 바로 그 순간, 그는 자기 생각이 가끔 뒤범벅이 되고 몸이 극도로 쇠약해졌다는 것을 느꼈다. 그는 이틀째 거의 아무것도 먹지 못했다.

그는 매우 허술한 옷차림을 하고 있었다. 다른 사람 같으면, 비록 그런 것에 익숙한 사람이라 할지라도, 이런 누더기 옷을 입고 대낮에 거리로 나오기가 부끄러웠을 정도였다. 그러나 이 구역은 복장 같은 것으로 남을 놀라게 하기는 힘든 곳이었다. 센나야 광장이 가까이에 있고, 소문난 집들이 수없이 널려 있는 사창가, 특히 이곳 중부 페테르부르크의 거리와 뒷골목에 들끓는 직공과 노동자의 무리…… 이런 것들이 가끔 이 부근 일대의 거리 풍경을 괴상한 색채의 인간들로 얼룩지게 하므로, 색다른 사람을 보고 놀란다면 오히려 놀라는 쪽이 더 이상할 정도였다. 그러나 청년의 마음속에는 증오 어린 멸시감이 쌓이고 또 쌓여 있었으므로, 때때로 느끼곤 하는 그 젊은이다운 섬세한 감수성에도, 그는 거리에서 자기의 누더기 옷을 조금도 부끄럽다고 생각하지는 않았다. 하기야 안면깨나 있는 사람이나 대체로 만나기를 꺼리는 옛 친구 따위와 만났을 때는 또 별문제일 수 있다……. 그러는 사이에 엄청나게 큰 말이 끄는 커다란 짐마차에 올라탄 주정뱅이가, 지금쯤 무슨 일로 어디에 가는지는 모르지만 거리를 지나가면서 느닷없이 그에게 "야, 이 독일 모자 쓴 놈아!" 하고 소리치고는 삿대질을 하며 목이 터져라 외쳐댔다. 그러자 청년은 흠칫 걸음을 멈추고 떨리는 손으로 자기 모자를 움켜잡았다. 그 모자는 운두가 높고 둥근 '침메르만'제(製)였지만, 이미 낡을 대로 낡아서 완전히 불그죽죽하게 변하고 온통 구멍과 얼룩투성이인 데다 테두리가 떨어져 나가고, 한쪽 귀퉁이가 보기에도 민망스럽게 옆으로 휘어 있었다. 그러나 그를 사로잡은 것은 수치심이 아니라, 그와는 전혀 다른, 오히려 그 어떤 경악과도 흡사한 감정이었다.

"내 그럴 줄 알았어!" 하고 그는 당황한 표정으로 중얼거렸다.

"그럴 줄 알았다니까! 무엇보다도 이런 게 나쁘단 말이야! 이렇게 하잘것없고 사소한 일이 모든 계획을 망쳐버릴 수도 있는 거야! 그래, 이 모자는 너무 눈에 띄기 쉬워…… 꼴불견이기 때문에 눈에 띄기 쉬운 거야…… 이런 누더기 옷에는 아무리 낡은 빵떡 같은 거라도 학생모가 제일이야, 이런 벙거지 같은 거론 안 돼. 이런 걸 쓰고 다니는 사람은 하나도 없잖냐 말이다. 1킬로미터 밖에서도 눈에 띄어 꼭 기억해버릴 거야…… 중요한 것은, 나중에라도 기억에 남는다는 거다. 그렇게 되면 그게 곧 증거가 되니까. 지금은 되도록 남의 눈에 띄지 않아야 한다…… 사소한 것, 사소한 것일수록 중요하다! 이런 사소한 일이 왕왕 전체를 망쳐버리거든……."

그는 그다지 오래 걷지는 않았다. 자기 집 문간에서 몇 걸음 된다는 것까지도 그는 알고 있었다. 정확히 730보였다. 언젠가 골똘히 공상에 사로잡혀 있을 때, 어째선지 그는 우연히 세어본 적이 있었다. 그때만 해도 그 자신은 자기의 공상을 믿지 않았다. 다만 추악하면서도 매력적이고 대담무쌍한 망상으로 자기 자신을 자극하고 있었을 뿐이다. 그랬는데 그로부터 한 달이 지난 지금에 와서는 전혀 딴 눈으로 보게 되었다. 그리고 자신의 무기력과 나약성에 대해서 온갖 자조적인 독백을 되풀이하면서, 저도 모르는 사이에 그 '추악'한 공상을 이미 하나의 계획처럼 생각하는 버릇이 붙고 말았다. 그러면서도 그는 여전히 자신을 믿는 것은 아니었지만, 지금 자기의 계획을 **시험**해보려고 걸어가고 있었다. 한 걸음, 한 걸음 발을 내디딜 때마다 그의 가슴 고동은 점점 심해갔다.

그는 심장이 꺼지는 듯한 느낌과 신경의 전율을 느끼면서 한쪽은 개천, 또 한쪽은 ○○거리에 접해 있는 굉장히 큰 건물로 다가갔다. 이 집은 전체가 여러 개의 작은 아파트로 되어 있었고, 온갖 종류의 사람들, 가령 재단사, 자물쇠 장수, 여자 요리사, 각양각색의 독일인, 자기 몸을 팔아 살아가는 여자들, 하급 관리 등이 살고 있었다. 그래서 두 개의 출입문 밑과 두 개의 안뜰에는 언제나 집안을 드나드는 사람들로 붐볐다. 거기에는 또 문지기 서넛이 있었다. 청년은 어느 문지기하고도 마주치지 않았으므로 지극히 만족한 표정으로 문에서 곧 오른편 층계 쪽으로 미끄러지듯 숨어 들어갔다. 그것은 어둡고 좁은 '뒤 층계'였다. 이미 그는 이 모든 것을 알고 있었고, 또 잘 조사해두었다. 그리고 이러한 모든 조건이 마음에 들었다. 이렇게 어두운 곳이라면, 아무리 호기심이 강한 시선이라도 위험할 리가 없겠기 때문이다. '지금부터 이렇게 겁을 집어먹으면 정작 **실행**할 단계에 가서 실제로 무슨 일이라도 일어날 경우 도대체 어쩔 셈인가?' 하고 4층으로 올라가면서 그는 문득 생각했다. 그런데 거기서 어느 아파트에서 가구를 들어내고 있는 군인 출신 인부들이 그의 앞길을 가로막았다. 이 아파트에는 가족을 거느린 독일인 관리가 산다는 것을 그는 전부터 알고 있었다.

'아하, 그 독일인이 이사를 가는 모양이군. 그러면 이 층계, 이 입구로 통하는 4층엔 당분간 노파의 방 하나만 남는 셈이다…… 그거 참 잘됐다…… 만일의 경우를 생각해서도…….'

그는 다시 이렇게 생각하고 노파의 방 초인종을 울렸다. 초인종은 놋쇠가 아니라 함석으로 만든 듯이 약하게 울려 퍼졌다. 이런 집의 조그만 아파트에는 으레 이런 초인종이 붙어 있게 마련이다. 그는 벌써 종소리 같은 것은 완전히 잊고 있었다. 그런데 지금 그 특이한 음향은 불현듯 그에게 어떤 것을 상기하고, 무엇인가를 생생히 떠오르게 한 것 같았다…….

그는 부르르 몸을 떨었다. 그는 지금 극도로 신경이 쇠약해 있었다. 잠시 후 빠끔히 문이 열리더니, 그 틈바귀로 여주인이 자못 경계하는 듯한 눈초리로 손님을 훑어보았다. 어둠 속에서 그 조그마한 눈만이 반짝반짝 빛나 보였다. 그러나 층계 입구에 많은 사람이 있는 것을 보고 노파는 용기를 내어 문을 활짝 열었다. 청년은 문지방을 넘어서 칸막이로 차단된 어두컴컴한 문간방으로 들어갔다. 칸막이 저쪽은 좁은 부엌이었다. 노파는 말없이 그의 앞에 버티고 서서 미심쩍은 눈초리로 바라보았다. 그녀는 심술궂은 날카로운 눈과 조그만 뾰족코를 한, 체소하고 깡마른 예순 살 안팎의 노파였는데, 머리에는 아무것도 쓰고 있지 않았다. 드문드문 흰머리가 보이는 아마 빛 머리에는 머릿기름이 번지르르 흐르고 있었다. 마치 닭다리처럼 가늘고 긴 목에는 낡은 플란넬 천 조각이 둘려 있고, 어깨에는 이 더위에도 닳고 닳아 누렇게 된 재킷을 걸치고 있었다. 노파는 1분이 멀다 하고 기침을 하거나 신음 소리를 냈다. 자신을 바라보는 청년의 눈초리에서 뭔가 이상한 표정이라도 발견했는지, 갑자기 노파의 눈에서는 또다시 불신의 빛이 번쩍였다.

"라스콜니코프라는 대학생입니다. 약 한 달 전에 찾아뵌 적이 있는."

좀 더 상냥하게 굴어야겠다고 생각한 청년은 약간 머리를 숙여 인사를 하면서 이렇게 덧붙였다.

"생각나는군요, 생각나다마다요. 당신이 여기 다녀갔던 일이."

여전히 그의 얼굴에서 경계하는 눈을 떼지 않으면서 노파는 카랑카랑한 목소리로 말했다.

"실은 저…… 그때와 같은 용건으로……" 하고 라스콜니코프는 의심 많은 노파의 태도에 놀라면서 약간 당황하는 표정으로 말을 이었다.

'그러나 이 노파는 언제나 이럴지 모른다. 요전번엔 미처 눈치를 채지 못했겠지' 하고 그는 불쾌감을 느끼며 생각했다.

노파는 무언가를 생각하는 듯 잠시 말이 없다가 이윽고 한쪽으로 몸을 비켰다. 그러고는 방문을 가리켜 손님을 들여보내면서 이렇게 말했다.

"자, 들어가세요."

청년이 들어간 곳은 노란 벽지를 바른 그리 크지 않은 방으로, 창가에 는 제라늄 화분이 몇 개 놓여 있고 모슬린 커튼이 쳐져 있었는데, 때마침 저녁 햇빛이 방 안을 환하게 비쳐주고 있었다.

'그때도 이렇게 햇빛이 비치겠지!'

저도 모르게 라스콜니코프의 머릿속에 이런 생각이 스쳐 갔다. 그리고 될 수 있는 대로 방 안의 상태를 연구하고 기억해두려고, 그는 재빨리 방 안에 있는 모든 것에 시선을 돌렸다. 그러나 방 안에는 눈여겨둘 만한 거 라고는 별로 없었다. 가구라야 모두 낡아빠진 노란 목제품뿐으로, 커다란 등받이가 뒤로 휘어 있는 긴 의자, 그 앞에 몰려 있는 타원형 탁자, 창문과 창문 사이 벽면에 붙여놓은 체경 달린 화장대, 벽가에 세워둔 의자 몇 개, 새를 손에 든 독일 여자를 그린 노란 액자에 든 싸구려 그림 두세 장이 가 구의 전부였다. 방 한구석, 그리 크지 않은 성상(聖像) 앞에는 빨갛게 등잔 불이 타고 있었다. 방 안의 모든 것이 놀랄 만큼 깨끗했다. 가구도, 마룻바닥도 윤이 나게 닦이고, 모든 것이 번쩍번쩍 빛나고 있었다.

'리자베타가 했겠지' 하고 청년은 생각했다. 방 안 어느 곳을 보아도 먼지 하나 찾아볼 수 없었다. '심술궂은 노파부 집은 으레 이렇게 깨끗한 법이야' 하고 라스콜니코프는 생각을 계속했다. 그러고는 조그만 안방으로 통하는 문 앞에 드리운 옥양목 커튼을 호기심에 찬 눈으로 살짝 곁눈질해 보았다. 거기에는 노파의 침대와 장롱이 놓여 있지만, 그는 아직 한 번도 그 안을 들여다본 적이 없었다. 이 두 개 방이 노파가 사는 아파트의 전부였다.

"그래, 용건은?" 하고 노파는 방으로 들어오자 퉁명스러운 어조로 물었다. 그러고는 손님의 얼굴을 똑바로 바라보려고 아까처럼 그의 정면에 버티고 섰다.

"저당 잡힐 물건을 가져왔습니다. 자, 이겁니다!"

그는 주머니에서 얄팍한 은시계를 꺼냈다. 뒤뚜껑에는 지구의가 그려져 있고, 시곗줄은 쇠줄이었다.

"하지만 먼저 것도 벌써 기한이 지났어요. 그저께로 꼭 한 달이니까."

"그럼 한 달분 이자를 더 내겠습니다. 조금만 더 봐주십시오."

"글쎄, 학생을 봐주든 그 물건을 당장 팔아버리든, 그건 어디까지나 내 마음에 달린 거요."

"시계라면 좀 더 많이 받을 수 있겠지요, 알료나 이바노브나?"

"언제나 쓸모없는 것만 가져오는구먼. 이런 건 통 값이 안 나간단 말씀이야. 요전번엔 반지 하나에 두 장이나 줬지만, 그것도 보석상에 가면 새 것을 한 장 반으로 살 수 있거든."

"한 4루블만 돌려주십시오, 꼭 찾아가겠습니다. 아버지 시계니까요. 곧 돈도 올 겁니다."

"1루블 반 하지, 그것도 선이자로. 그래도 좋다면."

"1루블 반이라고요!" 하고 청년은 소리쳤다.

"마음대로 해요" 하고 노파는 말하고 시계를 다시 돌려주었다. 청년은 그것을 받아 쥐었으나, 울화가 치민 나머지 그대로 돌아갈까 생각했다. 그러나 별로 갈 만한 곳도 없었고, 게다가 여기 찾아온 것은 또 하나의 목적이 있었기 때문이라는 것을 상기하고 곧 생각을 고쳐먹었다.

"그렇게 하세요!" 하고 그는 내뱉듯이 말했다.

노파는 주머니에 손을 넣어 열쇠를 찾으면서 커튼 뒤 안방으로 사라졌다. 청년은 방 한가운데 혼자 남게 되자 바싹 귀를 곤두세우고 이것저것 궁리하기 시작했다. 장롱을 여는 소리가 들렸다. '틀림없이 윗서랍일 게다' 하고 그는 생각했다.

'그러니까 열쇠는 오른쪽 주머니에 넣고 다니는군…… 한 뭉치로 쇠고리에 끼워서…… 그중엔 딴 것보다 세 배나 큰 톱니 모양 열쇠가 하나 있지만, 물론 그건 장롱 열쇠는 아닐 게다…… 그렇다면 따로 귀금속함이나 궤짝 같은 것이 있겠지…… 거참 재미있군. 궤짝에는 으레 그런 열쇠가 붙어 있는 법이니까…… 하지만 이 모든 것이 얼마나 비굴한 생각이냐…….'

노파가 되돌아왔다.

"그럼 1루블에 대한 한 달 이자를 10코페이카로 쳐서 1루블 반이면 선이자로 15코페이카. 그리고 먼젓번 2루블에 대해서도 같은 계산으로 20코페이카를 미리 빼면, 모두 합해서 35코페이카. 그러니까 그 시계 대가로 당신 손에 들어갈 돈은 1루블 15코페이카가 되는군. 자, 받아요."

"뭐요! 아니, 1루블 15코페이카밖에 안 된다고요!"

"그렇다니까요."

청년은 다툴 생각도 하지 않고 돈을 받아 쥐었다. 그는 물끄러미 노파를 바라보면서, 아직도 무슨 할 말이나 해야 할 일이 남은 듯이 그곳을 떠나지 못했다. 그러나 그 일이 무엇인지는 자기도 모르는 모양이었다.

"알료나 이바노브나, 어쩌면 며칠 내로 물건을 또 하나 가져올지도 모르겠습니다…… 은으로 만든…… 근사한 담배 케이스 하나를…… 친구한테 돌려받는 대로……."

그는 당황한 나머지 더듬거리다가 입을 다물어버렸다.

"그건 또 그때 가서 얘기합시다, 학생."

"그럼 안녕히 계십시오…… 그런데 할머니는 언제나 혼자 계시는군요, 동생은 어디 갔나요?" 하고 문간방으로 나가며 되도록 태연하려고 애쓰면서 그는 물었다.

"내 동생에게 무슨 볼일이라도 있나요?"

"아니, 뭐 별로. 그저 물어본 거죠. 그런데 할머니는 지금…… 안녕히 계십시오, 알료나 이바노브나!"

라스콜니코프는 몹시 당황한 표정으로 그곳을 나왔다. 마음의 혼란은 점점 더 커져만 갔다. 층계를 내려오면서도 그는 갑자기 무엇에 얻어맞기라도 한 듯이 여러 번 걸음을 멈추기까지 했다. 그리고 가까스로 거리로 나서자, 그는 참다못해 소리를 내어 이렇게 외쳤다.

"아아! 이 얼마나 추잡한 짓이냐! 정말, 난 정말…… 아니, 이건 어리석은 짓이야, 이건 바보 같은 짓이야!" 하고 그는 단호히 덧붙였다.

'이런 무서운 생각이 어떻게 내 머리에 떠올랐을까? 그렇지만 그런 생각을 떠오르게 한 내 심장은 또 얼마나 더러우냐 말이다! 무엇보다 더럽고 비열하다, 추악하다, 추악해…… 그런데도 난 꼬박 한 달 동안이나…….'

그러나 그는 말로도, 외침으로도 자기의 흥분을 표현할 수 없었다. 노파의 집을 향해 걸음을 옮길 때부터 이미 그의 마음을 짓누르며 고통을 주기 시작했던 끝없는 혐오감은 지금 엄청난 크기로 성장하여 뚜렷이 그 정체를 드러내버렸으므로, 그는 그 괴로움에서 어떻게 몸을 피해야 할지 갈피를 잡을 수 없었다. 그는 마치 술 취한 사람처럼 오가는 사람을 알아보지도 못하고 그들과 몸을 부딪치면서 길을 걸어갔다. 그는 다음 거리에 이르러서야 간신히 제정신으로 돌아왔다. 그는 사방을 둘러보고, 자기가 어느 선술집 옆에 와 있다는 것을 알았다. 술집으로 들어가자면 길에서 층계를 따라 지하실로 내려가야 했다. 바로 그때, 주정뱅이 두 사람이 문에서 나와 서로 몸을 기대고 욕설을 퍼부으면서 계단을 올라왔다. 오래 생각할 필요도 없이 라스콜니코프는 곧 지하실로 내려갔다. 이제껏 한 번도 술집에 가본 적은 없었지만, 지금은 머리가 빙빙 도는 데다가 타는 듯한 갈증 때문에 죽을 지경이었다. 그는 찬 맥주라도 한 잔 들이켜고 싶었다. 더구나 갑자기 쇠약해진 것도 공복 때문이라고 보았다. 그는 어둡고 더러운 한쪽 구석 끈적끈적한 탁자 앞에 자리를 잡고는, 맥주를 주문하고 첫 잔을 단숨에 쭉 들이켰다. 그러자 곧 기분이 안정되고 생각도 선명해졌다. '이건 모두 어리석은 생각이야!' 하고 그는 한 가닥 희망을 느끼며 속으로 중얼거렸다.

'당황할 건 아무것도 없어! 모두가 육체적인 장애 때문이야! 고작 맥주한 잔, 빵 한 조각으로…… 이렇게 금방 머리가 명석해지고 의식이 맑아지고 의지도 확고해지니 말야! 쳇, 세상만사가 이렇게도 어리석다니!'

그러나 이렇게 침이라도 뱉고 싶은 경멸감을 느끼면서도, 그는 어떤 무섭고도 무거운 짐에서 해방되기라도 한 듯한 홀가분한 기분으로 주위를 돌아보며 그곳 사람들에게도 정다운 눈길을 보냈다. 그렇지만 그는 이 순간조차 모든 것을 좋은 각도로 받아들이려는 그 감수성 자체가 역시 병적인 현상에 지나지 않는다는 것을 희미하게나마 예감하고 있었다.

이때 술집에는 그다지 손님이 많지 않았다. 층계에서 마주쳤던 주정쟁이 두 사람에 뒤이어 손풍금을 들고 여자 하나를 거느린 5인조 한 패가 우르르 밀려 나갔으므로 술집 안은 텅 빈 것처럼 조용하기만 했다. 그대로 남아 있는 사람은…… 맥주를 앞에 놓고 앉아 있는, 거나하게 취한 장사꾼 차림의 사내와 시베리아식 짧은 상의에 하얀 턱수염을 기른, 체격이 좋고 뚱뚱한 그의 친구였다. 그 사내는 곤드레만드레 취해 벤치 위에서 꾸벅꾸벅 졸면서 가끔 꿈꾸듯이 손가락을 튕겨 소리를 내는가 하면, 두 손을 좌우로 벌리기도 하고 벤치에 누운 채 상반신만 들썩거리기도 했다. 뿐만 아니라 그는 어떤 노래 구절을 상기하려고 애쓰면서 다음과 같은 돼먹지도 않은 노래를 부르고 있었다.

1년 꼬박 마누랄 애무했지
1년 꼬오박 마누랄 애무했지……

그러다간 갑자기 눈을 뜨고,

포지야체스카야를 걸어가자니
옛날 그 임을 만났다네……

그러나 아무도 그의 행복에 공명하는 사람은 없었다. 과묵한 그의 친구는 이런 감흥의 발작을 오히려 적의(敵意) 넘치는 불신의 눈으로 바라보고 있었다. 거기에는 또 한 사람, 퇴직 관리 같아 보이는 사내가 있었다. 혼자 떨어져 앉아서, 주문한 술병을 앞에 놓고 이따금 한 모금씩 들이켜며 주위를 둘러보고 있었다. 그 사람 역시 어느 정도 흥분해 있는 것 같았다.

2

라스콜니코프는 사람이 많은 곳에 익숙하지 않았으므로 앞서 말한 바와 같이 되도록 남하고의 교제를 피해왔고, 특히 최근 와선 더 심했다. 그런데 지금은 왜 그런지 갑자기 사람이 그리워졌다. 무엇인지는 모르지만 어떤 새로운 것이 그의 마음속에 일어났고, 그와 동시에 인간에 대한 어떤 갈망 같은 것이 느껴졌다. 그는 꼬박 한 달 동안이나 계속된 그 눈코 뜰 새 없는 번민과 음울한 흥분에 완전히 지쳐 있었으므로 단 1분만이라도, 어떤 곳이라도 좋으니 딴 세계에서 숨을 돌리고 싶었다. 그래서 불결하기 그지없는 환경인데도 그는 만족한 마음으로 이 술집에 앉아 있었다.

술집 주인은 딴 방에 있었으나, 어디에서인지 계단을 내려와서는 잠깐씩 가게에 나타나곤 했다. 그때마다 맨 먼저 눈에 띄는 것은 붉은 가죽으로 크게 윗동을 접은, 윤이 나게 기름칠을 한 멋진 장화였다. 그는 반코트를 입고 반지르르 기름때가 묻은 검은 공단 조끼에 넥타이는 매지 않고 있었으나, 그 얼굴 전체가 기름칠을 한 무쇠 자물통처럼 번질거렸다. 스탠드 저쪽에는 열너덧쯤 된 소년이 있었으나, 그 밖에 또 한 사람, 주문이 있을 때마다 물건을 나르는 좀 더 어려 보이는 소년이 있었다. 거기에는 잘게 썬 오이며 검은 건빵이며 생선 조각들이 놓여 있어서 지독한 악취를 풍겼다. 가게 안은 숨이 막혀 가만히 앉아 있을 수도 없을 정도였다. 게다가 가게 전체에 술 냄새가 배어 있어서 그 공기를 맡기만 해도 5분이면 취할 것 같았다.

이 세상에는 전혀 안면이 없는 사이인데도 말 한마디 건네보기도 전에 첫눈에 벌써 흥미를 느끼게 되는 기이한 해후상봉이 있는 법이다. 좀 떨어져 자리 잡고 있는, 퇴직 관리인 듯싶은 그 손님이 바로 이와 같은 인상을 라스콜니코프에게 주었다. 청년은 그 뒤에도 여러 번 이 최초의 인상을 상기하고는, 그것을 예감의 소치라고까지 생각했을 정도였다. 그는 끊임없이 그 관리 쪽을 바라보았다. 물론 저쪽에서도 유심히 그를 바라보며 무척 말하고 싶어 하는 듯한 기색을 보였기 때문이기도 했다. 그러나 관리는 가게에 있던 딴 사람들에 대해서는(주인까지 포함해서) 별로 관심이 없다는 듯 지루한 표정까지 짓고 있었다. 뿐만 아니라 신분으로나 교양으로나 도시 말할 상대도 되지 않는 하층계급의 인간들을 대하기라도 하는 듯한, 일종의 오만스러운 경멸적인 태도까지 보이고 있었다. 그는 이미 쉰 고개를 넘은 중키의 건장한 사내로, 반백의 머리가 크게 벗겨져 있었다. 끊임없는 음주 때문에 부석부석 부은 그의 얼굴은 노랗다 못해 푸르죽죽하고, 부풀어 오른 듯한 눈꺼풀 밑에서 조그맣게 째진 듯한, 그러면서도 생기가 도는 충혈된 두 눈이 빛나고 있었다. 그러나 이 사나이에게는 무언가 매우 색다른 점이 있었다. 다름 아니라 그의 눈초리에는 일종의 감격과도 같은 것이 빛나고 있었다. 아마도 사려와 분별이 있어서인지도 모른다. 그러나 그와 동시에 어떤 광기 같은 것이 번득이기도 했다. 그는 다 해어지고 단추가 떨어진 검은색 연미복을 입고 있었다. 단추 하나가 겨우 남았으나, 그래도 체면은 잃기가 싫은 듯 단정히 그것을 끼우고 있었다. 무명천으로 된 조끼 밑으로 쭈글쭈글 꾸겨지고 술로 얼룩진 더러운 셔츠 앞섶이 삐죽이 나와 있었다. 딴 관리들처럼 얼굴에는 면도를 했으나, 그것도 꽤 오래 전에 한 듯 벌써 푸르스름한 굵은 털이 텁수룩하게 자라 있었다. 게다가 실제로 그의 몸가짐에는 어딘지 모르게 관리다운 의젓한 데가 있어 보였다. 그러나 그는 근심 어린 빛으로 머리칼을 움켜잡기도 하고, 때로는 우수에 잠긴 채 끈적끈적한 탁자 위에다 구멍 뚫린 팔꿈치를 세우고 두 손으로 머리를 움켜잡기도 했다. 마침내 그는 똑바로 라스콜니코프를 바라보며 큰 소리로 똑똑히 말했다.

"저, 죄송합니다만, 내 말 상대가 좀 돼줄 순 없겠소? 보아하니 당신의 외모가 그다지 좋은 편은 아니지만 내 경험으로 봐서 교육받은 분인 것 같고, 또 술에는 그다지 익숙지 못한 분이라고 생각됩니다만. 나도 성실성을 지닌 교양을 존중하는 사람으로서 9등관입니다. 마르멜라도프란 성을 가진 9등관입니다. 죄송합니다만 당신도 관청에 나가시는지?"

"아니요, 공부하는 중입니다……."

청년은 상대방의 능글맞은 어조와, 그토록 당돌하게 정면으로 말을 건네오는 데 적이 놀라면서 이렇게 대답했다. 바로 조금 전만 해도 어떤 사람하고든지 말을 해보고 싶었건만, 정작 말을 걸어오는 사람이 생기자 그는 곧 자기 특유의 불쾌하고 초조한 혐오감에 사로잡히고 말았다. 그것은 그의 개성을 건드리거나 또는 건드리려고 하는 모든 사람에 대해 느끼는 그런 감정이었다.

"그럼 학생이시군, 아니면 대학에 다닌 적이 있는 전직 대학생!" 하고 관리는 외쳤다.

"나도 그렇게 생각했어요! 이게 다 경험이죠, 다년간에 걸친 경험이란 말이오!" 하고 그는 자랑이라도 하는 듯 이마에 손가락 하나를 댔다.

"당신은 대학생이었거나, 아니면 학문적인 단계를 거쳐온 사람일 거요! 그럼 좀 실례하겠습니다……."

그는 자리에서 일어나 비틀거리며 자기 술병과 컵을 집어 들고 청년 쪽으로 다가와서 비스듬히 자리를 잡고 앉았다. 그는 취해 있었으나, 제법 웅변조로 잘 지껄였다. 다만 이따금씩 말을 얼버무리며 말끝을 끌 뿐이었다. 그는 게걸이 든 사람처럼 라스콜니코프에게 달려들었다. 그 역시 꼬박한 달 동안 아무와도 얘기를 나누지 못한 사람 같았다.

"젊은 양반" 하고 그는 자못 장중한 어조로 말하기 시작했다.

"가난은 죄가 아니라지만, 이건 진립니다. 그리고 음주가 선행이 아니란 것쯤은 나도 알아요. 아니 오히려 그쪽이 더 진리일 거요. 하지만 굶어 죽을 정도로 적빈(赤貧)이 되면, 학생, 그 정도로 가난하고 보면…… 이건 죄악이란 말이오. 가난할 때까지는 그래도 타고날 때부터 지닌 선천적인 고결한 감정을 보존할 수 있지만, 적빈 상태에 이르면 아무도 그럴 수는 없거든요. 적빈 상태에까지 이르면, 인간 사회에서 두들겨 맞아 쫓겨나는 정도가 아니라 비로 쓸려버리고 마는 거요. 그보다 더 큰 모욕이 없게 말이오. 하긴 그럴 수밖에 없는 것이, 적빈 상태에 이르고 보면 우선 무엇보다도 자기 자신을 모욕하고 싶어지니까요. 여기서 결국 술을 찾게 되는 거죠! 그런데 학생, 약 한 달 전 일입니다만, 레베쟈트니코프란 자가 내 마누라를 때렸어요. 그런데 마누라는 나 같은 놈하곤 비교도 안 될 사람이거든요! 알겠어요? 단순한 호기심에서 한 가지만 더 물어보겠는데…… 당신은 네바 강의 건초선(乾草船)에서 자본 일이 있습니까?"

"아뇨, 없습니다" 하고 라스콜니코프는 대답했다.

"그건 어떤 거죠?"

"실은 내가 거기서 왔다오. 벌써 다섯 밤째나……."

그는 잔에 가득 술을 따라 쭉 들이켜더니 이내 생각에 잠기고 말았다. 실제로 그의 옷뿐 아니라 머리칼에까지 건초 나부랭이가 달라붙어 있는 것을 볼 수 있었다. 그는 닷새 동안이나 옷도 갈아입지 못하고 세수도 하지 않은 것이 분명했다. 특히 기름때가 묻고 까만 손톱이 자란 불그죽죽한 두 손은 더럽기 짝이 없었다.

그의 이야기는 모두 귀담아들을 정도는 아니었다 해도, 어쨌든 주위 사람들의 관심을 끈 것만은 분명했다. 카운터 저쪽의 소년들은 키득거리며 웃기 시작했다. 술집 주인은 '어릿광대'의 이야기를 듣기 위해 일부러 윗방에서 내려왔는지, 천천히 늘어지게 하품을 하고는 조금 떨어진 곳에 자리 잡고 앉았다. 마르멜라도프가 옛날부터 이 집 단골손님이라는 것은 분명했다. 그리고 수식어가 풍부한 그 어조도 각양각색의 낯선 사람들과 수없이 지껄여온 습성에서 나온 것이 분명했다. 이 습성은 어떤 종류의 술꾼에게는 필요불가결한 요소로 되어 있지만, 그중에서도 집에서 푸대접을 받거나 학대받고 있는 사람들에겐 특히 심하다. 결국 그렇기 때문에 그들은 술친구들 사이에서도 언제나 자기의 정당성을 입증하려고 애쓰는 동시에, 되도록이면 존경심까지 얻어보려고 항상 무진 애를 쓰는 것이다.

"어릿광대!" 하고 주인이 큰 소리로 말했다.

"왜 일을 하지 않는 거야, 왜 직장에 안 나가느냐 말이야, 관리라면서?"

"왜 일을 하지 않느냐고? 이봐, 젊은 양반" 하고 마르멜라도프는 마치 라스콜니코프가 물어보기라도 한 듯이 오로지 학생 쪽만 바라보면서 말을 이었다.

"왜 직장에 안 나가느냐고? 아니, 그럼 내가 아무 일도 하지 않고 빈둥거리고 있다고 해서 내겐 조금도 양심이란 것이 없는 줄 아시오? 달포 전에 레베쟈트니코프 씨가 내 마누라를 때렸을 때만 해도 나는 술 취해 누워 있었지만, 그렇다고 내 마음이 편했는 줄 아시오? 실례지만 젊은 양반, 당신한테 이런 일은 없었던가요? 이를테면 가망도 없는 돈을 꾸려고 한 일 말이오?"

"있습니다…… 하지만 왜 가망이 없다는 거죠?"

"전혀 가망이 없을 때를 말하는 거요. 처음부터 그 사람한테서 돈 한 푼 꿀 수 없다는 걸 뻔히 알고 있을 때 말이오. 예를 들어 말입니다, 어떠어떠한 사람은…… 선량하기 이를 데 없는 유능한 시민인 아무개는 무슨 일이 있더라도 돈을 꿔주지 않는다는 것을 당신이 진작부터 잘 알고 있다고 합시다. 그럴 때 그 사람이 돈을 꿔줄 리 있겠어요? 어디 한번 말해보시오. 내가 돈을 돌려주지 않으리라는 걸 뻔히 알고 있는데 말이오. 동정심에서라도 빌려주리라 생각하나요? 하지만 새로운 사상을 추구하는 레베쟈트니코프 씨 같은 사람은 요전번만 해도 이렇게 설명하더군요. 오늘날 동정이란 것은 학문상에서도 금지되고 있어서, 경제학이 발달한 영국에서는 이미 그대로 실행되고 있다고요. 어때요, 이런 형편인데 그 사람이 돈을 꿔주겠습니까? 그런데 말이오, 돈을 주지 않으리라는 것을 뻔히 알면서도 역시 그 사람한테로 찾아간다, 그 말입니다……."

"무엇 때문에 가는 겁니까?" 하고 라스콜니코프는 물었다.

"찾아갈 사람도 없거니와 찾아갈 만한 곳도 없으니 할 수 없는 거죠! 어떠한 인간이든 적어도 발길 돌릴 데쯤은 있어야 하잖겠어요? 살아가자면 어디로든지 꼭 가야만 하는, 그럴 때가 종종 생기게 마련이거든요! 하나밖에 없는 내 외동딸이 처음으로 노란 감찰*을 가지고 나갔을 때, 나도 역시 밖으로 나갔어요…… 내 딸년은 노란 감찰로 먹고살거든요" 하고 그는 다소 불안이 깃든 눈으로 청년을 바라보며, 단서라도 붙이듯이 이렇게 덧붙였다.

"괜찮아요, 젊은 양반, 괜찮고말고요!"

카운터 저쪽에서 두 소년이 웃음을 터뜨리고 가게 주인이 싱그레 웃음 짓자, 그는 성급히, 그러나 겉으로는 태연자약하게 이렇게 잘라 말했다.

"암, 괜찮고말고요! 저렇게 머리들을 끄덕이며 비웃는다고 해서 내가 뭐 당황할 줄 아십니까? 이젠 모든 것이 다 알려져서 비밀의 밑바닥까지 드러나버렸으니까요! 그래서 나는 경멸은커녕 겸허한 마음으로 그것을

---

* 매음부가 지니는 감찰

28

받아들이고 있어요. 괜찮아요, 괜찮아요! '이 사람을 보라!' 하지요. 그런데 젊은 양반, 당신은 하실 수 있겠소…… 아니, 좀 더 강하고 좀 더 적절한 표현을 빌린다면, **하실 수 있겠는가**가 아니라 그럴 **용기**가 있소…… 지금 이 나를 바라보면서, 내가 돼지가 아니라고 장담할 만한 용기가 있느냐 말이오?"

청년은 한마디도 말이 없었다.

"그건 그렇고" 하고는 또다시 방 안에 일어난 키득거리는 웃음소리가 그치기를 기다렸다가 변사는 한층 더 위엄이 깃든 장중한 어조로 말을 이었다.

"나는 돼지라고 해도 무방하지만 내 마누라는 그래도 어엿한 부인이란 말이오! 나는 짐승 꼴을 하고 있지만 내 마누라 카체리나 이바노브나는 영관의 딸로 태어난 교양 있는 부인이란 말이오. 나는 비굴하기 짝이 없는 놈이라고 해도 무관하지만 집사람은 훌륭한 정신과 교육으로 높여진 고상한 감정으로 충실해 있던 말입니다. 그렇지만…… 아아, 집사람이 좀 더 내게 동정심을 가져준다면! 학생 양반, 어떤 사람이든 한 군데만이라도 동정받을 곳이 있어야 하잖습니까? 그런데도 카체리나는 그토록 마음이 넓은 여자이면서도 옹졸한 데가 있어요…… 하긴 나도 잘 알고 있습니다. 여편네가 내 앞머리를 움켜쥐고 잡아당기는 것은 결국 나를 불쌍히 여긴 데서 나온 행동에 지나지 않는다는 것을 말이오. 조금도 거리낌 없이 또 한 번 얘기하지만, 그 사람은 내 머리칼을 움켜쥐고 질질 끌고 다닌답니다."

그는 또다시 키득거리는 소리를 듣고 나서, 더욱 위엄 있는 표정을 지으면서 힘주어 말했다.

"그렇지만, 아아, 그 사람이 단 한 번만이라도…… 아니! 아니! 모두 소용없어, 할 말이 없어요! 할 말이 없단 말이오…… 지금까지 내 마음대로 해준 적도 한두 번이 아니고, 동정을 받은 것도 한두 번이 아니니 말이오.

그렇지만…… 이게 내 본성이니 어떡합니까. 난 태어날 때부터 짐승과 다름없는 놈이니까요!"

"그럴 수밖에 없지!" 하고 주인은 하품을 하면서 말했다.

마르멜라도프는 주먹으로 탁자를 쾅 내리쳤다.

"이게 내 본성이란 말이오! 그런데 아시겠어요, 젊은 양반, 나는 마누라의 양말까지도 팔아 술을 마셔버렸어요! 글쎄, 구두 정도라면 그래도 납득이 갈지 모르지만 양말까지, 마누라의 양말까지 술로 마셔버렸으니까요! 그리고 마누라의 산양털 목도리까지 마셔버렸지요. 전에 어떤 사람한테서 선물 받은 건데, 내 것이 아니라 어디까지나 그 사람의 소유물입니다. 그런데 우리 식구는 추운 칸막이 셋방에서 살고 있어서 마누라는 지난겨울 감기에 걸려 기침을 하기 시작하더니 나중에는 피를 토할 정도가 됐어요. 자식은 어린것이 셋인데, 카체리나 이바노브나는 마루를 닦고 빨래를 하고 애들을 목욕시키는 등 아침부터 밤까지 줄곧 일에 파묻혀 살지요. 하긴 어릴 때부터 깨끗한 생활에 익숙했으니까요. 그런데 그 사람은 가슴이 약해서 결핵에 걸리기 쉬운 체질이거든요. 나도 그게 근심이 돼요! 그걸 근심하지 않을 수 있겠어요? 마시면 마실수록 근심은 더해만 갑니다. 이를테면 술에서 연민과 감상을 찾으려고 마시는 셈이죠…… 고통을 배가하기 위해 술을 마시는 거란 말입니다!"

이렇게 말하고 그는 절망에 빠진 듯 탁자 위로 머리를 떨어뜨리고 말았다.

"젊은 양반" 하고 그는 다시 몸을 일으키면서 말을 이었다.

"나는 당신 얼굴에서 비탄에 젖은 듯한 표정을 알아볼 수 있었소. 여기 들어오는 순간 곧 알아보았기 때문에 얼른 말을 걸어본 거요. 이렇게 당신에게 내 신세타령을 늘어놓는 것도, 새삼스레 말하지 않아도 속속들이 다 알고 있는 저 게으름뱅이들 앞에서 광대 노릇을 하고 싶어서가 아니라,

감수성이 풍부한 교양 있는 사람을 찾고 있기 때문이오. 아시겠어요, 내
마누라는 유서 깊은 공립 여중에서 교육을 받았고, 졸업식 때는 지사와
다른 내빈들 앞에서 숄을 들고 춤을 추었다고 해서 금메달과 상장까지 받
았답니다. 메달은…… 그 메달은…… 벌써 옛날에 팔아버렸지요…… 하
지만…… 상장만은 아직까지도 마누라의 트렁크 속에 간직되어 있어서,
얼마 전만 해도 그걸 여주인에게 보여주더군요. 여주인하고 마누라 사이
엔 한시도 싸움이 그칠 때가 없지만, 그래도 누구한테라도 자랑을 하고
싶어서 지난날의 행복했던 추억을 들려주었던 게죠. 나도 마누라를 꾸짖
지는 않습니다. 꾸짖지 않아요. 그 사람의 추억에서 남은 것이라곤 그것뿐
이고 나머지 전부는 먼지처럼 흔적도 없이 날아가버렸으니까요! 그래요,
정말 그 사람은 성급하고 거만하며 남에게 절대로 지기 싫어하는 여자지
요. 스스로 마루를 닦고 검은 빵으로 연명할지언정 남한테 모욕을 받고는
가만있지 못하는 성격이란 말이오. 그러기에 레베쟈트니코프 씨한테도 무
례한 짓을 허용하지 않았던 거지요. 그래서 레베쟈트니코프 씨가 집사람
을 때렸을 때도, 그 사람은 얻어맞아서라기보다는 분에 못 이겨 자리에 눕
고 말았습니다. 그 사람은 원래 어린 자식 셋을 거느린 과부였는데 내가
맞아들인 거죠. 첫 남편인 보병 장교하고는 연애결혼을 한 사이로 양친을
버리고 집에서 도망쳐 나오기까지 했다더군요. 집사람은 첫 남편을 무척
이나 생각했었나 본데, 사내는 도박에 미쳐 재판까지 받게 되고 결국 그
신세로 죽고 말았답니다. 그 사나이도 만년에 가서는 마누라를 곧잘 때린
모양이지만, 마누라 쪽도 호락호락 맞고만 있진 않았나 봐요. 여기에 대해
선 나도 확실한 증거를 가지고 있어서 잘 압니다만, 집사람은 지금까지도
첫 남편을 생각하면서 눈물을 흘리고 그 사람과 비교해 나를 책망하곤 하
는 거예요. 하지만 나는 기뻐하고 있지요, 그게 기쁘단 말이에요. 비록 공
상으로나마 행복했던 한때를 그려볼 수 있기 때문이죠…… 이렇게 되어

첫 남편이 죽은 다음 어린 세 자식을 데리고 멀리 떨어진 한적한 벽촌에 남게 된 겁니다. 그때 나도 같은 지방에 살았습니다만, 그 비참한 꼴이란, 나도 꽤 많은 일들을 보아온 터이지만 도저히 말로는 형용할 수 없을 정도였으니까요. 친척들도 누구 하나 돌봐주려 하지 않았어요. 하지만 그 사람은 오만했습니다. 유별나게 콧대가 높았단 말이에요…… 그런데 그때 말입니다. 학생 양반, 그때 나도 전처 몸에서 난 열네 살짜리 딸을 거느린 홀아비였는데, 그 사람이 고생하는 모습을 차마 볼 수가 없어서 구혼을 하게 되었죠. 양가에서 태어나 교육도 충분히 받은 교양 있는 그 여자가 나 같은 놈하고 결혼하기로 한 점만 봐도 그 사람의 곤궁이 어느 정도였는지 상상할 수 있을 겁니다! 그래서 결국 우린 같이 살게 되었죠! 그 사람은 울고 흐느끼며 마음에도 없는 결혼을 한 겁니다. 달리 갈 곳이라곤 아무 데도 없었으니까요. 아시겠어요, 이젠 아시겠습니까, 젊은 양반, 어디로도 갈 데가 없다는 그 뜻을 아시겠느냐 말이오? 아니, 당신은 아직도 알 수 없을 겁니다…… 그리고 만 1년 동안 나는 충실히 내 의무를 다했고, 이런 것엔(그는 손가락으로 술병을 가리켰다) 손도 대지 않았지요. 하긴 내게도 감정이란 것이 있으니까요. 그러나 그렇게 애를 써도 아내의 기분을 맞출 수 없는 데다 설상가상으로 실직을 하고 말았습니다. 그것도 내 과실이 아니라 정원 감축 때문이었죠. 그리고 그때 나도 이것에 손을 대게 된 겁니다…… 이젠 그럭저럭 1년 반쯤 되어갑니다. 우리는 방방곡곡을 헤매며 갖은 고생을 다 겪은 끝에 드디어 수많은 기념비로 장식된 이 호화로운 수도로 들어오게 된 거죠. 여기서도 나는 일자리를 얻었습니다만…… 얻기가 무섭게 다시 해고되고 말았습니다. 짐작하시겠지만 여기서는 내 잘못으로 쫓겨났죠. 결국 내 본성이 드러났으니까요…… 그래서 지금은 아말리야 표도로브나 리페베흐젤의 집 한구석을 빌려 살고 있지만 도대체 뭘로 생활을 하고 있는지, 뭘로 집세를 내고 있는지 도통 알 수가 없습

32

니다. 그 집에는 우리 식구 말고도 많은 사람들이 살고 있는데 차마 눈을 뜨곤 볼 수 없는 소돔*이라고나 할까…… 음…… 그렇죠…… 그러는 사이에 전처 몸에서 난 딸도 어엿한 여인으로 성장을 했습니다. 그 나이가 될 때까지 내 딸애가 계모한테서 받은 구박에 대해선 지금 새삼스레 말하지 않기로 하죠. 사실 카체리나 이바노브나는 지나칠 정도로 마음씨가 관대한 여자지만, 성급하고 발끈하기 쉬운 성격이어서 곧 폭발해버리는 게 탈이란 말입니다…… 그래요! 하지만 뭐 새삼스레 상기할 필요가 어디 있겠습니까! 짐작하시겠지만 소냐는 교육다운 교육을 받지 못했습니다. 4년 전쯤 내가 손수 지리와 세계사를 가르치려 했지만, 내 자신의 지식이 희박한 데다 적당한 참고서도 없고 해서, 그때 가지고 있던 책이라야…… 흠! 아니, 그 보잘것없는 책마저 지금은 한 권도 없어요. 결국 이렇게 되어 모처럼의 교육도 끝장을 보게 되었는데, 페르시아 왕 사이러스에서 중단된 셈이죠. 그 뒤 어엿한 여인으로 성숙해지자 소설 같은 책을 몇 권 읽었지요. 그리고 요 얼마 전에는 레베쟈트니코프 씨한테서 루이스의 《생리학》이란 책을, 당신도 아실 테죠? 빌려다가 아주 재미있게 읽더군요, 군데군데 소리를 내어 우리에게까지 들려주었어요. 내 딸의 학문이란 이게 전부지요. 그런데 젊은 양반, 이번에는 내 쪽에서 당신에게 질문을 하나 해보겠는데요, 당신은 어떻게 생각하시는지? 가난하면서도 순결한 처녀가, 역시 순결한 일을 해서 벌 수 있는 돈은 도대체 얼마나 되겠습니까? 남다른 재능도 없고 그저 정직하기만 한 여자라면 하루 15코페이카도 벌기 힘들 겁니다. 그것도 한시도 쉬지 않고 일해서 말입니다! 그런데 5등관 크로프시토크 이반 이바노비치 같은 사람은, 그 사람 이름을 들으셨겠죠? 와이셔츠 반 타의 바느질삯을 아직까지 지불 안 하고 있을 뿐 아니라 셔츠 칼

___

* 사해 근처에 있었지만 신의 노염을 받아 불타버렸다고 전해지는 거리

라 치수가 안 맞는다느니, 모양이 비뚤어졌다느니 생트집을 잡고는 발을 구르며 욕지거리까지 퍼부으면서 부당하게 그 애를 내쫓고 말았답니다. 그런데 집에서는 어린것들이 굶주림에 지쳐 있지, 카체리나는 손을 맞잡고 비비면서 방 안을 서성거리지, 게다가 양 볼에는 붉은 반점까지 생긴 채 말이오. 이 병에는 흔히 나타나는 현상이긴 하지만…… 카체리나는 딸애를 붙잡고 '이 밥벌레 같은 년아, 넌 공짜로 먹고 마시고 따뜻하게 잠도 잘 오겠구나' 하고 욕을 하는 거예요. 사실 어린것들마저 사흘째 빵 껍질 하나 구경 못한 판에 어디 마시고 먹을 것이 있었겠습니까? 그때 나는 자고 있었어요…… 아니, 거짓말을 한들 뭣 하겠소! 실은 술에 취해 누워 있었죠. 그리고 소냐가 하는 얘기를 들었는데 그 애는 원래 말대꾸라곤 모르는 데다 목소리도 상냥하기 그지없고, 금발 머리에 얼굴은 늘 창백하고 여위었지만요. '그럼 카체리나 이바노브나, 나도 그런 일을 하러 나가야만 하나요?' 하고 말하지 않겠어요. 그것은 다리야 프란초브나라는, 곧잘 경찰 신세를 지곤 하는 간악한 여자가 여주인을 통해서 벌써 서너 번가량 의향을 물어온 적이 있었단 말입니다. '그게 어떻다는 거냐' 하고 카체리나는 조소 어린 어조로 대답하더군요. '뭘 그렇게 소중히 간직할 필요가 있어? 무슨 큰 보물이라고!' 하고 말이지요. 그 사람을 나무라진 마시오, 나무라지 말아요, 젊은 양반, 나무라지 말아요! 제정신에서 한 말이 아니니까요. 감정이 격해진 데다 병중에 있는 몸이고, 애들은 배고파 울부짖는 상태에서 그저 홧김에 내뱉은 말이었을 테니까요…… 아무튼 카체리나 이바노브나는 그런 성격이라서 아이들이 울면, 가령 배가 고파 운다 해도 당장 그 자리에서 두들겨 팬단 말입니다. 그런데 보고 있자니, 5시가 좀 넘자 소네치카*는 자리에서 일어나더니 스카프를 쓰고 외투를 입고는 집

---

* 소냐의 애칭

을 나가버렸습니다만, 8시 좀 지나 다시 돌아왔습니다. 그 애는 돌아와서 바로 카체리나 이바노브나 쪽으로 가더니, 잠자코 은화 30루블을 집사람 앞의 탁자 위에다 내놓더군요. 그러는 동안에도 말 한마디 없을 뿐 아니라 거들떠보지도 않고, 그저 묵묵히 드라데담직(織) 녹색 스카프를 집더니만, 우리 집에는 공동으로 쓰는 드라데담 스카프가 있었지요. 그것으로 머리와 얼굴을 푹 감싸고는 벽 쪽으로 얼굴을 돌리고 침대에 쓰러졌습니다. 그저 어깨와 몸이 들먹일 뿐이었죠…… 그런데 나는 여전히 그대로 누워 있었습니다만…… 그때 난 보았습니다. 젊은 양반, 난 봤어요. 이윽고 카체리나 이바노브나가 역시 말 한마디 없이 소냐의 침대 옆으로 다가가더니, 밤새도록 소냐의 발밑에 무릎을 꿇은 채 그 발에 입을 맞추면서 일어날 생각도 않더군요. 그다음 두 사람은 그대로 함께 잠들고 말았습니다. 꼭 껴안은 채로…… 둘이서…… 둘이서…… 그런데도 나는…… 술에 취해 누워 있었다니까요……."

마르멜라도프는 목소리가 끊어지기라도 한 듯이 갑자기 입을 다물었다. 그러고는 성급히 술 한 잔을 따라 마시고는 헛기침을 했다.

"그때부터 말입니다, 젊은 양반" 하고 잠시 동안 말이 없다가 그는 다시 말을 이었다.

"그때부터 어떤 불미스러운 사건과 흉악한 사람들의 고자질로 해서, 주로 다리야 프란초브나가 농간을 부린 거죠. 그 여자에게 응분의 경의를 표시하지 않았다고 해서 말이오. 그때부터 내 딸 소피야 세묘노브나는 노란 감찰을 받지 않을 수 없게 되었고, 그 때문에 우리하고도 같이 살 수 없게 되었답니다. 여주인인 아말리야 표도로브나가 소냐와 같이 사는 걸 허용하지 않았기 때문이죠. 그전에는 자기가 먼저 다리야 프란초브나에게 충동질을 했으면서 말이오. 게다가 레베쟈트니코프 씨도…… 그렇죠…… 그 사내와 카체리나 이바노브나 사이에 있었던 사건도 결국은 소냐의 일 때문이었지요. 처음엔 자기가 먼저 소냐를 노리던 주제에 일이 그렇게 되니까 갑자기 도도해지면서 '나처럼 교육받은 인간이 어떻게 그런 여자와 한 지붕 밑에 살 수 있겠소?' 하고 나오지 않겠어요. 그러자 카체리나 이바노브나도 지지 않고 대들었지요…… 결국 일은 이렇게 해서 벌어지고만 겁니다…… 그래서 요즘은 소네치카도 해 질 무렵에야 집에 들르곤 하는데, 집에 와서는 카체리나 이바노브나를 거들어주기도 하고 분수에 넘치게 돈을 보태주기도 하지요…… 그런데 그 애는 카페르나우모프라는 재봉사네 집에서 방 한 칸을 빌려서 살고 있어요. 카페르나우모프란 사내는 절름발이에 말더듬이인데 그 많은 식구가 또한 모두 말더듬이들고 그의 처마저 말을 더듬는답니다…… 그 많은 식구들이 한방에서 살고 있지만, 소냐는 칸막이로 막힌 딴 방을 가지고 있어요…… 암, 그래요…… 가난에 쪼들리는 데다 말을 더듬기까지 하니…… 그건 그렇고…… 이튿날 아침 나는 일어나자마자 누더기 옷을 걸치고 두 손을 들어 하늘에 기도를 드린 다음, 이반 아파나시예비치 각하 댁으로 갔습니다. 이반 아파나시예비치 각하를 아실 테죠? …… 모르신다고요? 그런 성인(聖人)을 모르시다뇨! 그분은 마치 밀초 같은 분이시죠…… 주님 앞에 켜놓은 밀초 같은 분이세요. 그 밀초처럼 녹아내린다니까요! …… 각하께서는 내 자초지종을 들으시고 눈물까지 흘리시면서 '알겠나, 마르멜라도프, 자넨 이미 내 기대를 한 번 저버린 사람이지만…… 그러나 한 번 더 내가 책임을 지고 자넬 채용하기로 하지. 그렇게 알고 돌아가보게!' 하고 말씀하시지 않겠어요. 나는 그때 각하 발밑의 먼지를 핥았어요, 물론 마음속으로 말입니다. 그분은 저명한 고관인 데다 새로운 국가 의식과 문화 사상을 지닌 어른이니까, 실제로 그런 짓을 하는 걸 허용하시지 않으리라고 생각했기 때문이죠. 그다음 집에 돌아와서 다시 취직을 했다, 다시 월급을 타게 됐다고 보고했을 때, 아아, 그때의 기쁨이란!"

마르멜라도프는 몹시 흥분한 듯 다시 입을 다물었다. 바로 그때, 이미 취할 대로 취한 술꾼 한 패가 밖에서 우르르 밀려 들어왔다. 문간에서는 술꾼에게 끌려온 뜨내기 손풍금수의 손풍금 소리와 '시골집'이란 노래를 부르는 일곱 살쯤 된 아이의 째지는 듯한 목소리가 들려왔다. 주위가 소란해졌다. 주인과 심부름하는 아이들은 새 손님들을 접대하느라 바빴다. 마르멜라도프는 새 손님들을 거들떠보지도 않고 하던 이야기를 계속했다. 그는 꽤 지친 것 같으면서도 취기가 돌면 돌수록 더욱더 말이 많아졌다. 최근의 취직 성공에 대한 회상이 그에게 원기를 돋우어준 듯 그의 얼굴은 어떤 광채로 빛나기까지 했다.

"그건 말입니다, 학생, 약 5주 전의 일이었어요. 그렇습니다…… 카체리나 이바노브나와 소네치카가 그 소식을 듣자마자 나는 마치 천국에라도 옮겨간 듯한 대접을 받았어요. 그때까진 개돼지처럼 뒹굴면서 욕이나 얻어먹는 게 일이었죠! 그런데 이번에는 모두 발끝으로 걸어 다니며 애들에게도 이렇게 타이르지 않겠어요. '세묜 자하르이치*께서 일에 지쳐 쉬고 계신다. 쉿!' 하면서, 출근 전엔 커피를 내오지 않나, 크림을 끓여주지 않나! 아시겠어요, 그 크림도 진짜를 가져오기 시작했단 말입니다! 그리고 어디서 어떻게 구했는지 모르지만, 11루블 50코페이카나 들여 멋진 의상까지 마련해주었어요. 구두, 캘리코 와이셔츠…… 그것도 최고급으로, 그리고 제복, 이 모든 걸 11루블 50코페이카로 훌륭하게 갖춰주었단 말입니다. 첫날 내가 일터에서 돌아오니까, 카체리나 이바노브나는 요리를 두 가지나 만들어주더군요, 수프와 겨자를 바른 소금절임고기. 그때까지는 듣도 보도 못하던 것들이죠. 그리고 카체리나에게 옷이라곤 한 벌도 없었어요…… 그야말로 벌거숭이와 다름없었습니다. 그런데 마치 나들이를 나가

---

* 마르멜라도프의 이름과 부칭(父稱). 상대방에 대한 존칭으로 쓰임

는 사람처럼 말쑥이 옷을 차려입지 않았겠어요. 그렇다고 뭐 별다른 것이라도 있었다는 게 아니라, 아무것도 없는 데서 그 모든 걸 만들어내는 재주를 보였다는 거죠. 머리에 빗질을 하고 제법 깨끗한 옷깃에 소매까지 달고 보니, 아주 딴사람이 되어 더 젊고 더 아름다워 보이더군요. 한편 귀여운 내 딸 소네치카는 돈만 벌어다 줄 뿐, 앞으로 당분간 남들 눈치도 있고 하니 자주 찾아오지 않겠으며, 아무도 보지 않는 어둠을 타서 오겠노라고 말하더군요. 어때요? 기특하지 않습니까? 그런데 점심을 마치고 잠시 쉬려고 집에 돌아오니, 글쎄, 카체리나 이바노브나가 여주인을 초대해 커피를 대접하고 있지 않겠습니까! 여주인인 아말리야 표도로브나하곤 한 주쯤 전에 두 번 다시 보지 않겠다고 대판 싸움을 했으면서도 카체리나는 도저히 참을 수가 없었나 봐요. 두 사람은 두 시간씩이나 앉아서 소곤소곤 얘기를 주고받더군요. '이번에 우리 집 세묜 자하르이치도 취직을 해서 월급을 타게 되었답니다. 실은 이쪽에서 각하 나리를 찾아뵈었더니, 각하께서 몸소 나오셔서 다른 사람은 모두 기다리게 해놓고는 세묜 자하르이치의 손을 잡고 다른 사람들 옆을 지나 서재로 안내하시더래요.' 자, 어때요? 어떻습니까? '나는 물론 세묜 자하르이치, 자네의 공적을 잊지 않고 있다네. 자네는 그 술이라는 약점이 탈이긴 하지만, 그러나 이번엔 자네도 약속을 다짐했고, 게다가 실은 우리 쪽에서도 자네가 없어서 곤란했던 참이니, 어때요, 네, 어떻습니까! 자네가 그 약속을 훌륭히 지켜주길 기대하겠네, 하고 말씀하시더래요.' 미리 말씀드려두지만, 이것은 모두 집사람이 자기 멋대로 꾸며서 한 말입니다. 그렇지만 어떤 경솔한 마음에서라거나, 또는 쓸데없는 자만심에서 나온 것이 아닙니다! 아니에요, 마누라 자신은 그렇게 믿고 있으니까요. 즉 자기 공상으로 스스로를 위로하고 있는 셈이죠. 이건 사실입니다! 그래서 나도 집사람을 비난하진 않아요. 어떻게 내가 집사람을 비난할 수 있겠어요. 엿새 전의 일입니다. 내가 첫 월급 23루블 40코페이카를 고스란히 가지고 들어가니까, 그 사람은 나보고 '귀염둥이'라고 하지 않겠어요. '정말 당신은 귀염둥이구려!' 하는 거예요. 그것도 단둘이 있을 때 말입니다. 아시겠어요? 도대체 내 어디에 귀여운 데가 있습니까? 아니, 내가 무슨 남편 구실을 했단 말입니까? 그런데도 그 사람은 내 볼을 꼬집으며 '정말 당신은 귀염둥이구려!' 하는 거예요."

마르멜라도프는 말을 멈추고 빙긋 웃으려고 했으나, 갑자기 턱이 후들후들 떨리기 시작했다. 그러나 그는 꾹 참아냈다. 이 술집, 타락한 광경, 건초선의 닷새 밤, 보드카 병 그리고 동시에 아내와 가족에 대한 이 병적인 애정은 청년의 마음을 혼란 속에 몰아넣었다. 라스콜니코프는 긴장감과 더불어 어떤 병적인 느낌을 가지고 그의 말을 듣고 있었다. 그는 여기 온 것을 원망하고 있었다.

"이봐요, 젊은 양반!" 하고 마르멜라도프는 원기를 되찾으며 외쳤다.

"아아, 학생 양반, 당신에게도 다른 사람들과 마찬가지로 이 모든 얘기가 웃음거리밖에 되지 않을 겝니다. 이렇게 비참하고 어리석은, 자질구레한 가정생활 얘기가 당신에겐 괴로움을 줄 뿐이겠으나, 내게는 웃어넘길 수 없는 일입니다! 내게는 그 모든 것이 하나하나 가슴에 사무치기 때문이죠…… 그런데 지금까지의 내 생애를 통해 천국과도 같았던 그 하루, 그리고 그날 하룻밤은 나 자신도 벅찬 공상 속에서 시간 가는 줄 모르게 흘러가버렸지요. 즉 모든 일을 잘 정리해서 애들에게도 입힐 것을 입히고 아내 고생도 덜어줘야지, 그리고 하나밖에 없는 내 딸도 그 추악한 곳에서 다시 가정의 품 안으로 돌아오게 해야지…… 그 밖에도 수없이 많은 일들을 공상했지요…… 그럴 수 있는 일 아니겠소, 학생. 그런데 말입니다, 젊은 양반(마르멜라도프는 별안간 부르르 몸을 떠는가 싶더니 번쩍 머리를 쳐들고 뚫어지게 상대방을 바라보았다), 그런 공상을 하고 난 바로 그다음 날, 그러니까 꼭 닷새 전의 일이죠. 저녁 무렵, 나는 교활한 속임수를 써서 밤도둑처럼 카체리나 이바노브나의 트렁크 열쇠를 훔쳐내어 내가 가져온 봉급의 나머지를 몽땅 빼내고 말았지요. 그 돈이 모두 얼마였는지 기억도 못합니다. 자, 모두 내 얼굴을 봐주시오! 집을 나온 지 닷새째, 집에서는 아마 나를 찾고 있을 거요. 직장도 이것으로 결딴나고, 제복은 이집트교(橋) 근처 선술집에다 잡혔는데, 그 대신 받은 게 바로 이 누더기란 말이오…… 이제 만사는 끝장이 난 겁니다!"

마르멜라도프는 주먹으로 한 번 자기 이마를 탁 때리고 나서 이를 악물고 눈을 감더니, 탁자 위에 괸 팔꿈치에다 털썩 몸을 기댔다. 그러나 잠시 후 그의 얼굴빛이 홱 변하더니, 일부러 꾸민 듯한 교활하면서도 뻔뻔스러운 태도로 흘긋 라스콜니코프를 바라보고는 갑자기 웃으며 이렇게 말했다.

"그런데 오늘은 소냐한테 갔다 왔지요, 해장술 값을 타내려고요! 헤, 헤, 헤!"

"그래, 주던가?"

새로 들어온 패거리 가운데 한 사람이 옆에서 이렇게 소리치고는 곧 목이 터질 정도로 크게 웃어댔다.

"바로 이 보드카 병이 소냐의 돈으로 산 거요" 하고 마르멜라도프는 라스콜니코프 쪽만 바라보며 말했다.

"30코페이카를 주더군요. 자기 손으로 있는 돈을 모조리 긁어서…… 내 눈으로 똑똑히 보았어요…… 아무 말도 없이 그저 물끄러미 나를 바라보기만 하더군요…… 이 세상의 눈이 아니라 천사의 눈 같았어요…… 세상 사람들이 하는 짓을 슬퍼하며 눈물을 흘리지만 결코 나무라진 않습니다. 나무라진 않아요! 하지만 그 편이 더 괴롭단 말입니다. 조금도 나무라지 않는 게 더 괴롭단 말이에요! …… 30코페이카, 그렇죠. 하지만 그 애라고 그 돈이 필요치 않겠습니까? 어떻게 생각하시오, 젊은 양반? 그 애도 이젠 깨끗한 옷차림에 신경을 써야만 하니까요. 하지만 깨끗한 옷차림이라는 게 또 이상해서 돈이 들게 마련이죠. 아시겠습니까, 아시겠어요? 우선 포마드도 사야 할 테고, 포마드 없인 아무것도 할 수 없으니까요. 또 풀먹인 스커트라든가, 물구덩이를 뛰어넘을 때 다리 모양이 예쁘게 보일 날씬한 구두도 사야 할 테죠. 아시겠어요, 학생, 그 깨끗한 옷차림이란 뜻을 아시겠느냐 말입니다! 그런데도 나는, 핏줄을 나눴다는 이 아비는 그 소중한 돈을 술값으로 빼앗아 왔단 말입니다! 그리고 지금 이렇게 마시고 있는 거죠! 아니, 벌써 다 마셔버렸군요! …… 자, 그러니 나 같은 놈을 누가 불쌍히 여겨주겠느냐 말입니다! 어때요, 학생, 당신은 내가 불쌍하다고 생각하나요? 어때요, 말해봐요, 학생, 불쌍한지 아닌지를? 헤, 헤, 헤!"

그는 술을 따르려고 했으나 술이 없었다. 술병은 이미 비어 있었다.

"불쌍히 여길 게 뭐가 있소?" 하고 다시 그들 옆에 와 있던 가게 주인이 외쳤다.

웃음소리가 터지고 욕지거리까지 튀어나왔다. 얘기를 듣던 사람이든 안 듣던 사람이든, 모두 이 퇴직 관리의 모습만 보고도 웃음을 터뜨리고 욕설을 퍼부었다.

"불쌍히 여긴다고! 아니, 뭣 때문에 나를 불쌍히 여겨야 하지!" 하고 마르멜라도프는 마치 그 말을 기다렸다는 듯이 한 손을 앞으로 뻗치며 일어나서는 극도로 흥분한 표정으로 갑자기 외쳐대기 시작했다.

"아무것도 불쌍히 여길 필욘 없다, 이 말이지? 암, 그렇고말고! 나를 불쌍히 여길 필욘 하나도 없지! 나 같은 건 손발에 못을 박아 죽여도 시원찮지, 십자가에 못 박아 죽여도 불쌍히 여길 건 아무것도 없단 말이야! 십자가에 매다는 거야, 알겠나, 재판관, 십자가에 매달란 말이야. 그러나 일단 십자가에 매단 다음에는 날 불쌍히 여겨주게! 그렇게 한다면 나도 자진해서 벌을 받으러 갈 테니. 내가 갈망하는 건 향락이 아니라 슬픔과 눈물이니까! …… 이봐, 술장수, 네놈은 이 술병이 내 마음을 즐겁게 해줬다고 생각하나? 나는 이 밑바닥에서 슬픔을, 슬픔을 찾은 거야, 슬픔과 눈물을 말이야. 그리고 그걸 맛보며 찾아낼 수 있었단 말이다. 그러나 만백성을 불쌍히 여기시는 하느님, 만백성과 만물을 이해하시는 하느님, 오직 하느님만이 우리를 불쌍히 여겨주시겠지. 하느님은 유일무이하시고, 또 하느님만이 심판관이 되시는 거야. 최후의 심판 날에 오셔서 이렇게 물으시겠지. '심통 사나운 폐병쟁이 계모를 위해, 배다른 어린 동생들을 위해 자기 몸을 판 딸은 어디 있느뇨? 인간 세상에서 방탕한 주정뱅이 아버지의 만행도 두려워하지 않고 그를 불쌍히 여긴 딸은 어디 있느뇨?' 그리고 또 이렇게도 말씀하시겠지. '자, 이리 오너라! 나는 그전에도 한 번 너를 용서해준 적이 있다…… 전에도 한 번 너를 용서해주었으나…… 이번에는 네가 저지른 모든 죄가 다 용서받을 것이다. 그것은 네가 많은 사랑을 베풀었기 때문이니라…….' 이렇게 해서 내 딸 소냐는 용서를 받을 거야. 암, 용서받다마다. 나는 잘 알고 있지, 그 애가 용서받으리라는 걸 나는 아까 딸애한테 갔을 때 이 가슴으로 분명히 느꼈거든! 그리고 모든 사람을 다 재판하시고 모든 사람을 다 용서하시겠지, 선인도, 악인도, 현명한 자도, 겸손한 자도…… 그리고 일단 모든 사람에 대한 재판이 끝나면, 이번엔 우리에게도 차례가 와서 '너희들도 나오너라!' 하고 말씀하실 테지. '주정뱅이 나오라, 나약한 자도 나오라, 파렴치한도 나오라!' 여기서 우리가 겁도 없이 걸어 나가 하느님 앞에 늘어서면, '이 돼지 같은 자들아! 너희들은 짐승의 상을 하고 있지만 너희들도 나오너라!' 하고 하느님은 말씀하실 거야. 그러자 지인(智人)과 현인(賢人)들이 말하기를, '주님이여, 왜 그들을 맞아들이시나이까?' 여기서 주님께서 이르시길, '지혜 있는 자들아, 나는 그들을 맞으리라. 현명한 자들아, 나는 그들을 부르리라. 그들 중 어느 누구도 스스로 구원받을 자격이 있다고 생각하는 자는 하나도 없기 때문이니라…….'

42

이렇게 말씀하시고 우리에게 두 손을 벌리실 거야. 그러면 우리는 땅에 엎드리고…… 눈물을 흘리면서…… 모든 것을 깨닫게 되는 거지! …… 그때야말로 모든 걸 깨닫게 되는 거야! 우리 모두가 다…… 카체리나 이바노브나도…… 그 사람도 역시 깨닫게 되는 거야…… 오, 주여, 그대의 왕국이 임하시기를!"

이렇게 말하자 그는 힘이 다 빠져 지쳐버린 듯 털썩 의자 위에 주저앉고 말았다. 그러고는 주위의 모든 일을 잊어버리기라도 한 듯 아무도 바라보지 않으며 깊은 생각에 잠겨버렸다. 그의 이야기는 사람들에게 어느 정도 감명을 준 모양이었다. 잠시 침묵이 감돌았으나 곧 다시 아까와 같은 웃음소리와 욕지거리가 터져 나왔다.

"판단이 그럴싸하군!"라든가 "허풍이 대단하군그래!" 하고 "관리라 다르구먼!" 등등.

"자, 갈까요."

갑자기 마르멜라도프는 머리를 들고 라스콜니코프를 바라보며 말했다.

"나를 좀 데려다주시오…… 코젤리네 집 안마당으로. 갈 때가 됐어요…… 카체리나 이바노브나한테……."

라스콜니코프는 이미 오래전부터 여기에서 나가고 싶었고, 또 그 자신도 마르멜라도프를 도와줘야겠다고 마음속으로 생각하고 있었다. 마르멜라도프는 입보다도 발이 더 지쳐 있어서 완전히 청년에게 매달리다시피 했다. 200~300백 보밖에 안 되는 거리였다. 집으로 다가갈수록 이 술 취한 사내의 얼굴에는 당황과 공포의 빛이 점점 더 짙어져갔다.

"지금 내가 두려워하는 건 카체리나 이바노브나가 아닙니다" 하고 그는 가슴을 들먹이며 중얼댔다.

"그 사람이 내 머리칼을 쥐어뜯을까 봐 두려워하는 것도 아닙니다. 머리칼이 뭡니까! …… 머리칼 같은 건 아무것도 아녜요! 그렇고말고요! 머

리칼을 쥐어뜯어준다면, 오히려 그 편이 내겐 더 낫지요. 내가 무서운 건
그게 아니에요…… 난…… 그 사람의 눈이 무서워요…… 그래요…… 그
눈이…… 그리고 볼에 돋은 붉은 반점도 역시 무섭고요…… 그리고 또 그
사람의 숨소리도…… 그런 병에 걸린 사람의 숨소리를 들은 적 있소?
…… 극도로 흥분했을 때의 그 숨소리 말이오? 애들의 울음소리 역시 무
섭지요…… 사실 말이지, 소냐가 길러주지 않았다면 그야말로…… 지금쯤
어떻게 됐을지도 모르죠! 정말 몰라요! 그러니 내가 얻어맞는 것쯤은 문
제가 아니란 말이오…… 알겠소, 학생 나리. 그런 것으로 얻어맞는 것쯤은
아프지도 않답니다. 오히려 마음이 기쁠 정도죠…… 아니, 그것마저 없다
면 나 스스로 어떻게 감당해낼 수 있겠소. 그 편이 낫다마다요…… 마음
대로 때려서 마음을 가라앉히는 편이…… 낫단 말이오…… 아아, 벌써 집
에 다 왔군. 코젤리네 집이오. 돈 많은 독일인, 자물쇠 장수네 집이지……
자, 좀 안내해주시오!"

그들은 안뜰로 들어가 4층으로 올라갔다. 층계는 위로 오를수록 점점
어두워졌다. 그럭저럭 11시가 가까울 무렵이었다. 이런 계절의 페테르부
르크에는 캄캄한 밤이라는 것이 없는 법이지만* 그래도 층계 위는 몹시
어두웠다.

맨 윗계단 끝에 연기에 그은 조그만 문이 열려 있었다. 촛불 하나가 길
이 열 발짝쯤 되는 초라하기 짝이 없는 방 안을 비쳐주고 있었다. 방 전체
가 문간에서 한눈에 들여다보였다. 모든 것이 무질서하게 흩어져 있었으
나, 그중에서도 특히 갖가지 아이들의 누더기가 눈에 띄었다. 방 한쪽 구
석에 구멍투성이 시트가 드리워져 있었다. 아마 그 뒤에 침대가 있는 것
같았다. 그 밖에 방 안에 있는 것이라곤 의자 두 개와 유포(油布)를 씌운

---

* 북극 지방 특유의 백야를 뜻함

다 해진 긴 의자 하나, 그리고 그 앞에 놓인 색칠도 않고 아무것도 씌우지 않은 부엌용 소나무 탁자가 전부였다. 탁자 가장자리에는 타다 남은 기름 초가 꽂힌 무쇠 촛대가 서 있었다. 그러고 보면 마르멜라도프는 방 한쪽 구석이 아니라 옹근 방 하나를 빌려 쓰고 있는 셈이지만, 그러나 그 방은 다른 사람들의 통로 구실도 겸하고 있었다. 아말리야 리페베흐젤의 집은 새장 같은 조그만 방들로 나뉘어 있었는데, 그 안으로 통하는 방문은 빙 긋이 열려 있었다. 거기는 매우 소란스러워서 외치는 소리와 커다란 웃음 소리도 들려왔다. 아마 카드놀이를 하면서 차라도 마시고 있는 모양이었 다. 때때로 몹시 야비한 말까지도 새어 나왔다.

라스콜니코프는 곧 카체리나 이바노브나를 알아보았다. 그녀는 제법 후리후리한 키에 균형 잡힌 몸매를 하고 여전히 아름다운 밤색 머리를 가 진 몹시도 여윈 여자였는데, 듣던 대로 그녀의 두 볼은 붉은 반점으로 얼 룩져 있었다. 그녀는 가슴에 두 손을 얹은 채 헐어터진 입술로 고르지 못 한 가쁜 숨을 몰아쉬면서, 크지도 않은 방 안을 앞뒤로 왔다 갔다 하고 있 었다. 그녀의 두 눈은 열병에라도 걸린 듯 빛나고 있었으나 날카로운 눈 초리는 움직일 줄 몰랐다. 그리고 흥분한 결핵 환자 같은 그 얼굴은 꺼질 듯이 가물거리는 마지막 촛불의 불빛을 받아 병적인 인상을 더해주고 있 었다. 라스콜니코프에게 그녀는 서른 살 안팎으로 보였다. 그리고 사실 마 르멜라도프에게는 너무 과분해 보였다……. 그녀의 귀에는 사람이 들어 오는 소리가 들리지 않고, 그 모습도 눈에 들어오지 않았다. 그녀는 지금 어떤 망각 상태에 빠져 있는 듯 귀도 들리지 않거니와 눈도 보이지 않는 것 같았다. 방 안은 숨이 막힐 지경으로 답답했으나 그녀는 창문도 열어 놓지 않고 있었다. 층계 쪽에서 악취가 풍겨 오는데도 층계로 통하는 문 은 닫혀 있지 않았다. 안쪽 방에서는 빠끔히 열린 문틈으로 담배 연기가 파도처럼 흘러나와 연방 기침이 나는데도, 그녀는 그 문을 꼭 닫으려 하지 않았다. 여섯 살쯤 된 막내딸은 묘하게 쪼그린 앉은 자세로 머리를 소파에 기댄 채 마룻바닥에 잠들어 있었다. 한 살쯤 많은 남자 아이는 방 한구석에서 오들오들 떨며 울고 있었다. 아마 지금 막 매를 맞고 난 뒤인 듯싶었다. 아홉 살가량의 성냥개비처럼 가늘고 키가 큰 맏딸은 여기저기 구멍 뚫린 더러운 셔츠에 낡은 드라데담직 망토를 벌거숭이 어깨에 걸치고 있었는데, 무릎까지 닿지 않는 것으로 보아 그나마도 만든 지 2년쯤은 되는 것 같았다. 그녀는 방 한쪽 구석 동생 곁에 서서 성냥개비처럼 여윈 가느다란 손으로 동생의 몸을 감싸고 있었다. 소녀는 동생을 달래느라 뭐라고 소곤소곤 속삭이면서 어떻게든 다시는 울지 않게 하려고 열심히 어르고 있었으나, 한편으로는 공포가 서린 그 휘둥그런 검은 눈으로 어머니의 일거일동을 지켜보고 있었다. 깡마른 얼굴에 공포의 표정까지 띠니 그 눈은 유난히 더 커 보였다. 마르멜라도프는 방으로 들어가지 않고 문간에 무릎을 꿇고는 라스콜니코프를 방으로 떼밀었다. 여자는 낯선 사람을 보자 멍청히 그 앞에 걸음을 멈추었으나, 퍼뜩 제정신을 차리고 이 사나이가 무엇 때문에 여기 들어왔을까 생각하는 눈치였다. 그러나 곧 그 방은 통로로 되어 있으니 다른 방으로 가는 사람이라고 생각했는지, 그녀는 청년에게 주의를 주지 않고 문을 좀 닫기 위해 걸음을 옮겼다. 그러다 문지방에 무릎을 꿇고 앉아 있는 남편을 발견하고, 그녀는 미친 듯이 소리쳤다.

"아아!" 하고 그녀는 정신없이 외쳐댔다.

"돌아왔군그래, 이 천벌을 받을 놈 같으니! 이 짐승만도 못한 놈아! …… 돈은 어디 있어! 주머니 속에 있는 걸 꺼내봐! 게다가 옷도 딴 걸 입고! 그 신은 어떻게 했지? 돈은 어디 있고? 어서 말해보라니까!"

그녀는 이렇게 말하고, 남편에게 달려들어 옷을 뒤지기 시작했다. 마르멜라도프는 아내의 호주머니 검사를 거들어주려고 순순히 두 팔을 양쪽으로 벌렸다. 돈은 한 푼도 없었다.

"대관절 돈은 어디 있지?" 하고 그녀는 외쳤다.

"오오, 주여, 그 돈을 몽땅 마셔버리다니! …… 트렁크엔 12루블이나 남아 있었는데!"

이 말이 끝나기가 무섭게 그녀는 미친 사람처럼 남편의 머리칼을 움켜쥐고는 방 안으로 끌어당겼다. 마르멜라도프는 아내의 수고를 덜어주기 위해 순순히 그녀 뒤를 따라 무릎으로 기어 들어갔다.

"나한텐 이것도 즐거움이오! 고통이 아니라 즈을거움이란 말이오, 학아악생 나아리!"

그는 머리칼을 잡혀 끌리면서도, 그리고 한 번은 마룻바닥에 이마를 부딪치기까지 하면서도 이렇게 외쳤다. 마룻바닥에서 자고 있던 아이가 잠을 깨면서 울음을 터뜨렸다. 방구석에 서 있던 남자 아이는 더 참을 수 없는 듯 와들와들 몸을 떨며 비명을 지르고는, 거의 발작이라도 일으킨 듯이 무서운 공포에 사로잡혀 누이한테 매달렸다. 큰딸은 자기 눈을 의심하며 나뭇잎처럼 떨고 있었다.

"마셔버렸어! 그걸 다 마셔버렸어!" 하고 불행한 여인은 절망적인 어조로 외쳤다.

"게다가 옷도 바꿔 입고! 저렇게 굶고 있는데! 저렇게 굶고 있는데 말이야! (그녀는 두 손을 비벼대며 아이들을 가리켰다.) 아아, 저주받은 인생 같으니! 그런데 당신은, 당신은 부끄럽지도 않소!"

갑자기 그녀는 라스콜니코프에게 대들었다.

"술집에서 온 것이 부끄럽지도 않느냐 말이오! 당신도 저 사람하고 마셨죠? 당신도 함께 술을 마셨죠! 어서 나가욧!"

청년은 한마디 말도 없이 황급히 그곳을 빠져나가려고 했다. 더구나 안쪽으로 통하는 문이 활짝 열려 있고, 거기서는 호기심 어린 몇몇 얼굴들이 내다보고 있었다. 궐련을 문 사람, 파이프를 문 사람, 둥근 모자를 쓴 사람, 능글맞은 조소를 띤 얼굴들이 길게 목을 빼고 바라보고 있었다. 그 밖에도 잠옷을 입은 사람, 단추를 몽땅 풀어헤친 사람, 꼴사납게 얇은 여름옷만 입은 사람, 손에 트럼프를 든 사람까지 있었다. 마르멜라도프가 머리칼을 잡아끌리면서 '즐거움'이라고 외쳤을 때, 그들은 모두 무척이나 재미있다는 듯 큰 소리로 웃어댔다. 그들은 방 안까지 밀고 들어왔다. 그리고 마침내 기분 나쁜 외침 소리가 울려 퍼졌다. 아말리야 리페베흐젤이 자기 나름대로 해결하기 위해 지금까지 이미 몇십 번이나 되풀이한 명령, 내일이라도 당장 떠나달라는 협박적인 명령으로 이 불행한 부인을 위협하려고 사람들을 밀어젖히며 앞으로 나왔던 것이다. 라스콜니코프는 떠나기에 앞서 호주머니에 황급히 손을 집어넣어, 술집에서 1루블의 거스름돈으로 받은 동전을 손에 집히는 대로 꺼내어 남의 눈에 띄지 않게 살그머니 창틀 위에 놓았다. 그러나 층계로 나오자 다시 생각을 고쳐먹고 되돌아갈까 하는 생각도 해보았다.

'왜 그런 바보 같은 짓을 했을까?' 하고 그는 생각했다.

'그들에게는 소냐가 있지 않느냐, 돈이 급한 건 오히려 내가 아니냐 말이야.'

그러나 이젠 돌이킬 수도 없거니와, 설령 돌이킬 수 있다 해도 그런 짓을 할 수는 없다는 판단을 내리자 그는 손을 한 번 내젓고 자기 거처를 향해 걸음을 옮겼다.

'소냐에게도 역시 포마드가 필요하다니까.'

그는 거리를 걸으면서 독기 어린 웃음을 지으며 생각을 계속했다.

'깨끗한 옷차림을 위해선 돈이 필요하댔어…… 흥! 하지만 소네치카인들 오늘이라도 당장 파산을 할지 누가 아느냐 말이야. 아무튼 그런 사업은 금광의 경영이나…… 여우 사냥과 마찬가지로 일종의 모험과 다름없으니까…… 그리고 보니 내 돈이 없었다면 그 집 식구들은 당장 내일부터

라도 옴짝달싹못할 뻔했군…… 아아, 기특하다, 소냐! 그건 그렇고, 그들은 굉장한 광맥(鑛脈)을 하나 파헤쳤군! 그리고 잘도 이용해먹고 있어! 그 토록 잘 이용해먹고 있으니 말야! 그리고 이젠 아무렇지도 않게 생각하거든. 그저 눈물을 찔끔 흘렸을 뿐 완전히 습관이 돼버렸단 말이야. 인간이란 비열해서 무엇에나 곧 익숙해진다니까!'

그는 생각에 잠겼다.

'그러나 만약 내 생각이 틀리다면' 하고 그는 속으로 저도 모르게 갑자기 외쳤다.

'만약에 정말로 인간이, 인간 전체가, 즉 인류 그 자체가 비열한이 아니라면, 그 이외의 것은 모두…… 편견이 되는 셈이다. 아무 근거도 없는 공포에 지나지 않는다. 그리고 거기엔 어떠한 장애도 있을 수 없다. 그건 마땅히 그렇게 돼야 하는 거다!'

3

다음 날 그는 꽤 늦게야 불안한 잠에서 눈을 떴다. 그러나 수면도 그의 원기를 돋워주지는 못했다. 그는 들뜨고 화난 험상궂은 기분으로 눈을 뜨자, 혐오에 찬 눈으로 초라한 자기 방을 둘러보았다. 그것은 길이가 열 자 남짓한 협소한 골방으로, 여기저기 벽에서 떨어진 먼지투성이 누런 벽지 때문에 더욱 초라해 보였다. 게다가 천장이 어찌나 낮은지 키가 좀 큰 사람이면 답답해서 못 견딜 지경이고, 지금이라도 당장 천장에 머리를 부딪칠 것만 같았다. 가구도 방하고는 잘 어울렸다. 불결하기 그지없는 낡은 의자 세 개와 색칠한 탁자 하나가 방 한구석에 놓여 있고, 그 위에는 노트 몇 권과 책들이 놓여 있었다. 모두 뽀얗게 먼지가 쌓여 있는 것으로 보아 오랫동안 손을 대지 않은 것이 분명했다. 그리고 거의 벽 전체와 방을 반쯤 차지하고 있는 볼꼴 사납게 큰 소파가 하나 있었는데, 예전에는 옥양목을 씌웠었지만 지금은 완전히 누더기가 되어 라스콜니코프의 침대 대용으로 쓰이고 있었다. 그는 언제나 옷을 벗는 일 없이 입은 채로, 시트도 없이 낡아빠진 누더기 학생 외투를 뒤집어쓰고 그 위에 누워 자곤 했다. 머리맡에는 조그만 베개 하나가 있고, 그 베개를 높이려고 갖고 있는 속옷을 더럽든 깨끗하든 모조리 그 밑에다 쑤셔 넣고 있었다. 소파 앞에는 조그만 탁자 하나가 있었다.

이보다 더 가난하고 불결한 생활을 하기란 힘들 정도였다. 그러나 라스콜니코프로서는, 적어도 그의 지금 정신 상태로 봐서는 그것이 오히려 유쾌할 지경이었다. 그는 거북이 껍데기 속으로 목을 움츠리듯이 완전히 모든 사람과의 교제를 끊고 있었기 때문에 그의 시중을 들어주는 하녀가 때때로 방 안을 들여다보는 것조차 그에게는 짜증과 발작적인 동요를 불러일으켰다. 그것은 어떤 일에 지나치게 골몰하는 편집광에게 흔히 있는 일이다. 하숙집 여주인이 식사를 주지 않은 지 벌써 2주째지만, 그는 아무 것도 안 먹고 앉아 있으면서도 아직껏 여주인을 만날 생각도 하지 않았다. 여주인이 두고 있는 하나뿐인 하녀이자 요리사인 나스타시야는 하숙인의 이러한 심정을 반기기라도 하는 듯 방 정리나 청소를 뚝 그쳐버리고, 한 주일에 한 번쯤 생각난 듯이 비를 들고 나타날 뿐이었다. 지금도 그를 깨운 것은 다름 아닌 그 나스타시야였다.

"일어나세요, 언제까지 주무실 거예요!" 하고 그녀는 하숙생의 머리 위에서 소리쳤다.

"9시가 지났단 말이에요. 차를 가져왔어요. 차 안 드시겠어요? 몹시 시장하실 텐데?"

하숙생은 눈을 떴다. 그리고 몸부림을 한 번 치고는 나스타시야를 알아보았다.

"그 차는 주인아주머니가 보내준 건가?"

그는 병적인 표정으로 소파 위로 일어나 앉으면서 천천히 물었다.

"주인아줌마가 잘도 주겠네요!"

그녀는 재탕한 차를 담은, 금 간 자기 찻잔을 청년 앞에 놓고 누런 설탕 덩어리를 두 개 집어넣었다.

"저, 나스타시야, 미안하지만 이걸 가지고" 하고 그는 호주머니를 뒤져 (그는 옷을 입은 채 자고 있었다) 동전을 한 줌 꺼내면서 말했다.

"빨리 가서 흰 빵 좀 사다 줘. 그리고 푸주에서 소시지도 조금, 싼 걸로 말이야."

"흰 빵은 곧 사다 드리겠지만, 소시지 대신 양배추 수프는 어때요? 맛있어요, 어제 거지만. 어제부터 주려고 남겨두었는데, 학생이 늦게 돌아왔기 때문에. 참 맛있어요."

양배추 수프가 나오고 그가 먹기 시작하자, 나스타시야는 학생 옆 소파에 앉아서 수다를 떨기 시작했다. 그녀는 시골뜨기에 퍽 수다스러웠다.

"프라스코비야 파블로브나(안주인)가 학생을 경찰에다 고발한대요."

그는 눈살을 잔뜩 찌푸렸다.

"경찰에? 무슨 일로?"

"돈도 안 내고 나가지도 않으니까 그렇겠죠, 뻔하지 뭐요."

"쳇, 그렇게까지 해야 속이 시원한가, 망할 여자 같으니."

그는 이를 갈면서 중얼거렸다.

"아냐, 지금은 좀…… 곤란해…… 정말 그 여자는 바보로군" 하고 그는 큰 소리로 덧붙였다.

"내가 오늘 주인아주머니한테 가서 말해보지."

"주인아줌마도 나처럼 바보임에 틀림없어요. 하지만 똑똑한 체하는 당신은 왜 이 꼴이죠? 만날 부대 자루처럼 뒹굴고 있을 뿐 일하는 모습이라곤 한 번도 볼 수 없으니 말이에요? 그래도 전에는 아이들을 가르치러 다니더니, 요샌 왜 아무 일도 안 하는 거죠?"

"하고 있어……."

라스콜니코프는 귀찮다는 듯이 퉁명스러운 어조로 말했다.

"무엇을 하죠?"

"일을 하지……."

"무슨 일을요?"

"생각하는 일" 하고 그는 잠시 말이 없다 심각한 표정으로 대답했다.

나스타시야는 느닷없이 배를 끌어안고 웃어댔다. 그녀는 워낙 웃기를 좋아하는 여자여서 우스운 일만 생기면 소리도 안 내고 온몸을 뒤틀어 흔들면서 속이 메스꺼워질 때까지 계속 웃었다.

"그래, 생각하는 일을 해서 돈이라도 많이 버셨나요?"

그녀는 가까스로 이렇게 말했다.

"구두가 없으니 아이들을 가르치러 갈 수도 없거든. 게다가 그런 일은 딱 질색이야."

"그런 말을 하면 벌을 받는대요."

"애들을 가르쳐봤자 고작 동전밖에 들어올 게 없어. 그 동전 몇 푼으로 뭘 하느냐 말이야?"

마치 자기 자신의 상념에라도 대답하는 듯 그는 마지못해 말을 이었다.

"그럼 단번에 한밑천 잡겠다는 건가요?"

그는 이상한 눈초리로 그녀를 바라보았다.

"그렇지, 한밑천 잡아야지."

그는 잠시 말이 없다가 힘 있게 대답했다.

"어머, 가만가만 말하세요, 놀라지 않게. 그렇게 무서운 눈을 하고. 그보다도 빵을 사 올까요, 그만둘까요?"

"맘대로 해."

"참, 깜빡 잊었었네! 어제 학생이 없을 때 편지가 왔어요."

"편지라니! 내게! 어디서?"

"어디서 왔는지는 모르겠어요. 우체부한테 내 돈 3코페이카를 물었어요. 그 돈 갚아주실 테죠?"

"그래, 빨리 좀 갖다 줘. 자, 어서!"

라스콜니코프는 완전히 흥분에 싸인 채 이렇게 소리쳤다.

"아아!"

잠시 후 편지를 가져왔다. 예상대로 R 고장에 계신 어머니한테서 온 편지였다. 편지를 받아 들자 그의 얼굴은 파랗게 질리기까지 했다. 벌써 오랫동안 편지라곤 받아본 일이 없었다. 그러나 지금은 그 이외에도 뭔가 다른 것이 갑자기 그의 심장을 압박했다.

"나스타시야, 제발 부탁이니 좀 나가줘, 자, 여기 3코페이카는 줄 테니. 자, 빨리 좀 나가줘!"

편지는 그의 손에서 떨리고 있었다. 그는 하녀 앞에서 편지를 뜯고 싶지 않았다. 그는 그 편지하고 **단둘**만 남고 싶었던 것이다. 나스타시야가 나가자 그는 재빨리 편지를 입술로 가져가 입을 맞추었다. 그러고는 오랫동안 편지 겉봉의 필적을, 그토록 정답고 낯익은 비스듬히 눕혀 쓴 잔 글씨를 바라보았다. 옛날 그에게 읽고 쓰기를 가르쳐준 어머니의 필적이었다. 그는 잠시 망설였다. 무엇인가를 두려워하는 것 같았다. 마침내 그는 겉봉을 뜯었다. 편지는 2로트*쯤 될 만큼 두툼했다. 커다란 편지지 두 장에 잔 글씨가 가득 메워져 있었다.

'그리운 내 아들 로쟈**야' 하고 어머니는 쓰고 있었다.

너하고 편지로 이야기한 지도 그럭저럭 벌써 두 달이 넘었구나. 나도 그걸 생각하면 마음이 괴로워서 가끔 뜬눈으로 밤을 새우기도 한단다. 하지만 너도 이 부득이한 나의 침묵을 책망하지는 않으리라 믿는다. 내가 너를 얼마나 사랑하는지는 너도 잘 알고 있을 게다. 너는 우리 집안의 외아들, 내게나 두냐에게 너는 우리의 전부이고 희망이며, 또한 기대이기도 하다. 네가 학비를 댈 수 없어서 몇 달째 대학을 쉬고 있고 교사나

---

* 1로트는 약 13그램
** 라스콜니코프의 이름, 로지온의 애칭

그 밖의 다른 일도 모두 할 수 없게 되었다는 말을 들었을 때, 이 어미의 마음이 어떠했는지 아느냐! 1년에 120루블이라는 연금으로 어떻게 너를 도울 수 있었겠니? 넉 달 전 너한테 보낸 15루블도, 너도 알다시피 그 연금을 저당 잡혀서 이 고장 상인 아파나시 이바노비치 바흐루신한테서 얻어 온 것이다. 그분은 선량한 사람이고 네 아버지의 친구였다. 그러나 그분에게 연금 받을 권리를 양도했었기 때문에 나는 그 부채를 다 갚을 때까지 기다리지 않으면 안 되었단다. 그 빚을 이제야 겨우 다 청산했으니, 그동안 네게는 한 푼도 송금할 수가 없었지. 그러나 이제부턴 다행히 너에게도 송금을 하게 될 것 같다. 게다가 전반적으로 우리 집의 가운(家運)도 어느 정도 틔는 것 같기에, 우선 그 얘기부터 너에게 전하고 싶구나. 우선 로쟈야, 너는 놀랄지 모르지만 네 여동생은 벌써 한 달 반째나 나하고 함께 살고 있단다. 그리고 앞으론 두 번 다시 떨어지지 않을 생각이다. 다행히 그 애의 고생도 이젠 끝이 났다. 그러나 우리에게 무슨 일이 있었고, 또 지금까지 우리가 너에게 무엇을 감추고 있었는지 네가 알아들을 수 있게끔 차근차근 순서대로 이야기를 해보겠다. 너는 두 달 전에 두냐가 스비드리가일로프 씨 댁에서 갖은 모욕을 받으며 참고 있다는 얘기를 누구한테서 듣고 자세한 내용을 알려달라는 편지를 내게 보냈지만, 나는 그때 뭐라고 회답을 써야 할지 몰랐다. 만약 내가 사실대로 죄다 써 보냈다면 필경 너는 모든 것을 내동댕이치고 걸어서라도 집으로 돌아왔을 게다. 나는 네 성질도 마음도 잘 아는데, 너는 자기 여동생에 대한 모욕을 보고 가만히 참고 있을 사람이 아니기 때문이다. 하긴 이렇게 말하는 나 자신도 제정신이 아니었으니 말이다. 하지만 그렇다고 우리가 무엇을 할 수 있었겠니? 그땐 나 자신도 사건 내용은 충분히 알지 못할 때였으니까. 그런데 무엇보다도 곤란했던 일은, 작년에 두네치카*가 가정교사로 그 집에 들어갈 때 월급에서 다달이 공제하는 조건으로 100루블을 미리 받았다는 거야. 그래서 그 빚을 다 갚기 전에는 가정교사를 그만둘 수가 없었단다. 그 돈은 바로, 이젠 속속들이 다 털어놓고 말할 수 있다만, 내 귀중한 로쟈야, 그때 네가 꼭 돈이 필요하다고 해서 작년에 우리가 부쳐준 60루블, 그걸 너한테 보내고 싶은 마음에 두네치카가 빌렸던 거란다. 그때 우리는 너를 속이고 두네치카가 전부터 모아 두었던 저금에서 빼낸 돈이라고 말해두었지만, 실은 그렇지 않았다. 그러나 이번에 하느님의 자비로 모든 일이 갑자기 좋은 방향으로 진전되어가므로 두냐가 얼마나 너를 생각하고 있고, 또 얼마나 아름다운 마음을 가지고 있는지를 꼭 너에게 알리고 싶은 마음에서 이젠 모든 것을 털어놓기로 했다. 사실 스비드리가일로프 씨는 처음부터 그 애를 무례한 태도로 대했고, 식사 때도 여러 가지 실례되는 말을 하기도 하고 조롱하기도 했다더구나…… 하지만 모든 것이 다 과거지사가 되어버린 지금, 이런 불쾌한 이야기를 자세히 늘어놓아서 공연히 네 마음을 흔들어놓고 싶지도 않다. 그래, 간단히 말해 스비드리가일로프의 부인 마르파 페트로브나를 비롯해서 집안 식구들이 모두 친절하게 잘해주는데도 두네치카의 입장은 매우 괴로웠던 것 같다. 특히 스비드리가일로프 씨가 예전에 군대에 있던 습관대로 바쿠스**의 포로가 되어 있을 때는 더욱 괴로웠던 모양이다. 그런데 나중에 알고 보니, 글쎄, 생각 좀 해봐라, 그 미치광이 같은 사람은 훨씬 전부터 두냐에게 야심을 품고 있었는데, 그걸 감추려고 일부러 두냐에게 난폭한 언동과 무례한 짓을 한 것이 아니었겠니. 어쩌면 그 사람은, 이미 나이도 지긋한 한 집안의 가장이기도 한 자기가 그런 경솔한 야심을 품게 된 데 스스로도 부끄럽고 무서운 생각이 들어,

---

* 두냐의 애칭
** 그리스 신화의 주신(酒神)

그 때문에 그만 본의 아닌 화풀이를 두냐에게 했는지도 모른다. 아니, 어쩌면 그 애한테 무례한 언동과 조롱을 함으로써 자기의 야심을 남들 눈에 안 띄게 하려 했는지도 모르지. 그러나 마침내 참을 수 없었는지 그는 뻔뻔스럽게도 두냐에게 노골적으로 추잡한 제의를 해오게 된 거란다. 여러 가지 보수를 약속하기도 하고, 모든 것을 버리고 단둘이 어떤 시골이나 외국으로 떠나자고 말하더라는구나. 그러니 그 애의 고통이 어떠했겠니, 너도 좀 상상해봐라! 빚도 있거니와, 마르파 페트로브나를 생각해서도 당장 그곳을 뛰쳐나올 수 없었던 거다. 그렇게 하면 부인은 금방 의심을 품을 테고, 집안에 풍파를 일으킬 우려도 없지 않았기 때문이다. 게다가 두네치카로 봐서도 큰 스캔들이 될 것이고, 그대로 무사히 넘길 만한 일도 아니었기 때문이다. 그 밖에도 여러 가지 사정이 있어서 두냐는 만 6주 동안을 그 무서운 집에서 뛰쳐나올 엄두도 못 내고 있었단다. 물론 너는 두냐가 얼마나 영리하고, 또 얼마나 굳은 성격을 가졌는지 잘 알 게다. 두네치카는 웬만한 일이면 참아낼 수 있는 애다. 그리고 어떤 죄악의 상태에서도 침착성을 잃지 않을 만큼 마음의 여유를 가질 수 있는 애란 말이다. 그 애는 나한테까지도 쓸데없는 근심을 끼치지 않으려고 자주 편지를 주고받으면서도 거기에 대해선 아무것도 써 보내지 않았단다. 그러나 그러는 사이에 예기치 않은 결말이 오고야 말았다. 다름 아니라, 마르파 페트로브나가 우연히 두네치카를 구슬리고 있는 남편의 말을 정원에서 엿듣게 된 거란다. 그러자 그녀는 모든 것을 거꾸로 판단하여 모두가 다 두냐 탓이라고 생각하고 하나에서 열까지 모두 그 애의 잘못으로 돌리고 말았다. 곧이어 정원에서는 무서운 소동이 일어났다. 마르파 페트로브나는 두냐의 말은 들을 생각도 않고 그 애를 때리기까지 했단다. 근 한 시간이나 외쳐댄 다음, 그 애의 소지품과 속옷, 옷가지 등을 꾸리지도 싸지도 않고 그저 손 닿는 대로 마구 짐수레에 처넣고는,

당장 두냐를 태워 내가 있는 거리로 쫓아버리라고 명령했다는구나. 게다가 공교롭게도 비가 억수처럼 쏟아져서, 마구 창피와 모욕을 당한 두냐는 지붕도 없는 짐수레를 타고 농군과 함께 40여 리 길을 달려오지 않을 수 없었단다. 잘 생각해봐라, 이런 사정이고 보니 두 달 전에 받은 네 편지의 회답으로 내가 무슨 말을 쓸 수 있었겠니? 무슨 말을 쓸 수 있었겠어? 나 자신이 원통해 죽을 지경인데, 어찌 너에게까지 사실을 전할 수 있었겠느냐 말이다. 만약 네가 그걸 안다면, 원통한 마음에 사로잡혀 슬프고 분한 마음에서 무슨 일을 저지를지 몰랐기 때문이다. 자칫하면 네 자신을 스스로 파멸로 이끌지도 모르는 일이고. 게다가 두네치카 역시 말리더구나. 그렇다고 그런 슬픔이 가슴속에 가득 차 있는데 뭔가 딴 시시한 이야기로 편지를 메운다는 것도 역시 나로서는 할 수 없는 일이었다. 그런데 그 뒤로 한 달 동안 이곳에서는 그 사건에 대한 뜬소문이 온 시내에 죽 퍼지고, 끝내는 모든 사람이 경멸하는 눈으로 바라보며 수군거리는 바람에 나와 두냐는 교회에도 나갈 수 없을 정도였고, 개중에는 우리 앞에서까지 큰 소리로 떠들어대는 사람까지 있었단다. 안면깨나 있던 사람들도 모두 우리에게서 멀어지고 인사도 하지 않게 되었다. 나중에 안 일이지만, 상점의 점원이나 관청의 서기 등이 우리 집 대문에다 콜타르를 칠해서 우리에게 속된 모욕을 주려고까지 했다더구나. 이런 상태이고 보니, 집주인도 방을 내놓으라고 재촉할 수밖에. 그러나 이렇게 된 것도 모두 집집마다 찾아다니며 두냐를 비난하고 흉본 마르파 페트로브나의 덕분이지. 그 여자는 이 고장 사람들과는 잘 아는 사이라서, 지난달에는 뻔질나게 이 거리를 드나들곤 했는데 원래가 좀 수다스러운 데다가 자기 집안 얘기뿐만 아니고, 특히 나쁜 것은 남편에 대한 불평까지도 상대를 가리지 않고 늘어놓기를 좋아해서 순식간에 그 소문은 시내뿐만 아니라 이 고장 방방곡곡에 퍼지게 되었단다. 나는 병에 걸리고 말았지만, 두네치카는 나보다 훨씬 마음이 굳더구나. 그 애가 온갖 고통을 다 참아내며 나를 위로하고 격려해주던 모습을 네가 보았더라면! 그 애는 정말 천사다! 그러나 하느님의 은총으로 우리 고통도 이 짤막한 기간으로 끝을 보게 되었단다. 다름 아니라 스비드리가일로프 씨가 마음을 고쳐먹고 참회를 했으니 말이다. 아마 두냐를 가엾게 생각한 게지. 두네치카의 완전한 결백을 증명해주는 확실한 증거를 마르파 페트로브나에게 제시해주었다는구나. 그것은 마르파 페트로브나가 두 사람을 정원에서 발견하기 이전에 그 사람이 강요하는 밀회와 밀담을 피하려고 두냐가 마지못해 그에게 써 보낸 편지였는데, 두네치카가 그 집을 떠난 뒤에도 스비드리가일로프 씨 수중에 남아 있었던 거야. 그 편지는 마르파 페트로브나에 대한 그분의 도리에 어긋난 행동을 책망하고, 한 집안의 아버지이고 가장이기도 하면서, 그러지 않아도 불행하고 의지할 곳 없는 아이를 괴롭히고 불행하게 만드는 일이 얼마나 추잡한 행동인가를 날카롭게 지적한, 분노에 넘친 격렬한 문장이었다. 한마디로 귀여운 로쟈야, 그 편지는 얼마나 훌륭하게 감동적이었는지, 나는 그걸 읽으면서 그만 흑흑 흐느끼지 않을 수 없었단다. 그리고 지금도 나는 그 편지를 눈물 없이는 읽을 수 없을 정도다. 그뿐만 아니라 나중에 가서는, 이런 경우에 흔히 있는 일이지만, 두냐의 결백을 하인들이 증언해주기까지 했단다. 그 사람들은 스비드리가일로프 씨 자신이 생각했던 것보다도 훨씬 더 많은 것을 보고 또 알고 있었다. 마르파 페트로브나는 그만 얼이 빠지고 말았다. 그 여자 자신의 말마따나 '또 한 번 얻어맞은' 셈이 되고 만 게지. 대신 그 여자는 두네치카의 무죄를 확실히 믿게 되었고, 그다음 날인 일요일에는 급히 성당으로 마차를 몰고 가서 성모 마리아 앞에 무릎을 꿇고는, 이 새로운 시련을 참아내고 자기의 의무를 다할 수 있는 힘을 베풀어주십사 하고 눈물을 흘리며 빌었다는 거다. 그러고 나서 그녀는 성당에서 바로 아무 데도 들르지 않고 우리 집으로 와서는, 그동안의 자초지종을 우리에게 말하고 목 놓아 울기까지 하더구나. 그리고 마음속 깊이 후회를 하고, 두냐를 껴안으면서 제발 용서해달라고 애원했다. 바로 그날 아침, 이 여자는 조금도 지체하지 않고 우리 집에서 나간 그길로 시내의 가가호호를 찾아다니며 눈물을 흘리면서 그 애의 결백을 입증하고, 그 고상한 마음씨와 행동을 극구 칭찬함으로써 두냐의 명예를 회복시켜주었단다. 그뿐만 아니라 스비드리가일로프 씨에게 보낸 두냐의 편지까지 모든 사람에게 보이고 큰 소리로 읽어준 다음 그 편지의 사본까지 만들게 했다는구나, 내가 보기에도 이건 너무 지나친 일 같긴 하다만 말이다. 이런 식으로 그 여자는 며칠 동안 계속해서 시내의 아는 사람을 찾아다녀야 했는데, 그중에는 딴 사람에게 먼저 읽어주었다고 화를 내는 사람도 있어서 나중에는 하는 수 없이 순번까지 정하게 되었다는구나. 그리하여 어느 날은 마르파 페트로브나가 누구 집에서 그 편지를 읽는다는 것이 알려져서 미리부터 거기 와서 기다리는 사람이 생기고, 편지 낭독회가 있을 때마다 자기 집이나 남의 아는 집에서 이미 순번에 따라 몇 번씩 들은 사람들까지도 다시 우르르 몰려들 정도의 소동이 일어났단다. 내 생각으론 너무 지나친 것 같지만 그것이 마르파 페트로브나의 성격이고 보니 하는 수 없었지. 그러나 어쨌든 두네치카의 명예만은 완전히 회복될 수 있었다. 그래서 이 추잡한 사건의 장본인인 그 여자의 남편만이 씻을 수 없는 오욕을 뒤집어쓰게 되어 나는 도리어 측은한 생각까지 들더구나. 미치광이 같은 사람이라고는 하지만 너무 지나쳤던 것 같아. 두냐에게는 곧 몇몇 집에서 가정교사로 와달라는 청이 들어왔으나, 그 애는 모두 거절해버렸다. 아무튼 갑자기 모두가 그 애한테 특별한 존경을 표시하게 되었단다. 그러나 무엇보다 중요한 점은 이런 일들이 원인이 되어 뜻하지 않은 일이 생겨서 우리 모두의 운명이 틔게 되었다는 거다. 사랑하는 나의 로쟈야, 다름 아니라 어떤 사람이 두냐에게 청혼하고 두냐도 승낙해서 그 사실을 네게 급히 알리는 것이란다. 너와 의논도 없이 정해버린 일이지만, 아마 너는 나에 대해서나 두냐에 대해서도 불만은 없으리라 생각한다. 그건 앞에서 말한 여러 가지 사정으로 미루어 너도 이해해주리라 믿지만, 네 답장이 올 때까지 기다리거나 결정을 미룰 수가 없었기 때문이다. 게다가 너라도 직접 보지 않는 한 만사를 정확히 판단할 수는 없지 않겠니. 사정은 이렇다. 상대방은 표트르 페트로비치 루쥔이라고 하는 7등 문관인데, 마르파 페트로브나의 먼 친척 되는 사람이다. 그래서 이 혼담에 대해서는 그 여자가 여러모로 힘을 써주었단다. 처음엔 그이가 마르파를 통해 우리와 가까이 사귀고 싶다고 하기에, 우리도 예의 바르게 초대하고 커피를 대접했는데, 바로 다음 날 편지를 보내 아주 정중한 말로 청혼을 하고 곧 확답이 있기를 기다린다고 했다. 그이는 실무자라 몹시 바쁜 몸이고 지금은 페테르부르크로 상경을 서두르고 있어 단 1분이 아쉬울 지경이라고 한다. 물론 처음엔 우리도 너무나 뜻밖에 들이닥친 일이라 깜짝 놀랐을 수밖에. 우리 두 모녀는 그날 하루 종일 여러 가지로 곰곰 생각해보았단다. 그이는 믿을 수 있고 생활 보장도 될뿐더러 두 군데나 근무하고 있고, 이미 자기 재산까지 가지고 있다는구나. 하기야 나이가 벌써 마흔다섯이긴 하지만, 제법 호감을 주는 인상이어서 아직은 여자들도 따를 만한 얼굴이더라. 게다가 전체적으로 매우 듬직하고 점잖은 사람이고, 그저 좀 무뚝뚝하고 거만한 데가 있어 보이지만, 아마 첫인상이 그렇게 느껴지는 것일지도 모른다. 그래서 네게도 미리 당부해두지만, 페테르부르크에서 그 사람과 만나거든, 이제 곧 만나게 될 텐데 첫눈에 뭔가 좀 마음에 들지 않는 점이 있더라도, 언제나 네가 그렇듯이 너무 성급하게 경솔한 판단을 내리진 말아다오. 그이라면 네게도 반드시 좋은 인상을 주리라고 믿지만, 만일의 경우를 생각해서 덧붙여둔다. 이 일뿐만 아니라 누구든지 사람을 알려거든 오해를 하거나 편견에 빠져들지 않도록 긴 안목으로 주의해서 봐야 한다. 그런 선입견은 나중에 좀처럼 지우기도 힘들거니와 고치기도 어려우니 말이다. 그러나 표트르 페트로비치는 여러 가지 점으로 보아 아주 훌륭한 인물이다. 처음 찾아왔을 때 그이는 우리에게, 자기는 실제적인 인간이지만 많은 점에서, 그 사람의 말을 빌린다면 '우리나라 새 세대의 신념'에 공감하고 있으며 모든 편견의 적이라고 하더구나. 그 밖에도 많은 얘기를 했단다. 그이는 다소 허영심이 강한 듯하고 남이 자기 얘기를 들어주는 것을 좋아하는 모양이더라만, 그렇다고 이런 것이 무슨 결점이랄 수 있겠니. 물론 나는 잘 모르지만, 두냐가 하는 말로는 그이가 그다지 교육을 많이 받은 사람은 아니지만 그래도 영리하고 선량한 사람 같다고 하더라. 로쟈, 너도 동생의 성질을 잘 알겠지만, 그 애는 아주 의지가 굳을 뿐 아니라 분별심과 참을성도 있고 격렬한 성격이면서도 도량이 넓은 애다. 그건 내가 잘 안다. 물론 이 혼담에도 그 애 편에서나 그 사람 편에서나 특별한 애정이라곤 없다. 하지만 두냐는 영리할 뿐만 아니라 천사와도 같은 고결한 마음씨를 가지고 있어서 남편을 행복하게 하는 것이 자기의 의무임을 잘 알 테고, 또 남편은 남편대로 자연히 그 애의 행복을 염려해줄 것이 틀림없다. 두냐의 행복에 대해서는 사실 너무 갑작스레 이루어진 일이기는 하지만 우리가 그다지 걱정할 이유는 없다고 본다. 게다가 그이는 앞일을 내다보는 사람이니까 남편으로서의 자기 행복은 두네치카가 행복해질수록 한층 확실해진다는 것쯤은 물론 그 자신도 알고 있으리라고 생각한다. 하기야 성격 차이라거나 낡은 습관, 의견 차이 등은 다소 있겠지만, 이런 건 아무리 의좋은 부부 사이에도 피할 수 없단다. 거기에 대해서는 두네치카도 자신이 있다고 내게 말하더라. 그리고 아무것도 걱정할 건 없다. 앞으로의 관계가 결백하고 공명하게 계속되기만 한다면, 자기로서는 웬만한 일은 참을 수 있다고 말하고 있다. 정말이지 사람의 외모란 믿을 수가 없더구나. 예를 들어 그이만 해도 처음엔 무척 까다로워 보이더라. 그러나 그것은 그이가 너무 고지식하기 때문이었을 게다. 틀림없이 그랬을 거야. 두 번째로 찾아왔을 때는, 그때는 이미 결혼 승낙을 받은 후였지만, 이런저런 얘기 끝에 그는 두냐를 알기 전부터 자기는 무엇보다 성실한 여자를, 지참금 따윈 없어도 한 번쯤은 곤경을 겪은 여인을 맞으리라 생각하고 있었다고 말하더구나. 그이의 설명에 따르면, 남편은 아내한테 조금도 의리를 느끼지 않고 아내만 남편을 은인으로 생각하는 편이 훨씬 편리하기 때문이라는 거야. 덧붙여 말해두지만, 그이의 어조는 내가 여기 쓰는 것보다 좀 더 부드럽고 상냥했다. 아무튼 나는 그이가 한 말 그대로는 기억하지 못하고, 그저 그 뜻만을 기억하고 있을 뿐이니까. 그리고 그이도 결코 미리 준비했다가 한 말이 아니라, 어쩌다 이야기에 열중한 나머지 저도 모르게 말이 그렇게 새어 나왔을 것이다. 그러기에 나중에는 부드럽게 고쳐 말하려고 애쓰더구나. 그래도 나로서는 역시 그 말이 좀 지나친 것 같아서 나중에 두냐에게 말했더니, 두냐는 도리어 불쾌한 얼굴로 '말뿐인데 뭘 그러세요'라고 대답하더라. 하긴 그 애 말도 옳아. 그렇지만 정작 결정을 내리기 전에 두네치카는 밤새도록 잠을 이루지 못했단다. 그 애는 내가 벌써 잠든 줄 알고 자리에서 일어나 밤새도록 방 안을 이리저리 거닐다가 나중에는 성상(聖像) 앞에 무릎을 꿇고 오랫동안 열심히 기도를 했다. 그리고 이튿날 아침이 되자 내게 마음을 결정했다고 말하더구나.

포트르 페트로비치가 근간 페테르부르크로 떠날 것이라는 말은 앞에서도 썼지만, 그이는 그곳에 여러 가지 큰일들이 많아서 페테르부르크에 변호사 사무소를 열 생각이란다. 그이는 벌써 오랫동안 여러 가지 소송 사건을 취급하고 있고, 요 며칠 전만 해도 어떤 큰 소송 사건에서 이 겼다더라. 페테르부르크로 꼭 가야 하는 것도 실은 대법원에 중요한 용무가 있기 때문이란다. 귀여운 로쟈야, 이런 까닭에 그이는 네게도 큰 도움을 줄지 모른다. 그래서 나와 두냐는 네 운명이 완전히 결정된 거나 다름없다고 생각하고 오늘부터라도 앞으로의 입신출세를 위해 확고히 걸어 나가주기를 마음속으로 바라고 있다. 아아, 정말 그렇게만 돼준다면! 그것이야말로 하느님이 우리에게 직접 내려주신 자비로밖에는 도저히 달리 생각할 수 없을 정도의 커다란 행복일 게다. 두냐는 그저 그것만을 공상하고 있다. 우리는 벌써 그 문제에 대해 두세 마디 표트르 페트로비치에게 말을 건네보았다. 그이는 조심스레, 물론 자기도 비서 없이는 일을 해 나갈 수 없으니까 월급을 남에게 주느니 집안사람에게 주는 것이 좋은데, 만약 당자가 그런 일을 해낼 수만 있다면, 네가 그런 일을 못할 리 있겠니! 하더구나. 그러나 대학 학업도 있으니까 사무소에서 일할 겨를이 있을지 의심스럽다고 하더라. 그땐 그걸로 얘기가 그쳤지만, 두냐는 지금 다른 문제는 젖혀놓고 그 문제만을 생각하고 있다. 그 애는 요 며칠 동안 그 일에만 열중하여 장차 네가 소송 사건에서 표트르 페트로비치의 동료, 아니 협력자가 되어 일해줄 것을 생각하고 벌써부터 자세한 계획까지 짜놓았단다. 네가 법과에 적을 두고 있으니까 더욱더 안성맞춤이라는 것이다. 로쟈야, 나도 그 애 의견에 동감하고, 그 애의 계획이나 희망이 확실하다고 보고 기뻐하고 있다. 아직까진 확실한 언질을 주지 않고 있지만, 그도 그럴 것이 그이는 아직 너를 모르니까 말이다. 그러나 두냐는 장차 남편을 잘 감화시키면 무슨 일이나 잘돼 나갈 것이라고 믿고 있다. 물론 나도 이러한 앞으로의 공상에 대해, 더구나 네가 그이의 협력자가 된다는 것에 대해 표트르 페트로비치에겐 입 밖에도 내지 않았다. 그이는 실제가니까 헛된 공상에 지나지 않는다고 생각하여 대수롭지 않게 흘려 넘길지도 모르기 때문이다. 그래서 나도 두냐도 네가 대학에 다니는 동안 학비를 보태주었으면 하는 우리의 간절한 소망은 한마디도 그이에게 말하지 않았다. 말하지 않은 이유는, 첫째로 그런 문제는 앞으로 자연스럽게 해결될 수 있는 것이고, 구태여 이쪽에서 말하지 않아도 그쪽에서 먼저 꺼낼 것임에 틀림없으리라고 생각되기 때문인데, 두네치카의 그 정도 청을 들어주지 않을 리 있겠니! 더욱이 너는 사무상 훌륭히 그의 오른팔이 되어줄 수 있으니까, 신세를 지는 것도 아니고 스스로 번 돈으로 공부하는 셈이 된다. 두네치카는 그렇게 되기를 바라고 나도 그것은 대찬성이다. 둘째로 우리가 그 얘기를 그에게 꺼내지 않은 것은 머잖아 너와 그이가 서로 만날 때 너를 그이와 대등한 위치에 서게 하고 싶었기 때문이다. 두냐가 너를 극구 칭찬하자, 표트르 페트로비치는 누구든 사람을 판단하려면 자기 스스로 그 사람을 가까이서 관찰하지 않으면 안 된다고 하더구나. 즉 너에 대한 의견을 말하는 것은 너를 직접 만나보고 나서 하겠다는 뜻이다. 그런데 말이다, 귀중한 나의 로쟈야, 여러모로 생각해본 결과, 결코 표트르 페트로비치에 관계된 것이 아니라 그저 나 자신의 개인적인 생각이고 어쩌면 늙은이의 변덕일지도 모르지만, 아무래도 나는 두 사람의 혼례가 끝나면 그들과 같이 사는 것이 아니라 지금처럼 혼자 사는 것이 좋을 것 같구나. 그이는 훌륭하고 세심한 사람이니까 자기 쪽에서 먼저 나한테 앞으로 딸과 헤어지지 말고 같이 살자고 제의해올 것이라고 믿는다. 여태까지 그런 말을 하지는 않았지만, 구태여 말하지 않아도 당연히 그렇게 되리라고 생각하기 때문일 게야. 그러나 나는 거절할 생각이다. 지금까지의 경험으로 나는 장모란 사위에게 그리 달가운 존재가 아니라는 것을 알고 있다. 나는 상대가 누구든 조금이라도 폐를 끼치고 싶지 않고, 내게 먹을 것이 조금이나마 있고 너와 두네치카라는 자식이 있는 동안은 내 마음대로 홀가분히 살고 싶다. 하지만 너희들하고는 되도록 가까운 곳에서 살고 싶구나. 사실은 말이다, 로쟈야, 나는 일부러 기쁜 소식을 편지 끝에 남겨두었단다. 다름 아니라 머잖아 우리는 모두 한곳에 모여 그럭저럭 3년 만에 셋이 서로 안아볼 수 있을 것 같구나. 두냐와 내가 페테르부르크로 가는 것은 거의 틀림없는 사실이다. 언제인지는 아직 모르지만 어쨌든 아주 가까운 시일 내에, 어쩌면 다음 주일지도 모른다. 만사는 표트르 페트로비치의 지시에 달렸으며, 페테르부르크에서의 일이 끝나는 대로 그이가 곧 이리로 알려주게 돼 있다. 그이는 여러 가지 사정 때문에 되도록 빨리 결혼식을 올리고 싶단다. 될 수 있으면 이번 사순절에, 만약 그게 빠르다면 성모승천제 후에는 꼭 식을 올리고 싶다는 거야. 아아, 너를 이 가슴에 안을 때 나는 얼마나 행복할까! 두냐도 너와 만날 기쁨에 몹시 들떠 한번은 농담으로, 그저 그것만을 위해서라도 표트르 페트로비치와 결혼해도 좋다고 말했단다. 정말 그 애는 천사다! 그 애는 이 편지에 아무것도 써 보내지 않지만, 네게 할 얘기가 너무 많아서 지금은 도저히 펜을 들 용기가 없단다. 대여섯 줄로는 아무것도 쓸 수 없고 그저 자신을 초조하게 만들 뿐이라며, 이렇게 전하라는구나. 그리고 너를 꼭 껴안고 수없이 키스를 보낸다고 써달란다. 하여간 우리는 가까운 장래에 만날 수 있으리라고 생각하지만, 나는 근일 중으로 되도록 많이 네게 돈을 보내줄 생각이다. 이젠 두네치카가 표트르 페트로비치와 결혼한다는 것이 모두에게 알려져 내 신용이 갑자기 좋아졌단다. 그래서 상인 아파나시 이바노비치도 지금이라면 연금을 잡고 75루블쯤은 융통해주리라 믿는다. 그래서 네게도 25루블이나 30루블은 보낼 수 있을 것 같다. 좀 더 보내면 좋겠지만 우리 여비도 생각해야 하니 말이다. 표트르 페트로비치는 친절하게도 페테르부르크까지의 여비 일부를 자기가 부담했다. 즉 우리 짐과 큰 트렁크를 자기가 부쳐주기로 했는데, 누군가 아는 사람을 통해

66

부치는 모양이더라만, 그래도 우리는 페테르부르크에 도착한 후의 일도 생각하지 않을 수 없다. 비록 처음 며칠 동안이라도 돈 한 푼 없이는 꼼짝도 할 수 없을 테니 말이다. 우리는 두네치카와 둘이서 세밀히 계산해본 결과 여비는 얼마 안 든다는 것을 알았다. 집에서 기차 정거장까지는 약 90킬로밖에 안 되지만, 만일의 경우를 생각해서 친한 농부에게 마차를 부탁해두었다. 거기서부터는 3등차로 편안히 갈 수 있다. 그러니까 어쩌면 네게 25루블이 아니라 30루블은 보낼 수 있으리라고 생각한다. 그럼 이제 그만 써야 할 것 같다. 편지지가 가득 차 쓸 곳이 없구나. 무척 긴 얘기가 되어버렸다. 하긴 여러 가지 얘기가 산더미처럼 밀렸었으니까! 자, 그럼 나의 소중한 로쟈야, 가까운 재회의 날을 손꼽아 기다리며 너를 포옹하고 어머니의 축복을 보낸다. 로쟈야, 네 누이동생 두냐를 사랑해주어라. 그 애가 너를 사랑하듯이 너도 그 애를 사랑해주어라. 그리고 그 애는 너를 한없이, 자기 자신보다 더 사랑하고 있음을 잊어서는 안 된다. 그 애는 천사다. 그리고 너는, 로쟈야, 너는 우리의 전부다. 우리 희망, 우리 기대의 전부다. 너만 행복하다면 우리도 역시 행복해지는 거다. 로쟈야, 너는 전같이 하느님에게 기도를 드리고 있니? 나는 요즘 유행하는 불신앙에 너도 빠지지 않았나 마음속으로 근심하고 있다. 만약에 그렇다면 너를 위해 기도하겠다. 생각나지 않니, 로쟈야, 아직 네가 어렸을 때, 아버지가 살아 계실 때 내 무릎 위에 앉아 잘 안 돌아가는 혀로 기도를 드리던 일을. 그리고 그때 우리는 얼마나 행복했던가를! 그럼 잘 있거라. 아니, 그보다 다시 만날 날까지라고 해두는 게 좋겠다! 너를 꼭 껴안고 한없는 키스를 보낸다.

영원토록 변치 않을 너의
풀헤리야 라스콜니코바

편지를 읽기 시작한 처음부터 읽어 내려가는 내내 라스콜니코프의 얼굴은 시종 눈물로 흠뻑 젖어 있었다. 그러나 편지를 다 읽자, 그 얼굴은 파리해지고 경련으로 일그러지기까지 했다. 그리고 입가에는 괴롭고 들뜬, 심술궂은 미소가 뱀처럼 꿈틀거렸다. 그는 헐어빠진 납작한 베개에 얼굴을 파묻고 생각에 잠겼다. 오랫동안 생각에 잠겼다. 심장은 몹시 고동치고 생각은 흩어졌다. 드디어 그는 다락이나 궤짝처럼 이 누런 골방 안이 갑갑해 숨이 막힐 것만 같았다. 눈도 머리도 더 넓은 곳을 찾고 있었다. 그는 모자를 움켜쥐고 밖으로 뛰쳐나갔다. 이번에는 층계에서 누구를 만나지나 않을까 하는 두려움 따위엔 마음도 쓰지 않았다. 그런 것은 잊어버렸다. 거리를 지나, 마치 볼일이 있어 걸음을 재촉하는 사람처럼 바실리예프스키 섬(島) 쪽으로 걸음을 옮겼다. 그러나 언제나의 버릇처럼 주위에는 전혀 신경을 쓰지 않고 뭔가 중얼거리기도 하고, 때로는 큰 소리로 혼잣말을 하면서 걸어갔다. 길 가는 사람들은 그 모습을 보고 몹시 놀랐다. 통행인들은 대부분 그를 술주정뱅이라고 생각했다.

4

    어머니의 편지는 그를 괴롭혔다. 그러나 가장 중요한 근본적인 문제에 관해서는 편지를 읽는 동안 한순간도 의혹이나 동요를 느끼지 않았다. 사건의 가장 중요한 핵심은 이미 그의 머릿속에서 결정되었다. 그것은 확고부동했다.

    '내가 살아 있는 한 그따위 결혼은 시키지 않겠다. 루쥔 씨 같은 것은 될 대로 되라지!'

    '속이 빤히 들여다보이지 않느냐 말야' 하고 그는 자기 결심의 성공에 벌써부터 짓궂은 승리감을 느끼는 듯 쓴웃음을 지으며 중얼거렸다.

    '안 됩니다, 어머니, 안 돼요. 두냐, 내가 속을 줄 아니! …… 게다가 내 의견도 묻지 않고 나를 빼놓고 결정한 것을 사과하다니! 물론 그럴 테지! 이젠 혼담을 망쳐놓을 수 없으리라고 생각하겠지만, 어디 두고 보자, 되는지 안 되는지를! 그 변명이 참 그럴듯하군. 그이는 굉장히 바쁜 분이어서 역마차 안이나 기차 안에서라도 결혼식을 올려야 할 정도로 바쁜 분이다, 라고. 아니다, 두네치카, 빤히 들여다보인다. 네가 내게 할 말이 있다는 것도 무슨 뜻인지 나는 알 수 있다. 네가 밤새껏 방 안을 거닐면서 열심히 무엇을 생각했는지, 어머니 침실에 걸린 카잔의 성모상 앞에서 무엇을 기도했는지 나는 죄다 알고 있다. 골고다의 언덕에 오르자니 괴로울 수밖에. 흠…… 그러니까 완전히 결정을 보았단 말이지…… 아브도치야 로마노브나*, 그래, 너는 실무적인 사람이고 분별 있고 자기 재산을 가지고 있고, 자기 재산을 가지고 있다는 것은 감명적이거든. 이건 어머니의 말이지만 두 군데나 직장을 나가고 새 세대의 신념에도 공감하는, 더구나 너 자신의 관찰에 따르면 선량한 것 같은 남자에게 시집을 간단 말이지. 이 '것 같다'라는 게 무엇보다 근사하군! 그 착실한 두네치카가 **것 같다**와 결혼한다 니…… 훌륭해! 암, 훌륭하고말고!'

'…… 그런데 어머닌 도대체 무엇 때문에 새 세대란 말을 써 보냈을까? 단지 본인의 성격을 묘사하기 위함이었을까, 아니면 다른 목적, 이를테면 내게 아첨을 해서 루쥔을 잘 보이게 하려는 속셈이었을까? 아아, 정말 교활하구나! 그리고 또 하나의 사정도 분명히 알고 싶다. 도대체 어머니와 두냐는 그날, 그날 밤에, 그리고 그 후 어느 정도까지 서로의 심정을 털어놓았느냐 말이다! 두 사람은 숨김없이 다 털어놓고 얘기한 걸까. 그렇잖으면 두 사람은 서로 한마음 한뜻임을 알아채고는 구태여 그런 걸 입 밖에 내어 이러쿵저러쿵 얘기할 필요도 없을뿐더러 말하는 것조차 부질없는 일이라고 생각한 걸까. 아마 그런 것 같다, 편지를 봐도 알 수 있거든. 어머니는 그 사내가 좀 까다로워 보였고, 사람이 너무 좋아서 자기가 느낀 대로 솔직히 두냐에게 얘기했겠지. 누이동생은 물론 화를 내고 불쾌한 듯 대답했을 테고. 당연하겠지! 고지식하게 물어볼 필요도 없이 모든 일이 명백해 새삼스레 할 말이 없는데, 누군들 화를 안 내겠느냐고. 그리고 어머니는 또 뭐라고 썼지…… 두냐를 사랑해주어라, 로쟈, 그 애는 널 자기 자신보다 더 사랑하고 있다…… 아들을 위해 딸의 희생을 동의했기 때문에 마음속으론 은근히 양심의 가책을 느끼는가 보군. 우리의 희망, 우리의 전부라니…… 아아, 어머니!'

---

* 두냐의 본명

…… 분노는 점점 더 심하게 그의 마음속에 끓어올랐다. 만약 지금 루쥔 씨를 만난다면, 당장 그 사내를 죽여버릴 것만 같았다!

'흠…… 그 말은 옳긴 하다.' 그는 회오리바람처럼 머릿속을 맴도는 상념을 쫓으면서 생각을 계속했다.

'그 말은 옳아, 확실히. 사람을 알려면 긴 안목으로 주의해 보지 않으면 안 된다는 건 사실이다. 그러나 루쥔 씨의 경우는 너무도 뻔하다. 무엇보다 중요한 것은, 무척 바쁜 사람이고 선량한 것 같다니 말이다. 정말 웃기는군, 짐은 자기가 맡아서 큰 트렁크를 부쳐주겠다니 말야! 그러고 보면 선량하지 않다고도 할 수 없군그래. 그런데 이쪽 두 사람은, 신붓감과 어머니는 거적 씌운 농사꾼의 짐마차를 타고 가는 거야. 나도 그걸 많이 탔었지! 뭘, 상관없겠지. 겨우 90킬로밖에 안 되니까. 기차 정거장부터는 3등 차로 편안히 가겠다니, 천 킬로 여정을 말이다. 하긴 그럴 수도 있겠지. 무엇이나 자기 분수에 어울려야 한다는 속담도 있으니까. 그러나 루쥔 씨, 도대체 어떻게 된 겁니까? 어쨌든 그 애는 당신의 신붓감이 아니냐 말이오…… 게다가 어머니가 연금을 저당으로 하여 여비를 꾸어 쓰려 한다는 걸 당신도 모를 리는 없잖소? 하기야 그것이 당신네들 공동의 장사 거래라면 이익도 같이 나누고 비용도 반반씩 물어야 하겠죠. 속담에 빵과 소금은 같이 먹어도 담배는 제 것을 피운다는 말이 있으니까. 과연 여기서도 실무가답게 두 사람을 속이고 있군. 짐을 부치는 운임은 여비보다 싸게 먹히고, 어쩌면 공짜로 부치는지도 모르니 말야. 왜 두 사람은 그걸 모를까? 일부러 모르는 체하는 걸까? 게다가 그것에 만족하고 있으니, 만족하고 있단 말야! 그러나 이것은 시작에 불과하고 진짜 연극은 이제부터니, 생각만 해도 소름이 끼치는군! 실제로 이 사건에서 중요한 것은 그자의 인색함도 아니고, 욕심도 아니며, 전체적인 그 태도에 있는 거야. 결혼 후에도 죽 그런 태도로 나갈 테니까, 말하자면 이것은 예언인 셈이지…… 그런데 어머니는 왜 쓸데없이 돈을 쓸까? 무슨 돈이 있다고 페테르부르크까지 오신다는 걸까? 루블 은화 세 닢이나 지폐 석 장쯤 가지고, 그 전당포 노파의 말마따나…… 흠! 게다가 어머니는 장차 페테르부르크에서 어떻게 살아갈 작정이실까? 어떤 이유에서인지는 몰라도 결혼 후엔 비록 잠시라도 두냐와 같이 살 수 없다는 것을 눈치채고 계시면서? 그 친절한 사나이가 아마 슬쩍 귀띔을 한 게 틀림없다. 하기야 어머니는 양손을 내저으며 절대로 같이 살지 않겠다고 하시지만, 도대체 어머니는 무엇을, 누구를 의지하려는 것일까? 아파나시 이바노비치의 빚을 뺀 연금 120루블? 그렇지 않아도 겨울철엔 잘 안 보이는 늙은 눈을 상해가면서 목도리를 짜고 수를 놓고 계시면서. 그러나 편물이나 자수로는 연금 120루블에다 고작 1년에 20루블쯤 보탤 정도다, 뻔한 거야. 그렇다면 역시 루쥔 씨의 훌륭한 마음씨를 의지하고 있는 거다. 자기 쪽에서 먼저, 제발 같이 사십시다, 라고 나오기를 말이다. 그러나 그렇게 간단하지는 않을걸! 아름다운 마음을 가진 사람에게서 흔히 볼 수 있는 일이지만, 최후의 순간까지도 공작 털로 상대방을 장식해놓고는 좋은 면만 보려 하고 나쁜 면은 보지 않으려 하거든. 그리고 일의 진상은 절대로 말하려고 하지 않는단 말이야. 이런 점은 생각만 해도 몸서리가 쳐지는군. 결국 아름답게 장식된 인간이 스스로 정직한 자를 웃음거리로 만들 때까지는 한사코 진상을 숨기려 드는 법이지. 그건 그렇고, 루쥔 씨는 훈장을 가지고 있을까? 암, 틀림없이 단춧구멍에 안나 훈장이 달려 있을 거야. 내기를 해도 좋아, 그자는 그걸 청부업자나 장사꾼들의 연회에 달고 다니겠지. 자기 결혼식에도 달 거야! 그러나 그까짓 녀석 아무려면 어때…….'

'…… 그런데 어머니는 그런대로 좋다고 하자, 원래가 그런 분이니까. 그러나 두냐는 어떻게 된 거야? 두네치카, 귀여운 내 누이동생, 나는 너를 잘 알고 있다! 마지막으로 너를 만났을 때 너는 벌써 스무 살이었다. 그러니 나도 네 성격은 잘 알고 있어. 어머니는, 두네치카는 무엇이라도 참을 수 있다고 쓰고 있다. 나는 2년 전부터 그런 걸 이미 알고 있었다. 그리고 그 후의 2년 반 동안 나는 줄곧 두네치카는 무엇이라도 참을 수 있다는 것만을 생각해왔다. 스비드리가일로프 씨와 그 때문에 생긴 많은 결과조차 참아냈으니까, 사실 어떠한 일도 참을 수 있을 것이다. 그래서 이번엔 어머니와 함께, 가난에서 구해준 남편 덕을 보게 되는 아내의 장점 운운하는 법칙을 확언한, 그것도 거의 초대면 때부터 그러한 루쥔 씨도 참을 수 있으리라고 생각한 것이다. 설사 그자가 분별 있는 위인인데도 어쩌다가 그런 실언을 했다고 하자, 아니 어쩌면 실언이 아니라 오히려 사전에 자기 태도를 명백히 밝혀두려고 했는지도 모르지만 말이다. 그러나 두냐는, 두냐는 어떻게 된 거냐? 그 애는 남자의 인품을 잘 알고 있을 게 아닌가. 더욱이 한평생을 같이 살 사내니까. 그 애는 검은 빵을 씹고 물을 마시며 살더라도 결코 자기 마음을 팔 아이가 아니다. 안일한 생활을 위해 정신적 자유를 팔 여자가 아니야. 루쥔 씨는커녕 슐레스비히 홀슈타인을 몽땅 준다 해도 그럴 애가 아니다. 더군다나 루쥔 씨 같은 건 문제도 되지 않는다. 아니, 내가 아는 한 두냐는 그런 여자가 아니었다. 그리고…… 지금도 달라지진 않았을 것이다…… 그건 말할 필요도 없다! 스비드리가일로프 부부 댁에선 괴로웠을 테지! 평생을 200루블짜리 가정교사로 떠돌아다닌다는 것 역시 고달픈 노릇이다. 그러나 나는 알고 있다. 내 동생은 제 몸 하나의 이익을 위해 존경하지도 않고 상대조차 안 되는 사내와 영원히 운명을 맺고 자기 영혼이나 도덕감에 먹칠을 하느니, 차라리 식민지의 농장주한테 노예로 달려가든가 발트 해 연안의 독일인한테 식모로 가는 편이 낫다고 생각하는 여자다! 그리고 설사 루쥔 씨가 순금이나 다이아몬드로 된 인간이라 하더라도 그의 합법적인 첩이 되는 것을 승낙할 리가 없다! 그렇다면 왜 승낙했을까? 도대체 그 까닭은 무엇인가? 이 수수께끼의 열쇠는 어디 있는가? 뻔한 일이다. 자기를 위해, 자기의 안일을 위해, 아니 그 뿐만 아니라 자기 몸을 사지(死地)에서 구하기 위해서라도 결코 자기를 팔 아이는 아니지만, 남을 위해 기꺼이 자기 몸을 팔려는 것이다! 사랑하는 사람, 경모(敬慕)하는 사람을 위해서 자신을 팔려는 거다! 바로 여기에 열쇠가 있다. 오빠를 위해, 어머니를 위해 팔려고 한다! 모든 것을 팔아버리려고 하는 것이다! 오오, 경우에 따라서는 자기의 도덕감도 억누를 테고, 자유도, 안일도, 끝내는 양심까지도 죄다 넝마 시장에 내놓고 만다! 자기 일생 같은 건 아랑곳도 없다! 다만 사랑하는 사람이 행복해지면 그만이다. 뿐만 아니라 제멋대로 이유를 만들어 제수이트파(派) 흉내를 내면서 그것은 이렇게 하지 않으면 안 된다, 선량한 목적을 위해서는 이렇게 하지 않으면 안 된다고 하며 잠시나마 스스로를 위로하고 설교도 하리라. 우리는 이런 인간인 것이다. 만사는 대낮처럼 명백하다. 그리고 이 사건에서는 로지온 로마느이치 라스콜니코프가 관계자이며, 더구나 그 주인공이라는 것도 명백하다. 그것도 좋다고 하자. 오빠의 행복을 계산하고, 대학도 계속 다닐 수 있게 하고, 법률사무소의 공동 경영자로 만들어주고, 일생의 운명을 보증할 수도 있다. 그래서 후에는 아마도 명예에 싸여 사람들에게서 존경받는 부자가 될지도 모른다. 또는 훌륭한 인간으로 평생을 마칠지도 모른다. 그런데 어머니는? 그렇다, 문제는 로쟈다. 무엇과도 바꿀 수 없는 로쟈, 외아들 로쟈! 이런 외아들을 위해서라면 비록 그토록 훌륭한 딸일지라도 희생시켜서 안 된다는 법이 어디 있으랴! 오오, 얼마나 갸륵하면서도 그릇된 생각들이냐! 아니, 그러다가는 우리도 소네치카의 운명을 답습할지 모른다! 소네치카, 소네치카 마르멜라도바, 이 세상이 계속되는 한 영원히 없어지지 않을 소네치카여! 당신네들 두 사람은 희생이라고 하는 것을, 희생의 참뜻을 충분히 생각해본 일이 있는지? 어때? 힘에 겹지 않은지? 무슨 이득이 있지? 이치에 맞는 걸까? 두네치카, 너는 알고 있니? 소

74

네치카의 운명은 루쥔 씨와 맺어지려는 네 운명에 비해 조금도 더럽지 않다는 것을? 그 애한테는 사랑이란 있을 리 없다고 어머니는 쓰고 있다. 그러나 만약 사랑은 고사하고 존경조차 없다면, 아니 그뿐 아니라 혐오와 멸시와 증오가 있다면, 그때는 도대체 어떻게 되는 거지? 그때는 너도 역시 산뜻한 옷차림을 걱정하지 않으면 안 되게 된다. 그렇지 않니, 응? 너는 알겠지, 알 수 있겠니, 그 산뜻한 옷차림이라는 게 무엇을 의미하는지? 알겠니, 루쥔 부인의 산뜻한 옷차림은 소네치카의 산뜻한 옷차림과 같다는 것을? 아니, 어쩌면 더 더러운, 더 천한 것인지도 모른다. 왜냐하면 두네치카, 네게는 뭐니 뭐니 해도 다소 편하게 살려고 하는 타산도 숨어 있지만, 소네치카에게는 그야말로 사느냐 죽느냐 하는 문제이니 말이다! 그 산뜻한 옷차림이란 건 비싸게 먹힌다, 두네치카. 그런데 만약 나중에 힘에 겨워 후회하게 된다면? 그때 그 슬픔은 얼마나 클 것이며, 탄식과 저주, 그리고 남몰래 흘리는 눈물은 얼마나 많겠느냐! 너는 마르파 페트로브나와는 다르니 말이다. 그때 어머니는 어떻게 되겠니? 어머니는 벌써부터 불안을 느끼고 번민하고 계신데, 만약 만사가 분명해지는 날엔 어떻게 되겠느냐 말이다. 그리고 나는 또 어떻게 되고? …… 정말 너는 나를 어떻게 생각하는 거냐? 나는 너희들의 희생 따윈 바라지도 않는다. 두네치카, 그리고 어머니, 나는 싫소! 내가 살아 있는 한 그런 짓은 시킬 수 없소. 암, 시킬 수 없고말고! 절대로 동의할 순 없다!'

그는 문득 제정신으로 돌아오며 걸음을 멈추었다.

'시킬 수 없다고? 그럼 그렇게 되지 않기 위해 넌 대체 어떻게 하겠다는 거냐? 금지시키겠다고? 그러나 네게 그럴 권리가 있느냐 말야? 그런 권리를 갖기 위해 너는 그들에게 어떤 약속을 해줄 수 있느냐? 대학을 졸업해서 직장을 얻으면 자기 운명의 전부를, 자기 장래의 모든 것을 그들에게 바치겠다는 거냐? 그런 말은 싫증이 나도록 들었다. 떡 주는 사람도 없는데

김칫국부터 마시려는 격이지 뭐냐? 어쨌든 지금 당장 어떻게 하겠다는 거냐? 당장 무엇이든 하지 않으면 안 되지 않느냐 말야? 넌 그걸 알고 있느냐? 그런데도 너는 지금 무엇을 하고 있느냐 말이다. 너는 도리어 그들을 착취하고 있지 않느냐 말이다. 그들의 돈은 연금 100루블과 스비드리가일로프네 집에서의 시중과 저당을 담보로 마련한 것이니 말이다! 스비드리가일로프나 아파나시 이바노비치 바흐루신 같은 무리에게서 너는 어떻게 그들을 지켜낼 작정이냐? 미래의 백만장자, 그들의 운명을 지배하는 제우스 신? 10년 후에 보자는 건가? 그러나 10년이 지나는 동안 어머니는 목도리를 짜는 일과 눈물 때문에 아마 장님이 되고 말 게다. 아니, 그뿐 아니라 영양실조로 꼬장꼬장 여위고 말 게다. 그리고 누이동생은 10년이 지난 뒤, 아니 그 10년 동안 어떻게 될지 생각해봐라. 어때, 이제 알겠느냐?'

이렇게 그는 스스로를 괴롭혔다. 그리고 일종의 쾌감까지 느끼면서 이러한 물음으로 스스로를 우롱했다. 그러나 이 문제는 새삼스러운 것도 아니고 갑자기 일어난 것도 아니며, 오래전부터 앓고 있는 낡은 병증(病症)이었다. 이미 오래전부터 이 문제들은 그를 괴롭히기 시작해 그의 마음을 갈기갈기 찢어놓았다. 현재의 이러한 괴로움이 그의 마음에 생긴 것은 무척 오래된 일인데, 그것이 차차 자라고 쌓이고 쌓여 최근에 이르러서는 무섭고도 기괴한 환상적인 의문이 되어 완전히 성숙하고 응결한 것이다. 이 의문은 어쩔 수 없는 해결을 요구하면서 그의 감정과 이성을 괴롭혀 기진맥진하게 만들었다. 그런데 이번에 받은 어머니의 편지는 그에게 청천벽력과도 같은 타격을 주었다. 이제는 이미 문제가 해결되기 어렵다고 생각하고 수동적으로 괴로워하고 있을 때가 아님을 똑똑히 직감했다. 무슨 일이 있어도 어떻게든 하지 않으면 안 된다. 지금 곧, 한시바삐 무엇이든 결단을 내리지 않으면 안 된다. 그러지 않으면……

'그러지 않으면 전적으로 인생을 거부해야 한다!'

갑자기 그는 광분에 사로잡혀 외쳤다.

'있는 그대로의 운명을 한평생 순순히 변함없이 받아들임으로써 활동하고 살고 사랑하는 일체의 권리를 단념하고, 자기 내부의 모든 것을 짓눌러 죽여버려야 한다!'

'아시겠어요, 젊은 양반, 어디로도 갈 데가 없다는 그 뜻을 아시겠느냐 말이오?' 어제 마르멜라도프의 질문이 문득 머리에 떠올랐다.

'어떠한 인간이든 적어도 발길 돌릴 데쯤은 있어야 하잖겠어요……'

그는 갑자기 부르르 몸을 떨었다. 역시 어제와 같은 상념이 하나 또다시 그의 머릿속에서 번쩍였다. 그러나 그가 몸을 떤 것은 이 상념이 번쩍였기 때문이 아니었다. 즉 그는 이 상념이 반드시 '번쩍일' 것을 잘 알고 있었고, 그것을 예감하고 있었으며, 그리고 그것을 기다리고 있었다. 그런데 이 상념은 어제와는 완전히 다른 것이었다. 한 달 전까지, 바로 어제까지만 해도 그것은 한낱 공상에 지나지 않았는데, 지금은…… 지금은 갑자기 공상이 아니고 뭔가 새롭고 무서운, 전혀 생소한 모습으로 나타났다. 그리고 그 자신도 대번에 그것을 의식했다. 그는 머리를 호되게 얻어맞은 듯 눈앞이 캄캄해졌다.

그는 얼른 주위를 둘러보았다. 그는 무언가를 찾았다. 어디든 앉고 싶어 벤치를 찾고 있었다. 때마침 그는 K가로수 길을 걷고 있었다. 백 보쯤 앞에 벤치가 보였다. 그는 되도록 빨리 걸음을 옮겼다. 그러나 도중에 일어난 사소한 사건 때문에 잠시 동안 그의 주의는 그곳으로 쏠리고 말았다.

벤치를 찾다가 그는 스무 걸음쯤 앞에서 걸어가는 어떤 여인을 보았다. 그러나 처음에는 여태까지 눈앞에 어른거리는 모든 사물과 마찬가지로, 그 여인에 대해서도 전혀 주의를 기울이지 않았다. 그는 집에까지 돌아와서도 자기가 지나온 길을 기억하지 못하는 일이 한두 번이 아니었다. 이미 그렇게 걷는 것이 습관처럼 되어 있었다. 그러나 지금 앞에서 걷고 있는 여인은 처음 본 순간부터 어딘지 이상한 데가 있는 것이 눈에 띄었다. 그래서 그의 주의는 그녀에게 끌리기 시작했다. 처음에는 별로 마음이 내키지 않고 어쩐지 불쾌하기까지 했으나, 차츰 강한 호기심으로 변해갔다. 그 여자의 어디가 이상하게 보이는 것일까, 그것이 별안간 알고 싶어졌다. 첫째, 그녀는 아주 젊은 여자인 모양인데 이렇게 무더운 날씨에 모자도 쓰지 않고, 양산도 안 가지고, 장갑도 안 끼고, 우스꽝스럽게도 두 손을 흔들며 걷고 있었다. 그녀는 가볍고 부드러운 비단옷을 입고 있었으나, 그것 역시 괴상한 옷차림이어서 단추도 아무렇게나 채우고 뒤 허리께에서 스커트 위쪽 부분이 몹시 찢겨 있는 데다가 그 찢어진 조각이 뒤로 늘어져서 흔들흔들 흔들리고 있었다. 드러난 목덜미에는 조그만 목도리가 걸쳐져 있었으나 그것도 비뚤어져 옆으로 처져 있었다. 더욱이 여인은 비틀비틀 넘어질 것 같은 위태로운 걸음으로 걷고 있었다. 마침내 이 뜻밖의 만남은 라스콜니코프의 주의를 완전히 사로잡았다. 그는 벤치 바로 옆에서 여인을 따라잡았으나, 벤치에 이르자 그녀는 한쪽 끝에 털썩 쓰러지더니 등받이에 머리를 던지고 기진맥진한 듯이 눈을 감았다. 그 모양을 보고, 그녀가 몹시 취했다는 것을 그는 금방 알아챘다. 이런 꼴을 보니 이상하기도 하고 놀랍기도 했다. 그는 자기 눈을 의심하기까지 했다. 그의 앞에 있는 여자는 몹시 젊어 보여서, 기껏해야 열대여섯 살밖엔 안 돼 보이는 조그마한 금발 머리의 아름다운 얼굴이었으나, 홍당무처럼 빨개진 그 얼굴은 어딘지 좀 부어오른 것 같았다. 그녀는 거의 의식이 없어 보였다. 한쪽 다리를 다른 다리 위에 포개놓고 있었으나, 그 얹힌 무릎이 보통보다는 훨씬 높았다. 모든 점으로 보아 그녀는 자기가 한길에 있다는 사실조차 의식하지 못하는 것 같았다.

라스콜니코프는 앉지도 않고 자리를 뜨려고도 하지 않은 채 망설이듯 그녀 앞에 서 있었다. 이 가로수 길은 언제나 한적한 곳이지만, 지금 1시가 지난 무더운 이맘때는 거의 사람 그림자 하나 보이지 않았다. 그런데 열댓 걸음쯤 떨어진 한길 저쪽에 한 신사가 서서, 무슨 목적을 품고 그녀에게 가까이 오고 싶어 하는 눈치였다. 아마 그도 멀리서 그녀를 발견하고 뒤를 쫓아온 것이 틀림없었으나, 라스콜니코프가 방해되는 모양이었다. 그는 이쪽에 눈치를 채이지 않으려고 애쓰기는 했으나, 끊임없이 라스콜니코프에게 원한에 찬 시선을 던지면서, 거지 같은 룸펜 녀석이 가버리고 빨리 자기 차례가 와주기를 고대하고 있었다. 사태는 명백했다. 신사는 서른 안팎으로 보이는 유들유들하게 살찐 사내였는데, 핏속에 우유라도 섞인 듯이 윤기 있는 장밋빛 입술 위에 콧수염을 기르고, 아주 멋진 옷차림을 하고 있었다. 라스콜니코프는 왈칵 화가 치밀어올랐다. 그는 어떻게든 이 유들유들한 멋쟁이 녀석을 모욕 주고 싶은 생각이 들었다. 그는 잠시 그녀를 내버려두고 신사 쪽으로 다가갔다.

"이봐, 스비드리가일로프! 당신은 여기 무슨 볼일이 있소?"

라스콜니코프는 주먹을 움켜쥐고, 격분한 나머지 거품이 이는 입가에 냉소를 띠며 소리쳤다.

"아니, 그게 무슨 말이오?"

신사는 미간을 찌푸리고 거만하게 놀라움을 표시하면서 위엄 있게 반문했다.

"어서 꺼져버리란 말이오!"

"뭣이, 건방진 놈 같으니!"

이렇게 말하고 그는 단장을 휘둘러 올렸다. 라스콜니코프는 이 덩치 큰 신사가 자기 따위는 둘쯤 문제없이 당해낼 수 있다는 것도 생각지 못하고, 주먹을 불끈 쥐고 덤벼들었다. 그러나 그 순간 누군가가 뒤에서 그를 잡았다. 그들 사이에 순경이 끼어든 것이다.

"그만들 하시오. 한길에서 싸움을 하면 안 됩니다. 대체 왜들 이러시오? 자넨 뭔가?"

라스콜니코프의 남루한 옷차림을 보자, 순경은 준엄한 표정으로 그에게 말했다.

라스콜니코프는 순경의 얼굴을 유심히 바라보았다. 희끗희끗한 콧수염과 구레나룻을 기른, 이해심 있어 보이는 눈을 가진 늠름한 군인 타입의 사나이였다.

"마침 잘 오셨소."

그는 순경 손을 잡으며 외쳤다.

"나는 대학에 다니던 라스콜니코프란 사람이오…… 당신도 사정을 알수 있을 거요."

그는 신사 쪽으로 몸을 돌렸다.

"저리 가십시다. 보여드릴 게 있으니……."

이렇게 말하고 그는 순경의 손을 붙잡고 벤치 쪽으로 끌고 갔다.

"자, 보십시오. 완전히 취했습니다. 방금 이 가로수 길을 걸어왔답니다. 어떤 여자인지는 몰라도 직업적인 여자 같지는 않군요. 필시 어디서 강제로 술을 먹은 다음 속아 넘어간 게 분명합니다…… 처음으로 말입니다…… 아시겠죠? 그러고는 이렇게 거리로 쫓겨난 거예요. 보십시오, 이 찢어진 옷을, 그리고 이 옷 입은 꼴을. 이건 누가 입혀준 것이지 자기 손으로 입은 게 아닙니다. 서투른 남자의 손으로 입힌 게 뻔합니다. 그럼 이번 엔 이쪽을 보십시오. 내가 지금 싸우려고 한 이 멋쟁이는 생면부지의 사람이지만, 길에서 술에 취해 정신없는 이 여자에게 눈독을 들이고, 그녀가이런 꼴을 하고 있으니까 접근해서 제 손에 한번 넣어보려 하고 있는 겁니다. 어디론가 끌고 가려는 거죠…… 그게 틀림없습니다, 틀림없어요. 내눈으로 똑똑히 봤지만, 저자는 이 여자를 지켜보며 눈독을 들이고 있었어요. 그런데 내가 방해가 되니까 빨리 가버리기를 기다리고 있는 겁니다.

저자는 지금 좀 떨어져서 담배를 빠는 시늉을 하고 있군…… 어떻게 해서
든지 저자한테 그녀를 넘겨주지 말아야 합니다. 어떻게 해서든지 집에까
지 데려다줘야 해요. 어떻게 좀 생각해주십시오!"

순경은 곧 모든 것을 이해하고 납득했다. 뚱뚱한 신사에 대해서는 명
백했으므로 남은 것은 여자 문제뿐이었다. 순경은 좀 더 찬찬히 보려고
그녀에게 허리를 굽혔다. 그러자 그의 얼굴에는 진심으로 동정하는 빛이
나타났다.

"아, 정말 가엾군!"

그는 머리를 저으며 말했다.

"아직 어린애인데, 속았군. 틀림없어. 이봐요, 아가씨!"

그는 여자를 부르기 시작했다.

"집은 어디요?"

그녀는 뿌옇게 흐려진 눈을 뜨고 질문하는 사람의 얼굴을 멍청히 바라
보더니, 귀찮다는 듯이 손을 내저었다.

"순경 아저씨" 하고 라스콜니코프는 말했다.

"자, (그는 호주머니를 뒤져 20코페이카를 끄집어냈다. 마침 돈이 있었다.) 이
걸로 마차를 잡아서 마부더러 집까지 데려다 주라고 일러주시오. 주소만
이라도 알았으면 좋겠는데!"

"아가씨! 아가씨!"

돈을 받아 들자 순경은 다시 묻기 시작했다.

"곧 마차를 잡아서 집까지 데려다 드리겠소. 집은 어디요? 예? 어디 사
시오?"

"저리 가! …… 귀찮아!"

"참, 이거 큰일 났군! 젊은 아가씨가 부끄럽지도 않소, 이게 무슨 꼴
이오!"

그는 겸연쩍어하기도 하고, 동정도 하고, 화를 내기도 하면서 다시금 머리를 흔들었다.

"이거 야단났군!"

그는 라스콜니코프를 돌아보더니 다시 한 번 머리끝부터 발끝까지 세세히 훑어보았다. 이렇게 남루한 옷차림을 한 주제에 남에게 돈을 내놓는 것이 아마 이상했던 모양이다.

"당신은 멀리서 이 두 사람을 발견했소?" 하고 순경은 라스콜니코프에게 물었다.

"방금 말한 것처럼 그녀는 가로수 길을 비틀거리며 내 앞을 걷고 있었어요. 그런데 벤치까지 오더니 별안간 쓰러져버리더군요."

"정말이지 요즘 세상엔 별의별 추태가 다 있어요! 이렇게 어린 여자가 벌써 술에 취해 다니고 있으니! 속아 넘어갔을 겝니다, 틀림없이! 이 찢어진 옷 좀 보시오…… 참 타락한 세상이란 말이야! …… 집안은 좋은가 본데, 아마 지금은 몰락한 가정인가 보군…… 요즘은 이런 게 많아졌거든. 꼴을 보니 귀엽게 자란 좋은 집안 딸 같은데 말야……."

그는 또 한 번 그녀에게 허리를 굽혔다.

혹시 그에게도 이런 딸이 있는지 모른다. 마치 지체 높은 집안의 딸처럼 귀엽게 자란 듯 교양 있는 체하고 온갖 유행을 좇기를 좋아하는 딸이…….

"무엇보다 중요한 건" 하고 라스콜니코프는 혼자 몸이 달았다.

"어떻게 해서든 저 악한한테 넘겨주지 말아야 합니다! 저자는 이 여자를 다시 욕보이려 하고 있어요. 저자가 무슨 짓을 하려는지 뻔합니다. 보세요, 저 악당은 물러가려고도 하지 않아요!"

라스콜니코프는 큰 소리로 이렇게 말하고 똑바로 신사 쪽을 가리켰다. 신사는 이 말을 듣고 화를 내려다. 생각을 고쳐먹고 경멸하는 시선을 던졌을 뿐이다. 그러고는 천천히 열 발짝쯤 물러서더니 다시 멈추었다.

"저런 사람에게 내주지 않을 순 있습니다만" 하고 하사관 출신인 경관은 생각에 잠긴 채 말했다.

"단지 어디로 데려다 줘야 할지 그것만 말해줬으면 좋겠는데, 그렇잖으면…… 아가씨! 아가씨!" 그는 다시 허리를 굽혔다.

그러자 소녀는 눈을 번쩍 뜨고 물끄러미 상대방을 바라보더니, 무언가 알아차린 듯 벤치에서 일어나 온 길을 되돌아가기 시작했다.

"제기랄, 뻔뻔스러운 놈들이 아직도 날 쫓아다니는군!"

그녀는 다시금 한 손을 내젓고 중얼거렸다. 그녀는 재게 걸음을 옮겼으나, 여전히 몸을 가누지 못하고 비틀거렸다. 멋쟁이도 가로수 길 건너편을 걸으며 그녀에게서 시선을 떼지 않고 뒤를 따르고 있었다.

"염려할 건 없소. 절대 안 내줍니다."

콧수염을 기른 순경은 단호히 말하고 두 사람을 뒤쫓았다.

"아무튼 타락한 세상이야!"

그는 한숨을 내쉬면서 소리를 내어 되풀이했다.

이 순간 라스콜니코프는 무엇인가에 쿡 찔린 듯한 느낌이 들었다. 그는 순식간에 기분이 확 뒤집히는 듯했다.

"이거 보시오!"

그는 뒤에서 콧수염 순경에게 소리쳤다.

순경은 뒤돌아보았다.

"놔둬요! 참견할 것 없어요! 내버려둬요! 실컷 재미 보라고 하시오. (그는 멋쟁이를 가리켰다.) 당신이 끼어들 필요가 뭐요?"

순경은 영문을 몰라 눈을 휘둥그렇게 뜨고 그를 바라보았다. 라스콜니코프는 웃음을 터뜨렸다.

"쳇!" 하고 순경은 손을 크게 내젓고는 멋쟁이와 여자의 뒤를 따라 달려갔다. 아마 라스콜니코프를 미친놈 아니면 그보다 더한 사람으로 생각한 모양이다.

'내 돈 20코페이카만 없어져버렸군.'

혼자 남게 되자 라스콜니코프는 씹어 뱉듯이 중얼거렸다.

'저놈한테서도 받으라지. 그리고 저 여자를 놈에게 내주면 그만이야. 그걸로 끝나는 거야…… 그런데 나는 무엇 때문에 동정을 베풀었지! 나 같은 게 남을 돕다니? 내게 그럴 권리가 있을까? 그들은 서로 살아가면서 먹고 먹히는 거야! 그것이 내게 어쨌단 말이냐? 무엇 땜에 나는 그 20코페이카를 선뜻 내주었을까? 아니, 그게 내 돈이었나?'

이런 괴이한 생각에도 그는 괴로워서 못 견딜 지경이었다. 그는 텅 빈 벤치에 걸터앉았다. 머릿속은 산란하기만 했다. 이럴 때일수록 무엇을 생각한다는 것처럼 괴로운 일은 없었다. 그는 모든 것을 잊고 싶었다. 모든 것을 잊고 푹 쉬고 나서 새롭고 산뜻한 기분으로 다시 출발하고 싶었다.

'가엾은 여자군!'

텅 빈 벤치 한 귀퉁이를 바라보면서 그는 중얼거렸다.

'이윽고 정신이 들면 눈물을 흘릴 테지. 그러는 사이에 어머니도 알게 되고…… 처음엔 그저 손으로 맞다가 나중엔 회초리로 얻어맞게 되어 아픔과 수치심을 견디지 못하고, 어쩌면 집에서 쫓겨날지도 모른다. 아니, 쫓겨나진 않아도 어차피 다리야 프란초브나 같은 무리가 냄새를 맡게 되면 이 여자도 여기저기 드나들게 되겠지…… 그다음 곧 병원을 찾을 거야, 이런 일은 극히 결백한 어머니 슬하에 살면서 몰래 나쁜 짓을 하는 무리에게 흔히 있는 일이니까. 그리고 그다음엔…… 그다음엔 또 병원…… 술…… 술집…… 그리고 또 병원…… 이렇게 2, 3년이 지나노라면 폐인이 되고 말 게다. 그래서 그녀의 생애는 겨우 열여덟이나 열아홉으로 끝나고 마는 거야…… 나는 지금까지 그런 여자를 수없이 보아왔다. 그들은 어쩌다가 그렇게 되었던가? 뭐, 모두 저렇게 해서 그렇게 되는 거지…… 쳇! 될 대로 되라지! 그것은 필연적인 일이라고들 말한다. 해마다 그만한 퍼센티지는 나오게 마련이라니까…… 가소롭다. 필시 다른 사람들의 순결을 지키고, 그들을 방해하지 않기 위해서겠지. 퍼센티지! 정말 근사한 말이군. 그럴싸한 과학적인 말이야. 퍼센티지, 이렇게 한마디 해두면 아무것도 근심할 필요는 없으니까. 이것이 만약 다른 말이라면, 그땐 아마…… 이렇게 안심하고 있지는 못할 게다…… 그러나 만약 두네치카가 그 퍼센티지에 들어간다면! …… 이쪽이 아니라 다른 쪽의 퍼센티지로 말이다.'

'그런데 나는 어디로 가고 있는 걸까?'

문득 그는 이렇게 생각했다.

'이상하다. 무슨 볼일이 있어서 나오긴 했는데. 편지를 읽고 나서 나왔지…… 아, 그렇지, 바실리예프스키 섬의 라주미힌한테 가는 길이지, 그렇다, 이제야 생각나는군. 그런데 무슨 일로 그 친구한테 가려 했지? 어째서 이런 때 라주미힌한테 갈 생각이 내 머릿속에 떠올랐을까? 나도 모를 일이야.'

그는 스스로도 놀라지 않을 수 없었다. 라주미힌은 대학 시절 친구 가운데 한 사람이었다. 여기서 미리 말해두지만, 라스콜니코프는 대학에 다닐 때 친구라곤 거의 하나도 없었다. 그는 모든 사람을 피해서 아무도 찾아다니지 않았고, 또 남이 찾아오는 것도 싫어했다. 그래서 친구들도 이내 그에게서 멀어져갔다. 그는 전체적인 회합에도, 친구끼리의 모임이나 놀이에도 일절 참여하지 않았다. 그는 몸을 돌보지 않고 열심히 공부했다. 그 때문에 그는 존경을 받았으나, 아무도 그를 좋아하는 사람은 없었다. 그는 몹시 가난하면서도 어딘지 모르게 오만하고, 비사교적이고, 마음속에 뭔가를 숨기고 있는 것 같았다. 일부 친구들이 보기에, 그는 마치 자기들을 어린애로 취급해 높은 곳에서 내려다보는 것처럼 생각되기도 했다.

그리고 전체적으로 교양도 식견도 신념도 그들보다는 뛰어났으며, 그들의 신념이나 취미를 저급하게 취급하는 것처럼 느껴졌다.

그런데 라주미힌과는 어째선지 이상하게도 뜻이 맞았다. 뜻이 맞았다기보다는 다른 사람보다 흉허물 없이 터놓고 지낼 수 있었다. 하기야 라주미힌하고도 그 이상의 관계를 가질 수는 없었지만, 그는 유달리 쾌활하고 시원스러운, 단순할 만큼 선량한 청년이었다. 그러나 이 단순함 속에는 깊이와 위엄이 숨어 있었다. 그의 친구들은 모두 그 점을 이해하고 그를 사랑했다. 그는 때로 바보처럼 보이는 수도 있었으나 상당히 영리한 편이었다. 그 풍채도 인상적이었다. 키가 크고 마른 데다가 검은 머리에 언제나 덥수룩하게 수염을 기르고 있었다. 그는 난폭한 짓을 하곤 해서 장사로 통했다. 한번은 밤의 연회석상에서 6척이 넘는 거구의 문지기를 한 대에 때려누인 일도 있었다. 술을 한없이 마실 수도 있으며, 조금도 입에 대지 않을 수도 있었다. 이따금 지나친 장난도 했으나, 장난을 전혀 하지 않고 참을 수도 있었다. 그리고 또 한 가지 라주미힌의 특징은, 어떠한 실패를 해도 끄떡없고 아무리 곤경에 빠져도 절대 기죽지 않는다는 점이었다. 그는 지붕 위에서도 살 수가 있고, 지옥과도 같은 굶주림이나 모진 추위도 능히 참을 수가 있었다. 그는 몹시 가난했다. 그는 완전히 혼자 힘으로 무슨 일이든 닥치는 대로 해서 돈을 벌어 자기 생활을 지탱해 나가고 있었다. 그는 일하기만 하면 퍼낼 수 있는 재원(財源)을 얼마든지 알고 있었다. 어느 해인가는 겨우내 방에 불을 때지 않고 지낸 적도 있는데, 추운 편이 잠이 잘 온다고 큰소리를 치기도 했다. 지금 그는 하는 수 없이 대학을 쉬고 있지만, 그것도 오랫동안이 아니고, 다시 학업을 계속할 수 있도록 사태를 회복하려고 열심히 서두르고 있었다. 라스콜니코프는 벌써 넉 달 동안이나 그에게 가지 않았고, 라주미힌도 라스콜니코프의 하숙조차 모르는 형편이었다. 두어 달쯤 전에 한번 그들은 거리에서 만났으나, 라스콜니코프는 외면을 하고 그의 눈에 띄지

않으려고 일부러 반대쪽으로 건너가버렸다. 라주미힌도 그를 보긴 했으나,
친구의 마음을 흔들어놓지 않으려고 그대로 지나쳐버렸다.

5

'그렇다, 나는 요 얼마 전만 해도 라주미힌한테 일자리를 부탁하러 가려고 했었지. 가정교사 자리든지 뭐든지 일자리를 구해달라고……' 하고 라스콜니코프는 생각했다.

'그러나 이제 와서 그가 어떻게 나를 도울 수가 있다는 거냐! 가령 가정교사 자리가 있다고 하자. 그리고 그의 수중에 1코페이카라도 있어 마지막 1코페이카까지도 나누어준다고 하자. 그것으로 가르치러 갈 때 신을 구두도 사고 옷도 수선할 수 있다고 하자…… 흠…… 그다음엔 어떻게 되지? 몇 푼 안 되는 동전으로 도대체 무엇을 할 수가 있다는 거냐? 지금의 내게 필요한 건 그런 것일까? 정말 가소롭구나, 라주미힌을 찾아가려 하다니……'

그가 지금 무엇 때문에 라주미힌한테 가려고 했느냐 하는 의문은, 그 자신이 느낀 것보다 훨씬 더 강렬하게 그의 마음을 뒤흔들어놓았다. 그는 불안을 느끼면서, 이 지극히 평범한 행위에서 자기에게 흉조가 될 만한 어떤 의미를 찾아내려고 했다.

'아니, 그렇다면 나는 라주미힌 한 사람의 힘으로 만사를 회복하려고 했단 말인가, 모든 해결을 라주미힌에게서만 구하려고 했단 말인가!'

그는 놀라움을 느끼며 자기 자신에게 물었다.

그는 생각에 잠겨 이마를 문질렀다. 그러나 이상하게도 오랜 생각 끝에 우연히, 뜻밖에도 한 가지 괴이한 상념이 머릿속에 저절로 떠올랐다.

'흠…… 라주미힌한테로……'

그는 갑자기 최후의 단안이라도 내리듯이 매우 침착한 어조로 말했다.

'라주미힌한테로 가자. 물론 가야지…… 그러나 지금이 아니라…… 그 친구한텐…… **그것**을 끝낸 다음 날 가도록 하자. **그것**을 끝냈을 때, 모든 것이 새로 시작되었을 때……'

그러자 그는 퍼뜩 제정신으로 돌아왔다.

'**그것**을 끝낸 다음?'

그는 벤치에서 벌떡 일어나며 소리쳤다.

'그러나 과연 **그것**은 일어날까? 정말 **그것**은 일어날 수 있을까?'

그는 벤치를 버리고 걷기 시작했다. 거의 뛰다시피 걸었다. 그는 집으로 되돌아가려고 했으나, 갑자기 집으로 가는 것이 견딜 수 없이 싫어졌다. 그 구석방에서, 그 무서운 다락 같은 골방에서 벌써 한 달 이상이나 **그것**이 성숙해오지 않았던가. 그는 발길이 닿는 대로 걷기 시작했다.

그의 신경성 전율은 일종의 열병적인 것으로 변했다. 그는 오한까지도 느꼈다. 이 무더위에도 그는 오싹오싹 추워졌다. 그는 내부의 어떤 필연적인 요구에 쫓겨 거의 무의식적으로, 무엇에 쫓기는 듯한 기분으로 눈에 들어오는 모든 것을 주시하기 시작했다. 뭔가 눈요깃거리라도 없나 하고 열심히 찾아보았으나, 그것도 별다른 효과가 없었다. 그는 점점 깊은 생각 속으로 빠져 들어갔다. 그러다가 부르르 몸을 떨고 다시 고개를 쳐들어 주위를 둘러보지만, 지금 무엇을 생각하고 있는지, 어디를 지나왔는지조차 금방 잊어버리고 말았다. 이렇게 그는 바실리예프스키 섬을 지나서 말라야 네바 강가로 나오자, 다리를 건너 섬 쪽으로 걸음을 옮겼다. 수목들의 푸름과 상쾌한 공기는 거리의 먼지며, 석회며, 빽빽 들어차서 억누르는 듯한 커다란 건물만을 보아온 피로한 그의 눈에 처음 얼마 동안 상쾌한 느낌을 주었다. 거기에는 무더위도, 악취도, 선술집도 없었다. 그러나 이런 청신하고 상쾌한 감촉도 곧 병적인 초조한 기분으로 변하고 말았다. 때때로 그는 푸름 속에 아름답게 칠을 한 별장 앞에 서서 울타리 안을 들여다보기도 하고, 발코니나 테라스 위의 화려한 옷차림을 한 부인들과 정원에서 뛰놀고 있는 아이들을 멀리서 바라보기도 했다. 그중에서도 그의 마음을 끈 것은 꽃이었다. 그는 무엇보다도 오랫동안 꽃을 바라보았다. 그는 또 화려한 마차, 말을 탄 신사나 귀부인들도 만났다. 그는 호기심 어린 눈으로 그들을 보았으나, 시야에서 채 사라지기도 전에 벌써 그들을 잊어버리곤 했다. 한번은 걸음을 멈추고 호주머니에 들어 있는 돈을 세어보았다. 30코페이카쯤 있었다.

'순경에게 20코페이카, 나스타시야에게 우편 값으로 3코페이카. 그러고 보면 어제 마르멜라도프네 집에 47코페이카쯤 놓고 온 셈이군.'

무엇 때문인지 이런 셈을 하면서 그는 생각했다. 그러나 금방 왜 호주머니에서 돈을 꺼냈는지조차 잊어버리고 말았다. 그가 이런 생각을 한 것은 싸구려 음식점 같은 어느 요릿집 옆을 지나갈 때였다. 그는 무언가 먹고 싶은 욕구를 느꼈다……. 음식점에 들어가자 곧 보드카를 한 잔 기울이고, 속에 뭘 넣었는지도 모를 고기만두를 한 개 먹기 시작했다. 그리고 다시 길거리로 나와 먹다 남은 것을 마저 먹었다. 퍽 오랫동안 보드카를 입에 대보지 못했기 때문에 단 한 잔 마셨을 뿐인데도 금방 효력이 나타났다. 갑자기 다리가 무거워지고 몹시 졸리기 시작했다. 그는 집으로 발길을 돌렸다. 그러나 페트로프스키 섬까지 다다르자 그만 완전히 지쳐 다리가 움직이지 않았다. 그는 한길에서 길가의 숲 속으로 들어가, 풀밭 위에 쓰러져 그대로 곤히 잠들어버렸다.

병적인 상태에 있을 때 꾸는 꿈은 가끔 이상한 입체성과 뚜렷한 선명함, 놀랄 만한 현실과의 유사성을 그 특색으로 한다. 때로는 기괴한 장면

이 떠오르기도 하지만, 그런 경우 꿈의 상황이나 그 과정 전체가 장면의 내용을 충실케 한다는 뜻에서 예술적으로 완전히 부합하는, 지극히 섬세하면서도 기상천외한 상세함을 지니고 있다. 그것은 비록 푸시킨이나 투르게네프 정도의 예술가라 할지라도 생시에는 쉽사리 생각해내지 못할 정도다. 이러한 꿈, 이러한 병적인 꿈은 언제나 오래도록 기억에 남아, 교란되고 흥분된 인간 조직에 강렬한 인상을 주는 법이다.

라스콜니코프는 무서운 꿈을 꾸었다. 유년 시절 지방 시골 거리에 있었을 때의 꿈을 꾼 것이다. 그는 일곱 살쯤이었고, 축제일 저녁 무렵 아버지와 둘이서 교외를 산책하고 있었다. 우중충한 계절, 후덥지근한 날씨, 주위 경치도 그의 기억에 남아 있는 모습과 조금도 다름이 없었다. 아니, 오히려 그의 기억 쪽이 지금 꿈속에 나타난 것보다 훨씬 더 희미할 정도였다. 마을은 주위에 미루나무도 한 그루 없어 마치 손바닥을 펴놓은 듯 사방이 훤히 들여다보였다. 어딘가 먼 하늘가에 조그만 숲이 거무스름하게 보였다. 마을 어귀의 채소밭에서 대여섯 걸음 떨어진 곳에 큰 술집이 있었다. 아버지와 함께 산책을 하면서 그 옆을 지날 때마다 언제나 그에게 불쾌하기 짝이 없는 인상, 인상이라기보다는 공포까지 불러일으키는 술집이었다. 거기서는 언제나 사람들이 잔뜩 모여 앉아서 큰 소리로 외쳐대고, 웃어대고, 욕지거리를 하고, 쉰 목소리로 추잡한 노래를 부르고, 곧잘 싸움을 하곤 했다. 술집 주위에는 언제나 이런 주정뱅이며 험악한 인상의 사내들이 득실거렸다……. 그런 사람을 만나면 그는 아버지를 꼭 붙들고 온몸을 부들부들 떨었다. 술집 옆에 한길이 나 있었는데 시골길이라 언제나 흙먼지가 뽀얗고, 그 먼지는 시꺼먼 빛을 띠었다. 길은 앞으로 구불구불 뻗어 나가다가 300보쯤 되는 곳에서 마을 묘지를 따라 오른쪽으로 꺾이고 있었다. 묘지 한가운데는 녹색 둥근 지붕의 석조 교회당이 있었다. 그는 거기에 1년에 두어 번쯤 오래전에 돌아가신, 한 번도 본 적 없는 할머니의 추도식이 있을 때마다 부모를 따라가곤 했다. 그의 부모는 언제나 흰 접시에 성찬(聖餐)을 담아 그것을 냅킨에 싸가지고 갔다. 성찬에는 설탕이 들어 있고, 쌀밥 속에 건포도를 십자 모양으로 박아 넣었다. 그는 이 교회당과, 그 안에 안치된 거의 장식 없는 낡은 성상들과, 머리를 흔들흔들 흔드는 늙은 신부가 좋았다. 평평한 비석이 있는 할머니의 무덤 옆에는 생후 6개월 만에 죽은 동생의 조그마한 무덤이 있었다. 그 동생도 전혀 기억에 없었지만 동생이 있었다는 얘기는 들었으므로, 그는 묘지에 올 때마다 종교적인 기분으로 이 무덤에도 경건하게 성호를 긋고 머리를 숙이고 비석에 키스를 했다. 그런데 지금 그가 꿈에 본 것은 이러했다. 아버지와 함께 묘지로 가면서 술집 옆에 다다랐을 때 그는 아버지의 손을 꼭 붙잡고 무서운 듯이 그쪽을 보았다. 그러자 어떤 특이한 광경이 그의 주의를 끌었다. 마침 그곳에는 무슨 축제라도 있는지 화려하게 차려입은 장사꾼 아낙네와 농사꾼 여편네, 그리고 그들의 남편 등 온갖 계층의 사람들이 모여 있었는데, 모두 취해서 노래를 부르고 있었다. 술집 입구 층계 옆에는 짐마차가 한 대 서 있었는데 참으로 이상한 짐마차였다. 그것은 커다란 말이 끄는, 짐이나 술통을 나르는 큰 짐수레의 하나였다. 긴 갈기와 굵은 다리를 가진 말이, 짐이 없는 편보다 도리어 있는 편이 편하기라도 하다는 듯이 산더미 같은 짐을 유유히 정확한 걸음걸이로 가볍게 끌고 가는 것을 보면 그는 언제나 기분이 좋았다. 그런데 지금은 이상하게도 그렇게 큰 짐마차에 뼈가 앙상한 조그만 말이 매어져 있었다. 그도 곧잘 보았지만, 그것은 때로 장작이나 건초 따위를 높이 싣고 끌다가, 마차가 진창이나 수레바퀴 자국에라도 빠지면 꼼짝 못하고 허우적거리기만 하는 그런 종류의 허약한 말이었다. 그럴 때마다 마부는 사정없이 콧등이나 눈두덩에까지 마구 채찍질을 한다. 그것을 보면 그는 가엾은 마음이 들어 금방 울먹이기 때문에 언제나 어머니가 보지 못하게 창가에서 그를 떼어놓곤 했다. 그런데 지금, 주위가 갑자기 소란스러워지더니 붉고 푸른 셔츠 위에 농부용 외투를 걸치고 만취한 덩치 큰 농부들이 외치고 노래하고, 발랄라이카*를 치면서 우르르 술집에서 몰려나왔다.

"자, 타라, 모두 타!" 하고 목이 굵고 늠름한, 당근처럼 불그레하게 살찐 젊은 사내 하나가 외쳤다.

"모두 태워줄 테니 어서 타!"

그러자 곧 웃음소리와 외침 소리가 울려 퍼졌다.

"그렇게 말라빠진 말이 어떻게 끌어!"

"이봐, 미콜카, 너 돌지 않았냐? 그런 말라깽이 말에 이렇게 큰 수레를 달다니!"

"이래 봬도 이 말은 아마 스무 살은 됐을 거야!"

"자, 타도록 해, 모두 데려다 줄 테니!"

미콜카는 맨 먼저 마차에 뛰어오르면서 이렇게 외치더니 고삐를 잡고는 마부석에 우뚝 섰다.

"밤색 말은 아까 마트베이가 몰고 갔어" 하고 그는 마차 위에서 외쳤다.

"그런데 이 암말은 말썽만 부려서 야단이야. 때려죽여도 시원찮을 정도지, 밥벌레 같은 놈이. 자, 타라니까! 한번 신나게 달려 보인대도!"

그는 채찍을 들고 장난삼아 말을 때릴 듯한 시늉을 했다.

"어서들 타지, 왜 안 타!"

군중 속에서 웃음소리가 일어났다.

"달려 보인다지 않아!"

"저 말은 벌써 10년쯤 달려본 일이 없을걸."

"이제부터 달리는 거야!"

---

* 우크라이나의 민속 발현악기

"걱정할 건 없어. 자, 모두 채찍을 들고 준비를 하세!"

"그래그래! 맘껏 후려갈겨!"

모두 큰 소리로 웃고 농담을 하며 미콜카의 짐마차에 올라탔다. 여섯 사람쯤 탔으나 아직 앉을 자리는 있었다. 일행은 얼굴이 붉고 뚱뚱한 여자를 하나 태웠다. 여자는 분홍색 무명옷을 입고, 유리구슬로 장식한 두건을 쓰고, 발에는 장화를 신고, 호두 알을 달그락거리며 웃고 있었다. 주위 사람들도 같이 웃고 있었다. 사실 이 초라한 암말이 이만한 무게를 끌고 달리려고 하는데 어찌 웃지 않을 수 있으랴! 마차 위에서는 두 젊은이가 미콜카를 도우려고 제각기 채찍을 들었다. "이랴" 하는 소리와 함께 바짝 마른 말은 있는 힘을 다해 끌기 시작했으나, 달리기는커녕 보통 걸음으로 걷기조차 힘이 드는 듯 그저 다리를 앞뒤로 움직일 뿐 연거푸 등에 떨어지는 채찍 세 개에 신음하면서 금방 무릎을 꿇을 것만 같았다. 마차 안팎에 울리는 군중의 웃음소리는 전보다 더 높아졌다. 화가 난 미콜카는 정말로 말이 달릴 수 있다고 믿고 있는지 더욱더 세차게 말 등을 내리쳤다.

"여보게들, 나도 태워주게."

젊은이 한 사람이 구미가 당기는 듯 군중 속에서 이렇게 소리쳤다.

"타라! 다들 타!" 하고 미콜카가 외쳤다.

"모두 태워주마. 좀 더 때려!"

이렇게 말하면서 마구 내리치니, 나중에는 정신들을 잃고 이 이상 무엇으로 때려야 할지 모를 정도였다.

"아버지, 아버지!" 하고 라스콜니코프는 아버지를 불렀다.

"아버지, 저 사람들은 뭘 하는 거예요! 아버지, 가엾은 말을 마구 때려요!"

"자, 가자, 가자!" 하고 아버지는 말했다.

"주정뱅이들이 못된 장난을 하고 있구나. 바보 같은 놈들, 자, 가자, 보지 마!"

이렇게 말하면서 아버지는 그를 데리고 가려 했다. 그러나 그는 아버지의 손을 뿌리치고 정신없이 말한테로 달려갔다. 하지만 가엾은 말은 이미 완전히 지쳐 있었다. 말은 허덕이며 걸음을 멈추고는 다시 한번 안간힘을 썼으나, 금방 쓰러질 것만 같았다.

"죽을 때까지 쳐라!" 하고 미콜카는 소리쳤다.

"이렇게 되면 할 수 없다. 때려누여야지!"

"이놈아, 네겐 십자가도 없느냐, 이 악당아!"

군중 속에서 한 노인이 소리쳤다.

"저런 말에 그렇게 많은 짐을 끌리는 건 생전 처음 보는군" 하고 다른 한 사람도 덧붙였다.

"뻗어버리겠다!" 하고 또 한 사람이 고함을 쳤다.

"개수작 말아! 내 말 내 마음대로 하는데 무슨 상관이야. 더 타라! 모두 타라. 내 꼭 달려 보이고 말 테니!"

갑자기 와아 웃음소리가 터지면서 모든 것을 덮어버렸다. 암말이 계속되는 채찍질에 견디다 못해 힘없이 뒷발질을 하기 시작한 것이다. 노인조차 참지 못하고 히죽 웃었다. 이 보잘것없는 말이 아직도 건방지게 발길질을 하려 들다니!

군중 속에서 또 젊은이 둘이 양쪽에서 말을 때리려고 각기 채찍을 들고 뛰어들었다. 두 사람은 좌우에서 각각 달려들었다.

"콧등을 쳐라, 눈두덩을, 눈을 쳐라!" 하고 미콜카는 외쳤다.

"자, 노래를 부르자!" 누군가 마차 위에서 외쳤다. 그러자 마차 안의 무리가 노래를 부르기 시작했다. 추잡한 노래가 울려 퍼지며 북이 둥둥 울리고, 사이사이 휘파람 소리가 일어났다. 뚱보 여자는 호두를 깨며 웃고 있었다. 라스콜니코프는 말 옆으로 뛰어갔다. 그는 앞으로 달려 나갔다. 그러고는 사람들이 말의 눈에, 정통으로 말의 눈에 채찍을 내리치는 것을 그는 보았다! 그는 울었다. 심장은 고동치고, 눈에서는 눈물이 흘러내렸다. 한 사람이 휘두른 채찍이 그의 얼굴을 때렸으나 그는 그조차 느끼지 못했다. 그는 손을 비비고 외치면서, 머리를 가로저으며 이 일에 대한 비난의 뜻을 표시하던 백발이 성성한 노인에게 매달렸다. 어떤 여인 하나가 그의 팔을 붙들고 데리고 가려 했다. 그러나 그는 손을 뿌리치고 다시 말 옆으로 달려갔다. 말은 곧 숨이 넘어갈 듯하면서도 다시 한번 발길질을 하기 시작했다.

"이 새끼가 정말!" 하고 미콜카는 기를 쓰며 소리쳤다. 그는 채찍을 내동댕이치고 허리를 굽히더니, 마차 밑에서 크고 굵직한 멍에를 꺼내 두 손으로 쥐고는 힘껏 말 위로 쳐들었다.

"박살을 내려는군!" 하며 주위 사람들이 외쳤다.

"때려잡을 생각이야!"

"내 말이야!" 하고 미콜카는 외치며 힘껏 멍에를 내리쳤다. 퍽 하는 묵직한 소리가 울렸다.

"쳐라, 쳐! 뭘 꾸물거려!"

군중 속에서 이런 소리들이 울려 나왔다.

미콜카는 두 번째로 멍에를 쳐들었다. 두 번째 타격은 불운한 말의 등에 떨어졌다. 말은 털썩 주저앉았으나, 다시 뛰어 일어나 수레를 끌려고 마지막 힘을 다해 사방으로 잡아당겨보았다. 그러나 어느 쪽을 향해도 채찍 여섯 개가 기다리고 있었다. 게다가 세 번째로 멍에가 내리쳐졌다. 그 다음 다시 네 번째로 사정없이 규칙적으로 되풀이되었다. 한 번에 때려누일 수 없으므로 미콜카는 이미 반미치광이가 되어 있었다.

"꽤 질긴데!" 하고 주위에서 떠들어댔다.

"이제 곧 쓰러지고 말 거야. 뻗어버릴 때가 됐어!"

군중 속에서 구경꾼 한 사람이 말했다.

"차라리 도끼로 하지 그래! 단숨에 뻗어버리게."

세 번째 사람이 소리쳤다.

"에잇, 망할 자식! 저리 비켜!" 미콜카는 미친 사람처럼 외치며 멍에를 버리더니, 또다시 마차 안으로 몸을 굽혀 이번에는 무쇠지레를 꺼냈다. "견뎌봐라!" 하고 그는 외치고는 번쩍 지렛대를 휘둘러 올렸다가 가엾은 말을 향해 힘껏 내리쳤다. 멍에는 부서져 내렸다. 말은 비틀거리며 주저앉았다가 다시 한번 매달리려 했으나, 지렛대가 다시 힘껏 등을 내리치는 바람에 다리 네 개를 한꺼번에 잘리기라도 한 듯이 털썩 땅바닥에 쓰러져버렸다.

"아주 때려누여야 해!" 하고 미콜카는 외치면서 정신없이 마차에서 뛰어내렸다. 역시 술에 취해 얼굴이 벌건 몇몇 젊은이들도 채찍, 막대기, 멍에 등 손에 닿는 대로 집어 들고는 금방 숨이 끊어질 듯한 암말 옆으로 달려갔다. 미콜카는 말 옆에 자리 잡고는 무쇠 지렛대로 말 잔등을 마구 치기 시작했다. 바짝 마른 말은 코끝을 축 늘어뜨리고 괴로운 듯이 숨을 몰아쉬다가 그만 죽어버리고 말았다.

"드디어 해치웠군!" 하는 소리가 군중 속에서 들려왔다.

"달리지 않은 죄야!"

"내 말인데 무슨 상관이야!"

미콜카는 손에 무쇠 지렛대를 든 채 핏발이 선 눈으로 소리쳤다. 그리고 이제는 더 때릴 게 없어 서운한 듯이 버티고 서 있었다.

"정말 너는 십자가도 지니고 다니지 않는가 보구나!"

이제는 꽤 여러 사람의 목소리가 군중 속에서 소리쳤다.

그러나 가엾은 소년은 이미 제정신이 아니었다. 그는 외마디소리를 지르며 군중을 헤치고 말 옆으로 다가가 숨진 피투성이의 콧등을 안고 그 눈과 입술에 키스를 했다……. 그러다가 갑자기 벌떡 일어나더니 미친 듯이 조그만 주먹을 불끈 움켜쥐고는 미콜카에게 덤벼들었다. 그 순간, 아까부터 아들 뒤를 쫓고 있던 아버지가 겨우 그를 붙들어 군중 속에서 끌어냈다.

"자, 가자, 가" 하고 아버지는 말했다.

"집으로 가자!"

"아버지! 왜 저 사람들은…… 불쌍한 말을…… 죽여버렸나요."

그는 울먹이며 말했다. 그러나 숨이 막혀, 말은 억눌린 가슴속에서 외침이 되어 튀어나올 뿐이었다.

"주정뱅이들이…… 장난을 치는 거다…… 네가 알 일이 아니야. 자, 어서 가자!" 하고 아버지는 대답했다. 그는 두 팔로 아버지를 끌어안았으나 가슴이 답답하고 괴로워서 견딜 수가 없었다. 그는 숨을 몰아쉬고 다시 소리치려 했다. 그러나 그 순간 잠에서 깨어났다.

그는 온몸이 흠뻑 땀에 젖은 채 눈을 떴다. 머리칼은 땀에 축축이 젖었고, 숨이 가빴다. 그는 공포에 질린 표정으로 몸을 일으켰다.

"다행히도 꿈이었구나!"

그는 나무 밑에 앉아서 깊이 숨을 몰아쉬며 중얼거렸다.

'그런데 도대체 어떻게 된 걸까! 열병이라도 걸린 게 아닐까, 이런 기분 나쁜 꿈을 꾸다니!'

그는 전신이 부서지는 것만 같았다. 마음속은 어수선하고 어두웠다. 그는 무릎에 팔꿈치를 세우고는 두 손에다 머리를 얹었다.

"아아!" 하고 그는 외쳤다.

'정말 나는 도끼를 휘둘러 사람의 머리통을 내리쳐 두개골을 깰 작정인가…… 끈적끈적하고 뜨뜻한 피바다를 미끄러지며 자물쇠를 부수고 도둑질을 한 다음, 후들후들 떨면서 피투성이가 된 채 도끼를 들고 몸을 숨

겨야 하는 걸까…… 아아, 정말 그런 짓을?'

그는 속으로 이렇게 중얼거리면서 종잇장처럼 몸을 떨었다.

'아니, 난 왜 이러는 걸까!' 그는 다시 몸을 일으키면서 깜짝 놀란 듯 계속 생각했다.

'그것을 내가 해낼 수 없다는 건 이미 잘 알고 있지 않느냐 말이다. 그런데도 나는 무엇 때문에 지금까지 자신을 괴롭혔던 걸까! 바로 어제만 해도, 어제만 해도…… 시험을 해보려고 갔을 때, 도저히 해낼 수 없다는 것을 똑똑히 깨닫지 않았느냐 말이다…… 그런데도 지금 와서 무슨 생각을 하고 있지? 지금까지 무엇을 의심하고 있는 거야? 바로 어제 계단을 내려오면서도 나는 내 자신에게 말하지 않았느냐. 이건 비열한 짓이다, 파렴치한 짓이다, 저열한 짓이다, 라고…… 그 일을 생각만 해도 당장 메스꺼워지고 소름이 끼치곤 하면서……'

'아니, 나는 할 수 없어, 도저히 할 수 없어! 설사 이 모든 계산에 아무런 의혹이 없다고 하더라도, 지난 한 달 동안에 결정한 모든 일이 태양과도 같이 명료하고 수학과도 같이 정확하다 하더라도, 아아! 역시 나는 그것을 결행할 수는 없다! 나는 해낼 수 없어, 할 수 없고말고…… 그런데 무엇 때문에 지금까지……'

그는 일어나서 놀란 듯이 사방을 둘러보았다. 자기가 이런 곳에 와 있어 놀라는 눈치였다. 이윽고 그는 T교(橋) 쪽으로 걷기 시작했다. 그 얼굴은 창백하고, 두 눈은 불타고, 사지는 축 늘어져 있었다. 그러나 그는 어쩐지 갑자기 호흡이 편해진 것 같은 생각이 들었다. 이제까지 오랫동안 자기를 압박하고 있던 그 공포의 무거운 짐을 이제는 깨끗이 벗어버린 듯한 느낌이 들어 마음속이 갑자기 가벼워지고 평온해졌다. '주여!' 하고 그는 빌었다.

'저의 갈 길을 인도해주소서. 나는 이 저주받을…… 망상을 버리겠나

이다.'

다리를 건너면서 그는 조용히 가라앉은 마음으로 네바 강을 내려다보고, 또 선명하고 붉은 태양이 가라앉는 것을 바라보았다. 몸이 쇠약했는데도 그는 아무런 피로도 느끼지 않았다. 마치 심장 속에서 한 달 동안이나 곪았던 종기가 갑자기 터진 듯한 기분이었다. 자유, 자유! 지금이야말로 그는 그러한 마력에서, 마법에서, 현혹에서, 악마의 유혹에서 해방되었다!

훗날 그는 이때의 일을, 요 며칠 사이에 그의 신변에 일어난 모든 일을 일각일각, 일점일획에 이르기까지 상세히 상기해보았으나, 그때마다 어떤 한 가지 사실이 거의 미신에 가까울 만큼 그를 놀라게 했다. 사실 별로 이상할 것도 없는 것이었지만, 그에게는 그 후 언제나 무슨 운명의 예고였던 것처럼 느껴졌다. 그것은 다름이 아니다. 그는 몹시 지쳐 있었으므로 가장 가까운 지름길로 해서 돌아오는 편이 좋았는데 무엇 때문에 멀리 센나야 광장을 돌아서 왔는지 스스로도 이해되지 않았고 설명도 할 수 없었다. 돌아간다고 해도 그다지 멀지는 않았지만, 확실히 그렇게 우회한 것은 전혀 불필요한 일이었다. 물론 그가 지나온 길을 기억 못하고 집에까지 돌아온 일은 지금까지 수없이 많았다. 그러나 그는 훗날 언제나 이렇게 자문했다. 왜 그토록 중대한, 자신의 전 운명을 좌우하는, 그리고 지극히 우발적인 센나야(그곳을 지나가야 할 아무런 이유도 없었다)에서의 조우(遭遇)가 하필이면 자기 생애의 그러한 때, 그러한 순간, 더욱이 기분이 그러한 상태일 때 이루어졌을까? 그때 상황에서 이 조우는 운명에 결정적이며 절대적인 영향을 줄 만한 유일무이한 기회 아니었던가? 마치 이 조우가 거기서 그를 일부러 기다리고 있었던 것처럼.

그가 센나야 광장을 지나가게 된 것은 9시경이었다. 나무상이며, 목판이며, 판자며, 구멍가게에다 장사를 벌여놓았던 노점 상인들은 각기 가게를 닫고 물건을 챙겨 정리하면서 손님들과 마찬가지로 집으로 흩어져 갈 때였다. 아래층에 자리 잡은 작은 음식점 부근, 센나야 광장 집들의 악취를 풍기는 더러운 뒤뜰, 특히 선술집 근처에는 온갖 직공들과 누더기 옷차림의 무리가 득실거리고 있었다. 라스콜니코프는 아무 목적 없이 거리로 나올 때면 어느 곳보다 이 일대와 근처 뒷골목을 헤매는 것이 제일 좋았다. 여기서는 그의 남루한 옷차림을 어느 누구도 거만한 시선으로 흘끔흘끔 훑어보는 일이 없었고, 누구에게도 거리낄 것 없이 멋대로의 옷차림으로 거닐 수 있었기 때문이다. K골목 한 모퉁이에 장사꾼 부부가 목판 두 개를 나란히 두고 실이니 노끈이니 옥양목 머릿수건 같은 잡화를 벌여놓고 있었다. 그들 역시 돌아갈 채비를 하다가, 지나다 들른 잘 아는 여자와 얘기를 하느라 늦어지고 있었다. 그 여자는 어제 라스콜니코프가 시계를 가지고 시험해보러 갔던, 14등관의 미망인이며 돈놀이하는 노파인 알료나 이바노브나의 동생 리자베타 이바노브나였다(사람들은 흔히 리자베타라고만 불렀다). 그는 오래전부터 리자베타에 대해 상세히 알고 있었는데, 그녀도 그가 누구인지 어렴풋이 알고 있었다. 멋없이 키가 크고 겁 많으며 온순한 서른다섯이나 된 노처녀인데, 언니 집에서 노예처럼 밤낮없이 일만 하면서 언니 앞에서는 벌벌 떨고 매까지 맞는, 백치라고 해도 좋을 만한 여자였다. 그녀는 보따리를 들고 생각에 잠긴 얼굴로 장사꾼 부부 앞에 서서 그들의 말을 듣고 있었다. 부부는 뭔가 열심히 그녀에게 권하는 모양이었다. 라스콜니코프는 문득 그녀의 모습을 보자, 이 조우가 별로 이상할 것도 없는데 갑자기 어떤 경악과도 같은 이상한 느낌에 사로잡혔다.

"아시겠소, 리자베타 이바노브나, 당신 맘대로 어서 결정하시오" 하고 상인은 큰 소리로 말했다.

"내일 7시경에 이리 오시오. 그쪽 사람들도 올 테니까."

"내일요?"

리자베타는 아직 결심이 서지 않은 듯이 말꼬리를 끌면서 말했다.

"당신은 알료나 이바노브나한테 꼭 쥐여사는 모양이야!" 하고 활달한 장사꾼 마누라가 잰 어조로 말했다.

"당신을 보고 있으면 꼭 조그만 어린애 같다니까. 언니라고 해도 친언니가 아니라 의붓언니면서. 그렇게까지 쥐여살 게 뭐람."

"그렇지만 이번 일은 알료나 이바노브나에게 아무 말도 안 하는 게 좋을 거요" 하고 남편이 말을 가로챘다.

"나는 그렇게 하길 권하겠소, 그러니 언니한텐 아무 말 말고 오시오. 아무튼 잇속이 있는 일이니까. 언니도 나중엔 이해해줄 거요."

"그럼 와볼까요?"

"7시예요, 내일. 그쪽에서도 오기로 되어 있으니까 잘 생각해서 결정하도록 해요."

"사모바르*라도 준비를 해둘게요" 하고 마누라가 덧붙였다.

"좋아요, 올게요."

여전히 망설이는 눈치였으나, 그래도 리자베타는 이렇게 대답했다. 그러고는 천천히 그 자리를 떠났다.

이때 라스콜니코프는 이미 가게 앞을 지나쳐버렸기 때문에 나중 말은 잘 듣지 못했다. 그는 한마디도 놓치지 않으려고 애쓰면서 살그머니 눈에 띄지 않게 지나쳤다. 그의 처음 놀라움은 차차 두려움으로 변해갔다. 그는 마치 등골에 찬물이라도 끼얹은 듯한 기분이었다. 그는 우연히, 정말로 뜻하지 않게 알게 되었다. 내일 저녁 정각 7시에 노파의 유일한 동거자인 동생 리자베타가 집에 없다는 것을, 따라서 노파는 저녁 7시 정각에는 반드시 **혼자 집에 있으리라**는 것을 말이다.

그의 하숙까지는 불과 몇 걸음밖에 남아 있지 않았다. 그는 사형선고

---

* 러시아의 주전자

라도 받은 사람 같은 걸음걸이로 자기 방으로 들어갔다. 그는 아무것도 생각하지 않았다. 또 생각할 수도 없었다. 다만 자기에게는 이미 의지의 자유도, 의지 자체도 있을 수 없으며, 모든 것이 갑자기 최후의 결정을 보았음을 온몸으로 느꼈을 뿐이다.

물론 그가 이런 계획을 안고 앞으로 몇 년이고 호기(好機)를 기다린다 해도, 지금 갑자기 눈앞에 나타난 이 기회 이상으로 확실한 계획 성취의 첫걸음을 기대하기란 도저히 불가능했을 것이다. 어쨌든 내일 그 시각에 범행의 대상이 될 노파가 정말로 혼자 있게 된다는 사실을 바로 전날에 더없이 정확하게, 어떤 위험한 질문이나 탐색 없이 알아내기란 지극히 어려운 일이었다.

6

훗날 라스콜니코프는 상인 부부가 리자베타를 자기 집에 초대한 이유를 우연히 알게 되었다. 그것은 별로 이상할 것도 없는, 흔히 있을 수 있는 일이었다. 다른 고장에서 이사 와서 살다가 살림이 옹색해진 어떤 가정이 가구와 옷가지와 그 밖의 모든 여자용 소지품을 팔게 되었는데, 시장에 내다 팔면 손해이기 때문에 그것을 팔아줄 여자 상인을 찾고 있었던 것이다. 마침 리자베타는 그런 일을 하고 있었다. 그녀는 구전을 받고 일을 처리해주곤 했는데, 무척 정직하여 언제나 최대한의 값을 불렀고, 또 한 번 값을 불러놓으면 조금도 깎지 않아서 단골이 많았다. 그녀는 대체로 말수가 적은 데다, 앞에서도 얘기했듯 겁이 많고 온순한 여자였다.

그러나 라스콜니코프는 최근 들어 미신적인 경향이 짙어져 있었다. 그 흔적은 나중에까지 오래도록 남아서 거의 지워버릴 수 없게 되어버렸다. 이 사건 전체에 관해서도 그는 그 후 언제나 일종의 불가사의함과 신비성 같은 것을 느끼고, 뭔가 특별한 힘과 우연의 일치가 존재한다고 믿고 싶어졌다. 바로 지난겨울에 친구인 대학생 포코료프가 하리코프로 떠날 때 무슨 얘기 끝에 혹시 전당 잡힐 일이라도 생기면 찾아가보라고 알료나 이바노브나 노파의 주소를 가르쳐주었다. 그때는 가정교사 자리가 있어 그럭저럭 먹고살 수는 있었기에 그는 오랫동안 노파한테 가지 않았다. 그러다가 한 달 반쯤 전에 그 주소가 생각났다. 그에게는 전당 잡힐 만한 물건이 두 가지 있었다. 하나는 아버지한테서 물려받은 낡은 은시계고, 또 하나는 누이동생이 작별할 때 기념으로 준 붉은 빛깔 보석이 세 개 박힌 조그만 금반지였다. 그는 반지를 가지고 가기로 했다. 노파의 집을 찾아갔을 때, 그는 노파에 대해 아는 바가 전혀 없었는데도 첫눈에 벌써 참을 수 없는 혐오를 느꼈다. 그는 지폐 두 장을 받아 들고 돌아오는 길에 어느 싸구려 음식점에 들렀다. 그는 차를 시키고 자리에 앉아 이내 생각에 잠겼다. 그러자 기괴한 상념이, 마치 달걀 껍데기를 깨뜨리는 병아리처럼 그의 머릿속을 콕콕 찌르며 금세 그를 사로잡아버렸다.

바로 옆에 나란히 놓인 탁자에는 그가 전혀 모르는 생면부지의 대학생과 젊은 장교가 앉아 있었다. 그들은 당구를 치고 나서 차를 마시는 참이었다. 뜻밖에도 그는 대학생이 장교에게 14등관의 미망인인 고리대금업자 알료나 이바노브나 얘기를 하고 그 주소를 가르쳐주는 소리를 들었다. 벌써 그것만으로도 라스콜니코프는 어쩐지 이상한 느낌이 들었다. 방금 거기서 나오는 길인데 여기서도 그 노파의 얘기를 듣다니. 물론 그것은 우연에 불과했다. 그러나 그는 지금 몹시 이상한 인상이 머리에 달라붙어 떠나지 않고 있는 터에 마치 누군가가 자신을 도우려는 것 같다고 느꼈다. 대학생은 갑자기 자기 친구에게 알료나 이바노브나에 관한 여러 가지 상세한 이야기를 들려주기 시작했다.

"굉장한 노파야" 하고 그는 말했다.

"그 노파한테 가기만 하면 언제든지 돈을 얻을 수 있거든. 유대인 못지않은 부자야. 한 번에 5,000루블도 빌릴 수 있는데 1루블짜리 물건도 싫다지 않거든. 우리 친구들도 많이 신세 지고 있다네. 지독한 노파긴 하지만 말야……."

그리고 대학생은 노파가 얼마나 심술궂고 변덕스러운가를 자세히 얘기하기 시작했다. 단 하루라도 기한이 지나면 전당 잡은 물건을 처분해버리고, 돈은 그 물건 값어치의 4분의 1밖에 빌려주지 않으며, 이자는 한 달에 5부에서 7부까지 받는다고 했다. 대학생은 한참 지껄인 끝에, 노파에게는 리자베타라는 동생이 있는데 그 작달막하고 추악한 노파는 늘 동생을 때리곤 해서 적어도 다섯 자 여섯 치나 되는 몸집 큰 리자베타를 마치 조그만 어린애 다루듯 완전히 노예 취급을 하고 있다는 얘기까지 했다.

"그것 역시 드문 현상이라고나 할지!"

대학생은 이렇게 외치고 큰 소리로 웃어댔다.

그다음 그들은 리자베타에 대한 얘기를 하기 시작했다. 그녀에 관해서 대학생은 어딘지 만족스러운 어조로 얘기하면서 시종 싱글벙글 웃었다. 장교도 자못 흥미를 느낀 듯이 귀를 기울이다가, 그 리자베타에게 속옷 수선을 시키게 자기한테 한번 보내달라고 부탁했다. 라스콜니코프는 한마디도 놓치지 않았다. 그리고 모든 것을 즉석에서 이해했다. 리자베타는 노파의 친동생이 아니고 배다른 동생인데, 나이는 이미 서른다섯이었다. 그녀는 언니를 위해 밤낮없이 일을 했는데, 집에서는 부엌일과 빨래를 도맡을 뿐만 아니라 부업으로 삯바느질도 하고 마룻바닥을 닦아주는 삯일까지 했다. 그러나 그렇게 해서 번 돈은 죄다 언니에게 주었다. 언니의 승낙 없이는 어떠한 주문이나 일거리도 결코 맡으려고 하지 않았다. 노파는 이미 유언장을 써놓았는데, 거기에 따르면 가재도구나 의자 따위 말고는 리자베타에게 주지 않기로 되어 있으며, 리자베타도 그것을 잘 알고 있었다. 돈은 전부 N현의 어느 수도원에 사후의 영구공양(永久供養)을 위해 기부하기로 정해져 있었다. 리자베타는 관리의 딸이 아니라 장사꾼의 딸이었다. 얼굴도 몸집도 지지리 못생긴 여자로 키만 크고, 길고 굽은 듯한 다리에 늘 닳아빠진 산양 가죽 구두를 신었는데, 그래도 옷차림만은 언제나 깨끗했다. 그러나 대학생이 놀라움을 나타내며 히죽거리는 원인은 리자베타가 늘 애를 배고 있다는 사실이었다.

"하지만 자넨 그 여자가 굉장한 추녀라고 하지 않았나 말야?" 하고 장교가 한마디 했다.

"그렇지, 살결이 거무튀튀한 게 꼭 가장을 한 병정 같은 얼굴이지만, 아주 추녀는 아니야. 그 여자는 무척 선량한 얼굴과 눈을 가지고 있어. 보통 선량한 정도가 아니지. 그 증거로 많은 사람이 그녀를 좋아한단 말이야. 조용하고, 얌전하고, 온순하고, 유순해서 무슨 말이든 고분고분 잘 듣는 여자지. 게다가 그 웃는 모습이 또 멋지거든."

"그럼 자네도 마음에 드는 모양이군그래?" 하고 장교는 웃었다.

"색다른 매력이지. 그건 그렇고, 자네에게 한 가지 말할 게 있어. 나는 그 저주받을 노파를 죽이고 돈을 죄다 빼앗는다 해도 절대 양심의 가책은 없을 거라고 생각하네."

대학생은 열을 올리며 이렇게 덧붙였다.

장교는 또다시 껄껄 웃었다. 라스콜니코프는 부르르 몸을 떨었다. 이건 또 무슨 기괴한 일이냐!

"그래서 나는 자네에게 한 가지 진지한 문제를 제기하고 싶네."

대학생은 더욱더 열을 올렸다.

"내가 지금 한 말은 물론 농담이야. 그러나 알겠나, 한편에는 무지하고 아무런 가치도 없는 심술궂고 병든 노파가 있어. 아무에게도 쓸모가 없는, 오히려 모든 사람에게 해로운, 자기 자신도 무엇 때문에 사는지 모르는, 더구나 내일이라도 혼자 죽어갈 노파가 있단 말이야. 알겠나? 알아듣겠나?"

"그래, 알겠어."

열띤 친구의 얼굴을 유심히 바라보며 장교는 대답했다.

"자, 그다음 말을 들어봐. 다른 한편에는 뒷받침이 없어서 무참히 쓰러져가는 젊고 싱싱한 힘이 있어. 그것도 도처에 수없이 많단 말이야! 수도

원에 기부하기로 한 그 노파의 돈만 있다면, 건설하고 복구할 수 있는 몇 백 몇천 가지의 훌륭한 계획과 사업이 있단 말이야! 그것으로 몇백 몇천 생명이 올바른 길로 되돌아올 수도 있고, 또 몇십 가정이 빈곤, 부패, 파멸, 타락, 성병환자 수용소 등에서 구원받을 수도 있을 거야. 게다가 이 모든 것이 그 노파의 돈으로 가능하단 말이야. 노파를 죽이고 그 돈을 빼앗는 거야. 그러나 이후에 그 돈을 가지고 전 인류에 대한 봉사, 공공사업에 대한 봉사에 몸을 바친다는 조건하에서지. 자넨 어떻게 생각하나, 조그만 범죄가 몇천의 좋은 일로 보상될 수는 없을까? 단 한 생명으로 몇천 생명이 부패와 타락에서 구제되는 거야. 하나의 죽음이 백의 생명을 탄생시키는 거야. 이건 간단한 산수 문제가 아니냐 말이야! 게다가 그 무지하고 간악한 폐병쟁이 노파 하나의 목숨이 사회 전체의 무게에 대해서 도대체 얼마만큼의 가치가 있다고 생각하나? 이(蝨)나 바퀴의 목숨과 다를 게 뭐냐 말야. 아니, 그만한 값어치조차 없어. 왜냐하면 그 노파는 해로운 존재니까. 그 노파는 남의 생명을 뜯어먹고 사는 거야. 요전에도 홧김에 리자베타의 손가락을 물어뜯어 하마터면 잘릴 뻔했지!"

"물론 그런 건 살아 있을 가치가 없지" 하고 장교는 말했다.

"그러나 그게 자연의 법칙이라는 거야."

"아니, 무슨 말을 하는 거야. 인간은 자연을 수정하면서 그 방향을 제시하고 있잖나 말야. 그렇지 않다면 영영 편견 속에 빠져버릴 수밖에 없지. 그렇지 않고서는 위대한 인물이 한 사람도 나오지 못할 거야. 사람은 흔히 '의무'니 '양심'이니 하지만 나는 구태여 의무나 양심에 대해 말하려는 건 아니야. 우리는 그것을 어떻게 해석하고 있다고 생각하나? 잠깐, 자네한테 또 한 가지 문제를 제기하겠네. 들어봐!"

"아니, 기다려. 내가 먼저 자네한테 문제를 내야겠어. 들어보게!"

"좋아!"

"자네는 지금 열변을 토했는데, 어떤가, 자네는 **자기 손으로** 노파를 죽일 수 있겠나?"

"물론 그럴 수는 없어! 나는 그저 정의를 위해서 말하는 거야…… 그건 내가 상관할 문제가 아니거든……."

"그러나 내 생각으로는 자네가 스스로 결행하지 않는 이상 정의고 뭐고 있을 수 없어! 자, 가서 게임이나 다시 하세!"

라스콜니코프는 극도로 흥분에 사로잡혀 있었다. 물론 이런 말은 그 형식이나 제목이 다르긴 하지만, 그도 여러 번 들어본 적 있는 지극히 평범하고 흔해빠진 청년들의 의논이며 의견이었다. 그러나 그 자신의 머릿속에도 똑같은 생각이 떠오른 바로 이때, 왜 하필이면 여기서 그 노파의 얘기를 듣게 되었을까? …… 이 우연의 일치가 그에게는 언제나 이상하게 생각되었다. 이 싸구려 음식점에서의 대화가 장차 사건 발전에 비상한 영향을 주게 되었다. 마치 거기에 일종의 숙명, 일종의 계시라도 있었던 것처럼…….

센나야 광장에서 돌아오자 그는 소파에 몸을 던진 채 한 시간 동안이나 꼼짝도 않고 앉아 있었다. 그러는 동안에 날이 어두워졌다. 초도 없었거니와 불을 켤 생각도 나지 않았다. 그는 그때 무슨 생각을 했는지 그 후에도 좀처럼 기억나지 않았다. 이윽고 그는 아까와 같은 열과 오한을 느꼈다. 그리고 소파에 드러누울 수 있다는 생각이 들자 기쁘기까지 했다. 이윽고 무서운 납덩이같은 졸음이 엄습해왔다.

그는 여느 때와는 달리 꿈도 꾸지 않고 오랫동안 깊이 잠이 들었다. 다음 날 아침 10시에 그의 방으로 들어온 나스타시야가 간신히 그를 흔들어 깨웠다. 그녀는 차와 빵을 가지고 왔으나, 차는 역시 재탕이었고 찻잔 역시 그녀의 것이었다.

"잘도 주무시네!"

그녀는 화가 난다는 듯이 이렇게 소리쳤다.

"밤낮 잠만 자고 있으니!"

그는 겨우 몸을 일으켰다. 머리가 쿡쿡 쑤셨다. 그는 몸을 일으키려고 좁은 방 안에서 빙그르 몸을 돌렸으나 또다시 소파 위에 쓰러지고 말았다.

"또 주무시는 거예요?" 하고 나스타시야는 외쳤다.

"혹시 어디 아픈 건 아니에요, 네?"

그는 아무 대답도 하지 않았다.

"차라도 마시지 그래요?"

"이따가."

그는 다시 눈을 감고 벽 쪽으로 돌아누우며 겨우 이렇게 말했다. 나스타시야는 잠시 그의 옆에 서 있었다.

"정말 병이 났나 보군요."

그녀는 이렇게 말하며 홱 돌아서 나가버렸다.

그녀는 2시에 다시 수프를 가지고 들어왔다. 그는 여전히 그대로 누워 있었다. 차도 그대로였다. 나스타시야는 화가 치밀어 그를 마구 흔들기 시작했다.

"왜 잠만 자는 거죠?"

밉살스러운 듯이 그를 흘겨보면서 그녀는 소리쳤다. 그는 일어나 앉았으나 그녀에게는 아무 말도 없이 방바닥만 바라다보았다.

"어디 편찮으셔요?" 하고 나스타시야는 물었으나 이번에도 아무 대꾸가 없었다.

"밖에라도 좀 나가보면 어때요" 하고 잠시 잠자코 있다가 그녀는 "바람이라도 좀 쐬면 좋을 거예요. 그건 그렇고, 뭐 좀 드셔야죠?" 했다.

"이따가."

그는 힘없는 소리로 말했다.

"나가줘!" 하고는 손을 내저었다.

그녀는 얼마 동안 그대로 서서 딱한 듯이 그를 보다가 나가버렸다.

몇 분 후 그는 눈을 들어 오랫동안 차와 수프를 바라보았다. 이윽고 빵을 집고 숟가락을 들어 식사를 하기 시작했다.

그는 식욕이 없어서 마지못해 서너 숟갈을 기계적으로 먹었다. 두통은 조금 가셨다. 식사를 마치자 그는 다시 소파 위에 누웠으나, 이제는 잘 수도 없어서 베개에 얼굴을 묻고 엎드린 채 꼼짝도 않고 있었다. 그의 눈에는 쉴 새 없이 환상이 어른거렸다. 모두가 이상한 환상이었다. 제일 많이 본 것은 어딘지 먼 아프리카나 이집트의 오아시스 같은 곳에 가 있는 환상이었다. 대상(隊商)이 쉬고 있고, 낙타들이 조용히 엎드려 있다. 주위에는 무성한 야자수가 둥글게 원을 그리며 있다. 모두 식사를 하고 있는데, 그는 옆을 졸졸 흐르는 시냇물에 엎드려 물만 마시고 있다. 말할 수 없이 상쾌한 기분이다. 그리고 멋진 코발트 빛깔의 차가운 물이 갖가지 돌과 금가루를 뿌린 듯한 모래 위를 흐르고 있다……. 갑자기 시계 치는 소리가 똑똑히 들려왔다. 그는 부르르 몸을 떨고 정신을 차렸다. 머리를 들어 창문을 보면서 시간을 생각해보았다. 그러자 완전히 정신이 들어, 마치 누구한테 쫓기기라도 하듯이 벌떡 소파에서 일어났다. 그는 발뒤꿈치를 들고 살금살금 문께로 가서 살그머니 방문을 열고 아래층 쪽으로 귀를 기울였다. 그의 심장은 무섭게 고동치고 있었다. 그러나 층계는 죽은 듯이 조용했다……. 그는 어제부터 이렇게 어처구니없이 잠만 자고, 아무것도 하지 않고, 또한 아무 준비도 안 하고 있었던 것이 이상하게 있을 수 없는 일처럼 생각되었다……. 아니, 그건 그렇고 시계는 벌써 6시를 쳤는지도 모른다……. 그러자 갑자기 열병에 걸린 사람처럼 그 어떤 어수선한 초조감이 졸음과 자기 망각을 대신하여 그를 사로잡았다. 그러나 준비라고 해도 대단한 것은 아니었다. 그는 만사를 잘 생각하여 무엇 하나 잊은 것이 없도록 모든 힘을 긴장시켰다. 심장은 여전히 세차게 고동쳐서 숨을 쉬기가 괴로울 정도였다. 우선 올가미를 만들어 그것을 외투 속에 꿰매 달아야 했다. 그러나 1분이면 될 일이다. 그는 베개 밑에 손을 넣어 거기 처박은 속옷들 중에서 몹시 해지고 세탁도 하지 않은 낡은 셔츠를 하나 꺼냈다. 그 누더기에서 한 치 폭에 길이 여덟 치쯤 되는 헝겊을 찢어내어 그것을 두 겹으로 해서, 두꺼운 무명으로 만든 튼튼하고 헐렁한 여름 외투(그가 가진 단 하나의 코트다)를 벗어서 안의 왼쪽 겨드랑이 밑에 그 헝겊 양쪽 끝을 꿰매기 시작했다. 꿰매면서 그의 손은 덜덜 떨렸으나, 그는 스스로를 극복해냈다. 그래서 다시 외투를 입었을 때는 겉에서 아무것도 보이지 않게 할 수 있었다. 바늘과 실은 훨씬 전부터 준비해 종이에 싼 채 탁자 서랍 속에 간직해두었던 것이다. 올가미로 말하면 매우 교묘한 그의 착상으로, 도끼를 숨기기 위해서 고안해냈다. 도끼를 손에 들고 거리를 거닐 수도 없거니와, 외투 속에 감추려 해도 역시 겉에서 손으로 눌러야만 했다. 그러면 남의 눈에 띄기가 쉽다. 그런데 지금은 끈으로 이렇게 올가미를 달았으니, 거기에 도끼를 걸면 가는 길에 도끼는 안쪽 겨드랑이 밑에 안전하게 꽂혀 있을 것이다. 그리고 손을 바깥 주머니에 넣으면 흔들리지 않게 도낏자루를 누를 수도 있다. 게다가 외투가 마치 부대처럼 헐렁했기 때문에, 호주머니 속에서 무엇을 누르고 있어도 밖에는 알려질 리가 없었다. 이 올가미 역시 이미 2주 전에 그가 고안해낸 것이었다.

이 일을 끝내자 그는 터키식 소파와 마룻바닥 사이의 작은 틈바구니에 손가락을 집어넣고는, 왼쪽 구석을 더듬어서 전부터 준비해 숨겨두었던 저당물을 꺼냈다. 그러나 그것은 결코 저당물도 아무것도 아니고, 은제(銀製) 담뱃갑만 한 크기와 두께로 매끄럽게 깎은 널빤지 조각에 불과했다. 그 널빤지 조각은 그가 산책하는 길에 이웃 골목의 어느 뒤뜰 한 공장 딴채에서 발견한 것이다. 그 뒤에 역시나 언젠가 길에서 발견한 매끈매끈하고 얇은 철판을, 아마도 어떤 물건의 한 조각인 철판을 그 널빤지에 붙였다. 철판이 널빤지보다 약간 작았으나 그는 그것을 실로 열십자 모양을 내어 묶었다. 그리고 정성껏 깨끗한 흰 종이로 보기 좋게 싼 다음, 풀기 힘들게 다시 그 위를 실로 묶어놓았다. 그것은 노파가 매듭을 풀기 시작했을 때 잠시 그녀의 주의를 그쪽으로 돌리게 하고, 그사이에 기회를 노리기 위해서였다. 철판 조각은 노파가 처음 한순간만이라도 '물건'이 나무라는 사실을 눈치채지 못하도록 무게를 주기 위함이었다. 이러한 모든 것을 때가 오기까지 소파 밑에 숨겨놓았던 것이다. 그가 저당물을 꺼냈을 때, 갑자기 뒤뜰 어디선지 누군가 외치는 소리가 들렸다.

"6시는 벌써 지났어!"

"벌써! 이거 큰일났군!"

그는 문 옆으로 달려가 귀를 기울여보고는, 모자를 움켜쥐고 고양이처럼 조심스레 발소리를 죽여가며 열세 단 층계를 내려가기 시작했다. 가장 중요한 일, 부엌에서 도끼를 훔쳐내는 일이 아직 남아 있었다. 도끼가 아니면 안 된다는 것은 훨씬 전부터 결정되어 있었다. 그는 접었다 폈다 하는 원예용 나이프도 가지고 있었다. 그러나 조그만 나이프에는, 특히 자기 힘에는 기대를 걸 수가 없었다. 그래서 결국 도끼를 쓰기로 낙착한 셈이었다. 여기서 말이 나온 김에 이 문제에서 그가 취한 모든 최종 결심에 관한 한 가지 특수성을 지적해두겠다. 그의 결심에는 이상한 특질이 있었다. 다름 아니라 그의 계획이 단호한 성질을 띠면 띨수록 그의 눈에는 그것이 점점 추악하고 불합리해 보이는 것이었다. 그토록 괴로운 내적 투쟁을 계속해왔는데도 그는 그동안 단 한순간이라도 자기 계획의 실현성을 결코 믿을 수 없었다.

그러므로 설사 언젠가 모든 것이 최후의 한 점까지 분석되고 최종적인 결정을 본 다음 더는 아무런 의혹도 남지 않게 되었다고 하더라도, 그때가 되어서도 그는 전체 계획을 불합리하고 추악하고 불가능한 일이라 해서 단념해버리고 말았을지 모른다. 그런데도 해결이 안 된 점과 의혹은 아직 산더미처럼 남아 있었다. 도끼를 어디서 구하느냐 따위는 전혀 문제도 되지 않는 사소한 일이었다. 이것만큼 쉬운 일은 없었기 때문이다. 왜냐하면 나스타시야는 곧잘 집을 비우고, 특히 저녁에는 이웃집이나 가게에 잘 갔다. 그리고 문은 늘 열려 있었다. 주인아주머니는 그것만으로도 곧잘 그녀와 싸우곤 했다. 그러므로 때가 오면 살그머니 부엌으로 들어가 도끼를 가지고 나갔다가 한 시간쯤 지나서(이미 만사가 끝났을 때) 다시 부엌에 갖다 두면 되는 것이다. 그러나 전혀 걱정이 안 되는 것도 아니었다. 가령 한 시간쯤 지나 그가 도끼를 가지고 돌아왔을 때 마침 나스타시야가 돌아와 있다면 어떻게 될 것인가? 물론 모르는 체하고 지나쳤다가 다시 그녀가 나갈 때까지 기다리지 않으면 안 된다. 그러나 만약 그사이에 도끼가 없어진 것을 알고 찾고 떠들기라도 한다면 영락없이 혐의를 받게 된다. 적어도 혐의를 받게 될 원인이 되는 것이다.

그러나 그것은 극히 사소한 문제에 지나지 않았다. 그는 그런 것을 생각해보려고도 하지 않았거니와, 또 그럴 겨를도 없었다. 그는 가장 중요한 점만 생각하고 있었기 때문에 그런 자질구레한 점은 자신이 **만사에 확신**을 얻을 때까지 내버려두기로 했다. 그러나 확신을 얻는다는 것은 절대로 실현될 것 같지가 않았다. 적어도 그 자신에게는 그렇게 생각되었다. 이를테면 그는 어느 때건 자기가 생각하기를 끝내고 일어나서, 태연히 그곳으로 갈 수 있으리라고는 도저히 상상할 수가 없었다……. 얼마 전의 시험(즉 철저히 현장을 조사할 작정으로 방문했던 일)만 하더라도 그는 그저 한번 시험해보았을 뿐이지 실제 행동하고는 거리가 멀었다. '어디 한번 가서 시험해봐야지. 공상만 해서 뭘 한담!' 하는 기분이었다. 그런데 곧 도저히 참을 수가 없어서, 그런 일을 한 자기 자신에게 분노가 치밀어올라 침을 탁

뽑고 그냥 도망쳐 나오지 않았던가. 그러나 아무튼 문제의 도덕적 해결이라는 의미에서는 모든 분석이 이미 끝난 거나 다름없었다. 그의 옳고 그름 판단력은 면도날같이 날카로워서, 이미 자기 내부의 의식적인 반박론은 발견할 수 없을 정도였다. 그러나 최후 단계에 접어들면 그는 점점 자기 자신이 믿어지지 않았다. 그리고 무언가가 그를 강제로 그쪽으로 끌고 가기라도 하는 듯이 노예 같은 비굴한 태도로 모든 것에 끈덕지게 반론을 찾아 헤맸다. 그런데 뜻하지 않게 찾아와서 만사를 금방 해결해버리고 만 최후의 날은, 그야말로 기계적으로 그에게 작용했다. 마치 누군가가 그의 손을 잡고 무조건 맹목적으로, 초자연적인 힘으로 강제로 끌고 가는 것과 같았다. 그것은 흡사 옷자락이 기계 바퀴에 걸려서 그 속으로 말려 들어가는 것과도 비슷했다.

처음에는, 하긴 이미 오래전 일이긴 하지만 한 가지 의문이 그의 관심을 끌었다. 왜 거의 모든 범죄는 그처럼 쉽사리 발견되고 그 정체를 폭로당하고 마는 걸까? 그리고 또 왜 거의 모든 범죄의 발자취는 그토록 명료하게 남는 걸까? 그는 차츰 여러 가지 흥미 있는 결론에 도달했다. 그의 의견에 따르면, 가장 중요한 원인은 범죄를 은폐하는 물질적 불가능성이라기보다 오히려 범죄자 자신 속에 있다는 것이다. 즉 범죄자 자신은 거의 누구나 예외 없이 범죄를 저지르려는 순간 의지와 이성의 상실 상태에 빠질 뿐만 아니라 어린애 같은 경솔에 사로잡히고 말기 때문이다. 더구나 그것은 이성과 세심함을 가장 필요로 하는 순간이다. 그의 신념에 따르면, 이 이성의 혼미와 의지의 상실은 병마와도 같이 사람을 엄습하여 차차 강대해져서 범죄 수행 직전에 최고조에 달한다. 그리고 그대로의 상태가 범죄 순간까지, 사람에 따라서는 범죄 후에도 얼마 동안 계속된다. 하지만 병이 낫는 것과 마찬가지로 이윽고 그 상태가 지나버리고 만다. 그러나 병이 범죄를 낳는 것인지, 아니면 범죄 그 자체에 그 비슷한 특질이 있어

서 늘 병과 유사한 무엇을 동반하는 것인지…… 하는 의문에 이르러서는
자기도 아직 해결할 힘이 없다고 느끼고 있었다.

이러한 결론에 도달한 그는 적어도 자기 자신에게는 이러한 병적인 변
화가 일어날 수 없다고 단정했다. 계획을 수행하는 동안 이성과 의지는
조금도 흐려짐 없이 유지될 것이다. 그 이유는 단 하나, 자신의 계획은 '범
죄가 아니기' 때문이다……. 그러나 그가 이런 최후 결심에 도달하기까지
의 전 과정은 생략하기로 하자. 그렇지 않아도 우리는 너무나 앞으로 달
려 나가고 있으니까……. 다만 한 가지 덧붙여둘 것은, 이 일에 따르는 실
제의 물질적 곤란은 그의 머릿속에서 대체로 2차적인 역할밖에 못하고 있
었다는 점이다.

'이만한 곤란쯤은 자기 의지와 이성을 완전히 보유하고만 있으면, 일의
모든 데이터를 세밀하게 연구해가는 동안 자연히 극복될 것이다…….'

그러나 일은 좀처럼 시작될 것 같지 않았다. 그는 자기의 최후 결심을
여전히 믿지 않고 있었으므로 막상 때가 이르자 모든 것이 예상과는 전혀
다른 뜻밖의 일처럼 생각되었다.

어떤 사소한 사건이 층계를 다 내려가기도 전에 그를 당황하게 했다.
여느 때처럼 활짝 열려 있는 부엌문까지 오자 그는 슬쩍 곁눈질을 해서
나스타시야는 없더라도 혹시 주인아주머니가 거기 있지 않은지, 설사 없
다고 하더라도 도끼를 가지러 들어갈 때 어쩌다 그녀가 내다보지 않을지,
그리고 그녀의 방으로 통하는 문이 잘 닫혀 있는지 어떤지를 미리 살피려
고 했다. 그런데 놀랍게도 나스타시야는 부엌에 있을 뿐만 아니라 아직
일을 하고 있지 않은가! 그녀는 빨래를 광주리에서 꺼내어 줄에 너는 참
이었다. 라스콜니코프를 보자 그녀는 일손을 멈추고 뒤를 돌아보며 그가
지나갈 때까지 지켜보았다. 그는 외면을 하고 아무렇지도 않은 듯 그대로
지나쳤다. 모든 것은 끝났다. 도끼가 없으니! 그가 받은 충격은 무서운 것

116

이었다.

'그런데 나는 무엇을 보고 그런 계산을 했던 것일까?'

출입구 쪽으로 내려오면서 그는 생각했다.

'나는 어째서 저 여자가 지금쯤 틀림없이 집에 없으리라는 결정을 내리고 있었을까? 어째서, 어째서 나는 그렇게 결정한 것일까?'

그는 호되게 한 대 얻어맞고 모욕까지 당한 기분이었다. 그는 홧김에 자기 자신을 비웃고 싶었다……. 우둔한 야수 같은 분노가 가슴속에서 끓어올랐다.

그는 생각에 잠기면서 문간에 멈춰 섰다. 산책이라도 하듯이 보이기 위해 거리로 나가고도 싶었지만, 그러기가 싫었다. 그렇다고 방으로 되돌아가기는 더욱 싫었다.

'모처럼의 기회를 영영 놓치고 마는구나!'

문간에서 그는 역시 열려 있는 어두운 문지기 방을 마주 보고 서서 이렇게 중얼거렸다. 그 순간 그는 깜짝 놀랐다. 두 걸음쯤 떨어진 문지기 방 걸상 밑에 무엇인지 번쩍이는 것이 눈에 띄었다……. 그는 주위를 둘러보았다. 아무도 없다. 살금살금 발소리를 죽여가며 문지기 방으로 다가가서 나직한 소리로 문지기를 불러보았다.

'기대했던 대로 집에 없구나. 그러나 문이 열려 있는 걸 보니 어딘가 이 뜰 근처에 있겠지.'

그는 얼른 도끼에 덤벼들었다(그것은 도끼였다). 장작개비 두 개 사이에 뒹굴고 있는 도끼를 걸상 밑에서 꺼내 들고, 밖으로 나가기 전에 그것을 외투의 올가미에 꽂고는 양손을 호주머니에 넣고 그곳을 나왔다. 아무도 본 사람은 없었다!

'이건 보통 일이 아니다. 악마의 짓이야!' 하고 그는 기묘한 웃음을 띠며 생각했다. 이 우연은 그에게 크나큰 원기를 돋우어주었다.

그는 어떤 혐의도 불러일으키지 않도록 침착한 걸음걸이로 서두르지 않고 천천히 걸어갔다. 그는 별로 통행인을 보지 않았다. 되도록 눈에 띄지 않게, 남의 얼굴을 보지 않으려고 애썼다. 갑자기 모자 생각이 났다.

'아차! 사흘 전 돈이 있을 때 학생모로 바꿔두는 걸 잊었구나!'

저주의 말이 저도 모르게 튀어나왔다.

우연히 가게 안을 들여다보았더니, 거기 벽시계는 벌써 7시 10분을 가리키고 있었다. 서둘러야 했다. 그렇지만 길을 우회해 반대쪽에서 그 집으로 접근해야 한다……

전에, 이런 것을 아직 상상만 하던 그때는 정작 닥치면 몹시 무서울 것만 같았다. 그런데 지금은 별로 무섭지가 않았다. 아니, 조금도 무섭지가 않았다. 이 순간의 그는 도리어 아무 관계도 없는 딴생각에 마음을 쏟고 있을 정도였다. 그러나 그것은 모두 단편적인 상념들뿐이었다. 유스포프 공원 옆을 지날 때, 그는 모든 광장마다 높다란 분수를 설치하면 얼마나 공기를 상쾌하게 만들 수 있을까 하는 생각에 거의 몰두하다시피 했다. 그리고 레트니 사드(여름 공원)를 마르조보 폴레 연병장까지 확장해서 미하일롭스키 왕실 유원지와 합친다면, 거리를 위해서도 매우 유익한 시설이 될 것이라는 확신으로 공상을 펼쳐갔다. 그때 문득 모든 대도시에서 인간은 단지 필요에 쫓겨서만 아니라, 특히 그 어떤 이유로 공원도 없고 분수도 없고, 더러움과 악취와 그 밖의 온갖 추악한 일에 가득 찬 부분에 살거나 자리를 잡는 경향이 있는데, 이것은 도대체 어찌 된 일일까 하는 문제에 흥미를 갖기 시작했다. 그러자 센나야 광장을 중심으로 하는 자기 자신의 산책 코스가 생각나서, 그는 퍼뜩 제정신이 들었다.

'내가 무슨 생각을 하는 거야' 하고 그는 생각했다.

'차라리 아무것도 생각지 않는 게 좋겠다!'

'아마 형장으로 끌려가는 자도 틀림없이 이렇게 도중에 만나는 모든

것에 마음을 빼앗길 것이다.'

이러한 상념이 그의 머리를 스치고 지나갔다. 그러나 그것은 번갯불과도 같이 그저 번뜩였을 뿐이다. 그는 서둘러 이 상념을 지워버렸다……. 그러나 벌써 목적지는 다가왔다. 벌써 그 집이다. 저기 문이 보인다. 어디선가 갑자기 시계 치는 소리가 들려왔다.

'아니, 벌써 7시 반이란 말인가? 아니다, 그럴 리 없다. 아마 시계가 빠른 게지!'

다행히 이곳 문도 역시 무사히 통과했다. 뿐만 아니라 때마침 커다란 건초 마차가 먼저 출입문에 닿아 있어서, 그가 안으로 들어가는 것을 완전히 가려주기까지 했다. 그리고 마차가 문에서 뜰로 들어가자, 그는 재빨리 오른쪽으로 빠져 들어갔다. 마차 저쪽에서 몇 사람이 고함을 지르며 다투는 소리가 들렸으나, 아무도 그를 본 사람은 없었고 누구 하나 마주친 사람도 없었다. 이 커다란 사각형의 안뜰을 향한 많은 창문은 이때 모두 열려 있었지만, 그는 머리를 들려고도 하지 않았다. 그럴 만한 기력이 없었던 것이다. 노파의 방으로 통하는 층계는 출입문에서 바로 오른쪽에 있었다. 그는 벌써 층계 위에 와 있었다……

숨을 크게 몰아쉬고 두근거리는 심장을 손으로 누른 다음, 잠깐 도끼를 만져보고는 다시 한번 위치를 바로잡은 후 조심스레 끊임없이 귀 기울이며 그는 살금살금 층계를 올라갔다. 이때 층계는 텅 비어 있었고, 문이란 문은 모조리 닫혀 있었다. 마주친 사람도 없었다. 2층에 빈방이 하나 있어서 문이 활짝 열려 있었다. 그 안에서 칠장이 몇 사람이 일을 하고 있었으나, 그들도 그를 돌아보지 않았다. 그는 잠깐 걸음을 멈추고 생각하고는 다시 올라갔다.

'물론 여기 저놈들이 없었더라면 더 좋았겠지만, 아직 두 층이나 떨어져 있으니까.'

하지만 벌써 4층이었다. 저기 문이 보인다. 맞은편 아파트 역시 빈방이다. 3층에도 노파가 사는 방 바로 밑 아파트는 비어 있는 모양이었다. 문에 붙었던 명함이 떼어져 있었으니까. 이사를 간 게지! …… 그는 숨이 막혔다. '그냥 돌아가버릴까!' 하는 생각이 순간적으로 머리를 스쳤다. 그러나 그는 그런 생각에는 대답도 하지 않고, 노파의 방에 귀 기울이기 시작했다. 쥐 죽은 듯 조용했다. 이번에는 다시 층계 아래쪽에 귀 기울였다. 오랫동안 주의 깊게 귀 기울였다……. 마지막으로 다시 한번 주위를 둘러보고, 신경을 도사리고 자기 몸을 한 번 만져보았다.

'너무 흥분하지나 않았는지? 노파는 의심이 많으니까…… 좀 더 기다리는 게 좋겠다…… 심장 고동이 멎을 때까지…….'

그러나 심장 고동은 좀처럼 가라앉지 않았다. 도리어 반대로, 마치 일부러 그러기라도 하듯이 시간이 갈수록 더욱더 심하게 고동칠 뿐이었다……. 그는 더 참지를 못하고 천천히 손을 뻗쳐 초인종을 울렸다. 30초쯤 지나서 다시 한번 울렸다, 이번에는 좀 더 강하게.

대답이 없다. 마구 울려봐도 소용이 없을 테고, 게다가 지금의 그에게는 어울리지도 않는 일이다. 노파는 물론 집에 있겠지만, 그녀는 의심이 많은 데다 지금은 혼자뿐이다. 그도 그녀의 버릇을 조금은 알고 있었다……. 그래서 다시 한번 귀를 문에 바짝 갖다 붙였다. 그러자 그의 감각이 그토록 예민해져 있었는지(그렇게 상상하기는 대체로 곤란한 일이지만), 아니면 실제로 잘 들렸는지 아무튼 그는 손잡이를 조심스레 쥐는 소리와 문짝에 옷자락 스치는 소리를 똑똑히 들을 수 있었다. 누군가가 바로 문 앞에 서서, 그가 이쪽에서 하고 있는 것과 똑같이 숨을 죽이고 엿듣고 있는 것이 분명했다. 그리고 역시 문에다 귀를 대고 그 밖의 동정을 살피고 있는 모양이었다…….

그는 일부러 몸을 움직여 자기가 숨어 있는 것이 아님을 알리기 위해 무언가 큰 소리로 혼잣말을 했다. 이윽고 그는 세 번째로 초인종을 울렸으나, 조금도 초조한 빛이 보이지 않는 침착하고도 조용한 태도였다. 훗날이 일을 생각할 때마다 이 순간은 똑똑하고 선명하게, 그리고 영원히 그의 마음속에 아로새겨져 있었다. 사고력이 때때로 순간적으로 흐려져 자신의 육체조차 느낄 수 없었던 그때 도대체 어디서 그런 교활한 지혜가 생겼는지, 그는 도저히 이해가 가지 않았다……. 잠시 후 방문 빗장을 여는 소리가 들렸다.

7

방문은 요전과 마찬가지로 빠끔히 열리고, 또다시 어둠 속에서 의심에 찬 두 눈이 날카롭게 그를 쏘아보았다. 이때 라스콜니코프는 당황하여 하마터면 중대한 잘못을 저지를 뻔했다.

그는 자기와 노파 두 사람뿐이라는 데 노파가 공포를 느끼는 것이 두려웠고, 또한 자기 모습이 그녀를 안심시킬 수 있다는 자신도 없었기 때문에, 노파가 다시 문을 닫아버리지 못하도록 문짝을 앞으로 홱 잡아당겼다. 노파는 그것을 보고도 방문을 도로 닫으려고는 하지 않았으나 손잡이를 쥔 손을 놓지 않았으므로 그는 문과 함께 노파를 거의 층계 어귀까지 끌어낼 뻔했다. 그래도 노파가 문간에서 앞을 막고 서서 그를 들여놓지 않으려 하자, 그는 노파를 밀듯이 안으로 들어갔다. 노파는 놀라 비켜서면서 무어라고 말하려 했으나, 말이 안 나오는 듯 눈만 휘둥그레 뜨고 그를 바라보았다.

"안녕하세요, 알료나 이바노브나."

그는 되도록 아무렇지도 않은 어조로 말하려 했으나, 음성은 자꾸만 끊어지면서 떨려 나왔다.

"당신한테…… 물건을 가지고 왔습니다…… 자, 저쪽으로 가시죠……
밝은 곳으로……."

이렇게 말한 그는 노파를 내버려둔 채 허락도 없이 곧장 방 안으로 들어갔다. 노파는 뒤따라 달려 들어왔다. 그녀의 혀가 겨우 풀리기 시작했다.

"이봐요! 대체 무슨 용건이오? …… 당신은 누구요? 용건이 뭐요?"

"왜 그러세요, 알료나 이바노브나…… 다 아시면서…… 라스콜니코프입니다…… 일전에 약속한 물건을 가지고 왔어요……."

이렇게 말하고 그는 노파 앞에 저당물을 내놓았다.

노파는 물건을 바라보려다가, 곧 다시 이 불청객의 눈을 뚫어지게 쳐다보았다. 그녀는 조심스럽고도 심술궂은, 의심쩍은 눈초리로 그를 흘겨보았다. 1분쯤 지났다. 그녀는 모든 것을 알아차리기라도 한 듯이 무언가 조소에 가까운 빛을 띠는 것처럼 보였다. 그는 자기가 몹시 당황하고 있음을 느끼고 무서운 생각이 들었다. 만약 이렇게 그녀가 30초쯤 더 아무 말 없이 그냥 노려보았다면 그는 노파 앞에서 도망을 쳤을 것이다.

"왜 그렇게 보시죠? 전혀 모르는 사이도 아닌데" 하고 그도 역시 퉁명스러운 어조로 불쑥 뇌까렸다.

"마음에 들거든 잡아주시고, 안 들거든…… 다른 데로 가겠습니다. 바쁘니까요."

이런 말을 하리라고는 생각지도 않았었는데, 자기도 모르게 갑자기 튀어나오고 말았다.

노파는 그제야 간신히 정신을 차렸다. 손님의 분명한 어조가 겨우 그녀를 안심시킨 모양이었다.

"하지만 젊은이, 너무 뜻밖이라서…… 대체 이건 뭐요?"

물건을 보면서 그녀는 물었다.

"은으로 만든 담뱃갑이에요, 요전에 말해두었었죠."

그녀는 손을 내밀었다.

"그런데 당신은 왜 그렇게 안색이 좋지 않죠? 저런, 손을 다 떠는군! 무엇에 놀라기라도 했나요?"

"열이 좀 있어서요."

그는 내뱉듯이 대답했다.

"별수 있습니까, 안색이 창백해질 수밖에…… 먹을 것이 없으면 그렇게 되는 거죠."

그는 간신히 입을 놀려 이렇게 덧붙였다. 그러고는 또다시 기력이 빠져나가는 것을 느꼈다. 하지만 이 대답은 그럴싸하게 들린 모양이었다. 노파는 물건을 집어 들었다.

"대체 이게 뭐요?"

노파는 다시 한번 라스콜니코프를 뚫어질 듯이 바라보고는 손으로 무게를 달아보면서 물었다.

"별거 아닙니다…… 담뱃갑이죠…… 은으로 만든…… 보면 아실 겁니다."

"글쎄, 아무래도 은 같지가 않은데…… 단단히도 묶었군."

끈을 풀려고 애쓰면서 노파는 밝은 창문 쪽으로 몸을 돌렸다(이렇게 무더운데도 창문은 모두 닫혀 있었다). 그녀는 몇 초 동안 그를 내버려둔 채 뒤로 돌아섰다. 그는 외투 단추를 끄르고 도끼를 올가미에서 벗겼으나, 아직 완전히 빼지는 않고 외투 속에서 오른손으로 누르고 있었다. 그러나 그의 양손은 무서울 정도로 힘이 빠져 있었다. 그리고 시간이 갈수록 점점 더 마비되고 굳어가는 것을 느낄 수가 있었다. 그는 도끼를 꺼내다가 떨어뜨리지나 않을까 하고 겁이 났다. 그러자 갑자기 그는 현기증을 느꼈다.

"뭣 하러 이렇게 꽁꽁 묶었을까!" 하고 노파는 짜증 섞인 어조로 말하며 그에게로 조금 몸을 움직였다.

더 지체할 수 없었다. 그는 도끼를 빼 들자 몽롱한 의식 속에 두 손으로 도끼를 추켜들었다. 그리고 거의 힘도 주지 않고 기계적으로 노파의 머리를 향해 내리쳤다. 이때는 힘이라곤 전혀 없는 것 같았으나, 일단 도끼를 내리치자 금방 그의 몸속에 힘이 솟구쳤다.

노파는 언제나처럼 모자를 쓰고 있지 않았다. 흰 머리털이 드문드문 섞인 숱 적은 금발 머리칼은 여느 때처럼 번지르르 기름을 발라서 쥐 꼬리처럼 가늘게 땋았는데, 그것이 뿔빗 조각에 감겨 뒤통수에 삐죽 꽂혀 있었다. 도끼는 바로 정수리에 맞았다. 그녀의 키가 작았기 때문이다. 그녀는 외마디소리를 내질렀으나, 극히 약한 소리였다. 그리고 두 손을 머리로 가져가긴 했지만 털썩 그대로 마룻바닥에 주저앉고 말았다. 한 손엔 아직도 '저당물'을 쥐고 있었다. 그때 그는 다시 한두 번 도끼뿔로 정수리를 힘껏 내리쳤다. 피는 컵에서 엎질러진 듯이 콸콸 쏟아져 나오고, 노파의 몸은 벌렁 나자빠졌다. 그는 뒤로 물러나 노파가 쓰러지는 것을 본 다음 곧 노파의 얼굴 위에 허리를 굽혔다. 그녀는 벌써 죽어 있었다. 눈은 금방 튀어나올 듯이 부릅뜨고, 이마와 얼굴 전체는 주름투성이가 되어 경련으로 일그러져 있었다.

그는 도끼를 시체 옆 마룻바닥에 놓고, 흐르는 피가 묻지 않도록 조심하면서 얼른 그녀의 호주머니에 손을 집어넣었다. 그녀가 전번에 열쇠를 꺼낸 바로 그 오른쪽 호주머니였다. 그는 이제 완전히 이성을 되찾고 더는 혼미나 현기증을 느끼지 않았으나, 그래도 손만은 여전히 떨리고 있었다. 훗날 그는 이때까지 자기가 무척 주의 깊고 세심하게 몸을 더럽히지 않으려고 고심했던 것을 상기했다……. 곧 열쇠를 꺼냈다. 요전처럼 모두 둥근 쇠고리에 꿰어 있었다. 그는 열쇠를 들고 다짜고짜 침실로 뛰어 들어갔다. 그 방은 몹시 조그만 방으로, 큼직한 성상함(聖像函)이 있고 벽 쪽에는 비단 헝겊 조각을 모아 만든 솜이불이 덮인 크고 깨끗한 침대가 놓여 있었다. 또 다른 벽 앞에는 장롱이 있었다. 이상하게도 열쇠를 장롱에 끼려다가 열쇠 꾸러미의 절그렁거리는 소리가 들리자 몸속에서 갑자기 경련이 일어나는 것 같은 느낌이 들었다. 그는 또다시 모든 것을 내동댕이치고 그대로 도망치고 싶었다. 그러나 그 순간뿐이었다. 도망치기에는 이미 늦었다. 그리하여 문득 또 한 가지 불안한 상념이 그의 머리에 떠올랐을 때 그는 스스로 냉소하듯 히죽 웃기까지 했다. 다름 아니라 어쩌면 노파는 아직 살아 있어서 다시 정신을 차릴지도 모른다는 생각이 문득 떠올랐기 때문이다. 그는 열쇠도 장롱도 다 내버려두고 시체가 있는 곳으로 달려가서, 도끼를 집어 들고 다시 한번 노파 위에 추켜들었으나 내리치지는 않았다. 노파가 죽은 것은 의심할 여지가 없었다. 가까이 허리를 굽히고 더 자세히 노파를 살펴보니 두개골이 부서져 옆으로 조금 처져 있는 것까지 똑똑히 알아볼 수 있었다. 그는 손가락으로 건드려보려다가 얼른 손을 움츠리고 말았다. 그런 짓을 하지 않아도 사태는 명백했다. 그사이에 피는 웅덩이같이 괴어 있었다. 그는 문득 노파의 목에 끈이 걸려 있는 것을 보았다. 잡아당겨보았으나 단단해서 쉽게 끊어지지 않았다. 게다가 피에 흠뻑 젖어 있었다. 그래서 가슴팍에서 그냥 꺼내려 했으나 무엇인가 방해가 되어 걸렸다. 그는 초조한 나머지 다시 도끼를 들고, 끈을 시체 위에 놓은 채로 끊으려 했으나 차마 그것만은 할 수 없었다. 거기서 2분쯤 안달을 하며 손과 도끼를 피투성이로 만든 끝에 겨우 시체에 도끼를 대지 않고 끈을 잘라냈다. 과연 그의 상상은 틀리지 않았다. 지갑이었다. 끝에는 나무와 동(銅)으로 만든 십자가가 두 개, 그 밖에도 에나멜 성상이 달려 있었다. 그리고 그것들과 함께, 기름때가 묻은 그리 크지 않은 양피 지갑이 달려 있었다. 지갑은 터질 듯이 불러 있었다. 라스콜니코프는 조사해보지도 않고 그것을 호주머니에 쑤셔 넣고 십자가는 노파의 가슴팍에 내던지고는, 도끼를 들고 다시 침실로 달려갔다.

그는 몹시 서둘렀다. 열쇠를 잡고 다시 옷장을 열려고 했으나, 왜 그런지 제대로 되지 않았다. 열쇠가 구멍에 들어맞지 않았다. 손이 그다지 심하게 떨리는 것도 아닌데 자꾸 틀리기만 했다. 예를 들어 열쇠가 틀려서 맞지 않는다는 것을 알면서도 자꾸 같은 것을 집어넣곤 했다. 그러다가 문득 정신이 들어 생각이 났다. 다른 작은 열쇠에 섞여 흔들거리는 톱니 모양의 큼직한 열쇠는 분명히 장롱 열쇠가 아니라(이것은 전에도 그의 머리에 떠올랐던 일이지만) 아마도 트렁크 열쇠임에 틀림없다. 그리고 바로 그 트렁크 속에 전부 들어 있을 것이라고 생각되었다. 그는 장롱을 내버려두고 곧 침대 밑으로 기어 들어갔다. 늙은이들은 대개 트렁크를 침대 밑에 넣어둔다는 것을 알았기 때문이다. 과연 거기에는 길이 1아르신*이 넘는, 불룩한 뚜껑이 달리고 붉은 양피가 씌워져 강철못이 가득 박혀 있는 제법 훌륭한 트렁크가 놓여 있었다. 톱니 모양의 열쇠가 딱 들어맞더니 뚜껑이 열렸다. 위에는 하얀 천 밑에 빨간 안감을 댄 토끼 가죽 외투가 들어 있었다. 그 밑에는 비단옷, 또 그 밑에는 숄, 그리고 밑바닥에는 너저분한 옷들뿐인 것 같았다. 그는 우선 피투성이 손을 빨간 모피 외투에 씻으려고 했다. '붉구나, 붉은 데다 씻으면 피도 눈에 띨 리 없겠지' 하고 그는 생각했으나, 갑자기 제정신이 들었다.

'아아, 나는 지금 미치지 않았을까?'

그는 공포에 질린 채 이렇게 생각했다.

그런데 그가 너저분한 옷가지를 조금 들추자 느닷없이 모피 외투에서 금시계가 떨어져 나왔다. 그는 트렁크 안을 들추기 시작했다. 과연 옷가지 사이사이에는 금붙이가 들어 있었다. 아마 기한이 지났거나, 아직 기한이 안 된 저당물일 것이다. 팔찌, 목걸이, 귀고리, 핀 등이 어떤 것은 주머니에, 어떤 것은 신문지에 싸여 있었다. 그러나 꼼꼼하고 면밀하게 종이를 두 겹으로 해서 끈으로 묶여 있었다. 그는 속을 조사해보지도 않고, 포장

---

* 약 70센티미터

지를 풀지도 않고 일각도 지체함 없이 물건들을 바지와 외투 호주머니에 집어넣기 시작했다. 그러나 많이 집어넣을 여유는 없었다…….

갑자기 노파가 쓰러져 있는 방에서 사람 발자국 소리가 들려왔다. 그는 손을 멈추고 죽은 듯이 숨을 죽였다. 그러나 주위는 조용했다. 그러고 보니 잘못 들은 모양이었다. 별안간 가느다란 외침이라기보다는 누군가가 끙끙 낮은 소리로 신음하고는 잠잠해진 것 같은 인기척이 똑똑히 들렸다. 그리고 다시 죽음과도 같은 정적이 1, 2분 계속되었다. 그는 트렁크 옆에 웅크리고 앉아서 숨을 죽이고 동태를 살피다가, 벌떡 일어나며 도끼를 집어 들고는 침실에서 뛰쳐나갔다.

방 한가운데 커다란 보따리를 손에 든 리자베타가 온몸이 마비된 듯 우뚝 서서 피살된 언니를 바라보고 있었다. 얼굴은 백지장처럼 창백해서 소리를 지를 기력조차 없어 보였다. 달려 나온 그를 보자 그녀는 나뭇잎처럼 오들오들 떨기 시작하고, 경련이 얼굴 가득히 스쳐갔다. 그녀는 한 손을 조금 들며 입을 열려고 했으나, 역시 소리는 나오지 않았다. 그리고 똑바로 그를 응시하면서 슬금슬금 뒷걸음질 쳐서 한쪽 구석으로 물러갔다. 그러나 소리를 지르려 해도 공기가 부족하기라도 한 듯 여전히 소리가 나오질 않았다. 그는 도끼를 추켜들고 덤벼들었다. 그녀의 입술은 가련하게 일그러졌다. 마치 조그만 어린애가 몹시 놀라서 무서운 것을 뚫어지게 바라보면서 금방 울음을 터뜨리려 하는 것과 똑같은 꼴이었다. 이 불행한 리자베타는 너무도 순박하여 밤낮 학대를 받고 아주 기가 죽어버린 여자인지라, 손을 들어 얼굴을 가리려고도 하지 않았다. 더구나 도끼는 이미 그녀의 머리 위에 올려졌으니까 그렇게 하는 것이 이 순간 가장 필요한, 가장 자연스러운 동작이었다. 그녀는 아무것도 들지 않은 오른손을 가까스로 처들기는 했으나, 그것도 얼굴보다는 훨씬 아래쪽이었다. 그러고는 상대방을 밀어젖히기라도 하려는 듯이 천천히 그 손을 그에게로 뻗쳤다. 도끼날은 바로 두개골을 내리쳐서 이마 위를 완전히, 거의 관자놀이께까지 깨버렸다. 그녀는 그대로 쓰러졌다. 라스콜니코프는 그만 얼떨결에 그녀의 보따리를 낚아챘으나, 다시 그것을 내동댕이치고는 문간방으로 뛰어갔다.

공포는 점점 강하게 그를 사로잡았다. 더욱이 이 뜻하지 않은 두 번째 살인 뒤에는 점점 더 공포가 더해갈 뿐이었다. 그는 한시바삐 여기서 도망치고 싶었다. 만약 그가 이 순간 좀 더 정확하게 보고 또한 판단할 수 있었다면, 현재 상태의 곤란과 절망과 추악함과 우열함을 깨달을 수 있었다면, 그리고 이곳을 빠져나가 집에 도착할 때까지는 아직 이보다 더한 갖가지 곤란을 극복해야 하고 경우에 따라서는 더욱더 큰 범죄를 저지를지도 모른다는 것을 이해할 수만 있었다면, 그는 분명 모든 것을 내던지고 곧장 자수하러 갔을 것이다. 그것도 자신을 걱정하는 두려움 때문이 아니라, 다만 자신의 행위에 대한 공포와 혐오 때문에. 더구나 혐오감은 시시각각 그의 마음속에서 성장해갈 뿐이었다. 이제는 무슨 일이 있어도 트렁크 옆은 고사하고 그 방에조차 들어갈 수 없을 것 같았다.

그러나 일종의 방심 상태라고나 할까, 명상이라고나 할까, 그러한 것이 차차 그를 지배하기 시작했다. 때때로 그는 자기 자신을 잊고, 아니 그보다는 가장 중요한 일을 잊고 자꾸만 사소한 일에 집착하게 되었다. 그러나 문득 부엌을 들여다보고 반쯤 물이 든 물통이 의자 위에 있는 것을 발견하자, 그는 손과 도끼를 씻어야겠다는 생각이 났다. 그의 손은 피투성이가 되어 끈적끈적했다. 그는 도끼날을 아래로 물속에 집어넣고, 창틀 위에 있는 이 빠진 접시에서 비누 조각을 집어서 물통 속에 넣고 손을 씻기 시작했다. 손을 씻고 나서 그는 도끼를 꺼내 우선 도끼날부터 씻고, 오랫동안, 거의 3분이나 걸려서 비누칠까지 해가며 피 묻은 도낏자루를 씻었다. 그러고는 부엌 가득히 널어놓은 빨래로 깨끗이 닦은 다음, 한참 동안이나 창가에서 주의 깊게 도끼를 조사했다. 아무 흔적도 남아 있지 않았다. 다만 도낏자루가 축축할 뿐이었다. 그는 조심스레 도끼를 외투 안의 올가미에 걸었다. 그러고 나서 어두컴컴한 부엌의 빛으로 외투와 바지와 구두를 살펴보았다. 얼른 보기에 아무렇지도 않은 것 같았다. 다만 구두에 얼룩이 져 있었다. 그는 넝마에 물을 축여 구두를 닦았다. 그러나 그는 자기로서는 잘 분간하지 못하리라는 것을 알고 있었으므로, 자신은 몰라도 남이 보면 금방 눈에 띄는 것이 있을지도 모른다고 생각했다. 그는 생각에 잠기면서 방 한가운데 서 있었다. 괴롭고 암담한 상념이 그의 마음속에 끓어올랐다. 나는 이미 제정신이 아니기 때문에 이 순간 사물을 판단할 수도 없고, 자신을 지킬 힘도 없으며, 어쩌면 지금 내가 하고 있는 일은 전혀 필요가 없는 일인지도 모른다……. 이거 큰일 났군! 도망쳐야 한다. 도망쳐야 해! 그는 중얼거리며 현관 쪽으로 뛰어나왔다. 그러나 거기에는 또다시 일찍이 경험해보지 못한 공포가 그를 기다리고 있었다.

그는 우뚝 멈춰 서서 가만히 바라보았으나 아무래도 자기 눈을 믿을 수가 없었다. 문이, 현관에서 층계로 통하는 바깥문이, 아까 그가 초인종을 울리고 들어온 그 문이 열린 채 손바닥이 들어갈 정도로 틈이 벌어져 있었다. 잠그지도 않고 빗장도 지르지 않은 채 그동안 죽 열려 있었던 것이다! 어쩌면 노파는 만일을 위해 그가 들어온 다음에 일부러 문을 잠그지 않았는지도 모른다. 그러나 이럴 수가 있는가! 그는 그 후에 리자베타를 보지 않았는가! 그런데 그녀가 어디로 들어왔는지를 생각도 안 해보다니! 설마 벽을 뚫고 들어왔을 리는 없지 않은가!

그는 문 쪽으로 달려가 빗장을 질렀다.

'아니, 이게 아니다. 또 엉뚱한 짓을 하는구나! 도망쳐야 한다, 도망쳐야 해…….'

그는 빗장을 빼고 문을 연 다음, 층계를 살피기 시작했다.

그는 오랫동안 귀를 기울였다. 어딘가 멀리 아래쪽, 아마도 출입문 옆이리라, 누군가 두 사람의 높다란 목소리가 외치고, 싸우고, 욕지거리를 하고 있었다.

'자식들, 뭘 하는 걸까……'

그는 끈기 있게 기다렸다. 드디어 뚝 끊어진 듯 일시에 모든 것이 조용해졌다. 가버린 것이다. 그는 복도로 나가볼까 했다. 그러나 이번엔 바로 아래층에서 층계로 향한 문이 요란스레 열리더니, 누군가가 콧노래를 흥얼거리며 아래쪽으로 내려가기 시작했다.

'아니, 왜 이렇게 계속 시끄러울까!'

이런 생각이 그의 머리를 스쳤다. 그는 다시 손을 뒤로 돌려 문을 닫고 기다렸다. 이윽고 모든 것이 조용해지고 인기척도 없어졌다. 그가 층계에 한 걸음 내디디려는 순간, 또다시 누군가의 새로운 발자국 소리가 들려왔다.

발소리는 꽤 멀리서, 아마도 맨 아래층에서 들려오는 것 같았지만, 그는 이때 어째선지 그 소리를 듣자마자 곧 이것은 분명히 **이곳으로**, 4층 노파의 방으로 오는 것이 틀림없다고 의심했다. 그는 후에도 이 일을 매우 똑똑히 기억했다. 어째서였을까? 그 발소리에는 뭔가 특수하고 뜻있는 울림이라도 깃들어 있었던 걸까? 그것은 무섭고 규칙적이고 느린 발소리였다. 아아, 벌써 그 사내는 1층을 지났다. 그리고 다시 올라오고 있다. 점점 발소리가 뚜렷해진다! 올라오는 사나이의 무거운 숨소리가 들려오기 시작했다. 이미 3층이다……. 이리로 오는 것이다! 갑자기 그는 자기 몸이 꽁꽁 얼어붙은 듯한 느낌이 들었다. 마치 꿈속에서 누가 자기를 죽이려고 다가오는데, 자기는 땅에 붙어버리기라도 한 듯이 옴짝달싹못하는 그런 느낌이었다.

손님이 드디어 4층 층계를 올라오기 시작했을 때, 그는 비로소 부르르 몸을 떨고 미끄러지듯 재빨리 방 쪽으로 들어가서 뒤로 문을 닫을 수 있었다. 그다음 빗장을 잡고 살며시 소리 나지 않게 고리에 걸었다. 본능이 작용했던 것이다. 이 모든 일을 마치자, 그는 숨을 죽이고 바싹 문 옆에 붙어 섰다. 미지의 사나이도 벌써 문밖에 와 있었다. 그들은 지금 서로 마주서 있었다. 마치 얼마 전에 그와 노파가 문을 사이에 두고 마주 서서 귀를 기울이던 것처럼.

손님은 몇 번이나 괴롭게 숨을 몰아쉬었다.

'덩치가 크고 뚱뚱한 놈임에 틀림없군.'

손에 든 도끼에 힘을 주면서 라스콜니코프는 생각했다. 정말 모든 것이 꿈만 같았다. 손님은 초인종 끈을 잡고 세게 흔들었다.

양철 소리 같은 초인종 소리가 울려 퍼지자, 그는 문득 방 안에서 누가 움직이는 듯한 착각이 들었다. 몇 초간 그는 열심히 귀를 기울이기까지 했다. 미지의 사나이는 다시 한번 초인종을 울리고 잠시 기다려보더니, 더 참지 못하고 힘껏 문의 손잡이를 잡아당기기 시작했다. 라스콜니코프는 공포에 질려 빗장 고리 속에서 날뛰는 돌쩌귀를 바라보면서, 금방 빗장이 벗겨질 것만 같은 공포를 안고 기다렸다. 사실 그것은 있을 수도 있는 일처럼 생각되었는데, 그만큼 세차게 잡아 흔들고 있었던 것이다. 그는 손으로 빗장을 누를까도 생각했으나, 그렇게 하면 **사나이**가 눈치챌 염려가 있었다. 그는 또다시 현기증을 느끼기 시작했다. '아, 쓰러질 것만 같다!' 하는 생각이 번득였다. 그런데 이때 미지의 사나이가 지껄이는 소리가 들렸으므로 그는 퍼뜩 정신이 들었다.

"도대체 어떻게 된 거야, 자고 있는 건가, 아니면 목 졸려 죽기라도 했나? 제기랄!" 하고 그는 통 속에서라도 외치는 듯한 소리로 짖어댔다.

"이봐요, 알료나 이바노브나, 마귀할멈! 리자베타 이바노브나, 절세의 미인, 문을 열어요! 쳇, 제기랄, 모두 잠들었나?"

그리고 또다시 화가 난 듯이 계속해서 열 번쯤 힘껏 초인종을 울렸다. 물론 이 사나이는 이 집에서 세력이 있는 친한 사람임에 틀림없었다.

바로 이때, 총총걸음으로 걸어오는 빠른 발자국 소리가 가까운 층계 위에서 들려왔다. 또 누가 온 것이다. 라스콜니코프는 처음엔 그 소리를 알아듣지 못했다.

"아무도 없습니까?"

다가온 사나이가 초인종을 울리고 있는 먼저 온 손님에게 잘 울리는 쾌활한 소리로 물었다.

"안녕하세요, 코흐 씨!"

'목소리로 보아 아주 젊은 사내인가 보군' 하고 라스콜니코프는 생각했다.

"대체 어떻게 된 영문인지 모르겠지만, 하마터면 자물쇠를 부숴버릴 뻔했소" 하고 코흐는 대답했다.

"그런데 나를 어떻게 아시죠?"

"아니, 엊그제 함부리누스에서 당구를 칠 때 내리 세 번이나 당신을 이겼잖습니까!"

"아아, 그렇군요……."

"그런데 두 사람 다 없나요? 이상한데. 이거 정말 놀랄 일이군요. 대체 그 할멈이 어디 갈 데가 있을까? 좀 볼일이 있는데."

"나도 볼일이 있다오!"

"그러나 하는 수 없군요, 돌아가는 수밖에. 제기랄! 돈을 좀 꾸러 왔더니만!"

젊은 사내가 소리쳤다.

"물론 돌아갈 수밖에 없지만, 그렇다면 왜 시간까지 정했을까? 망할 놈의 할멈 같으니, 자기가 시간을 정해놓고선. 도대체 어딜 돌아다니고 있는 건지 알 수 없군. 이거 괜히 돌아가게 됐는걸. 제기랄, 밤낮 들어앉아서 다리가 아프니 뭐니 엄살을 부리더니만, 하필 지금 놀러 나가다니!"

"문지기에게 물어보면 어떨까요?"

"무엇을?"

"어딜 갔는지, 그리고 언제쯤 돌아오는지."

"흠…… 빌어먹을…… 물어볼까…… 그러나 그 할망구 어디 갔을 리가 없는데……."

그는 다시 한번 손잡이를 잡아당겼다.

"제기랄, 할 수 없군, 가보지!"

"잠깐만!" 하고 갑자기 젊은 사내가 소리쳤다.

"보세요, 잡아당기면 문이 움직이지 않습니까?"

"그래서?"

"그러니까 문은 잠긴 게 아니라 빗장이나 고리만 걸려 있는 거예요! 들어보세요, 빗장 소리가 달그락거리죠?"

"그래서?"

"아직도 모르시겠습니까? 둘 중 한 사람은 집에 있어요. 만약 둘 다 나갔다면 밖에서 자물쇠를 잠그지, 안에서 빗장을 지를 리 없지 않습니까. 그런데 어때요, 자, 들어보세요, 빗장 소리가 달그락거리지요? 안에서 빗장을 질렀다면 집에 사람이 있어야죠, 그렇잖아요? 그러고 보면 집에 사람이 있으면서도 열어주지 않는 거예요!"

"음, 과연 그렇군!"

코흐는 놀란 듯이 말했다.

"그럼 안에서 뭘 하고 있을까!"

이렇게 말하고 그는 맹렬히 문을 잡아 흔들기 시작했다.

"잠깐만!" 하고 젊은 사내는 다시 외쳤다.

"잡아당기지 마세요, 여기엔 필경 무슨 곡절이 있습니다…… 당신이 초인종을 울리고 문을 잡아당기고 했는데도 열리지 않으니, 두 사람 다 기절해 있든가, 그렇지 않으면……."

"뭐라고?"

"우리 이렇게 합시다! 문지기를 불러봅시다. 그 사람을 시켜 깨우게 하죠."

"그거 좋은 생각이군!"

그들은 아래로 내려가려 했다.

"잠깐! 당신은 여기 남아 계십시오. 내가 얼른 달려가서 문지기를 불러올 테니."

"왜 남아 있으라는 거요?"

"혹시 무슨 일이 일어날지 모르니까요……."

"그것도 그렇군……."

"나는 예심판사가 될 준비를 하는 중이에요! 이건 반드시 뭔가 수상한 점이 있습니다!"

젊은 사내는 열을 올려 소리치면서 재빨리 층계를 내려갔다.

코흐는 남아서 다시 한번 조용히 초인종을 건드려보았다. 그러자 초인종은 한 번 짧게 울렸다. 그는 이리저리 궁리하며 검사라도 하듯이 살며시 문의 손잡이를 움직여보았다. 문이 안에서 빗장만 질러 있는지 어떤지를 다시 한번 확인하려는 듯이 밀어보고 당겨보곤 했다. 그러다가 그는 씨근거리며 쭈그리고 앉아서 열쇠 구멍을 들여다보았다. 그러나 안에서 열쇠가 꽂혀 있기 때문에 아무것도 보일 리는 없었다.

라스콜니코프는 도끼를 움켜쥔 채 서 있었다. 그는 제정신이 아닌 것 같았다. 만약 그들이 들어온다면 두 사람과 싸울 각오까지 되어 있었다. 그들이 문을 두드리며 말을 주고받을 때, 그는 대번에 모든 것을 해결하기 위해 그들에게 고함을 칠까 하는 생각이 몇 번이고 머리에 떠오르기도 했다. 또는 그들이 문을 열기 전에 그들에게 욕설을 퍼붓고 실컷 놀려주고 싶은 생각까지 들었다.

'아무튼 빨리 결말을 내다오!'

이런 생각이 그의 머리를 스쳤다.

"그건 그렇고, 그 녀석은 어떻게 된 거야……."

1분, 2분, 시간은 그렇게 흘러갔다. 아무도 오지 않았다. 코흐는 좀이 쑤시기 시작했다.

"쳇, 이게 무슨 꼴이야!"

갑자기 그는 이렇게 외치며 더 참지 못하고 감시하는 일을 포기한 채 황급히 층계를 구르며 내려가기 시작했다. 이윽고 발소리도 사라졌다.

'아아, 어떻게 한다?'

라스콜니코프는 빗장을 빼고 문을 빠끔히 열었다. 아무 소리도 들리지 않았다. 그는 아무것도 생각지 않고 얼른 밖으로 나와 되도록 문을 꼭 닫고는 밑으로 내려가기 시작했다.

그가 이미 층계를 세 단 내려갔을 때 갑자기 밑에서 시끄러운 소리가 들렸다. 어디에 숨을까! 그러나 숨을 곳은 없었다. 그는 노파의 방으로 되돌아가려고 했다.

"야, 이 새끼야! 좀 기다렷!"

이렇게 외치는 소리와 함께 누군가 아래층 방에서 뛰어나와, 달린다기보다 데굴데굴 구르듯 계단을 내려가 목청이 터져라 외쳐댔다.

"미치카! 미치카! 미치카! 미치카! 미치카! 이 뒈져버릴 놈앗!"

이윽고 그 외침은 외마디소리로 끝나고, 마지막 소리는 밖에서 들렸다. 주위는 다시 고요해졌다. 그러나 바로 그 순간, 몇 사람의 목소리가 큰 소리로 지껄이면서 요란스럽게 층계를 올라왔다. 세 사람이나 네 사람인 모양이다. 그는 아까 그 젊은 사내의 목소리를 가려 들을 수 있었다.

'그 패거리다!'

이제는 완전히 자포자기가 되어 그는 곧장 그들 쪽을 향해 나갔다. 될 대로 되라! 불러 세우면 만사는 끝장이다. 무사히 통과하더라도 어차피 마지막이다. 얼굴을 기억하게 될 테니까. 이미 그들은 가까이 다가오고 있었다. 그들과의 사이에는 이제 층계 하나가 남았을 뿐이다. 그런데 뜻밖의 구원이 나타났다! 몇 계단 밑 오른쪽에 열려 있는 빈방 하나가 있었다. 칠장이들이 페인트칠을 하던 2층 방인데, 마치 일부러 방을 비워주기라도 한 듯 모두 일을 마치고 나간 뒤였다. 조금 전에 떠들며 내려간 것은 그들이 분명하다. 마룻바닥은 방금 칠이 끝나서, 방 한가운데 조그만 통과 페인트 솔이 든 이 빠진 접시가 놓여 있었다. 순간 그는 열려 있는 문 안으로 미끄러져 들어가 벽 뒤에 몸을 숨겼다. 그야말로 위기일발이었다. 이때 그들은 2층 어귀에까지 올라왔다. 그들은 옆을 지나 4층을 향해 올라가면서 큰 소리로 지껄여댔다. 그들을 지나 보내자, 그는 발끝으로 걸어 나가 곧장 아래로 달려 내려갔다.

층계에는 아무도 없었다! 대문가에도 역시 없었다. 그는 재빨리 대문에서 거리로 빠져나와 왼쪽으로 방향을 잡았다.

그는 아주 잘 알고 있었다. 이 순간 그들이 이미 노파의 방에 들어갔으리라는 것도, 바로 조금 전까지 잠겨 있던 문이 열려 있는 것을 보고 깜짝 놀라리라는 것도, 그들이 이미 시체를 발견했으리라는 것도, 방금 그곳에 있던 범인이 어디엔가 숨었다가 그들의 옆을 피해 도망쳤다고 상상하고 추정하기까지 단 1분도 안 걸리리라는 것도, 그리고 그들이 위로 올라가는 동안 범인이 빈방에 숨어 있었음을 알아챘으리라는 것도…… 이 모든 것을 그는 잘 알고 있었다. 그러나 첫 모퉁이까지는 이제 100보쯤밖에 남아 있지 않았는데도 그는 도저히 걸음을 빨리할 용기가 나지 않았다.

'어느 집 문 밑에라도 숨을까. 아니면 어디 남의 집 층계 같은 데서 기다리면 어떨까? 안 된다! 그건 그렇고, 도끼는 어디다 버리는 게 어때? 마차를 잡아탈까? 아, 큰일 났구나!'

이윽고 옆 골목 어귀까지 왔다. 그는 초주검이 된 채 골목 어귀를 돌았다. 여기까지 오면 벌써 반은 산 셈이다. 그도 그것을 알고 있었다. 혐의를 받을 염려도 적고, 게다가 이곳은 사람의 왕래가 많았으므로 그는 모래알 같은 사람들 속으로 끼어 들어갈 수 있었다. 그러나 이러한 갖가지 괴로움이 심신의 힘을 죄다 빼앗아버렸기 때문에 그는 가까스로 걸음을 옮겼다. 구슬 같은 땀방울이 줄줄 흘러내려 목덜미가 흠뻑 젖었다.

"흥, 어지간히 마셨구나!"

그가 개천가에 나왔을 때 누군가가 이렇게 소리쳤다.

그는 이미 분명한 의식이 없었다. 앞으로 걸어가면 갈수록 더욱 심해졌다. 그러나 개천가에 나왔을 때, 그는 오가는 사람이 적다는 데 놀라서 이런 곳에선 남의 눈에 띄기 쉬우니 다시 골목길로 되돌아가야겠다고 생각했던 것을 기억하고 있다. 그는 금방 쓰러질 것 같았으나, 그래도 길을 돌아서 정반대 방향으로 하여 집으로 돌아왔다.

자기 집 대문간을 지날 때도 그의 의식은 완전한 것이 아니었다. 그는 층계를 오르기 시작한 뒤에야 비로소 도끼 생각이 났다. 그건 그렇다 치고, 대단히 중요한 문제가 아직도 그의 앞을 가로막고 있었다. 되도록 눈에 띄지 않게 도끼를 제자리에 갖다 놓아야 하는 것이다. 물론 그 도끼를 지금 당장 갖다 놓지 말고 나중에 언제라도 좋으니 남의 집 뒤뜰에라도 던져버리는 편이 훨씬 좋을지 모른다고 생각할 만큼 여유가 있었던 것도 아니다.

그러나 만사는 무사히 끝났다. 문지기 집 문은 닫히기는 했으나 잠겨 있지는 않았다. 따라서 문지기가 방에 있는 것이 분명했는데도 그는 전혀 사물을 판단할 능력이 없었으므로 곧장 문지기 방으로 다가가서 문을 열었다. 만약 문지기가 '무슨 일이오?' 하고 물었다면, 그는 대뜸 도끼를 내주었을지도 모른다. 그러나 이번에도 문지기는 없었다. 그래서 그는 도끼를 의자 밑 제자리에 갖다 놓을 수 있었을 뿐만 아니라 전처럼 장작개비로 가려두기까지 했다. 그는 거기서 자기 방에 갈 때까지 아무도, 누구 한 사람도 만나지 않았다. 주인아주머니네 방문도 닫혀 있었다. 자기 방으로 들어가자 그는 그대로 소파에 털썩 몸을 던졌다. 그는 잠들지는 않았지만 망각 상태에 빠져 있었다. 그러나 만약 그때 누군가가 방에 들어왔다면, 그는 벌떡 일어나 소리쳤을 것이다. 무언가 걷잡을 수 없는 단편적인 여러 가지 생각들이 마구 머릿속에서 들끓고 있었다. 그러나 그는 아무리 노력해도 그중 어느 하나도 붙잡을 수 없었고, 또 어느 하나에도 정신을 집중할 수가 없었다……

2부

1

이렇게 그는 꽤 오랫동안 누워 있었다. 간혹 어떻게 되어 눈을 뜰 때마다 벌써 한밤중이 된 것을 깨닫기도 했으나, 자리에서 일어나려는 생각은 머리에 떠오르지도 않았다. 마침내 그는 벌써 날이 훤히 밝았다는 것을* 알았다. 그는 어제의 망각 상태에서 헤어나지 못한 채 망연히 소파 위에 번듯이 누워 있었다. 거리에서 울리는 무섭고 절망적인 날카로운 외침 소리가 그의 귀에까지 들려왔다. 그러나 그것은 으레 매일 밤 2시가 지나면 창 밑에서 들려오는 소리였다. 그 소리가 지금도 그의 잠을 깨운 것이다. '아아, 벌써 주정꾼들이 술집에서 나오는구나' 하고 그는 생각했다. '2시가 지났군' 하고 생각한 그 순간, 그는 마치 누구한테 덜미라도 잡힌 듯이 벌떡 소파에서 일어났다. '뭐! 벌써 2시가 지났다고!' 하며 그는 소파 위에 앉았다. 그러자 이때 비로소 모든 것이 머리에 떠올랐다! 별안간, 순식간에 모든 것이 되살아났다!

처음 순간, 그는 미칠 것만 같았다. 무서운 추위가 그를 엄습했다. 그러나 이 추위는 이미 오래전, 그가 자고 있을 때부터 오르기 시작한 열 때문이기도 했다. 그런데 지금은 갑자기 심한 오한으로 엄습해왔으므로 이가 튕겨 나갈 정도로 온몸이 덜덜 떨리기 시작했다. 그는 문을 열고 귀를 기

---

* 북극의 특이한 백야 현상

울렸다. 집안은 모두 죽은 듯이 잠들어 있었다. 그는 섬쩍지근한 마음으로 자기 몸과 방 안을 둘러보았으나 도무지 이해가 가지 않았다. 엊저녁에 들어와 문도 잠그지 않고 옷도 벗지 않고 모자까지 쓴 채로 소파 위에 쓰러지다니, 어떻게 그럴 수가 있었을까? 모자는 굴러 떨어져 마룻바닥에 베개와 나란히 뒹굴고 있었다.

'만약 누가 들어왔다면, 도대체 어떻게 생각했을까? 술에라도 취했다고 생각했을까, 아니면……'

그는 창가로 달려갔다. 빛은 충분했다. 그는 무슨 흔적이 없을까 하고 급히 자기의 온몸을 머리에서 발끝까지 살펴보기 시작했다. 옷도 샅샅이 조사해보았다. 그러나 옷을 입은 채로는 잘 알 수가 없었다. 그는 오한에 떨면서도 몸에 걸친 것을 죄다 벗어서 다시 한번 샅샅이 검사하기 시작했다. 그는 실오라기 하나, 헝겊 조각 하나도 빠뜨리지 않고 모든 것을 살펴보았으나, 그래도 믿을 수가 없어서 세 번이나 검사를 되풀이했다. 그러나 아무것도 없었다. 아무 흔적도 없는 것 같았다. 다만 바지 밑이 터져서 술처럼 늘어진 곳에 응결된 핏자국이 진하게 붙어 있을 뿐이었다. 그는 접었다 폈다 하는 큼직한 나이프로 그 술을 잘라버렸다. 그 밖에는 아무것도 없는 것 같았다. 별안간 그는 노파의 트렁크에서 꺼낸 물건과 지갑이 아직도 그냥 호주머니에 들어 있다는 것을 상기했다! 그는 여태까지 그것을 꺼내서 감출 생각도 하지 않았던 것이다! 지금 옷을 살피면서도 그 생각은 하지도 못했다! 도대체 이건 어찌 된 일일까? …… 그는 얼른 그것을 꺼내서 탁자 위에 내던지기 시작했다. 다 꺼내고 나서도 아직 무엇이 남아 있지 않나 하고 호주머니를 뒤집어보기까지 했다. 그는 그것들을 죄다 한쪽 방구석으로 가지고 갔다. 제일 구석진 곳 밑쪽에 벽지가 찢어져 늘어진 곳이 있었다. 그는 얼른 그 구멍 속에, 벽지 밑에 물건들을 쑤셔 넣기 시작했다. '다 들어갔다! 죄다 눈앞에서 꺼져버려, 지갑도 마찬가지다!' 그는 몸을 일으키고 한쪽 구석의 불룩해진 구멍을 흐릿한 눈으로 바라보면서 기쁜 듯이 이렇게 생각했다. 그러나 그는 갑자기 공포에 질려 부르르 떨었다. '아아!' 하고 그는 절망 속에서 중얼거렸다.

"나는 도대체 어떻게 된 걸까? 이렇게 하고도 감추었다고 생각하는 걸까? 도대체 이렇게 감추는 법이 어디 있느냐 말이야?"

사실 그는 물건 따위는 고려하지도 않았다. 단지 돈만을 염두에 두고 있었기 때문에 미리 감춰둘 곳이라고는 준비하지도 않았던 것이다.

'그런데 지금 나는 무엇을 그토록 기뻐했을까?'

그는 생각해보았다.

'이렇게 감추는 법이 어디 있담? 확실히 나는 이성을 잃었어!'

그는 축 늘어져 소파에 앉았다. 곧 참을 수 없는 오한이 다시금 그의 몸을 뒤흔들기 시작했다. 그는 옆의 탁자 위에 있던 외투를, 따뜻하긴 하지만 이젠 누더기처럼 돼버린 옛날 학생 시절의 겨울 외투를 기계적으로 끌어당겨 푹 뒤집어썼다. 그러자 졸음과 혼미가 또다시 일시에 그를 엄습했다. 그는 자기 망각 상태로 빠져 들어갔다.

그러나 5분도 채 못 가서 그는 다시 벌떡 일어났다. 그러고는 정신없이 자기 옷에 달려들었다. '

아니, 내가 또 잠들다니, 아무것도 치우지 않은 채! 저런, 역시 그랬군, 겨드랑이 밑의 올가미도 아직 떼어놓지 않고서! 잊고 있었어! 이렇게 중요한 것을 잊고 있다니! 이런 훌륭한 증거가 어디 있느냐 말야!'

그는 올가미를 뜯어내어 갈기갈기 찢어선 베개 밑 빨래에 쑤셔 넣었다.

'누더기 헝겊 조각 따위가 증거물이 될 염려는 절대로 없겠지. 그렇다, 암, 그렇고말고!'

그는 방 한가운데 서서 이렇게 되풀이했다. 그리고 고통스러울 정도로 주의력을 긴장시키면서 또 뭐 잊은 것은 없나 하고 다시 한번 마루 위며

방 구석구석까지 둘러보기 시작했다. 모든 것이, 기억력이나 단순한 판단력까지도 자기를 버리려고 한다는 확신이 들자 그는 참을 수 없이 괴로워졌다.

'아, 벌써 시작된 것일까? 벌써 벌이 내리기 시작하는 걸까? 저것 봐, 글쎄, 그렇다니까!'

과연 그가 바지에서 잘라낸 술 조각이 그대로 방 한가운데, 누가 들어와도 금방 눈에 띄게 뒹굴고 있지 않은가!

'아아, 정말 나는 어떻게 된 걸까?'

그는 얼빠진 사람처럼 다시 외쳤다. 그러자 이때 괴이한 생각이 머리에 떠올랐다. 어쩌면 옷은 온통 피투성이인지도 모른다, 얼룩투성이인지도 모른다, 그런데도 판단력이 둔해지고 산란해져서…… 시력이 흐려져서…… 내 눈에만 그것이 보이지 않는지도 모른다……. 그는 문득 지갑에도 피가 묻었던 것을 생각했다.

'아! 그리고 보면 내 호주머니 안에도 분명 피가 묻었겠구나. 그때 피가 묻어 끈적끈적한 지갑을 쑤셔 넣었으니까!'

그는 즉시 호주머니를 뒤집어보았다. 그러자 과연 호주머니 안에도 핏자국이 얼룩져 있었다!

'그러고 보니 아직 이성이 완전히 달아나버린 건 아니구나. 내가 스스로 그것을 알아차리고 깨달았을 정도니까, 판단력이나 기억력은 아직 남아 있는 거야!'

그는 의기양양해서 가슴 가득히 숨을 들이마시며 기쁜 듯이 생각했다.

'그저 열병에 걸린 사람처럼 쇠약해졌을 뿐이다!'

여기서 그는 바지 왼쪽 호주머니에서 안감을 아주 뜯어냈다. 바로 그때 태양 광선이 왼쪽 장화를 비추었다. 그러자 장화 속에서 삐죽이 내밀어진 양말에도 무슨 흔적 같은 것이 보이는 듯싶었다. 그는 황급히 장화를 벗었다.

'역시 핏자국이구나! 양말 끝이 온통 피투성이가 아닌가.'

아마 그때 엉겁결에 피 웅덩이를 밟았던 모양이다…….

'그런데 이번엔 이걸 어떡한다? 이 양말과 술과 호주머니 안감을 어디다 처치하면 좋을까?'

그는 그 모든 것을 한 손에 움켜쥐고 방 한가운데 서 있었다.

'난로 속에 감출까? 그러나 난로 속은 제일 먼저 뒤질 게다. 태워버릴까? 하지만 뭘로 태우지? 성냥 한 개비 없으니. 아니, 그보다는 어디 갖다 버리자. 그렇다! 버리는 게 제일 좋겠다!'

다시 소파에 앉으면서 그는 되풀이했다.

'곧, 지금 곧, 조금도 지체할 것 없이…….'

그러나 생각과는 달리 그의 머리는 또다시 베개 위로 기울어졌다. 다시금 참을 수 없는 오한이 그의 몸을 얼음장같이 만들어버렸다. 그는 다시 외투를 뒤집어썼다. 이렇게 오랫동안, 몇 시간 동안이나 한 가지 상념이 단독적으로 그의 머리에 찾아들었다.

'지금 당장 지체하지 말고 어디론가 가서 죄다 버려야 한다. 두 번 다시 남의 눈에 띄지 않도록, 조금이라도 빨리, 일각이라도 빨리!'

그는 몇 번이나 소파에서 몸을 떼고 일어나려고 했으나 도저히 일어날 수가 없었다. 요란스럽게 문을 두드리는 소리에 그는 완전히 눈을 떴다.

"문 열어요. 도대체 살았어요, 죽었어요? 만날 잠만 자고 있으니!"

주먹으로 문을 두드리며 나스타시야가 소리쳤다.

"만날 아침부터 밤까지 개처럼 잠만 자는군요! 정말 개와 다를 게 없어요! 자, 문을 열어요! 10시가 지났다니까요."

"집에 없는 게로군?" 하고 남자의 목소리가 말했다.

'아니, 저건 문지기의 목소리 아냐…… 무슨 일일까?'

그는 벌떡 일어나 소파에 앉았다. 심장이 터질 듯 고동치기 시작했다.

"그럼 문에 빗장은 누가 질렀겠어요?" 하고 나스타시야가 대꾸했다.

"문을 다 잠그다니! 자기를 누가 훔쳐 갈까 봐 걱정인가! 열어요. 얼빠진 사람 같으니, 일어나란 말이에요!"

'저들이 무슨 일일까? 왜 문지기까지 왔을까? 죄다 알았나 보다. 버텨볼까? 열어줄까? 에라, 될 대로 돼라……'

그는 엉거주춤 일어나서 몸을 앞으로 굽혀 빗장을 벗겼다.

그의 방은 침대에서 일어나지 않아도 빗장을 벗길 수 있을 정도의 넓이였다.

과연 문지기와 나스타시야가 서 있었다.

나스타시야는 왜 그런지 이상한 눈으로 그를 훑어보았다. 그는 도전하는 듯한 절망적인 표정으로 문지기를 보았다. 문지기는 말없이 값싼 봉랍(封蠟)으로 봉한 두 겹의 잿빛 종이쪽지를 내밀었다.

"소환장이오, 관청에서."

그는 종이를 주면서 말했다.

"어느 관청?"

"경찰에서 부른단 말이오, 관청이라면 어딘지 뻔하지 뭐요."

"경찰? …… 무엇 때문에?"

"내가 알 게 뭐요. 오라니까 가보면 되지."

문지기는 흘끔흘끔 그를 보고 주위를 둘러본 다음 몸을 돌려 나가려고 했다.

"정말 앓는 사람 같아 보이네요?"

라스콜니코프에게서 눈을 떼지 않고 나스타시야는 이렇게 말했다. 문지기도 슬쩍 뒤돌아보았다.

"어제부터 열이 있더니만" 하고 나스타시야는 덧붙였다.

그는 대답하지 않고, 아직 뜯지도 않은 종잇조각을 손에 들고 있었다.

"아니, 일어나지 말아요."

그가 소파에서 다리를 내리려는 것을 보고 가엾어진 나스타시야는 말을 이었다.

"아프면 가지 않는 게 좋아요. 급한 건 아닐 테니까요. 그런데 그 손에 가진 건 뭐죠?"

그는 무심코 보았다. 그의 오른손에는 아까 그 술 조각과 양말과 뜯어낸 호주머니 안감이 쥐어져 있었다. 그렇게 손에 쥔 채로 그냥 자고 있었던 것이다. 나중에 이때의 일을 상기했을 때, 그는 열에 들떠 있으면서도 꿈결 가운데 그것을 손에 꼭 쥔 채 다시 잠들었던 생각이 났다.

"아니, 그런 넝마 조각을 모아서 무슨 보물처럼 안고 자다니……."

이렇게 말하고 나스타시야는 그 병적인 히스테릭한 웃음소리를 내며 간드러지게 웃어젖혔다. 그는 얼른 그것을 외투 밑에 집어넣고 뚫어지게 그녀를 바라보았다. 그때 그는 완전히 조리 있게 사태를 판단할 수는 없었지만, 사람을 체포하러 왔다면 이런 태도로 대하지는 않을 것이라고 느꼈다.

'그러나…… 경찰이라니?'

"차라도 마시면 어때요? 마시겠어요? 남은 게 있으니까 가져다드리죠……."

"아니…… 나는 갔다 오겠어. 지금 곧 가봐야겠어."

그는 일어나면서 중얼거렸다.

"층계도 내려갈 수 없을 것 같은데요?"

"갔다 온다니까……."

"그럼 마음대로 하세요."

그녀는 문지기 뒤를 따라 가버렸다. 그는 얼른 밝은 곳으로 달려가서 양말과 바지 밑을 조사했다.

'얼룩이 있긴 하지만 그다지 눈에 띄진 않는군. 아주 더럽고 낡고 빛이 바랬으니까. 미리 알지 않고서는…… 전혀 알아볼 수 없겠지. 나스타시야도 저만큼 떨어져 있었으니 전혀 눈치채지 못했을 거다, 천만다행이다!'

이윽고 그는 가슴 설레며 소환장을 뜯고 읽기 시작했다. 한참 걸려서 읽은 뒤에 겨우 뜻을 알 수가 있었다. 그것은 오늘 9시 30분에 구(區) 경찰 서장 사무실로 출두하라는 보통 소환장이었다.

'대체 무슨 일일까? 경찰에 볼일이라곤 하나도 없는데! 게다가 하필이면 왜 오늘일까?'

그는 괴로운 의혹에 싸이면서 생각해보았다.

'하느님, 어떻게 되든 제발 빨리 끝장이 나게 해주십시오!'

그는 무릎을 꿇고 기도드리려 했으나 웃음이 터져 나오고 말았다. 그러나 기도에 대해서 웃은 것이 아니라 자기 자신을 비웃은 것이다. 그는 급히 옷을 갈아입기 시작했다.

'파멸할 테면 하라지, 어차피 매한가지다! 이 양말을 신고 가봐야지!'

문득 이런 생각이 떠올랐다.

'먼지 속에서 좀 더 더럽혀지면 핏자국도 없어지겠지.'

그러나 막상 그것을 신자마자 곧 혐오와 공포에 휩쓸려 얼른 벗어버렸다. 벗어버리기는 했으나 대신 신을 것이 없음을 알고, 다시 그것을 신고 말았다. 그리고 또다시 껄껄 웃었다.

'이런 건 모두 조건적이고 상대적이고, 모두가 형식에 불과한 거야.'

머리 한구석에서 이런 생각이 번쩍였다. 그러나 그렇게 생각은 하면서도 그의 온몸은 덜덜 떨리고 있었다.

'자, 봐라, 이렇게 신지 않았느냐 말야. 이렇게 신어버리니 다 끝나는 걸 가지고!'

그러나 그 웃음은 순식간에 절망으로 변했다.

'아니다, 아무래도 힘들 것 같다……' 하고 그는 생각했다. 다리가 후들 후들 떨렸다.

'역시 무서운 거다.'

그는 혼자 중얼거렸다. 머리가 어지럽고 열 때문에 쿡쿡 쑤셨다. '이건 계략이다! 나를 불러들여 당황하는 나를 느닷없이 덮치자는 계략이다.'

층계로 나가면서 그는 혼잣말을 계속했다.

'한 가지 근심은, 내가 열에 들떠 있어서 어쩌다 그만 쓸데없는 소리나 지껄이지 않을는지…….'

층계 위에서 그는 문득 모든 물건을 그대로 벽지 구멍 속에 두고 온 것을 상기했다.

'혹시 내가 없는 사이에 가택수색을 하려는 건 아닐까?'

이렇게 생각하고 그는 걸음을 멈추었다. 그러나 극도의 자포자기, 이를 테면 극심한 멸망의 냉조주의가 불현듯 그를 사로잡고 말았다. 여기서 그는 될 대로 되라고 한 손을 내젓고는 그대로 앞으로 걸음을 옮겼다.

'제발, 한시바삐 끝나주었으면…….'

거리는 여전히 참을 수 없이 무더웠다. 지난 며칠 동안 비라곤 한 방울도 내리지 않았다. 여전한 먼지, 여전한 벽돌과 석회, 가게와 술집에서 풍기는 악취, 끊임없이 마주치는 술주정꾼, 핀란드 행상인, 반쯤 부서진 마차의 마부. 태양이 너무나 눈부셔 사물을 보기가 힘들 정도였다. 현기증은 극도에 달했는데, 강렬한 태양이 비치는 날 갑자기 거리로 나온 열병 환자가 흔히 느낄 수 있는 감각이었다.

어제의 거리로 접어드는 모퉁이까지 오자 그는 괴로운 불안을 느끼면서 그쪽을, **그 집** 쪽을 보았으나…… 얼른 딴 데로 눈을 돌리고 말았다.

'만약 신문을 받게 되면 죄다 털어놓을지도 모른다.'

그는 경찰서로 다가가면서 생각했다.

경찰서는 그의 집에서 200미터 남짓한 곳에 있었다. 새 건물 4층으로 새로 이사 온 사무실이었다. 그전 사무실에는 그도 한 번 가본 적이 있지만, 굉장히 오래전 일이었다. 정문을 들어서니 오른쪽에 층계가 보였다. 마침 서류를 든 농민 한 사람이 그 층계를 내려오고 있었다.

'문지기인가 보군. 그러니까 사무실은 여기 있는 게 분명해.'

이렇게 생각하고 그는 무턱대고 층계를 올라가기 시작했다. 상대가 누구든, 또 무엇에 관해서든 남에게 묻고 싶지가 않았던 것이다.

'들어가자마자 무릎을 꿇고 죄다 말해버리자……'

4층으로 올라가면서 그는 마음속으로 생각했다.

층계는 좁고 가파르며 온통 구정물로 젖어 있었다. 1층에서 4층까지 모든 방의 부엌문이 다 이 층계로 나 있고, 더욱이 거의 온종일 열려 있어 숨이 막힐 듯이 후덥지근했다. 장부를 옆에 낀 문지기와 순경, 온갖 남녀 방문객들이 층계를 오르내리고 있었다. 그는 안으로 들어가 대기실에서 걸음을 멈췄다. 거기에는 농군 차림의 사내들이 서서 기다리고 있었다. 여기도 역시 찌는 듯이 무더웠고, 게다가 새로 칠한 방들의 썩은 기름을 탄 페인트가 아직 덜 말라서 구역질이 날 정도로 코를 찔렀다. 잠시 기다리다가 앞으로 나가보기로 마음먹고 다음 방으로 들어갔다. 모두 한결같이 좁고 천장이 낮은 방들이었다. 무서운 초조감이 그를 더욱 앞으로 끌고 갔다. 아무도 주의해 보는 사람은 없었다. 다음 방에는 그보다 약간 옷차림이 나아 보이는 서기 같은 무리가 앉아서 열심히 무엇인가를 쓰고 있었다. 보기에 모두 괴상한 인간들뿐이었다. 그는 그중 한 사람에게 다가갔다.

"넌 뭐야?"

그는 소환장을 내보였다.

"대학생이오?"

소환장을 흘긋 보고 상대는 이렇게 물었다.

"예, 대학생이었습니다."

서기는 그의 모습을 훑어보았으나 아무런 호기심도 보이지 않았다. 이상하게 머리를 헝클어뜨린 사내였는데, 그의 눈초리에는 기계적인 관념 같은 것이 서려 있었다. '이런 자에게 물어봤자 아무 소용이 없겠다. 도대체가 무관심하니 말야' 하고 라스콜니코프는 생각했다.

"저쪽으로 가시오, 기록계 쪽으로."

서기는 이렇게 말하고 맨 끝 방을 손가락으로 가리켰다.

그는 네 번째 좁은 방으로 들어갔다. 거기에는 다른 방에서 본 사람들보다 말쑥하게 차려입은 사람들이 들끓었는데, 그중에는 부인도 두 사람 섞여 있었다. 한 사람은 초라한 상복을 입고, 기록계원과 탁자를 사이에 두고 마주 앉아 무엇인가 부르는 대로 받아쓰고 있었다. 또 한 사람은 무섭게 살이 찐 부인인데 보랏빛으로 보일 만큼 붉은 얼굴에 기미가 끼었지만, 몹시 화려한 옷을 입고 가슴에는 찻잔을 받치는 접시만큼 큰 브로치를 달고 있었다. 이 여인은 한쪽 옆에 서서 무엇인가를 기다리고 있는 눈치였다. 라스콜니코프는 기록계원 앞에 소환장을 내밀었다. 기록계원은 흘긋 소환장을 바라보더니, "좀 기다리시오" 하고는 상복의 여인과 하던 일을 계속했다.

그는 안도의 한숨을 내쉬었다.

'분명히 그건 아니다!'

그는 점점 용기를 얻기 시작했다. 용기를 내라, 정신을 차려라, 하고 그는 온 힘을 다해 자기 자신을 격려했다.

'조금이라도 바보 같은 짓을 하거나 실수를 하면, 나는 송두리째 파멸하고 만다! 아…… 여긴 공기가 나빠서 탈이군' 하고 그는 덧붙였다.

'숨이 막힌다…… 머리가 더 어지러워지는데…… 사고력도 그렇다.'

그는 온몸으로 무서운 혼란을 느꼈다. 그는 자신을 스스로 지배하지 못할까 봐 두려웠다. 그는 무엇에든 매달리고 싶었다. 무엇이라도 좋았다. 전혀 관계없는 일을 생각하려고 애썼으나 아무래도 잘 되질 않았다. 그래도 이곳 기록계원은 몹시 그의 흥미를 끌었다. 그는 그 얼굴에서 무엇인가를 알아내어 그 사람됨을 알고 싶었다. 기록계원은 아직 스물둘쯤밖에 안 돼 보이는 젊은 사내였는데, 잘 움직이는 거무스름한 용모는 나이보다 늙어 보였다. 한창 유행하는 멋진 차림을 하고, 포마드를 바르고 빗질을 단정히 한 머리는 뒤통수까지 가르마를 가르고, 솔로 닦은 하얀 손가락에는 반지를 몇 개 끼고, 조끼에는 금줄을 드리우고 있었다. 그는 거기 와 있는 외국인 한 사람과 프랑스어로 두어 마디 했는데 상당히 유창했다.

"루이자 이바노브나, 좀 앉으시죠."

그는 화려한 옷차림을 한 붉은 얼굴의 여인에게 말했다. 그 여인은 바로 옆에 의자가 있는데도 감히 앉을 생각을 못하고 죽 서 있었던 것이다.

"Ich danke.*"

여인은 비단 옷자락 스치는 소리를 내면서 조용히 의자에 앉았다. 하얀 레이스 장식이 달린 얇은 하늘색 옷은 기구(氣球)처럼 의자 주위에 퍼져 방 안의 거의 절반을 차지하고 말았다. 향수 냄새가 풍겼다. 부인은 자기가 방을 반이나 차지하면서 향수 냄새를 너무 강하게 풍기는 것을 미안하게 생각하는 것 같았다. 그러나 그녀는 소심하면서도 어딘지 능청스러운 웃음을 띠었는데, 어쨌든 불안해하는 눈치임에는 틀림없었다.

마침내 상복의 부인은 일을 마치고 일어섰다. 그때 갑자기 소란스러운 소리를 내며 한 걸음마다 유별나게 어깨를 흔들면서 경위 한 사람이 기운차게 들어오더니, 휘장 달린 모자를 벗어 탁자 위에 던지고는 안락의자에

---

* '고맙습니다'라는 뜻

앉았다. 화려한 옷차림의 여인은 그를 보자 얼른 의자에서 일어나 굉장히 반가운 빛을 띠며 허리를 굽혀 인사하려 했다. 그러나 경위가 조금도 그녀를 거들떠보려 하지 않았기 때문에 부인은 감히 그의 앞에서 다시 앉을 생각도 못하고 있었다. 그는 구(區) 서장의 보좌관으로, 양쪽으로 가로 뻗은 불그레한 콧수염을 기르고 있었는데, 일종의 뻔뻔스러움을 빼놓고는 별로 이렇다 할 표정도 없는 아주 천박한 용모였다. 경위는 다소 언짢은 표정으로 라스콜니코프를 곁눈질해 보았다. 그의 복장이 너무 초라한 데다, 옷차림이 그렇게 초라한데도 어울리지 않게 의젓한 태도를 취하고 있었기 때문이다. 라스콜니코프가 경솔하게도 너무 오래 그를 정면으로 바라보는 바람에 경위는 드디어 화를 내고 말았다.

"자넨 뭐야?" 하고 그는 소리쳤다. 이 거지 같은 꼬락서니의 사나이가 번개 같은 자신의 눈초리를 받고도 얼굴을 돌리려고 하지 않는 데 적이 놀란 모양이었다.

"소환장을 받고…… 왔습니다" 하고 라스콜니코프는 간신히 대답했다.

"그건 이 **대학생**한테서 돈을 받아내기 위해섭니다."

기록계원은 서류에서 눈을 떼고 재빨리 이렇게 말했다.

"바로 이겁니다!"

그는 위치를 가리켜 보인 뒤에 라스콜니코프 쪽으로 장부를 던졌다.

"읽어보시오!"

'돈? 무슨 돈일까?' 하고 라스콜니코프는 생각했다.

'하지만…… 그러고 보니 분명히 그 일은 아니다!'

그는 기쁨에 몸을 떨었다. 그의 마음은 갑자기 말로 표현할 수 없을 만큼 가벼워졌다. 무거운 짐을 어깨에서 죄다 풀어놓은 듯한 느낌이었다.

"그런데 자네는 몇 시에 출두하게 돼 있지?"

경위는 왜 그런지 점점 더 화를 내며 이렇게 호통을 쳤다.

"9시라고 적혀 있는데 벌써 11시가 지났잖았느냐 말이야!"

"나는 바로 15분 전에야 이걸 받았습니다."

라스콜니코프 역시 저도 모르게 화가 치밀었지만, 오히려 거기에 어떤 만족감을 느끼면서 어깨 너머로 큰 소리로 대답했다.

"게다가 난 환자란 말이오. 열에 시달리면서도 이렇게 나왔으니 그것만으로도 충분하잖습니까!"

"그렇게 큰소릴 치는 게 아냐!"

"내가 큰소릴 치다뇨. 아주 조용하게 말하고 있습니다. 도리어 당신이야말로 나한테 큰 소릴 치고 있잖습니까. 나는 대학생이기 때문에 그따위 소릴 듣고 가만히 있을 수는 없습니다."

보좌관은 화가 머리끝까지 치밀어서 처음 얼마 동안은 말도 못하고 그저 입에서 침만 튀길 뿐이었다. 그는 자리에서 벌떡 일어났다.

"닥치지 못할까! 자넨 지금 관청에 와 있는 거야. 함부로 폭…… 폭언을 하는 게 아냐!"

"당신 역시 관청에 있지 않소!"

라스콜니코프도 언성을 높였다.

"당신은 지금 큰소리를 칠 뿐만 아니라 담배까지 피우고 있는데, 그건 우리를 무시하는 거요."

이렇게 말하자 라스콜니코프는 말할 수 없는 쾌감을 느꼈다.

기록계원은 싱글벙글 두 사람을 바라보고 있었다. 성미 급한 경위는 한 대 얻어맞은 것이 분명했다.

"그건 자네가 참견할 일이 아냐!"

이윽고 그는 어딘지 부자연스럽게 큰 소리로 외쳤다.

"자, 그보다 자네에게 요구하고 있는 진술서라도 쓰도록 해. 알렉산드르 그리고리예비치, 이 친구에게 보여주게. 자네는 고소당했어, 돈도 못

갚는 주제에 뭐가 잘났다고 야단이야!"

그러나 라스콜니코프는 듣고 있지 않았다. 한시바삐 수수께끼의 실마리를 풀려고 황급히 종잇조각을 집어 들었다. 한 번 읽고 또 읽었으나 도무지 알 수가 없었다.

"대체 이건 뭡니까?" 하고 그는 기록계원에게 물었다.

"차용증서에 따라 빚 독촉을 하는 겁니다. 지불 독촉이지요. 당신은 과료(科料)와 그 밖의 모든 비용을 포함하여 빚을 갚든가, 그렇지 않으면 언제 지불할 수 있다고 서면으로 답하지 않으면 안 됩니다. 동시에 지불을 끝낼 때까지는 수도 밖으로 나가서는 안 되고, 당신의 재산을 팔거나 은닉해서도 안 됩니다. 한편 채권자는 당신의 소유물을 매각하는 것도 자유고, 또 법률에 따라 당신을 고소할 수도 있습니다."

"그러나 나는…… 누구한테도 빚진 일은 없습니다!"

"그건 우리가 알 바 아니죠. 우리에겐 이런 채무 독촉의 고소가 제출되어 있소. 그것은 9개월 전에 당신이 8등관의 미망인 자르니츠이나에게 준 115루블의 차용증서인데, 이것이 그 후 자르니츠이나에서 7등관 체바로프의 손으로 넘어갔고, 벌써 기한이 지나서 부도가 나버렸소. 이런 이유로 우린 당신에게 출두를 요구했던 겁니다."

"아! 그건 하숙집 주인아주머니 아닌가요?"

"하숙집 주인아주머니가 어떻다는 거죠?"

기록계원은 '어때, 이젠 기분이 어떠냐?' 하고 생각하듯이, 방금 모두에게 포위 공격을 받기 시작한 신참자에 대해서 동정과 함께 어떤 승리감을 머금은 관용의 미소를 띠면서 그를 바라보았다. 그러나 지금의 그에게 차용증서 따위가 다 뭐겠느냐, 지불 명령 따위가 다 뭐냐 말이야! 이런 것이 현재의 자기로서 조금이라도 근심할 만한 가치가 있을까! 아니, 근심할 만한 가치조차 없는 것이 아닐까! 그는 그냥 버티고 선 채 읽고 듣고 대답하고 질문까지 했으나, 전부 기계적이었다. 자기 보존의 승리감, 질식할 것 같은 위험에서 빠져나올 수 있었다는 느낌, 다만 이것만이 지금 그의 전 존재를 가득 채우고 있었다. 예견도 없고, 분석도 없고, 미래에 대한 억측이나 추측도 없고, 의혹도 없거니와 문제도 없었다. 그것은 지극히 본능적인, 순 동물적인 환희의 순간이었다. 그러나 마침 이때 사무실 안에서는 청천의 벽력과도 같은 대소동이 일어났다. 조금 전에 받은 불손한 모욕 때문에 아직도 뱃속까지 뒤집힌 듯한 기분으로 새빨갛게 화가 나 있던 경위가 손상된 위엄을 회복하려는 생각에서였는지, 그가 들어왔을 때부터 싱글벙글 바보 같은 웃음을 띠면서 그를 바라보던 '화려한 차림의 가련한 부인'에게 벼락이 떨어지듯 덤벼든 것이다.

"야, 이 빌어먹을 년아!"

그는 느닷없이 목청이 터져라 하고 고함을 쳤다. (상복의 부인은 이미 돌아가고 없었다.)

"어젯밤 너희 집의 그 꼴은 뭐야? 응? 또다시 온 거리가 창피스러울 지경으로 소동을 피웠으니. 또 술주정에다 싸움까지 벌였으니 말이야. 감옥에라도 들어가고 싶냐? 내가 뭐랬어, 벌써 열 번이나 주의를 주지 않았느냐 말야, 열한 번째는 결코 용서하지 않을 거라고! 그런데 너는 또다시, 또 다시! 이 빌어먹을 년 같으니라고!"

라스콜니코프는 엉겁결에 서류를 떨어뜨릴 정도였다. 그는 몹시 놀란 눈으로 그토록 사정없이 욕을 먹고 있는 화려한 차림의 부인을 바라보았다. 그러나 곧 무슨 일인지 추측되자 그도 이 사건에 커다란 흥미를 느끼기 시작했다. 그는 만족스러운 표정으로 귀 기울였다. 그는 큰 소리로 웃고, 웃고, 또 웃고 싶은 심정이었다…… 온 신경이 미친 듯이 마구 춤을 추고 있었다.

"일리야 페트로비치!" 하고 기록계원은 근심스러운 듯이 말을 걸려 했으나, 때를 기다리기로 하고 그만두었다. 화가 난 퇴역 중위를 진정시키려면 기다리는 수밖에 달리 방법이 없음을 이제까지의 경험으로 알고 있었기 때문이다.

한편 화려한 옷차림의 부인으로 말하자면, 처음에는 그 벽력에 떨었으나 이상하게도 욕지거리가 점점 심해지고 많아질수록 그녀의 얼굴에는 차츰 더 애교가 넘치고, 사나운 퇴역 중위를 향한 웃음은 더욱더 매력을 더해갔다. 그녀는 선 채로 그 자리에서 잘게 발을 움직이고 연방 허리를 굽실거리면서, 자기가 말할 기회가 오기를 초조하게 기다리고 있었다. 드디어 그 기회가 다가왔다.

"서장님, 우리 집에선 싸우거나 소동을 벌인 적이 없습니다."

갑자기 그녀는 원기 왕성한 러시아 말이긴 하지만 심한 독일어 악센트로 콩이라도 볶듯이 냅다 떠들어대기 시작했다.

"절대로, 절대로 창피스러운 일은 없었습니다. 그 사람들이 취해가지고 온 거예요. 전부 다 말씀드리겠습니다만, 서장님, 내가 나쁜 게 아니에요…… 우리 집은 점잖은 집이에요, 서장님. 손님 접대도 잘하고요, 서장님. 그리고 나는 늘 나쁜 소문은 퍼뜨리지 않으려고 애쓰고 있으니까요. 그런데 그 사람들이 잔뜩 취해가지고 와서는, 또 술을 세 병이나 달라는 거예요. 그리고 한 사람이 발을 쳐들더니, 글쎄, 발로 피아노를 치지 않겠어요! 이런 일은 점잖은 집에선 정말 좋지 않은 짓이에요. 이렇게 해서 그 사람은 피아노를 아주 망가뜨리고 말았어요. 정말이지 예의고 뭐고 도무지 없더군요. 그래서 내가 나무랐더니 그 사람은 병을 집어 들고는 모든 사람의 등을 쿡쿡 찌르기 시작하는 거예요. 그래서 나는 얼른 문지기를 불렀지요. 카를이 왔어요. 그러자 그는 카를을 붙들고 눈을 때렸어요. 헨리에트도 역시 눈을 얻어맞았어요. 나도 뺨을 다섯 대나 얻어맞았고요. 정말이지 점잖은 집에서 너무 난잡하더군요. 서장님, 그래서 나도 야단을 쳐쳤지요. 그러자 그자는 한길로 면한 창문을 열더니 거기 올라서서 돼지 새끼들같이 떠드는 거예요. 정말 창피해서, 글쎄, 거리로 향한 창문을 열고 돼지 새끼같이 울어대다니, 어디 그럴 수가 있어요? 꿀꿀꿀 하고 말이에요! 그래서 카를이 뒤에서 그 사람의 연미복을 붙들고 창문에서 끌어내렸지요. 그때 그 사람의 윗도리 자락이 찢어진 것은 사실이에요. 그러자 그놈은 변상금 15루블을 물어내라고 지랄이었어요. 그래서 나는 그 옷자락 변상금으로 5루블을 치렀어요. 정말 야비한 손님이에요. 서장님, 온갖 추태를 다 부렸으니까요! 그러고도 '나는 너를 주제로 긴 풍자소설을 쓸 테다, 난 어느 신문에든 네년의 얘기를 쓸 수 있으니까.' 이런 소릴 다 하더라니까요."

"그럼 그자는 작가인가 보군?"

"네, 서장님, 정말 버릇없는 손님이에요. 서장님, 글쎄, 점잖은 집에 와서……."

"그래, 좋아, 좋아! 이제 그만! 나는 네게 벌써 여러 번 말했어. 알아들을 만큼 일러두었는데도……."

"일리야 페트로비치!" 기록계원이 또다시 의미심장하게 그를 불렀다. 퇴역 중위가 흘긋 그쪽을 돌아보자 기록계원은 가볍게 고개를 끄덕여 보였다.

"…… 자, 내 말 좀 들어봐, 루이자 이바노브나, 이게 나의 마지막 말이다. 이번이 정말 마지막이야" 하고 중위는 말을 이었다.

"앞으로 만약 너의 그 점잖은 집에서 단 한 번이라도 또 불미한 일이 일어난다면, 그땐 그야말로 나는 네게 추군제르*를 먹일 테다. 고상한 말로 말해서 말이야. 알았나? 그러니까 그 문인인지…… 작가인지 하는 자

---

* 채찍으로 200번 때리는 군대의 형벌

가 '점잖은 집'에서 옷자락의 대가로 5루블을 받았다는 게지? 작가 나부
랭이란 다 그런 거야!"

이렇게 말하고 그는 경멸 넘친 시선을 라스콜니코프에게 던졌다.

"엊그제도 어느 음식점에서 그와 똑같은 사건이 있었지. 점심을 먹고
도 돈을 안 내면서, '그 대신 나는 이 집을 소재로 풍자소설을 써주겠다'는
거야. 어느 기선(汽船)에서도 지난주에 이런 일이 있었어. 어엿한 5등관의
가족, 즉 부인과 따님에게 차마 들을 수 없는 상스러운 욕지거릴 퍼부었
지. 요 며칠 전에는 어느 다과점에서 쫓겨난 놈도 있었고. 모두 이런 식이
란 말이야, 작가니, 문인이니, 대학생이니, 신문기자니 하는 놈들은……
쳇! 자, 이젠 돌아가도 좋아! 언제 한번 직접 가볼 테니까…… 그땐 주의
해! 알았나?"

루이자 이바노브나는 허둥지둥 애교를 부리며, 사방팔방에 허리를 굽
히면서 문간까지 뒷걸음질 쳐 나갔다. 그런데 문간에서 그만 시원한 얼굴
에 멋진 아마 빛 수염을 기른 의젓한 경찰관에게 궁둥이를 부딪쳤다. 다름
아닌 경찰서장 니코짐 포미치 바로 그 사람이었다. 루이자 이바노브나는
당황하여 마룻바닥에 닿을 정도로 절을 하고, 깡충깡충 뛰다시피 총총걸
음으로 사무실을 빠져나가 달아났다.

"또 진동, 우레, 번개, 회오리, 태풍이 몰아쳤나 보군!"

친근하고 정다운 어조로 니코짐 포미치는 일리야 페트로비치에게 이
렇게 말했다.

"또 화가 나서 한바탕 터뜨린 모양이군그래! 층계 아래까지 들리는 걸
보니."

"아니, 천만에요!" 하고 아무렇지도 않은 듯이 점잖은 어조로 일리야
페트로비치는 말했다(그 말하는 어조조차 '아니, 천만에요'가 아니라 '아안, 천
만!'처럼 들렸다). 그는 무슨 서류를 들고 다른 탁자로 옮겨 갔는데, 발을 내

디딜 때마다 어깨도 함께 내밀면서 한 걸음마다 거만스레 어깨를 흔들어 댔다. "자, 이겁니다, 보십시오. 이 작가 선생이, 아니, 대학생이, 하긴 전직 대학생입니다만, 돈은 내지 않고 어음을 마구 떼고 방은 내놓지 않으려 해서 고소를 당한 거예요. 그런 주제에 내가 자기 앞에서 담배를 피웠다고 항의를 하시는군요! 자기는 비열하기 짝이 없는 짓을 했으면서 말입니다. 어때요, 저 꼴을 보십시오, 지금 바로 가장 멋진 포즈를 취하고 있는 참입니다!"

"가난은 죄가 아니야, 그런 걸 가지고 뭘 그래! 자네는 유명한 화약이니까 모욕을 참을 수는 없었겠지. 당신도 아마 이 사람 때문에 화가 나서 참을 수 없었을 거요."

니코짐 포미치는 상냥하게 라스콜니코프를 돌아보면서 말을 계속했다.

"하지만 그럴 것까진 없어요. 내가 보장하지만 이 사람은 극히 고결한 인간이오. 그러나 화약이죠, 화약이란 말이오! 확 폭발해서 부글부글 끓고 타버리면…… 그걸로 그만이에요! 그것으로 죄다 끝나버리고 결국 남은 것은 황금과도 같은 마음뿐이죠! 이 사람은 연대 시절에도 '화약 중위'라는 별명을 가지고 있었으니까요……."

"또 그 연대 얘길 꺼내시는군요!"

일리야 페트로비치는 서장이 치켜세우는 바람에 자못 만족해하면서도 여전히 부루퉁해서 소리쳤다.

라스콜니코프는 문득 여러 사람에게 무엇인가 아주 유쾌한 말을 들려주고 싶어졌다.

"저, 이것 보세요, 서장님."

갑자기 그는 니코짐 포미치를 보면서 자못 친밀한 어조로 말하기 시작했다.

"내 처지를 좀 생각해보세요…… 만약 내게 잘못이 있다면 나는 저분에게 사죄해도 좋다고 생각해요. 나는 가난하고 병든 학생입니다. 가난에 쪼들리고(그는 정말로 '쪼들리고'라고 말했다) 있는 학생입니다. 이를테면 전 대학생이지요. 생활을 지탱할 수 없기 때문에 지금은 쉬고 있습니다. 그러나 돈은 올 겁니다…… 어머니와 누이동생이 ○○현에 살고 있어요…… 거기서 돈을 보내줄 겁니다. 그러면 나는…… 꼭 갚겠습니다. 우리 하숙집 주인아주머니는 좋은 사람이지만, 내가 일자리를 잃고 넉 달째 하숙비를 못 내니까 화가 나서 식사도 들여보내주지 않는군요…… 그리고 이건 도대체 무슨 어음인지 나는 통 알 수가 없어요! 지금 아주머니는 이 차용증서를 담보로 나한테 돈을 요구하고 있지만, 지금 어떻게 갚을 수가 있겠습니까, 잘 좀 생각해주십시오……."

"그러나 그런 사정은 우리가 알 바 아니오……."

또다시 기록계원이 참견을 하려고 했다.

"잠깐만, 잠깐만, 나도 당신 의견에 동의하지만 기회를 주십시오."

라스콜니코프는 다시 말을 가로채고는 기록계원이 아니라 여전히 니코짐 포미치를 상대로 이렇게 말했으나, 동시에 보좌관도 대화에 끌어들이려고 열심히 노력했다. 그러나 그는 서류만 뒤적일 뿐, 너 같은 건 상대도 하지 않겠다는 듯이 경멸적인 태도를 보이고 있었다.

"이번엔 내 사정도 좀 들어주십시오. 나는 시골에서 상경한 뒤로 그럭저럭 그 여자 집에서 3년이나 살고 있습니다만, 그전엔…… 그전엔…… 아니, 죄다 털어놓고 말겠습니다. 실은 처음부터 나는 하숙집 아주머니의 딸과 결혼하겠다고 약속을 했었지요. 하기야 그건 전혀 구속성 없는 구두 약속에 지나지 않았지만요. 그 여자는 그리 싫지 않았어요…… 그렇다고 그 여자한테 반했던 건 아니지만…… 한마디로 말해서 젊었던 탓이겠죠. 아니, 내가 지금 하고 싶은 말은 아주머니도 그 때문에 나한테 얼마든지 돈을 빌려주었다는 점입니다. 그래서 나는 다소 편한 생활을 했죠…… 내가 참 경솔했습니다…….”

“우린 그런 사생활의 내용을 자네한테 요구하고 있는 게 아니야. 그리고 그럴 겨를도 없고.”

보좌관이 위압적이고 난폭한 어조로 그의 말을 제지하려 했으나, 라스콜니코프는 무척 말하기가 괴로웠음에도 기를 쓰고 보좌관의 말을 가로챘다.

“아니, 실례지만, 실례지만 완전히 해명하도록 해주십시오…… 어떤 사정에서 이렇게 되었는지…… 나로서도…… 하기는…… 이런 말을 지껄이는 건 당신 말대로 쓸데없는 짓일지도 모릅니다만, 아무튼 그녀는 1년 전에 장티푸스로 죽어버렸어요. 그러나 나는 여전히 하숙생으로 남아 있습니다. 지금 집으로 옮겨 올 때 그 아주머니는 이렇게 말했어요…… 더구나 아주 다정한 태도로 말했지요…… 나는 당신을 충분히 신용한다. 그러나 지금까지 당신에게 꾸어준 115루블에 대해서 차용증서라도 한 장 써주었으면 좋겠다고요. 좀 들어보세요, 그 여자는 또 이렇게 말했습니다…… 당신이 차용증서만 써준다면 앞으로도 얼마든지 꾸어주겠다, 그리고 자기로서는 결코, 이건 그 여자의 말 그대로입니다. 당신이 갚을 때까지 이 증서를 가지고 독촉을 하거나 하진 않겠다…… 그래놓고 이제 와선 내가 일자리를 잃고 먹을 것도 없는 때 이런 고소를 하다니…… 그래, 난 뭐라고 말해야 좋겠습니까?”

“그런 감상적인 자세한 얘기 따윈 듣고 싶지도 않다니까.”

보좌관은 무뚝뚝하게 말을 막았다.

“자네는 여기에 대해 의무적인 답변만 하면 되는 거야. 자네가 누구에게 반했든 말았든 그런 넋두리는 우리와 아무 상관도 없어.”

“이봐, 자넨 너무…… 지나친 것 같군.”

니코짐 포미치는 탁자에 앉아 서류에 사인을 하면서 이렇게 중얼거렸다. 듣기에 좀 거북했던 모양이다.

"자, 어서 쓰시오."

기록계원이 라스콜니코프에게 말했다.

"뭘 쓰란 말이오?" 하고 그는 거칠게 물었다.

"내가 부르는 대로 받아쓰시오."

라스콜니코프는 자기의 사정 얘기를 듣고 나서 기록계원이 전보다 자신한테 더 건방지고 무뚝뚝해진 것처럼 생각되었다. 그러나 이상한 일은 그 자신도 갑자기 누가 어떻게 생각하든 결국은 매한가지다, 하는 생각이 들었다. 이 변화는 실로 순간적으로 순식간에 일어났다. 만약 그가 조금이라도 무엇을 생각해보려 했다면, 바로 1분 전까지만 해도 왜 저들과 그런 얘기를 하고 자기의 감정까지 강매할 마음이 내켰는지 스스로 놀라지 않을 수 없었을 것이다. 그보다 도대체 어디서 그런 감정이 끓어올랐을까? 그러나 지금은 그 반대로, 만약 이 방이 경찰관들이 아니라 다정한 친구들로 가득 찼다고 해도 그는 자기 친구들을 위해 인간적인 말 한마디도 생각해내지 못했을 것이다. 괴롭고 한없는 고독감과 도망가고 싶은 어두운 감정이 갑자기 그의 마음속에 뚜렷이 떠올랐다. 그의 마음을 이토록 갑작스레 전향시킨 것은 보좌관을 상대로 한 사정 얘기의 어리석음도 아니고, 또한 그에 대한 퇴역 중위(보좌관)의 승리감 같은 비열함도 아니었다. 아아, 지금 그에게 자신의 비열함이나, 이러한 무리의 자존심이나, 화약 중위나, 독일 여자나, 고소나, 경찰 등이 무슨 상관이 있으랴! 그는 비록 이 순간 화형을 선고받더라도 꿈쩍도 하지 않았을 것이다. 아니, 선고조차 주의하여 듣지 않았으리라. 그의 내부에는 뭔가 전혀 알 수 없는 새로운, 뜻밖의, 일찍이 경험한 적 없는 돌연한 변화가 일어난 것이다. 그는 그것을 이해했다기보다 감각이 지닐 수 있는 온갖 힘으로 느꼈다. 아까와 같은 감상적인 신세타령은 물론이거니와 어떤 얘기든 더는 경찰서 사무실에서 그들에게 얘기하면 안 된다는 것을 그는 똑똑히 느꼈다. 설사 그 사람들이 모두 경찰관이 아니라 형제자매라 하더라도 앞으로 한평생 여하한 경우에도 그들을 상대로 얘기할 필요는 없는 것이다. 그는 이 순간까지 한 번도 이처럼 괴이하고 무서운 느낌을 가져본 적이 없었다. 그리고 그에게 무엇보다 괴로웠던 것은 의식이나 관념이라기보다 오히려 감각 중에서도 가장 고통이 심한 감각, 직접적인 감각이었다.

기록계원은 이런 경우에 쓰는 보통 서식을 그에게 불러주기 시작했다. 즉 지금 지불은 불가능하지만 언제까지 지불을 약속함, 그동안 이 도시에서는 떠나지 않을 것이며, 소유물을 매각하거나 남에게 증여하지 않겠음 등등.

"아니, 당신은 글을 쓰지 못하겠습니까? 펜이 손에서 흘러내리는군요."

기록계원은 이상하다는 듯이 라스콜니코프를 보면서 이렇게 주의했다.

"어디 편찮습니까?"

"네…… 현기증이 나서…… 자, 그다음을 읽어주세요!"

"다 됐어요, 이젠 서명하십시오."

기록계원은 서류를 집어 들고 다른 일을 하기 시작했다.

라스콜니코프는 펜을 돌려주었으나, 일어나 나가려고는 하지 않고 팔꿈치를 탁자 위에 괴고 두 손으로 머리를 눌렀다. 마치 정수리에 못이라도 박히는 듯한 느낌이었다. 기괴한 상념이 갑자기 그의 머릿속에 떠올랐다. 이제 곧 일어나 니코짐 포미치에게로 가서 어제의 일을 죄다 상세히 이야기하고, 그다음엔 집으로 같이 가서 구석 벽지 속에 감춘 물건을 보여주고 싶어졌다. 이 충동은 매우 강렬해서, 그는 그 일을 실행하려고 정말로 자리에서 일어나기까지 했다.

'그러나 단 1분간이라도 잘 생각해보는 게 좋지 않을까?'

이러한 생각이 그의 머리를 스쳤다.

'아니, 아무것도 생각지 말고 단숨에 어깨의 짐을 내려놓는 게 좋다!'

그러나 갑자기 그는 못 박힌 듯이 그 자리에 서버렸다. 니코짐 포미치가 뭔가 열을 올려 보좌관과 하는 얘기가 들려온 것이다.

"그럴 리가 없어, 두 사람 다 석방될 걸세! 첫째, 모든 점이 죄다 모순되지 않느냐 말이야. 생각해보게. 만약 그들의 짓이라면 무엇 때문에 문지기를 불렀겠나? 자기 자신을 고발하기 위해서란 말인가? 아니면 계략일까? 그렇다면 그건 지나치게 교활해! 그리고 또 페스트랴코프라는 대학생이 그 문으로 들어가는 것을 문지기 둘과 상인의 여편네가 보았거든. 그 학생은 세 친구와 같이 와서 문께서 헤어졌는데, 아직 친구들이 있는 데서 문지기에게 방을 물었다는 거야. 만약 그런 계획을 품고 왔다면 어느 방에 사는지를 묻지 않았을 게 아니냐 말야? 또 코흐만 하더라도 노파한테 가기 전에 아래층 은방에 30분이나 앉아 있다가 정각 8시 15분 전에 거기서 노파한테로 올라갔다는 거야. 그러니 생각해보게……."

"그런데 실례지만, 어떻게 그들의 말에 그런 모순이 생겼을까요? 처음 자기들이 문을 두드렸을 때 문은 잠겨 있었다고 확언하지 않았습니까. 그런데 불과 3분쯤 지나서 문지기를 데리고 왔을 때는 문이 열려 있었다니!"

"거기에 까닭이 있지. 그때 범인은 반드시 안에서 문고리를 잠그고 있었을 거야. 그러니까 코흐가 그 바보 같은 짓만 안 했더라면, 스스로 문지기를 부르러 가지만 않았더라면 틀림없이 그 자리에서 잡혔을 걸세. 그놈은 그 틈에 재빨리 계단을 내려가서 용케 빠져나간 거야. 코흐란 녀석, 두 손으로 성호를 그으며 '만약 내가 거기 남아 있었더라면 놈은 느닷없이 튀어나와 도끼로 나를 찍어 죽였을 겁니다'라고 하더군. 러시아식 감사 기도라도 올리고 싶은 모양이야. 하, 하……."

"그러나 아무도 범인을 본 사람은 없지 않습니까?"

"어떻게 볼 수 있겠어요? 그 집은 노아의 방주인걸요."

자기 자리에서 귀 기울이고 있던 기록계원이 이렇게 말참견을 했다.

"사건은 명료해, 아주 명료해!"

니코짐 포미치는 열심히 되풀이했다.

"아니, 지극히 불명료합니다" 하고 일리야 페트로비치는 못을 박았다.

라스콜니코프는 모자를 집어 들고 문 쪽으로 걸어갔다. 그러나 그는 문간까지 가지 못했다…….

정신이 들고 보니 그는 자기가 의자에 앉아 있고 오른쪽에서 누군가 자기를 부축하고 있는 것을 알았다. 왼쪽에는 또 한 사내가 노란 액체가 든 컵을 들고 서 있었다. 니코짐 포미치는 그의 앞에 서서 뚫어지게 그를 바라보고 있었다. 그는 의자에서 일어났다.

"왜 이러시오, 어디가 아픕니까?" 니코짐 포미치가 제법 야무진 어조로 물었다.

"그 사람은 서명할 때도 겨우 펜을 움직이더군요" 하고 기록계원은 다시 자기 자리로 돌아가 서류를 뒤적이며 말했다.

"병을 앓은 지는 오래됐나?"

일리야 페트로비치 역시 서류를 뒤적이면서 자기 자리에서 소리쳤다. 물론 그도 라스콜니코프가 정신을 잃었을 동안엔 역시 병자를 살피다가 정신을 차리자 이내 그 곁을 떠났던 것이다.

"어제부터…….."

라스콜니코프는 중얼거리듯 대답했다.

"어제 밖에 나갔었나?"

"나갔습니다."

"몸이 아픈데도?"

"아픈데도."

"몇 시에?"

"저녁 7시가 넘어서요."

"그럼 실례지만 어딜 갔었소?"

"거리에."

"간단명료하군."

라스콜니코프는 백지장같이 창백한 얼굴로 그 검고 타는 듯한 눈동자를 일리야 페트로비치의 시선에서 떼지 않고 띄엄띄엄 날카롭게 대답했다.

"저렇게 간신히 서 있는 사람을 가지고 자넨……" 하고 니코짐 포미치가 주의를 주었다.

"뭐, 어때요!"

일리야 페트로비치는 어딘가 이상한 어조로 이렇게 말했다. 니코짐 포미치는 또 뭔가 말하려는 모양이었으나, 역시 뚫어지게 그를 바라보고 있는 기록계원을 보자 입을 다물고 말았다. 모두 갑자기 조용해졌다. 어쩐지 어색한 분위기가 감돌았다.

"자, 이젠 좋소" 하고 일리야 페트로비치는 말을 맺었다.

"더 붙잡지 않겠소."

라스콜니코프는 방을 나섰다. 그가 방을 나서자마자, 곧 뒤에서 떠들썩한 대화가 시작된 것을 들을 수 있었다. 그중에서도 제일 잘 들린 것은 니코짐 포미치의 의심스러운 목소리였다……. 그는 거리로 나오자 완전히 제정신으로 되돌아왔다.

'수색, 수색, 곧 가택수색을 할 거다!'

그는 걸음을 재촉하면서 마음속으로 되풀이했다.

'강도 놈들 같으니! 의심하고 있어!'

조금 전의 공포가 다시금 머리끝에서 발끝까지 그의 온몸을 휩쓸었다.

2

'그러나 벌써 가택수색을 마쳤다면? 만약 그들과 집에서 마주친다면?'

하지만 그는 이미 자기 방에 와 있었다. 아무 일도 없다. 아무도 없다. 아무도 들여다본 사람은 없다. 나스타시야조차 손을 대지 않았다. 그렇지만, 아아, 어떻게 아끼는 그 물건들을 그냥 벽지 속에 넣고 나갈 수 있었을까?

그는 방 한구석으로 달려가, 벽지 밑으로 손을 집어넣어 그 물건들을 꺼낸 다음 호주머니 속에 쑤셔 넣기 시작했다. 물건은 모두 여덟 가지였는데, 그는 잘 보지도 않았다. 귀고리 같은 것이 든 작은 상자 두 개와 조그만 산양 가죽 주머니가 네 개, 신문지에 둘둘 만 시곗줄이 한 개, 그 밖에 또 뭔가 신문지에 싼 훈장 같은 것이 있었다…….

그는 그것들을 이리저리 호주머니 속에 넣었다. 외투 호주머니와 바지 오른쪽 호주머니에 되도록 눈에 띄지 않게 애쓰면서 집어넣었다. 지갑도 벽지 속에서 꺼냈다. 그리고 방을 나왔으나, 이번에는 방문을 열어놓은 채 내버려두었다.

그는 성큼성큼 빠른 걸음걸이로 걸었다. 온몸이 산산조각으로 부서지는 기분이었으나 의식은 분명했다. 그는 추적이 두려웠다. 30분 후, 아니 15분 후에 그에 대한 미행 명령이 내려지지나 않을까 두려웠다. 그러므로 무슨 일이 있어도 그때까지는 증거를 인멸하지 않으면 안 된다. 아직 약간이나마 기력과 판단력이 남아 있는 동안에 그것을 처리해야 한다⋯⋯.
그런데 어디로 가지?

그러나 그것은 이미 오래전부터 정해져 있었다.

'모든 것을 운하에 던져서 증거를 없애버리자, 그것으로 만사가 끝나
는 것이다.'

그는 어젯밤 열에 시달리면서도 몇 번이고 일어나 나가려고 애쓰던 그
때(그는 그것을 기억하고 있었다) 이렇게 결정했다.

'빨리, 조금이라도 빨리 죄다 던져버려야 한다.'

그러나 버리는 것도 무척 어려운 일이라는 것을 깨달았다.

그는 예카체린스키 운하의 방죽 길을 벌써 30분이나, 아니 어쩌면 그
이상 방황하면서 눈에 띌 때마다 몇 번이고 물로 내려가는 층계를 내려다
봤지만, 계획을 실행한다는 것은 생각조차 할 수 없었다. 어떤 곳에서는
층계 바로 옆에 뗏목이 있고, 그 위에서는 여자들이 빨래를 하고 있는가
하면, 어떤 곳에서는 보트가 매어져 있는 등 가는 곳마다 사람들이 우글
거렸다. 게다가 운하 옆길에서나 어디서나 환히 보이기 때문에 어떤 사내
가 일부러 물가로 내려가 뭔가 물속에 버리는 것을 누군가 본다면 혐의를
둘 것이 틀림없었다. 더구나 가죽 주머니가 가라앉지 않고 둥둥 떠서 흘
러가기 시작한다면? 보나마나 그렇게 될 것이다. 그러면 모든 사람의 눈
에 띄게 된다. 그러지 않아도 모두가 마주칠 때마다 흘끔흘끔 쳐다보기도
하고 돌아보기도 하지 않았는가. 마치 그에게만 무슨 볼일이라도 있다는
듯이. '왜들 그럴까? 아니, 어쩌면 그렇게 느껴지는 것뿐일지도 모른다' 하
고 그는 생각했다.

그러다 나중에는 차라리 네바 강 쪽으로 가는 편이 좋지 않을까 하는
생각이 머리에 떠올랐다. 거기라면 사람의 왕래가 적어서 이곳만큼 눈에
띄지 않을 테니까 아무래도 여기보다는 나을 것이다. 특히 좋은 것은 이곳

에서 멀리 떨어졌다는 점이다. 순간 그는 소스라치게 놀랐다. 도대체 어쩌자고 이런 위험한 곳을 번민과 불안에 시달리며 30분이나 어슬렁거리고 돌아다니면서, 이만한 일을 왜 좀 더 빨리 생각해내지 못했을까? 그저 꿈 속에서 열에 들떠 있을 때 일단 그렇게 정했다는 이유만으로 30분이라는 시간을 이렇게 무모하게 허비하다니! 그는 갑자기 머리가 혼미해지며 정신이 흐려졌다. 그리고 자신도 그것을 깨달았다. 자, 이젠 빨리 서둘러야 한다!

그는 V거리를 따라 네바 강을 향해 걷기 시작했다. 그러나 도중에 문득 다른 생각이 떠올랐다.

'무엇 때문에 네바 강으로 가지? 왜 물속에 던져야 해? 차라리 어딘가 먼 곳, 섬 같은 곳에라도 가서 어느 외딴 곳에, 숲 속이나 덤불 속에 묻어 버리고는 나무로 표적을 해두는 편이 낫지 않을까?'

그는 그 순간 자기에게는 명석하고 건전한 판단력이 없다고 느끼고는 있었으나, 이 생각만은 틀림이 없는 것처럼 느껴졌다.

그러나 섬으로는 가지 않을 운명이었는지 전혀 다른 식으로 돼버렸다. V거리에서 나오는 길에 그는 문득 왼쪽에 살풍경한 벽으로 싸인 뒤뜰로 들어가는 출입구를 발견했다. 출입구로 들어서자 오른쪽으로 4층 집의 거친 벽이 계속되고, 왼쪽으로는 그 헌 벽과 나란히 출입구부터 곧장 널빤지 울타리가 늘어서 있는데, 20보쯤 안으로 들어서야 비로소 왼쪽으로 꺾이게 되어 있었다. 그곳은 아주 텅 빈, 외계에서 격리된 빈터였는데, 무슨 건축 자재 같은 것을 놔두는 장소로 쓰고 있었다. 훨씬 안쪽에는 얼른 보기에 뭔가 공장의 일부 같은, 낮고 그은 석조 창고 같은 건물이 널빤지 울타리 사이로 엿보였다. 그곳은 아마 마차 제작소나 철공소 같은 곳이 틀림없었다. 출입문에서부터 온통 석탄가루로 시꺼멓게 얼룩져 있었다. '여기야말로 버리고 도망치기에는 안성맞춤의 장소다!' 하는 생각이 문득 그의

172

머리에 떠올랐다. 뜰 안에 사람이 없는 것을 보고, 그는 슬쩍 안으로 들어 갔다. 그러자 곧 문 옆의 널빤지 벽을 따라 홈통이 매달려 있는 것이 눈에 띄었다(직공이나 노동자나 마차꾼들이 많이 사는 이런 종류의 건물에서 흔히 볼 수 있었다). 홈통 위 널빤지 벽에는 이런 곳에서 으레 볼 수 있는 낙서가 백 묵으로 쓰여 있었다.

'여기 서지 말 것.*'

그렇다면 여기 들어가 있더라도 아무 의심도 받지 않을 테니 오히려 다행한 일이다.

'어디 이 근처에 통째 내버리고 도망쳐버리자!'

다시 한번 주위를 둘러보고 그는 이미 한 손을 호주머니에 집어넣었 다. 그 순간 바깥쪽 벽 바로 옆에 문과 홈통 사이 1아르신 넓이의 공지에 서 아직 손질하지 않은 큼직한 돌 하나가 눈에 띄었다. 거의 1푸드 반**이 나 될 것 같은 돌인데, 한길 쪽 돌담에 세워져 있었다. 이 담 너머는 거리 의 보도여서, 이 근처에는 언제나 꽤 많은 통행인의 발소리가 들렸다. 그 러나 거리에서 이쪽으로 들어오지 않는 한 문밖에서는 아무도 그를 발견 할 수 없었다. 그렇지만 사람이 들어올 수도 있는 일이므로 되도록 빨리 서둘러야 했다.

그는 돌 쪽으로 몸을 굽혀, 두 손으로 돌 위를 붙잡고 있는 힘을 다해 돌을 뒤집었다. 돌 밑에 조그만 구덩이가 있었다. 그는 얼른 호주머니에서 모든 것을 꺼내어 그 속에 집어넣었다. 지갑은 맨 위가 되었으나 그래도 구덩이는 아직 여유가 있었다. 그는 다시 한 바퀴 돌려 본래의 위치대로 해놓았다. 약간 높아진 듯했지만 돌은 제자리에 딱 들어맞았다. 그는 흙을

---

*   소변 금지란 뜻
**   약 25킬로그램

긁어모아 언저리를 발로 밟았다. 눈에 띌 것은 아무것도 없었다.

그다음 곧 그곳을 나와 광장 쪽으로 걸음을 옮겼다. 그러자 다시금 아까 경찰서에서 경험했던 것과 같은 참을 수 없는 강한 기쁨이 일순간 그를 사로잡았다.

'증거는 사라졌다! 돌 밑을 뒤지려는 생각은 어느 누구의 머리에도 떠오르지 않을 테니까. 그 돌은 집을 지을 때부터 거기 있던 거고, 앞으로 그만큼은 그대로 거기에 있을 거다. 만약 발견된다 하더라도 누가 나를 의심하랴! 모든 것은 끝났다! 증거가 없지 않나!'

이렇게 생각하고 그는 혼자 웃기까지 했다. 그렇다, 그는 후에도 그 순간을 기억했는데, 그 웃음은 히스테릭한, 단속적인, 남에게는 들리지 않는 긴 웃음이었다. 그는 광장을 지나는 동안 죽 계속해 웃고 있었다. 그러나 그저께 소녀를 만났던 K가로수 길까지 왔을 때 그 웃음은 갑자기 사라져 버렸다. 다른 상념이 그의 머릿속에 스며든 것이다. 그때 그 소녀가 가버린 뒤에 그가 앉아서 이것저것 생각하던 벤치 옆을 지나기가 갑자기 무섭도록 싫어졌다. 그리고 그때 20코페이카를 준 수염 기른 순경하고 얼굴을 마주치는 것도 무섭고 괴로운 생각이 들었다.

'에잇, 아무려면 어때!'

그는 악의에 찬 들뜬 눈초리로 주위를 둘러보면서 걸어갔다. 그의 모든 사고력은 지금 어떤 중대한 한 점 주위를 맴돌고 있었다. 그리고 그것이야말로 정말로 중대한 점이라는 것을, 바야흐로 지금 이 중대한 점과 일대일로 맞서고 있다는 것을, 더구나 그것은 두 달 만에 처음으로 생긴 일이라는 것을 그 자신도 느끼고 있었다.

'에잇, 모두 될 대로 되라!'

갑자기 그는 형용할 수 없는 분노의 발작에 쫓기면서 생각했다.

'어차피 일은 시작된 거다. 그따위 할멈이나 새로운 생활 따위가 다 뭐냐! 아아, 이 얼마나 어리석은 짓이냐! …… 나는 오늘 얼마나 거짓말을 했으며 비열한 짓을 했느냐! 조금 전만 해도 저 아니꼬운 일리야 페트로비치를 상대로 비굴하게 아첨하고 비위를 맞추려 했으니, 이런 비열한 짓이 또 어디 있을까! 그런 놈들에게는 모두 침이라도 뱉어주면 그만이야! 그리고 내가 눈치를 살피고 비위를 맞추고 한 것도 역시 마찬가지다! 문제는 그게 아니다! 문제는 그게 아니야……'

갑자기 그는 걸음을 멈추었다. 전혀 뜻하지 않은 새롭고도 지극히 단순한 의문이 순식간에 그를 뒤흔들어놓고 괴로운 경악을 느끼게 했다.

'만약 실제로 그 일이 단순한 바보짓이 아니라 의식적인 행위였다고 한다면, 어째서 너는 지금까지 지갑 속을 보지도 않고 무엇을 얻었는지 조사해보지도 않고 있느냐? 도대체 너는 무엇 때문에 온갖 고통을 한 몸에 도맡으면서 비열하고 추악하고 천박한 행위를 의식적으로 저질렀느냐? 그리고 너는 방금 그 지갑을 다른 물건들과 함께, 역시 아직 조사해보지도 않은 물건들과 함께 물속에 버리려고 하지 않았느냐…… 이건 도대체 어떻게 된 거냐?'

그렇다, 그렇다, 모두가 그대로다. 그러나 그것은 그도 전부터 알고 있던 것으로 결코 새로운 의문이 아니다. 어젯밤 그것을 물속에 버리기로 결정했을 때도 아무런 동요나 반문도 없이, 마치 그것이 당연한 일이어서 그밖의 딴 방법은 있을 수도 없는 것처럼 생각되었다……. 그렇다, 그는 그것을 잘 알고 있었다, 기억하고 있었다. 그것은 어제 그가 트렁크 위에 몸을 굽히고 조그만 상자를 끌어내던 바로 그 순간부터 이미 그렇게 결정한 것 같은 생각이 들었다……. 아니, 사실 그랬다…….

'이것은 내가 심한 병에 걸려 있기 때문이다.'

마침내 그는 침울하게 단정했다.

'나는 나 자신을 괴롭히고 책망하면서도 자신이 하고 있는 일을 알지 못하는 것이다…… 어제도 그제도, 아니 그동안 죽 스스로를 괴롭혀온 것이다…… 건강만 회복되면…… 스스로 괴롭히진 않게 되겠지…… 그러나 만약 회복되지 않는다면? 아아, 이젠 모든 일이 귀찮기만 하다!'

그는 걸음을 멈추지 않고 계속 걸었다. 어떻게 해서든지 기분을 풀고 싶었으나 어떻게 하면 좋을지, 무엇을 해야 좋을지, 다만 억제할 길 없는 한 가지 새로운 감각이 시시각각으로 강하게 그의 마음을 사로잡았다. 그것은 눈에 닿는 주위의 모든 것에 대한 한없는 혐오의 감정이었다. 거의 생리적인 것이라고도 할 만큼 집요하고 심술궂은 증오에 찬 것이었다. 마주치는 사람 모두가 그에게는 추악하게 느껴졌다. 그 얼굴, 걸음걸이, 거동까지도 보기 싫었다. 만약 누군가가 말을 붙이기라도 한다면 그는 다짜고짜 그에게 침을 뱉든가 물어뜯었을지 모른다…….

바실리예프스키 섬에 있는 소(小) 네바 강가의 어느 다리목에 이르렀을 때, 그는 문득 걸음을 멈추었다. '바로 여기 그 친구가 살고 있지, 이 집에' 하고 그는 생각했다.

'아니, 이거 어떻게 된 일이지. 그러고 보니 나는 라주미힌을 찾아왔구나! 그때와 똑같이 되었는걸…… 아무튼 매우 재미있게 됐군. 내가 일부러 찾아왔을까, 아니면 그저 무턱대고 걷다가 우연히 여기까지 오게 되었을까? 아무려면 어떠냐. 나 자신 말하지 않았느냐 말이야…… 사흘 전에…… **그 일**이 끝나면 다음 날 그 친구를 찾겠다고. 꾸물거릴 건 없어, 가 보자! 지금 내가 친구한테 들르지 못할 이유가 뭐냐 말이야…….'

그는 라주미힌의 방을 향해 5층으로 올라갔다.

라주미힌은 집에 있었다. 마침 그때 좁다란 자기 방에 들어앉아서 뭔가 쓰던 중이어서 제 손으로 문을 열어주었다. 두 사람은 넉 달 동안이나 안 만났다. 라주미힌은 누더기가 다 된 가운을 걸치고 맨발에 슬리퍼를 신고, 수염도 깎지 않고 머리는 덥수룩한 채로 들어박혀 있었다. 그는 놀라는 표정이었다.

"자네 웬일인가?"

들어온 친구를 머리부터 발끝까지 훑어보면서 그는 이렇게 외쳤다. 그러고는 잠시 말없이 있다가 휘익 휘파람을 불었다.

"아니, 그렇게까지 궁색해졌나? 보건대 우리보다 더한가 보군그래."

라스콜니코프의 넝마 옷을 보면서 그는 덧붙였다.

"자, 앉게. 무척 피곤해 보이는군!"

라스콜니코프가 자기 것보다 더 낡은 유포를 씌운 터키식 소파에 쓰러지듯 앉았을 때, 라주미힌은 문득 그가 병든 것을 알아챘다.

"이봐, 어디가 몹시 편찮은 모양이군. 자네 그걸 알고 있나?"

그는 친구의 맥을 짚어보려고 했다. 라스콜니코프는 그의 손을 뿌리쳤다.

"필요 없어" 하고 그는 말했다.

"내가 온 건…… 실은 가정교사 자리가 없어서…… 그래서 어떻게 좀…… 하긴 가정교사 자리 같은 건 필요도 없지만 말이야……."

"여보게, 자네 헛소릴 하고 있는가 보군!"

뚫어지게 상대방을 관찰하던 라주미힌은 이렇게 말했다.

"아니, 헛소리가 아니야……."

라스콜니코프는 소파에서 일어났다. 라주미힌의 방으로 올라오는 도중에도 방에 들어가면 자연히 얼굴을 마주 대해야 한다는 것은 전혀 생각지도 않았다. 그런데 그는 지금, 이 세상 누구와도 얼굴을 맞댈 기분이 아니라는 것을 순간적으로 실감 나게 깨달았던 것이다. 그는 분통이 치밀어 올랐다. 그는 라주미힌의 문지방을 넘은 것만으로도, 그러한 자기 자신에 대한 증오만으로도 거의 숨이 막힐 것만 같았다.

"잘 있게!"

그는 불쑥 이렇게 말하고는 문께로 걷기 시작했다.

"이봐, 기다려, 기다리라니까. 이상한 친구 다 보겠군!"

"필요 없어……."

그는 다시 손을 뿌리치며 이렇게 되풀이했다.

"그러면 무엇 때문에 여기 왔어! 자네 돌지 않았나? 이건…… 모욕이지 뭐냐 말이야. 이대로 돌려보낼 순 없네."

"그럼 말하지. 내가 자네한테 온 건, 즉 자네 이외에 나를 도와줄 사람을 아무도 모르기 때문이야…… 내 일을 시작함에 있어서 말이야…… 자넨 세상 누구보다도 선량하고, 사물을 판단하는 힘을 가지고 있으니까…… 하지만 이제는 아무것도 필요 없다는 것을 알았어. 알겠나? 정말이지 아무것도 필요 없게 되었단 말이야. 누구의 도움도, 동정도 필요 없게 되었어…… 난 스스로…… 혼자의 힘으로…… 아니, 이제 그만! 제발 나를 내버려두게!"

"가만있어, 이 굴뚝 청소부 같은 놈아! 넌 정말 미쳤냐! 내 말부터 듣고 나서 그다음은 마음대로 하게. 사실 말이야, 가정교사 자리는 내게도 없어, 하지만 그런 건 거들떠보기도 싫어. 그런데 고물 시장에 헤루비모프라는 사내가 있는데, 이게 일종의 일자리지. 나는 지금 상인 집 가정교사 자리 같은 건 다섯을 준다고 해도 이 일과 바꾸지 않겠어. 이 사내는 조그만 출판 사업을 하고 있는데, 자연과학 소책자 같은 것을 내고 있지. 그런데 그게 잘나간단 말이야! 표제만 해도 대단한 값어치가 있거든! 자네는 늘 나를 바보라고 했지만, 정말이지 이 세상에는 나보다 더한 바보가 있어! 그 친구가 요즘은 제법 경향이 어떠니 하는 말을 지껄이기 시작했단 말이야, 저는 아무것도 모르면서. 그러나 나는 물론 격려해주고 있지. 그런데 여기 독일어 원문이 두 장 남짓하게 있는데 내가 보기엔 아주 엉터리 논문이야. 한마디로 여자는 인간이냐 아니냐 하는 문제를 고찰한 다음, 끝에 가서는 물론 당당한 논법으로 여자도 인간이라고 증명하고 있네. 헤루비모프는 이 논문을 여성 문제에 관한 책으로 만들겠다는 거야. 그래 번역을 내가 맡았단 말일세. 그 친구는 두 장 반쯤밖에 안 되는 것을 여섯 장쯤으로 늘려서 반 페이지나 차지하는 커다란 표제를 붙여가지고 50코페이카에 팔아먹겠다는 거지. 이건 꽤 나갈 거야! 나는 번역료로 원문 한 장에 6루블씩 받으니까 전부 15루블을 받게 되는데, 벌써 6루블을 미리 갖다 썼네. 이것이 끝나면 고래에 관한 책을 번역하게 되어 있지. 그다음엔 《참회록》 2부 중에서 가장 따분한 대목들을 골라놓았으니까, 이것도 번역할 작정이야. 누군가 헤루비모프를 붙들고, 루소도 일종의 라디셰프*라고 말했기 때문이지. 나는 물론 반대하진 않아, 그깟 놈 내가 알 게 뭔가! 그런데 자네 '여자는 인간이냐'의 두 번째 장을 번역해보지 않겠나? 할 마음이 있거든 지금 원문을 가지고 가게. 펜도 종이도 가지고 가는 게 좋겠네, 모두 그쪽에서 대주니까. 그리고 3루블도 가져가게. 나는 첫 장과 둘째 장에 대한 선금을 다 받았으니까 3루블은 당연히 자네 것이야. 그걸 끝내면 또 3루블을 받을 수 있어. 그리고 말이야, 이걸 가지고 자네에게 무슨 은혜를 베푼다거나 그렇게는 생각지 말게. 오히려 나는 자네가 들어왔을 때 마침 나한테 도움을 줄 친구가 왔구나 생각했네. 첫째로 나는 맞춤법에 자신이 없고, 둘째로 독일어도 서투니까 창작을 하는 게 많아지거든. 하기는 그렇게 하는 편이 더 그럴듯하게 되니까 그것으로 자위하고는 있네만. 어쩌면 잘되기는커녕 아주 망쳐놓을지도 모르지만 말이야…… 그래, 자네 해보겠나?"

라스콜니코프는 잠자코 독일어 논문을 집어 들고 3루블을 받자 아무

---

* 1749~1802. 18세기 말에 사형선고를 받고 오랫동안 감옥 생활을 한 선구적인 사상가 겸 시인. 노동 제도에 대해 날카로운 비판을 가한 《페테르부르크에서 모스크바로의 여행》이라는 작품이 유명함

말 없이 훌쩍 나가버렸다. 라주미힌은 어안이 벙벙해서 그 뒤를 바라보았다. 그러나 첫 골목길에 이르자 라스콜니코프는 갑자기 발걸음을 돌려 다시 라주미힌의 방으로 올라갔다. 그리고 독일어 원문과 3루블을 탁자에 놓고 말 한마디 없이 나가버렸다.

"자네 미쳤나!"

드디어 라주미힌은 화가 치밀어 버럭 고함을 쳤다.

"무엇 때문에 그따위 연극을 하는 거야! 나까지 영문을 모르겠군. 그렇담 뭣 하러 여기 왔어? 제기랄!"

"필요 없어…… 번역 같은 건…….."

벌써 층계를 내려가면서 라스콜니코프는 중얼거렸다.

"그럼 자넨 도대체 뭐가 필요한가?"

라주미힌은 위에서 외쳤다. 그러나 라스콜니코프는 묵묵히 층계를 내려갔다.

"이봐! 자넨 지금 어디 살고 있나?"

대답은 없었다.

"망할 자식, 마음대로 해라!"

그러나 라스콜니코프는 이미 거리에 나와 있었다. 니콜라예프스키 다리 위에서 그는 아주 불쾌한 어떤 사건 때문에 다시 한번 분명히 제정신으로 돌아왔다. 다름 아니라 어느 포장마차의 마부가 세 번, 네 번 소리쳤는데도 그가 거의 말발굽 밑으로 기어들 뻔했기 때문에 마부가 채찍으로 그의 등을 내리쳤던 것이다. 채찍으로 얻어맞은 것이 그를 격분케 했다. 그는 난간 쪽으로 비키며(어째서 인도가 아니라 차도인 다리 한복판을 걷고 있었는지는 자기도 알 수가 없었다) 부드득 이를 갈았다. 물론 주위에서는 한바탕 웃음소리가 터졌다.

"꼴좋다!"

180

"뭣 하는 놈이지?"

"뻔하지 뭐야, 술 취한 체하고 일부러 마차 밑에 기어들어 생떼를 쓰는 놈이지."

"그걸로 먹고사는 놈이야, 그걸로 먹고사는 놈이라니까……."

그러나 이때, 그는 여전히 난간 옆에 선 채 등을 비비면서 점점 멀어져 가는 마차 뒤를 무의미하고도 증오에 찬 눈초리로 바라보고 있는데, 문득 누군가가 손에 돈을 쥐여주는 것을 느꼈다. 돌아보니 머리에 수건을 쓰고 산양 가죽 신을 신은 나이 지긋한 상인의 아내가, 모자를 쓰고 녹색 양산을 든 계집애를 옆에 데리고 서 있었다. 딸인 듯싶었다.

"받아줘요, 그리스도를 위해서."

그는 받았다. 두 사람은 그냥 옆을 지나갔다. 돈은 20코페이카짜리 은화였다. 옷차림이나 전체 모양새로 그를 거지, 거리의 진짜 동냥아치라고 생각한 것도 충분히 있을 수 있는 일이었다. 그리고 20코페이카나 되는 돈을 적선한 것도 채찍으로 얻어맞은 그가 측은했기 때문이리라.

그는 20코페이카짜리 은전을 움켜쥐고 열 걸음쯤 걸어가서, 궁전이 보이는 네바 강으로 얼굴을 돌렸다. 하늘에는 구름 한 점 없고 물은 하늘빛처럼 맑았다. 네바 강으로서는 보기 드문 일이었다. 사원의 둥근 지붕이 이 다리 위에서 바라볼 때만큼, 즉 예배당에서 20보쯤 떨어진 이 다리 위에서 바라볼 때만큼 윤곽이 선명하게 드러나 보이는 적은 없었다. 그것이 지금 찬란한 빛을 발하면서 맑은 공기를 통하여 그 장식 하나하나까지 똑똑히 분간할 수 있을 정도였다. 채찍의 아픔도 사라져, 라스콜니코프는 얻어맞은 일 따위는 까맣게 잊어버리고 말았다. 불안스러우면서도 아직 분명치 않은 상념 하나가 지금 그의 마음을 완전히 사로잡고 있었다. 그는 우두커니 서서 오랫동안 먼 곳을 응시했다. 이곳은 그에게 특히 낯익은 장소였다. 그가 대학에 다니던 시절, 주로 돌아올 때였지만, 그는 아마 백 번도 넘게 이 자리에 서서 이 아름다운 정경을 물끄러미 바라보곤 했다. 그리고 그때마다 어떤 막연하면서도 수수께끼 같은 인상에 스스로 경악을 느끼곤 했다. 이 호화로운 정경은 무어라 말할 수 없는 냉기를 풍겼다. 그에게는 이 화려한 화면이 소리도 없고 반응도 없는 이상한 것으로 가득차 있는 것처럼 느껴졌다……. 그때마다 그는 이 침울한 수수께끼 같은 인상에 적이 놀랐으며, 스스로를 믿을 수가 없어서 그 해결을 먼 장래로 미루곤 했다. 그런데 지금 갑자기 이러한 옛 의문과 의혹이 똑똑히 되살아났고, 지금 그것을 상기한 것이 우연한 일 같지 않았다. 마치 이전과 똑같이 사색할 수도 있고 얼마 전까지 흥미를 느꼈던 것과 똑같은 제목이나 광경에 흥미를 느낄 수도 있다고 생각하기라도 한 양, 자기가 전과 똑같은 이 장소에 걸음을 멈추었다는 그 한 가지 사실만으로도 기이하고 놀라웠다. 그는 하마터면 웃음이 터져 나올 뻔했으나, 동시에 아프도록 가슴이 답답하기도 했다. 어딘가 저 밑 깊은 물속에, 간신히 보이는 그의 발밑 어딘가에 지난날의 모든 과거가…… 이전의 상상도, 이전의 의문도, 이전의 테마도, 이전의 인상도, 이 파노라마 전체도, 그 자신도, 그리고 온갖 것도 다 숨겨져 있는 듯이 생각되었다……. 그는 자기가 어딘지 높은 곳으로 날아가는 것같이, 그리고 세상의 모든 것이 사라져가는 것같이 느껴졌다……. 그는 무의식적으로 손을 조금 움직이다가 문득 손바닥에 쥐고 있던 20코페이카가 생각났다. 그는 손바닥을 펴고 물끄러미 은전을 들여다보다가 크게 손을 휘둘러 물속에 던져버렸다. 그러고는 몸을 돌려 집으로 향했다. 이 순간 그는 가위 같은 것으로 모든 사람과 일체의 사물에서 자기 자신을 툭 끊어버린 듯한 생각이 들었다.

집에 돌아와 보니 이미 저녁녘이었다. 그러고 보니 만 여섯 시간이나 돌아다닌 셈이었다. 어디를 어떻게 걸어서 돌아왔는지, 그런 것은 전혀 기억에 없었다. 옷을 벗자 사정없이 혹사당한 말처럼 온몸을 후들후들 떨면서 소파에 쓰러져 외투를 뒤집어쓰고는 인사불성에 빠지고 말았다.

황혼이 완전히 짙을 무렵, 그는 무서운 외침 소리에 정신이 들었다. 아니, 저 외침 소리는 무엇일까! 저런 부자연스러운 소음이나 울부짖음, 비명, 이 가는 소리, 울음, 구타, 욕지거리는 지금까지 한 번도 들어보거나 목격한 일도 없었다. 저 짐승과도 같은 잔인한 행위, 저 지독한 분노의 발작은 상상할 수조차 없었다. 그는 공포에 질려 몸을 일으키고, 매 순간 놀라기도 하고 가슴을 죄기도 하면서 침대 위에 앉아 있었다. 그러나 맞붙어 싸우는 소리와 비명과 욕지거리는 점점 더 심해져갔다. 그런데 갑자기 그는 여주인의 목소리를 알아채고 그만 소스라치게 놀랐다. 그녀는 울부짖고 악을 쓰며 열심히 변명하고 있었으나, 다급한 나머지 말을 빼먹어가며 애원하듯 지껄여서 무슨 소리인지 알아들을 수가 없었다. 그러나 층계에서 사정없이 얻어맞고 있어 그만 때리라고 애걸하고 있음이 틀림없었다. 때리고 있는 사내의 목소리는 증오와 분노 때문에 듣기에도 무서울 지경이어서 다만 목쉰 소리밖엔 들리지 않았으나, 그래도 연방 씨근덕거리며 빠른 소리로 뭐라고 떠들고 있었다. 라스콜니코프는 갑자기 나뭇잎처럼 떨기 시작했다. 그 목소리를 알아들은 것이다. 그것은 일리야 페트로비치의 목소리였다. 일리야 페트로비치가 이곳에 와서 안주인을 때리고 있다! 그 여자를 발로 걷어차고, 머리를 층계에 쥐어박고 있다. 확실하다. 소음이나 비명이나 때리는 소리로 알 수 있다! 대체 무슨 일일까, 세상이 뒤집히기라도 했단 말인가? 층층마다 층계마다 사람들이 모여드는 소리가 들린다. 왁자지껄 떠드는 소리와 외침 소리가 들려온다. 층계를 오르는 소리, 문을 두드리는 소리, 문을 여닫는 소리, 달려오는 구두 소리.

'그런데 도대체 무엇 때문일까?'

이미 자기는 완전히 미쳐버린 것이라고 생각하며 그는 이렇게 되풀이했다. 그러나 아니다, 아주 똑똑히 들려오지 않는가! …… 그러고 보면, 만약 그렇다고 한다면, 곧 이리 올라올 것이다. '이것은…… 필시 그 일 때문에…… 어제의 그 일 때문이다…… 아아!' 그는 문을 잠그려 했으나 팔이 올라가질 않았다. 하긴 그런 게 무슨 소용이 있으랴! 얼음과도 같은 공포가 그의 마음을 둘러싸고 괴롭히며 그를 화석처럼 얼어붙게 했다. 그러나 마침내 꼬박 10분 동안이나 계속된 이 소동도 차차 가라앉기 시작했다. 안주인은 한숨을 내쉬며 신음을 하고, 일리야 페트로비치는 여전히 공갈과 욕설을 퍼붓고 있었으나 마침내 그도 조용해졌다. 아아, 이제 그의 목소리는 들리지 않는다.

'정말 가버린 걸까? 다행이구나!'

그렇다, 지금 안주인은 여전히 신음하고 울면서 돌아가고 있다. 드디어 방문이 탕 하고 닫혔다. 구경꾼들도 각기 제 방으로 흩어져 갔다. 한숨을 내쉬고, 다투고, 서로 부르고 하는 소리가 고함 소리처럼 높아지는가 하면, 이내 속삭이듯 낮아지기도 한다. 꽤 많이들 모였던 모양이다. 이 건물 안 사람들이 거의 다 나왔었나 보다.

'그러나 정말 이런 일이 있을 수 있을까? 그리고 그자는 무엇 때문에, 대체 무엇 때문에 여기 온 것일까?'

라스콜니코프는 힘없이 소파 위에 쓰러졌으나 이젠 눈을 감을 수도 없었다. 그는 지금까지 한 번도 경험해보지 못한 무서운 고통과 참을 수 없는 공포감에 휩싸인 채 그대로 30분쯤 누워 있었다. 갑자기 눈부신 광선이 그의 방을 환하게 비추었다. 나스타시야가 촛불과 수프 접시를 들고 들어온 것이다. 그녀는 주의 깊게 그를 살펴보고 그가 자고 있지 않다는 것을 확인하자, 촛불을 탁자 위에 놓고 가지고 온 빵과 소금과 접시와 스푼을 늘어놓기 시작했다.

"어제부터 아무것도 안 먹었죠? 온종일 돌아다니기만 하고. 게다가 열병에 온몸을 떨면서."

"나스타시야…… 왜 아주머니가 맞았지?"

"누가 아주머니를 때렸어요?"

그녀는 그를 뚫어지게 바라보았다.

"방금 30분 전에, 일리야 페트로비치가, 서장 보좌관이 층계 위에서 말이야…… 무엇 때문에 그 녀석이 아주머니를 그렇게 때렸어? 그리고…… 그 녀석은 무엇 때문에 왔었지?"

나스타시야는 미간을 찌푸린 채 말없이 그를 훑어보고 오랫동안 그에게서 눈을 떼지 않았다. 그는 이 오랜 응시가 몹시 불쾌했다. 뿐만 아니라 무섭기까지 했다.

"나스타시야, 왜 가만있는 거야?"

이윽고 그는 겁먹은 목소리로 더듬더듬 말했다.

"그건 피 때문이에요."

한참 만에 그녀는 나직한 소리로 혼잣말처럼 대답했다.

"피! …… 무슨 피?"

그는 새파랗게 질려 벽 쪽으로 물러서면서 이렇게 중얼거렸다. 나스타시야는 여전히 말없이 그를 바라만 보았다.

"아무도 아주머니를 때리지 않았어요."

그녀는 또다시 야무지고 분명한 어조로 말했다. 그는 간신히 숨을 몰아쉬며 그녀를 바라보고 있었다.

"난 이 귀로 들었어…… 난 자지 않았어…… 앉아 있었어."

그는 전보다 더 겁에 질린 어조로 말했다.

"나는 오랫동안 귀 기울이고 있었어…… 서장 보좌관이 와서…… 모두 뛰어나와 층계로 모여들지 않았느냐 말야. 이 방 저 방에서…….."

"아무도 온 사람은 없어요. 그건 당신 몸속에서 피가 요동치고 있기 때문이에요. 피가 빠져나갈 곳이 없어서 배 속에서 뭉치면 여러 가지 것이 보이기도 하고 들리기도 한대요······ 어때요, 드시겠어요?"

그는 대답하지 않았다. 나스타시야는 베갯머리에 선 채 뚫어지게 그의 얼굴을 보면서 나가려고도 하지 않았다.

"마실 것을 좀 줘······ 나스타슈쉬카.*"

그녀는 아래층으로 내려갔다가 2분쯤 지나 손잡이 달린 컵에 물을 떠 가지고 돌아왔다. 그러나 그다음이 어떻게 되었는지 그는 기억하지 못했다. 다만 냉수를 한 모금 마시고 가슴에 물을 엎지른 일만이 기억에 남아 있을 뿐이었다. 그러고는 의식을 잃고 말았다.

---

* 나스타시야의 애칭

186

3

그러나 그가 병을 앓는 동안 계속해서 죽 의식을 잃었던 것은 아니다. 헛소리와 반의식(半意識)을 동반한 열병 상태였다. 그는 훗날 여러 가지 일을 상기할 수 있었다. 주위에 많은 사람들이 모여 그를 붙들어 어디론가 데려가려고, 그에 관한 일로 시끄럽게 언쟁하고 다투기도 하는 것 같았다. 그런가 하면 갑자기 모두 밖으로 나가버려서 그 혼자만 방 안에 남아 있고 모두 그를 무서워한다. 그러다가 이따금 살며시 문을 열고 그의 동정을 살피고는 그를 위협하는 흉내도 내고, 자기들끼리 뭔가 의논도 하고 웃기도 하고 기도도 했다. 나스타시야가 자주 그의 옆에 있던 것도 그는 잘 기억했다. 그리고 또 한 사나이를 식별할 수 있었다. 아는 사람인 모양인데, 과연 누구인지 아무래도 생각이 안 나서 안타까워 울고 싶을 지경이었다. 어떻게 생각하면 벌써 한 달 동안이나 누워 있는 것 같기도 했으나, 때로는 여전히 같은 날이 계속되고 있는 것 같기도 했다. 그러나 **그 일**은, **그 사건**은 완전히 잊고 있었다. 대신 뭔가 잊어서는 안 될 것을 잊고 있다는 생각이 쉴 새 없이 들곤 했다. 그런 생각이 들 때마다 괴로워하고, 신음소리를 내고, 미칠 듯한 노여움 아니면 참을 수 없는 공포에 사로잡혔다. 그러면 그는 벌떡 일어나 뛰려고 했으나 언제나 누군가 힘 있게 붙들곤 하므로 그는 또다시 무력해지고 의식을 잃고 말았다. 그러나 마침내 그는 완전히 의식을 돌이켰다.

아침 10시경 일이었다. 아침 이 시각의 갠 날이면 태양은 언제나 긴 줄을 그으며 방 오른쪽 벽을 미끄러져 문 옆의 한구석을 비쳐주었다. 침대 옆에는 나스타시야와 낯선 사나이 한 명이 신기한 듯 그를 바라보며 서 있었다. 긴 농군 외투를 입고 턱수염을 기른 젊은이는 보기에 협동조합원 차림의 사내였다. 반쯤 열린 문에서 안주인이 얼굴을 들이밀고 있었다. 라스콜니코프는 몸을 일으켰다.

"이 사람은 누구야, 나스타시야?"

그는 젊은이를 가리키며 물었다.

"어머, 정신이 들었군요?" 하고 그녀는 말했다.

"정신이 들었군" 하고 조합원이 말을 받았다. 문틈으로 들여다보던 안주인은 그가 정신이 든 것을 알자 이내 문을 닫고 사라져버렸다. 그녀는 언제나 소극적이어서 복잡한 얘기나 담판 같은 것은 싫어하는 성미였다. 40쯤 되어 보이는 여자였는데, 그 비만과 게으름 때문인지 사람이 좋았다. 그리고 용모는 괜찮은 편이었으나 지나치게 부끄러움을 타는 버릇이 있었다.

"당신은…… 누구요?"

이번에는 조합원에게 직접 물었다. 그러나 이때 문이 홱 열리더니 키가 큰 라주미힌이 허리를 구부정하게 하고 들어왔다.

"이건 마치 선실(船室) 같군."

들어오면서 그는 소리쳤다.

"언제나 이마를 부딪친단 말이야. 이래도 역시 방이라고 하니! 자네 정신이 들었다고? 지금 파셴카*한테서 들었네."

"지금 막 정신이 들었어요" 하고 나스타시야가 말했다.

---

* 여주인의 애칭

"방금 정신이 들었습니다."

조합원도 웃음을 지으며 되풀이했다.

"그건 그렇고, 당신은 누구시죠?"

갑자기 젊은이 쪽으로 향하면서 라주미힌은 물었다.

"나는 보시다시피 라주미힌이라고 부르지만 사실은 브라주미힌이죠. 대학생인 동시에 귀족의 아들이고, 이 사람과는 친구 사이입니다. 그런데 당신은?"

"나는 협동조합에 근무하고 있습니다만, 상인 셀로파예프 심부름으로 왔습니다. 볼일이 있어서요."

"이 의자에 앉으시오."

이렇게 말하고 라주미힌 자신은 반대쪽 탁자 다른 자리에 앉았다.

"아무튼 정신을 차렸으니 다행이군."

그는 라스콜니코프를 바라보면서 말을 이었다.

"벌써 나흘째나 아무것도 입에 대지 않았으니 말이야. 사실 말이지 차까지 스푼으로 떠 먹이는 형편이었으니. 나는 조시모프를 두 번이나 여기 데리고 왔었네. 조시모프를 기억하나? 면밀히 자네를 진찰하더니 아무렇지도 않다고 하더군. 뭔가 좀 뇌를 건드린 모양이라고 하면서, 하찮은 신경증이라는 거야. 영양 상태가 좋지 않아서, 즉 맥주와 생강이 부족해서 병이 났다지만, 뭐 괜찮아, 이제 저절로 낫는다니까. 조시모프는 참 훌륭한 의사야! 치료 솜씨가 대단해. 아니, 내 얘긴 이제 그만해야겠군."

그는 다시 조합원에게로 몸을 돌렸다.

"무슨 용무인지 말씀하실 수 없을까요? 미리 말해두지만, 로쟈, 이분의 사무실에서 사람이 온 것은 벌써 두 번째야. 먼젓번엔 이분이 아니라 다른 사람이었어. 나는 그 사람하고 여러 가지 이야기를 했지. 그때 여기 왔던 분은 누구죠?"

"그건 아마 사흘 전이죠, 분명히 그럴 겁니다. 그때는 알렉세이 세묘느이치가 왔을 겁니다. 역시 우리 조합에 근무하는 사람이죠."

"그런데 그분은 당신보다는 말이 좀 통할 것 같더군요. 어떻게 생각하시오?"

"그렇죠, 나보다는 훨씬 똑똑하죠."

"참 훌륭한 말씀이오. 어서 얘기를 계속하시오."

"실은 아파나시 이바노비치 바흐루신, 아마 자주 들으셨으리라 생각합니다만, 그분을 통하여 당신 어머님께서 발행한 어음이 우리 사무실에 와 있습니다."

조합원은 직접 라스콜니코프를 향해 말하기 시작했다.

"그래서 당신이 의식을 회복하면 35루블을 내드리게 되어 있어요. 즉 어머님께서 발행한 어음에 대해서 세묜 세묘느이치가 아파나시 이바노비치에게서 전과 같은 방법으로 통지를 받은 거예요. 아시겠습니까?"

"예…… 기억하고 있습니다…… 바흐루신……."

라스콜니코프는 생각에 잠기는 표정으로 말했다.

"보세요, 상인 바흐루신을 다 아는군요!" 하고 라주미힌은 소리쳤다.

"이래도 정신이 없다고 할 수 있겠소? 하긴 이제야 알겠지만, 당신 역시 이해성이 많은 분이군요. 아니, 이거 미안! 현명한 사람의 얘기는 듣기만 해도 기분이 좋다니까요."

"바로 그분, 바흐루신 씨, 아파나시 이바노비치 말입니다. 그분이 댁의 자당 부탁으로 전에도 한 번 이런 식으로 송금을 하셨는데, 이번에도 거절하시지 않고 엊그제 세묜 세묘느이치에게로, 35루블을 전해주면 고맙겠다는 통지를 보내왔군요."

"'고맙겠다'는 말씀이 걸작이군. '댁의 자당'도 나쁘진 않아. 그런데 당신 의견은 어때요, 이 사람은 완전히 정신이 든 것 같소, 안 든 것 같소?"

"내 의견 같은 게 무슨 소용입니까? 나는 그저 영수증만 받아 가면 되니까요."

"몇 자 긁적거릴 수는 있겠지! 뭐 장부라도 갖고 오셨소?"

"예, 여기 장부가 있습니다."

"이리 주시오. 자, 로쟈, 일어나게, 내가 부축해줄 테니. 라스콜니코프라고 한 자 갈겨주게. 자, 펜을 들어. 이봐, 지금 우리 처지에서 돈은 꿀보다도 더 단 거야."

"필요 없어."

펜을 밀어내면서 라스콜니코프는 말했다.

"뭐가 필요 없다는 거야?"

"서명 같은 건 안 하겠어."

"아니, 영수증을 안 쓰면 어떡하겠다는 거야?"

"필요 없어…… 돈은……."

"뭐? 돈이 필요 없다고! 여보게, 그런 헛소리하지 마, 내가 증인이야! 뭐 걱정할 건 없습니다. 그저 좀…… 아직도 꿈속을 헤매고 있는 모양입니다. 하긴 이 친구는 정신이 똑똑해도 이럴 때가 있습니다만…… 당신은 분별 있는 분이니까 어디 한번 나하고 둘이서 이 친구를 지도해봅시다. 뭐 어려울 것 없어요. 이 친구의 손을 붙잡고 움직이게 하는 거예요. 그러면 서명이 되는 거죠. 자, 해봅시다……."

"그렇지만…… 다음에 다시 오겠습니다."

"아니, 그러실 건 없어요. 당신은 분별이 있는 분이니까…… 자, 로쟈, 너무 손님을 오래 붙드는 게 아니야…… 보게나, 기다리고 계시잖나."

그는 정말로 라스콜니코프의 손을 잡아주려고 했다.

"괜찮아, 내가 할게……" 하고 라스콜니코프는 펜을 들고 장부에 서명을 했다. 조합원은 돈을 놓고 나가버렸다.

"됐어! 자, 이젠 뭘 좀 먹어야지?"

"먹고 싶군."

라스콜니코프는 대답했다.

"수프 있나?"

"어제 것이 있어요."

아까부터 죽 거기 서 있던 나스타시야가 대답했다.

"감자와 쌀가루를 넣은 건가?"

"네, 그래요."

"그런 줄 알았어. 그럼 수프를 가져와요. 그리고 차도 갖다 주고."

"그러죠."

라스콜니코프는 깊은 놀라움과 흐릿하고 무의미한 공포감을 느끼면서 모든 것을 바라보았다. 그는 침묵을 지키면서 앞으로 무슨 일이 일어나는가를 기다리기로 작정했다. '아무래도 의식을 잃은 것 같지는 않은데' 하고 그는 생각했다.

'이건 현실 같아⋯⋯.'

2분쯤 지나서 나스타시야가 수프를 가져왔고, 곧 다시 차도 가져오겠다고 말했다. 수프에는 숟가락 두 개, 접시 두 개, 그 밖의 소금 그릇, 후춧가루 병, 겨자 그릇 등의 부속 식기가 딸려 있었다. 이렇게 격식이 갖추어지기는 오랜만의 일이었다. 탁자보도 깨끗했다.

"이봐, 나스타슈쉬카, 주인아주머니한테 가서 맥주를 두 병쯤 얻어오면 고맙겠군. 한잔하고 싶어서 그래."

"정말 염치도 없군요!"

나스타시야는 중얼거리면서 맥주를 가지러 나갔다.

라스콜니코프는 긴장된 거친 눈초리로 계속 응시하고 있었다. 그사이에 라주미힌은 소파로 자리를 옮겨 그와 나란히 앉아서, 혼자 일어날 수 있는데도 곰처럼 우직하게 왼손으로 그의 머리를 받치고는, 오른손으로 숟가락을 들고 병자가 입을 데지 않도록 미리 몇 번이고 불어 식혀서 그의 입가로 수프를 가져갔다. 그러나 수프는 미적지근할 정도였다. 라스콜니코프는 허기진 듯이 한 숟갈을 받아 삼키더니 계속해서 두 숟갈, 세 숟갈을 먹었다. 그러나 몇 숟갈인가를 떠주고 나서 라주미힌은 갑자기 손을 멈추고, 이 이상은 조시모프와 상의한 뒤에 먹여야겠다고 말했다.

나스타시야가 맥주 두 병을 들고 들어왔다.

"차 마시고 싶은가?"

"마시고 싶군!"

"나스타시야, 차도 얼른 갖다 줘. 차는 의사 선생한테 물어보지 않아도 될 테니까. 아, 드디어 맥주가 왔군!"

라주미힌은 자기 의자로 옮겨 앉아 수프와 쇠고기 접시를 끌어당기더니, 마치 사흘이나 굶은 사람처럼 입맛을 다시며 먹기 시작했다.

"난 말이야, 로쟈, 요즈음 매일같이 여기서 이렇게 식사를 한다네."

쇠고기를 가득 틀어넣은 입이 허락하는 한에서 입을 우물거리며 그는 이렇게 말했다.

"이건 모두 파셴카가, 이 집 주인이 공급해주는 거야. 요즘 열렬히 내 비위를 맞춰주고 있어. 난 물론 특별히 주장하지도 않지만, 거절도 않지. 자, 나스타시야가 차를 가져왔군. 아주 날쌘 여자야! 나스첸카, 맥주 한잔 어때?"

"농담 좀 작작 하세요!"

"차는 어때?"

"차라면 마셔도 괜찮지만."

"따라 마셔. 아니, 잠깐만. 내가 손수 따라주지. 탁자에 와서 앉아."

그는 얼른 준비를 하고 우선 따른 후, 또 한 잔을 따르더니 자기의 식사는 젖혀놓고 다시 소파로 갔다. 그는 아까처럼 왼손으로 병자의 머리를 안고 살며시 쳐든 뒤에 열심히 후후 불며 숟가락으로 차를 떠먹여주었다. 마치 숟가락을 후후 부는 과정에 건강이 회복되는 데 가장 중요한 회생의 요점이 있기라도 한 듯이. 라스콜니코프는 남의 도움을 받지 않고도 소파에 일어나 앉을 수 있을 만한 힘은 충분히 있고 숟가락이나 찻잔을 들 만큼 손도 움직일 수 있을뿐더러 걸을 수도 있을 것이라고 느끼고 있었으나, 잠자코 거역하지 않기로 했다. 일종의 이상한, 거의 야수와도 같은 교활한 본능으로 잠시 어느 시기까지는 자기의 힘을 숨기고 필요에 따라서는 아직 의식이 분명하지 않은 듯이 꾸미면서, 그동안 주위 정세가 어떻게 되었는지 귀 기울여 탐지해내자는 생각이 문득 그의 머리에 떠오른 것이다. 그러나 그는 마음속의 혐오감을 억제할 수 없었다. 열 숟갈쯤 차를 마시자 그는 갑자기 머리를 가로저으며 차 숟갈을 밀어내고는 다시 베개 위에 쓰러졌다. 머리 밑에는 이제 베개가 제대로 놓여 있었다. 깨끗한 잇을 씌운 털 베개였다. 그는 이것도 이미 알아채고 머릿속에 넣어두었다.

"파셴카한테 말해야겠군, 오늘 당장 딸기잼을 보내달라고. 이 친구에게 마실 것을 만들어줘야겠어."

라주미힌은 자기 자리로 돌아가서 다시 수프와 맥주를 마시며 말했다.

"주인아주머니가 무엇 때문에 당신한테 딸기잼을 보내줘요?"

다섯 손가락을 편 손 위에 접시를 놓고 입에 넣은 설탕을 차로 녹여 마시면서 나스타시야는 이렇게 말했다.

"딸기잼은 가게에 가면 있는 거야. 로쟈, 사실 이번에 자네가 모르는 동안 굉장한 사건이 있었다네. 자네가 얌체처럼 주소도 가르쳐주지 않고 나한테서 달아났을 때, 나는 정말 화가 나서 견디지 못하겠더군. 그래서 자네를 찾아내어 혼을 내주려고 결심했지. 당장 그날부터 수색에 착수한 거야. 한없이 쏘다니며 찾고 또 찾았지! 나는 지금의 이 집을 깜빡 잊고 있었어. 하긴 처음부터 몰랐으니까 생각이 날 리가 없지. 그런데 자네의 이전 집 주소는 알고 있었어. 패치 우글로프 근처에 있는 하를라모프의 집이란 것만은 기억에 남아 있었거든. 그래서 나는 그 하를라모프의 집을 찾아다녔지. 나중에야 안 일이지만, 하를라모프가 아니라 부흐의 집이었단 말이야. 발음이란 까딱하면 틀리기가 쉬우니까! 그만 나는 약이 올라서 다음 날 또 헛걸음이라도 좋다는 생각으로 경찰 주소계를 찾아가봤지. 그랬더니 불과 2분 만에 자네 이름을 찾아주더군. 자네 이름이 거기 적혀 있더라니까."

"적혀 있다고?"

"그렇다니까. 그런데 코벨료프 장군이라는 사람은 나도 옆에서 보고 있었지만 끝내 못 찾아냈어. 아무튼 얘길 하자면 끝이 없지. 그런데 나는 여기 오자마자 자네에 관한 일들을 죄다 알아냈어. 죄다. 죄다 알게 됐단 말야. 알겠나? 그건 이 여자가 증인이지. 나는 니코짐 포미치와도 알게 되었고, 일리야 페트로비치도 소개받았지. 그리고 문지기와도, 이곳 경찰 기록계에서 일하는 자묘토프 씨, 즉 알렉산드르 그리고리예비치와도 사귀게 되고, 이 집 안주인 파셴카와도 알게 되었어. 이건 내 노력에 대한 월계관이야. 여기 이 여자도 알고 있지만……."

"잔뜩 사탕발림을 했거든요." 하고 능글맞게 웃으며 나스타시야가 중얼거렸다.

"그럼 차에 넣어 잡수시지, 나스타시야 니키포로브나."

"어머, 못하는 소리가 없군요!"

갑자기 나스타시야는 이렇게 외치면서 웃음을 터뜨렸다.

"나는 페트로바지 니키포로브나가 아니에요."

웃음을 거두며 그녀는 이렇게 덧붙였다.

"잘 알아 모시겠습니다. 그런데 여보게, 쓸데없는 말은 그만두기로 하고, 처음에 나는 이 지방의 모든 편견을 근절하기 위해 방방곡곡에 전파를 보내려 했네. 그런데 결국은 파셴카한테 지고 말았어. 난 말이야, 여보게, 그 여자가 그렇게…… 그렇게 멋진 여잔 줄은…… 꿈에도 생각 못했어. 자넨 어떻게 생각하나?"

라스콜니코프는 불안스러운 시선을 잠시도 그에게서 떼지 않았으나 여전히 침묵을 지킨 채, 계속해서 뚫어질 듯이 그를 지켜보았다.

"지나칠 정도로 근사하더군."

라주미힌은 상대방의 침묵에 아랑곳없이, 마치 상대방의 말에 맞장구라도 치는 듯한 어조로 말을 계속했다.

"아주 좋아, 모든 점에서."

"어머나, 무슨 사람이 저럴까!"

나스타시야가 또다시 외쳤다. 보건대 이런 대화는 그녀에게 말할 수 없는 행복감을 주는 모양이었다.

"그런데 한 가지 곤란한 것은, 자네가 처음부터 그 일을 제대로 처리하지 못했다는 거야. 그 여자에게는 그렇게 하는 게 아니었어. 정말 그 여자는 뭐랄까, 이상야릇한 성격의 소유자거든! 하지만 성격 따윈 나중으로 돌리기로 하고…… 다만 자네는 무엇 때문에, 예를 들면 그 여자가 자네한테 식사도 들여보내주지 않도록 만들었느냐 말야. 그리고 그다음은 또 뭐냐 말야? 자넨 돌았나? 어음 따위에 서명하다니! 그리고 또, 그 여자의 딸 나탈리아 예고로브나가 살아 있을 때 약속했던 혼담 얘기도 그렇지…… 나는 다 알고 있어! 하긴 그건 섬세한 마음결에 속하는 일이고, 그 면에선 나도 문외한이지만 말이야, 용서하게. 그런데 바보 같은 소리지만, 자넨 어떻게 생각하나? 실제로 프라스코비야 파블로브나*는 첫눈에 보기보다

---

* 안주인 파셴카의 정식 이름

196

그렇게 바보가 아닌 것 같은데 말이야, 안 그래?"

"그래⋯⋯."

라스콜니코프는 외면을 하면서도 이 얘기를 좀 더 계속 시키는 것이 유리하다는 생각에서 이렇게 중얼거렸다.

"그렇지?"

대답을 받아 자못 기쁜 듯이 라주미힌은 큰 소리를 질렀다.

"그렇다고 그다지 영리한 편도 못 되지만 말이야, 그렇지? 정말 이상야릇한 성격이야! 사실 솔직히 말해서 약간 어리둥절할 정도라니까⋯⋯ 그 여자는 아마 마흔은 되었을 거야, 자기는 서른여섯이라고 하지만. 하긴 그럴 만한 자격은 충분하지. 그러나 맹세코 말하지만, 나는 그 여자에 대해서 오히려 지적으로, 다만 형이상학적으로 판단하고 있네. 지금 우리 사이에는 자네의 그 대수학(代數學)과도 같은 굉장한 표징이 생기고 있단 말일세! 뭐가 뭔지 하나도 모르겠어! 아니, 이런 건 모두 시시한 얘기야. 단지 그 여자는 자네를 친척 취급할 필요가 없다는 걸 깨닫고는 갑자기 놀란 셈이지. 또한 자네는 자네대로 방구석에 틀어박힌 채 예전과 같은 관계로 되돌아갈 기색이 없단 말야. 그래서 그 여자는 자네를 여기서 쫓아내려고 생각한 거지. 벌써 오래전부터 그런 계획을 품고 있었지만 그 어음이 아까웠고, 게다가 자네 자신도 어머니가 갚아준다고 보증을 했으니 말이야⋯⋯."

"난 비열한 생각에서 그런 말을 한 거야⋯⋯ 어머니도 거의 거지꼴이 다 되었기에⋯⋯ 나는 이 하숙에 남아서⋯⋯ 그냥 얻어먹고 싶은 생각에서 거짓말을 한 거야" 하고 라스콜니코프는 큰 소리로 똑똑히 말했다.

"그렇지, 그건 잘한 일이었어. 그런데 문제는 7등관 체바로프 씨가 불쑥 등장한 것이지. 그 사내만 없었더라면 파셴카는 아마 아무 생각도 못 했을 거야. 말할 수 없이 수줍은 여자니까. 그러나 그 수완가는 수줍음하고는 거리가 머니까 우선 이 어음을 살릴 가망이 있느냐 없느냐 하는 문제를 제기했지. 그런데 그 대답은 희망이 있다는 거야. 왜냐하면 자네한텐 어머니가 계셔서 비록 자기는 못 먹더라도 귀여운 로젠카에게만은 125루블이라는 연금에서 변통하여 구해줄 테고, 또한 오빠를 위해서는 몸을 팔아도 좋다고 하는 누이동생이 있기 때문이지. 그자도 이 점을 노린 거야…… 자네 왜 그렇게 안절부절못하나? 난 말이야, 이젠 자네의 비밀을 속속들이 다 알고 있네. 자네가 파셴카와 아직 친척같이 지내고 있을 때 신세타령을 한 것이 탈이었어. 지금 나는 자네를 사랑하기 때문에 말하는 건데…… 다름 아니라…… 정직하고 다감한 인간은 저도 모르게 곧잘 속이야기를 털어놓지만 수완가는 언제나 그것을 잘 들어두었다가 미끼로 삼는단 말이야. 그리고 마지막엔 통째로 삼켜버리지. 그래서 그 여자는 돈을 받은 것처럼 해서 체바로프에게 어음을 양도한 거야. 그러자 그자는 정식 수속을 밟아 돈을 청구했지. 우물쭈물할 위인은 아니니까. 나는 그 내막을 알고, 양심을 좀 깨끗하게 해주기 위해서 이 사내에게 전파를 방사하려고 생각했지. 그런데 마침 그때 나하고 파셴카 사이에 일종의 타협이 이루어졌으므로, 나는 자네가 지불할 것이라고 보증을 하고 이 사건이 더 커지기 전에 깨끗이 취하시키라고 그 여자에게 명령했지. 이봐, 난 자네를 보증했단 말이야, 알겠나? 그래서 체바로프를 불러 10루블을 던져주고는 어음을 도로 찾아왔지. 자, 이렇게 삼가 자네에게 바치는 영광을 갖는 바네. 이건 구두 약속만으로도 자넬 신용한다는 뜻이야. 자, 받아두게. 적당히 찢어두었으니까."

라주미힌은 차용증서를 탁자 위에 놓았다. 그러나 라스콜니코프는 흘긋 그것을 보고, 한마디 말도 없이 벽 쪽으로 돌아눕고 말았다. 라주미힌도 거기에는 은근히 화가 날 지경이었다.

"아무래도."

1분쯤 지나서 그는 말했다.

"나는 또 바보짓을 했는가 보군. 실컷 수다를 떨어 자네 마음을 풀어주고 위로해주려고 한 것이 오히려 자네 신경을 건드린 모양이야."

"내가 열에 시달릴 때 자네를 알아보지 못하던가?"

역시 1분쯤 잠자코 있던 라스콜니코프가 얼굴을 돌리지 않은 채 이렇게 물었다.

"못하더군. 도리어 미친 듯이 화를 내기까지 했으니까. 특히 내가 한번 자묘토프를 데리고 왔을 때는 더했었지."

"자묘토프를? 경찰서의 기록계원 말인가…… 무엇 때문에?"

라스콜니코프는 홱 얼굴을 돌려 라주미힌을 뚫어지게 보았다.

"아니, 자네 왜 그래…… 왜 그렇게 놀라는 거야? 자네와 사귀고 싶어하더군, 그 사내가 말이야. 나하고 여러 가지로 자네 얘기를 했기 때문이지…… 그렇지 않고서야 누구한테서 자네 일을 이렇게 상세히 알 수 있었겠나? 여보게, 그자는 참 좋은 사내야, 훌륭한 인간이야…… 물론 그 범위 내에서이긴 하지만. 지금 우리는 친구가 되어 거의 매일같이 만나고 있네. 그래서 나는 이 구역으로 이사까지 했지. 자넨 아직 모르지? 바로 며칠 전에 이사를 했어. 루이자한테도 그 사내와 두어 번쯤 갔었지. 루이자를 기억하겠나, 루이자 이바노브나를?"

"내가 헛소릴 하던가?"

"하고말고! 제정신이 아니었으니까."

"무슨 소릴 했지?"

"뭐! 무슨 소릴 했느냐고? 무슨 소린지 뻔하지 뭐야…… 자, 이제 시간 낭비 그만하고 용건이나 마쳐."

그는 의자에서 일어나 모자를 집으려 했다.

"무슨 헛소릴 했어?"

"왜 자꾸 그런 소리만 하지! 아니, 무슨 비밀이 있기에 그렇게 떠는 거야? 걱정하지 마, 백작 부인 얘긴 전혀 안 했으니까. 단지 어느 집 불도그가 어떻다느니, 귀고리가 어떻다느니, 쇠사슬이 어떻다느니 하는 따위지. 그리고 크레스토프스키 섬이니, 어느 집 문지기니, 니코짐 포미치니, 서장 보좌관 일리야 페트로비치니 하며 여러 말을 지껄이더군. 아, 그리고 또 자네 양말이 몹시 걱정되는 모양이더군, 몹시 말이야! 그야말로 애원하듯이 양말을 줘, 양말을 줘, 그저 그 말만 되풀이하는 거야. 그래서 자묘토프가 구석구석을 뒤져 겨우 찾아내서는, 향수로 씻고 반지를 몇 개씩 낀 손으로 다 떨어진 그 누더기를 자네에게 주었지. 그제야 안심이 되는지 꼬박 하루 밤낮이나 그 양말을 두 손으로 꼭 쥐고 있더군. 빼앗을 수도 없을 정도였어. 아마 지금도 어디 담요에 있을 걸세. 그다음에 또 바짓가랑이 조각을 조르기 시작하더군. 눈물을 흘리다시피 하면서 말이야! 우린 자꾸 물으며 찾아보았지만, 도대체 무슨 헝겊 조각인지를 알 수가 있어야지. 자, 그럼 이제 시작해볼까! 여기 35루블이 있는데, 10루블만 가지고 가네. 두 시간쯤 지나 계산서를 가져오지. 그동안 조시모프에게도 알려두고. 아니, 벌써 그자가 올 시간이 지났는데…… 11시가 지났으니 말이야. 이봐, 나스첸카, 내가 없는 동안 자주 좀 돌봐줘요. 파셴카에겐 내가 직접 필요한 말을 해둘 테니까. 그럼 실례!"

"흥, 파셴카라니! 어쩌면 저렇게 뻔뻔스러울까!"

나스타시야는 그의 등에 대고 말했다. 그리고 문을 열고 귀를 기울이더니 참지 못하고 자기도 아래층으로 달려 내려갔다. 그녀는 라주미힌이 아래층에서 아주머니와 무슨 얘기를 하는지 알고 싶어 견딜 수가 없었던 것이다. 보건대 그녀는 라주미힌에게 홀딱 반한 모양이었다.

그녀가 나가고 문이 닫히자마자, 병자는 담요를 걷어차고 미친 듯이 자리에서 벌떡 일어났다. 그는 타는 듯한 경련과도 같은 초조감을 느끼면서 한시라도 빨리 두 사람이 나가서, 그사이에 일에 착수할 기회가 오기를 기다렸던 것이다. 그런데 무엇을 할 것인지, 어떤 일을 할 것인지 마치 일부러 잊어버리기라도 한 듯이 영 생각이 나지 않았다.

'오오, 하느님, 단 한마디만이라도 해주십시오. 그들은 이미 모든 것을 알고 있는지, 그렇잖으면 아직 모르는지? 만약 죄다 알고 있으면서도 모르는 체하고 내가 잠잘 동안 실컷 나를 놀려두고는 이제 느닷없이 나타나서, 벌써 죄다 아는 일인데 그저 모르는 체했을 뿐이다…… 이렇게 말하면 어떡하지…… 이제부터 어떻게 하면 좋을까? 갑자기 잊어버렸어. 마치 일부러 잊기라도 한 듯이, 갑자기 잊어버렸구나, 조금 전까지도 알고 있었는데…….'

그는 방 한가운데 선 채 괴로운 의혹에 싸여 주위를 둘러보았다. 이윽고 문께로 다가가서 문을 열고 가만히 귀를 기울였으나, 그것도 아니었다. 그러다가 문득 생각난 듯이 벽지가 뚫려 있는 구석으로 달려가서 열심히 살펴보고 손을 넣어 찾아보기도 했으나 역시 그것도 아니었다. 그는 난롯가로 가서 난로 문을 열고 재 속을 뒤져보았다. 그러자 바지 끝 조각과 찢어낸 호주머니 조각이 그때 집어넣은 채로 뒹굴고 있었다. 그러고 보면 아직 아무도 여기를 보지 못한 것이 분명하다. 그때 문득 그는 조금 전에 라주미힌이 말해준 양말이 생각났다. 과연 양말은 소파 위 이불 밑에 뒹굴고 있었다. 그러나 그 뒤로 몹시 구겨지고 더러워져서 자묘토프라 해도 아무 것도 알아내지는 못했을 것임에 틀림없었다.

'뭐, 자묘토프! …… 경찰! …… 그런데 무엇 때문에 나를 경찰에서 부를까? 소환장은 어디 있지? 아, 그렇지, 나는 혼동하고 있었구나…… 내가 호출당한 건 그때였지! 그때도 나는 양말을 조사했었다. 그러나 지금은…… 지금 나는 병을 앓고 있는 거다. 그건 그렇고, 자묘토프는 무슨 일로 왔을까? 라주미힌은 무엇 때문에 그자를 데려온 걸까?'

그는 다시 소파에 앉으면서 힘없이 중얼거렸다.

'도대체 어떻게 된 걸까? 아직도 열에 들떠 헛소리를 하고 있는 걸까? 아니면, 이게 현실일까? 아무래도 현실인 것 같다…… 아, 생각났다. 도망쳐야 한다! 빨리 도망쳐야 한다. 무조건 도망쳐야 한다! 그렇다…… 그러나 어디로 가지? 내 옷은 어디 있지? 구두도 없다! 치워버렸구나…… 감췄어! 이제 알겠다! 아, 저기 외투가 있다. 빠뜨렸구나! 저런, 책상 위에 돈도 있네, 고맙지 뭐야! 여기 어음도 있고…… 이 돈을 가지고 도망치자. 그리고 다른 곳에 방을 빌리자. 그러면 그놈들도 찾아내지 못할 게다…… 하지만 주소계라는 게 있지? 또 찾아내겠군! 찾아내고 말 거야. 차라리 아주 도망쳐버릴까…… 아주 먼 곳으로…… 미국으로라도, 그러면 그놈들도 닭 쫓던 개 격이 될걸! 어음도 가지고 가자…… 거기서 소용이 될지 모르니까. 그리고 또 무엇을 가지고 가지? 놈들은 내가 앓는다고 생각하고 있다! 내가 걸을 수 있는 걸 그놈들은 모르고 있어. 헤, 헤, 헤! …… 난 눈치챘어, 놈들은 죄다 알고 있는 거야! 층계만 빠져나가면 되는데! 그러나 밑에 문지기나 순경이 서 있으면? 아니, 이건 뭐야, 찬가! 아, 여기 맥주도 남아 있군, 반병쯤, 차가운데!'

그는 아직 한 컵쯤 남아 있는 맥주병을 집어 들고 마치 가슴속의 불을 끄기라도 하듯이 기분 좋게 단숨에 들이켰다. 그러나 1분도 지나기 전에 어느새 맥주 기운이 작용하여 가벼운, 오히려 유쾌한 오한이 등골을 스쳐 갔다. 그는 드러누워 이불을 뒤집어썼다. 그러지 않아도 병적인, 걷잡을 수 없는 그의 머리는 갈수록 더 혼잡해져갈 뿐이었다. 그러나 이윽고 기분 좋은 잠이 그를 감싸버렸다. 그는 흐뭇한 기분에 싸인 채 머리를 움직여 편하게 베개를 벤 다음, 여태까지의 누더기 외투 대신 어느새 자기 몸 위에 걸쳐 있는 부드러운 솜이불을 덮고는 조용히 한숨을 쉬고 곧 깊은 잠에 빠졌다. 치유의 힘을 가진 잠이었다.

누군가 들어오는 소리를 듣고 그는 잠에서 깨어났다. 눈을 떠보니, 라주미힌이 문을 활짝 열어젖힌 채 들어올까 말까 망설이며 문턱에 서 있었다. 라스콜니코프는 소파에서 벌떡 일어나 무엇인가를 상기하려고 애쓰는 듯이 그의 얼굴을 쳐다보았다.

"아니, 자는 게 아니었군, 나야, 나! 나스타시야, 꾸러미를 이리 가져와요!"

라주미힌은 아래층을 향해 외쳤다.

"지금 곧 계산서를 줄게……."

"몇 시나 됐지?"

불안한 듯 주위를 둘러보며 라스콜니코프는 물었다.

"꽤 잤군그래. 밖은 벌써 저녁이야. 아마 6시 가까울걸. 여섯 시간 이상이나 잔 셈이군……."

"큰일인데! 이게 무슨 꼴이람!"

"뭐가 어쨌다는 거야! 잘했지 뭐! 어디 갈 데라도 있나? 데이트라도 할 작정인가? 이제 겨우 우리만의 시간이 되지 않았느냐 말이야. 나는 벌써 세 시간이나 기다렸다네. 두 번이나 와봤지만 자네는 자고 있더군. 조시모프한테도 두 번이나 가봤지만 두 번 다 없더군! 그러나 괜찮아, 이제 올 테지…… 무슨 볼일이 있어 나갔다니까. 나는 오늘 이사를 했네, 백부님과 함께 말이야. 지금 백부님이 와 계시거든…… 자, 그럼 용무부터 마칠까! 꾸러미를 이리 줘, 나스첸카. 자, 우리…… 그런데 기분은 어때?"

"난 건강해, 병이 아니야…… 라주미힌, 자네 여기 온 지 오래되었나?"

"세 시간이나 기다렸다고 말했잖아."

"그게 아니고, 그전 말이야."

"뭐라고? 그전이라니?"

"언제부터 이 집에 드나들었느냐 말이야?"

"그건 아까 자네한테 죄다 말했는데 벌써 다 잊었나?"

라스콜니코프는 생각에 잠겼다. 아까의 일이 꿈처럼 그의 머리를 스쳤다. 그러나 혼자서는 생각해낼 수가 없어서 그는 물어보듯이 라주미힌을 바라보았다.

"음!" 하고 라주미힌이 입을 열었다.

"잊어버렸군! 하긴 아까도 자넨 아무래도 제정신이 아닌 것 같았어…… 그러나 지금은 한잠 푹 자고 나서 많이 좋아졌군…… 아니, 정말 좋아진 것 같아. 됐어! 자, 그럼 용건으로 들어갈까! 뭐, 이제 곧 생각날 걸세. 자, 이걸 좀 봐, 여보게."

그는 꾸러미를 풀기 시작했다. 보건대 그는 그 꾸러미에 큰 흥미를 가지고 있는 것 같았다.

"이건 말이야, 여보게, 특히 내 맘속에 항상 품고 있던 거야. 자네를 한 사람의 인간으로 만들어주고 싶었던 거지. 자, 시작하세, 위에서부터 시작해야지. 어때, 이 모자가 보이나?" 하고 꾸러미 속에서 꽤 깨끗한, 그러나 동시에 평범하기 그지없는 싸구려 모자를 꺼내면서 그는 말했다. "어디 한번 써봐."

"이따가, 나중에."

귀찮다는 듯이 손을 내저으면서 라스콜니코프는 말했다.

"그러지 마, 로쟈, 제발 내 말 좀 듣게, 나중엔 늦을 거야. 게다가 치수를 재지 않고 짐작으로 사왔으니 난 오늘 밤 한잠도 못 잘 걸세. 야, 꼭 맞는군!"

그는 모자를 씌워보고 이것 보라는 듯이 외쳤다.

"안성맞춤이야. 머리 장식이라는 것은 여보게, 복장 중에서도 제일 중요한 부분이거든, 일종의 소개장과도 같은 것이지. 내 친구 톨스챠코프라는 놈은 언제나 공개 좌석에 나갈 때마다 다른 사람들은 모자를 쓰고 있는데 자기 혼자만 벗곤 했어. 모두 노예근성 탓이라고들 생각했지만, 그는 단지 새 둥지 같은 모자가 창피해서 그랬을 뿐이야. 아무튼 굉장히 수줍은 친구거든! 그런데 참, 나스첸카, 여기 모자가 두 개 있는데, 어느 것이 좋다고 생각하나? 이 팔메르스톤인가(하고 그는 한쪽 구석에서 라스콜니코프의 쭈그러진 둥근 모자를 끄집어냈다. 그는 왜 그런지 그것을 팔메르스톤이라고 불렀다), 아니면 이 보배 같은 물건인가? 로쟈, 한번 값을 맞혀보게, 얼마나 줬겠는가? 나스타슈쉬카는?"

상대가 가만히 있는 것을 보자 그는 나스타시야에게로 몸을 돌렸다.

"아마 20코페이카쯤은 줬겠죠."

나스타시야가 대답했다.

"20코페이카? 바보 같으니!"

그는 화내며 소리쳤다.

"지금 세상에 20코페이카론 너 같은 것도 못 살 게다. 80코페이카야! 그것도 약간 쓰던 거니까 그렇단 말이야. 하긴 조건부지만. 그것을 못 쓰게 되면 내년에 딴 것을 거저 준다는 조건이지, 정말이야. 자, 이번엔 미합중국에 착수해보세, 중학 시절에 우린 곧잘 이렇게 말했지. 미리 말해두지만, 이 바지는 내 자랑거리야."

그는 가벼운 여름 모직으로 만든 회색 바지를 라스콜니코프 앞에 펴보였다.

"구멍도 없거니와 얼룩 한 점 없어. 중고품이라곤 하지만 꽤 입을 만하지…… 그리고 조끼, 유행이 요구하는 대로 같은 색이야. 중고품이라는 건, 실제로 입을 때는 오히려 더 편하거든, 부드럽고 날씬해서 말이야…… 그런데 로쟈, 사회에 나가 성공하려면 내 생각에 항상 계절에만 주의하면 충분하다고 봐. 정월에 아스파라거스를 찾지만 않는다면, 언제나 몇 루블쯤 돈은 지갑에 남아 있게 마련이지. 옷을 사는 데도 그렇거든, 지금은 여름철이니까 나도 여름 것을 산 거야. 왜냐하면 가을이 되면 계절은 좀 더

따뜻한 천을 요구하니까 이런 것은 버리지 않으면 안 되지…… 게다가 그때가 되면 이런 것은 절로 해지고 말 걸세. 사치욕의 증가 때문이 아니라 내적인 부조화 때문에 그렇게 되는 거야. 자, 값을 맞혀봐! 자네 눈엔 얼마나 돼 보이나? …… 2루블 25코페이카야! 잘 기억해두게, 이것도 같은 조건이니까. 이게 다 해지면 내년에 다른 것을 거저 얻기로 했거든! 페쟈예프의 가게는 그런 방식으로 장사를 하지. 한 번 돈을 내면, 평생 그것으로 그만이야. 하긴 산 사람도 두 번 다시 가지 않을 테니 말이야. 자, 이번엔 구두야. …… 어때? 고물이라는 건 금방 알 수 있지만, 아직 두 달쯤은 문제없이 신을 수 있네. 이래 봬도 외국 제품이고, 재료도 외국 것이야. 영국 대사관 서기관이 지난주에 고물 시장에 내놓은 거라더군. 엿새밖에 안 신었는데 무척 돈이 아쉬웠나 봐. 값은 1루블 50코페이카, 잘 샀지?"

"그렇지만 발에 안 맞을지 모르잖아요!"

나스타시야가 참견했다.

"안 맞는다고? 그럼 이건 뭔데?"

그는 호주머니에서 낡아빠져 온통 구멍투성이인 데다가 흙이 잔뜩 말라붙은 라스콜니코프의 구두 한 짝을 꺼냈다.

"난 다 준비해 갔지. 이 귀신 딱지 같은 것으로 치수를 잰 거야. 나는 모든 일에 성의를 다했어. 셔츠가 세 벌인데, 리넨 천이지만 유행 깃이 달려 있어. 그러니까 모자가 80코페이카, 옷이 2루블 25코페이카, 합계 3루블 5코페이카, 그리고 구두가 1루블 50코페이카…… 이건 아주 물건이 좋으니까. 합계가 4루블 55코페이카. 그리고 셔츠가 5루블, 흥정을 잘해서 값을 깎았어. 그래서 총합계 9루블 55코페이카야. 거스름이 45코페이카인데 모두 5코페이카짜리 동전이네. 자, 받게. 이제 자네도 의관을 다 갖춘 셈이군. 외투만은 내가 보기에도 자네 것이 아직 입을 만할뿐더러 독특한 기품이 있거든. 샤르메르 같은 데다 주문하면 굉장한 값일 거야! 양말이나 그 밖의 것에 대해서는 자네에게 일임하겠네. 돈은 아직 25루블 남아 있어. 파센카나 하숙비에 대해서도 걱정할 건 없어. 아까도 말했지만 무한한 신용이 있으니까. 자, 그럼 셔츠를 갈아입게. 병이란 놈이 바로 그 셔츠 속에 숨어 있는지도 모르니까."

"그만둬! 싫어!"

라주미힌의 의류 수집에 관한 신 나는 농담조의 보고를 혐오의 빛을 띤 채 듣고 있던 라스콜니코프는 귀찮은 듯이 손을 내저었다……

"자네 그러면 안 되네. 그럼 나는 무엇 때문에 발이 닳도록 쏘다녔단 말인가!" 하고 라주미힌은 굽히지 않았다.

"나스타슈쉬카, 뭐 부끄러워할 건 없어, 좀 도와줘, 자, 어서."

라스콜니코프가 저항하는데도 그는 셔츠를 갈아입혔다. 라스콜니코프는 베개에 쓰러진 채 2분쯤 아무 말이 없었다.

'아직 오랫동안 들러붙어 있을 모양이군!' 하고 그는 속으로 생각했다.

"무슨 돈으로 이 물건들을 다 샀나?"

마침내 그는 벽을 향한 채로 물었다.

"무슨 돈이라니? 기가 막혀서! 자네 돈이지 뭐야. 아까 조합에서 왔었잖아, 바흐루신을 통해서 어머니가 보낸 거야. 아니, 그런 것까지 다 잊어버렸나?"

"이제 생각나는군……"

한참 동안 침울한 생각 끝에 라스콜니코프는 이렇게 말했다. 라주미힌은 미간을 찌푸리고 근심 어린 표정으로 그를 바라보았다.

문이 열리더니 훤칠한 키에 다부진 몸매의 사나이가 들어왔다. 라스콜니코프와도 어느 정도 안면이 있어 보였다.

"조시모프! 드디어 왔군."

라주미힌은 기쁜 듯이 소리쳤다.

4

조시모프는 키가 큰 지방질 사내였는데, 좀 부은 듯한 윤기 없는 창백한 얼굴에는 말쑥이 면도질이 돼 있었다. 매끈하고 부드러운 아마 빛 머리칼에 안경을 쓰고, 지방으로 살쪄 보이는 손가락에는 커다란 금반지를 끼고 있었다. 나이는 스물일곱쯤 되어 보였다. 그는 느긋하고 멋진 엷은 외투와 연한 빛깔의 여름 바지를 입고 있었다. 대체로 그의 몸에 지닌 것은 모두가 느긋하고 멋지며, 갓 만든 것뿐이었다. 속옷도 더할 수 없이 좋은 것이고, 시곗줄도 묵직했다. 거동도 여유가 있어 좀 느려 보였지만, 동시에 일부러 거드름을 피우는 것 같기도 했다. 그러나 오만한 성품은 애써 감추려고 하는데도 끊임없이 나타나곤 했다. 그를 알고 있는 사람이라면 누구든지 그를 까다롭다고들 말하지만, 자기 일에는 밝다는 평판이었다.

"난 말이야, 자네 집에 두 번이나 들렀었네…… 자, 보게, 겨우 정신이 들었어!"

라주미힌은 큰 소리로 말했다.

"알겠네, 알겠어. 그래, 기분은 어떠시오?"

조시모프는 유심히 상대방의 얼굴을 들여다보면서, 그리고 병자의 발치 쪽 소파에 앉은 다음 되도록 자세를 편하게 잡으면서 라스콜니코프에게 물었다.

"자꾸 침울해서 탈이야" 하고 라주미힌은 말을 이었다.

"지금 막 셔츠를 갈아입혔는데, 글쎄 하마터면 울음을 터뜨릴 뻔했다니까."

"그럴 테지, 본인이 싫다면 셔츠 같은 건 나중에 입혀도 괜찮은 건데…… 맥은 정상이군, 머리는 아직 좀 아픕니까, 네?"

"나는 건강해, 난 완전히 건강하단 말이야!"

라스콜니코프는 소파에서 벌떡 일어나더니 눈알을 번뜩이며 완고하게 발작적으로 내뱉었으나, 다시 곧 베개 위에 쓰러져 벽 쪽으로 돌아눕고 말았다.

"네, 썩 좋습니다…… 모든 것이 순조로워요."

그는 힘없이 말했다.

"뭘 좀 들었나요?"

여러 가지 이야기가 오가고, 무엇을 주어야 좋은지 의논들을 했다.

"이젠 뭣이든 줘도 좋아…… 수프도 좋고, 차도 좋고…… 물론 버섯이나 오이 같은 건 아직 안 되지만, 그리고 쇠고기도 역시 안 먹는 게 좋겠군. 이젠 조금도 근심할 필요 없어!"

그는 라주미힌을 뒤돌아보았다.

"물약도 필요 없고, 아무것도 필요 없어. 그럼 내일 또 오겠네…… 오늘 다시 와도 좋지만…… 글쎄……."

"내일 저녁에 이 친구를 데리고 산책을 나갈 참이야!"

라주미힌은 제멋대로 정해버렸다.

"유스포프 공원으로, 그리고 수정궁에도 들를 생각이야."

"내일은 병자를 움직이지 않는 편이 좋겠지만, 그러나 약간 정도는…… 어쨌든 좀 더 두고 보세."

"그거 유감인걸. 오늘은 마침 이사 축하가 있단 말일세. 엎어지면 코 닿을 데야. 이 친구도 왔으면 했는데, 와서 소파에 누워만 있어도 좋겠는데 말이야! 자넨 물론 오겠지?"

라주미힌은 갑자기 조시모프를 보고 말했다.

"잊으면 안 되네, 알겠나, 약속했으니까."

"그렇게 하지. 좀 늦을지도 모르지만. 그래, 뭘 준비했나?"

"아니, 뭐 별로. 차, 보드카, 청어, 고기만두 정도지. 우리끼리만 모이는
거야."

"그럼 누구누구야?"

"모두 이곳 사람이니까 대개는 처음 보는 사람들뿐이지, 하긴 늙은 백
부님만은 예외지만. 아니, 그분도 역시 새 얼굴이겠군. 바로 어제 페테르
부르크에 오셨으니까. 5년에 한 번쯤 뵌다네."

"뭘 하시는 분인데?"

"평생토록 시골 우체국장을 지내고⋯⋯ 쥐꼬리만 한 연금을 받고 있는
예순다섯 살 늙은이야. 별로 말할 만한 인물은 못 돼⋯⋯ 그렇지만 난 좋
아하지. 그리고 포르피리 페트로비치도 올 거야. 이곳 예심판사이고⋯⋯
법률가인. 아마 자네도 알걸."

"그 사람도 자네 친척인가?"

"아주 먼 친척뻘이 돼. 자네 왜 얼굴을 찡그리나? 그 사람과 한 번 다툰
일이 있기 때문인가? 그럼 자넨 오지 않겠군?"

"그까짓 녀석은 조금도 개의치 않아⋯⋯."

"그거 다행이군. 그리고 그 밖에는 대학 친구들, 교사와 관리가 각각
한 사람, 음악가 한 사람, 장교 한 사람, 그리고 자묘토프⋯⋯."

"근데 한 가지 묻겠는데 말이야, 자네나 이 사람이나" 하고 조시모프는
라스콜니코프를 턱으로 가리켰다.

"그 자묘토프 같은 사내하고 무슨 공통점이 있나?"

"정말 까다로운 친구로군! 주의, 원칙만 따지니 말야⋯⋯ 자넨 마치 태

엽처럼 원칙으로 감겨 있어서 자기 의지로는 몸 하나 움직이지 못하거든. 내 생각으론 사람만 좋으면 되는 거야, 이게 원칙이지. 그 이상 더 알려고 도 하지 않고. 자묘토프는 정말 근사한 사내야."

"사복(私腹)만 채우고 있어."

"사복을 채우든 말든 우리가 무슨 상관이야! 도대체 사복을 채우기로 서니 그게 어떻단 말인가?" 하고 라주미힌은 버럭 소리를 질렀으나, 그 표 정은 왜 그런지 부자연스러울 정도로 들떠 있었다.

"그가 사복 채우는 걸 내가 칭찬이라도 했단 말인가? 나는 그저 그가 나름대로 좋은 인간이라고 했을 뿐이야! 바른대로 말해서, 모든 점에서 다 좋은 사람이 몇이나 되겠나! 그래서 난 확신하지만, 그런 식으로 본다 면 나 따위는 오장육부를 다 내놔도 구운 양파 한 개 값어치가 고작일 거 야. 그것도 자네를 덤으로 붙여서 말이야!"

"그건 너무 적군. 나 같으면 자네한테 두 개 값쯤은 쳐주지……."

"그렇지만 자네에겐 하나밖에 안 쳐주겠어! 마음대로 말해보게! 자묘 토프는 아직 풋내기니까 난 그자의 머리털을 잡아당기려는 거야. 그런 사 내는 배척할 게 아니라 끌어당겨둘 필요가 있어. 인간이란 배척하는 것으 로 교정할 수는 없으니까. 특히 풋내기는 더하지. 풋내기엔 곱절의 신중함 이 필요해. 자네 같은 진보적인 우둔한 친구들은 아무것도 모른단 말이 야! 남을 존중하지 않고, 더구나 자신을 모욕하고 있거든…… 정말 듣고 싶다면 말해주겠네만, 실은 우리 두 사람 사이에는 어떤 공통적인 사건이 일어나고 있다네."

"그거 듣고 싶군."

"그건 그 칠장이, 페인트장이 사건인데…… 우린 반드시 그를 구해낼 거야! 게다가 이젠 장애가 될 만한 건 하나도 없어. 사태는 아주 명백하니 까! 우리가 조금만 더 뒤를 밀어주면 되는 거야."

"대체 그 칠장이라는 건 누구야?"

"아니, 자네한테 얘기하지 않았던가? 정말 안 했던가? 그렇지, 지금 처음으로 얘기를 시작했으니까…… 왜, 그 관리의 미망인으로 고리대금을 하던 할멈의 살인 사건 말이야…… 바로 그 사건에 칠장이가 걸려든 거야."

"아, 그 살인 사건이라면 내가 자네보다 먼저 들었네. 게다가 흥미까지 느끼고 있지…… 대단한 건 아니지만…… 한 가지 이유로…… 신문에서도 읽었지! 그래서……."

"글쎄, 리자베타까지 죽였다더군요!"

라스콜니코프를 보면서 나스타시야가 불쑥 이렇게 말했다. 그녀는 아까부터 죽 이 방에 남아서 문 옆에 몸을 기대고 얘기를 듣고 있었다.

"리자베타?"

들릴 듯 말 듯한 목소리로 라스콜니코프가 중얼거렸다.

"리자베타 말이에요, 헌 옷 파는, 당신 몰라요? 아래층에도 자주 왔었고, 당신 셔츠도 기워준 일이 있잖아요."

라스콜니코프는 다시 벽 쪽으로 돌아누웠다. 그러고는 흰 꽃무늬가 있는 더러워진 누런 벽지에서 다갈색 선으로 그려진 보기 흉한 흰 꽃을 한 송이 골라서, 꽃잎이 몇 개 있으며 꽃잎 생김새는 어떠하고, 꽃잎에는 줄이 몇 개 있는지를 자세히 관찰하기 시작했다. 그는 손발이 저려서 아주 마비된 것만 같았으나, 몸을 움직일 생각도 하지 않고 뚫어지게 꽃만 보았다.

"그래, 칠장이가 어쨌다는 건가?"

왜 그런지 몹시 못마땅한 얼굴로 조시모프는 나스타시야의 수다를 가로막았다. 그녀는 한숨을 짓고 입을 다물었다.

"결국 살인범이라는 혐의를 받은 거야!"

라주미힌은 열띤 어조로 말을 이었다.

"뭐 증거라도 있나?"

"증거는 무슨 증거야! 하긴 증거가 있다지만, 그 증거란 것이 증거가 못 되거든. 그것을 증명해야 한단 말이야! 그것은 처음에 경찰이 그들을…… 뭐라더라…… 코흐와 페스트랴코프, 그 두 사람을 체포해서 혐의를 씌운 것과 똑같은 수법이야. 쳇! 정말 어리석은 짓들만 하고 있거든. 남의 일이지만 속이 메스껍단 말이야! 페스트랴코프는 어쩌면 오늘 내게 들를지 몰라. 그건 그렇고, 로쟈, 자네도 이 사건을 알고 있겠지? 앓기 전의 일이니까, 그때 거기서도 그 얘기를 했을걸……."

조시모프는 호기심 어린 눈으로 라스콜니코프를 바라보았으나 그는 꼼짝도 하지 않았다.

"이봐, 라주미힌! 그러고 보니 자네도 퍽 남의 일에 참견하길 좋아하는 사내군" 하고 조시모프가 꼬집었다.

"그래도 좋아, 아무튼 구해내야 해!"

라주미힌은 주먹으로 탁자를 치면서 외쳤다.

"제일 화나는 게 뭔지 아나? 그건 그자들이 거짓말을 한다는 게 아니야. 거짓말쯤은 용서할 수도 있어. 거짓말은 사랑할 만한 거야. 왜냐하면 거짓말은 항상 진실로 이끄니까. 내가 무엇보다 분통이 터지는 것은, 놈들이 거짓말을 하면서 자기네 거짓말을 숭배하고 있다는 점이지. 나도 포르피리는 존경하고 있어. 그러나…… 예를 들어 경찰 놈들을 처음부터 당황하게 만든 것이 대체 뭔지 아나? 처음엔 문이 닫혀 있었다. 두 사람이 문지기를 데리고 오니까 열려 있었다. 그러니까 결국 코흐와 페스트랴코프가 죽였다! 바로 이게 그자들의 논리니 말이야."

"뭐, 그렇게 흥분할 건 없어. 그들은 잠시 구류를 당했을 뿐이야. 또 그렇게 하지 않을 수도 없는 일이니까…… 나도 그 코흐라는 사람을 만나봤어. 들어보니 그자는 그 노파한테서 기한이 넘은 저당물을 사들이고 있었더군! 그렇지?"

"그래, 그런 사기꾼 족속이지! 그자는 어음도 사들이고 있어. 보통 장사꾼이 아냐. 하지만 그런 놈은 아무래도 좋아! 대체 내가 무엇에 분개하고 있는지 자네 알겠나? 그 시대에 뒤떨어진, 저속한, 임시변통의 낡은 그들의 수법에 분개하고 있는 거야…… 이 사건 하나만 하더라도 전혀 새로운 길을 개척할 수 있을 텐데 말이야. 다만 심리적 자료만으로도 어떻게 해서 정확한 증거를 찾아내야 하는가를 증명할 수 있는 거야. '우리는 사실을 파악하고 있다!'라고 하지만 사실은 전부가 아니거든. 적어도 사건의 반은 사실을 어떻게 처리하는가 하는 그 수완에 달린 거야!"

"그럼 자네에겐 사실을 처리할 만한 수완이 있단 말인가?"

"물론이지, 사건 해결에 도움이 될 수 있다고 느끼면서, 적어도 촉감으로 그걸 느끼면서 잠자코 있을 수는 없지 않느냐 말이야! 이봐, 자넨 이 사건을 자세히 알고 있나?"

"그러니까 칠장이 얘기를 기다리고 있지 않나?"

"아, 참, 그렇지. 그럼 먼저 사건 경위를 들어보게. 범행이 있은 지 꼭 사흘째 되는 날 아침이었어. 경찰이 코호와 페스트랴코프를 붙잡고 한참 골머리를 앓고 있을 때, 하긴 두 사람 다 각자의 행동을 증명해서 무죄가 명백해졌을 텐데 말이야, 그때 갑자기 뜻밖의 사실이 드러났어. 다름 아니라 그 건물 맞은편에서 선술집을 내고 있는 농민 출신 두시킨이라는 사내가 경찰에 출두해서 금귀고리가 든 보석함을 내놓고, 마치 한 편의 소설 같은 얘기를 진술했단 말이야. '실은 그저께 저녁에, 아마 8시가 좀 지났을 겁니다.' 그 날짜와 시각, 잘 듣고 있나? '그날도 낮에 한 번 왔던 칠장이 미콜라이가 우리 가게에 금귀고리와 보석이 든 이 함을 가지고 와서, 이것을 담보로 2루블을 빌려달라는 거예요. 내가 어디서 얻은 거냐고 물

214

었더니, 길가에서 주웠다는 겁니다. 나도 더 캐묻지 않았지요'라고 두시킨은 말했어. '그래서 지폐 한 장을 주었습죠.' 즉 1루블을 주었단 말이지. '내가 안 맡더라도 다른 데로 가지고 가서 어차피 마셔버릴 것이 뻔하니까, 우선 물건은 잡아두는 게 좋겠다고 생각한 것입니다. 만약 이상한 사건이나 소문이 나면 곧 신고하면 되리라 생각했기 때문이죠.' 이건 물론 되는대로 지껄여대는 잠꼬대 같은 거짓말이지. 나는 그 두시킨이란 놈을 잘 알고 있네만, 그자도 물건을 잡고 돈놀이를 하고 있어서 장물 같은 걸 받아서 감춰두는 놈이거든. 그 30루블어치 귀금속도 미콜라이를 살살 꾀어 빼앗은 것이지, 절대 신고할 생각은 없었던 거야. 단지 겁이 났기 때문이겠지. 하지만 그런 건 아무래도 좋아, 그다음을 들어보게. 두시킨은 계속해서, '나는 그 미콜라이 제멘치예프를 어릴 적부터 잘 알고 있습니다. 같은 현(縣)의 자라이스키군(郡) 농민 출신이죠. 그러니까 우리는 다 같은 출신입니다. 미콜라이는 주정뱅이라고까지는 할 수 없어도, 곧잘 마시는 편이죠. 그런데 그놈이 그 집에서 미트레이와 함께 페인트칠을 하는 것은 우리도 잘 알고 있었습니다. 그 미트레이도 역시 같은 고향 사람이죠. 놈은 지폐를 받자 곧 그것을 바꿔서 단번에 두 잔을 마시고는 거스름돈을 집어가지고 나가버렸습니다. 그때 미트레이의 모습은 볼 수 없었어요. 그런데 그 이튿날, 알료나 이바노브나와 그 동생 리자베타 이바노브나가 도끼로 맞아 죽었다는 얘기를 들었습니다. 우리는 두 사람을 알고 있으므로 곧 그 귀고리가 수상하다고 느꼈어요. 죽은 노파가 물건을 잡고 돈놀이를 한다는 걸 알고 있었기 때문이죠. 그래서 나는 놈들의 집으로 가서 슬쩍 눈치채지 않게 알아보려고 했습니다. 먼저 미콜라이가 집에 있느냐고 물었습죠. 그런데 미트레이가 말하기를, 미콜라이는 놀아나기 시작해서 새벽녘에 취해 돌아왔으나 집에는 10분쯤 있었을 뿐 다시 나가버렸고, 그 뒤엔 미트레이도 그를 만날 수가 없어서 자기 혼자 일을 해치웠다는 겁니다. 일이라고 하는 것은, 살인이 난 방과 같은 층계로 통하는 2층 방입니다. 그때만 해도 나는 말만 들었을 뿐 아무에게도 말하지 않았습니다' 하고 말하는 거야. '그리고 살인 사건에 관해서는 되도록 자세히 사방에서 듣고 집으로 돌아왔습니다만, 여전히 수상쩍은 생각에는 변함이 없었습니다. 그런데 오늘 아침 8시경의 일입니다.' 즉 사흘째 되는 날이지, 알겠나? '글쎄, 미콜라이가 우리 집에 오지 않았겠어요. 술을 안 먹은 건 아니지만 그렇다고 많이 취한 것도 아니어서 얘기는 할 수 있었습니다. 의자에 앉았으나 잠자코 있더군요. 마침 그때 가게에는 그놈 말고 외부 손님이 한 사람, 그리고 다른 자리엔 또 한 사람 단골손님이 자고 있었고, 그 밖엔 우리 집 애가 둘 있을 뿐이었죠. 그래서 '미트레이를 만났나?' 하고 물었더니 '아니, 못 만났어' 하는 거예요. '일터에도 가지 않았나?' '가지 않았어, 그저께부터.' 이러는 거예요. '그럼 어디서 잤지?' '페스키의 하물선(荷物船)에서' 하더군요. '그런데 그 귀고리는 어디서 났나?' 하고 물으니까 '길에서 주웠어' 하고 말했는데, 왠지 퍽 어색한 듯이 내 얼굴을 보려고도 하지 않더군요. 그래서 나는 '자넨 그날 밤 그 시각에 그 층계 위의 방에서 이러한 일이 있었다는 얘기를 들었나?' 하고 묻자, '아니, 못 들었어' 하는데, 그 자신은 그 말을 들으면서 눈이 동그래지고 금방 얼굴빛이 백묵처럼 하애지더군요. 그래서 나는 얘기를 들려주면서 동정을 살피노라니까, 그놈은 모자를 집어 들고는 슬그머니 가려고 하는 거예요. 나는 그놈을 붙잡아두려는 생각에서 '이봐, 미콜라이, 한잔 안 하겠나?' 하면서 꼬마 놈들에게 문을 막고 있으라고 눈짓을 해놓고는 계산대에서 나오니까, 놈은 갑자기 가게에서 한길로 뛰쳐나가더니 쏜살같이 골목으로 달아나버렸습니다. 난 그저 그 뒷모습만 보았을 뿐이죠. 그래서 나는 의심이 들어맞았다고 결정한 것입니다. 그놈이 한 짓에 틀림이 없어요……'"

"물론 그럴 테지……" 하고 조시모프가 말했다.

"잠깐만! 끝까지 듣게! 그래서 물론 온 힘을 다해 미콜라이를 찾기 시작했어. 두시킨은 구류되고 가택수색을 당했지. 미트레이도 마찬가지야. 그리고 하물선의 패거리도 조사를 받았지. 이렇게 해서 그저께 겨우 미콜라이를 체포했어. ○○문 근처 여인숙에서 말이야. 놈은 그 집으로 가서 은십자가를 벗어 내놓고는 그것으로 한 잔 달라고 했다는 거야. 그래서 술을 주었지. 잠시 후 그 집 여편네가 외양간으로 가서 무심코 틈바구니로 들여다보니까, 놈이 옆의 헛간 대들보에 띠를 걸고 올가미를 만들어 거기에 목을 매려고 하더란 말이야. 주인마누라가 소스라치게 놀라 있는 소리를 다해 외쳐대니까 사람들이 모여들었어. '아니, 넌 대체 누구냐!' 하고 묻자 '나를 ○○경찰에 데려다 주시오, 죄다 고백하겠소'라고 했다는 거야. 그래서 수속을 밟아 경찰에, 즉 이 구역 경찰에 넘기게 되었지. 그다음 판에 박은 신문이 시작된 거야. 이름은, 직업은, 나이는? '스물두 살' 운운. '미트레이하고 일을 할 때 층계에서 본 사람은 없나, 이러이러한 시간에?' '그야 많은 사람이 지나갔겠죠만, 우린 주의해 보지 않았습니다.' '그럼 뭔가 이상한 소리는 못 들었나?' '별로 이상한 소리는 못 들었어요.' '그럼 미콜라이, 너는 그날 그 시각에 어느 미망인이 동생과 같이 살해되고 금품을 강탈당했다는 건 들었겠지?' '그건 전혀 몰랐습니다. 나는 사흘째 되는 날 아파나시 파블리치(두시킨)네 선술집에서 주인한테 처음으로 들었습니다.' '그럼 그 귀고리는 어디서 났지?' '길에서 주웠습니다.' '그다음 날 미트레이와 같이 일하러 가지 않은 이유는 뭐지?' '좀 노느라고 그랬어요.' '어디서 놀았어?' '이러이러한 데서요.' '왜 두시킨네 집에서 도망쳤지?' '그때는 왜 그런지 겁이 나더군요.' '왜 겁이 났어?' '재판소로 끌려갈 것 같아서요.' '자기에게 죄가 없다면 조금도 겁낼 건 없잖느냐 말이야?' 알겠나, 조시모프, 믿고 안 믿고는 자네 마음대로지만, 이렇게 질문을 하더라는 거야. 내가 한 것과 똑같은 말투로 말이야. 난 분명히 알고 있어, 정확히 전달을 받았으니까! 어때?"

"그러나 어쨌든 증거가 될 만한 건 있군그래."

"아니, 내가 말하는 건 증거가 아니라 신문에 대해서야. 그들이 사건의 본질을 얼마나 이해하고 있느냐 하는 점이지! 그러나 이런 건 아무래도 좋아! …… 그들은 미콜라이를 족치고 족쳐 드디어 자백을 얻었어. '실은 길에서 주운 것이 아니라, 미트레이와 둘이서 페인트칠을 하던 그 방에서 얻었습니다.' '어떻게 얻었어?' '예, 그건 이렇게 해서 얻었죠. 미트레이와 둘이서 하루 종일, 저녁 8시까지 일을 하고 돌아갈 준비를 하고 있는데 미트레이가 갑자기 솔을 붙잡고 내 얼굴에 페인트칠을 했어요. 내 얼굴에 페인트칠을 한 다음 도망쳐버려서 나는 그 뒤를 쫓아갔죠. 뒤쫓아 가면서 고래고래 소리를 질렀어요. 그런데 층계에서 문으로 나오는 곳에서 문지기와 나리들하고 맞부딪쳤어요, 나리들이 몇 분이나 계셨는지는 기억하지 못합니다. 그러자 문지기가 나를 막 나무랐습니다. 또 다른 문지기도 같이 야단을 쳤습니다. 거기에 또 문지기의 여편네까지 나와서 역시 나를 욕하는 거예요. 그러고 있는데 마나님을 데리고 들어오던 나리가 역시 우리를 나무라시더군요. 나와 미치카*가 길을 막고 뒹굴고 있었으니까요. 내가 미치카의 머리털을 움켜쥐어 넘어뜨리고 때리자 미치카는 미치카대로 밑에서 내 머리털을 쥐고는 때리는 거예요. 하지만 우리 두 사람은 진짜로 화난 것이 아니라, 사이가 좋기 때문에 장난삼아 한 거죠. 그러다가 미트레이가 나를 뿌리치고는 거리로 도망쳤기 때문에, 나는 또 그 뒤를 쫓아갔지만 붙들지를 못하고 혼자서 되돌아왔습니다. 뒤처리를 해야 했으니까요. 나는 뒤처리를 하면서 미트레이가 오기만을 기다리고 있는데, 방문 옆 한쪽 구석에서 이 함이 밟혔어요. 보니 종이에 싼 것이 떨어져 있더군요. 종

---

* 미트레이의 애칭

이를 풀고 보니 조그만 열쇠가 있기에 그 열쇠로 열어보니까 함 속에 귀고리가…….'"

"문 뒤에? 문 뒤에 있었나? 문 뒤에?"

갑자기 라스콜니코프가 겁을 먹은 멍청한 눈으로 라주미힌을 보면서 외쳤다. 그러고는 한 손을 짚으면서 소파 위에 일어나 앉았다.

"응…… 그런데 그게 어쨌다는 거야? 왜 그래? 아니, 왜 그래, 자네?" 라주미힌도 같이 자리에서 몸을 일으켰다.

"아무것도 아니야……."

라스콜니코프는 들릴락 말락 한 목소리로 이렇게 대답하고는 다시 베개에 쓰러져 벽 쪽으로 돌아누웠다. 잠시 말이 없었다.

"아마 졸다가 잠꼬대를 한 모양이군."

동의를 구하는 듯한 눈으로 조시모프의 얼굴을 보면서 드디어 라주미힌이 이렇게 말했다. 조시모프는 고개를 가볍게 가로저었다.

"자, 계속하게" 하고 조시모프는 말했다.

"그다음은 어떻게 됐지?"

"그다음은 말하나 마나지. 놈은 귀고리를 보자 방이고 미치카고 다 잊어버리고 모자를 집어 들고 두시킨한테 달려간 거야. 그리고 아까 말한 것처럼 길에서 주웠다고 거짓말을 하고는, 1루블을 받자 즉시 놀러 간 거야. 그런데 살인 사건에 관해서는 전과 똑같은 주장만 하고 있어. '그런 건 전혀 모릅니다. 사흘째 되던 날에야 들었으니까요.' '그럼 왜 지금까지 출두하질 않았어?' '겁이 나서요.' '그럼 왜 목을 매려고 했지?' '생각하기 지쳐서요.' '무슨 생각?' '재판에 끌려나갈 것만 같아서요.' 자, 이것이 자초지종의 전말이야. 그런데 말이야, 그자들이 도대체 어떤 결론을 내렸다고 생각하나?"

"생각할 게 뭐가 있나. 사건의 본질이야 어떻든 간에 증거가 있으니 말이야. 사실은 사실이지. 자네 마음대로 석방할 수는 없을걸?"

"하지만 그들은 그를 완전한 진범으로 취급하고 있단 말이야! 조금도 의심할 여지가 없다는 거지……."

"어리석은 말 말아. 자넨 흥분하고 있어. 그럼 귀고리는 어떻게 된 거란 말인가? 자네도 동의하겠지, 같은 날 같은 시각에 노파의 트렁크 속 귀고리가 미콜라이 손에 들어갔다는 것을. 그렇다면 어떤 방법으로든지 손에 넣을 만한 이유가 있지 않겠느냐 그 말이야, 그렇잖아? 그건 사건 심리에서 소홀히 다룰 만한 게 결코 아니야."

"어떻게 손에 넣었느냐고! 어떻게 손에 넣었느냐고?" 하고 라주미힌은 외쳤다.

"이봐, 의사 선생. 자네는 무엇보다도 먼저 인간을 연구해야 할 의무를 가지고 있지 않느냐 말이야. 그런 자네가 이만한 재료를 갖고도 미콜라이가 어떤 성격의 인간인지 모르겠나? 그의 진술이 언뜻 봐도 더없이 신성한 진실이란 걸 모르겠나? 그건 그가 말한 대로 손에 들어온 거야. 상자가 발에 밟혀 주워 올린 것뿐이라고!"

"더없이 신성한 진실이라고! 그러나 그 친구도 처음에는 거짓말을 했다고 자백하잖았나!"

"내 말 들어보게, 잘 들어봐. 문지기도, 코흐도, 페스트랴코프도, 또 다른 문지기도, 그리고 첫 문지기의 여편네도, 그때 손님으로 와서 문지기 방에 앉아 있던 여자도, 그때 마침 마차에서 내려 여자와 팔을 끼고 문을 들어오던 7등관 크류코프도, 누구나 다, 즉 여덟 사람 내지 열 사람의 증인이 모두 하나같이 미콜라이가 미트레이를 땅바닥에 쓰러뜨리고 그 위에 올라타서 때리니까, 이쪽도 그의 머리털을 움켜쥐고 상대를 때리고 있었다고 증언하고 있어. 두 사람은 길을 가로막고 뒹굴어서 통행인들에게 방해가 됐지. 결국 사방에서 욕을 얻어먹은 거야. 그런데 두 사람은 마치

220

'조그만 어린애들같이', 증인의 말을 문자 그대로 빌리자면 말이야, 엎치락뒤치락하면서 소리 지르고 때리고 큰 소리로 웃곤 했다는 거야. 그리고 애들같이 서로 쫓으면서 거리로 뛰어 나갔단 말일세. 알겠나? 그럼 여기서 좀 곰곰 생각해보게. 4층에는 아직 따뜻한 시체가 뒹굴고 있었단 말이야, 발견되었을 때는 여전히 온기가 있었으니까! 만약 그 두 사람이 사람을 죽이고, 미콜라이 한 사람만이 하수인이라 하더라도, 사람을 죽인 후 트렁크를 부수고 금품을 강탈했거나 또는 단지 강도를 도왔거나 했다면 말이야, 난 한 가지만 자네한테 질문하고 싶네. 도대체 지금 말한 바와 같은 심리 상태, 즉 외치고 웃고 문간에서 아이들처럼 맞붙어 싸우는 것이 도끼니, 피니, 간악하기 짝이 없는 계략이니, 세심한 주의니, 강탈이니 하는 것과 과연 일치할 수 있을까? 방금 사람을 죽이고 불과 5분이나 10분밖에 지나지 않았는데…… 그렇지 않나? 아직 시체가 따뜻했으니까…… 별안간 시체를 내버려두고 방문도 열어놓은 채, 게다가 지금 그쪽으로 사람들이 올라간 것을 알면서 훔친 것을 내버려두고 길 가운데서 아이들처럼 뒹굴고 깔깔거려 뭇사람의 주의를 끌 수 있겠나. 그리고 여기에 대해서는 증언이 일치하는 증인이 열 사람이나 있다고!"

"물론 이상해! 물론 불가능한 얘기지, 그러나……."

"아니, 그러나가 아니야. 만약 같은 날 같은 시각에 미콜라이의 손에 들어온 귀고리가 실제로 그에게 불리한 중대한 물적 증거가 된다고 한다면, 하긴 그 증거는 그의 진술을 통해 해명되고 있으니까 아직은 왈가왈부할 여지가 있지만, 아무튼 그렇다고 한다면 무죄를 증명할 만한 사실도 고려해야 하지 않을까? 더욱이 그것은 부정할 수 없는 사실이니까 더하지. 그런데 자네는 어떻게 생각하나? 우리나라 법률학 성질상 그러한 사실, 단순히 심리적 불가능성이라든가 정신 상태에 기초를 두고 있는 사실이 거부할 수 없는 사실로서 받아들여질 수 있을까? 그것이 어떤 것이라 하더라도 유죄를 긍정하는 일체의 물적 증거를 뒤집어엎을 수 있는 사실로서 받아들여질 수 있겠느냐 말이야? 아니, 받아들여질 만한 탄력성을 가지고 있을까? 아냐, 받아들일 리 없어, 절대로 받아들여지진 않을 거야. 상자는 발견되었고, 본인은 목을 매어 죽으려고 했으니까. '자기에게 죄가 없다면 그런 짓을 할 리가 없어!' 하는 식이지. 바로 이것이 중요한 점이야, 내가 화를 내는 건 바로 이 점이란 말야! 내 마음 알겠나?"

"그래, 자네가 화를 내는 것도 이해가 가. 그런데 말이야, 한 가지 물어 볼 것을 잊었네만, 귀고리가 든 상자가 정말로 노파의 트렁크에서 나왔다는 것은 무엇으로 증명되지?"

"그건 증명이 됐지."

라주미힌은 눈살을 찌푸리고 내키지 않는 어조로 대답했다. "코흐가 그 물건을 기억하고 있어 전당 잡힌 사람을 가르쳐주었지. 그러자 그 사내가 분명히 자기 것이라고 증명한 거야."

"그거 좋지 않은데. 그럼 또 하나, 코흐와 페스트랴코프가 올라갔을 때 미콜라이를 본 사람은 없었나? 그 점을 어떻게 증명할 수 없을까?"

"그게 문제야, 아무도 본 사람이 없거든." 라주미힌은 화난 듯이 대답했다. "그게 아주 곤란한 점이야. 코흐와 페스트랴코프조차 위로 올라갈 때 두 사람을 못 봤다니까. 하긴 그들의 증언은 이 경우 대단한 의의를 갖지 못하지만. '그 방의 문이 열려 있는 것은 분명히 보았습니다. 아마 그 안에서 일을 하고 있었던 모양이죠. 그러나 지나칠 때 별로 주의하지 않았으므로 일꾼이 안에 있었는지 어떤지는 기억에 없습니다'라는 거야."

"흠! …… 그러고 보면, 서로 때리고 킥킥거리며 웃었다는 것만이 유일한 변명이 되는 셈이군. 가령 그것이 유력한 증거라고 하세. 그러나…… 한마디 더 묻겠는데, 자네 자신은 이 사실 전체를 어떻게 설명하겠나? 귀고리의 발견을 어떻게 설명하겠나? 정말 그의 진술대로 주운 것이라고 한다면 말일세."

"어떻게 설명하다니? 설명할 게 뭐가 있겠나, 뻔한 얘기지! 적어도 사건을 이끌어갈 경로는 명료하게 증명되어 있어. 바로 상자가 그것을 증명하지. 다름 아니라 진범이 그 귀고리를 떨어뜨리고 간 거야. 살인범은 코흐와 페스트랴코프가 방문을 두드릴 때는 그 방에서 문고리를 잠그고 숨을 죽이고 있었어. 그런데 코흐가 어리석게도 아래층으로 내려갔으므로 범인은 뛰어나와 아래층으로 내려간 거야. 그 밖에는 도망칠 길이 없었으니까. 그러나 놈은 층계에서 코흐와 페스트랴코프와 문지기의 눈을 피해 비어 있는 방으로 몸을 감추었어. 그건 마침 미트레이와 미콜라이가 밖으로 뛰쳐나간 직후였지. 그래서 범인은 세 사람이 위로 올라가는 동안 문 뒤에 숨어서 발소리가 사라지기를 기다렸다가 유유히 아래로 내려간 거야. 마침 미트레이와 미콜라이가 길거리로 뛰어 나간 뒤고, 모였던 사람들이 죄다 흩어진 뒤라서 문간에는 아무도 없었을 때야. 어쩌면 본 사람이 있었을지도 모르지만 별로 주의하지 않았겠지. 사람이 지나 다니는 것은 별로 이상할 것도 없으니까. 그 상자는 그놈이 문 뒤에 서 있을 때 호주머니에서 떨어졌는데, 놈은 그것을 몰랐지. 그 상자야말로 범인이 그곳에 서 있었다는 것을 명백히 증명하고 있어. 사건의 실마리는 여기 있는 거야!"

"교묘하군! 아니, 정말 교묘해! 보통 교묘한 것이 아니야!"

"아니, 왜 그래? 왜 그렇다는 거지?"

"모두가 너무 잘 들어맞는단 말이야…… 너무 딱 들어맞아…… 마치 무대 위의 연극처럼."

"아니, 뭐라고!" 하고 라주미힌은 외치려고 했으나 바로 그 순간 문이 열리고, 그곳에 있는 사람 누구와도 안면이 없는 낯선 사나이가 들어왔다.

5

그는 그다지 젊지 않은, 몹시 거드름을 빼는 거만한 신사로서 조심스럽고 까다로운 얼굴을 하고 있었다. 그는 방으로 들어와 노골적으로 불쾌한 놀라움을 보이면서 주위를 둘러보고는 '아니! 이거 내가 어딜 들어왔지?' 하고 묻기라도 하는 듯한 표정으로 문간에서 발을 멈추었다. 그는 자기 눈을 의심하듯, 일종의 놀라움과 모욕까지 느낀 눈으로 천장이 낮고 답답한 라스콜니코프의 '선실'을 둘러보았다. 그는 여전히 놀란 표정으로, 옷도 안 입고 흐트러진 머리에 얼굴도 씻지 않은 채 더럽고 초라한 소파 위에 누워서 역시 뚫어지게 이쪽을 쏘아보고 있는 라스콜니코프에게 시선을 옮겼다. 그러고는 여전히 느릿느릿한 동작으로, 수염도 안 깎고 머리도 빗지 않은 라주미힌의 초라한 모습을 훑어보기 시작했다. 한편 라주미힌은 라주미힌대로 자기 자리에서 일어나려고도 하지 않고, 너는 누구냐는 듯이 오만하게 그의 눈을 정통으로 쏘아보았다. 긴장된 침묵이 1분쯤 계속되었으나, 이윽고 예상한 대로 이 장면에 조그마한 변화가 일어났다. 여기서 감도는 몇 가지 날카로운 징후로 그 신사는 이 '선실' 안에서는 과장된 엄숙한 태도를 취해보았자 아무 효과도 없으리라는 것을 깨달았는지 약간 태도를 누그러뜨리고, 그렇다고 완전히 누그러진 것은 아니지만 공손히 조시모프를 향하여 한 마디 한 마디 똑똑히 말을 끊으며 묻기 시작했다.

"대학생인, 아니 전에 대학생이었던 로지온 로마느이치 라스콜니코프
는 여기 계십니까?"

조시모프는 대답을 하려는 듯 천천히 몸을 움직였으나 이때 전혀 상대
하지도 않은 라주미힌이 불쑥 그를 앞질러 나섰다.

"저기 소파에 누워 있어요! 그런데 무슨 용무죠?"

이 허물없이 던져진 '그런데 무슨 용무죠?'라는 말이 의젓한 신사를 당
황케 했다. 그는 하마터면 라주미힌에게로 돌아서려다가 자제하고는, 다
시 얼른 조시모프 쪽으로 몸을 돌렸다.

"저 사람이 라스콜니코프입니다."

조시모프는 병자를 턱으로 가리키며 입속으로 우물거렸다. 그리고 그
는 하품을 했으나, 그때 너무나 크게 입을 벌렸기 때문에 한참 동안 그대
로 입을 벌린 채 있었다. 그리고 천천히 조끼 주머니로 손을 넣어 굉장히
큰 금시계를 꺼내서 뚜껑을 열어 시간을 보고는 다시 천천히 주머니에 집
어넣었다.

당사자인 라스콜니코프는 시종 잠자코 드러누운 채 아무런 생각도 없
이 들어온 신사를 바라보았다. 방금 벽지의 흥미진진한 꽃무늬에서 시선
을 돌려 바라본 그의 얼굴은 처참할 만큼 창백해서, 이제 막 괴로운 수술
을 마쳤거나 또는 고문에서 해방되기라도 한 듯한 무서운 고통의 빛을 띠
고 있었다. 그러나 들어온 신사는 차차 그의 주의를 불러일으켜, 그것이
이윽고 의혹이 되고 불신이 되고, 드디어는 공포로까지 변해갔다. 조시모
프가 그를 가리키며 "저 사람이 라스콜니코프입니다" 하고 말했을 때, 그
는 벌떡 일어나 침대 위에 앉았다. 그러고는 마치 덤벼들기라도 할 듯이,
그러나 띄엄띄엄 약한 목소리로 말했다.

"그렇소! 내가 라스콜니코프요! 무슨 일이시죠?"

손님은 유심히 그를 바라보며 위엄 있는 어조로 말했다.

"나는 표트르 페트로비치 루쥔입니다. 당신도 내 이름은 이미 생소하지 않으실 줄 믿습니다만."

그러나 전혀 다른 것을 기대하고 있던 라스콜니코프는 생각에 잠긴 듯한 흐릿한 눈초리로 상대방의 얼굴을 바라볼 뿐, 그런 이름은 금시초문이란 듯이 아무 대답도 하지 않았다.

"그래요? 그럼 당신은 아직까지 아무 기별도 받지 않으셨습니까?"

다소 언짢은 태도로 루쥔은 물었다.

라스콜니코프는 대답 대신에 천천히 베개를 베고는 두 손을 머리 밑에 괴고 천장을 바라보기 시작했다. 루쥔의 얼굴에 번민의 빛이 감돌았다. 조시모프와 라주미힌이 점점 더 호기심에 끌려 그의 모습을 훑어보기 시작했으므로, 그도 마침내 어색해진 모양이었다.

"나는 그렇게 믿고 또 기대하고 있었는데요."

그는 입속으로 우물우물 말했다.

"벌써 열흘 전에, 아니 이럭저럭 2주는 될 겁니다. 편지를 낸 것이……."

"여보시오, 그렇게 문간에만 서 있을 건 없지 않소?"

라주미힌이 그의 말을 가로막았다.

"할 얘기가 있다면 앉으시는 게 어때요! 거긴 나스타시야와 둘이 좁을 겁니다. 나스타슈쉬카, 좀 비켜드려요! 어서 이리로, 자, 여기 의자가 있습니다. 이리 들어와 앉으세요!"

그는 자기 의자를 탁자에서 조금 밀어내어 탁자와 자기 무릎 사이에 약간의 빈자리를 만들고, 좀 거북스러운 자세로 손님이 이 틈바구니에 끼어들기를 기다렸다. 너무나 적절한 기회를 포착했기 때문에 손님도 전혀 거절할 수가 없어서, 허둥지둥 비틀거리며 그 빈틈에 와서 앉고는 미심쩍은 눈으로 라주미힌을 바라보았다.

"뭐, 조금도 난처해하실 건 없습니다."

라주미힌은 내뱉는 듯이 말했다.

"로쟈는 벌써 닷새째나 병으로 누워 있어요. 사흘 동안은 헛소리만 했지요. 그러나 이젠 겨우 정신이 들고 식욕도 나서 잘 먹습니다. 여기 이 사람은 의사인데 지금 막 진찰을 마쳤을 뿐입니다. 나는 로쟈의 친구로 역시 전직 대학생, 지금은 보시다시피 환자를 간호하고 있죠. 그러니 우리는 염려 마시고 말씀을 하세요, 무슨 일로 오셨는지."

"고맙습니다. 그러나 내가 여기 앉아 얘기를 하면 환자에게 지장이 없을까요?" 하고 루쥔은 조시모프에게 말했다.

"아, 아닙니다" 하고 조시모프는 입속으로 중얼거리곤 "도리어 기분 전환이 될지 모릅니다" 하며 그는 또 하품을 했다.

"그렇고말고, 벌써 아침부터 죽 제정신인걸!" 하고 라주미힌이 말을 계속했다. 그의 친절에는 꾸밈이 없는 순박함이 엿보였으므로 루쥔은 잠깐 생각하고 차차 원기를 내기 시작했다. 이 거지 차림의 뻔뻔스러운 사내가 잽싸게 대학생이라고 자기소개를 한 것이 어느 정도 도움을 주었는지 모른다.

"당신 어머니께서는……" 하고 루쥔은 말을 시작했다.

"흠!" 하고 라주미힌이 큰 소리를 냈다. 루쥔은 의아스러운 듯이 그를 쳐다보았다.

"아니, 괜찮아요. 나는 그저, 어서 계속하세요……."

루쥔은 어깨를 한 번 움츠렸다.

"당신 어머니께서는 내가 그곳에 있을 때 당신에게 편지를 쓰기 시작하셨습니다. 그래서 나는 여기 온 후에도 일부러 며칠 동안 방문을 늦추었습니다. 모든 것이 당신에게 알려진 후에 찾아뵙는 것이 좋으리라고 생각해서지요. 그런데 지금 찾아뵙고 보니 뜻밖에도……."

"알고 있어요, 알고 있어요!"

갑자기 라스콜니코프는 참을 수 없는 불쾌감을 드러내며 입을 열었다.

"그럼 당신이군요. 당신이 약혼자군요? 알고 있어요! …… 자, 이젠 됐어요!"

루쥔은 몹시 화가 난 모양이었으나 잠자코 있었다. 그는 이 말이 무엇을 뜻하는지 재빨리 알아보려고 애썼다. 1분쯤 침묵이 흘렀다.

한편 대답할 때 잠깐 그에게로 몸을 돌렸던 라스콜니코프는 다시 뭔가 특별한 호기심의 빛을 띠면서 뚫어지게 상대를 관찰하기 시작했다. 그 얼굴은 마치 아끼는 볼 틈이 없었거나, 그렇잖으면 뭔가 놀랄 만한 새로운 것을 발견하기라도 한 듯한 표정이었다. 그것을 위해 일부러 베개에서 몸을 일으켰을 정도다. 사실 루쥔의 풍채에는 전체로 보아 뭔가 특별히 사람의 눈을 끄는 데가 있었다. 말하자면 방금 무례하게 던져진 '약혼자'라는 명칭을 뒷받침할 만한 것이었다. 우선 첫째로 루쥔이 수도에 머무는 며칠간을 열심히 이용하여, 신부를 맞이할 날을 눈앞에 두고 자기 몸을 가꾸고 아름답게 하려고 애쓴 것이 금방 눈에 띄었다. 아니, 지나치게 눈에 띌 정도였다. 그러나 이런 것은 조금도 나무랄 필요가 없는, 얼마든지 허용될 수 있는 일이다. 뿐만 아니라 자기는 전보다 아름다워졌다는 흐뭇한 변화를 염두에 둔 데서 오는 자만심조차 이런 경우엔 허용될 일인지도 모른다. 그도 그럴 것이 루쥔은 지금 약혼자 위치에 서 있기 때문이다. 그의 복장은 모두가 새로 만든 훌륭한 것뿐이었다. 단지 흠을 잡자면, 모두가 지나치게 새것이어서 쉽사리 그의 목적을 폭로하고 있다는 정도일 것이다. 둥근 모양의 멋진 새 모자 역시 그 목적을 증명하고 있었다. 루쥔은 그 모자를 지나칠 정도로 소중히 다루면서 아주 조심스럽게 두 손으로 받쳐 들고 있었다. 진짜 제네바제(製)인 라일락 빛깔 멋진 장갑도 손에 끼려고는 하지 않고 그저 장식인 양 들고 있었다. 이것 하나만을 보아도 역시 그 목적이 증명되었다. 루쥔의 옷차림은 밝고 젊은 빛깔이 지배적이었다. 그가 입고 있는 것은 엷은 갈색 여름 윗옷과 엷은 빛깔 바지, 같은 빛 조끼와 새 셔츠, 그리고 장미 빛깔 줄무늬가 든 가벼운 넥타이였다. 그러나 무엇보다 다행한 점은 그것이 모두 루쥔의 얼굴에 잘 어울린다는 것이었다. 그의 얼굴은 아직 싱싱하고 아름답다고 해도 좋을 정도여서, 마흔다섯이라는 나이보다 훨씬 젊어 보였다. 새까만 구레나룻은 마치 커틀릿 두 개처럼 얼굴 양쪽에 기분 좋은 그늘을 던져주고, 매끄럽게 면도를 한 반지르르한 아래턱 근처에서 한층 더 아름답게 검은빛을 더해주었다. 흰머리가 약간 섞인 머리털도 이발사의 손길로 깨끗이 빗겨지고 지지기까지 했지만, 그 때문에 얼빠진 듯 보이거나 우스꽝스럽게 보이지는 않았다. 지진 머리는 흔히 결혼식에 나가는 독일인 같은 인상을 주는 법이다. 그래서 만약 이 아름답고 훌륭한 용모 가운데 뭔가 불쾌한 반감을 불러일으키는 것이 있다면 그것은 분명히 다른 데서 기인하는 것이었다. 루쥔의 모습을 무례할 정도로 관찰하고 난 라스콜니코프는 짓궂은 조소를 띠고 다시 베개 위에 누워 전과 같이 천장을 바라보기 시작했다.

그러나 루쥔은 꾹 참았다. 그리고 이러한 괴이한 태도에 어느 시기까지는 신경을 쓰지 않기로 한 것 같았다.

"당신이 이런 상태에 있는 것을 매우 유감으로 생각합니다."

그는 침묵을 깨뜨리려고 애쓰면서 다시 입을 열었다.

"편찮으시다는 것을 알았더라면 좀 더 빨리 찾아뵈었을 겁니다. 그러나 너무 바빠서…… 게다가 변호 사무로 대법원에 아주 중대한 사건을 맡고 있기 때문에, 당신도 잘 아실 그 여러 가지 심려에 대해서는 새삼스레 여기서 말할 필요가 없을 겁니다. 그래서 자당과 매씨께서 오시기를 손꼽아 기다리는 중입니다……."

라스콜니코프는 약간 몸을 움직이며 뭔가 말하려 했다. 그 얼굴엔 다소 흥분의 빛이 감돌았다. 루쥔은 말을 멈추고 잠시 기다렸으나 아무 말도 없었기 때문에 다시 말을 이었다.

"…… 손꼽아 기다리고 있어요. 두 분을 위해서 숙소를 하나 정해놓았습니다……."

"어디다?" 하고 약한 목소리로 라스콜니코프는 물었다.

"여기서 아주 가깝습니다. 바칼레예프네 집인데……."

"아, 그건 보즈네센스키 거리야."

라주미힌이 말을 가로챘다.

"셋방이 전문인 2층 집이지. 유신이라는 상인이 경영하고 있어. 나도 더러 가본 일이 있지."

"예, 그래요. 셋방입니다……."

"그야말로 지독한 집이야. 더럽고, 냄새나고, 더구나 수상한 집이지. 때때로 이상한 사건이 벌어지거든. 가지각색의 사람들이 살고 있지. 하긴 이렇게 말하는 나도 추잡한 사건 때문에 드나들긴 했지만 말이야. 아무튼 싸긴 싸더군."

"나는 이곳 사정에 어두워서, 물론 그렇게까지 자세히 조사해보진 못했습니다만."

루쥔은 정중히 대꾸했다.

"그렇지만 아주 깨끗한 방을 두 개 잡아두었습니다. 아주 잠시 동안일 테니까요…… 그리고 나는 우리가 살 정말 집, 우리가 앞으로 살 집도 봐놓았습니다" 하고 그는 라스콜니코프를 보았다.

"그런데 그 집은 지금 수리 중이라서, 나도 그동안만은 셋방에서 고생하고 있지요. 여기서 아주 가까운 리페베흐젤 부인의 집입니다. 나의 젊은 친구 안드레이 세묘느이치 레베쟈트니코프의 집에 방을 빌리고 있어요. 바칼레예프의 집도 실은 그가 가르쳐주어서……."

"레베쟈트니코프?"

무엇인가 기억을 더듬기라도 하는 듯이 라스콜니코프는 천천히 말했다.

"그래요, 안드레이 세묘느이치 레베쟈트니코프, 모 성(省)에 근무하는 관리요…… 아십니까?"

"예…… 아니……" 하고 라스콜니코프는 대답했다.

"실례했습니다. 나는 당신이 질문하기에 아시는 줄 알고 그만. 나는 언젠가 그 사내의 후견인 노릇을 한 일이 있어요…… 아주 사랑스러운 청년이지요…… 연구열도 있고 나는 대체로 젊은 사람과 접촉하기를 좋아합니다. 젊은 사람들을 통해 새로운 사상을 알 수 있거든요."

루쥔은 어떤 기대를 품고 그 자리에 있는 사람들을 둘러보았다.

"그건 어떤 점에서죠?" 하고 라주미힌이 물었다.

"가장 진지한, 이를테면 가장 본질적인 점이라고나 할까요."

루쥔은 질문을 받은 것이 사뭇 기쁜 듯이 얼른 이렇게 대답했다.

"내가 페테르부르크에 온 것은 10년 만입니다. 여러 가지 새로운 경향과 개혁이라든가 신사상이라든가 하는 것은 시골에 살고 있는 우리도 접촉할 수 없는 것은 아니지만, 그것을 확실히 보려면, 모든 것을 속속들이 보려면 아무래도 페테르부르크에 살지 않으면 안 됩니다. 그래서 내 의견은 이렇습니다, 많은 것을 인식하고 배우려면 무엇보다도 우리나라의 젊은 세대를 관찰하는 것이 제일이라고요. 그래서 사실 나는 매우 기뻤던 겁니다……."

"무엇을요?"

"당신의 질문은 범위가 넓군요. 아니면 내 생각이 잘못되었는지도 모르지만, 젊은 사람에게는 좀 더 명석한 견해, 말하자면 보다 많은 비판 정신이 있는 것처럼 생각됩니다. 보다 많은 실행 능력……."

"그건 사실입니다."

조시모프가 중얼거렸다.

"거짓말하지 마. 실행 능력을 갖기란 힘든 거야. 하늘에서 거저 떨어지는 건 아니니까. 그런데 우리는 일체의 활동에서 물러선 후 이럭저럭 200년이 되거든…… 하긴 여러 가지 사상은 여기저기서 방황하고 있는지도 모르죠" 하고 라주미힌은 루쥔을 보고 말했다.

"그러나 유치하긴 하지만 선(善)에 대한 염원도 있고, 사기꾼 같은 무리가 득실거리긴 하지만 그래도 아직 정직이란 미덕도 찾아볼 수 있을 겁니다. 그러나 실행 능력만은 역시 없어요! 실행 능력이 그렇게 흔한 건 아닙니다."

"당신 의견에는 아무래도 동의할 수가 없습니다."

자못 즐거운 듯이 루쥔은 대꾸했다.

"물론 일시적인 장난에서 나온 경박한 열중도 있고, 잘못도 있겠지요. 그러나 너그럽게 봐줄 필요도 있습니다. 열중한다는 것은 일에 대한 열의와, 일을 둘러싸고 있는 외적 상황의 부정을 증명하는 것이니까요. 만약 일이 아직 조금밖에 되어 있지 않다면 시간이 부족했기 때문입니다. 그 방법에 대해서는 여기서 말하지 않겠습니다. 내 개인적인 견해로는 어느 정도 사업은 이루어졌다고 봐도 과언은 아니라고 봅니다. 우선 새롭고도 유익한 사상이 보급되고 있고, 이전의 공상적인 로맨틱한 것 대신에 여러 가지 새롭고도 유익한 저술이 보급되고 있습니다. 문학은 더욱 성숙한 음영(陰影)을 띠게 되었고, 많은 유해한 편견은 제거되고 조소를 받고 있습니다. 한마디로 말해서, 우리는 완전히 과거와 절연되어버린 겁니다. 이것은 내 생각으로 이미 하나의 사업입니다."

"외고 있군! 자기소개를 하고 있어."

갑자기 라스콜니코프가 말했다.

"뭐라고요?"

루쥔은 제대로 듣지 못했기 때문에 반문했으나 대답은 없었다.

232

"모두 지당한 말씀입니다."

조시모프가 재빨리 말했다.

"안 그렇습니까?"

유쾌한 듯이 루쥔은 조시모프를 바라보고 말을 이었다.

"당신도 동의하시겠지요."

이번에는 라주미힌을 보고 이렇게 말했으나 그 어조에는 벌써 다소나마 득의양양한 우월감이 엿보여서, 이제라도 '여보, 젊은이'라고 덧붙일 것 같은 기세였다.

"이 번영, 또는 요새 말로 해서 이 진보, 더구나 과학과 경제상의 진보의 이름으로 말이오······."

"평범한 설(說)이군요!"

"천만에, 평범하다니요! 예를 들면 오늘까지 '이웃을 사랑하라'라고 해 왔지만, 만약 내가 덮어놓고 남을 사랑했다면 그 결과는 어떻게 되었겠습니까?"

루쥔은 필요 이상으로 서두르며 말을 이었다.

"그 결과는, 내가 외투를 두 개로 찢어 이웃 사람과 나눠 입었으니 결국은 두 사람 다 반씩 벌거벗게 되는 겁니다. 즉 러시아 속담에 있듯 '두 마리 토끼를 쫓는 자는 한 마리의 토끼도 얻지 못한다'라는 말이지요. 그러나 과학은 이렇게 말합니다. 우선 자기 하나만을 사랑하라, 왜냐하면 이 세상의 모든 것은 개인적 이익에 기초를 두고 있으니까. 자기 한 사람만을 사랑한다면 충분히 일을 처리해 나갈 수 있고, 그 외투도 무사히 남으리라는 겁니다. 더구나 경제상의 진리는 이에 덧붙여서 이 세상에 정돈된 개인 사업, 즉 완전한 외투가 많으면 많을수록 더욱 견고한 사회적 기초가 구축되고, 동시에 일반의 복지도 더욱더 정비된다고 말하고 있습니다. 따라서 자기 한 사람을 위해 이익을 취득한다고는 하지만, 결국 그것으로 만인을 위해 이익을 획득해주게 되는 것이고, 또 이웃 사람도 찢어진 외투보다는 다소나마 더 나은 것을 얻을 수 있게 되는 것입니다. 더구나 이것은 단순한 개인적 자선이 아니라 사회 전반의 진보에 의한 것이니까요. 이 사상은 지극히 단순하지만, 불행히도 일시의 감격성과 공상벽에 방해되어 너무도 오랫동안 우리를 찾아주지 않았던 것입니다. 이것을 이해하기에는 뭐 그다지 큰 기지가 필요하지도 않을 듯합니다만……."

"실례지만 나도 역시 그다지 기지가 풍부한 편은 못 되니까요."

날카롭게 라주미힌이 가로챘다.

"이젠 그만두기로 합시다. 사실 나는 목적이 있어 말을 꺼냈지만, 그런 자기 위안의 지루하고 진부한 얘기, 판에 박은 듯이 똑같은 말만 지껄여대는 그런 얘기는 벌써 3년 동안 신물이 나도록 들어왔으니까요. 이젠 내 입으로 말하는 건 고사하고, 내가 있는 데서 남이 말하더라도 얼굴이 뜨거워질 지경입니다. 당신은 물론 한시바삐 자기의 지식을 피력하고 싶으셨을 텐데, 그건 나도 이해가 가서 당신을 나무라고 싶지는 않습니다. 다만 나는 지금 당신이 어떤 사람인지 좀 알고 싶었을 뿐이에요. 왜냐하면, 아시겠습니까, 요즈음은 갖가지 사업가들이 그 사회사업이라는 것에 얽혀들어 손에 닿는 대로 모조리 자기 이득을 위해 상처를 입히는 바람에 죄다 파괴되고 말았단 말이오. 자, 이젠 그만해두십시오!"

"그렇다면" 하고 매우 위엄 있게 몸을 뒤로 젖히면서 루쥔은 말하려고 했다.

"당신의 그 무례한 말투로 보아 나도…… 그런 족속이라고 말하고 싶으신 거군요."

"아니, 천만의 말씀을, 내가 어떻게 그런 말을 할 수가 있겠어요! …… 아무튼 그만두십시다!"

라주미힌은 딱 잘라 이렇게 말하고는 아까 하던 얘기를 계속하려고 조시모프에게로 홱 몸을 돌렸다.

루쥔도 이 변명을 곧 받아들일 수 있을 만한 총명함을 가지고 있었다. 그도 2분 후에는 돌아가려고 결심하고 있었다.

"그런데 오늘은 초대면의 인사를 나눴습니다만" 하고 그는 라스콜니코프에게 말을 건넸다.

"완쾌하신 후에는, 아시다시피 우리는 보통 관계가 아니므로 더욱더 깊이 사귀게 되기를 기대하겠습니다…… 각별히 몸조심하시기를 빌겠습니다."

라스콜니코프는 얼굴도 돌리지 않았다. 루쥔은 의자에서 일어나려고 했다.

"전당 잡히러 갔던 놈이 죽인 게 틀림없어!"

자신 있게 조시모프가 말했다.

"그게 틀림없어!" 하고 라주미힌도 맞장구를 쳤다.

"포르피리는 아직 자기 생각을 말하지는 않지만, 그래도 전당 잡힌 사람들을 조사하고 있어……."

"전당 잡힌 사람을 조사한다고?"

라스콜니코프가 큰 소리로 물었다.

"그래, 그건 왜 묻나?"

"아니, 아무것도 아니야."

"어디서 그 사람들을 알아냈지?"

조시모프가 물었다.

"코흐가 가르쳐준 것도 있고, 물건 싼 종이에 이름이 적힌 것도 있고, 소문을 듣고 제 발로 찾아온 자도 있어……."

"아무튼 교활하기 짝이 없는, 노련한 악당이 틀림없어. 대담해, 정말 대담한 짓이야!"

"그런데 그게 그렇지가 않거든!"

라주미힌이 가로막았다.

"바로 그 점이 모든 사람을 어리둥절하게 한단 말이야. 내가 보기엔…… 교묘하지도 않고, 상습적인 것도 아니고, 분명히 처음 한 짓이야! 빈틈없이 계획된 범행, 교활한 악당의 짓이라기엔 어딘지 애매한 점이 있거든. 그러나 처음 하는 놈의 짓이라고 생각한다면, 단지 우연이란 것이 놈을 불행에서 구해냈다고 볼 수 있지. 우연이란 무슨 짓인들 못하겠나? 생각해보게, 놈은 어떤 방해가 있으리라고는 예상하지 않았거든! 더구나 그 솜씨를 보란 말이야. 겨우 10루블이나 20루블쯤밖에 안 되는 물건을 꺼내어 호주머니에 쑤셔 넣고, 노파의 트렁크에서 누더기를 뒤졌을 뿐이야. 그런데 옷장 윗서랍의 상자 속에는 증권 같은 것을 빼고도 현금만 1,500루블이나 있었단 말이야! 그러니까 제대로 훔치지도 못하고 그저 사람들만 죽인 거야! 처음 한 짓이야, 처음 한 짓이 틀림없어! 그래서 정신이 나갔던 거지! 계획적으로 도망친 것이 아니라, 우연 때문에 도망칠 수 있었던 거야!"

"듣자 하니 요새 일어난, 관리 미망인인 노파 살해 사건 얘기 같군요."

루쥔은 조시모프를 보면서 말했다. 이미 모자와 장갑을 들고 서 있었으나, 돌아가기 전에 조금이라도 그럴듯한 말을 한마디 남기고 가고 싶었던 것이다. 보기에 그는 남에게 유리한 인상을 주려고 애쓰는 바람에 허영이 이성을 압도한 모양이었다.

"그렇습니다. 당신도 들으셨습니까?"

"그야 물론, 가까운 이웃에서 일어난 일이니까요……."

"자세한 것을 아세요?"

"자세하다고는 말할 수 없지만, 이 사건에 대해서는 다른 사정, 즉 커다란 문제 하나가 내 흥미를 끌고 있습니다. 최근 5년간 하류사회에 범죄가 증가했다는 것이며, 또한 도처에서 일어나는 강도 사건이나 방화 사건에 대해서도 지금 새삼스레 말할 것도 없겠습니다만, 내가 무엇보다도 이상하게 생각하는 것은, 상류사회에서도 그와 평행적으로 범죄가 증가해 간다는 사실입니다. 한쪽에서는 전직 대학생이 큰길에서 우편마차를 습격했다는 소문이 있는가 하면, 또 한쪽에서는 사회적 지위로 보아도 1급에 속하는 사람들이 위조지폐를 만들고 있습니다. 그리고 모스크바에서는 최근에 발행된 복권부(福券附) 채권을 위조한 일당이 검거되었는데, 그 주모자 가운데 세계사 강사가 한 사람 있었다고 합니다. 그런가 하면 금전상의 수상한 이유로 외국 주재의 서기관이 살해되었습니다…… 따라서 만약 이 고리대금업자 노파가 어떤 상류사회 출신의 인간에게 살해되었다고 한다면, 농민은 귀금속 같은 걸 전당 잡히지 않으니 말이죠, 우리 사회 문화적 계급의 이러한 부패와 타락을 어떻게 설명해야 좋겠습니까?"

"경제상의 변화가 많기 때문일 테죠……" 하고 조시모프가 대꾸했다.

"어떻게 설명해야 좋겠느냐고요?" 하고 라주미힌이 물고 늘어졌다.

"그건 바로 너무나 뿌리 깊은 비실제적 생활 태도 때문이라고 하면 설명되겠지요."

"그건 또 무슨 뜻입니까?"

"다름 아니라 당신이 말한 그 모스크바의 강사인가 뭔가 하는 사람이 한 말입니다. 왜 채권을 위조했느냐는 신문에 대해 '모두 여러 가지 방법으로 부자들이 됐으니까, 나도 손쉽게 돈을 벌고 싶었습니다'라고 대답했다더군요. 정확한 말은 기억 못하지만, 요는 돈이나 힘을 들이지 않고 빨리 벌고 싶단 말이죠! 모두 남이 마련해준 것으로 살고, 남의 도움을 기대하며 남이 씹어놓은 것을 먹는 게 습관이 돼버렸거든. 그런데 지금 위대한 종이 울려 퍼지자 한 사람 한 사람이 모두 그 정체를 드러내버렸단 말입니다……"

"하지만 그래도 도덕이란 게 있지 않습니까? 그리고 또 이른바 계율이란 것도……."

"대체 당신은 뭘 그렇게 근심하고 있습니까?"

뜻밖에도 라스콜니코프가 끼어들었다.

"당신의 이론대로 되어버렸는데!"

"무엇이 내 이론대로 되었단 말이오?"

"당신이 아까 주장한 일을 끝까지 밀고 나가면, 사람을 죽여도 좋다는 결론이 나오거든요……."

"당치도 않소!" 하고 루쥔은 외쳤다.

"아니야, 그건 그렇지가 않아!" 하고 조시모프도 한마디 했다.

라스콜니코프는 윗입술을 파르르 떨면서 창백한 얼굴로 드러누운 채 괴로운 듯이 숨을 쉬고 있었다.

"무슨 일에나 한도라는 게 있는 법입니다."

루쥔은 거만한 어조로 말을 이었다.

"경제상의 의견이 살인의 권유는 되지 않습니다. 그렇지만 만약에……."

"그건 그렇고, 그 말은 사실이오?"

갑자기 라스콜니코프는 분노에 떠는 목소리로 상대방을 가로막았다. 그 목소리에는 어떤 모욕의 기쁨 같은 것이 서려 있었다.

"당신이 당신의 약혼녀에게…… 더구나 그녀에게서 승낙의 대답을 받은 바로 그때…… 그 애가 가난한 것이…… 무엇보다도 기쁘다고 말한 것은 사실입니까…… 가난뱅이의 딸을 아내로 삼는 게 낫다, 결혼 후에도 권위를 세우기에 편리하고…… 자기 은혜를 내세워 꼼짝 못하게 할 수 있다고 한 것은?"

"무슨 말을 하시는 거요!"

루쥔은 화가 난 나머지 적잖이 당황하면서 악의를 품은 초조한 목소리로 외쳤다.

"당신이 그렇게까지 곡해를 하시다니! 실례지만 나도 말을 좀 해야겠습니다. 당신 귀에 들어온, 아니 어쩌면 억지로 들려주었다고 하는 편이 옳을지도 모르지만, 그 소문은 티끌만큼도 확실한 근거가 없습니다⋯⋯ 나는⋯⋯ 누구의 짓인지⋯⋯ 한마디로 말해서⋯⋯ 그 화살은, 요컨대 당신의 어머니께서⋯⋯ 그러지 않아도 그분은, 물론 더없이 훌륭한 기질을 갖추고 계시긴 하지만 사고방식이 다소 흥분하기 쉬운, 로맨틱한 음영을 지니신⋯⋯ 분인 것 같았습니다⋯⋯ 그러나 그렇다고 하더라도, 그분이 그런 왜곡된 공상으로 이 일을 해석하시거나 생각하실 줄은 천만뜻밖입니다⋯⋯ 그렇다면 결국⋯⋯ 결국⋯⋯."

"알겠소?"

베개 위에 몸을 일으키고 찌르는 듯 번쩍이는 눈으로 상대방을 뚫어지게 노려보며 라스콜니코프는 이렇게 외쳤다.

"알겠느냐 말이오!"

"뭘요?"

루쥔은 말을 끊고 모욕당한 듯한, 도전하는 듯한 얼굴로 기다렸다. 몇 초 동안 침묵이 흘렀다.

"만일에 다시 한번⋯⋯ 단 한마디라도⋯⋯ 우리 어머니 얘길 입 밖에 내면⋯⋯ 나는 당신을 층계 밑으로 거꾸로 내동댕이치겠단 말이오!"

"아니, 자네 왜 그래!"

라주미힌이 외쳤다.

"아아, 그러시군요!"

루쥔은 파랗게 질리며 입술을 깨물었다.

"사실은 말입니다."

그는 열심히 자신을 억제하면서 천천히 사이를 두고 말했으나, 그래도 숨은 헐떡였다.

"나는 벌써 아까부터, 이 방에 발을 들여놓는 그 순간부터 당신이 내게 적의를 품고 있다는 것을 직감했어요. 그러나 좀 더 자세히 알고 싶어서 일부러 이렇게 앉아 있었던 겁니다. 환자이기도 하고 친척이기도 하니까 웬만한 것은 참으려고 했지만…… 이렇게 된 이상…… 당신에 대해서는…… 절대로…… 절대로……."

"나는 환자가 아니야!"

라스콜니코프는 외쳤다.

"그렇다면 더욱……."

"꺼지지 못해!"

그러나 벌써 루쥔은 하던 말도 다 못한 채 탁자와 의자 사이의 좁은 틈을 빠져 밖으로 나가는 중이었다. 라주미힌도 이번엔 길을 비키려고 자리에서 일어났다. 루쥔은 아무에게도 시선을 주지 않고, 아까부터 환자를 가만 놔두라고 눈짓을 하던 조시모프에게조차 인사도 없이 조심스레 어깨까지 모자를 추켜들면서 밖으로 나가버렸다. 문을 나갈 때는 약간 허리를 굽혔는데, 그 허리를 굽히는 모습까지도 무서운 모욕을 짊어지고 있는 것처럼 느껴졌다.

"그럴 수 있나, 그럴 수 있어?"

라주미힌은 고개를 저으면서 얼빠진 듯이 말했다.

"내버려둬, 모두 나를 내버려두란 말이야!"

라스콜니코프는 미친 듯이 소리쳤다.

"정말 언제까지 나를 못살게 굴 작정들이야? 이 악당들 같으니! 나는 너희 같은 건 무섭지 않아! 이젠 아무도 무섭지 않아! 어서 나가줘! 난 혼자 있고 싶단 말이야, 혼자, 혼자, 혼자 있고 싶어!"

"가세!"

조시모프가 라주미힌에게 고개를 끄덕이며 말했다.

"아니, 이렇게 내버려두고 간단 말인가?"

"가자니까!"

조시모프는 완고히 되풀이하고는 얼른 나가버렸다. 라주미힌은 조금 생각해보고 곧 그 뒤를 쫓아 달려 나갔다.

"환자의 말을 듣지 않으면 더 나빠질지도 모른단 말이야."

층계로 나오자 조시모프는 이렇게 말했다.

"흥분시키면 안 돼……."

"그놈, 도대체 어떻게 된 걸까?"

"어쩌면 그럴싸한 자극만 있어도 대번에 저러니 말이야! 조금 전만 해도 꽤 기운이 있더니만…… 그래, 그 친구 뭔가 마음에 걸리는 게 있나 봐! 뭔가 가슴에 맺힌 괴로움이라도. 그게 근심이야, 틀림없어!"

"어쩌면 그 친구 루쥔 씨 때문이 아닐까! 얘기로 보아 그 친구는 그의 누이동생과 결혼할 모양이고, 그 문제에 대해 로쟈도 병이 나기 전에 편지를 받은 모양이니 말이야……."

"그래, 나쁠 때 왔어. 그자가 모든 걸 망쳐놓았는지도 모르지. 그런데 자넨 눈치챘나? 라스콜니코프는 다른 일에는 전혀 무관심하고 말이 없지만, 단 한 가지 흥분하는 일이 있거든. 바로 그 살인 사건 말이야……."

"그래그래!" 하고 라주미힌이 맞장구를 쳤다.

"눈치채고말고! 흥미를 느끼면서도 떨고 있어. 병이 나던 날 경찰 서장실에서 놀라가지고 졸도까지 했거든."

"여보게, 그 얘기를 저녁때 좀 더 자세히 들려주게. 그다음에 나도 얘기할 게 있네. 나도 이 환자에게는 몹시 흥미가 있어! 30분쯤 후에 다시 들르겠네…… 그러나 염증 같은 것은 생기지 않을 거야."

"고맙네! 그럼 나는 그사이에 파셴카네 방에서 기다리면서 이따금 나스타시야를 보내 알아보도록 하지…….”

라스콜니코프는 혼자 남자 초조한 듯이 괴로운 눈으로 나스타시야를 바라보았다. 그러나 나스타시야는 아직도 나가기를 주저하고 있었다.

“지금 차 좀 드시겠어요?” 하고 그녀는 물었다.

“나중에! 난 자고 싶어! 날 내버려둬!”

그는 발작적으로 몸을 떨며 벽 쪽으로 돌아누웠다. 나스타시야는 방에서 나갔다.

6

그러나 그녀가 나가자마자 그는 자리에서 일어나 문고리를 걸고는, 아까 라주미힌이 가지고 와서 싸두었던 옷 보따리를 풀어 옷을 갈아입기 시작했다. 이상하게도 갑자기 그는 완전히 침착해진 것 같은 느낌이었다. 아까와 같은 미친 듯한 환각도 없었거니와, 요즈음 늘 계속되던 몸서리치는 공포감도 없었다. 그것은 일종의 기묘한, 뜻하지 않은 평정의 첫 순간이었다. "오늘이야말로……" 하고 그는 혼자 중얼거렸다. 아직 쇠약하다는 것은 자신도 알고 있었다. 그러나 평정의 영역에까지 도달한 강력한 마음의 긴장이 그에게 힘과 자신을 주었다. 설마 거리에서 쓰러지는 일은 없으리라고 믿었다. 죄다 새 옷으로 갈아입은 후 탁자 위에 놓인 돈을 보고 잠시 생각하고 나서 그것을 호주머니에 넣었다. 돈은 25루블이었다. 그리고 라주미힌이 옷값으로 지불하고 가져온 거스름돈인 동전 5코페이카도 모조리 집어넣었다. 이윽고 문고리를 벗기고 방을 나와 층계를 내려와서, 열려 있는 부엌을 들여다보았다. 나스타시야는 그에게 등을 돌리고 쭈그리고 앉아서 안주인의 사모바르를 후후 불고 있었다. 그녀는 아무 소리도 듣지 못했다. 더욱이 그가 밖에 나가리라고는 그 누가 상상인들 했으랴! 1분 후에 그는 이미 한길에 나와 있었다.

8시경이라 해는 저물고 있었다. 여전히 무더웠지만, 그는 악취가 풍기는 이 먼지투성이의 탁한 도회지 공기를 게걸스럽게 빨아 들이켰다. 그는 가벼운 현기증을 느꼈다. 그러나 갑자기 그 어떤 야성적인 정력이, 그 충혈된 두 눈과 비쩍 마른 누런 얼굴에 빛나기 시작했다. 그는 어디로 가는지 몰랐고, 또 생각해보려고도 하지 않았다. 그의 머릿속에는 한 가지 생각밖에 없었다.

'**이런 일**은 오늘 중으로, 단번에, 지금 당장 청산해버려야 한다. 그것이 안 되면 집으로 돌아가지 않겠다. 그냥 **이렇게 살기는 싫다.**'

그러나 어떻게 청산하느냐? 무엇을 어떻게 청산하느냐? 그는 여기에 대해서는 아무런 생각도 없었고, 또 생각해보려고도 하지 않았다. 그는 이런 상념을 몰아내고 있었다. 그 상념이 그를 괴롭혔던 것이다. 좌우간 모든 것에 무슨 전환이 있어야겠다는 것을 그는 느꼈고, 또 알고 있었다. '그것이 어떻게 변하든 간에.' 그는 자포자기적인 확고한 자신과 결심을 가지고 이렇게 되풀이했다.

오랜 습관으로 그는 언제나의 산책길을 따라 곧장 센나야 쪽으로 발길을 돌렸다. 광장 조금 못 미쳐 조그만 가게 앞 차도에 머리털이 까만 손풍금수가 서서 몹시 구슬픈 노래를 켜고 있었다. 앞 보도에 서 있는 열댓쯤 되어 보이는 소녀의 노래에 붙이는 반주였다. 소녀는 귀족 집 아가씨처럼 폭 넓은 페티코트에 부인용 외투를 입고, 손에는 장갑을 끼고 새빨간 깃털 장식이 달린 밀짚모자를 쓰고 있었으나, 하나같이 낡고 닳아빠진 것들뿐이었다. 그녀는 방랑가수 특유의 찢는 듯한, 그러나 꽤 듣기 좋은 목소리로 가게에서 던져줄 2코페이카를 기대하며 노래를 부르고 있었다. 라스콜니코프는 걸음을 멈추고 청중 두셋과 나란히 잠시 귀를 기울이다가, 5코페이카를 꺼내서 소녀의 손에 쥐여주었다. 소녀는 가장 구성지고 가장 높이 올라간 대목에서 딱 끊듯이 노래를 멈추고는 손풍금수에게 큰 소리로 외쳤다. "그만!" 그리고 두 사람은 천천히 다음 가게로 옮겨갔다.

"당신은 방랑가수의 노래를 좋아하시오?"

라스콜니코프는 손풍금수 옆에 서 있던 부랑인 같은, 그다지 젊지 않은 사내에게 불쑥 말을 건넸다. 사내는 물끄러미 그를 보더니 놀라는 표정을 지었다. "나는 좋아해요" 하고 라스콜니코프는 말을 이었으나 그 표정은 방랑가수하고는 인연이 먼 얘기를 하는 것같이 보였다.

"나는 춥고 습기 찬 어두운 가을밤에, 반드시 습기 찬 밤이라야 해요. 통행인의 얼굴이 창백하게 병적으로 보일 때, 손풍금수에 맞춰 부르는 노래를 아주 좋아합니다. 아니면 진눈깨비가 바람 한 점 없이 부슬부슬 쏟아질 때도 좋지요. 알겠어요, 눈발을 통해 가스등이 반짝이는⋯⋯."

"모르겠는데요⋯⋯ 실례합니다⋯⋯."

그 당돌한 질문과 라스콜니코프의 기묘한 풍채에 놀란 사내는 입속으로 이렇게 중얼거리고는 길 건너편으로 가버렸다.

라스콜니코프는 곧장 걸어가서, 그때 리자베타와 얘기하던 장사꾼 부부가 노점을 벌이고 있는 센나야 광장 한 모퉁이로 나왔다. 그러나 오늘 그 부부는 없었다. 그는 걸음을 멈추고 주위를 둘러보았다. 그리고 밀가루가게 문가에 멍청히 서 있는 빨간 셔츠의 젊은이에게 말을 건넸다.

"이 모퉁이에서 부인과 함께 장사하는 사내가 있었는데, 모르겠나?"

"모두가 장사를 하죠."

젊은이는 거만스럽게 라스콜니코프를 훑어보면서 이렇게 대답했다.

"그 사내 이름이 뭐지?"

"세례받은 대로의 이름일 테죠."

"자네도 자라이스키 사람인가 보군? 어느 현에서 왔나?"

젊은이는 다시 한번 라스콜니코프를 훑어보았다.

"나리, 우린 현이 아니라 군이에요. 형님은 사방으로 여행을 다니지만, 난 집에만 있었기 때문에 아무것도 몰라요⋯⋯ 그러니 이젠 그만 물으슈."

"저건 식당인가, 2층 말이야?"

"선술집이에요. 당구대도 있죠. 색시도 있고요…… 꽤 손님이 많아요!"

라스콜니코프는 광장을 가로질렀다. 건너편 한쪽 구석에 사람들이 많이 모여 있었다. 모두 농군들이었다. 그는 사람들의 얼굴을 들여다보면서 제일 혼잡한 곳으로 뚫고 들어갔다. 왜 그런지 누구하고든 얘기가 하고 싶어 못 견딜 지경이었다. 그러나 농군들은 그를 거들떠보지도 않고 몇 패로 나뉘어 서로 떠들어대고 있었다. 그는 잠시 서 있다가, 좀 생각을 해보고는 오른쪽으로 돌아 인도를 따라서 V거리로 발길을 돌렸다. 광장을 벗어나자 그는 어느 골목길로 들어섰다……. 그는 전에도 광장에서 사도바야 거리로 통하는 구부러진 이 짧은 골목길을 곧잘 지나다녔다. 특히 요즘 기분이 좋지 않을 때면 '좀 더 기분이 나빠지려고' 일부러 이 근처만을 돌아다녔을 정도였다. 그러나 지금은 아무 생각도 없이 들어섰다. 거기에는 건물 전체가 술집과 그 밖의 영업집으로 차 있는 커다란 집 한 채가 있었다. 이들 가게에서는 맨머리에 옷을 한 가지만 걸쳤을 뿐 '잠깐 이웃에' 다니는 듯한 옷차림을 한 여자들이 쉴 새 없이 달려 나오곤 했다. 여자들은 길 위의 두세 군데, 특히 지하실로 내려가는 곳에 떼를 지어 모여 있었다. 거기서 두 계단쯤 내려가면 여러 가지 환락 시설이 있는 곳으로 가게 되어 있었다. 이때 그러한 장소의 하나에서 퉁탕거리는 시끄러운 소리와 떠드는 소리가 한길 가득히 흘러나오고, 기타가 울리고 노랫소리가 들려와 몹시 흥겨워 보였다. 입구에는 여자들이 많이 모여 있었다. 어떤 여자는 계단에 앉아 있고, 어떤 여자는 길바닥에 앉아 있고, 또 어떤 여자는 선 채로 지껄이고 있었다. 그 옆 인도에는 궐련을 입에 문 술 취한 군인 하나가 큰 소리로 욕지거리를 하면서 휘청거리고 있었다. 어디론가 들어가고 싶지만 들어갈 곳을 잊은 것처럼 보였다. 거지같이 초라한 꼴을 한 사내가 또 다른 거지꼴의 사내와 뭐라고 욕지거릴 하고 있는가 하면, 그 옆에는 곤드레만드레 취한 사내가 죽은 듯이 길 한복판에 뒹굴고 있었다. 라스콜니코프는 여자들이 많이 모여 있는 곳에서 걸음을 멈추었다. 그들은 옥양목 옷에 산양 가죽의 구두를 신고 모자가 없는 맨머리였다. 개중에는 40대 여자도 있고, 열일곱쯤 돼 보이는 소녀도 있었다. 그러나 거의 모두가 눈가에 시퍼런 멍이 들어 있었다.

그는 왜 그런지 밑에서 들리는 노랫소리와 소음에 마음이 끌렸다……. 거기서는 큰 소리로 웃어대는 웃음소리와 외침 소리 사이로 가느다란 가성(假聲)의 인상적인 노래와, 기타에 맞춰 누군가가 발뒤꿈치를 구르며 미친 듯이 춤을 추고 돌아가는 소리가 들려왔다. 그는 입구에 허리를 쭈그리고 신기한 듯이 길에서 현관을 들여다보면서 음울하고 생각에 잠긴 듯한 표정으로 귀를 기울였다.

그대는 나의 소중한 서방님
부질없이 나를 때리지 마오!

가수의 가냘픈 노랫소리가 흘러나왔다. 라스콜니코프는 자기의 모든 일이 그 노래에 관련되기라도 한 듯이, 지금 부르고 있는 그 노래가 무척 듣고 싶어졌다.

'들어가볼까?' 하고 그는 생각했다.

'웃고들 있구나! 취했어. 에잇, 나도 한번 녹초가 되도록 마셔볼까?'

"들렀다 가세요, 나리!"

한 여자가 꽤 잘 울리는, 아직 그다지 쉬지 않은 목소리로 말했다. 아직 젊고 그리 밉지 않은 여자였다. 물론 그 떼거리 가운데 한 여자였다.

"꽤 미인이군!"

그는 약간 몸을 일으키고 여자를 보며 이렇게 말했다.

여자는 생긋 웃었다. 그가 한 말이 무척 마음에 든 모양이다.

"나리도 아주 미남이신데요 뭐" 하고 여자는 말했다.

"어쩌면 저렇게 여위셨을까!"

또 한 여자가 나직한 소리로 말했다.

"병원에서 퇴원하시는 길인가 봐!"

"모두 장군댁 따님들 같지만 하나같이 다 납작코야!"

옆으로 온 농군이 거나하게 취한 김에 참견을 했다. 그는 무명 외투 앞
섶을 풀어헤치고, 못생긴 얼굴에 능글맞은 웃음을 띠고 있었다.

"정말 재미있을 것 같구나!"

"들어가세요, 모처럼 오셨는데!"

"들어가지! 좋아, 좋아!"

이렇게 말하며 사내는 구르듯이 밑으로 내려갔다.

라스콜니코프는 다시 걷기 시작했다.

"이봐요, 나리!" 하고 여자가 뒤에서 그를 불렀다.

"왜 그래?"

여자는 좀 당황하는 눈치였다.

"이봐요, 나리, 난 당신하고라면 언제든지 기꺼이 놀아드리겠어요. 그
렇지만 지금은 왜 그런지 마음이 내키지 않는군요. 멋쟁이 아저씨, 한잔
마시고 싶은데 6코페이카만 주세요, 네?"

라스콜니코프는 손에 잡히는 대로 꺼냈다. 5코페이카짜리 동전 세 닢
이었다.

"어머나, 아주 마음이 좋은 분이셔!"

"이름이 뭐지?"

"두클리다를 찾으세요."

"안 돼, 무슨 짓이야."

갑자기 패거리 가운데 한 여자가 두클리다를 보고 고개를 저으며 말

248

했다.

"그렇게 조르는 법이 어디 있나! 나 같으면 부끄러워 얼굴도 쳐들지 못하겠다."

라스콜니코프는 지껄이고 있는 여자를 신기한 듯이 바라보았다. 서른쯤 되어 보이는 곰보인데, 얼굴은 온통 멍이 들고 윗입술은 부어 있었다. 여자는 침착하고도 진지한 어조로 핀잔을 주었다.

'무슨 책이더라?' 하고 라스콜니코프는 다시 걸음을 옮기면서 생각했다. '그걸 내가 어디서 읽었지? 사형선고를 받은 한 사내가 처형되기 한 시간 전에 이런 말을 했다든가, 생각했다든가 한 얘기를. 만약 자기가 어느 높은 산꼭대기 바위의 겨우 두 발밖에 올려놓을 수 없는 좁은 곳에서 살지 않으면 안 된다 하더라도, 주위는 끝없는 심연과 대양과 영원한 어둠과 영원한 고독과 폭풍, 그리고 이 좁은 땅에서 한평생, 아니 영원히 서 있지 않으면 안 된다 하더라도, 지금 당장 죽기보다는 그렇게 하고라도 살아 있는 편이 낫다! 그저 살고 싶다, 살고 싶다. 살아 있고 싶다! 어떻게 살든 그저 살아 있기만 하면 된다! …… 이거야말로 숨김없는 진실이다! 진실의 소리다! 인간은 원래가 비열한 법이다! …… 또한 이런 사내를 비열하다고 하는 놈도 역시 비열한 놈이다' 하고 1분쯤 지나서 그는 이렇게 덧붙였다.

그는 다음 거리로 나왔다.

'야! 이건 수정궁이구나! 아까 라주미힌이 수정궁 얘기를 했었지! 그런데 나는 뭘 할 작정이었지? 그렇지, 신문을 읽어야지! …… 조시모프가 신문에서 읽었다고 했어……'

"신문 있나?"

꽤 넓고 깨끗한 술집으로 들어서면서 그는 이렇게 물었다. 방은 여러 개 있었으나 손님은 많지 않았다. 두서너 명이 차를 마시고 있고, 멀리 떨어진 한 방에 네 사람이 앉아서 샴페인을 마시고 있었다. 라스콜니코프의 눈에는 그 속에 자묘토프가 끼어 있는 것같이 보였다. 그러나 멀어서 잘 분간할 수는 없었다.

'있으면 어때!' 하고 그는 생각했다.

"보드카를 드시겠어요?" 하고 종업원이 물었다.

"차를 주게. 그리고 신문 좀 가져다주겠나, 묵은 것을 닷새쯤 전부터 죽. 팁을 줄 테니."

"네, 알겠습니다. 이건 오늘 신문입니다. 그리고 보드카도 주문하시겠습니까?"

낡은 신문과 차가 나왔다. 라스콜니코프는 편히 앉아 찾기 시작했다.

'이즐레르, 이즐레르, 앗체키, 앗체키, 이즐레르, 바르톨라, 마시모, 앗체키, 이즐레르, 쳇, 제기랄! 앗, 여기 기사가 있군…… 여자가 층계에서 떨어졌다. 상인이 과음으로 사망. 페스키의 화재, 페테르부르크구(區)의 화재, 또 하나 페테르부르크의 화재, 이즐레르, 이즐레르, 이즐레르, 이즐레르, 마시모, 앗, 이거다…….'

그는 드디어 찾아내서 읽기 시작했다. 활자는 눈 속에서 춤을 추었으나, 그래도 그는 '기사'를 죄다 읽고는 다음 페이지의 새로운 추가 기사를 찾기에 바빴다. 페이지를 넘기는 그의 손은 초조한 나머지 바르르 떨렸다. 갑자기 누군가 그의 옆으로 와서 탁자 맞은편에 앉았다. 흘긋 보니…… 자묘토프였다. 포마드를 바른 검은 머리에 가르마를 곧게 타고, 멋진 조끼에 약간 낡은 프록코트와 그다지 희지 못한 셔츠를 입고, 금줄을 늘이고 금반지를 몇 개씩이나 낀 여느 때와 다름없는 자묘토프였다. 그는 유쾌해 보였다. 적어도 유쾌한 듯이 호인다운 웃음을 띠고 있었다. 거무스름한 얼굴은 한잔 들이켠 샴페인 때문에 불그레했다.

"아니! 당신이 이런 곳엘?"

그는 십년지기라도 만난 것 같은 얼굴로 의아한 듯이 입을 열었다.

"바로 어제만 해도 라주미힌이 당신은 여전히 의식불명이라고 하던데. 아무래도 이상하군요! 나도 당신 집에 갔었어요…….'

라스콜니코프는 그가 옆에 오라는 것을 알고 있었다. 그는 신문을 밀어놓고 자묘토프 쪽으로 돌아앉았다. 그의 입술에는 냉소가 감돌았으나, 그 속에는 무언가 새로운 초조의 빛이 엿보였다.

"알고 있습니다, 당신이 오셨다는 것은" 하고 그는 대답했다.

"들었어요. 양말을 찾아주셨다고요…… 그런데 라주미힌은 당신한테 홀딱 반한 모양이더군요. 당신은 그 친구와 함께 루이자 이바노브나한테 갔었다면서요? 왜 그때 당신이 애써 화약 중위에게 눈짓을 하는데도 그 양반은 통 눈치채지 못했었죠, 기억하시죠? …… 그 여자한테 말이에요. 모르실 리 없을 텐데, 다 아는 일인데요…… 안 그래요?"

"그 친구도 꽤 짓궂은 사내로군!"

"화약 중위 말입니까?"

"아니, 당신 친구 라주미힌 말이오…….'

"경기가 괜찮군요, 자묘토프 씨, 그런 유쾌한 곳에 무상출입이시라니! 지금 당신에게 샴페인을 대접한 사람은 누굽니까?"

"그저 우리끼리…… 마신 겁니다…… 대접이라니, 당찮은 말입니다!"

"사례조겠죠! 빈틈없이 이용하시는군요!"

라스콜니코프는 껄껄 웃었다.

"아니, 아무것도 아니에요, 선량하신 도련님, 아무것도 아닙니다!"

그는 자묘토프의 어깨를 툭 치며 덧붙였다.

"나는 뭐 악의로 하는 말이 아니에요. 즉 '사이가 좋기 때문에 장난으로' 말하는 것뿐이죠. 이건 그 칠장이가 미트레이를 때렸을 때 한 말이지만요. 그 노파 살해 사건과 관련해서."

"어떻게 그걸 아시오?"

"어쩌면 내가 당신보다 더 자세히 알고 있는지도 모르죠."

"아무래도 당신 좀 이상하군요…… 아직도 병이 심하신가 본데. 외출은 무리예요……."

"내가 그렇게 이상해 보입니까?"

"그렇게 보이는데요. 그런데 그건 뭡니까, 신문을 읽고 계셨나요?"

"신문입니다."

"화재 기사가 많지요."

"아니, 내가 읽은 것은 화재 기사가 아닙니다."

이렇게 말하고 그는 수수께끼 같은 이상한 눈으로 자묘토프를 보았다. 조소하는 것 같은 엷은 웃음이 다시금 그의 입술을 일그러뜨렸다.

"아니에요, 화재 기사가 아니에요" 하고 그는 자묘토프에게 눈을 깜박이며 말을 이었다.

"자, 고백하시오, 사랑스러운 도련님, 당신은 내가 어떤 기사를 읽었는지 무척 알고 싶은 거죠?"

"그런 생각은 조금도 없어요, 그저 물어본 것뿐입니다. 또 물어봐서 안 될 것도 없지 않아요? 왜 당신은 그렇게……."

"이거 보시오, 당신은 교양을 지닌 문학적인 분이죠, 그렇죠?"

"나는 중학교 6학년까지 다녔을 뿐이오."

다소 위엄을 보이면서 자묘토프가 대답했다.

"6학년까지! 당신은 참으로 귀여운 참새로군! 가르마를 똑바로 타고, 반지도 많이 끼고…… 과연 부자는 다르군! 참으로 귀여운 도련님이셔!"

이렇게 말하고 라스콜니코프는 신경질적인 웃음을 자묘토프의 얼굴에 퍼부었다. 자묘토프는 엉겁결에 한 걸음 뒤로 물러났다. 모욕을 느꼈다기보다는 너무나 놀랐기 때문이다.

"쳇, 별 괴상한 사람 다 보겠군!"

자묘토프는 정색을 하고 되풀이했다.

"아무래도 당신은 아직 헛소리를 하는 것 같소."

"헛소리를 한다고요? 바보 같은 소리 마시오, 참새 양반! 내가 그렇게 이상해 보입니까? 흠, 그러니까 당신은 내게 흥미가 있겠죠, 네? 흥미 있는 존재죠?"

"흥미 있군요."

"그러니까 다시 말하자면, 내가 무엇을 읽었나, 무엇을 찾았나 하는 거죠? 이렇게 낡은 신문까지 잔뜩 가져오게 했으니 말이오! 수상하단 말이죠, 예?"

"어서 계속하시오."

"귀가 솔깃했다 이 말씀이군요."

"도대체 귀가 솔깃할 게 뭐냔 말이오?"

"귀가 솔깃할 내용은 나중에 말하기로 하고, 지금은 나의 사랑하는 도련님, 이렇게 말씀드리기로 하죠…… 아니, 차라리 '고백하겠소'…… 아니, 이 것도 적당치 않아. '진술할 테니 받아쓰시오.' 그렇지, 이게 좋아! 자, 그럼 진술을 하겠소. 내가 읽은 것은, 흥미를 가지고 찾고…… 또 조사한 것은……."

라스콜니코프는 눈을 가늘게 뜨고는 잠깐 기다렸다.

"내가 일부러 여기 들른 이유는…… 관리 미망인인 노파의 살인 사건을 조사하기 위해서였소."

자기 얼굴을 자묘토프의 얼굴에 바싹 대고 그는 속삭이듯 이렇게 말했다. 자묘토프도 자기 얼굴을 상대방의 얼굴에서 떼려고 하지 않고 뚫어지게 그를 마주 보았다. 훗날 자묘토프로서 무엇보다 이상했던 것은, 이때 꼭 1분 동안이나 두 사람 사이에는 침묵이 계속되고 서로 흘겨보았다는 점이었다.

"아니, 그게 어쨌단 말이오, 그 기사를 읽은 것이?"

갑자기 그는 의혹과 초조에 사로잡혀 외쳤다.

"도대체 그게 나와 무슨 관계가 있소! 그게 어쨌다는 거요?"

"바로 그 노파 말이에요."

라스콜니코프는 자묘토프의 외침에도 까딱 않고 여전히 속삭이듯 말을 이었다.

"기억하시죠, 그때 경찰서에서 그 얘기가 나오자 내가 졸도했던, 그 노파 말입니다. 어때요, 이젠 아시겠소?"

"대체 무슨 소리요? 무엇이…… '아시겠소'예요?"

자묘토프는 자못 불안한 듯이 말했다.

라스콜니코프의 딱딱하고 진지한 얼굴이 일순간 홱 변하고 말았다. 별안간 그는 자기 스스로를 제어할 힘이 없어진 것처럼, 다시금 아까와 같은 신경질적인 웃음을 터뜨렸다. 이 순간, 도끼를 손에 들고 문 뒤에 숨어 있던 며칠 전의 한 순간이 무서울 만큼 똑똑하게 되살아났다. 문고리가 덜거덕거리고, 밖에서는 두 사내가 욕지거리를 퍼붓고 문을 밀기도 한다. 그러자 갑자기 두 사람에게 호통을 치며 욕을 퍼붓고 혀를 날름 내밀어 조소해주고 깔깔거리며 웃고, 웃고, 또 웃어주고 싶었던 순간이!

"당신 미쳤소, 아니면……" 하고 자묘토프는 말을 계속하려다가, 문득 머릿속을 스치는 상념에 움찔한 듯이 입을 다물었다.

"아니면? 뭐가 '아니면'이오? 뭐예요? 어서 말해보시오!"

"아무것도 아니오!"

자묘토프는 성난 소리로 대답했다.

"다 부질없는 일이에요!"

두 사람은 입을 다물어버렸다. 뜻하지 않은 웃음의 폭발이 끝나자, 라스콜니코프는 갑자기 생각에 잠긴 듯 침울한 표정이 되었다. 그는 탁자 위에 팔꿈치를 짚고 손으로 턱을 괴었다. 자묘토프의 존재 따위는 까맣게 잊어버린 듯싶었다. 침묵은 꽤 오래 계속되었다.

"왜 차는 안 드시오? 식어버리겠소" 하고 자묘토프가 말했다.

"네? 뭐요? 차를? …… 아, 그렇군…….."

라스콜니코프는 차를 한 모금 꿀꺽 마시고는 빵을 한 조각 입에 넣었다. 그러고는 자묘토프의 얼굴을 흘긋 보고, 갑자기 모든 것이 생각난 듯이 흠칫 몸을 떠는 것 같았다. 그의 얼굴에는 그 순간 처음과 같은 조소의 표정이 떠올랐다. 그는 계속해서 차를 마셨다.

"요즈음은 그런 흉악한 범죄들이 부쩍 늘었어요."

자묘토프가 말했다.

"얼마 전에도 《모스크바 통보》에서 읽었는데, 큰 지폐 위조단이 검거되었더군요. 거의 회사만한 규모의 인원이 유가증권을 위조하고 있었대요."

"아, 그건 벌써 낡은 얘기예요! 나는 벌써 한 달 전에 읽은걸."

라스콜니코프는 침착하게 대답했다.

"그럼 당신 생각엔 그런 사람들이 악당이겠군요?" 하고 그는 히죽 웃으면서 덧붙였다.

"악당이 아니고 무엇입니까?"

"그게요? 그건 어린애들이에요, 풋내기예요, 악당이랄 수 없어요! 그까짓 일을 위해 인간 50명이 모이다니! 그럴 수가 있습니까? 세 사람도 많아요. 그것도 서로들 자기 자신 이상으로 믿을 수 있어야 합니다! 그중 한 사람이 취중에 지껄이기라도 한다면, 그것으로 만사는 끝장이 나니까요! 풋내기들이죠! 지폐를 바꾸는 데 믿을 수도 없는 사내를 고용하다니, 그런 일을 아무에게나 맡기는 법이 어디 있어요? 설사 풋내기들이라도 다행히 잘 해치웠다고 합시다. 각각 백만 루블씩 바꿀 수 있었다고 하더라도 말입니다. 자, 그다음은 어떻게 되겠습니까? 한평생, 그야말로 한평생을 남에게 의지해서 살아야 하지 않겠어요! 그렇다면 차라리 목을 매는 편이 낫죠! 그런데 그자들은 돈을 바꾸지도 못했거든요. 은행에 가서 5,000루블을 받아 들자 손이 후들후들 떨리기 시작했습니다, 4,000루블까지는 제대로 세었지만 나머지는 한시바삐 도망치려는 생각에서 그대로 받아서 호주머니에 쑤셔 넣었어요. 그래서 결국 혐의를 받게 되고, 바보 같은 놈 단 한 사람 때문에 만사가 끝장나고 만 거죠! 도대체 이런 어리석은 얘기가 어디 있겠습니까?"

"손이 떨렸다는 게 어쨌다는 겁니까?"

자묘토프가 말을 받았다.

"그야 그럴 수 있는 일이죠. 아니, 나는 얼마든지 그럴 수 있다고 믿어 의심치 않습니다. 도저히 참아낼 수 없는 경우가 있으니까요."

"그 정도의 일로?"

"아니, 당신이라면 참아낼 수 있겠소? 나 같으면 도저히 참아낼 수 없을 겁니다! 100루블 정도의 보수를 받고 그런 무서운 짓을 하다니! 위조 지폐를 가지고, 게다가 거기가 어딘데! 그런 일이 전문인 은행으로 가다니. 아니, 나라면 당황할 겁니다. 당신은 당황하지 않을 것 같소?"

라스콜니코프는 또다시 '혀를 날름 내밀고' 싶은 기분이었다. 이따금 오한이 순간적으로 등골을 스치곤 했다.

"나 같으면 그렇게는 하지 않을 겁니다."

그는 슬쩍 돌려 말하기 시작했다.

"나 같으면 이렇게 바꾸겠어요. 먼저 최초의 1,000루블은 한 귀퉁이마다 한 번씩 도합 네 번쯤 한 장 한 장 조사해 세어보고, 그다음 1,000루블을 세기 시작하는 거죠. 그것도 반쯤 세다가 어떤 것이든 50루블짜리 지폐를 한 장 빼내어 밝은 곳에 비추어 보고, 뒤집어 보고, 다시 한번 가짜가 아닌가 비추어 본단 말이에요. 그러고는 '걱정이 돼서 그럽니다. 요전에도 친척 여자가 25루블이나 속은 일이 있어요' 하면서 그 이야기를 늘어놓는 거예요. 그리고 3,000루블째를 셀 때 '이거 미안합니다. 아까 2,000루블째 셀 때 700루블까지 세다 잘못 센 거 같아요. 아무래도 그런 것 같아요' 하고는 3,000루블째 세는 것을 중지하고 2,000루블째를 다시 세기 시작합니다. 이렇게 해서 5,000루블을 다 센단 말입니다. 그리고 전부 세고 나면, 또 다섯째 다발과 둘째 다발에서 한 장씩 빼내어 밝은 곳에 비추어 보면서 아직도 미심쩍은 듯이 '미안하지만 좀 바꿔주시오' 하는 식으로 은행원이 지쳐서 비명을 올릴 때까지 하는 겁니다. 어떡하면 저 귀찮은 놈을 쫓아버릴 수가 있을까 하고 진절머리를 낼 때까지 말입니다! 그래서 겨우 다 끝내고 나서 나오려고 문을 열었다가는 '아니, 잠깐만 실례합니다' 하면서 다시 한번 돌아섭니다. 그러고는 또 무슨 질문을 하고 설명을 듣습니다. 나 같으면 이렇게 해치우죠!"

"허허, 당신은 정말 무서운 소릴 하시는군요!" 하고 자묘토프는 웃으면서 말했다.

"그러나 그건 말뿐이지 정작 실행하게 되면 아마 실패하고 말 겁니다. 그런 경우에는, 내 생각 같아선, 나나 당신뿐만 아니라 아무리 경험 많고 대담한 놈이라도 자기 자신을 보증할 수 없는 법입니다. 뭐 비근한 예로 여기 좋은 본보기가 있습니다. 우리 관내에서 일어난 노파 살인 사건 말입니다. 그야말로 대담한 놈이어서 그런 모험을 해치우고는 정말 기적적으로 살아난 것처럼 보이지만, 그래도 역시 손은 떨렸던 모양입니다. 제대로 훔치지도 못했으니까요. 끝까지 견뎌내질 못한 거죠. 범행의 솜씨를 보면 뻔해요……."

라스콜니코프는 모욕을 느낀 듯한 표정이 되었다.

"뻔하다뇨! 그럼 가서 잡으면 될 거 아니오, 지금 곧!"

그는 간악한 기쁨을 느끼면서 자묘토프를 부추기듯이 외쳤다.

"걱정 마세요, 곧 붙잡을 테니."

"누가? 당신이? 당신이 잡는다고요? 공연히 허탕만 칠 거요! 당신네들이 가장 눈독을 들이는 것은 돈을 물 쓰듯 한다는 거죠? 지금까지 한 푼도 없던 놈이 갑자기 돈을 쓰기 시작하면, 그놈이 바로 범인이라고 인정한단 말이에요. 그런 건 조그만 어린애라도 마음만 먹으면 별문제 없이 당신들을 속일 수 있을 거요!"

"그런데 놈들은 모두 그렇게들 하거든요" 하고 자묘토프는 대답했다.

"죽일 때는 실로 교활하게 목숨 걸고 모험을 하면서도, 그다음엔 곧장 술집으로 뛰어들어 이내 붙잡히고 맙니다. 돈을 쓰다가 모두 걸려든단 말이에요. 모두가 당신처럼 교활하지는 못하니까요. 당신 같으면 물론 술집 같은 덴 안 가겠죠?"

라스콜니코프는 눈살을 찌푸리고 뚫어지게 그를 바라보았다.

"당신은 그런 경우에 내가 어떻게 할지 알고 싶어 그러는 거죠?"

그는 못마땅한 듯이 물었다.

"알고 싶군요."

자묘토프는 정색을 하고 분명하게 대답했다. 그의 어조와 시선은 매우 진지했다.

"몹시?"

"몹시!"

"좋아요. 나 같으면 이렇게 하죠."

라스콜니코프는 또다시 자기 얼굴을 자묘토프의 얼굴에 가까이 하고, 또다시 상대방의 얼굴을 뚫어지게 바라보면서, 또다시 아까와 같은 속삭이는 듯한 목소리로 말했다. 이번에는 자묘토프도 무의식중에 부르르 몸을 떨 정도였다.

"나 같으면 이렇게 하겠소. 우선 돈과 물건을 가지고 빠져나오면 그길로 곧장 어디든 한적한, 울타리뿐이고 인기척이 없는 채소밭이나 그 비슷한 곳으로 갑니다. 거기에는 미리부터 무게 1푸드나 1푸드 반쯤 되는 적당한 돌 하나를 봐두는 거예요. 울타리 밑 어느 구석에 뒹굴고 있는, 건축에 쓰다 남은 돌 같은 거 말입니다. 그 돌을 들어 올리면 그 밑에는 반드시 구덩이가 패 있습니다. 그 팬 곳에 돈과 물건을 죄다 넣어버리죠. 넣어버리고는 전과 같이 돌을 올려놓고 발로 꾹꾹 밟은 다음 유유히 그곳을 떠납니다. 그리고 그대로 1년이나 2년, 또는 3년쯤 내버려두는 겁니다. 자, 어디 한번 찾아내보란 말이오! 이래도 찾아낸다면 대단한 솜씨죠!"

"당신은 돌았군요."

자묘토프는 왜 그런지 속삭이듯이 말했다. 그러고는 무엇 때문인지 급히 라스콜니코프에게서 몸을 비켰다. 라스콜니코프의 눈이 번쩍이기 시작했다. 얼굴빛은 무서울 만큼 창백해지고 윗입술은 경련을 일으킨 듯 떨기 시작했다. 그는 되도록 가까이 자묘토프에게로 몸을 굽히고, 아무 소리도 내지 않고 입술만 움직이기 시작했다. 그대로 30초가량이나 있었다. 그는 자신이 하고 있는 행동을 알면서도 스스로를 제어할 수 없었던 것이다. 그때 그 문고리가 흔들릴 때와도 같은 무서운 말이 그의 입술에서 춤추고 있었다. 지금이라도 금방 튀어나올 것만 같았다. 그저 입을 열기만 하면 지금이라도 당장 튀어나올 것만 같았다!

"어때요, 만약 내가 그 노파와 리자베타를 죽였다면?"

문득 그는 이렇게 말을 꺼내고는 퍼뜩 제정신으로 돌아왔다.

자묘토프는 의아한 눈으로 그를 보았으나 곧 백지장같이 새하얘졌다. 그 얼굴은 미소로 일그러졌다.

"대체 그런 일이 있을 수 있소?"

그는 겨우 들릴 듯 말 듯한 목소리로 이렇게 말했다.

라스콜니코프는 독기 어린 눈으로 그를 노려보았다.

"솔직히 말하시오, 당신은 그렇게 믿고 있었죠? 네, 그렇죠?"

"당치도 않습니다! 더구나 지금은 전보다 더 믿지 않습니다!" 하고 자묘토프는 황급히 말했다.

"드디어 걸려들었군! 참새 씨를 붙잡았어. '전보다 더 믿지 않는다'는 건 전에는 그렇게 믿었단 말이지 뭐요?"

"절대로 그렇지 않다니까요!"

자묘토프는 몹시 낭패한 듯이 말했다.

"나를 놀라게 한 것도 결국은 이런 결론으로 유도하기 위해서였군요?"

"그럼 믿지 않는단 말이죠? 그렇다면 그때 내가 경찰서를 나온 뒤에 내가 없는 데서 당신네들은 무슨 얘기를 했습니까? 그렇다면 왜 화약 중위는 졸도했다가 깨어난 나를 신문했습니까? 이봐, 이리 와!"

그는 모자를 집어 들고 일어나면서 종업원을 불렀다.

"얼마냐?"

"모두 30코페이카입니다." 종업원은 달려오면서 대답했다.

"자, 이 20코페이카는 팁이다. 어때요, 대단한 돈이죠!"

그는 지폐를 쥔 떨리는 손을 자묘토프 앞에 내밀었다.

"붉은 지폐, 푸른 지폐로 25루블. 어디서 생겼을까요? 이 새 옷은 어디서 나고? …… 내가 한 푼도 없다는 건 당신도 알고 있잖소! 우리 안주인도 이미 조사를 받았을 테니까…… 자, 그만해두죠! Assez cause!* 그럼 안녕히…… 또 만납시다…….."

그는 일종의 야성적인 히스테릭한 감각에 온몸을 떨면서 밖으로 나왔다. 그러나 그 감각에는 말할 수 없는 어떤 쾌감도 섞여 있었다. 그렇지만 그의 기분은 우울하고 몹시 지쳐 있었다. 그의 얼굴은 무슨 발작을 일으킨 뒤처럼 일그러져 있었다. 피로감은 급속도로 커져갔다. 아주 가벼운 충

---

* '그만 지껄입시다'라는 뜻

격, 조그만 감각에도 그의 기력은 금방 타오르며 긴장했으나, 그 감각이 약해짐에 따라 같은 속도로 급격히 약화되었다.

자묘토프는 홀로 남아 그 자리에 앉은 채로 오랫동안 생각에 잠겨 있었다. 라스콜니코프는 갑자기 이른바 그 사건에 관한 그의 생각을 여지없이 뒤집어엎고, 그의 의견을 확고부동한 것으로 만들어버렸다.

'일리야 페트로비치는 바보다!'라고 그는 단정해버렸다.

라스콜니코프가 바깥문을 여는 순간, 뜻밖에도 안으로 들어오던 라주미힌과 계단에서 마주쳤다. 두 사람은 바로 한 걸음 앞에 올 때까지 서로 알아차리지 못했기 때문에 하마터면 머리를 부딪칠 뻔했다. 얼마 동안 그들 두 사람은 서로서로를 겨냥해 보고 있었다. 라주미힌은 몹시 놀란 표정이었으나 어느덧 분노의 빛이, 거짓 없는 분노의 빛이 무섭게 그의 두 눈에 번쩍이기 시작했다.

"아니, 여기 있었구나!"

그는 목청을 다해 소리쳤다.

"침대에서 빠져나와서! 나는 소파 밑까지 찾았어! 지붕 밑까지 찾았단 말이야! 자네 때문에 나스타시야가 얻어맞을 뻔하기까지 했어…… 그런데 이런 델 와 있었다니? 로쟈! 대체 어떻게 된 거야? 사실대로 죄다 말해봐! 고백하란 말이야! 어서!"

"다른 게 아니야, 자네들이 귀찮게 굴어 못 견디겠기에 나 혼자 있으려 했을 뿐이야."

라스콜니코프는 침착하게 말했다.

"혼자? 아직 걷지도 못하는 주제에, 아직 백지장같이 창백한 얼굴로 숨을 헐떡거리면서? 바보 같으니라고! 대체 자넨 수정궁에서 뭘 하고 있었지? 어서 바른대로 말해봐!"

"저리 비켜."

라스콜니코프는 이렇게 말하고 그냥 빠져나가려고 했다. 드디어 라주미힌도 분통이 터졌다. 그는 라스콜니코프의 어깨를 꽉 붙들었다.

"비켜달라고? 어디서 비켜달라는 말이 나와! 내가 지금 자네를 어떻게 하려는지 알겠나? 자네를 붙잡아 꽁꽁 묶어가지고 겨드랑이에 낀 채 집으로 데리고 가서, 문을 잠그고 가두어버리겠어!"

"내 말 들어, 라주미힌!"

라스콜니코프는 조용히, 그리고 침착한 표정으로 말하기 시작했다.

"내가 자네의 호의를 귀찮아한다는 걸 자넨 모르나? 모처럼의 호의에 침을 뱉는 그런 인간에게 억지로 호의를 베풀려고 하다니, 자네도 괴상한 취미군. 더구나 상대방은 괴로움을 무릅쓰고 그것을 참아야 한다는데도? 왜 자넨 내가 앓기 시작하자마자 나를 찾아왔나? 나는 어쩌면 차라리 죽기를 원했는지도 몰라. 자네는 나를 괴롭히고 있어, 나는 자네가…… 귀찮다고 오늘도 노골적으로 말했는데, 그래도 아직 모자라나? 이렇게 사람을 괴롭히다니, 정말 괴상한 취미도 다 있군! 분명히 말해두지만, 이런 모든 일이 내 건강의 회복을 방해하고 있는 거야. 쉴 새 없이 나를 자극하기만 하니까. 조시모프도 나를 자극하지 않으려고 아까 돌아가지 않았느냐 말이야! 자네도 제발 나를 내버려두게! 그리고 자넨 도대체 무슨 권리가 있어서 나를 완력으로 억제하려는 건가? 정말 자넨 모르겠나, 내가 완전히 제정신으로 이 말을 하고 있다는 것을. 제발 좀 가르쳐주게. 도대체 어떻게 해야, 어떻게 애원해야 자네는 내게 붙어 다니거나 호의를 베푸는 것을 그만두겠나? 나를 배은망덕한 놈이라고 욕해도 좋아, 비열한 놈이라고 해도 좋아. 제발 부탁이니 내버려두게, 내버려둬! 내버려둬! 내버려두란 말이야!"

그는 처음에는 이제부터 퍼부으려는 독설에 미리부터 기쁨을 느끼면서 침착하게 말하기 시작했으나, 나중에는 아까 루쥔을 대했을 때와 마찬가지로 열중한 나머지 숨을 헐떡이면서 말을 맺었다.

라주미힌은 버티고 선 채 잠시 생각하다가 이윽고 그의 손을 놓아주었다.

"맘대로 어디로든 꺼져버려!"

그는 생각에 잠긴 듯한 나직한 소리로 말했다. "잠깐만!" 라스콜니코프가 자리를 뜨려고 하자, 그는 별안간 이렇게 외쳤다.

"내 말 좀 들어. 분명히 말해두지만, 자네 같은 놈들은 하나같이 수다쟁이와 허풍선이일 뿐이야! 조금만 괴로운 일이 생기면 마치 알을 품은 암탉처럼 그걸 내세우고 다니거든! 더구나 이런 때는 남의 말을 표절하고 다닌단 말이야. 자네들에겐 독립된 생활이란 있을 수가 없어! 자네들은 고래 기름으로 만들어진 인간들이고, 피 대신에 치즈를 짜고 남은 찌꺼기 국물만이 흐르고 있어! 나는 자네들을 하나도 신용하지 않아. 자네들의 첫째 일은, 어떤 경우에든 어떻게 해서든지 인간답지 않게 보이려는 거야! 이봐, 좀 기다렷!"

라스콜니코프가 다시금 도망치려는 것을 보고, 그는 더욱더 격노하여 외쳤다.

"끝까지 들으란 말이야! 자네도 알고 있듯이, 오늘 우리 집에서 이사를 축하하는 모임이 있어, 어쩌면 벌써들 와 있을지도 모르지. 백부님을 모셔두고 왔어, 손님 접대를 하시도록. 잠시 들러보고 오는 길이야. 그러니까 만약 자네가 바보가 아니라면, 속된 바보가 아니라면, 지독한 바보가 아니라면, 외국 것의 번역물이 아니라면…… 알겠나, 로쟈, 사실 자넨 사랑스럽고 총명한 인간이지만, 그러나 바보야! 그러니 만약 자네가 바보가 아니라면 공연히 신발을 닳게 하지 말고 우리 집에 와서 하룻밤 같이 보내는 게 어때? 일단 밖에 나왔으니 이젠 하는 수 없지! 자네에게 푹신푹신하고 부드러운 안락의자를 가져다주겠네, 집주인에게 있거든…… 함께 차라도 마셔…… 그것이 싫다면 소파에 드러누워 있어도 좋고. 아무튼 우리 옆에 누워 있으면 되는 거야…… 조시모프도 올 거야, 와주겠지, 응?"

"안 가겠어!"

"거짓말 마!"

라주미힌은 조바심이 나서 소리쳤다.

"그건 자네도 모를 거야! 자넨 자기 행동에 책임을 지지 못하는 사내니까! 게다가 자넨 그런 건 하나도 모른단 말이야…… 나는 이런 식으로 천 번 이상이나 남과 싸우고 헤어졌지만, 언제나 곧 화해를 했어…… 어쩐지 멋쩍은 기분이 들어 다시 상대를 찾아가게 되지! 그럼 기억해두게, 포친코프네 집 3층이야……."

"그렇다면 뭐야, 라주미힌, 아마도 자넨 호의를 베푸는 만족감 때문에 남이 자기를 때려도 내버려두겠군그래?"

"누구를? 나를? 그런 걸 생각하기만 해도 그놈의 콧등을 비틀어놓고 말지! 포친코프네 건물 47호, 바부쉬킨이라는 관리의 집이야……."

"나는 안 가겠네, 라주미힌!"

라스콜니코프는 발길을 돌려 걷기 시작했다.

"내기를 해도 좋아, 아마 오지 않고는 못 견딜걸!" 하고 라주미힌은 뒤쫓듯이 외쳤다.

"오지 않는다면…… 오지 않는다면…… 자네하고 절교야! 이봐, 기다렷! 자묘토프는 저기 있던가?"

"있어."

"만났나?"

"만났어."

"얘기를 했나?"

"했지."

"무슨 얘기를? 아니, 맘대로 해, 말하지 않아도 좋아. 포친코프네 건물 47호 바부쉬킨이야, 잊지 마."

264

라스콜니코프는 사도바야 거리까지 가서 모퉁이를 돌았다. 라주미힌은 생각에 잠긴 듯이 그 뒷모습을 전송하고 있었다. 이윽고 손을 내젓고는 안으로 들어가다가 다시 계단 중턱에서 멈추어 섰다.

"맘대로 하라지!" 하고 그는 중얼거렸다.

'말만은 제법이야. 꼭 성한 사람처럼…… 아니, 내가 어리석지, 돌았다고 해서 반드시 말을 제대로 못한다는 법은 없거든! 그리고 보니 조시모프도 바로 이 점을 염려하는 눈치였어!'

그는 손가락으로 이마를 탁 튀겼다.

'녀석이 만약…… 아니, 이대로 혼자 내버려둘 수는 없어! 투신자살이라도 한다면…… 이거 큰일 났군! 안 되겠어!'

이렇게 생각하고 그는 다시 발길을 돌려 라스콜니코프를 뒤쫓아 달려갔다. 그러나 이미 그림자도 보이지 않았다. 그는 침을 탁 뱉고는 한시라도 빨리 자묘토프에게 물어보려고 급하게 걸어서 수정궁으로 돌아왔다.

라스콜니코프는 곧장 ○○다리까지 가서 한가운데 난간 옆에 멈추어 섰다. 그러고는 난간에 두 팔꿈치를 괴고 먼 곳을 바라보기 시작했다. 라주미힌과 헤어지고 그는 극심한 피로감을 느껴 여기까지도 간신히 걸어왔다. 그는 길거리라도 좋으니 어디에든 앉거나 눕고 싶었다. 그는 물 위로 몸을 굽히고 장밋빛으로 불타는 석양이며, 차츰 짙어져가는 황혼 속에 거무스레하게 보이는 집들이며, 왼쪽 강가에 있는 지붕 밑 방의 순간적으로 던져진 태양의 최후 광선을 받아 마치 화염에 싸인 것처럼 빛나고 있는 머나먼 창문이며, 검게 보이기 시작한 운하의 물 등을 기계적으로 바라보았으나, 특히 그 물을 주의 깊게 바라보는 것 같았다. 그러다가 마침내 눈 속에서 빨간 동그라미 같은 것이 빙글빙글 돌고, 집들이 좌우로 움직이고, 통행인도, 강변의 길도, 마차도…… 모든 것이 빙글빙글 돌며 춤을 추기 시작했다. 갑자기 그는 흠칫 몸을 떨었다. 이때 그를 또 한 번의 졸도에서 구해준 것은 어떤 기이하고도 놀라운 하나의 형상이었는지도 모른다. 그는 누군가 오른쪽으로 와서 자기와 나란히 선 것같이 느꼈다. 눈을 들어 보니, 누르스름한 바짝 마르고 갸름한 얼굴에 핏기 어린 푹 팬 눈을 가진, 키가 크고 머리에 수건을 쓴 여자의 모습이었다. 그녀는 정면으로 그를 바라보고 있었으나, 실은 아무것도 눈에 들어오지 않고 아무도 분별하지 못하는 듯했다. 별안간 그녀는 오른손으로 난간을 짚고 오른발을 들어 난간 밖으로 내밀며 운하 속으로 뛰어들었다. 더러운 물이 쫙 갈라지며 순식간에 희생물을 삼켜버렸다. 1분쯤 지나자 여인의 몸은 다시 떠올라 조용히 물결을 따라 떠내려갔다. 머리와 발은 물속에 잠기고 등만 내보이면서 흘러내린 스커트는 베개처럼 불룩하게 수면에 부풀어 올라 있었다.

"물에 빠졌다! 물에 빠졌어!"

몇십 명이 아우성을 쳤다. 사람들이 몰려와 양쪽 강가 길에는 구경꾼이 늘어서고, 서로 떼밀며 밀어댔다.

"아이고머니, 저건 우리 아프로시뉴시카가 아니야?"

어디선가 울음 섞인 여인의 외침 소리가 들려왔다.

"제발 좀 살려주세요! 어서들 좀 건져주세요!"

"보트를 내! 보트를!"

군중 속에서 고함 소리가 들렸다.

그러나 보트는 이미 소용이 없었다. 순경 한 사람이 강가의 돌계단을 뛰어 내려가 외투와 장화를 벗어던지고는 물속으로 뛰어들었다. 일은 별로 힘들지 않았다. 투신한 여인은 마침 돌계단에서 두 걸음쯤 되는 곳을 떠내려가고 있었으므로, 순경은 오른손으로 여인의 옷자락을 붙잡고 왼손으로는 동료가 내미는 장대를 재빨리 붙들었다. 이렇게 해서 여인은 곧 인양되어 화강암 포석 위에 뉘어졌다. 그녀는 이내 정신이 들어 몸을 일으키더니, 땅바닥에 주저앉은 채 공연히 젖은 옷을 비비면서 재채기를 하고 코를 훌쩍이기 시작했다. 그녀는 아무 말도 하지 않았다.

"술이 과했어요, 여러분, 술이 너무 과해서……."

아까 그 여자가 아프로시뉴시카의 바로 옆에서 큰 소리로 짖어댔다.

"전번에도 목을 매달려는 것을 겨우 풀어놓은 적이 있어요. 나는 지금 가게에 갔었기 때문에 딸년에게 감시하라고 일러두었는데…… 그새 이런 엉뚱한 짓을 저질렀군요! 이 거리에 사는 여자예요. 끝에서 두 번째 저 집, 바로 저 집……."

군중은 흩어지기 시작했다. 순경들은 아직도 물에 빠졌던 여자를 돌보고 있었다. 누군가가 경찰에 대해서 떠들어댔다……. 라스콜니코프는 모든 일을 이상하리만큼 냉담하고 무관심한 심정으로 바라보고 있었다. 그는 기분이 언짢아졌다.

'아니, 이건 추잡하다…… 물은…… 적당치 않아' 하고 그는 마음속으로 중얼거렸다.

'기다릴 거라곤 아무것도 없다' 하고 그는 덧붙였다. '아무것도 없어, 경찰은 어떻게 된 걸까…… 자묘토프는 왜 경찰서에 안 있을까? 경찰서는 9시 지나서까지 열려 있는데…….'

그는 난간을 등지고 서서 주위를 둘러보았다.

"아니, 그것이 어쨌단 말이야! 그것도 괜찮겠군!"라고 그는 단호한 어조로 말하고는 다리를 떠나 경찰서 쪽으로 걷기 시작했다. 그의 마음은 궁글게 텅 비어 있었다. 아무것도 생각하고 싶지 않았다. 근심조차 사라져 버리고, '모든 것에 끝장을 내려고' 집을 나온 그때의 결심은 흔적도 없었다. 그 대신 완전한 무감각이 그를 지배하고 있었다.

'뭐 이것도 역시 결말이지!' 하고 그는 조용히 강변을 기운 없이 걸어가며 생각했다.

'아무튼 끝장을 내버리자, 내가 원하는 바니까…… 그렇지만 과연 이

것이 결말일까? 뭐, 아무려면 어때! 1아르신 정도의 공간은 있겠지. 아니! 그런데 도대체 무슨 결말이야! 과연 이것이 결말일까? 그놈들에게 말해버릴 것인가, 그만둘 것인가? 에잇…… 제기랄! 아무튼 나는 피로하다! 어디든 좀 눕거나 앉고 싶다! 무엇보다도 부끄러운 것은 모든 게 너무나 어리석다는 점이다. 그러나 그런 덴 마음 쓸 필요가 없다. 후우, 왜 이렇게 쓸데없는 생각만 자꾸 머리에 떠오를까…….'

경찰서로 가려면 곧장 가다가 두 번째 모퉁이를 왼쪽으로 돌아야 했다. 경찰서는 거기서 바로 지척이었다. 그러나 그는 첫 번째 모퉁이까지 오자 걸음을 멈추고 잠시 생각한 후 옆 골목으로 빠져버렸다. 그러고는 두 거리나 우회하는 길을 잡아 걸어갔다. 거기에는 아무 목적도 없었지만, 어쩌면 1분이라도 여유를 얻으려는 것이었는지도 모른다. 그는 땅만 보고 걸었다. 그러자 문득 누군가 귓전에서 속삭이는 것 같았다. 고개를 들어 보니 어느 사이에 **그 집** 앞에, 그것도 바로 그 대문 앞에 서 있었다. **그날 밤** 이후 그는 여기 온 일도 없고 옆을 지나간 일도 없었다.

말로는 표현할 수 없는 강렬한 욕구가 그를 마구 끌고 갔다. 그는 건물 안으로 들어가 대문을 지나서 오른쪽에 있는 첫 번째 현관을 통과하여 낯익은 층계를 따라 4층으로 올라가기 시작했다. 좁고 가파른 층계는 몹시 어두웠다. 그는 층계가 꼬부라지는 곳마다 걸음을 멈추고 신기한 듯이 주위를 둘러보았다. 1층과 2층 사이에는 창틀이 죄다 떨어져 있었다.

그때는 이렇지 않았는데' 하고 그는 생각했다. 아아, 이건 미콜라이와 미트레이가 일을 하고 있던 2층의 그 방이다.

'닫혀 있군. 문도 새로 칠하고…… 세를 놓으려고 내놓은 모양이구나.'

그다음이 3층, 그리고 4층…… '여기다!'

의혹이 그를 사로잡았다. 그 방으로 통하는 문이 활짝 열려 있고, 안에는 사람이 있는지 얘기 소리가 들려왔다. 이것은 전혀 예기치 못한 일이었다. 잠시 망설이다가 그는 마지막 계단을 올라 방 안으로 들어갔다.

이 방도 역시 새로 수리를 하고 있었다. 안에는 일꾼들이 있었다. 그 또한 그를 놀라게 한 것 같았다. 그는 왜 그런지 자기가 남기고 간 그대로, 어쩌면 시체마저 마룻바닥의 같은 위치에 뒹굴고 있을지도 모른다고 생각했다. 그런데 지금 들어와 보니, 벽엔 아무것도 없고 가구 하나 눈에 띄지 않았다. 뭔가 이상한 느낌마저 들었다. 그는 창가로 가서 창턱에 걸터앉았다.

일꾼은 모두 두 사람뿐, 둘 다 젊었지만 한 사람은 조금 나이가 많고, 또 한 사람은 훨씬 젊었다. 그들은 이전의 누렇게 헐어 떨어진 벽지 대신에 엷은 보랏빛 꽃무늬가 섞인 새로운 흰 벽지를 벽에 바르고 있었다. 라스콜니코프는 왠지 그것이 몹시 마음에 거슬렸다. 이렇게 죄다 바뀌는 것이 슬프기라도 한 듯이 그는 적의에 찬 눈으로 새 벽지를 흘겨보았다.

일꾼들은 꽤 늑장을 부렸는지 이제야 급히 종이를 치우며 돌아갈 채비를 하고 있었다. 라스콜니코프의 출현에는 두 사람 다 거의 관심이 없었다. 두 사람은 뭔가 얘기를 주고받고 있었다. 라스콜니코프는 팔짱을 끼고 귀를 기울였다.

"그 여자가 말이야, 어느 날 아침에 나를 찾아왔더군."

나이 먹은 쪽이 젊은이에게 말했다.

"아주 일찍이, 굉장히 모양을 내고 말이야. '넌 왜 내 앞에서 그렇게 정답게 굴지, 왜 그렇게 아양을 떨어?' 하고 내가 말하니까, 그녀는 '이봐요, 티트 바실리치, 나는 이제부터 몽땅 당신 것이 되고 싶어요' 하는 거야. 뭐, 그래서 결국 그렇게 된 거지! 그런데 그 옷차림이 바로 잡지거든! 정말 잡지 그대로야!"

"뭐예요, 아저씨, 그 잡지라는 건?"

젊은 쪽이 물었다. 보아하니 그는 '아저씨'라는 사람한테서 많은 것을 배우고 있는 모양이었다.

"잡지란 건 말이야, 색칠을 한 그림을 말하는 거야. 이곳 양복점에 토요일마다 외국에서 우편으로 부쳐오지. 즉 남자든 여자든 누가 어떤 옷을 입어야 어울리느냐 하는 거야. 말하자면 견본 그림책이지. 남자는 대개 외투를 입고 있지만, 여자는 네가 가진 재산을 다 줘도 모자랄 정도로 굉장한 옷들이야!"

"정말이지 이 페테르부르크에는 뭐든지 없는 게 없군요!"

젊은 사내는 감탄조로 소리쳤다.

"어머니와 아버지 말고는 뭐든지 다 있어요!"

"암, 그것만 빼놓고는 뭐든지 다 있고말고!"

나이 많은 쪽이 교훈적인 어조로 결론을 내렸다.

라스콜니코프는 일어나서 전에 고리짝, 침대, 옷장 등이 놓여 있던 다음 방으로 갔다. 가구를 치운 방은 몹시 좁아 보였다. 벽지는 그대로였고, 한쪽 구석에는 성상이 안치되었던 자리가 뚜렷이 흔적을 남겨놓고 있었다. 그는 한 바퀴 둘러보고는 처음의 창가로 되돌아왔다. 나이 많은 일꾼이 흘긋 그를 곁눈질해 보았다.

"무슨 볼일이라도 있으시오?"

라스콜니코프를 돌아보면서 그는 불쑥 이렇게 물었다.

대답 대신에 라스콜니코프는 현관 앞으로 나가서 초인종의 끈을 잡고 잡아당겼다. 그때와 같은 벨, 그때와 똑같은 함석 같은 음향! 그는 두 번, 세 번 당겼다. 그는 종소리에 귀를 기울이며 추억을 더듬었다. 그때의 고통스럽고 무섭던 추악한 감각이 점점 뚜렷이, 점점 생생하게 그의 기억 속에 되살아났다. 그는 벨이 울릴 때마다 움찔움찔 몸을 떨었으나, 그와 동시에 그의 쾌감도 점점 더해갔다.

"대체 무슨 일이오? 당신은 누구요?"

일꾼이 그에게로 다가오면서 소리쳤다. 라스콜니코프는 다시 문 안으로 들어섰다.

"방을 빌리고 싶어서" 하고 그는 말했다.

"그래서 둘러보는 거요."

"밤에 방을 얻으러 오는 사람이 어디 있소. 그리고 또 방을 얻으려면 문지기하고 같이 와야 해요."

"마룻바닥은 다 닦았군. 페인트칠을 할 거요?"

라스콜니코프는 말을 이었다.

"핏자국은 이제 없소?"

"핏자국이라니, 무슨 피요?"

"여기서 노파와 동생이 살해됐잖아요. 여긴 피투성이였는데."

"당신은 대체 누구요?" 하고 불안스러운 듯이 일꾼이 외쳤다.

"나 말이오?"

"그렇소."

"그렇게 알고 싶소? …… 그럼 같이 경찰서로 갑시다. 거기서 가르쳐줄 테니."

일꾼들은 의아한 눈으로 그를 바라보았다.

"우린 돌아가야 해요, 너무 늦어서. 자, 가자, 알료쉬카. 문을 잠가야지."

나이 먹은 일꾼이 말했다.

"그럼 갑시다!"

라스콜니코프는 태연스레 대꾸하고는, 먼저 방을 나와서 천천히 층계를 내려가기 시작했다.

"이봐, 문지기!"

대문까지 나오자 그는 큰 소리로 불렀다.

몇 사람인가가 바로 대문 옆에 서서 오가는 사람들을 멍청히 보고 있었다. 문지기 두 사람, 여자 한 사람, 가운을 입은 상인, 그 밖에도 한두 사람이 더 있었다. 라스콜니코프는 곧장 그들에게로 다가갔다.

"무슨 일입니까?"

문지기 한 사람이 대답했다.

"경찰에 다녀왔소?"

"지금 다녀오는 길입니다. 왜 그러시죠?"

"거기 모두 있습디까?"

"있더군요."

"서장 보좌관도?"

"예, 있더군요. 왜 그러시죠?"

라스콜니코프는 대답은 하지 않고 생각에 잠기면서 그들 옆에 섰다.

"방을 보러 왔다는군."

나이 먹은 일꾼이 옆으로 다가오면서 말했다.

"어느 방을?"

"우리가 일하고 있는 방이지. '왜 피를 닦아버렸지? 여기선 살인 사건이 있었는데, 나는 이 방을 빌리러 왔어' 하고 말하는 거야. 그리고 벨을 울리는데, 끈이 끊어질 정도로 잡아당기더라니까. 그러더니 경찰서로 가자, 거기 가서 가르쳐주마, 이렇게 시비를 거는 거야."

문지기는 의아스러운 얼굴로 눈살을 찌푸리며 라스콜니코프를 훑어보았다.

"당신은 대체 누구요?" 하고 그는 약간 언성을 높였다.

"나는 전직 대학생, 로지온 로마느이치 라스콜니코프요. 여기서 그리 멀지 않은 쉴리의 집 14호에 살고 있소. 문지기에게 물어보면 알 거요."

라스콜니코프는 상대방은 보지도 않고 어두워지기 시작하는 거리를 응시하면서 생각에 잠긴 듯한 시들한 어조로 이렇게 말했다.

"그런데 무엇 때문에 방엔 들어갔소?"

"방을 보려고."

"뭐 볼 게 있다고?"

"그러지 말고 붙잡아서 경찰에 넘겨버리면 어때요?"

느닷없이 상인이 끼어들었으나 이내 입을 다물어버렸다.

라스콜니코프는 어깨 너머로 상인의 얼굴을 곁눈질해 유심히 바라보다가, 이윽고 아까와 같은 나직한 어조로 느릿느릿 말했다.

"그럼 갑시다!"

"그래, 넘겨버려!"

상인은 기운을 내어 상대방의 말을 받았다.

"무엇 때문에 이자는 그 말을 끄집어냈지? 아무래도 뭐 좀 짚이는 데가 있어, 안 그래?"

"취했는지 안 취했는지도 알 수 없어" 하고 일꾼이 중얼거렸다.

"정말 왜 그러시는 거요?"

진짜 화를 내기 시작한 문지기가 다시 소리쳤다.

"왜 이렇게 치근치근 달라붙지?"

"경찰서로 가는 게 겁나는 모양이군?"

라스콜니코프는 냉소를 띠면서 말했다.

"뭐가 겁이 나? 왜 귀찮게 달라붙는 거야?"

"사기꾼!"

여자가 외쳤다.

"그까짓 녀석은 상대할 필요도 없어."

또 다른 문지기가 말했다. 덩치 큰 그는 허름한 외투 앞자락을 풀어헤치고 허리띠에 열쇠 꾸러미를 늘어뜨리고 있었다.

"당장 꺼지지 못해! …… 사기꾼 같으니…… 어서 꺼져버려!"

이렇게 말하고는 라스콜니코프의 어깨를 움켜쥐고 한길로 떼밀어냈다. 라스콜니코프는 하마터면 넘어질 뻔했으나 가까스로 넘어지지 않고 섰고, 말없이 구경꾼들을 노려보다가 다시 앞으로 걷기 시작했다.

"요즈음은 괴상한 놈이 많아졌어."

여자가 말했다.

"역시 경찰에 넘길 걸 그랬어."

상인이 덧붙였다.

"공연히 끼어들 필요는 없어."

덩치 큰 문지기가 말했다.

"틀림없이 사기꾼이야! 저렇게 자기 쪽에서 먼저 가자는 걸 보니 여간내기가 아니야. 공연히 상대했다가는 그야말로 단단히 걸려들고 말 테니…… 뻔하지 뭘!"

'자, 가는 거냐, 그만두는 거냐?'

라스콜니코프는 네거리 차도 한가운데 서서, 마치 누군가의 단안을 기다리기라도 하는 듯이 주위를 둘러보며 생각했다. 그러나 어디서든 누구 하나 응해주는 사람은 없었다. 주위의 모든 것은 그가 딛고 서 있는 돌처럼 아무 반응도 없이 죽어 있었다. 적어도 그에게만은, 그 자신에게만은 죽어 있는 것이나 다름없었다…… 문득 그는 멀리 200보쯤 떨어진 거리 끝에서 짙어가는 어둠 가운데 모인 군중을 발견하고 와글와글 떠드는 소리와 외침 소리를 들었다……. 군중 한가운데는 마차가 한 대 서 있었다. 그리고 거리 한가운데서 조그만 등불이 반짝거리기 시작했다. '무슨 일일까?' 라스콜니코프는 오른쪽으로 돌아 군중 쪽으로 걸어갔다. 그는 무슨 일에든 집적거려보고 싶은 심정이었다. 자기도 이런 생각을 하고는 스스로 차디찬 냉소를 지었다. 경찰서로 갈 것을 굳게 결심하고 있으니 곧 만사가 끝나버린다고 확신했기 때문이다.

7

거리 한가운데 잿빛 준마 두 필이 끄는 화려한 고급 마차 한 대가 서 있었다. 타고 있는 사람은 아무도 없었다. 마부는 밑에 내려와 서 있고, 말들은 재갈을 문 채 붙들려 있었다. 주위에는 많은 사람이 서로 밀치며 둘러섰고, 맨 앞에는 순경 몇 사람이 서 있었다. 그중 한 사람은 등불을 손에 들고 쭈그리고서, 마차 바퀴 바로 옆 포장도로 위의 무엇인가를 비추고 있었다. 사람들은 와글와글 떠들고 외치고 한숨짓곤 했다. 마부는 어리둥절한 표정으로 이따금 이렇게 되풀이했다.

"이런 변이 있나! 아아, 세상에 이런 변이 있나!"

라스콜니코프는 되도록 앞으로 뚫고 들어가 마침내 이 모든 소동과 호기심의 이유를 알아냈다. 땅바닥에는 방금 말에 밟힌 사내가 정신을 잃고 온통 피투성이가 되어 쓰러져 있었다. 보기엔 매우 초라하지만 그래도 '나리'다운 옷차림을 한 사내였다. 얼굴에서도 머리에서도 피가 흐르고, 얼굴은 온통 상처투성이고, 살가죽은 까져 완전히 외모가 일그러져 있었다. 밟혀도 보통 밟힌 게 아닌 것이 분명했다.

"여러분!"

마부는 울부짖으며 호소했다.

"도저히 피할 수가 없었어요! 그것도 내가 말을 급히 몰았다거나 이 사람에게 소리 지르지 않았다면 또 모르겠지만, 나는 급히 서두르지도 않고 천천히 보통 걸음으로 말을 몰았습니다. 인간은 거짓말투성이고 나도 그 한 사람이기는 합니다만, 여러분도 다 보셨을 겁니다. 주정뱅이는 아시다시피 촛불을 켜고 다니진 않으니까요! …… 보니 이 사람이 휘청휘청 쓰러질 듯이 길을 건너려고 했어요…… 그래서 나는 한 번, 두 번, 세 번까지 소리치고 고삐를 잡아당겼습니다만, 이 사람은 곧장 말 다리 밑에 쓰러졌어요! 일부러 그랬는지, 그렇잖으면 몹시 취했었는지 모르겠습니다만…… 말은 아직 어려서 놀라기를 잘하니까 달려버린 겁니다. 게다가 이 사람이 비명을 지르는 바람에 더욱더…… 그래, 이렇게 됐지 뭡니까."

"정말이야!" 하고 목격자의 목소리가 군중 속에서 들렸다.

"소릴 질렀어, 그건 정말이야, 세 번이나 소리를 질렀어."

또 한 목소리가 호응했다.

"꼭 세 번이었어, 모두 들었는걸!"

제3의 소리가 외쳤다.

그렇다고 마부는 그다지 풀이 죽거나 겁을 내는 것 같지는 않았다. 아마 마차의 주인은 부유한 명사로서 지금쯤 어디선가 마차가 오기를 기다리고 있을지 모른다. 순경들은 두말할 것도 없이 일을 원만히 수습하려고 애쓰고 있었다. 어쨌든 부상자를 지서나 병원으로 데려가야 했다. 그러나 아무도 다친 사람의 이름을 아는 사람이 없었다.

한편 라스콜니코프는 사람들을 헤치고 더욱 가까이 가서 몸을 굽혔다. 순간 등불이 이 불행한 사내의 얼굴을 똑똑히 비추었다. 그는 사나이를 알아볼 수 있었다.

"이 사람은 내가 압니다. 내가 알아요!"

그는 맨 앞으로 뚫고 나가면서 외쳤다.

"이 사람은 관리인데, 퇴직 9등관 마르멜라도프입니다! 바로 이 근처 코젤리의 집에 살고 있어요…… 빨리 의사를! 비용은 내가 내죠. 자, 여기 있어요!"

그는 호주머니에서 돈을 꺼내어 순경에게 보였다. 그는 몹시 흥분해 있었다.

순경들은 부상자의 신원이 밝혀져 만족했다. 라스콜니코프는 자기 이름과 주소를 일러주고, 마치 친아버지라도 되는 듯이 인사불성의 마르멜라도프를 일각이라도 빨리 그의 집으로 데려가도록 열심히 설득했다.

"바로 저기, 세 번째 집입니다."

그는 혼자서 애를 태웠다.

"코젤리의 집이에요, 독일인 부호…… 이 사람은 틀림없이 술 취해 집으로 가던 길이었을 겁니다. 나는 이 사람을 알아요…… 모주꾼입니다…… 집에는 가족이 있습니다. 부인과 아이들과…… 딸도 하나 있어요. 병원에 가기까지 우선, 그 집에도 아마 의사는 살고 있을 거예요! 지불은 내가 하죠, 내가 하겠어요! …… 뭐니 뭐니 해도 가족들이 간호할 테니까, 응급치료는 될 겁니다. 그렇잖으면 병원에 가는 동안에 죽고 말아요……."

그는 슬쩍 순경의 손에 약간의 돈을 쥐여주기까지 했다. 물론 사건은 명료하고 합법적이었지만, 어쨌든 간에 그러는 편이 치료는 빠를 것임에 틀림없었다. 부상자를 들어 올려 운반하기로 했다. 도와줄 사람이 몇 명 나타난 것이다. 코젤리의 집까지는 30보쯤밖에 안 되었다. 라스콜니코프는 조심스레 머리를 받쳐 들고 뒤따라가면서 길을 안내했다.

"이쪽, 이쪽! 층계를 오르려면 머리를 위로 해야 돼요. 자, 돌아요…… 아, 그렇게! 내가 돈을 드리죠, 내가 사례를 하겠어요" 하고 그는 중얼거렸다.

카체리나 이바노브나는 언제나의 버릇대로 틈만 나면 곧 가슴 위에 팔짱을 끼고는 혼잣말을 섞어가며 쿨룩쿨룩 기침을 하면서, 조그만 방 안을 창가에서 난롯가로, 난롯가에서 창가로 오락가락하곤 했다. 그리고 요즈음에는 열 살 난 큰딸 폴렌카를 상대로 오랫동안 자주 얘기하는 것이 습관이 되었다. 딸은 아직도 이해하지 못할 것이 많았으나, 자기가 어머니에게 필요한 존재라는 것만은 매우 잘 알고 있었기 때문에 언제나 그 커다란, 영리해 보이는 눈으로 어머니의 뒤를 쫓으면서 무엇이든 다 알아듣는다는 표정을 지어 보이려고 애썼다. 이때 마침 폴렌카는 온종일 몸이 불편했던 남동생을 재우려고 옷을 벗기던 참이었다. 사내아이는 오늘 밤 사이에 빨아두어야 할 셔츠를 갈아입혀주기를 기다리는 동안 어른스러운 얼굴로 뒤꿈치는 붙이고 발끝은 벌린 채 두 다리를 가지런히 쭉 뻗고서 조용히 꼼짝도 않고 의자에 꼿꼿이 앉아 있었다. 대체로 영리한 아이들이 자러 가기 전에 옷을 벗길 때면 으레 그러하듯, 입술을 삐죽 내밀고 눈을 크게 뜬 채 꼼짝도 않고 어머니와 누나의 얘기를 듣고 있었다. 그 밑의 계집애는 그야말로 누더기가 다 된 옷을 입고 칸막이 옆에 서서 자기 차례를 기다리고 있었다. 층계 쪽으로 향한 문은 열려 있었다. 그것은 안쪽에 있는 다른 방에서 끊임없이 흘러나오는 담배 연기 때문이었는데, 담배 연기가 이 불행한 폐병쟁이 여인을 오랫동안 괴롭게 기침하게 했던 것이다. 카체리나 이바노브나는 한 주일 동안 더 여윈 것 같았고, 얼굴의 붉은 반점도 전보다 더 선명히 드러나 보였다.

"너는 믿을 수 없을 거다, 상상도 못할 거다, 폴렌카" 하고 그녀는 방 안을 거닐며 말했다.

"할아버지 댁에서 우리는 얼마나 재미있고 얼마나 화려하게 살았는지를, 그리고 저 주정뱅이가 어떻게 너희 모두를 파멸시키려 하는지를! 할아버지는 5등관이었으니까 군인이라면 대령이고, 말하자면 현 지사 급이었지. 그래서 모두가 할아버지한테 와서 이렇게들 말했지. '우리는 당신을 이미 지사님이나 다름없이 생각하고 있습니다, 이반 미하일르이치.' 내가 말이다…… 쿨룩! 내가…… 쿨룩쿨룩…… 아아, 이젠 살기도 지긋지긋해!"

그녀가 가래를 뱉고 가슴을 누르면서 외쳤다.

"내가 말이다…… 그래, 그건 마지막 무도회 때였다, 귀족단장 댁에서 였어…… 베즈제멜리나야 공작 부인이, 그분은 나중에 내가 너희 아버지와 결혼했을 때 축복해주신 분이란다, 폴랴야. 그분이 나를 보자 '저 아가씨가 바로 졸업식 때 숄을 들고 춤을 춘 그 귀여운 아가씨 아녜요?' 하고 물으셨지…… 뚫어진 데를 꿰매야지, 자, 바늘을 가져와서 꿰매도록 해라, 내가 가르쳐준 대로, 그렇잖으면 내일은…… 쿨룩! 내일은 쿨룩, 쿨룩, 쿨룩! 더 찢어질라……."

괴로움에 몸부림치면서 그녀는 외쳤다.

"그때 페테르부르크에서 오신 시체골스코이 공작이라고 하는 시종 무관이…… 나와 마주르카를 추시고, 그다음 날 내게 청혼을 하러 오겠다더구나. 그때 나는 정중히 고맙다는 인사를 하고 내 마음은 이미 다른 분에게 바쳤다고 거절을 했지. 그 다른 분이란 바로 너희 아버지였단다, 폴랴야. 그러자 할아버지가 몹시 화를 내시고는…… 아, 더운 물이 준비되었니? 자, 속옷을 이리 내라, 그리고 양말은? …… 리다야" 하고 그녀는 작은 딸에게 말했다.

"오늘 밤은 할 수 없으니 속옷 없이 자거라. 어떻게 해서든지…… 양말은 옆에 내놔라…… 함께 빨아야 하니까…… 왜 그놈의 주정뱅이는 안 돌아올까! 셔츠를 걸레가 다 되도록 입어 누더기를 만들어놨구나…… 이틀 밤이나 고생하기 싫으니 모두 한꺼번에 빨아버려야겠다! 아아! 쿨룩, 쿨룩, 쿨룩! 또! 아니, 저건 뭐야?"

그는 문간에 모여드는 군중과, 뭔가 메고 방으로 들어오는 사람들을 보고 이렇게 외쳤다.

"그건 뭐예요? 대체 뭘 가지고 왔어요? 아아!"

"자, 어디다 내려놓지?"

피투성이가 되어 정신을 잃는 마르멜라도프가 방으로 들려 들어오고, 순경 한 사람이 사방을 둘러보면서 물었다.

"소파에! 소파에 그냥 누여요. 자! 이쪽에 머리를 두고" 하며 라스콜니코프는 소파를 가리켰다.

"거리에서 마차에 치였어요! 술에 취해서!"

문간에서 누군가가 소리 질렀다.

카체리나 이바노브나는 새파랗게 질린 얼굴로 선 채 괴롭게 숨을 몰아 쉬고 있었다. 아이들은 너무 놀라 기겁을 할 정도였다. 막내딸 리도치카는 비명을 올리며 폴렌카에게 달려들더니, 언니한테 꼭 달라붙어 온몸을 오들오들 떨기 시작했다.

마르멜라도프를 누이자 라스콜니코프는 카체리나 이바노브나 옆으로 달려갔다.

"제발 진정하십시오, 놀라지 마시고!"

그는 성급히 말했다.

"바깥양반은 길을 건너려다가 마차에 치이셨습니다. 하지만 걱정하실 건 없습니다. 이제 곧 정신이 드실 테니까요. 내가 이리로 모시자고 했죠…… 난 한 번 온 적이 있습니다. 기억하시죠…… 곧 정신이 드실 겁니다. 돈은 내가 내겠습니다."

"드디어 소원대로 됐구려!"

카체리나 이바노브나는 절망적으로 외치더니 남편에게로 달려갔다.

라스콜니코프는 곧 그녀가 기절하여 쓰러질 여자가 아니라는 것을 깨달았다. 어느새 불행한 노인의 머리에는 베개가 받쳐졌다. 그때까지도 누구 하나 베개에 대해서는 생각조차 하지 않았던 것이다. 카체리나 이바노브나는 남편의 옷을 벗기고 상처를 살피기 시작했다. 자기 자신을 잊고, 떨리는 입술을 꼭 깨물고 금방 가슴속에서 튀어나올 듯한 외침을 억제하면서 열심히 정성껏 침착하게 남편을 돌봤다.

라스콜니코프는 그사이에 의사를 부르러 사람을 보냈다. 의사는 한 집 건너 바로 이웃에 있었다.

"의사를 부르러 보냈습니다."

그는 되풀이해서 카체리나 이바노브나에게 말했다.

"걱정하지 마세요, 돈은 내가 낼 테니까요. 물은 없습니까? …… 그리고 냅킨이든 타월이든, 무엇이든 좋으니 빨리 주세요. 상처가 어느 정도인지 아직 모르니까요…… 바깥양반은 다쳤을 뿐이지 돌아가신 건 아닙니다…… 정말이에요…… 글쎄, 의사가 뭐라고 말할지!"

카체리나 이바노브나는 창가로 달려갔다. 한쪽 구석의 납작해진 의자 위에 아이들과 남편의 속옷을 밤중에 빨기 위해 준비한 커다란 대야가 놓여 있었다. 카체리나 이바노브나는 이렇게 밤중에, 적어도 일주일에 두 번, 때로는 그 이상 손수 빨래를 했다. 집안 식구들 속옷이 한 벌뿐이므로 갈아입을 것도 없을 지경이지만, 그녀는 더러운 것을 몹시 싫어하는 성미여서 집안에 더러운 것을 내버려두기보다는 힘에 겨운 무리한 일로 자기 몸을 괴롭히더라도 밤에 다들 자고 있을 때 빨랫줄에 널어 말려서 아침에 깨끗한 옷을 입히려는 것이었다. 그녀는 라스콜니코프에게 대야를 가져다 주려다가 그만 대야를 들고 넘어질 뻔했다. 그러나 라스콜니코프는 어느새 찾아낸 타월을 물에 적셔 피투성이가 된 마르멜라도프의 얼굴을 닦아내고 있었다. 카체리나 이바노브나는 가슴 아프게 숨을 몰아쉬면서 두 손으로 가슴을 누르고 그 자리에 서 있었다. 그녀 자신이 오히려 간호를 받아야 할 지경이었다. 라스콜니코프도 부상자를 이리로 데려오도록 한 것이 자기의 실책이었는지도 모른다고 차차 깨닫게 되었다. 순경 역시 당황한 표정으로 서 있었다.

"폴랴!"

카체리나 이바노브나가 소리쳤다.

"소냐 언니를 불러와라, 빨리! 혹시 그 집에 없으면 일러두고 오너라, 아버지가 마차에 치이셨으니 돌아오는 대로 곧장 집으로 오라고…… 빨리, 폴랴! 자, 이 수건을 쓰고 가!"

"단숨에 뛰어갔다 와!"

남동생이 의자 위에서 소리쳤다. 그러고는 다시 아까처럼 눈을 휘둥그렇게 뜬 채 발을 앞으로 던지고 발끝을 벌린 그 자세대로 얌전히 의자 위에 앉아 한마디도 말이 없었다.

그러는 사이에 방 안은 사람들로 꽉 차서 입추의 여지가 없게 되었다. 순경들은 돌아갔으나, 한 사람만은 남아 층계에서 밀려오는 구경꾼들을 밀어내느라고 진땀을 빼고 있었다. 그 대신 안쪽 방에서, 리페베흐젤 부인 집에 셋방살이하는 사람들이 거의 다 몰려나왔다. 처음에는 문간에서 밀치고들 있었으나 차츰 방 안까지 밀고 들어왔다. 카체리나 이바노브나도 그만 울분을 터뜨리고 말았다.

"죽을 때만이라도 좀 조용히 죽게 해주면 어때요!"

그녀는 구경꾼들을 향해 소리쳤다.

"무슨 구경거리라고! 담배까지 피워 물고! 쿨룩, 쿨룩, 쿨룩! 아주 모자까지 쓰고 오시지…… 아니, 정말 모자까지 쓴 사람도 있군…… 나가요! 죽은 사람에게나마 예의를 지킬 줄 알아야죠!"

기침 때문에 그녀는 숨이 막혔다. 그러나 그녀의 위협은 효과가 있었다. 보아하니 모두 카체리나 이바노브나를 무서워하는 것 같았다. 사람들은 가까운 이웃에 돌발적인 불행이 생겼을 때 비록 절친한 사이라 하더라도 으레 느끼게 마련인 그 야릇한 마음속의 만족을 느끼면서 한 사람 한 사람 문간으로 물러갔다. 사실 누구나 이런 경우 가장 진지한 연민이나 동정을 가지고 있어도 이와 같은 감정이 스며드는 것을 막을 도리는 없는 법이다.

문간에서는 병원으로 옮겨야 한다느니, 여기서 쓸데없이 떠들어봤자 소용없다느니 하는 소리가 들려왔다.

"아니, 여기서 죽으면 안 된단 말인가요?" 하고 카체리나 이바노브나는 외쳤다. 그리고 문을 열고 그들에게 호통을 쳐주려고 달려 나갔으나, 마침 문간에서 이 불행한 소식을 듣고 돌봐주러 온 여주인 리페베흐젤 부인과 마주쳤다. 그녀는 말할 수 없이 수다스럽고 주책이 없는 독일 여자였다.

"아이고 저런!" 하며 그녀는 손뼉을 쳤다.

"바깥양반이 술 취해 마차에 치이셨다고요? 병원으로 보내요! 나는 이집 주인이에요!"

"아말리야 류드비고브나! 좀 생각을 하고 말해요."

카체리나 이바노브나는 위압적인 어조로 입을 열었다(그녀는 집주인을 대할 때 상대가 '자기 분수'를 알도록 언제나 이렇게 위압적인 어조로 말하곤 했으므로, 지금도 역시 그러한 만족감을 버릴 수는 없었다).

"아말리야 류드비고브나……."

"전에도 한 번 말했을 거예요, 나를 절대로 아말리야 류드비고브나라고 부르지 마라고. 나는 아말리야 이반이에요!"

"당신은 아말리야 이반이 아니라, 아말리야 류드비고브나예요. 나는 지금 저 문간에서 키득거리고 있는 레베쟈트니코프처럼 치사하게 비위나 맞추려는 사람은 아니니까. (사실 문간에서는 웃음소리와 '또 붙었군!' 하는 외침 소리가 들렸다.) 그래서 나는 앞으로도 언제나 당신을 아말리야 류드비고브나라고 부르겠어요. 하긴 이렇게 부르는 것이 왜 당신 마음에 안 드는지 이유는 전혀 알 수 없지만 말이에요. 당신도 눈으로 보면 알 거예요, 세묜 자하르이치가 어떻게 됐는가를. 그 사람은 지금 죽어가고 있어요. 제발 부탁이니 지금 곧 문을 닫고 아무도 여기 들어오지 못하게 해줘요. 제발 죽을 때만이라도 조용히 죽게 해줘요! 그렇잖으면 내일 당장 당신의 소행이 지사님께 알려질 거예요. 그 공작님을 나는 어린 시절부터 알고 있고, 우리 바깥양반도 늘 돌봐주셨으니까 잘 아실 거예요. 우리 주인에게 많은 친구와 보호자가 있었다는 건 누구나 다 알아요. 단지 그이가 너무 고지식하고 자존심이 강해서 자기의 불행한 약점을 뼈에 사무치게 느끼고는 그분들을 멀리했을 뿐이죠. 그러나 이번에는(하고 그녀는 라스콜니코프를 가리켰다) 돈도 신분도 있는 이 친절한 분이, 주인과는 어렸을 때부터 잘 아는 이분이 우릴 도와주고 계세요. 그러니 아무 염려 말아요, 아말리야 류드비고브나……."

그녀는 이 모든 말을 무척 빨리 지껄였다. 그리고 갈수록 말은 점점 더 빨라졌으나 갑자기 기침이 나면서 그녀의 웅변을 꽉 막아버렸다. 마침 이때 빈사의 부상자가 의식을 회복하여 신음 소리를 냈기 때문에 그녀는 그쪽으로 달려갔다. 부상자는 눈을 뜨기는 했으나 아직 아무것도 알아보지 못하는지, 앞에 서 있는 라스콜니코프를 멍청히 바라보기 시작했다. 그는 사뭇 괴로운 듯이 드문드문 깊은 숨을 몰아쉬었다. 입술 양 끝에서 피가 스며 나오고, 이마에는 땀방울이 맺혀 있었다. 그는 라스콜니코프를 알아보지 못하고 불안한 듯이 주위를 둘러보기 시작했다. 카체리나 이바노브나는 서글프면서도 매서운 눈초리로 남편을 지켜보았으나, 그 눈에서는 눈물이 흐르고 있었다.

"아, 어쩌면 좋아요! 가슴팍이 엉망이군요! 아, 이 피, 이 피 좀 봐요!" 그녀는 처절하게 외쳤다.

"웃옷은 벗겨야겠어요! 조금 옆으로 돌아누워요, 세묜 자하르이치, 움직일 수 있으면" 하고 그녀는 남편에게 소리쳤다.

마르멜라도프는 아내를 알아보았다.

"신부님을!" 하고 그는 쉰 목소리로 말했다.

카체리나 이바노브나는 창가로 물러서서, 창틀에 이마를 대고 절망적인 목소리로 뇌까렸다.

"아아, 빌어먹을 세상!"

"신부님을!" 빈사의 병자는 잠시 말이 없다가 다시 이렇게 말했다.

"벌써 모시러 갔다고요!"

카체리나 이바노브나는 버럭 고함을 쳤다. 그는 그 고함 소리를 듣고 입을 다물어버렸다. 그러고는 겁먹은 듯 서글픈 시선으로 아내를 더듬었다. 그녀는 다시 남편에게로 돌아와 머리맡에 섰다. 그는 다소 기분이 가라앉은 듯했으나, 그것도 오래가지는 못했다. 이윽고 그의 눈길은 한쪽 구석에서 발작이라도 일으킨 듯 오들오들 떨면서 휘둥그레진 가련한 눈으로 아버지를 지켜보고 있는 나이 어린 리도치카(그의 귀염둥이)에게 멈추었다.

"아…… 아……." 그는 걱정스러운 듯이 그녀 쪽으로 눈짓을 했다. 무슨 말인가 하고 싶었던 것이다.

"왜 그러세요?"

카체리나 이바노브나가 소리쳤다.

"맨발이야! 맨발!"

그는 흐릿한 눈으로 딸의 맨발을 가리키면서 중얼거렸다.

"그런 말 말아요!"

신경질적인 목소리로 카체리나 이바노브나가 소리쳤다.

"왜 맨발인지는 당신이 더 잘 알 거예요!"

"다행히도 의사가 왔군!"

라스콜니코프가 기쁜 듯이 외쳤다.

깔끔하게 차려입은 늙은 독일인 의사가 귀찮은 듯한 얼굴로 주위를 두리번거리며 들어왔다. 병자 곁으로 가서 맥을 짚어보고 조심스레 머리를 만져본 후, 카체리나 이바노브나의 손을 빌려 온통 피투성이가 된 셔츠 단추를 풀고 병자의 가슴을 헤쳤다. 가슴은 엉망진창이었다. 피부는 밀리 고 찢겼으며, 오른쪽 늑골이 두세 개 부러져 있었다. 왼쪽 심장 바로 위에 는 누르스름한 검은 반점이 끔찍하게 퍼져 있었다. 무참한 말발굽 자국이 었다. 의사는 눈살을 찌푸렸다. 순경은 의사에게 부상자가 마차 바퀴에 끼 어 30보쯤이나 끌려갔다고 말했다.

"다시 정신을 차린 게 이상할 정도군요" 하고 의사는 라스콜니코프에 게 나직이 속삭였다.

"그래, 어떻겠습니까?"

라스콜니코프가 물었다.

"이제 곧 숨을 거둘 거요."

"전혀 가망이 없습니까?"

"전혀! 마지막 숨을 쉬고 있는 중입니다…… 게다가 머리에도 심한 중 상을 입었으니까요…… 글쎄요…… 피를 뽑아내봐도 좋지만…… 그것도 소용없을 겁니다. 5분이나 10분 후엔 숨을 거둘 테니까요."

"하여튼 피라도 뽑아봐주십시오!"

"글쎄요…… 그러나 미리 말해둡니다만, 그렇게 해도 아무 소용이 없 을 겁니다."

이때 또 발소리가 들리면서 문간방 사람들이 좌우로 갈라졌다. 그리고 쟁반에 미리 준비한 성찬을 담아 든 신부가 나타났다. 몸집이 작은 백발 노인이었다. 그 뒤로 순경이 따라 들어왔다. 거리에서 만나 같이 온 것 같 았다. 의사는 곧 신부에게 자리를 양보하고, 의미심장하게 서로 눈짓을 했 다. 라스콜니코프는 의사에게 조금이라도 더 머물러달라고 간청했다. 의 사는 어깨를 으쓱해 보이고 남아 있기로 했다.

모두 뒤로 물러섰다. 참회식은 아주 간단히 끝났다. 죽어가는 사람은 무슨 일이 일어났는지 거의 아무것도 모르는 것 같았다. 그는 띄엄띄엄 분명치 않은 소리를 낼 뿐이었다. 카체리나 이바노브나는 리도치카의 손을 잡고 사내아이는 의자에서 내려, 구석에 있는 난로 쪽으로 물러가 무릎을 꿇었다. 그리고 아이들도 자기 앞에 무릎을 꿇게 했다. 계집아이는 떨기만 했으나, 사내아이는 앙상한 무릎을 꿇고 고사리 같은 손을 절도 있게 올려 성호를 크게 긋고 마루에 이마를 톡톡 부딪치며 경건히 절을 했다. 아마 그렇게 하는 것이 그에게 특별한 만족을 주는 것 같았다. 카체리나 이바노브나는 입술을 깨물며 눈물을 억누르고 있었다. 그녀도 기도를 드렸으나, 이따금 어린것들의 셔츠를 매만져주기도 하고 기도를 계속하면서 무릎을 꿇은 채로 옷장에서 작은 숄을 꺼내어 알몸이 드러난 계집아이의 어깨에 걸쳐주기도 했다. 그사이에도 안쪽 방으로 통하는 문은 구경꾼들의 손으로 자꾸 열리곤 했다. 문간방에는 각 층에서 구경꾼들이 계속해서 몰려들었으나 문지방을 넘어서는 사람은 거의 없었다. 겨우 촛불 한 자루가 모든 정경을 희미하게 비춰주고 있었다.

바로 이때, 언니를 데리러 갔던 폴렌카가 군중을 헤치며 바삐 들어왔다. 너무 급히 달려와서 숨을 헐떡이고 있었으나, 방에 들어오자 재빨리 모자를 벗고, 눈으로 어머니를 찾아내자 그 옆으로 다가가서 "지금 와요! 가다가 만났어요!"라고 했다. 어머니는 딸을 꿇어앉히고 자기 옆에 자리를 잡게 했다. 이때 군중 속에서 겁먹은 표정의 한 여자가 소리도 없이 앞으로 나왔다. 가난과 누더기와 죽음과 절망이 가득 찬 이 방 안에 갑자기 그녀가 나타난 것은 참으로 기이한 느낌이 들 정도였다. 그녀 역시 누더기를 걸치고 있었다. 그녀의 옷차림은 값싼 것이긴 했으나 어느 특수 사회에서 자연히 이루어진 취미와 법칙에 따라 밤거리 여인답게 야하게 차려입어서, 그 천한 목적이 너무나도 여실히 드러나 보였다. 소냐는 바로 문턱에서 걸음을 멈추고는 문지방을 넘어서지 않았다. 너무 당황하여 아무 것도 의식하지 못하는 듯 그저 두리번거리고만 있었다. 이런 경우에 어울리지 않는, 길고 우스꽝스러운 꼬리가 달린, 몇 사람의 손을 거쳤는지 모르는 화려한 빛깔의 옷도, 방문을 막아버릴 정도로 폭이 넓은 치마도, 번쩍이는 구두도, 밤에는 필요 없는 파라솔을 들고 있는 것도, 새빨간 깃털 장식을 단 우스꽝스러운 듯한 밀짚모자도, 모든 것을 다 잊은 듯싶었다. 어린애처럼 비스듬히 눌러쓴 모자 밑으로 공포 때문에 벌어진 입과 움직이지 않는 눈방울, 여위고 창백한 얼굴이 엿보였다. 소녀는 자그만 키에 열여덟 살쯤 되어 보이는 여원 여자였으나, 놀랄 만큼 푸른 눈에 꽤 아름다운 금발이었다. 그녀는 침대와 신부 쪽을 응시하고 있었다. 그녀 역시 너무 급히 달려오느라고 숨을 헐떡이고 있었다. 마침내 군중의 수군거림과 동시에 두세 마디 말이 귀에 들어왔는지, 그녀는 시선을 떨어뜨리고 문턱을 한 발 넘어섰으나 다시 문가에 걸음을 멈추었다.

참회와 성찬식이 끝났다. 카체리나 이바노브나는 다시 남편의 침대 곁으로 다가갔다. 신부는 뒤로 물러섰다. 그리고 돌아가는 길에 고별과 위안의 말을 하려고 카체리나 이바노브나 쪽으로 몸을 돌렸다.

"이 애들은 어떻게 하면 좋지요?"

그녀는 날카롭고 초조한 어조로 어린것들을 가리키면서 말했다.

"하느님은 자비로우십니다. 주님의 도움을 바라십시오" 하고 신부는 입을 열었다.

"흥! 자비로우시다지만, 우리하곤 인연이 멀어요!"

"그런 말을 하는 것은 죄가 됩니다, 부인, 죄가 돼요!"

신부는 고개를 저으며 타일렀다.

"그럼 이건 죄가 아닌가요?"

죽어가는 남편을 가리키면서 카체리나 이바노브나는 외쳤다.

"그것은 뜻하지 않은 참변의 원인이 된 사람들이 당신에게 배상을 해줄 것입니다. 수입을 잃었다는 것만으로도……."

"당신은 내가 말하는 뜻을 알아듣지 못하시는군요!"

카체리나 이바노브나는 한 손을 내젓고 짜증 섞인 소리로 외쳤다.

"무엇 때문에 배상 같은 걸 한답니까! 술에 취해서 자기가 말발굽 밑으로 기어들었는데! 수입이란 건 또 뭐요? 저 사람은 수입은커녕 고통만 주었을 뿐입니다. 아무튼 굉장한 주정뱅이라 몽땅 다 마셔버렸으니까요. 우리 물건을 훔쳐내서 술집에 가져갔어요. 아이들과 내 일생을 술집에서 망쳐놓고 말았어요! 죽어주는 게 고마울 지경이지요! 오히려 손해가 적어질 테니까!"

"임종 때는 용서해드려야죠. 그런 말은 죄가 됩니다. 부인, 그런 마음은 큰 죄가 되는 것입니다!"

카체리나 이바노브나는 남편 곁에서 열심히 시중을 들었다. 물을 먹여주고, 머리의 땀과 피를 닦아주고, 베개를 고쳐주기도 하면서 이따금 신부쪽을 돌아보고 이야기하고 있었는데, 이때는 별안간 이성을 잃은 듯이 그에게 대들었다.

"이보세요, 신부님! 그건 말뿐, 단지 말뿐이에요! 용서하라고요! 오늘도 마차에 치이지만 않았다면 곤드레만드레가 되어 돌아왔을 거예요. 한 벌밖에 없는 낡아빠진 셔츠 위에 누더기를 걸치고는 그냥 정신없이 쓰러지고 맙니다. 그래도 나는 새벽까지 절벅거리며 저 사람과 애들의 옷을 빨아야 하고, 또 그것을 창밖에 널어 말려야 하고, 그러다가 날이 새면 해진 데를 기우고 있어야 합니다. 이것이 나의 밤이에요! …… 자, 이래도 용서라는 말이 나옵니까! 그렇잖아도 나는 어지간히 용서해온 셈이지요!"

무섭도록 격렬한 기침이 그녀의 말을 중단시켰다. 그녀는 한 손으로 괴로운 듯이 가슴을 어루만지며, 다른 한 손으로 수건에 가래를 받아 그것을 신부님 앞에 내밀어 보였다. 손수건은 온통 피투성이였다…….

신부는 고개를 떨어뜨린 채 아무 말도 없었다.

마르멜라도프는 임종의 고통을 겪고 있었다. 그는 다시 자기에게 몸을 굽힌 아내의 얼굴에서 눈을 떼려 하지 않았다. 그는 무언가 말하고 싶어 했다. 그는 열심히 혀끝을 움직이면서 불명확한 소리를 내며 말하려 했으나, 카체리나 이바노브나는 남편이 용서를 바라고 있다는 것을 알아차리고는 곧 명령하듯이 그에게 외쳤다.

"잠자코 있어요! 말하지 않아도 좋아요! …… 무슨 말을 하려는지 다 알아요!"

그러자 부상자는 입을 다물었다. 그러나 바로 그 순간, 방황하는 그의 시선이 문득 문간에 머무르면서 소냐를 발견했다…….

그때까지 그는 딸이 있는 줄을 모르고 있었다. 그녀는 구석진 그늘에서 있었던 것이다.

"저건 누구야? 저건 누구야?"

갑자기 그는 숨을 헐떡이면서 쉰 목소리로 말했다. 온몸에 불안의 빛을 나타내고 공포에 싸인 눈으로 딸이 서 있는 곳을 가리키면서 몸을 일으키려고 애썼다.

"누워 있어요! 누워 있으라니까요!" 하고 카체리나 이바노브나는 소리쳤다.

그러나 그는 거의 초자연적인 힘으로 팔꿈치를 세웠다. 그는 마치 상대가 누군지 알아보지 못하겠다는 듯이 얼마 동안 옴짝달싹 않고 이상한 눈초리로 물끄러미 딸을 바라보았다. 사실 그는 아직 이런 옷차림을 한 딸을 한 번도 본 적이 없었던 것이다. 문득 그는 딸을 알아보았다. 학대받고 짓밟힌 딸을, 칙칙한 싸구려 의상을 부끄러워하며 임종하는 아버지에게 고별인사를 드릴 차례가 오기를 조용히 기다리고 있는 딸을. 끝없는 고민의 빛이 그의 얼굴에 나타났다.

"소냐! 내 딸아! 용서해다오!"

그는 이렇게 외치고 딸에게 손을 내밀려 했으나, 중심을 잃고 쓰러지면서 소파에서 마룻바닥으로 쿵 하고 굴러떨어졌다. 사람들이 달려와 안아 일으켜 다시 소파에 누였으나, 그때는 이미 숨이 끊어져가고 있었다. 소냐는 가냘픈 비명을 올리며 옆으로 달려들어 아버지를 끌어안았으나, 그대로 기절하고 말았다. 그는 딸의 팔에 안겨 숨을 거두었다.

"기어이 소원을 성취했구나!"

카체리나 이바노브나는 남편의 시체를 보고 이렇게 말했다.

"하지만 이제부터 어쩌면 좋지! 어떻게 장사를 지낸담? 내일부터 저것들을, 저 애들을 어떻게 먹여 살려?"

라스콜니코프는 카체리나 이바노브나 곁으로 다가갔다.

"카체리나 이바노브나" 하고 그는 입을 열었다.

"바로 지난주에 돌아가신 주인께서는 자신의 신세와 집안 사정을 자세히 들려주셨습니다…… 내 말을 믿어주십시오. 주인께서는 당신에 대해 감격에 넘친 존경 어린 마음으로 얘기하셨습니다. 그분이 가족들에게 헌신적인 사랑을 바치고, 특히 당신을, 카체리나 이바노브나, 그 불행한 약점을 지녔으면서도 당신을 무한히 사랑하고 또 존경하고 계시다는 것을 안 그날 밤부터 나는 그분의 친구가 되었습니다…… 그래서 실례지만, 지금 내게…… 다소나마…… 고인에게 친구로서의 의무를 다하게 해주실 순 없을는지요. 여기…… 아마 20루블쯤 있을 겁니다. 혹시 이거라도 도움이 된다면…… 그야말로…… 나는…… 아무튼 다시 찾아뵙겠습니다, 꼭 오겠어요, 내일이라도 또 와서 뵙겠습니다…… 그럼 안녕히 계십시오!"

이렇게 말하고 그는 재빨리 방을 나와 사람들을 헤치면서 급히 층계 쪽으로 나갔다. 그러나 군중 속에서 경찰서장인 니코짐 포미치와 딱 마주

쳤다. 그는 이 불행을 알고 몸소 뒤처리를 강구하려고 왔던 것이다. 경찰
서에서 그 일이 있은 뒤로 두 사람은 다시 만난 적이 없었지만, 니코짐 포
미치는 곧 그를 알아보았다.

"아, 당신이군요?"

그는 라스콜니코프에게 물었다.

"죽었습니다" 하고 라스콜니코프는 대답했다.

"의사도 오고 신부도 와서 모든 일이 격식대로 갖추어졌습니다. 제발
그 불행한 부인을 귀찮게 하지는 마십시오. 그렇잖아도 폐병을 앓고 있으
니까요. 될 수 있는 한 기운을 내도록 격려해주십시오…… 당신이 친절한
분이라는 건 나도 잘 알고 있습니다……."

상대방의 눈을 똑바로 응시하면서 웃음을 머금고 그는 이렇게 덧붙
였다.

"그건 그렇고, 당신은 온통 피투성이가 되었군요."

초롱 불빛으로 라스콜니코프의 조끼에 묻은 생생한 핏자국을 발견하
자, 니코짐 포미치는 이렇게 주의해 말했다.

"네, 묻었어요…… 피투성이가 되었습니다!"

뭔가 색다른 표정을 지으며 라스콜니코프는 말했다. 그리고 싱긋 웃고
고개를 끄덕이고는 층계를 따라 아래로 내려갔다.

그는 열병에 걸린 것 같은 기분으로 천천히, 그리고 조용히 계단을 내
려갔다. 스스로는 의식하지 못했지만, 충실한 굳센 생명이 느닷없이 밀려
와서 그 끝없는 새로운 감각이 온몸에 넘쳐흘렀다. 이 감각은 일단 사형
선고를 받은 자가 갑자기 뜻하지 않은 특사를 받은 것 같은 느낌과 흡사
했다. 층계 중간에서 돌아가던 신부가 그를 따라잡았다. 라스콜니코프는
무언의 인사를 나누고 잠자코 신부를 앞세워 보냈다. 그러나 마지막 몇
계단을 내려가려고 했을 때 갑자기 뒤에서 급한 발자국 소리가 들렸다.

누가 그를 쫓아온 모양이었다. 폴렌카였다. 소녀는 뒤에서 달려 내려오며 그를 불렀다.

"여보세요! 여보세요!"

그는 돌아다보았다. 소녀는 마지막 층계까지 달려와서, 그보다 한 계단 높은 곳에서 그와 얼굴을 맞대고 섰다. 희미한 불빛이 마당에서 비쳐 들어오고 있었다. 라스콜니코프는 여위기는 했어도 귀엽게 생긴 소녀의 얼굴을 바라보았다. 그녀는 기쁜 듯이 생글거리며 천진난만한 눈으로 그를 쳐다보고 있었다. 아마도 소녀는 몹시 자기의 마음에 드는 전갈을 가지고 달려온 것이 분명했다.

"저어, 아저씨 이름은 뭐예요? …… 어디 사시죠?"

그녀는 숨을 헐떡이면서 다급히 물었다.

그는 소녀의 어깨에 두 손을 얹고 그 어떤 행복감을 느끼면서 물끄러미 소녀를 바라보았다. 이 소녀를 보고 있으니 뭐라 말할 수 없이 기분이 좋았다. 그러나 왜 그런지는 자기 자신도 몰랐다.

"누가 너를 보냈지?"

"소냐 언니가 보냈어요."

소녀는 한층 더 기쁜 듯이 생글거리며 이렇게 대답했다.

"나도 그렇게 생각했어, 소냐 언니가 보냈을 거라고."

"어머니도 가라고 하셨어요. 소냐 언니가 갔다 오라고 하니까 어머니도 옆에 와서 '얼른 뛰어갔다 온, 폴렌카!'라고 말씀하셨어요."

"넌 소냐 언니가 좋으니?"

"누구보다도 제일 좋아요!" 하고 이상하리만큼 힘을 주며 폴렌카는 말했다. 그리고 그녀의 미소는 갑자기 진지한 빛을 띠기 시작했다.

"그럼 나도 좋아해주겠니?"

대답 대신에 그는 자기에게로 가까이 오는 소녀의 얼굴을, 그리고 자신에게 키스하려고 천진하게 비죽 내민 볼록한 입술을 보았다. 순간 성냥 개비처럼 가느다란 팔이 그의 목을 껴안고, 조그만 머리가 그의 어깨에 묻혔다. 그리고 소녀는 점점 강하게 얼굴을 누르면서 조용히 흐느끼기 시작했다.

"아빠가 불쌍해요!"

잠시 후에 그녀는 울던 얼굴을 들고 두 손으로 눈물을 닦으면서 말했다.

"요즈음은 불행한 일만 계속돼요."

그녀는 더욱 정색을 하고 불쑥 이런 말을 했다. 그것은 어린애가 갑자기 '어른 같은' 말을 하려 할 때 애써 지어 보이는 표정이었다.

"아빠는 너를 귀여워하셨니?"

"아빠는 리도치카를 제일 귀여워하셨지요."

소녀는 자못 진지한 얼굴로 웃지도 않고 아주 어른 같은 어조로 말을 이었다.

"그 애는 제일 어린 데다 늘 앓기 때문에 특히 귀여움을 받았어요. 그 애한테는 언제나 선물을 사다 주셨어요. 우리는 아버지한테서 책 읽는 것을 배웠죠. 나는 문법과 성서를" 하고 그녀는 대견스럽게 덧붙였다.

"어머니는 아무 말도 안 하셨지만, 기뻐하신다는 건 우리도 알고 있었어요. 그리고 아버지도 알고 계셨고요. 어머니는 나한테 프랑스어를 가르쳐주시고 싶어해요, 나도 이젠 교육을 받을 나이거든요."

"너 기도할 줄 아니?"

"네, 알고말고요! 벌써 오래전부터. 나는 이제 컸으니까 혼자 입속으로 기도를 드려요. 콜랴와 리도치카는 어머니와 함께 소리를 내서 기도드리지만요. 처음에는 '성모 마리아'를 부르고, 그다음에는 또 하나 '주여, 소냐 언니를 용서하시고 축복해주소서'라는 기도를 하고, 그리고 또 '주여, 우리의 두 번째 아버지를 용서하시고 축복해주소서' 하는 기도를 드려요.

그건요, 전의 아버지는 돌아가시고 지금은 다른 아버지기 때문이에요. 우리는 처음 아버지를 위해서도 역시 기도를 드려요."

"폴레치카*, 내 이름은 로지온이야. 언젠가는 나를 위해서도 기도를 좀 해다오, '주님의 종인 로지온을' 하면 되니까."

"난 이제부터 일생 동안 내내 아저씨를 위해서 기도하겠어요" 하고 그녀는 열띤 어조로 말했다. 그러고는 다시 웃으면서 느닷없이 그에게 달려들어 그를 꼭 껴안았다.

라스콜니코프는 그녀에게 자기 이름과 주소를 알려주고, 내일 꼭 다시 들르겠다고 약속했다. 소녀는 무척 기뻐하며 돌아갔다. 그가 거리에 나왔을 때는 벌써 10시가 지나 있었다. 그리고 5분 후에 그는 다리 위에 서 있었다. 아까 여자가 몸을 던진 바로 그 자리였다.

'어리석은 생각은 그만하자!'

그는 의기양양하고 단호히 속으로 말했다.

'신기루여, 사라져라, 공연한 공포도 사라져라, 환영도 꺼져버려라! …… 나는 아직 살아 있다! 아니, 내가 지금 살아 있지 않단 말인가? 내 생명은 그 노파와 더불어 죽어버린 것이 결코 아니다! 노파에겐 천국에서 고이 잠들라고 명복이나 빌면 족하다, 이젠 그 노파도 편이 쉴 때가 되었으니까! 이제 비로소 이성과 광명의 왕국이 찾아든 것이다! 그리고…… 의지와 힘의…… 자, 이제 두고 보라지! 해볼 테면 해보잔 말이다!'

눈에 보이지 않는 어떤 힘을 향해 도전이라도 하듯이 그는 분연히 덧붙였다.

'나는 이미 1아르신이 안 되는 공간에서라도 살 각오를 하지 않았던가!'

'…… 지금 나는 매우 쇠약한 듯하지만, 그래도…… 병은 완전히 나은

---
* 폴렌카의 애칭

것 같다. 아까 집을 나올 때부터 나는 병이 나으리라는 걸 알고 있었다. 그 건 그렇고, 여기서 포친코프의 집은 바로 눈앞이다. 어쨌든 이제 라주미힌 한테는 꼭 들러야겠다. 비록 눈앞에 있지 않더라도. 내기는 녀석이 이겨도 좋다! …… 그 녀석도 위로를 좀 받아야지. 아무려면 어때, 그래도 좋아! …… 힘, 필요한 건 힘이다. 힘이 없으면 아무것도 못해. 힘은 힘으로 얻어야 하는 거야. 그런데 그자들은 바로 이것을 모르고 있거든.' 그는 오만하고 자신 있게 덧붙이고는 간신히 발을 옮겨놓으면서 다리를 떠났다. 그의 긍지와 자신감은 시시각각으로 그의 내부에서 성장하여, 다음 순간에는 조금 전과는 전혀 다른 사람처럼 되어버렸다. 그러나 대체 무슨 변이 일어나 이토록 그를 일변시킨 것일까? 그것은 자신도 알 수가 없었다. 지푸라기에라도 매달리고 싶었던 그는 갑자기 '살아갈 수 있다. 아직 생명은 있다. 내 목숨은 그 노파와 더불어 죽어버린 것이 아니다'라고 느꼈다. 어쩌면 그는 너무 성급한 결론을 내렸는지도 모른다. 그러나 그런 건 생각해 보려고도 하지 않았다.

'그런데 주님의 종인 로지온을 위해서 기도해달라고 부탁한 건 또 뭐냐' 하는 생각이 문득 그의 머리를 스쳤다. '아니, 그건…… 만일의 경우를 위해서다!' 하고 그는 덧붙였다. 그리고 곧 스스로 자신의 어린애 같은 핑계가 우스워 저도 모르게 소리를 내어 웃었다. 그는 더할 나위 없이 기분이 좋았다.

그는 힘들이지 않고 라주미힌의 집을 찾아냈다. 포친코프의 집에서는 벌써 새로 세 든 사람을 알고 있어서 문지기가 곧 방을 가르쳐주었다. 층계 중간쯤에서부터 큰 모임이나 있는 것처럼 떠들썩한 소리와 활기 띤 이야기 소리를 들을 수 있었다. 층계 쪽으로 향한 문은 활짝 열려 있고 떠드는 소리와 토론하는 소리가 들려왔다. 라주미힌의 방은 제법 큰 편이었고, 모인 사람은 열댓 명쯤 되었다. 라스콜니코프는 문간에서 멈춰 섰다. 칸막이 뒤에서 주인집 하녀 둘이 커다란 사모바르 두 개와 주인집 부엌에서 가져온 피로그*와 안주 등을 담은 접시와 술병 사이에서 분주히 일하고 있었다. 라스콜니코프는 라주미힌을 불러달라고 했다. 라주미힌은 반색을 하며 달려 나왔다. 그가 전에 없이 술을 많이 마셨다는 것은 금방 알 수 있었다. 라주미힌은 아무리 마셔도 취하는 적이 없었는데, 오늘은 아무래도 좀 다른 것 같았다.

"저 말이야."

라스콜니코프는 성급히 말했다.

"내가 온 것은 자네가 내기에 이겼고, 실제로 자기에게 어떤 일이 일어나리라는 걸 아는 사람은 아무도 없다는 얘기를 하고 싶었을 뿐이야. 난 들어가진 않겠어. 몹시 피로해서 금방 쓰러질 것만 같아. 그러니 오늘은 이만 실례하겠네! 내일 우리 집에 와주게나……."

"그럼 내가 집까지 바래다주지! 자네 입으로 그토록 기력이 없다고 하니……."

"손님은 어떻게 하고? 저 곱슬머리는 누구지, 방금 이쪽을 내다본 사내 말이야?"

"저 사람? 내가 알 게 뭐야! 아마 백부님이 아는 사람이겠지, 아니면 불청객인지도 모르고…… 저 사람들은 백부님께 맡겨두면 돼. 백부님은 정말 좋은 분이야, 자네에게 지금 소개할 수 없는 게 유감이군. 아무튼 저 사람들은 그냥 내버려둬도 상관없어! 지금 그들은 내게 관심 둘 겨를이 없으니까. 나도 바람을 좀 쐬어야지. 마침 잘 왔어. 2분만 더 있었더라면 나는 저들과 격투를 벌였을 거야! 정말이야! 아주 어처구니없는 거짓말을 지껄이거든…… 자네는 인간이 얼마만큼 허무맹랑한 소리를 할 수 있는

*　고기만두의 일종

지 상상도 못할 거야! 아니, 상상 못할 리도 없겠지? 이렇게 말하는 우리 자신도 곧잘 거짓말을 하니 말이야. 실컷 하라고 내버려두는 거야. 그 대신 나중에는 거짓말을 못하게 되겠지. 잠깐만 기다리게, 조시모프를 데려 올 테니."

조시모프는 그 어떤 이상한 열의까지 보이며 라스콜니코프를 대했다. 그의 얼굴에는 일종의 특별한 호기심이 엿보였으나, 곧 그 얼굴은 티 없이 밝아졌다.

"곧 자리에 누워 쉬셔야겠어요."

그는 환자를 되도록 찬찬히 보고 나서 이렇게 잘라 말했다.

"그리고 자기 전에 이걸 한 봉 드시면 좋겠는데, 드시겠소? 아까 지어 놓았어요…… 가루약 한 봉지입니다."

"두 봉지라도 좋아요" 하고 라스콜니코프는 대답했다.

가루약은 그 자리에서 먹어버렸다.

"그거 잘됐군, 자네가 바래다준다니" 하고 조시모프는 라주미힌에게 말했다.

"내일 어떨지는 두고 봐야겠지만, 오늘은 퍽 경과가 좋습니다. 아까보 다 훨씬 좋아졌어요. 오래 살고 오래 배우라는 말이 있듯이……."

"지금 나올 때 조시모프가 내게 뭐라고 속삭였는지 아나?"

거리에 나서자 라주미힌은 이렇게 말했다.

"저 친구들이 하도 바보 같은 소리를 하니까 나는 자네한테 죄다 얘기 하겠네만, 조시모프는 이렇게 명령하더군. 가는 길에 자네를 상대로 이야 기를 하고, 자네에게도 말을 시키라는 거야. 그리고 자기한테 들려달라는 거지. 그건 자기 나름대로 생각이 있기 때문이야…… 즉 자네가 미쳤든가, 아니면 거기에 가깝다는 거야. 어때, 놀랐지! 첫째로 자네는 그자보다 세 배나 영리하고, 둘째로는 자네가 미치지 않은 이상 그의 머릿속에 그런 맹

298

랑한 생각이 있든 없든 문제 삼을 것도 없어. 셋째로 저 고깃덩어리 같은 친구는 전공이 외과이지만 지금 정신병에 열중해 있는데, 오늘 자네와 자묘토프의 대화가 자네에 대한 그의 견해를 송두리째 뒤엎었다는 말일세."

"자묘토프가 자네한테 죄다 얘기하던가?"

"죄다 얘기했어. 그리고 얘기하길 참 잘했어. 이제 나도 모든 걸 알게 됐고, 자묘토프도 알게 됐지. 한마디로 말해서 로쟈…… 요컨대…… 나는 지금 약간 취했지만…… 그러나 그런 건 문제가 아니야…… 요컨대 그런 생각…… 알겠나? 사실 말이지 머릿속에서 떠나지 않았던 거야, 알겠나? 그러나 그들은 아무도 그것을 입 밖에 내지 못했어, 너무나 어처구니없는 생각이니까. 특히 그 칠장이가 붙잡힌 뒤로는 모든 망상이 일시에 무너지고 영원히 사라져버렸지. 그러나 그들은 어째서 그렇게 우둔할까? 나는 그때 자묘토프를 조금 때려주었네. 이건 우리끼리 얘기지만, 자넨 아예 내색도 하지 말아주게, 알겠나? 나는 그자가 아주 신경이 예민한 사내라는 걸 알았어. 루이자네 집에서 있었던 일이야. 그러나 오늘이야말로 모든 것은 명백해졌지. 장본인은 일리야 페트로비치였어! 그자는 자네가 그때 서에서 졸도한 것을 이용하려고 했으나, 나중에는 자기 스스로가 부끄러워진 거야. 나는 다 알고 있네……."

라스콜니코프는 귀를 바싹 기울여 들었고, 라주미힌은 취한 김에 마구 지껄여댔다.

"그때 내가 졸도한 것은 숨이 막히는 데다 페인트 냄새가 지독했기 때문이야" 하고 라스콜니코프는 말했다.

"또 변명을 하는군! 페인트 냄새뿐이 아니야, 병은 한 달 전부터 잠복하고 있었던 거야. 조시모프가 증인이지! 그러나 지금 그 풋내기는 얼마나 기가 죽었는지, 자넨 상상도 못할 걸세. '나는 그 사람 새끼손가락만큼의 가치도 없어'라고 말하고 있다네. 자네 새끼손가락 말일세. 그렇지만 여보게, 그자도 가끔 선량한 감정을 가질 때가 있어. 하여튼 교훈이었어, 오늘 수정궁에서의 일은 그자에게 좋은 교훈이었지. 그야말로 완전 이상의 것이었어! 자넨 처음부터 그자의 혼을 빼놓고 떨게 했다더군! 그리고 그자에게 추악한 망상을 거의 완전히 믿게 하고는 갑자기…… 혀를 날름 내밀고 '흥, 어때, 잘됐나!' 했으니, 그야말로 완벽한 연기였어. 그자는 지금 완전히 풀이 죽어 말이 아니라네! 자넨 정말 명수야. 그자들은 그렇게 한 번 혼을 내주어야 한다니까! 내가 그 자리에 없었던 게 유감이야! 그자는 지금 자네가 오길 무척 기다리고 있다네. 포르피리도 자네와 사귀고 싶다더군……."

"아니…… 그자까지…… 그런데 왜 나를 미친놈이라고 보았지?"

"아니, 미쳤다는 게 아니야. 아마 내가 너무 지껄인 것 같군…… 그건 말이야, 자네가 그 한 점에만 흥미를 느낀다는 것이 아까 조시모프에게 강한 인상을 주었던 걸세. 그러나 지금은 왜 흥미를 갖게 됐는지 명백해졌어. 모든 사정을 알고 보면…… 또 그때의 그 사건이 극단적으로 자네의 신경을 자극해서 병과 함께 뒤범벅이 됐다는 것을 알고 보면 말이야…… 아니, 내가 아무래도 취한 모양이군…… 그러나 무언지는 모르지만, 그자는 또 그자대로 생각하는 게 있는 모양이야…… 아무튼 그자는 정신병에 열중하고 있으니까. 자넨 그자에게 침이라도 뱉어주면 되는 거야……."

30초쯤 두 사람은 말이 없었다.

"여보게, 라주미힌."

라스콜니코프가 입을 열었다.

"자네한테 솔직히 말하겠네, 나는 방금 죽은 사람 곁에서 오는 길이야. 어느 관리가 죽었어…… 나는 거기서 있는 돈을 죄다 줘버렸네…… 뿐만 아니라 어떤 사람이 내게 키스를 해주었어. 그 사람은 내가 누구를 죽였다손 치더라도, 역시…… 한마디로 말해서 나는 거기서 또 하나의 다른 인간을 보았어…… 새빨간 깃털이 달린…… 하지만 내가 공연히 쓸데없는 소릴 지껄이는 것 같군. 나는 기운이 하나도 없어. 나를 좀 부축해주게…… 이제 곧 계단이겠지…….”

“아니, 왜 그러나…… 왜 그래?”

라주미힌이 소스라치게 놀라며 물었다.

“머리가 좀 어지러워. 하지만 문제는 그게 아니라 자꾸만 슬퍼지는 게 문제란 말이야. 한없이 슬퍼! 여자처럼…… 정말이야! 아니, 저게 뭔가? 저길 좀 봐!”

“뭘 말인가?”

“저게 안 보이나? 내 방에 불이 켜져 있는 게 보이지? 문틈으로…….”

그들은 이미 주인집 문간과 나란히 있는 마지막 층계 앞에 와 있었다. 과연 라스콜니코프의 조그만 방에 불이 켜져 있는 게 아래에서도 보였다.

“이상하군! 어쩌면 나스타시야인지도 모르지.” 라주미힌이 말했다.

“아니, 이런 시각에 내 방에 온 적은 없었어. 벌써 자고 있을 거야. 그러나…… 아무래도 좋아! 그럼 잘 가게!”

“무슨 말을 하는 거야? 난 자네를 바래다주러 온 거야. 함께 들어가세!”

“함께 들어가도 좋지만, 난 여기서 악수하고 헤어지고 싶네. 자, 손을 내게, 잘 가!”

“아니, 왜 그러는 거야, 로쟈?”

“아무것도 아니야…… 그럼 가세…… 자네가 입회인이 돼도 좋겠지…….”

두 사람은 층계를 오르기 시작했다. 라주미힌의 머리속에는 어쩌면 조시모프의 말이 옳을지도 모른다는 생각이 스쳐 갔다. ‘쳇, 내가 너무 지껄여서 이 녀석의 머리를 뒤흔들어놨군!’ 하고 그는 혼잣말을 했다. 그들이 문 앞에 이르렀을 때, 갑자기 방 안에서 사람의 말소리가 들렸다.

"대체 무슨 일일까?"

라주미힌이 외쳤다.

라스콜니코프가 먼저 홱 문을 열었다. 그러나 문을 열자마자 그는 문지방 위에 꼿꼿이 얼어붙고 말았다.

어머니와 누이동생이 소파에 앉아서 벌써 한 시간 반이나 그를 기다리고 있었다. 그들이 출발하여 여행 중에 있으니 곧 도착할 것이라는 통지를 오늘까지 몇 번이나 받았으면서도 그는 어째서 그 두 사람을 기다리지 않고, 또 그 두 사람에 대해서는 생각조차 하지 않았을까? 한 시간 반 동안 두 사람은 앞다투어 나스타시야에게 여러 가지를 캐물었고, 그래서 나스타시야는 여태까지 두 사람 앞에 서서 모든 것을 숨김없이 얘기해줬던 것이다. 그가 병중인데도 '오늘 뛰쳐나갔다'는 말을 듣자, 두 사람은 놀란 나머지 어찌할 바를 몰랐다. 게다가 이야기를 들어보니 틀림없이 제정신이 아닌 것 같았다! '아아, 이를 어쩌나!' 하며 두 사람은 울었다. 그들은 한 시간 반을 기다리는 동안에 십자가의 괴로움을 참아내야 했다.

기쁨과 감격에 넘친 외침이 라스콜니코프를 맞아들였다. 두 사람은 그에게 몸을 던졌다. 그러나 그는 여전히 죽은 사람처럼 서 있기만 했다. 참을 수 없는 돌발적인 의식이 천둥과도 같은 충격을 그에게 주었던 것이다. 게다가 두 사람을 포옹하려 해도 팔이 올라가지 않았다. 어머니와 누이동생은 그를 꼭 껴안고 키스를 하며 웃고 울었다. 그는 한 걸음 내딛는가 했더니, 허우적거리며 정신을 잃고 마룻바닥에 쓰러지고 말았다.

혼란, 공포의 외침, 신음 소리…… 문턱에 서 있던 라주미힌이 방 안으로 뛰어들어 그 힘센 팔로 병자를 안아 소파 위에 눕혔다.

"괜찮아요, 괜찮아요!"

그는 어머니와 누이동생에게 외쳤다.

"그저 기절했을 뿐입니다. 염려 마세요! 조금 전에 의사도 많이 좋아졌고 이젠 건강한 몸이나 다름없다고 말했으니까요! 물을! 자, 벌써 정신이 들기 시작했어요. 자, 보세요, 이제 정신이 들었어요!"

그는 이렇게 말하고 으스러질 정도로 힘껏 두네치카의 손을 움켜쥐고는, '벌써 정신이 들었다'는 것을 보여주려고 그녀의 몸을 굽히게 했다. 어머니도 동생도 감격과 감사에 어린 눈으로 라주미힌을 구세주처럼 우러러보았다. 그들은 이미 나스타시야한테서 이 '민첩한 청년'이 병중에 있는 자기네 로쟈를 위해 어떤 역할을 해주었는지를 들어 알고 있었다. '민첩한 청년'이란 이날 밤 두냐와 허물없는 이야기 끝에 풀헤리야 알렉산드로브나 라스콜니코프 자신이 라주미힌에게 붙여준 이름이었다.

3부

1

라스콜니코프는 몸을 일으켜 소파에 앉았다.

그는 라주미힌에게 힘없이 손을 내저어 어머니와 누이동생을 향한 조리 없는 열띤 위로의 말을 중단시킨 후 두 사람의 손을 잡고는 2분쯤 말없이 얼굴을 번갈아 들여다보았다. 어머니는 그의 시선을 보고 소스라치게 놀랐다. 그 시선에는 고통 어린 강렬한 감정과 동시에 무언가 응고된 것 같은, 광적이라고도 할 만한 표정이 엿보였기 때문이다. 풀헤리야 알렉산드로브나는 울음을 터뜨렸다.

아브도치야 로마노브나의 얼굴은 창백하고, 그녀의 손은 오빠의 손 안에서 바르르 떨고 있었다.

"그만 돌아가주세요…… 저 사람하고."

그는 라주미힌을 가리키며 띄엄띄엄 말했다.

"내일 또…… 내일이면 모든 것이…… 도착한 지 오래됐나요?"

"저녁때 왔다, 로쟈야" 하고 풀헤리야 알렉산드로브나는 대답했다.

"기차가 몹시 연착했어. 그렇지만 로쟈, 나는 이제 무슨 일이 있어도 네 옆을 떠나지 않겠다! 난 여기서 자겠다, 네 옆에서……."

"날 괴롭히지 말아주세요!"

그는 귀찮다는 듯 손을 내저으며 말했다.

"제가 곁에 남아 있겠습니다!" 하고 라주미힌이 외쳤다.

"잠시도 곁을 떠나지 않겠습니다. 손님 같은 건 아무래도 좋습니다. 성을 내겠으면 내라죠, 뭐! 그쪽 일은 백부님이 맡아서 하실 테니까."

"정말이지 뭐라고 감사를 해야 할지!"

다시금 라주미힌의 손을 잡으면서 풀헤리야 알렉산드로브나가 말하려 하자, 또다시 라스콜니코프가 어머니의 말을 가로막았다.

"못 참겠어, 도저히 못 참겠어!"

그는 안타까운 듯이 짜증을 내며 되풀이했다.

"괴롭히지 말라니까요! 됐어요, 돌아가세요…… 정말 못 참겠다니까!"

"가요, 어머니, 잠깐 문밖에라도 나갔다 와요."

겁에 질린 두냐가 속삭였다.

"우린 지금 오빠를 괴롭히고 있는 거예요. 보기만 해도 알 수 있어요."

"그럼 얼굴도 제대로 볼 수가 없단 말이냐? 3년이나 헤어져 있었는데!"

풀헤리야 알렉산드로브나는 다시 울음을 터뜨렸다.

"잠깐만!" 하고 그는 다시금 두 사람을 불러 세웠다.

"모두 방해만 하니까 머리가 자꾸 혼란해져서 그럽니다…… 루쥔은 만나셨나요?"

"아니, 아직 안 만났다. 하지만 그이는 우리가 도착한 걸 알고 있을 거다. 로쟈, 듣자니 표트르 페트로비치가 친절하게도 오늘 너를 찾아주셨다더구나?"

어머니는 다소 망설이는 어조로 이렇게 덧붙였다.

"네…… 친절하게도 와주셨더군요…… 한데 두냐, 나는 아까 루쥔에게 층계 밑으로 떨어뜨리겠다고 말해주었다. 그렇게 해서 당장 내쫓고 말았어……."

"로쟈, 무슨 말을 하는 거냐! 너는 아마…… 마음에도 없는 말을 하고 있는 거겠지."

깜짝 놀란 풀헤리야 알렉산드로브나는 이렇게 말을 꺼냈으나, 두냐의 얼굴을 보고 입을 다물어버렸다.

아브도치야 로마노브나는 오빠의 얼굴을 빤히 쳐다보며 다음 말을 기다리고 있었다. 그들 모녀는 이미 루쥔과의 충돌에 대한 이야기를 나스타시야가 이해하고 전할 수 있는 데까지는 그녀에게 들어 알고 있었기 때문에 의혹과 기대를 품으며 몹시 마음을 죄고 있었던 것이다.

"두냐."

라스콜니코프는 가까스로 말을 이었다.

"나는 그 결혼에 찬성할 수 없어. 그러니까 너도 만나면, 내일 첫 마디에 루쥔을 거절해버려야 해. 앞으론 그 녀석의 냄새도 나지 않게 말이다."

"아니, 저런!" 하고 어머니는 외쳤다.

"오빠, 무슨 말씀을 하시는 거예요."

아브도치야 로마노브나는 발끈해서 이렇게 말을 시작했으나 곧 자신을 억제했다.

"아마도 오빠는 지금 그런 걸 생각할 여유가 없을 거예요, 몹시 피로하실 테니까" 하고 그녀는 상냥하게 말했다.

"내가 헛소리를 하는 줄 아니? 아니야…… 너는 나 때문에 루쥔과 결혼하려는 거야. 그러나 그런 희생을 받아들일 수는 없어. 그러니까 내일까지는 꼭 편지를 써라…… 거절하는 편지를…… 그리고 아침에 그걸 내게 읽어줘. 그걸로 끝나는 거야!"

"그럴 수는 없어요!"

화가 난 누이동생은 이렇게 소리쳤다.

"대체 무슨 권리가 있기에……."

"두네치카, 너도 참 성미가 급하구나. 그만둬라, 내일…… 너도 알 만한데 왜 그러니……."

어머니가 깜짝 놀라 두냐에게 달려가서 이렇게 말했다.

"자! 어서 돌아가는 게 낫겠다!"

"헛소릴 하는 겁니다!"

거나하게 취한 라주미힌이 외쳤다.

"그렇지 않으면 어떻게 저런 소릴 할 수 있겠습니까! 내일만 되면 저런 바보 같은 소리도 하지 않을 겁니다. 그렇지만 오늘 그 사람을 내쫓은 건 사실입니다. 그건 사실이에요. 그 사람도 화를 냈지요. 그리고 일장 연설을 하고 자기의 지식을 늘어놓았지만, 결국 꼬리를 말고 도망쳐버렸지요……."

"그렇다면 그 말은 정말이군요?" 하고 어머니는 외쳤다.

"그럼 오빠, 내일 또."

두냐는 동정 어린 표정으로 말했다.

"가요, 어머니…… 안녕, 로쟈!"

"알겠니, 두냐?"

그는 있는 힘을 다해 되풀이했다.

"나는 헛소리를 하는 게 아니야. 이 결혼은 비열해. 나는 비열한 놈이 돼도 좋지만, 너는 그렇게 되어서는 안 돼…… 우리 둘 중 하나면 족한 거야…… 비록 나는 비열한 놈이지만, 그런 동생은 동생으로 생각하지 않겠다. 나를 택하느냐, 루쥔을 택하느냐야! 자, 이젠 가도 좋다……."

"자넨 돌았군! 그런 폭군 같은 소릴 하다니!" 하고 라주미힌은 고함을 질렀다. 그러나 라스콜니코프는 대꾸가 없었다. 어쩌면 대답할 기력이 없었는지도 모른다. 그는 맥없이 소파에 쓰러져 벽 쪽으로 돌아누웠다. 아브도치야 로마노브나는 호기심에 찬 눈으로 라주미힌을 바라보았다. 그녀의 까만 눈동자가 번쩍 빛났다. 라주미힌은 그녀의 시선을 받고 흠칫 몸을 떨기까지 했다. 풀헤리야 알렉산드로브나는 얼빠진 사람처럼 멍청히

서 있었다.

"아무래도 나는 갈 수 없어요!"

그녀는 거의 절망적인 어조로 라주미힌에게 속삭였다.

"난 여기 남아 있겠어요. 어디든 좋으니…… 두냐를 좀 바래다주세요."

"그러시면 몽땅 망쳐버립니다!"

라주미힌도 몹시 흥분해서 역시 속삭이듯이 말했다.

"아무튼 층계까지라도 나가시지요. 나스타시야, 불을 밝혀줘! 사실 말씀이지만 실은……."

층계에 와서도 그는 거의 속삭이는 듯한 목소리로 말을 계속했다.

"실은 아까도 로쟈는 우리를, 나와 의사를 마구 때리려 들었습니다! 아시겠어요? 의사까지 말입니다. 의사는 흥분시키면 안 된다는 말을 하고 가버렸습니다. 그래서 나는 아래층에서 지키고 있었는데, 어느 사이에 옷을 갈아입고는 살그머니 빠져나갔던 겁니다. 그러니까 지금도 너무 자극했다가는 또다시 나가서 이 밤중에 무슨 일을 저지를지 모릅니다."

"아니, 그게 무슨 말씀이세요!"

"게다가 아브도치야 로마노브나도 어머님이 안 계시면 혼자 하숙에 남아 있을 수 없을 겁니다! 두 분이 지금 어떤 곳에 머무르고 계신지 아세요! 저 비열한 표트르 페트로비치라는 사내도 두 분을 위해 좀 더 나은 숙소를 마련해드릴 수 있었을 텐데…… 하긴 보시다시피 나는 좀 취했습니다…… 그래서 말이 좀 거칠어졌습니다만…… 제발 언짢게 생각지는 마십시오."

"그러나 나는 이 집 안주인한테 가보겠습니다."

풀헤리야 알렉산드로브나는 고집을 부렸다.

"나하고 두냐를 오늘 밤만 아무 데나 한구석에서 묵게 해달라고 부탁해보겠어요. 나는 저 애를 그대로 내버려둘 수 없어요. 그럴 순 없어요!"

이런 말을 하면서 그들은 안주인의 방문 바로 앞 층계참에 서 있었다. 나스타시야는 한 단 아래에서 그들에게 불을 비춰주고 있었다. 라주미힌은 전에 없이 흥분해 있었다. 반 시간 전에 라스콜니코프를 배웅할 때는 자기 자신도 시인했듯이 지나치게 지껄였으나, 이날 저녁 굉장히 많은 술을 마셨는데도 퍽이나 기운이 좋고 거의 평상시와 비슷했다. 그러나 지금 그의 심리 상태는 그 어떤 환희와도 비슷한 것이었다. 동시에 여태까지 마신 술이 완전히 배가된 힘을 지니고 한꺼번에 머리 위로 올라오는 듯한 느낌이었다. 그는 두 여인과 마주 서서 그들의 손을 움켜쥔 채 어떻게든 그들을 설복시키려고 놀랄 만큼 솔직한 태도로 여러 가지 이유를 늘어놓았다. 그리고 한층 더 강조하기 위해서인지, 거의 한 마디 한 마디마다 두 사람의 손을 아플 정도로 꽉 쥐곤 했다. 그러면서 아무 거리낌도 없이 아브도치야 로마노브나의 얼굴을 뚫어지게 바라보았다. 두 사람은 너무 아파서 이따금 그의 크고 억센 손아귀에서 손을 빼내려고 했으나, 그는 알아차리지 못했을 뿐 아니라 오히려 한층 더 세게 끌어당겼다. 만일 지금 두 사람이 자기들을 위해 층계에서 거꾸로 뛰어내리라고 했다면, 그는 조금도 주저하거나 의심치 않고 당장에 그 일을 실행했을 것이다. 로쟈의 일로 제정신이 아니었던 풀헤리야 알렉산드로브나는 이 청년이 예의에 어긋날 만큼 너무 아프게 손을 꽉꽉 잡는 것을 느끼고는 있었으나, 동시에 자기로서는 이 청년이 구세주 같았으므로 그러한 사소한 행동에 대해서는 조금도 마음을 쓰지 않았다. 한편 같은 불안에 시달리고 있다고는 해도 그다지 나약한 편이 아닌 아브도치야 로마노브나는 오빠 친구의 이 야성적인 불타는 듯한 눈초리를 놀라움보다는 오히려 공포의 감정으로 받아들이고 있었다. 나스타시야의 이야기를 통해서 알게 된 이 이상한 사나이에 대한 무한한 신뢰가 없었더라면 그녀는 어머니의 손을 끌고 그에게서 달아나버렸을 것이다. 물론 그녀도 이제 와서는 이 사나이에게서 달아날 수 없으리라는 것을 잘 알고 있었다. 그러나 한 10분쯤 지나자, 그녀는 눈에 띌 정도로 침착해졌다. 라주미힌은 자기 기분이야 어떻든 간에 언제나 순식간에 자기의 모든 것을 상대방에게 나타내 보이는 특성을 지니고 있었으므로 누구를 막론하고 곧 그의 사람됨을 알아볼 수 있었다.

"안주인한테는 안 됩니다. 그야말로 어리석기 짝이 없는 일입니다!"

풀헤리야 알렉산드로브나를 설득하려고 그는 이렇게 외쳤다.

"설사 어머니라 하시더라도 여기 남아 계시면 로쟈를 미친 사람으로 만들고 맙니다. 그렇게 되면 정말 무슨 일이 일어날지 몰라요! 자, 들어보세요, 저는 이렇게 하겠습니다. 우선 거기에는 나스타시야를 앉아 있게 하고, 제가 어머님을 바래다드리죠. 두 분이서만 밤거리를 걸으실 수는 없으니까요. 이 페테르부르크라는 곳은 그런 점에서는⋯⋯ 아니, 그런 건 아무래도 좋습니다! 그리고 저는 곧 이곳으로 돌아왔다가 15분 후에는 틀림없이 어머님께 보고를 하러 가겠습니다. 로쟈의 상태가 어떠하며, 잠이 들었는지 어떤지⋯⋯ 등등을 죄다 보고하겠습니다. 그리고 그다음엔 말입니다, 쏜살같이 우리 집으로 달려가서 조시모프를 끌고 오겠습니다. 우리 집에는 손님들이 있고 모두 취해 있을 테니까요. 조시모프는 로쟈를 봐주는 의사죠. 지금 집에 있긴 합니다만 취하지는 않았습니다. 그 사람은 취하지 않습니다, 절대로 취하지 않아요! 그래서 그 사람을 로쟈한테 끌어다 놓고, 다시 곧 저는 어머님한테 달려가겠습니다. 결국 두 분께선 한 시간 동안 로쟈에 대한 보고를 두 번 받는 셈입니다. 의사의 보고를 받는단 말입니다, 아시겠습니까? 주치의의 보고를요. 그건 제가 보고하는 것과는 전혀 다른 의미니까요! 만약 환자가 더 악화된다면 맹세코 제가 어머님을 이곳으로 다시 모시고 오겠습니다. 그러나 용태가 좋으면, 그대로 편히 주무십시오. 저는 여기 문간에서 하룻밤 보내겠습니다. 여기라면 알아차리지 못할 겁니다. 그리고 조시모프는 주인아주머니한테서 자게 하겠습니다. 만일의 경우를 위해서. 자, 어떻습니까, 지금 로쟈를 위해서 두 분과 의사, 어느 쪽이 유익하겠습니까? 그야 의사 쪽이 더 유익할 테죠. 유익하고 말고요. 그러니까 제발 돌아들 가십시오! 안주인한테는 안 됩니다. 저는 괜찮지만 두 분께선 안 됩니다. 들어주지도 않습니다. 왜냐하면…… 어리석기 짝이 없는 여자니까요…… 그 여자는 아브도치야 로마노브나 때문에 질투를 할 겁니다. 물론 어머님에 대해서도 그럴 테지만…… 아브도치야 로마노브나에 대해서는 틀림없습니다. 그 여자는 그야말로 괴상망측한 성격이니까요! 하긴 저도 역시 바보이긴 합니다만…… 하지만 그런 건 상관할 것도 없습니다! 저를 믿어주시겠습니까? 어때요, 믿겠습니까, 안 믿겠습니까?"

"가세요, 어머니" 하고 아브도치야 로마노브나가 말했다.

"이분은 약속대로 해주실 거예요, 저렇게 오빠를 살려주신 분인걸요. 그리고 의사가 정말 머물러주시기만 한다면 그 이상 좋은 일이 어디 있겠어요?"

"아아, 당신은…… 당신은…… 나를 이해해주시는군요, 그건 당신이…… 천사이기 때문입니다!"

라주미힌은 기쁨에 겨워 소리쳤다.

"갑시다! 그럼 나스타시야, 얼른 올라가서 환자 옆에 있어줘, 불을 밝혀놓고. 나는 15분 뒤면 돌아올 테니까……."

풀헤리야 알렉산드로브나는 아직 충분히 이해하지 못했으나 더 반대하지는 않았다. 라주미힌은 두 사람을 부축하며 층계를 내려갔다. 그렇지만 그녀는 라주미힌이 근심되지 않는 것도 아니었다. '민첩하고 좋은 사람이긴 하지만 약속대로 실행할 수 있을는지? 저런 꼴을 해가지고…….'

"아아, 알겠습니다. 제가 이런 꼴을 하고 있는 것이 마음에 걸리시는 모양이군요!"

라주미힌은 눈치를 채고 그녀의 생각을 가로막았다. 그는 남다른 걸음걸이로 성큼성큼 걸어서 두 여인은 간신히 따라갈 수 있을 정도였으나, 그는 그것도 모르고 있었다.

"염려 없습니다! …… 사실…… 저는 주정뱅이처럼 취해 있습니다만, 그러나 문제는 그런 데 있는 게 아닙니다. 제가 취한 건 술 탓이 아닙니다. 어머님과 따님을 본 순간 머리를 한 대 얻어맞은 겁니다…… 하지만 저 같은 건 문제 삼지 말아주십시오! 조금도 염려할 건 없어요. 되는대로 지껄이고 있으니까요. 저는 두 분과는 비교할 수도 없는 인간입니다…… 도저히 비교할 수 없고말고요! 두 분을 배웅해드리고 나면 이 도랑에서 물을 두 통쯤 뒤집어쓰겠습니다. 그러면 문제없습니다…… 그저 다만 제가 얼마나 두 분을 사랑하고 있는지, 그것만 알아주신다면! …… 웃지 마십시오, 그리고 노여워하지 마십시오! …… 다른 사람에게는 노여워하셔도 상관없지만, 저에게만은 노하지 말아주십시오! 저는 로쟈의 친구니까, 따라서 두 분의 친구도 될 것입니다. 저는 그렇게 되길 원합니다…… 저는 그것을 예감했었습니다…… 지난해의 일이지만, 언젠가 문득 그런 생각이 든 적이 있었습니다…… 하긴 결코 예감했던 것은 아니죠, 두 분께선 마치 천국에서 내려온 것처럼 별안간에 나타나셨으니까요. 그건 그렇고 저는 한잠도 못 잘 겁니다…… 그 조시모프라는 녀석도 아끼는 로쟈가 정신 이상이 아닌가 걱정했으니까요…… 신경을 자극하지 마라는 것도 실은 그 때문입니다……."

"뭐라고요?"

어머니는 소리쳤다.

"정말 의사가 그렇게 말했나요?"

아브도치야 로마노브나도 깜짝 놀라며 이렇게 물었다.

"그렇게 말했습니다. 그러나 그게 아닙니다, 절대로 그렇지가 않습니다. 의사는 무슨 가루약을 먹이더군요. 저도 보았어요. 그때 두 분께서 오신 겁니다…… 아아, 두 분께서 내일쯤 오셨더라면 좋았을걸! 그러나 저희들이 그곳을 떠난 것은 참 잘한 일입니다. 아무튼 한 시간 뒤에는 조시모프가 모든 것을 두 분께 보고할 거예요. 그 사람은 원래 취하지 않으니까요! 저도 그때는 술이 깰 겁니다…… 그런데 나는 왜 이렇게 취해버렸을까? 그건 저 저주스러운 녀석들이 토론에 끌어들였기 때문입니다! 토론따위는 절대로 하지 않으리라고 맹세했는데! …… 너무나 맹랑한 수작들을 늘어놓는 바람에 하마터면 주먹다짐이 벌어질 뻔했다니까요. 저는 거기다 백부를 두고 왔지요, 좌상격으로 말입니다…… 그런데 아시겠어요, 그자들은 완전한 개성의 방기를 요구하고, 거기서 최대의 의의를 발견하고 있단 말이에요! 어떻게 해서든지 자기가 자기 자신이 아니기를, 또 어떻게 해서든 자기가 자기를 닮지 않도록! 이것이 그자들 사이에서는 최고의 진보로 여겨지고 있답니다. 게다가 자기 식으로라도 거짓말을 한다면 또 모르겠는데, 그게 아니라…….”

“저, 잠깐만” 하고 더듬거리는 말투로 풀헤리야 알렉산드로브나는 그의 말을 가로챘으나, 그것은 다만 상대방의 열을 더 돋우어줄 뿐이었다.

“네, 두 분께선 이렇게 생각하고 계시죠?”

한층 더 언성을 높이면서 라주미힌은 외쳤다.

“그자들이 거짓말을 하기 때문에 제가 이런다고 생각하시겠죠? 천만에요, 저는 사람이 거짓말하는 것을 좋아합니다. 거짓말은 모든 유기체에 대한 인간의 유일한 특권이니까요. 거짓말을 함으로써 진리에 도달하는 겁니다! 저도 거짓말을 하니까 인간인 것입니다. 우선 열네 번쯤, 아니 어쩌면 백열네 번쯤 거짓말을 하지 않고서는 어떠한 진리에도 도달하지 못합니다. 그건 그것대로 존경할 만한 가치가 있어요. 그런데 우리 또래는 거짓말을 하는 것조차 스스로의 지혜만으로는 안 됩니다! 자, 어서 거짓

316

말을 해봐, 자기가 생각해낸 거짓말을 해보란 말이다. 그러면 나는 너한테 키스를 해주마. 독창적인 거짓말을 하는 것은 남의 흉내를 내어 외워둔 진리를 말하는 것보다 훨씬 낫지요. 전자는 인간일 수 있지만 후자는 새 같은 미물에 지나지 않으니까요! 진리는 달아나지 않지만 생명을 때려죽일 수도 있거든요. 그런 예는 얼마든지 있습니다. 그런데 지금 우리는 어떻습니까? 우리는 모두 한 사람의 예외도 없이 과학, 진보, 사색, 발명, 이상, 희망, 자유주의, 이성, 경험, 그 밖의 모든, 그야말로 모든 영역에서 아직 중학 예과(豫科) 1년생에 지나지 않습니다! 남의 지식으로 제 앞을 가리는 것이 쉽고 편하니까…… 완전히 거기 젖어버리고 말았습니다! 그렇지 않아요? 내 말이 틀립니까!"

두 여인의 손을 꽉 쥐고 흔들면서 라주미힌은 외쳤다.

"안 그래요?"

"어쩌면 좋아요, 나는 잘 모르겠군요."

가엾게도 풀헤리야 알렉산드로브나는 중얼거렸다.

"네, 그래요…… 물론 당신의 말을 하나에서 열까지 다 찬성하는 건 아니지만" 하고 아브도치야 로마노브나는 정색을 하고 덧붙였으나 이내 비명을 올렸다. 이때 그가 너무나 아프게 그녀의 손을 쥐었기 때문이다.

"그렇지요? 그렇다는 말씀이지요? 자, 이렇게 되면 당신은…… 당신은……."

그는 기쁨에 겨워 외쳤다.

"당신이야말로 선(善)과 순결과 이지(理智)와, 그리고…… 완성의 원천입니다! 손을 내십시오, 손을. 어머니도 어서 그 손을 주십시오. 저는 당장이 자리에서 무릎을 꿇고 두 분의 손에 키스하고 싶습니다!"

그는 이렇게 말하고는 느닷없이 길 한가운데서 무릎을 꿇었다. 다행히 그 근방에는 아무도 없었다.

"그만두세요, 제발. 이게 무슨 짓이에요?"

풀헤리야 알렉산드로브나는 소스라치게 놀라며 이렇게 외쳤다.

"일어나세요, 일어나시라니까요!" 하며 두냐는 웃었으나 역시 염려가 되는 모양이었다.

"손을 내시기 전에는 절대로 일어나지 않겠습니다! 네, 그렇게요, 됐습니다. 자, 일어났지요, 갑시다! 저는 불행한 바보 자식입니다. 저는 두 분과는 비교할 수도 없는 놈이고, 이렇게 술 취해서 그것을 부끄러워하고 있습니다…… 저는 두 분을 사랑할 자격이 없습니다만, 두 분 앞에 무릎을 꿇는다는 것은, 이것은 무지몽매한 짐승이 아닌 이상 각자의 의무입니다! 그러니까 나는 무릎을 꿇은 겁니다…… 아, 벌써 두 분의 숙소로군요. 이거 한 가지만 보더라도, 아까 로쟈가 표트르 페트로비치를 내쫓은 것은 당연한 처사였습니다! 아니, 글쎄, 어떻게 이런 데다 두 분의 숙소를 정할 수 있습니까? 정말 창피한 일입니다! 여기가 어떤 사람들이 드나드는 곳인지 아십니까? 더구나 당신은 약혼녀가 아니냐 말이에요? 당신은 약혼녀지요, 그렇죠? 그러니까 나도 말씀드리겠습니다만, 이런 짓을 하는 당신의 약혼자는 비굴한 인간입니다!"

"저, 라주미힌 씨, 당신은 이성을 잃으셨군요……."

풀헤리야 알렉산드로브나가 말을 하려 했다.

"그렇습니다, 그래요. 저는 이성을 잃었습니다, 부끄럽습니다!"

라주미힌은 퍼뜩 제정신으로 돌아왔다.

"그러나…… 그러나…… 이런 말씀을 드렸다고 해서 두 분께서는 저를 노엽게 생각해서는 안 됩니다! 저는 성의껏 말씀드리는 것이지, 결코 그 어떤…… 음! 그렇다면 비열한 이야기가 되겠습니다만, 한마디로 말해서 제가 뭐 당신에게 그렇다는 것이 아니라…… 음! 아니, 이제 그만둡시다. 필요 없어요. 무엇 때문인지 그 이유는 말하지 않겠습니다. 용기가 없

318

습니다…… 아무튼 우리는 아까 그 사람이 들어왔을 때, 우리와는 어울릴 수 없는 사람이라는 걸 곧 깨달았습니다. 그건 뭐 그 사람이 이발소에 가서 머리를 지지고 왔대서가 아니고, 또 그 사람이 자기의 지식을 성급히 피력하려 했기 때문도 아닙니다. 요컨대 그 사나이는 스파이이며, 협잡꾼이기 때문입니다. 유대인 같은 사람이고, 사기꾼입니다. 이건 뻔한 사실입니다. 두 분께선 그를 똑똑하다고 생각하십니까? 천만에, 그 녀석은 바보예요, 바보고말고요! 그런 사나이가 어떻게 당신의 배필이 될 수 있겠습니까? 아아, 한심스러운 일입니다! 아시겠어요."

방으로 통하는 층계로 올라가다가 그는 문득 걸음을 멈췄다.

"물론 우리 집에 와 있는 패거리는 모두 취했습니다만, 그 대신 모두가 정직합니다. 비록 우리는 거짓말을 지껄이긴 합니다만, 그건 나도 마찬가집니다. 그러나 그렇게 거짓말을 지껄이는 동안에 언젠가는 진리에 도달할 수 있습니다. 그건 우리가 올바른 길에 서 있기 때문이죠. 그러나 표트르 페트로비치는 올바른 길에 서 있지 않습니다. 나는 지금 우리 집에 와 있는 녀석들에게 마구 욕설을 퍼부었습니다만, 그래도 나는 그들을 모두 존경하고 있습니다. 자묘토프라는 자까지도 존경하지는 않지만 사랑하고 있습니다. 귀여운 강아지니까요! 조시모프라는 녀석도 그렇습니다. 정직하고 자기 할 바를 알기 때문이지요. 그러나 이젠 그만둡시다. 할 말도 다 하고 용서도 받았으니까요. 물론 용서해주신 거죠? 그렇죠? 자, 갑시다. 나는 이 복도를 잘 압니다. 와본 적이 있어서요. 저 3호실에서 추문이 있었지요…… 그런데 두 분의 방은 어디지요? 몇 호실입니까? 8호? 그럼 밤에 주무실 땐 반드시 문을 잠그고 아무도 들이지 마십시오. 15분 뒤에 보고를 가지고 다시 오겠습니다. 그리고 또 반 시간 후에는 조시모프를 데리고 오고요. 두고 보십시오! 그럼 안녕히. 달려가봐야죠!"

"아아, 두네치카, 이젠 어찌 되는 거지?"

풀헤리야 알렉산드로브나는 겁먹고 불안한 표정으로 딸에게 말했다.

"안심하세요, 어머니."

모자와 망토를 벗으면서 두냐는 대답했다.

"그이는 어느 술좌석에서 바로 오긴 했습니다만, 하느님이 우리를 도우려고 보내주신 거예요. 그인 믿을 수 있을 거예요, 틀림없어요. 더구나 그이가 지금까지 오빠를 위해서 애써주신 걸 봐도…….."

"하지만 두네치카, 그 사람이 정말 돌아와줄지 어떨지 알 게 뭐냐! 어쩌자고 나는 로쟈를 두고 올 마음이 생겼을까! …… 정말이지 그런 식으로 만나리라고는 꿈에도 생각지 못했어! 그 애의 그 무뚝뚝한 태도란, 마치 우리가 온 것을 싫어하는 눈치더구나…….."

그녀의 눈에는 눈물이 맺혔다.

"아니, 그런 게 아니에요, 어머니. 어머니는 잘못 보셨어요. 오빠는 중병으로 몹시 머리가 혼란한 거예요…… 모든 것이 그 때문이에요."

"아아, 그 병이! 아무래도 무슨 일이 날 게다. 무슨 일이 날 거야! 게다가 너한테 하는 말투는 또 그게 뭐냐, 두냐!"

어머니는 딸의 기분을 살피려고 겁먹은 표정으로 딸의 눈을 들여다보면서 말했다. 그러나 두냐가 로쟈를 감싸주는 것으로 보아, 그만하면 오빠를 용서한 모양이라 생각하고 반쯤은 벌써 안심하고 있었다.

"하지만 내일이면 그 애도 반드시 마음을 돌이킬 거라고 나는 믿는다."

어디까지나 딸의 마음을 떠보려고 그녀는 이렇게 덧붙였다.

"그렇지만 나는 내일도 오빠는 역시 같은 말을 하실 거라고 믿어요…… 그 일에 대해서만은" 하고 아브도치야 로마노브나는 딱 잘라 말했다. 이 말은 물론 지금 어머니가 입 밖에 내기를 매우 꺼려하기 때문에 미리 못을 박아놓기 위함이었다. 두냐는 어머니 곁으로 다가가서 키스했다. 어머니는 말없이 딸을 꼭 껴안았다. 그러고는 의자에 앉아 라주미힌이 돌아오기를 불안한 마음으로 기다리면서, 역시 같은 기대 속에 혼자 생각에 잠겨 팔짱을 끼고 이리저리 방 안을 거니는 딸의 모습을 겁먹은 눈으로 지켜보았다. 생각에 잠긴 채 이렇게 이 구석에서 저 구석으로 오락가락하는 것이 아브도치야 로마노브나의 버릇이었다. 그리고 어머니는 이럴 때면 늘 딸의 사색을 방해하지 않으려고 조심했다.

술에 취한 김에 밑도 끝도 없이 라주미힌이 아브도치야 로마노브나에게 열렬한 애정을 일으킨 것은 물론 우스꽝스러운 일이었다. 그러나 실제로 아브도치야 로마노브나를 본 사람이라면, 특히 지금처럼 팔짱을 끼고 방 안을 거닐며 생각에 잠긴 애절한 모습을 본 사람이라면, 라주미힌의 평상시와는 다른 심적 상태를 새삼스레 끄집어낼 필요도 없이 거의 대부분 용서해주었을 것이다. 아브도치야 로마노브나는 뛰어나게 아름다운 여자였다. 후리후리한 키에 놀란 만큼 균형 잡힌 몸매였고, 강인하면서도 자신에 넘친 태도가 동작 하나하나에 드러났으나 그렇다고 그녀에게서 부드러움과 우아함을 결코 빼앗아버리지는 않았다. 그녀의 용모는 오빠를 닮았으나, 미인이라고 해도 좋을 정도였다. 머리칼은 오빠보다 좀 더 밝은 밤빛이었다. 눈은 거의 까만 편이고 긍지로 가득 차 빛나고 있었으나, 동시에 때론 순간적으로 무척 선량한 표정을 띠었다. 얼굴빛은 창백했으나 병적인 창백함은 아니었다. 그 얼굴은 신선함과 건강에 넘쳐 빛나고 있었다. 입은 좀 작은 편이며, 선명하게 붉은 아랫입술은 턱과 함께 약간 앞으로 튀어나온 느낌이었다. 이것이 이 아름다운 얼굴에서 유일한 결점이었으나, 동시에 이 얼굴에 한 가지 특징, 특히 오만스러운 듯한 느낌을 자아냈다. 얼굴 표정은 항상 쾌활하다기보다 차라리 착실한 편이고 사색적이었다. 그 대신 이 얼굴에는 웃음이 매우 잘 어울렸다. 즐겁고 젊고 티 없이 맑은 웃음은 그녀의 얼굴에 얼마나 잘 어울렸던가! 열렬하고, 개방적이고, 순진하고, 정직하고, 고대 러시아의 용사처럼 힘찬, 더구나 이러한 모습을 본 적 없는 취중의 라주미힌이 한눈에 반한 것도 무리는 아니었다. 더욱이 기회가 마치 일부러 꾸며놓은 듯이, 처음으로 두냐를 그에게 보이기 위해 오빠와 만나는 사랑과 기쁨의 아름다운 순간을 안겨준 것이다. 그는 또 오빠의 파렴치하고 무정한 호령에 답해서 그녀의 아랫입술이 노여움에 떨리는 것을 보았다. 그리하여 그는 자기로서도 도저히 어쩔 수 없는 상태에 빠지고 말았던 것이다.

그러나 그가 취한 나머지 아까 층계에서 라스콜니코프의 안주인인 괴벽한 프라스코비야 파블로브나가 아브도치야 로마노브나뿐만 아니라 어머니인 풀헤리야 알렉산드로브나에 대해서까지 반드시 질투하리라고 지껄인 것은 어디까지나 사실 그대로 한 말이었다. 풀헤리야 알렉산드로브나는 이미 마흔셋인데도 그 얼굴에 여전히 아름다움이 그대로 남아 있었다. 더욱이 명랑한 기분, 청신한 인상, 정직하고 순진한 마음의 정열을 늙도록 잃지 않는 부인이면 누구나가 그렇듯이 그녀도 나이보다 훨씬 젊어 보였다. 겸해서 덧붙여 말해두지만, 이러한 모든 것을 잃지 않고 보존해가는 것만이 만년에 이르러서도 그 아름다움을 잃지 않는 유일한 방법이다. 머리칼은 이미 희끗희끗하고 숱이 줄어들기 시작하면서 잔주름이 벌써부터 눈가에 나타나고 뺨은 근심과 슬픔으로 야위어 까칠해지기는 했으나, 그래도 그 얼굴은 여전히 아름다웠다. 그것은 20년 후 두네치카의 얼굴을 그려놓은 초상화와도 같았다. 물론 이것은 아랫입술의 표정을 제외하고 하는 말인데, 그녀의 아랫입술은 딸처럼 앞으로 튀어나온 감이 없었다. 풀헤리야 알렉산드로브나는 지나치지 않을 정도로 감상적이고 겁 많은 온순한 성질의 여자였다. 그러나 그것도 어느 정도 한계가 있었다. 그녀는 웬만한 일은 남에게 양보도 할 줄 알고, 때로는 자기 신념에 어긋나는 일에도 동의할 줄 알았다. 그러나 항상 성실과 계율과 신념의 정해진 한계가 있어서 어떠한 사정도 그녀가 그 한계를 넘어서게 할 수는 없었다.

라주미힌이 가고 나서 꼭 20분이 지났을 때, 나지막하면서도 성급한 노크 소리가 두 번 울렸다. 라주미힌이 돌아온 것이다.

"들어가진 않겠습니다. 시간이 없어서!"

문이 열리자 그는 성급히 말했다.

"곤히 잠들었습니다. 그야말로 정신없이 푹 잠들었어요. 제발 열 시간 쯤 자주었으면 좋겠습니다만, 옆에는 나스타시야가 붙어 있습니다. 제가 갈 때까지 떠나지 마라고 일러두었죠. 이번에는 조시모프를 데리고 오겠습니다. 그 사람이 보고할 겁니다. 그러면 두 분께서도 편안히 주무실 수 있을 테죠. 몹시 피곤해 보이시는군요……."

이렇게 말하자 그는 두 사람의 곁을 떠나 복도를 달려갔다.

"어쩌면 저렇게도 재빠르고…… 믿음직스러운 청년일까!"

기쁨에 겨운 나머지 풀헤리야 알렉산드로브나는 이렇게 외쳤다.

"정말 좋은 사람인가 봐요!"

아브도치야 로마노브나는 다소 열띤 어조로 이렇게 대답하고, 또다시 방 안을 거닐기 시작했다.

그럭저럭 한 시간쯤 지났을 때, 복도에 발소리가 울리고 또다시 노크 소리가 들렸다. 두 여인은 이번엔 완전히 라주미힌의 약속을 믿고 기다리고 있었다. 과연 그는 조시모프를 데리고 왔다. 조시모프는 두말없이 술좌석을 버리고 라스콜니코프를 보러 가는 데는 동의했지만, 두 여인에게 오는 것은 술 취한 라주미힌의 말을 신용할 수가 없어서 어느 정도 의심을 품은 채 마지못해 끌려왔다. 그러나 그의 자존심은 곧 누그러졌을 뿐만 아니라 오히려 환대를 받기까지 했다. 정말로 자기를 예언자처럼 학수고대하고 있었다는 사실을 알았기 때문이다. 그는 정확히 10분 동안 거기 앉아 있었으나, 그동안 풀헤리야 알렉산드로브나를 완전히 설복하고 안심시켰다. 그는 깊은 동정을 가지고 말했으나, 그 어조는 매우 조심스럽고 어색할 만큼 진지했다. 그것은 중대한 병상에 관한 상의를 받고 있는 스물일곱 살 청년 의사에 딱 들어맞는 그러한 태도였다. 그는 본직 이외의 말은 한마디도 입 밖에 내지 않았고, 두 여성과 개인적으로 친한 관계를 맺고 싶어 하는 기색도 전혀 나타내 보이지 않았다. 방에 들어설 때 아브도치야 로마노브나의 눈부신 미모를 본 그는 거기 있는 동안 되도록 그녀 쪽을 보지 않으려고 애썼고, 다만 풀헤리야 알렉산드로브나만을 상대로 말을 했다. 이러한 모든 것은 그의 마음에 더없는 만족을 주었다. 병자에 대해서는, 지금은 매우 만족스러운 상태에 있다고 말했다. 그의 관찰에 따르면, 환자의 병은 최근 몇 개월 동안의 물질적 궁핍 외에도 몇 가지 정신적 원인이 수반되고 있다고 했다. '말하자면 여러 가지 복잡한 정신적 · 물질적 영향이나 불안, 두려움, 신경의 피로, 어떤 종류의 관념…… 등등의 산물'이라는 것이었다. 특히 아브도치야 로마노브나가 유심히 귀 기울이는 모습을 보자, 조시모프는 이 주제를 좀 더 부연해서 설명했다. '다소 발광의 징후가 있는 것 같다고 들었습니다만' 하는 풀헤리야 알렉산드로브나의 근심 어리고 겁먹은 듯한 질문에 대해 그는 침착하고도 밝은 웃음을 띠면서 자기 말이 다소 과장됐다고 대답했다. 물론 환자한테서는 일종의 고정관념과도 같은, 편집광적인 증세가 인정되는 것도 사실이지만, 그것은 자신이 지금 의학상 매우 흥미 깊은 이 방면에 각별한 주의를 기울이고 있었기 때문이며, 환자가 지금까지 죽 헛소리만 지껄이고 있었다는 점도 고려해야겠고…… 그리고 또 물론 가족의 도착이 환자에게 힘을 주고 위로를 주어 결국 좋은 영향을 줄 것이라는 점도 고려해야 한다고 했다. '어쨌든 새로운, 특수한 정신적 충격만 피할 수 있다면' 하고 그는 의미 있게 덧붙였다. 그다음 그는 일어나서 정중하고 상냥하게 인사를 하고, 두 여인의 축복과 진심 어린 감사와 애원을 받으면서, 게다가 자청해서 손을 내민 아브도치야 로마노브나와 악수까지 나눈 다음 자신의 방문과 그보다는 자기 자신에게 더없는 만족을 느끼면서 그 방을 나섰다.

"이야기는 내일 하시지요. 오늘 밤은 곧 주무십시오, 부탁입니다!"

조시모프와 함께 나가면서 라주미힌은 다짐을 두었다.

"내일은 될 수 있는 대로 일찍 보고를 가지고 오겠습니다."

"그런데 그 아브도치야 로마노브나는 정말 매혹적인 아가씨더군!"

두 사람이 밖으로 나왔을 때 조시모프는 침을 꿀꺽 삼키다시피 하며
말했다.

"매혹적이라고? 자네 매혹적이라고 말했지!"

라주미힌은 이렇게 짖어대듯이 말하고는 느닷없이 조시모프에게 달려
들어 멱살을 움켜잡았다.

"만약 자네가 조금이라도 능청스러운 짓을 하면…… 알겠지? 알겠지?"

상대방의 멱살을 잡아 흔들어 벽에 밀어붙이며 그는 외쳤다.

"알겠지?"

"이거 봐, 주정뱅이 같으니!"

조시모프는 몸을 뒤틀었다. 그리고 상대방이 손을 놓자 한참 동안 그
의 얼굴을 유심히 바라보더니, 갑자기 배를 움켜쥐고 웃어댔다. 라주미힌
은 두 손을 축 늘어뜨리고서 침울하고 심각한 얼굴로 그 앞에 서 있었다.

"물론 나는 바보야" 하고 비구름처럼 음울한 표정을 하며 그는 말했다.

"하지만…… 자네도 마찬가지지……."

"아니야, 나는 절대로 그렇지가 않아. 나는 그런 어리석은 공상은 하지
않네."

두 사람은 말없이 걸었다. 그리고 라스콜니코프의 하숙 근처에 이르러
서야 라주미힌은 비로소 몹시 걱정스러운 낯으로 침묵을 깨뜨렸다.

"내 말 들어" 하고 그는 조시모프에게 말했다.

"자네는 사랑스러운 청년이야. 그러나 자네에겐 여러 가지 더러운 성

질 말고 또 한 가지, 바람기가 있어. 그것도 아주 추악한 편이지. 나는 알고 있어. 자네는 신경질적이고 의지가 박약한 바보야, 기분파야. 피둥피둥 살만 쪄가지고 자기 자신을 억제할 줄 모른단 말이야. 바로 이게 추악하다는 거지. 바로 추악으로 이끄는 길이란 말이야. 자네는 너무 기분파라서, 사실 말이지, 그런 짓을 하면서 어떻게 훌륭하고 헌신적인 의사가 될 수 있는지 나는 자못 의심스러워. 깃털 이불 따위를 덮고 자고, 의사가 말이야. 그러다가 밤중에 환자 때문에 일어나서 간다…… 그러나 3년만 지나면 환자 때문에 일어나는 일은 없을 거야…… 아니, 뭐, 그건 문제가 아니야. 문제는 이거지. 자네는 오늘 밤 안주인 방에서 자는 거야…… 내가 겨우 그 여자를 설득했으니까! 나는 부엌에서 자겠네. 그야말로 자네에게는 그 여자와 가까워질 수 있는 절호의 기회야! 그런데 자네가 생각하는 그런 여자는 아니야! 그런 점은 조금도 없어……."

"나는 아무 생각도 없어."

"여보게, 그 여자는 말이야, 부끄럼을 잘 타고, 말이 없고 소극적이고, 게다가 놀랄 만큼 정조 관념이 굳은 여자야. 더욱이…… 애처로운 한숨을 쉬며 밀랍처럼 녹아버리는 여자지! 제발 부탁이니 나를 그 여자한테서 구해주게나! 정말 애교 덩어리 여잘세! 사례는 하지, 맹세코 하겠네!"

조시모프는 아까보다 더 큰 소리로 웃어댔다.

"아니! 무슨 말을 하는 거야! 내가 뭣 때문에 그 여자를!"

"괜찮아, 크게 염려할 건 없어. 무엇이든 하고 싶은 말을 지껄이기만 하면 되는 거야. 옆에 앉아서 지껄이고만 있으면 돼. 게다가 자네는 의사니까 어디 치료라도 해주게나. 단언하건대 후회하는 일은 없을 거야. 그 집에는 피아노가 있어. 자네도 알다시피 나도 조금은 칠 줄 알지. '뜨거운 눈물을 흘리며'라는 순 러시아 노래 하나쯤은 알지만 말이야…… 그 여자는 순수한 것을 좋아해. 그래서 노래로 시작했던 거지. 그런데 자네는 피아노라면 루빈슈타인과 다름없는 명수가 아니냐 말야…… 단언하네, 후회하는 일은 없을 거야……."

"자네는 그 여자에게 무슨 약속이라도 한 모양이군? 정식 계약서라도 썼나? 결혼 약속이라도 한 모양이야……."

"천만에, 천만에, 그런 일은 절대로 없어. 그 여자는 절대로 그런 여자가 아니야. 그 여자에겐 체바로프라는 사내가……."

"그렇다면 차버리면 되잖아?"

"그렇게 간단히 버릴 수는 없어!"

"아니, 왜 안 된다는 거야?"

"아무튼 그렇게 할 수는 없어. 그것뿐이야! 거기엔 그럴 수 없는 어떤 인연이 있어."

"그럼 왜 그 여자를 유혹했나?"

"아니, 나는 조금도 유혹하지 않았어. 어쩌면 나야말로 어리석은 성격 때문에 유혹을 당했는지도 모르지. 그러나 그 여자에게는 나나 자네나 조금도 다를 게 없어, 그저 누가 곁에 앉아서 한숨만 쉬어주면 되니까. 그러니 여보게…… 뭐라고 표현해야 좋을까…… 아, 참, 자네는 수학을 좋아했지, 그리고 지금도 하고 있겠지, 다 알고 있어…… 그러니 자네는 그 여자에게 적분 계산을 가르쳐주는 거야. 정말이야, 결코 농담이 아니야, 심각한 이야기야. 그 여자에겐 아무래도 마찬가지니까. 그 여자는 자네를 보고 한숨을 짓겠지, 그런 식으로 1년쯤 계속해보는 거야. 나도 이틀 동안이나 계속해서 프로이센 상원(上院) 이야기를 한 적이 있네, 대체 그 여자하고 무슨 이야기를 할 수 있겠느냐 말이야? 그래도 그 여자는 한숨만 쉬면서 땀만 흘리고 있었어! 다만 사랑 이야기만은 꺼내지 말게, 지나칠 정도로 내성적이니 말이야. 그저 곁을 떠날 수 없는 듯한 표정만 짓고 있게. 그것으로 충분해. 아무튼 기분이 좋아, 마치 제 집에 있는 것과 같으니까. 책을 읽거나, 앉거나, 눕거나, 무엇을 쓰거나 제멋대로니까…… 키스쯤 할 수도 있겠지, 조심스럽게만 한다면…….”

“도대체 그 여자가 나와 무슨 상관이야?”

“아니, 어떻게 말해야 알아들을 수 있겠나! 이것 봐, 자네 두 사람은 서로서로 꼭 어울린단 말이야! 나는 전에도 자네를 생각한 적이 있거든…… 결국 자네는 그렇게 될 인간이니까! 그러고 보면 마찬가지지 뭐야, 늦고 빠르다는 차이뿐이지. 거기에는 여보게, 뭐랄까? 깃털 이불의 요소가 가득 차 있거든…… 아니, 단순히 깃털 이불의 요소만이 아니야! 거기에는 사람을 끄는 요소가 다 갖춰져 있어. 그곳은 세계의 끝이고, 배의 닻이며, 조용한 항구, 지구의 배꼽이고, 지구를 떠받치고 있는 세 마리 물고기, 블린*, 기름진 쿨레뱌키**, 저녁의 사모바르, 조용한 한숨, 따뜻한 여자의 옷, 활활 타오르는 페치카 위 침상, 그러한 것의 에센스야. 어때, 말하자면 삶과 죽음이 동시에 있다고나 할까, 그야말로 일거양득이라는 거지! 아니, 너무 지껄인 것 같군, 이젠 자야지! 나는 밤중에 가끔 일어나서 환자를 보러 가겠네. 그저 가보는 거지. 쓸데없는 줄은 알지만, 아무 일도 없을 걸세. 그러니 자네는 조금도 걱정하지 않아도 좋아. 혹시 원한다면 한 번쯤 가봐도 좋고. 그러나 헛소리를 하거나 열이 나거나 조금이라도 이상한 데가 있으면, 곧 나를 깨워주게. 뭐, 그럴 리는 없겠지만 말이야…….”

---

* 팬케이크의 일종
** 고기, 생선, 양배추 등이 든 만두의 일종

2

이튿날 아침 7시가 지나서 눈을 뜬 라주미힌은 뭔가 좀 꺼림칙하면서도 진지한 표정이었다. 아침에 눈을 뜨자, 예기치 못한 갖가지 새로운 의혹들이 갑자기 그의 신변에 일어나고 있음을 느꼈던 것이다. 이런 기분으로 눈을 뜨리라고는 일찍이 생각도 못했다. 그는 어제 있었던 일들을 하나도 남김없이 상세히 다 기억하고 있었다. 그리고 자기에게 무언가 심상치 않은 일이 일어났다는 것과, 여태까지 전혀 알지도 못했던, 지금까지의 것과는 비슷하지도 않은 어떤 한 가지 인상을 받아들였다는 것을 깨달았다. 동시에 그는 자기 뇌리에 불타오르기 시작한 공상이 절대로 실현되기 어렵다는 것도 분명히 의식했다. 너무나도 실현되기 어려운 것이어서 부끄럽기까지 했다. 그래서 그는 급히 '저주스러운 어제' 이후 그대로 남아 있는, 좀 더 현실적인 문제와 의혹 쪽으로 생각을 돌려버렸다.

그가 무엇보다도 참을 수 없었던 것은 자신이 어제 너무 '비굴하고 추잡한' 짓을 했다는 점이었다. 단지 취했을 뿐만 아니라, 여자 앞에서 그 가없은 처지를 이용해 어리석게도 조급한 질투심으로 상대방의 상호관계나 내막도 모를뿐더러 당사자의 인물조차 제대로 알지 못하는 주제에 그녀의 약혼자를 모욕했다. 도대체 내게 무슨 권리가 있기에 그 사내에 대해서 그토록 성급하고 경솔한 판단을 내렸을까? 도대체 누가 나한테 심판관이 되어달라고 했느냐 말이다! 또 아브도치야 로마노브나 같은 훌륭한 여자가 단지 돈 때문에 하잘것없는 사내에게 몸을 맡길 리는 없지 않은가. 그러고 보면 그 사내에게도 무슨 장점이 있을 것이다. 하지만 그 숙소는? 아니, 그 집이 그렇다는 것을 그가 미리 알고 있었다고 단언할 수는 없지 않는가? 더구나 그는 진짜 살 집을 마련하고 있다고 했다……. 제기랄, 모든 게 다 비열하기 짝이 없는 짓들이다! 내가 술에 취해 있었다고 해서, 그게 무슨 변명이 된담? 그건 오히려 한층 더 자기 인격을 떨어뜨리는 비열한 구실에 지나지 않는다! 취중에 진실이 있다지만, 그 진실이 그처럼 모든 것을 드러내고 말았다. '즉 깊은 질투심의 야비한 마음을 속속들이 드러내고 만 것이다!' 과연 이러한 공상은, 비록 어느 정도라도 라주미힌이라는 사내에게 허용될 수 있을까? 도대체 나는, 주정뱅이 난폭자는, 어제의 허풍쟁이는 그런 여자와 자기를 비교해서 어쩌자는 건가? '이렇게 창피하고 우스꽝스러운 비교가 있을 수 있을까?' 라주미힌은 이렇게 생각하자 비통한 나머지 홍당무처럼 얼굴이 빨개졌다. 갑자기 마치 일부러 꾸미기라도 한 듯이, 바로 이 순간에 어저께 층계에 서서 안주인이 아브도치야 로마노브나 때문에 질투할 거라고 두 사람에게 말했던 일이 불현듯 머리에 되살아났다. 이건 정말 참을 수 없는 일이었다. 그는 주먹을 휘둘러 부엌의 페치카를 힘껏 내리쳤다. 그는 손에 상처를 입고 벽돌까지 한 장 떨어뜨렸다.

'물론……' 하고 잠시 후 일종의 비굴한 감정을 느끼면서 그는 중얼거렸다. '지금에 와서 그 비겁한 행위를 씻어버릴 수도 없거니와 변상할 수도 없다…… 그렇다면 더 생각할 필요도 없다. 그러니까 아무 소리 없이 두 사람 앞에 나가…… 내 의무만을 다하는 거다…… 역시 아무 말도 말고…… 사과할 것도 없이, 아무 말도 하지 않는 거다. 그리고 이렇게 된 이상 모든 건 끝장이 나고 말았다!'

그래도 그는 옷을 입으면서 어느 때보다 주의를 기울여 자기 옷을 살펴보았다. 갈아입을 옷도 없었거니와, 또 있었다고 해도 그는 갈아입지 않았을 것이다. '아마 오기로라도' 갈아입지 않았을 것이다. 그러나 어쨌든 남을 무시하는 듯한 구질구질하고 더러운 꼴을 하고 있을 수는 없었다. 그에게 타인의 감정을 모욕할 권리는 없다. 더구나 그 타인이 그를 필요로 하고, 자기 쪽에서 그를 부르고 있으니 말할 나위도 없다. 그는 정성껏 옷에 솔질을 했다. 와이셔츠는 평상시에도 깨끗했다.

이날 아침, 그는 세수도 공들여 했다. 나스타시야에게 비누가 있었으므로 머리에서 목, 특별히 두 손을 정성껏 씻었다. 그리고 꺼칠해진 수염을 깎을까 말까 하는 문제에 부딪쳤을 때(안주인에게는 죽은 남편 자르니츠이나 씨의 유물로 훌륭한 면도기가 남아 있었다) 그는 단호히 용단을 내려 깎지 않기로 했다. '뭐, 이대로면 어때, 내버려두자! 그런 짓을 하면 그야말로 무슨 속셈이 있어서 깎았다고 생각할 거다…… 반드시 그렇게 생각할 거야! 무슨 일이 있어도 그런 짓은 안 하겠다!'

'그리고…… 그리고 중요한 문제는, 내가 거칠고 지저분하고 선술집 냄새가 난다는 점이다. 게다가 설사…… 설사 내 자신 조금이라도 인간다운 데가 있다고 인정한다고 하더라도…… 인간다운 인간이라는 것이 여기서 대체 무슨 자랑거리가 되느냐 말이다. 인간은 누구나 다 인간다운 인간이어야 하고, 되도록 더 깨끗해야 한다…… 그러나 어쨌든, 나도 알고 있지만 내게도 가끔 이상한 데가…… 별로 파렴치하다고는 할 수 없어도, 그래도…… 마음속으로 생각한 일까지 들추자면 한이 없다! 음…… 그러나 이 모든 것을 아브도치야 로마노브나하고 비교해본다면! 에잇, 제기랄! 될 대로 되라지! 일부러라도 더럽고 기름때가 흐르는 선술집 차림대로 해두자, 까짓것! 아니, 그보다 더한 꼴을 해 보이겠다!'

그가 이런 생각을 하고 있을 때, 프라스코비야 파블로브나의 응접실에서 하룻밤을 새운 조시모프가 들어왔다.

그는 집으로 돌아가는 길에 잠깐 환자를 보고 가려고 바삐 들른 것이다. 라주미힌은 환자가 모르모트처럼 잘 자고 있다고 말했다. 조시모프는 스스로 깰 때까지 내버려두라고 일렀다. 그리고 10시가 지나서 다시 오겠노라고 약속했다.

"그저 집에 있어주기만 해도 좋으련만" 하고 그는 덧붙였다.

"제기랄! 환자조차 말을 들어주지 않으니 어떻게 치료를 한담! 그건 그렇고 어떻게 하기로 했나, 이쪽에서 그리로 가는 건가, 아니면 저쪽에서 이리로 오나?"

"저쪽에서 오리라 생각하는데."

질문의 뜻을 알아차리고 라주미힌은 이렇게 대답했다.

"그리고 물론 자기들끼리의 집안 이야기가 시작되겠지. 나는 슬쩍 빠지겠네. 그러나 자넨 의사니까 나보다는 더 권리가 있겠지."

"나를 뭐 신부로 아나? 잠시 얼굴을 내밀었다가 돌아가겠네. 그것 말고도 일이 태산 같으니까."

"한 가지 마음에 걸리는 게 있어."

미간을 찌푸리면서 라주미힌은 말을 막았다.

"어제 나는 취한 김에 길을 걸으면서 저 친구에게 여러 가지 쓸데없는 소리를 지껄였나 봐…… 온갖 얘기를 다…… 그중에도 발광 증상이 있을지 모른다고 자네가 걱정하더라는 말까지 했으니 말이야……."

"자네는 어제 여인들에게까지 그런 말을 지껄였어!"

"정말 내가 어리석었어! 그러나 어떤가, 자네는 정말 거기에 대해서 무슨 확고한 생각이라도 있었나?"

"아무것도 아니라고 말했잖아. 확고한 생각이고 뭐고 있을 게 뭐야! 그 사내를 편집광으로 본 것은 다름 아닌 자네였어, 나를 그에게로 끌고 갈 때 자네가 그렇게 말하지 않았나 말이야…… 그런데 우리는 어제 장작불에 기름을 끼얹은 격이 되고 말았지. 그건 자네가 그런 말을 했기 때문이야…… 칠장이에 대한 얘기 말이야. 그렇잖아도 그 때문에 정신이상이 된 것같이 생각될 지경인 데다 그런 이야기를 했으니! 만약 그때 내가 알았다면, 경찰서에서 있었던 소동이며 거기서 어떤 미친놈이 그에게 혐의를 걸어 모욕한 일 등을 내가 정확히 알았더라면 어제 그런 이야기는 못하게 했을 텐데. 아무튼 편집광이란 건 한 방울의 물로 바다를 만들기도 하고, 실제로 존재하지 않는 망상을 현실에서 직접 보기도 하니 말이야…… 내가 기억하는 한, 어제 자묘토프의 이야기를 듣고 나서야 비로소 나는 진상을 반쯤 이해하게 된 것 같아. 그러나 이런 건 아무것도 아니야. 나는 한 가지 실례를 알고 있는데, 마흔 살 된 우울증 환자가 여덟 살짜리 사내아이가 식사 때마다 자기를 조롱한다면서 마침내 그 애를 죽여버린 사건이야. 그런데 이번 경우는 저렇게 초라한 누더기 옷에 파렴치한 경찰관, 게다가 설상가상으로 병이 나기 시작했을 때 그런 혐의까지 받았으니 말이야! 더구나 이쪽은 광적인 우울증 환자거든! 그뿐인가, 지독히 자존심이 강한 사내니까 도저히 견딜 수가 없지! 어쩌면 병의 출발점은 전부 거기 있었는지도 몰라! 하지만 그런 건 아무래도 좋아! 그런데 저 자묘토프는 참 사랑스러운 녀석이야. 다만…… 어제 그 얘기를 모두 지껄여버린 것만은 잘못이었어. 굉장히 지껄이길 좋아하는 친구더군!"

"아니, 또 누구한테 얘기했다는 건가? 자네와 나 말고?"

"포르피리한테 했어."

"포르피리한테라면 괜찮지, 뭐."

"그건 그렇고 자네는 그분들에게, 어머니와 누이동생한테 어느 정도의 영향력은 가지고 있겠지? 오늘만은 환자를 대하는 데 조심하라고 일러주게……."

"어떻게 될 테지!"

라주미힌은 내키지 않는 듯이 대답했다.

"그런데 그자는 왜 그렇게 루쥔한테 대들었을까? 돈도 있고, 그 여자도 그다지 싫어하는 눈치는 아닌 것 같던데…… 그리고 그들은 무일푼이 아니냐 말이야? 안 그래?"

"자네는 뭣 때문에 그렇게 꼬치꼬치 캐묻지?"

라주미힌은 짜증을 내며 소리쳤다.

"무일푼인지 아닌지 내가 알 게 뭐야! 직접 물어보면 되잖아, 알고 싶으면……."

"쳇, 자네는 가끔 바보 같은 소릴 해서 탈이라니까! 어제 취기가 아직도 남아 있나 보군. 그럼 실례하겠네. 프라스코비야 파블로브나에게 하룻밤 재워줘 고맙다고 인사나 해주게. 문을 잠가버리고 내가 문틈으로 '봉주르' 하고 인사를 해도 대답이 없었어. 7시에 이미 일어난 게 분명한데 말이야. 하녀가 사모바르를 가지고 부엌에서 복도로 지나가는 것을 보았으니까…… 아무튼 나는 얼굴을 뵙는 영광조차 얻지 못했네……."

9시 정각에 라주미힌은 바칼레예프의 하숙집에 나타났다. 두 여인은 퍽 오래전부터 가슴을 죄며 그가 오기만을 기다리고 있었다. 두 사람 모두 7시나, 그보다 전에 일어나 있었다. 그는 비구름처럼 침울한 얼굴로 들어가 어색하게 인사를 하고는 곧 그 때문에 화를 내고 말았다. 물론 자기 자신에 대해서였다. 하지만 그것은 기우에 지나지 않았다. 풀헤리야 알렉산드로브나는 곧 그에게 달려와서 두 손을 꽉 잡고 그 손에 거의 키스라도 할 기세였다. 그는 머뭇머뭇 아브도치야 로마노브나를 바라보았다. 그런데 그 오만한 얼굴에도 이 순간 감사와 우정의 표정과, 전혀 뜻하지 않았던 존경의 빛이(비웃는 듯한 시선과 감추려야 감출 수 없는 경멸 대신에!) 넘쳐흘렀으므로, 사실 그로서는 고개를 쳐들지 못하도록 욕을 먹는 편이 훨씬 편했을 정도로 멋쩍은 생각이 들었다. 그러나 다행히도 화제가 마침 준비되어 있었으므로 그는 급히 거기에 달려들었다.

'환자는 아직 눈을 뜨지 않았지만' 그러나 '경과는 매우 좋다'는 말을 듣자, 풀헤리야 알렉산드로브나는 '미리 꼭 의논해야 할 일이 있기 때문에' 그 편이 오히려 잘됐다고 했다. 그다음 차는 어떻게 하겠느냐고 묻고는 함께 마시자고 권했다. 두 사람 다 라주미힌을 기다리느라고 아직 마시지 않고 있었던 것이다. 아브도치야 로마노브나가 벨을 울렸다. 그러자 그 소리에 누더기 옷을 입은 더러운 사나이가 나타났다. 그에게 차를 가져오라고 이르자 얼마 후 겨우 차가 나왔으나, 그것은 두 여인의 얼굴이 붉어질 만큼 더럽고 조잡했다. 라주미힌은 한바탕 하숙집에 욕을 퍼부으려다가 문득 루쥔 생각이 나서 입을 다물고 우물우물해버렸다. 그러나 풀헤리야 알렉산드로브나가 연방 질문을 해오자 그도 무척 신바람이 났다.

그는 쉴 새 없이 말이 가로막히고 질문을 되받고 하면서, 그 질문에 대답하느라고 45분 동안이나 지껄여댔다. 그리고 최근 1년 동안 라스콜니코프의 생활에 대해서 자기가 알고 있는 중요한 사실들을 일일이 이야기하고, 이번 병의 상세한 보고로 말을 맺었다. 그렇지만 빠뜨린 것도 많았다. 이를테면 경찰서에서 일어난 촌극에서부터 그에 따른 모든 결과에 대해서는 완전히 침묵을 지켰다. 두 사람은 그의 이야기를 열심히 들었다. 그래서 그가 이야기를 마치고 듣는 사람들을 만족시켰다고 생각했을 때도, 두 사람에게는 이제 겨우 시작인 듯한 생각이 들었을 정도였다.

"자, 어서 얘기해주세요, 당신의 생각은 어떠신지…… 아 참, 용서하세요, 나는 아직 당신 이름도 모르고 있었군요" 하고 풀헤리야 알렉산드로브나는 서두르며 말했다.

"드미트리 프로코피치입니다."

"그러면 드미트리 프로코피치, 난 알고 싶은 게 무척 많아요. 일반적으로 말해서…… 그 애의 생각은 어떻습니까? 저, 다시 말해서, 어떻게 말해야 좋을까, 쉽게 말해서 그 애는 무엇을 좋아하고 무엇을 싫어합니까? 언제나 그렇게 짜증만 내나요? 대체 그 애의 희망은 무엇이고, 다시 말해서 지금 그 애는 무엇을 꿈꾸고 있습니까? 지금 그 애에게 특별한 영향을 주고 있는 건 대체 뭡니까? 한마디로 내가 알고 싶은 것은……."

"아이, 어머니도, 그렇게 많은 걸 어떻게 한꺼번에 대답하실 수 있겠어요!" 하고 두냐가 주의를 주었다.

"아아, 정말이지 나는 그 애가 그런 꼴이 되었으리라고는 꿈에도 생각지 못했어요, 드미트리 프로코피치."

"네, 당연한 말씀이십니다" 하고 드미트리 프로코피치는 대답했다.

"저한테는 어머니가 안 계셔서요, 그 대신 백부님이 해마다 이곳에 오시는데, 오실 때마다 저를 잘 못 알아보십니다. 얼굴까지도 알아보지 못하실 정도입니다. 꽤 총명하신 분인데도 그래요. 그런데 두 분께선 3년 동안이나 헤어져 계셨으니까 변화도 많을 겁니다. 그러나 이런 말씀은 아무 소용도 없겠지요? 저는 로지온과 1년 반쯤 사귀어왔습니다. 특히 요즘에 와서는, 혹은 훨씬 전부터였는지도 모르겠습니다만 회의가 많아지고, 게다가 우울증입니다. 관대하고 선량합니다만 감정을 드러내기 싫어하고, 자기 생각을 입으로 나타내기보다는 차라리 잔인한 짓을 하는 편이지요. 그래도 어떤 때는 우울증 같은 점이 완전히 없어지고, 그저 냉담하고 인정미가 없다고 생각될 정도로 무감각해질 때도 있습니다. 사실 그의 내부에는 서로 다른 두 가지 성격이 뒤섞여 있는 듯합니다. 간혹 지독히 말이 없을 때도 있어요. 늘 시간이 없다, 방해를 해서 못 살겠다고 말하면서도 자기 자신은 드러누워 아무것도 하지 않고 있습니다. 남을 조소하지는 않습니다만, 기지가 부족해서가 아니라 그런 쓸데없는 짓을 하고 있을 겨를이 없다는 듯한 태도입니다. 남의 이야기를 끝까지 듣는 일이 없습니다. 어느 때든 모두가 재미있어하는 일에는 절대로 흥미조차 느끼지 않습니다. 자기 자신을 무섭게 높이 평가하고 있습니다만, 그럴 권리가 전혀 없는 것도 아닌 것 같습니다. 그리고 또 무엇이 있을까? 아무튼 제가 보기엔 두 분께서 이곳에 오신 것이 그에게 더없이 유익한 영향을 주리라고 생각합니다."

"아, 제발 그래주었으면!"

로쟈에 대한 라주미힌의 비평에 견딜 수 없는 괴로움을 느끼면서 풀헤리야 알렉산드로브나는 이렇게 외쳤다.

한편 라주미힌은 마침내 아브도치야 로마노브나에게 좀 더 대담한 시선을 던졌다. 그는 이야기하는 동안에도 흘끔흘끔 그녀의 얼굴을 바라보긴 했으나, 순간적으로 흘긋 바라보았을 뿐 곧 눈길을 돌려버리곤 했었다. 아브도치야 로마노브나는 탁자에 앉아서 주의 깊게 귀를 기울이기도 하고, 자리에서 일어나 평소 버릇대로 팔짱을 끼고 입술을 꼭 깨문 채 이 구석 저 구석으로 방 안을 거닐기도 했다. 그러고는 이따금 걸음을 멈추지 않은 채 질문을 하고는 다시 생각에 잠겼다. 그녀 역시 남의 이야기를 끝까지 듣지 않는 버릇이 있었던 것이다. 그녀는 엷은 천으로 만든 검정 옷을 입고 목에는 속이 비치는 하얀 숄을 걸치고 있었다. 라주미힌은 모든 점으로 보아 두 여인이 얼마나 초라한 옷차림을 하고 있는가를 이내 알아차렸다. 만일에 아브도치야 로마노브나가 여왕 같은 옷차림을 하고 있었다면, 그는 조금도 그녀를 두려워하지 않았을 것이다. 그러나 지금 그녀가 이렇게 초라한 옷차림을 하고 있기 때문에, 또한 그가 이 가난한 모습을 눈치챘기 때문에 그의 마음속에 공포심이 깃들었는지도 모른다. 그리고 그는 자기의 말 한 마디 한 마디, 몸짓 하나하나에 두려움을 느끼게 되었다. 이것은 물론 그러지 않아도 자신을 신용할 수 없는 인간에게는 무척 괴로운 일이 아닐 수 없었다.

"당신은 오빠의 성격에 대해서 여러 가지로 재미있는 이야기를 해주셨어요…… 더구나 공평무사하게 말씀해주셔서 정말 좋았어요. 나는 당신이 오빠를 숭배하고 계시는 줄로만 알았어요" 하고 아브도치야 로마노브나는 웃음을 머금고 말했다.

"그러나 오빠 곁에 어떤 여자가 있다는 말도 사실 같군요."

"나는 그런 말은 하지 않았는데요. 그러나 어쩌면 말씀대로인지도 모르겠습니다. 다만…….''

"무언데요?"

"그러나 로쟈는 아무도 사랑하지 않고 있습니다. 그리고 앞으로도 아무도 사랑하지는 않을 겁니다" 하고 라주미힌은 자신 있게 말했다.

"그러니까 오빠는 사랑할 소질이 없단 말씀인가요?"

"아브도치야 로마노브나, 당신도 정말 오빠와 똑같군요, 모든 점에서!" 그는 저도 모르게 불쑥 이렇게 말해버렸다. 그러나 곧 그녀에게 말한 오빠에 대한 비평이 떠올라 그는 새우같이 빨개지며 어쩔 줄을 몰라했다. 아브도치야 로마노브나는 당황하는 그를 보자 그만 웃음을 터뜨리지 않을 수 없었다.

"로쟈에 대해서는 두 사람 다 잘못 생각하고 있는지도 몰라요."

풀헤리야 알렉산드로브나는 약간 화가 난 듯이 말을 가로챘다.

"나는 지금 한 말을 가지고 말하는 게 아니다, 두네치카. 표트르 페트로비치가 이 편지에 쓴 것이나…… 우리 둘이서 상상했던 것은 어쩌면 사실이 아닐지도 모른다. 그렇지만 드미트리 프로코피치, 그 애가 얼마나 엉뚱한지, 그리고 뭐라고 말해야 좋을까, 그러니까 얼마나 변덕스러운지 당신은 아마 상상도 못할 거예요. 겨우 열다섯 살 때부터 나는 그 애의 성격에는 조금도 안심할 수가 없었어요. 그 애는 지금도 다른 사람은 생각지도 못하는 일을 갑자기 해치울 수 있다고 나는 확신하고 있어요…… 그래요, 오래된 일은 그만두고라도 1년 반쯤 전에, 당신도 알고 있을지 모르지만, 느닷없이 자르니츠이나인가 뭔가 하는 하숙집 안주인의 딸과 결혼하겠다고 해서 나를 얼마나 괴롭히고 걱정시켰는지 이루 말할 수도 없었답니다."

"그 문제에 대해 뭔가 자세한 것을 아십니까?"하고 아브도치야 로마
노브나가 물었다.

"당신은 아마 이렇게 생각하실 테죠"하고 풀헤리야 알렉산드로브나
는 열띤 어조로 이야기를 계속했다.

"그때의 내 눈물이, 내 탄원이, 내 병이, 번민으로 인한 내 사경(死境)이,
집안의 궁핍 등이 그 애의 생각을 돌이키게 했다고 생각하시겠지요? 천만
에요, 그 애는 어떤 장애도 태연스럽게 밟고 넘어갔을 겁니다. 그런데 그
애는 정말 우리를 사랑하지 않는 걸까요?"

"로쟈가 먼저 그런 얘기를 꺼낸 적은 한 번도 없습니다"하고 라주미
힌은 조심스럽게 대답했다.

"그러나 저는 자르니츠이나 부인한테서 조금은 들어 알고 있습니다.
그 여자 역시 그다지 말이 많은 편은 아니지만, 그러나 제가 들은 건 아무
래도 조금 이상한 얘기였습니다."

"무엇을, 무슨 말을 들으셨는데요?"하고 두 여인은 한꺼번에 물었다.

"뭐, 그렇다고 해서 특별히 색다른 것은 없습니다만, 다만 제가 들은
바로 그 혼담은 이미 완전히 결정되었었는데 신붓감이 죽는 바람에 성립
되지 않았다고 하더군요. 그러나 어머니 자르니츠이나는 그다지 마음이
내키지 않았다는 겁니다…… 그 밖에도 다른 사람들 이야기로는 신붓감
이 그다지 아름답지 못하고 오히려 못난 편인 데다가…… 늘 병을 앓
고…… 아무튼 이상한 여자였나 봅니다. 그러나 어딘가 좋은 점이 있었던
모양입니다. 아니, 반드시 좋은 점이 있었을 겁니다. 그렇지 않으면 도저
히 이해가 가지 않는 일이니까요…… 지참금 따위도 전혀 없었고, 하긴 로
쟈가 지참금 따위를 바라는 그런 인간은 아니니까요…… 아무튼 이런 문
제는 간단히 판단을 내리기가 힘듭니다."

"그분은 반드시 훌륭한 아가씨였을 거라고 믿어요" 하고 아브도치야 로마노브나는 짤막하게 자기 의견을 말했다.

"그러나 참 안된 이야기지만, 그때 나는 그 여자가 죽은 걸 진정으로 기뻐했답니다. 하긴 우리 애가 여자를 망쳐놓을지, 그녀가 우리 애를 망쳐놓을지, 그들 중 누가 누구를 망쳐놓을지도 모르면서 말이에요."

풀헤리야 알렉산드로브나는 말을 맺었다. 그러고는 조심스럽게 쉴 새 없이 두냐의 얼굴을 훔쳐보면서(분명히 두냐는 불쾌한 모양이었으나), 로쟈와 루쥔 사이에서 일어난 어제 일에 대해서 또 이것저것 묻기 시작했다. 그녀에게 이 사건은 소름이 끼칠 만큼, 무엇보다 무서운 걱정거리인 듯했다. 라주미힌은 다시 자초지종을 상세히 이야기했으나 이번에는 자기의 결론도 덧붙였다. 즉 미리부터 그렇게 마음먹고 고의적으로 루쥔을 모욕했다면서, 라스콜니코프를 정면으로 비난했다. 그리고 이번에는 그의 병을 거의 변명의 구실로도 삼지 않았다.

"그건 병이 나기 전부터 미리 생각하고 있었던 것입니다" 하고 그는 덧붙였다.

"나도 그렇게 생각해요."

풀헤리야 알렉산드로브나는 풀이 죽은 표정으로 이렇게 말했다. 그러나 그녀를 몹시 놀라게 한 것은 라주미힌이 이번엔 표트르 페트로비치(루쥔)에 대해서 말할 때 신중한 태도를 보일뿐더러 어떤 경의조차 표시하는 듯했다는 점이다. 여기에는 아브도치야 로마노브나까지도 놀라지 않을 수 없었다.

"그럼 당신은 표트르 페트로비치에 대해서 그러한 의견을 가지고 계십니까?"

풀헤리야 알렉산드로브나는 저도 모르게 이렇게 묻지 않을 수 없었다.

"따님의 장래 남편 되실 분에 대해서는 저로서도 다른 의견이 있을 수

340

없습니다" 하고 라주미힌은 열띤 어조로 똑똑히 대답했다.

"그러나 흔히 말하는 어떤 빈말로 이렇게 말씀드리는 건 아닙니다. 그
건…… 그건…… 아브도치야 로마노브나 자신이 자기 의사대로 선택하셨
다는 한 가지만 보더라도 그런 겁니다. 혹시 제가 어제 그분에 대해서 나
쁘게 말했다면, 제가 꼴사납도록 취해서…… 전혀 정신이 없었기 때문입
니다. 그렇습니다, 정신이 없었습니다. 정신없이 완전히 돌아버렸어요……
그래서 오늘은 부끄러워서 뵐 낯도 없습니다!"

그는 얼굴을 붉히며 입을 다물었다. 아브도치야 로마노브나도 얼굴을
붉혔으나 침묵을 깨뜨리지는 않았다. 그녀는 루쥔의 이야기가 나오는 순
간부터 한마디도 하지 않았다.

그러는 사이에 풀헤리야 알렉산드로브나는 딸의 조언을 받지 못해서
분명히 당황하는 눈치였다. 마침내 그녀는 연방 딸의 눈치를 살피면서 지
금 어떤 한 가지 일이 몹시 마음에 걸린다고 주섬주섬 말했다.

"실은 말이에요, 드미트리 프로코피치……" 하고 그녀는 입을 열었다.

"이분에게는 죄다 털어놔도 괜찮겠지, 두네치카!"

"그럼요, 어머니."

아브도치야 로마노브나는 당연하다는 듯이 말했다.

"다름 아니라" 하고 그녀는 괴로움을 털어놓아도 좋다는 승낙을 받자
마치 무거운 짐이라도 벗어 내려놓듯 급히 말을 꺼냈다.

"실은 오늘 아침 일찍 표트르 페트로비치한테서 편지가 왔어요. 어제
도착한 것을 알려준 데 대한 회답이지요. 사실 그이가 역으로 마중을 나
와준다고 약속했는데 이행을 못하고, 이 하숙집 주소를 적은 쪽지를 가진
어떤 하인 같은 남자를 대신 보내서 우리를 맞게 했답니다. 그리고 그이
자신은 오늘 아침에 찾아오겠다는 전갈이었어요. 그런데 오늘 아침에도
본인은 오지 않고 이 편지만 왔군요…… 이야기하기보다는 직접 한번 읽

어보세요. 편지 속에 매우 걱정되는 점이 하나 있어서…… 그것이 무엇인지는 읽으시면 곧 알 수 있을 거예요. 그리고…… 숨김없는 의견을 들려주세요. 드미트리 프로코피치! 당신은 누구보다도 로쟈의 성격을 잘 아시니까 가장 좋은 충고를 해주실 수 있으리라 믿어요. 미리 말씀드리지만, 두네치카는 처음부터 이미 확고한 결심을 하고 있는데 나는…… 나는 아직 어떻게 하면 좋을지 갈피를 못 잡고 있어요…… 그래서…… 당신이 오기만을 고대하고 있었답니다."

라주미힌은 어제 날짜로 된 편지를 펼쳐서 다음과 같은 내용을 읽어 내려갔다.

풀헤리야 알렉산드로브나, 뜻하지 않은 어떤 부득이한 사정으로 플랫폼까지 마중 나가지도 못하는 실례를 범했습니다만, 그 대신 매우 민첩한 남자 한 사람을 보내드렸습니다. 그리고 또 내일 아침으로 예정했던 방문의 영광도 피치 못할 대법원의 용무 때문에 부득이 미루지 않을 수 없게 되었습니다. 게다가 당신을 위해서, 아브도치야 로마노브나와 더불어 모자와 남매간의 오붓한 상면을 방해하고 싶지도 않아서, 내일 오후 정각 8시에 숙소를 방문해서 인사를 드리기로 작정하고 있습니다. 그리고 매우 죄송스러운 말씀입니다만 꼭 한 가지 부탁드리고 싶은 것은, 내일 만나 뵐 때 로지온 로마느이치는 동석하지 않도록 해주셨으면 합니다. 실은 어저께 문병 갔다가 이루 말할 수 없는 모욕을 당했기 때문입니다. 그 밖의 예의 건에 대해서도 상세히 의논을 드리고 아울러 당신의 의견도 듣고 싶습니다. 이 점에 대해서도 미리 거듭 말씀드립니다만, 만일 제가 원하는 바를 무시하고 로지온 로마느이치와 만나게 된다면 저는 즉각 그 자리를 물러나지 않을 수 없으며, 그때의 모든 책임은 당신들에게 있다는 것을 양찰해주시기 바랍니다. 제가 이러한 말씀을 드리는 것은, 어저게 문병 갔을 때 정말 중병같이 보였던 로지온 로마느이치가 두 시간 뒤엔 갑자기 완쾌된 것 같았고, 따라서 외출할 때 들를 수도 있는 일이라 염려가 되기 때문입니다. 이것은 저 자신이 직접 목격하여 확인한 사실입니다만, 어젯밤 말발굽에 밟혀 죽은 어떤 주정뱅이네 집에서 아드님은 추잡한 영업에 종사하는 그 집 딸에게 장례 비용이라는 명목으로 25루블을 내주었습니다. 저는 그 돈을 만드시느라 당신이 얼마나 고심하였는가를 잘 아는 터이므로 참으로 놀라지 않을 수 없었습니다. 끝으로 아브도치야 로마노브나에게 제 한없는 존경의 뜻을 전해주시고, 당신에게 바치는 제 경의와 심복의 뜻을 받아들여주시기 바랍니다.

당신의 충실한 종
P. 루쥔 올림

"어떡하면 좋겠어요, 드미트리 프로코피치?"

풀헤리야 알렉산드로브나는 울먹울먹하며 말했다.

"어떻게 내 집으로 로쟈에게 오지 마라는 말을 할 수 있겠어요? 그 애는 어저께도 그처럼 완강하게 표트르 페트로비치를 거절해버리라고 했는데, 이쪽은 또 이쪽대로 그 애를 방에 들여놓지 마라고 요구하고 있으니! 아니, 그 애는 이런 일을 알면 그야말로 일부러라도 올 거예요…… 그러면 어떻게 될까요?"

"그야 아브도치야 로마노브나의 결심대로 하시면 되겠지요."

라주미힌은 침착하게 즉시 대답했다.

"아니, 그건 안 돼요! 딸이 말하는 것은…… 딸은 당치도 않은 말을 합니다. 이유도 말하지 않고, 딸의 말은 로쟈도 오늘 저녁 8시에 오게 해서 두 사람을 동석시키는 편이 낫다는 거예요. 뭐, 그 편이 꼭 좋다는 건 아니지만, 무엇 때문인지 반드시 그래야 한다는군요…… 하지만 나는 로쟈에게 이 편지를 보여주고 싶지 않습니다. 그래서 당신의 힘을 빌려서 무슨 꾀를 써서라도 그 애가 오지 않도록 했으면 해요…… 그토록 성미가 급하니 말이에요…… 그리고 나는 뭐가 뭔지 조금도 모르겠어요…… 도대체 어떤 주정뱅이가 죽었다는 건지, 딸이라는 건 또 뭔지, 무슨 이유로 그 애가 그 딸에게 있는 돈을 다 털어주었는지…… 그 돈은…….

"그토록 수고해서 만든 돈인데, 그런 말씀이죠, 어머니" 하고 아브도치야 로마노브나가 덧붙였다.

"어제는 제정신이 아니었어요."

생각에 잠기는 듯한 어조로 라주미힌은 말했다.

"만약에 두 분께서 어제 로쟈가 음식점에서 무슨 짓을 했는지 아신다면! 확실히 머리는 좋은 친굽니다…… 음! 어디서 사람이 죽었다는 일과 어떤 여자가 어떻다는 얘기는 어제 집으로 돌아갈 때 저한테도 분명히 말했습니다. 그러나 저는 무슨 소린지 전혀 알아듣지 못했어요…… 이렇게 말하는 저 자신도 어제는…….

"그보다도 어머니, 우리가 오빠한테 가보는 편이 좋겠어요. 그럼 어떻게 하면 좋을지 곧 알게 되겠죠, 확실히 그래요. 게다가 시간도 다 되었어요. 어머나! 벌써 10시가 지났네요!"

목에 늘어뜨린 자기의 금시계를 흘긋 보고 그녀는 이렇게 소리쳤다. 그것은 가느다란 베네치아식 사슬이 달리고 칠보(七寶)가 든 훌륭한 금시계여서 다른 의상과는 너무나 어울리지 않았다. '약혼자의 선물이군' 하고 라주미힌은 생각했다.

"아, 정말 시간이 됐구나…… 시간이 됐어, 두네치카, 시간이 됐어."

풀헤리야 알렉산드로브나는 불안스레 서둘기 시작했다.

"이렇게 오래 꾸물거리다가는 어제 일로 화가 난 줄 알겠다. 아아, 야단났군!"

이렇게 말하면서 그녀는 급히 외투를 걸치고 모자를 썼다. 두네치카도 나갈 채비를 했다. 그녀가 끼고 있는 장갑은 낡은 정도가 아니라 여기저기 구멍까지 뚫려 있었다. 라주미힌은 그것을 눈치챘지만, 보기에도 초라한 이 복장이 오히려 헙수룩한 옷을 훌륭하게 입을 줄 아는 사람에게서 흔히 볼 수 있는 그 어떤 특수한 기품을 이 모녀에게 부여하고 있었다. 라주미힌은 경건한 마음으로 두네치카를 바라보았다. 그리고 지금부터 그녀와 동행한다고 생각하니 자랑스러운 마음까지 들었다. '그 여왕은' 하고 그는 속으로 생각했다. '옥중에서 양말을 손수 기웠다는 그 여왕은, 더없이 화려한 의식이나 행차 때보다 차라리 그 순간이 더 진짜 여왕답게 보였을 것이다.'

"아아" 하고 풀헤리야 알렉산드로브나는 탄식했다.

"정말이지 내가 내 아들을, 사랑스럽고 사랑스러운 내 아들을 만나는 걸 이렇게까지 두려워하다니. 이런 일은 꿈에도 생각지 못했어요. 정말 두려워요, 드미트리 프로코피치!" 그녀는 겁먹은 눈으로 상대방을 쳐다보면서 이렇게 덧붙였다.

"두려워할 것 없어요, 어머니."

두냐는 어머니에게 키스를 하면서 말했다.

"그보다도 오빠를 믿으세요. 난 믿어요."

"아아, 어쩌면 좋으냐! 나도 믿고는 있다. 하지만 간밤엔 한잠도 못 잤단다" 하고 불쌍한 부인은 외쳤다.

그들은 밖으로 나왔다.

"얘, 두네치카, 내가 새벽녘에 잠깐 눈을 붙였을 때 뜻밖에도 죽은 마르파 페트로브나의 꿈을 꾸었단다…… 온통 흰옷을 입고 말이야…… 내 곁에 와서 손을 잡으면서 고개를 저어 보이지를 않겠니. 그야말로 사나운 얼굴을 하고 마치 나를 힐책이라도 하듯이 말이다…… 이건 좋은 징조가 아니겠지! 아아, 정말 무섭더구나. 드미트리 프로코피치, 당신은 아직 모르시겠지만 마르파 페트로브나가 죽었답니다!"

"예, 전 모릅니다. 마르파 페트로브나는 누굽니까?"

"글쎄, 갑자기 죽었다니까요! 어떻게 된 일인가 하면……."

"나중에 하세요, 어머니."

두냐가 참견했다.

"이분은 아직 마르파 페트로브나가 누군지 모르시잖아요!"

"아니, 모르시던가요? 나는 또, 무엇이든지 죄다 알고 계신 줄만 알았는데. 용서하세요, 드미트리 프로코피치. 요 며칠 동안은 정말 제정신이 아니어서…… 나는 완전히 당신을 우리의 구세주같이 생각하고 있으니까, 뭐든지 다 아시는 줄로만 알고. 나는 당신을 한집안 식구처럼 생각하고 있어요…… 이런 말을 한다고 해서 노엽게 생각지는 마세요. 어머나, 저런, 오른손이 왜 그렇죠? 어디 부딪치기라도 했나요?"

"예, 좀 부딪쳤습니다."

라주미힌은 행복에 겨워 중얼거렸다.

"나는 가끔 지나치게 허물없이 얘기를 하곤 해서 두냐가 늘 고쳐준답니다…… 아아, 그건 그렇고, 그 애는 어쩌면 그런 다락방 같은 데서 살고 있을까! 그런데 이젠 일어났을까요? 그런데도 안주인은 그걸 방이라고 생각하고 있나요? 그런데 당신은 아까 이렇게 말하셨죠, 그 애는 마음속으로 생각하는 걸 털어놓길 싫어한다고요. 그러니까 나는 어쩌면…… 원래의 그 못된 성격 때문에 그 애를 귀찮게 만들지나 않을는지요? 드미트리 프로코피치, 그 애를 어떻게 대하면 좋을지 가르쳐주세요. 난 보시다시피 이렇게 갈피를 못 잡고 있으니까요."

"혹시 얼굴을 찡그리거든 너무 귀찮게 여러 가지 묻지 않도록 하십시오. 특히 건강에 관해서는 묻지 마십시오, 싫어하니까요."

"아아, 드미트리 프로코피치, 어머니 노릇 하기가 이렇게도 괴로운가요! 아, 벌써 층계로군요…… 어쩌면 이 층계가 이다지도 무서울까!"

"어머니, 안색이 창백해요, 진정하세요, 제발."

두냐는 아양을 떨듯 어머니에게 말했다.

"어머니를 보고 오빠가 기뻐해야 할 텐데, 오히려 어머니 쪽에서 그렇게 괴로워하시면 어떡해요."

두 눈을 반짝이며 그녀는 이렇게 덧붙였다.

"잠깐만 기다려주십시오, 일어났는지 어떤지 제가 한번 먼저 보고 오겠습니다."

두 여인은 앞서 가는 라주미힌을 따라서 조용히 층계를 올라갔다. 그리고 4층까지 올라가서 안주인네 방문 앞에 이르렀을 때, 방싯하게 열린 문틈으로 날카로운 검은 눈 두 개가 어둠 속에서 두 사람을 엿보고 있는 것을 눈치챘다. 그러나 양쪽 눈이 부딪치는 순간, 문은 갑자기 꽝 닫혔다. 풀헤리야 알렉산드로브나는 깜짝 놀란 나머지 하마터면 소리를 지를 뻔했다.

3

"좋아요, 좋습니다!"

들어오는 사람들을 맞으면서 조시모프가 명랑하게 외쳤다. 그는 10분쯤 먼저 와서 어제처럼 소파 귀퉁이의 자기 자리에 앉아 있었다. 라스콜니코프는 옷을 단정히 입고, 공들여 세수까지 하고, 머리를 빗고 맞은편 구석에 앉아 있었다. 이러한 모습을 보는 것은 참으로 오랜만의 일이었다. 방은 일시에 가득 차버렸으나, 그래도 나스타시야는 손님들을 따라 비집고 들어와서 이야기에 귀를 기울이기 시작했다.

사실 라스콜니코프는 거의 건강하다고 해도 좋을 지경이었다. 특히 어제에 비하면 더욱 그랬다. 다만 안색이 매우 나쁘고, 주의력이 산만하고 우울한 표정을 하고 있었다. 겉보기에는 어디를 다쳤거나, 그렇잖으면 심한 육체적 고통이라도 참고 있는 사람같이 보였다. 양미간을 잔뜩 찌푸리고, 입술은 꽉 다물고, 눈은 타는 듯 번쩍였다. 그는 마치 무슨 의무라도 이행하듯이 마지못해 입을 놀렸으나, 그 거동에는 어딘지 불안한 빛이 나타나 있었다.

그래서 손에 붕대라도 감았거나 손가락에 엷은 비단이라도 두르고 있다면, 가령 손가락이 곪아서 몹시 쑤신다든가 손에 부상을 입었다든가 아무튼 그런 상태에 있는 사람과 똑같은 모습이었다.

그러나 이 창백하고 음울한 얼굴도 어머니와 누이동생이 들어섰을 때

348

는 순간적으로 반짝 빛난 듯했는데, 그것도 다만 전의 괴로운 방심 상태의 표정에 한층 더 집약된 고민의 빛을 더해준 데 지나지 않았다. 빛은 곧 사라졌으나 고민은 그대로 남아 있었다. 환자 치료를 갓 시작한 의사에게서 흔히 볼 수 있는 젊은이다운 정열로 자기 환자를 지켜보며 연구하고 있던 조시모프는, 육친을 만난 기쁨 대신에 앞으로 한두 시간 피할 수 없는 고민을 견디려는 남모르는 괴로운 각오의 빛이 그의 얼굴에 떠오른 것을 보고 놀라움을 금할 수 없었다. 그리고 뒤이어 계속된 대화 한 마디 한 마디가 환자가 숨기고 있는 상처들을 건드려 자극한다는 것을 눈치챘다. 그러나 동시에 어제는 사소한 말끝에도 거의 미친 듯이 흥분하던 저 편집광이 오늘은 용케도 자기를 억제하고 감정을 감추는 솜씨에는 적이 놀라지 않을 수 없었다.

"네, 이젠 나 자신도 거의 건강을 회복한 것을 알 수 있어요."

상냥하게 어머니와 동생에게 키스하면서 라스콜니코프는 말했다. 이 한마디로 어머니 얼굴은 환히 빛났다.

"그러나 이건 어제 식으로 하는 말은 아닐세."

그는 라주미힌을 돌아보고 정답게 그 손을 잡아 흔들면서 이렇게 덧붙였다.

"나도 오늘 이 사람을 보고 놀랐을 정돕니다."

불과 10분 만에 환자와의 대화에서 이야기의 실마리를 잃고 말았던 조시모프는 세 사람이 들어온 것을 기뻐하며 이렇게 말문을 열었다.

"이대로 간다면 삼사일 후에는 완전히 이전 상태로 회복될 겁니다. 그러니까 1개월, 아니 2개월…… 혹은 3개월 전 상태라고 할까, 아무튼 오래 전에 시작돼서 죽 잠복해 있던 병이니까요…… 어때요, 이젠 고백하시죠, 당신 자신에게도 짚이는 데가 있을 테니?"

또 무슨 일로 환자를 자극하지나 않을까 두려워하는 듯이 그는 조심스럽게 웃으며 덧붙였다.

"아마 그럴지도 모르죠."

라스콜니코프는 냉정하게 대답했다.

"나도 그런 뜻에서 말하는 겁니다" 하고 조시모프는 마음을 놓고 말을
계속했다.

"앞으로 당신이 완전히 회복되는 것은 오직 당신 자신의 마음가짐에
달려 있어요. 지금 이렇게 당신과 이야기를 할 수 있게 되고 보니, 이 점만
은 특히 강조하고 싶군요. 즉 당신의 병에 가장 큰 영향을 준 최초의 원인,
말하자면 근본적인 원인을 제거해야 합니다. 그러면 깨끗해지겠지만, 그
러지 않으면 오히려 악화될 겁니다. 그 근본적 원인이 뭔지 나로서는 알
수 없지만, 당신은 잘 알고 있을 겁니다. 당신은 총명한 분이니까 물론 자
기 자신에 대해 관찰을 시도하고 계실 테죠. 내가 보기에 당신은 대학을
그만두면서부터 건강에 문제가 생긴 것 같습니다. 당신은 일을 하지 않으
면 안 됩니다. 그러니까 규칙적인 일을 하고, 장래의 확고한 목표를 정하
는 것이 매우 유익하리라고 생각합니다."

"네, 맞습니다. 말씀하시는 대롭니다…… 앞으로 나도 되도록 빨리 대학
에 복학하겠습니다. 그렇게 되면 만사가…… 순조롭게 잘될 겁니다……."

여인들에 대한 효과를 노려서 이러한 충고를 시작한 조시모프도 말을
마친 뒤에 상대방의 얼굴을 힐끗 보고 그의 얼굴에서 어김없는 조소의 빛
을 발견했을 때는 다소 당황하지 않을 수 없었다. 그러나 잠시 동안이었
다. 풀헤리야 알렉산드로브나가 곧 조시모프에게 인사를 하고, 특히 어제
밤중에 숙소까지 와준 데 대해 감사를 표했기 때문이다.

"아니, 이 사람이 밤중에 찾아갔었다고요?"

라스콜니코프는 놀란 듯이 물었다.

"그럼 오랜 여행을 하시고 제대로 잠도 못 주무셨겠군요?"

"아니다, 로쟈, 그건 2시 전의 일이야. 집에 있을 때도 나나 두냐는 2시 전엔 자본 적이 없으니까."

"나 역시 이분에겐 무어라고 감사를 드려야 할지 모르겠습니다."

라스콜니코프는 갑자기 미간을 찌푸리고 고개를 숙이면서 말을 계속했다.

"돈은 별문제로 하고라도, 이런 말을 해서 미안합니다만(하고 그는 조시모프를 돌아보았다) 나는 왜 당신한테서 이렇게 특별한 배려를 받아야 하는지 도무지 알 수가 없습니다. 전혀 모르겠어요. 그래서…… 그래서 나는 도리어 괴로울 지경입니다. 이해할 수가 없으니까요. 나는 노골적으로 드리는 말씀입니다."

"뭐, 그렇게 화내실 것까진 없습니다."

조시모프는 억지로 웃으며 말했다.

"당신은 나의 첫 환자니까, 하는 정도로 해두지요. 사실 갓 개업한 우리 의사들은 최초의 환자를 자기 자식처럼 사랑하는 법입니다. 개중에는 거의 반하다시피 하는 의사도 있거든요. 게다가 아직은 환자도 그다지 많지 않고요."

"저 사람에 대해선 뭐 새삼스레 말하지도 않겠습니다" 하고 라스콜니코프는 라주미힌을 가리키면서 덧붙였다.

"저 사람 역시 나한테서 받은 거라곤 모욕과 수고밖에 없으니까요."

"무슨 실없는 소리를 하는 거야! 자넨 오늘 좀 감상적인 기분인가 보군그래?" 하고 라주미힌이 외쳤다.

그러나 만약 그에게 좀 더 예리한 통찰력이 있었다면, 결코 감상적인 기분이 아니라 오히려 정반대의 기분이라고 느꼈을 것이다. 그러나 아브도치야 로마노브나는 그것을 느낄 수 있었다. 그녀는 불안한 듯이 오빠를 지켜보았다.

"어머니, 어머니에 대해서는 감히 말할 용기도 나지 않습니다."

마치 아침부터 외워둔 글귀라도 읽어 내려가듯 그는 말을 이었다.

"나는 오늘에야 비로소 어머니가 어제 여기서 얼마나 마음 졸이며 내가 돌아오기를 기다렸는지 알 수 있을 것 같습니다."

이렇게 말하고 그는 갑자기 웃음을 머금고 누이동생에게 말없이 손을 내밀었다. 그러나 그 미소에는 아까와는 달리 꾸밈없는 진실한 감정이 반짝이고 있었다. 두냐는 곧 내민 손을 잡고, 기쁨과 감사가 깃든 마음으로 오빠의 손을 꼭 눌러주었다. 이것이 어제의 언쟁 이후 그가 처음으로 누이동생에게 보여준 태도였다. 말없이 이뤄진 남매간의 완전한 화해를 보고 어머니의 얼굴은 환희와 행복으로 빛났다.

"이래서 나는 이 친구를 좋아하는 거야!"

무슨 일이든지 과장하는 버릇이 있는 라주미힌은 의자에 앉은 채로 힘차게 몸을 돌리면서 속삭였다.

"저 친구에겐 이런 멋진 제스처가 있단 말이야⋯⋯."

'저 애가 하는 일은 모두 저렇게 잘돼나간다니까!' 하고 어머니는 마음 속으로 생각했다. '얼마나 멋진 즉흥적인 동작이야! 어제 있었던 동생과의 의혹을 어쩌면 저렇게 간단히 부드럽게 풀어버릴 수가 있을까. 그저 슬쩍 손을 내밀고 상냥한 눈길을 보냈을 뿐인데⋯⋯ 그리고 저 애의 저 아름다운 눈, 저 아름다운 얼굴! 두네치카보다도 아름답다니까⋯⋯ 그렇지만 아아, 저 애의 옷차림, 어쩌면 저렇게 지독한 옷차림을 하고 있을까! 아파나시 이바노비치네 가게에서 심부름하는 바샤도 저보단 나은 꼴을 하고 있는데⋯⋯ 아, 당장 저 애한테 달려가 꼭 안아주고 싶다⋯⋯ 그리고 실컷 울고 싶다. 하지만 무섭다. 무서워⋯⋯ 어쩌면 저 애가 저렇게⋯⋯ 아아! 저렇게 상냥하게 이야기하고 있는데도 나는 무서워! 도대체 무엇이 이렇게 무서운 걸까?'

"아아, 로쟈, 너는 믿어지지 않겠지만" 하고 아들의 말에 황급히 대답하려고 그녀는 불쑥 이렇게 말을 꺼냈다.

"두네치카도 나도 어제는 얼마나…… 불행했었는지! 하지만 지금은 모든 것이 끝나고 지나가버렸으니 우린 다시 행복하다! 그러니까 지금 이런 말도 하는 거지만, 생각해봐라, 너를 안아보려고 기차에서 내리자마자 거의 아무 데도 안 들르고 곧장 이곳으로 달려와 보니, 그 여자가…… 아, 거기 계시는군, 안녕하세요, 나스타시야! 저 사람이 느닷없이 이렇게 말하지를 않겠니. 네가 고열로 누워 있었는데, 조금 전에 의사 몰래 열에 들뜬 채 밖으로 나가버렸기 때문에 모두 찾으러 나갔다고. 그때의 우리 심정은 아마 너도 모를 게다! 나는 곧 집에서 친근하게 지내던 네 아버지의 친구 포탄치코프 중위의 비극적인 최후가 생각나더구나. 너는 아마 생각나지 않겠지만, 그 사람 역시 고열로 그렇게 밖으로 뛰쳐나가서는 마당 우물에 빠져버렸단다. 이튿날 아침이 되어서야 겨우 끌어올렸지. 물론 우리도 자꾸만 과장해서 생각이 되더구나. 그래서 표트르 페트로비치의 힘이라도 빌리려고 그 사람을 찾으러 막 나가려던 참이었단다…… 글쎄, 얘야, 우린 단둘뿐이 아니냐, 단둘이서 어쩌겠니" 하고 그녀는 가련한 목소리로 말끝을 길게 끌었으나, 문득 이젠 다시 모두 행복해졌는데도 루쥔의 이야기를 꺼내는 것은 아직 위험하다는 생각이 들었으므로 갑자기 입을 다물어버렸다.

"네, 그래요…… 그야 물론…… 화나실 일이죠……."

라스콜니코프는 대답 대신 이렇게 중얼거렸으나, 그 표정이 하도 산만하고 거의 아무런 주의도 하지 않는 듯한 느낌이어서 두네치카는 놀란 얼굴로 오빠의 얼굴을 바라보았다.

"또 무언가 하고 싶은 말이 있었는데."

열심히 생각해내려고 애쓰면서 그는 말을 이었다.

"아, 그렇지, 제발 어머니, 그리고 두네치카 너도 마찬가지지만, 오늘은 제가 먼저 어머니를 찾아뵙기가 싫어서 이리 와주시기를 기다리고 있었다고는 생각지 마세요."

"그게 무슨 소리냐, 로쟈!"

풀헤리야 알렉산드로브나도 역시 놀라서 소리쳤다.

'왜 오빠는 저렇게 의무적인 말만 할까?' 하고 두네치카는 생각했다.

'화해하는 것도, 사과하는 것도 마치 기도문이나 학과 내용을 암송하는 것 같으니.'

"저는 눈을 뜨자마자 가려고 했지만 옷 때문에 못 갔어요. 실은 어저께 이 사람에게…… 나스타시야에게 말해두는 걸 잊어서…… 피 묻은 것을 빨아달라는 걸…… 그래서 이제 막 옷을 갈아입은 참입니다."

"피라니! 도대체 무슨 피?"

풀헤리야 알렉산드로브나는 질겁했다.

"실은 이렇게 된 거예요…… 걱정 마세요, 어머니. 그 피라는 건 다름 아니라, 어제 약간 열에 들뜬 듯한 기분으로 거리를 헤매다가 마차에 치인 사람하고 부딪쳤기 때문이에요…… 어떤 관리하고 말이에요."

"열에 들떴다고? 그래도 자넨 모든 걸 다 기억하고 있군그래."

라주미힌이 가로챘다.

"그건 사실이야."

무언가 특별히 마음 쓰는 데가 있는 듯한 어조로 라스콜니코프는 대답했다.

"모든 걸 다 기억하지, 극히 사소한 일까지도. 그런데 왜 그런 일을 했는지, 하고 나오면 제대로 설명할 수가 없단 말이야."

"그건 아주 잘 알려진 현상이지요."

조시모프가 끼어들었다.

"일의 실행은 때로 지극히 교묘하고 교활할 정도지만, 그 행위의 지배

력, 즉 행위의 근본은 혼란스러워서 여러 가지 병적인 인상에 좌우되죠. 이를테면 꿈 같은 것이겠지요."

'저 친구는 나를 광인과 다름없이 보고 있나 본데, 어쩌면 그게 유리할지도 모른다' 하고 라스콜니코프는 생각했다.

"하지만 그건 건강한 사람에게도 있을 수 있는 일이 아니겠어요?"

불안한 듯 조시모프를 보면서 두네치카가 지적했다.

"참으로 옳은 말씀입니다" 하고 조시모프는 대답했다.

"그런 의미에서 보자면, 우리는 모두 대개의 경우 사실 광인이나 다를 것이 없습니다. 그저 약간의 차이가 있을 뿐이지요. 즉 '환자'는 우리보다 발광의 정도가 심할 뿐입니다. 그래서 반드시 그 한계를 그어둘 필요가 있죠. 완전한 조화를 지닌 인간이란 거의 없다고 해도 과언이 아닙니다. 몇만 명 가운데, 아니 어쩌면 몇십만 명 가운데 한 사람 정도 있을까요. 그 나마도 꽤 불완전한 표본에 지나지 않겠지요……."

자기가 좋아하는 화제에 열중해버린 조시모프가 무의식중에 내뱉은 '광인'이라는 낱말에 좌중은 모두 눈살을 찌푸렸다. 라스콜니코프는 아무런 주의도 돌리지 않은 듯이 파리한 입가에 야릇한 웃음을 띤 채 사색에 잠긴 얼굴로 앉아 있었다. 그는 무언가를 계속 생각하고 있었다.

"그래서 말에 치인 사내는 어떻게 됐지? 아까 내가 말을 중단시켰지만……."

라주미힌이 성급히 소리쳤다.

"뭐라고?"

라스콜니코프는 잠에서 깨어나듯이 반문했다.

"음, 그래…… 그래서 그 사내를 집까지 옮기는 걸 거들어주다가 피투성이가 돼버린 거지. 그런데 어머니, 저는 어제 용서받지 못할 짓을 한 가지 저질렀습니다. 정말 제정신이 아니었나 봐요. 어머니가 보내주신 돈을 어제 몽땅 줘버렸어요. 그 사람의 아내에게…… 장례 비용으로. 지금은 과부가 된, 폐병을 앓는 불쌍한 여잡니다. 고아와 다름없는 세 아이들이 굶주리고 있어요. 집안은 텅 비고, 그 밖에 또 딸 하나가 있긴 합니다만…… 정말 그 꼴을 보셨더라면 어머니도 아마 주셨을 겁니다. 그러나 나한테 그럴 권리는 없었습니다. 정말입니다, 어머니가 어떻게 해서 마련해주신 돈인지 나도 잘 알고 있으니까요. 남을 도우려면 우선 그 권리를 얻어야 합니다. 그러지 않으면 Crevez, chiens, si vous n'êtes pas contents*이니까요!" 하고 그는 소리 내서 웃었다.

"그렇지, 두냐?"

"아니, 그렇지 않아요" 하고 두냐는 또렷이 대답했다.

"저런! 그럼 너도…… 그런 생각인가 보구나!"

그는 증오에 가까운 눈초리로 누이동생을 바라보고 조소하듯 웃으면서 중얼거렸다.

"나도 의당 그걸 생각했어야 했어. 하지만 뭐, 괜찮아, 잘된 일이야. 너한텐 나쁘지 않겠지. 그리고 어느 선까진 가보는 거야. 그리고 그걸 넘어서지 않으면 불행해지지만, 넘어선다 해도 한층 더 불행해질지도 모르는 그런 선이지. 그러나 이런 건 다 쓸데없는 이야기야!"

저도 모르게 열을 올린 것을 스스로 못마땅하게 여기면서 그는 짜증어린 어조로 덧붙였다.

"저는 그저 어머니에게 용서를 빌고 싶었을 뿐이에요."

그는 무뚝뚝한 어조로 띄엄띄엄 말을 맺었다.

"이제 그만해라, 로쟈, 나는 네가 하는 일이라면 무엇이든 훌륭하다고 믿으니까!" 어머니는 기쁜 듯이 말했다.

---

* '그게 싫다면 마음대로 뒈져라, 개자식'이라는 뜻

"믿지 않는 편이 나을 거예요."

미소로 입술을 일그러뜨리며 그는 대답했다. 침묵이 뒤를 이었다. 이 모든 대화, 침묵, 화해, 그리고 용서에도 그 어떤 긴장감이 서려 있었다. 그리고 누구나 다 그것을 느끼고 있었다.

'어쩐지 모두 나를 두려워하는 것 같군' 하고 라스콜니코프는 치뜬 눈으로 어머니와 누이동생을 훑어보면서 마음속으로 생각했다. 사실 풀헤리야 알렉산드로브나는 잠자코 있을수록 더욱더 두려움을 느꼈다.

'헤어져 있을 때는 나도 두 사람을 무척 사랑했던 것 같은데' 하는 생각이 그의 머릿속을 스쳐 갔다.

"얘, 로쟈야, 마르파 페트로브나가 죽었단다!"

풀헤리야 알렉산드로브나가 불쑥 입을 열었다.

"마르파 페트로브나라뇨?"

"저런, 마르파 페트로브나 말이다. 스비드리가일로프의 부인! 그 부인에 대해서는 편지에도 여러 번 써 보냈는데."

"아아, 생각이 납니다. 그 여자가 죽었다고요? 정말이에요?"

그는 방금 잠에서 깨어난 사람처럼 별안간 부르르 몸을 떨었다.

"정말 죽었어요? 왜요?"

"글쎄 그게, 아주 갑작스레 죽었단다!"

풀헤리야 알렉산드로브나는 아들이 흥미를 보이는 데 용기를 얻어 성급히 말했다.

"바로 내가 너한테 편지를 낸 그때였다, 바로 그때였어. 바로 그날이지! 듣자니 그 무서운 남자가 아무래도 그 원인인 것 같아. 남자가 부인을 몹시 때렸다는 거야!"

"그 부부는 전에도 그랬었니?"

누이동생을 보면서 물었다.

"아니, 오히려 그 반대예요. 부인한텐 늘 관대하고 친절했어요. 대개의 경우 부인의 성격에 대해 지나치게 대범했을 정도죠, 만 7년 동안이나. 그러다가 무엇 때문인지 갑자기 울분을 터뜨린 거예요."

"7년이나 참아왔다면 그다지 무서운 사내도 아니지 뭐냐. 두네치카, 너는 그 사내를 두둔하는 것 같구나?"

"아녜요, 아녜요. 그 사람은 정말 무서운 사람이에요! 그보다 더 무서운 건 상상도 못할 정도예요."

두냐는 몸서리라도 칠 듯이 이렇게 말하고는 미간을 찌푸린 채 생각에 잠겼다.

"아침에 일이 일어났어."

풀헤리야 알렉산드로브나는 성급히 말을 이었다.

"그런 일이 있은 뒤 부인은 점심 식사를 마치면 곧 시내에 나갈 수 있도록 마차를 준비하라고 일렀지. 그이는 언제나 그런 때면 시내에 나가는 버릇이 있었으니까. 그리고 식사 때도 매우 맛있게 먹었다는 거야……."

"매를 맞은 후에도요?"

"아무튼 그 여자에겐 언제나 그런 습관이 있었던 거야. 그래서 식사를 마치자마자 시내에 늦지 않도록 곧 목욕탕에 들어갔던 모양이야. 보건대 그 여자는 목욕 요법을 하고 있었나 봐. 거기에는 냉천(冷泉)이 있어서 날마다 규칙적으로 목욕을 했다니 말이다. 그런데 물에 들어가자마자 갑자기 발작이 일어났다는구나!"

"그야 그렇겠죠!" 조시모프가 말했다.

"무척 심하게 때렸나 보군요?"

"그런 게 무슨 상관이에요." 두냐가 한마디 했다.

"흠! 하지만 어머니는 참 남의 일에 호기심도 많군요. 그런 쓸데없는 이야기를 다 하시는 걸 보니."

358

갑자기 라스콜니코프는 초조한 표정으로 저도 모르게 뇌까리듯이 말했다.

"얘야, 너한테 무슨 이야기를 하면 좋을지 모르겠구나."

풀헤리야 알렉산드로브나는 마침내 이렇게 말했다.

"대체 어떻게 된 겁니까, 모두 나를 두려워하고 있는 것 같으니 말이에요?"

그는 일그러진 웃음을 띠며 말했다.

"그건 정말 사실이에요."

두냐는 엄한 눈초리로 오빠를 똑바로 바라보며 이렇게 말했다.

"어머니는 층계를 오르실 때부터 무서워 성호를 긋기까지 했어요."

그의 얼굴은 금방 경련이라도 일어날 듯이 비뚤어졌다.

"얘, 무슨 말을 하는 거냐, 두냐? 로쟈, 제발 화내지 마라. 두냐, 어쩌자고 또 그런 소리를!"

풀헤리야 알렉산드로브나는 당황해서 말했다.

"하기야 나는 이리 오는 도중에 기차에서 죽 공상을 했지. 우리가 서로 만나는 광경이며, 서로 여러 가지 묵었던 이야기를 나누는 모습 등을…… 그런 생각을 하면 나는 어찌나 기쁜지 먼 길도 잊을 정도였지! 아니, 내가 무슨 얘기를 하는 걸까! 나는 지금 이렇게 행복한데…… 두냐, 너는 정말 쓸데없는 말을…… 나는 네 얼굴을 보고 있기만 해도 얼마나 행복한지 모른다, 로쟈……."

"그만두세요, 어머니."

그는 외면을 한 채 어머니의 손을 꼭 쥐면서 당황한 듯이 중얼거렸다.

"얘기할 기회는 앞으로도 얼마든지 있어요!"

이렇게 말하자 그는 갑자기 안절부절못하며 얼굴빛이 창백해졌다. 또 다시 최근의 그 무서운 감각이 죽음처럼 싸늘하게 그의 가슴을 스쳐 간 것이다. 불현듯 그는 지금 자기가 무서운 거짓말을 한 것을 다시금 똑똑히 자각했다. 앞으로는 한가롭게 이야기를 나눌 기회도 없겠거니와, 어떤 문제에 대해서든, 또 어느 누구하고든 더는 **말할 수도** 없을 것이다. 이 괴로운 상념이 그에게 준 인상이 너무 강했으므로, 그는 한순간 거의 자기 자신을 잃고 자리에서 일어나 아무도 돌아보지 않고 방을 나가려고 했다.

"아니, 왜 그래?"

라주미힌이 그의 손을 붙잡고 소리쳤다.

그는 다시 제자리에 앉아서 말없이 주위를 둘러보기 시작했다. 모두 어리둥절한 표정으로 그를 바라보고 있었다.

"왜 이렇게 모두 따분하게 앉아만 있나!"

그는 별안간 이렇게 소리쳤다. 그것은 정말 예기치 못했던 일이었다.

"무슨 이야기라도 좀 해요! 정말이지 왜 이렇게들 멍청히 앉아만 있는 거요! 자, 무슨 이야기든지 하세요! 이야기합시다…… 모처럼 이렇게 모였는데 잠자코 있다니…… 자, 무슨 이야기든!"

"아아, 다행이군! 나는 또 어제 같은 일이 일어나는 줄 알았지!"

풀헤리야 알렉산드로브나는 성호를 그으면서 말했다.

"왜 그래요, 로쟈?"

미심쩍은 얼굴로 두냐가 물었다.

"아니, 아무것도 아니야, 뭐 한 가지 생각나는 게 있어서."

그는 이렇게 대답하고 갑자기 웃음을 터뜨렸다.

"아, 그 정도라면 괜찮습니다! 실은 나도 혹시나 했습니다만……."

소파에서 일어나며 조시모프가 중얼거렸다.

"그런데 나는 이만 가봐야겠습니다. 어쩌면 다시 한번 들를지도 모르겠습니다. 그럼 나중에 또……."

그는 인사를 하고 밖으로 나갔다.

"참 훌륭한 분이구나!"

어머니가 말했다.

"예, 훌륭하고 우수하고 교양 있는 똑똑한 사람이죠……."

갑자기 라스콜니코프는 전에 없이 원기 있고 빠른 어조로 말하기 시작했다.

"병이 나기 전에 어디서 만났는지 아무래도 생각이 안 나는군. 분명히 어디서 만나긴 한 것 같은데…… 하지만 이 친구도 역시 좋은 사나이입니다!"하며 라주미힌을 턱으로 가리켰다.

"마음에 들지, 두냐?"

그는 누이동생에게 묻고는 왜 그런지 갑자기 큰 소리로 웃어댔다.

"네, 무척"하고 두냐는 대답했다.

"에잇, 이 사람아…… 무슨 말을 하는 거야!"

몹시 당황하여 얼굴이 빨개진 라주미힌은 이렇게 말하면서 의자에서 일어났다. 풀헤리야 알렉산드로브나는 방긋이 웃었으나 라스콜니코프는 큰 소리로 웃어젖혔다.

"이봐, 어딜 가려나?"

"나도…… 볼일이 있어."

"볼일은 무슨 볼일이야, 남아 있어! 조시모프가 가니까 자네도 가려는 거지. 가면 안 돼…… 그런데 몇 시나 됐지? 12시? 야, 멋진 시계를 갖고 있구나, 두냐? 그런데 왜 모두 잠자코 있지? 나만, 나 혼자만 지껄이게 하고……."

"이건 마르파 페트로브나가 선물로 준 거예요."

두냐가 대답했다.

"굉장히 비싼 거란다."

풀헤리야 알렉산드로브나가 덧붙였다.

"그래! 그런데 너무 커서 여자 시계 같지가 않구나."

"나는 이런 게 좋아요" 하고 두냐는 대답했다.

'그러고 보니 약혼자의 선물은 아니었군' 하고 라주미힌은 생각하자 공연히 마음이 기뻤다.

"나는 또 루쥔의 선물인가 했지" 하고 라스콜니코프는 말했다.

"아니다, 그이는 아직 두네치카에게 아무런 선물도 주지 않았단다."

"그랬군요! 그런데 어머니, 생각나세요? 제가 언젠가 연애를 해서 결혼하려던 일을."

어머니의 얼굴을 보면서 그는 불쑥 이렇게 말했다. 어머니는 뜻하지 않은 화제의 전환과 그런 말을 끄집어낸 아들의 어조에 적이 놀란 모양이었다.

"암, 생각나고말고!"

풀헤리야 알렉산드로브나는 이렇게 말하고, 두네치카와 라주미힌의 얼굴을 바라보았다.

"음, 그렇지! 그런데 무슨 말부터 해야 좋을까? 이젠 기억도 잘 나지 않으니. 아주 병약한 여자였죠."

그는 다시금 생각에 잠긴 듯 눈을 감으면서 말을 계속했다.

"정말 허약했어요. 거지에게 적선하기를 좋아했고, 늘 수도원만을 꿈꾸었죠. 한번은 나한테 수도원 얘기를 하다가 눈물을 흘린 적도 있어요. 아, 그래…… 생각나는군. 지독히도 못생긴 여자였습니다. 정말 왜 그때 그런 여자에게 마음이 끌렸는지 나도 알 수가 없어요. 아마 늘 앓고 있었기 때문일 거예요…… 게다가 절름발이든가 꼽추였다면 더 좋아했을지도 모르죠. (그는 생각에 잠긴 듯 방긋 웃었다.) 글쎄…… 봄날의 꿈이었다고나 할지요……."

"아니에요, 봄날의 꿈만은 아니었을 거예요."

두네치카는 힘없는 어조로 말했다.

그는 긴장한 표정으로 유심히 누이동생을 바라보고 있었으나 그 말은 잘 못 들었든가, 아니면 이해하지 못한 듯했다. 그러고는 깊은 생각에 잠긴 얼굴로 자리에서 일어나 어머니한테 다가가서 키스를 하고, 다시 제자리에 돌아와 앉았다.

"너는 아직도 그 여자를 사랑하는구나!"

풀헤리야 알렉산드로브나는 감동 어린 어조로 말했다.

"그 여자를? 아직도? 아아, 그렇죠…… 어머니는 지금 그 여자 이야기를 하시는 거로군요! 아닙니다, 이제 그런 일은 모두 저세상 일 같아서…… 그리고 까마득한 옛일 같은 느낌이 듭니다. 그뿐 아니라 주위의 모든 것이 이 세상 일 같지가 않아요……."

그는 유심히 좌중의 얼굴들을 바라보았다.

"지금 여기 계시는 어머니조차도…… 마치 천리 밖에서 보고 있는 듯한 느낌이 들어요…… 에잇, 제기랄! 도대체 우린 무엇 때문에 이런 말을 하는 겁니까! 왜 꼬치꼬치 캐묻는 거예요?"

그는 화가 난 어조로 이렇게 덧붙이고 입을 다물더니 손톱을 깨물며 또다시 생각에 잠겨버렸다.

"그런데 네 방은 어쩌면 이 모양이냐, 로쟈, 마치 관 속 같구나" 하고 괴로운 침묵을 깨뜨리면서 불쑥 알렉산드로브나가 입을 열었다.

"네가 그런 우울증에 걸린 것도 절반은 아마 이 방 탓일 게다."

"방 말이에요?"

그는 멍청히 대답했다.

"그래요, 방도 많은 작용을 했겠죠…… 나도 그렇게 생각했어요…… 그러나 그건 그렇다고 치고, 어머니는 아마 못 느끼셨겠지만 지금 아주 기묘한 착상을 말씀하셨습니다."

그는 야릇한 웃음을 입가에 띠면서 불쑥 이렇게 덧붙였다.

이 상태가 조금만 더 계속되면 이 모임도, 3년 만에 만난 이 육친도, 그리고 무슨 일에 대해서든 절대로 말할 수 없다고 느껴지는 상태에서 주고받는 이 친근한 어조도 그로서는 도저히 참아내기 어려운 것이 되었을지 모른다. 그러나 아직도 한 가지 그냥 넘겨버릴 수 없는 문제가 남아 있었다. 그 문제는 무슨 일이 있어도 반드시 오늘 결말을 지어버리지 않으면 안 된다. 이것은 아까 그가 눈을 떴을 때부터 결심했던 일이었다. 여기서 그는 좋은 돌파구가 생겼다고 기뻐하며 그 문제에 달려들었다.

"그런데 두냐."

그는 진지하면서도 냉랭한 어조로 입을 열었다.

"어제 일은 물론 사과하지만, 그 근본만은 결코 양보할 수 없다는 것을 나의 의무로 다시 한번 너에게 다짐해둔다. 나를 택하느냐 루쥔을 택하느냐다. 나는 비열한 놈이 되어도 할 수 없지만, 너까지 그렇게 되어서는 안 돼. 누구든 한 사람이면 충분해. 만일 네가 루쥔한테 간다면 나는 그때부터 너를 누이동생으로 생각하지 않겠다."

"로쟈, 로쟈! 그건…… 어제와 똑같은 이야기지 뭐냐!"

풀헤리야 알렉산드로브나는 애절하게 외쳤다.

"너는 무엇 때문에 자신을 비열한 놈이라고 하는지 나는 도저히 참을 수가 없구나! 어제도 마찬가지였어……."

"오빠" 하고 두냐 역시 냉랭하고도 또렷한 어조로 대답했다.

"이 일에 대해서는 전적으로 오빠에게 잘못이 있어요. 나는 밤새껏 생각해보고 그 잘못을 발견했어요. 즉 문제는 이거예요. 오빠는 내가 누구한테 누군가를 희생으로 바치려 한다고 상상하고 계신 모양이지만, 그런 일은 절대로 없어요. 나는 다만 나 자신을 위해서 결혼하는 것뿐이에요. 우선 나 자신이 괴로우니까요. 물론 그 때문에 내 육친에게 도움이 된다면

364

기쁜 것도 사실이겠지요. 그러나 그것이 근본적인 동기가 되어 내가 결심한 건 아니에요……."

'거짓말을 하는군!' 하고 그는 홧김에 손톱을 잘근잘근 씹으며 마음속으로 생각했다.

'오만한 것 같으니! 속으론 은혜를 베풀고 싶어 하면서도 그걸 자인하려 들지 않는구나! 아아, 모두 비열한 성격들이다! 저들은 사람을 사랑하는 데도 증오와 다름없는 사랑을 하고 있다니까…… 아아! 모두 꼴 보기 싫다!'

"한마디로 말해서 나는 표트르 페트로비치와 결혼하겠어요."

두네치카는 말을 계속했다.

"그 이유는 괴로운 일 두 가지 중에서 조금이라도 가벼운 쪽을 택하고 싶었기 때문이에요. 그러니까 나는 그이를 속인다고는 할 수 없어요…… 오빠, 왜 지금 그런 웃음을 지으셨죠?"

그녀 역시 발끈 화를 냈다. 그리고 그 눈에는 분노의 빛이 번쩍였다.

"모든 것을 이행하겠다고?"

그는 독기 어린 미소를 지으면서 되물었다.

"어느 정도까지는요. 표트르 페트로비치가 구혼할 때의 태도와 그 방식으로 보아, 그이가 무엇을 요구하고 있는지 곧 알았으니까요. 그는 물론 자기 자신을 높이 평가하고 있을지도 몰라요. 그렇지만 그이는 내 가치도 평가해주리라고 믿어요…… 아니, 왜 또 웃으세요?"

"하지만 넌 또 왜 얼굴을 붉히느냐? 너는 거짓말을 하고 있어, 알겠니? 넌 억지로 거짓말을 하고 있는 거야. 그것도 여자다운 고집만으로 나한테 자기주장을 내세워 보이기 위해서. 너는 루쥔을 존경할 수 없어…… 나는 그 사람과 만나고 이야기도 해봤다. 결국 너는 돈 때문에 자기를 팔려는 거야. 그러니까 어쨌든 비열한 행위임에 틀림없지. 그러나 나는 네가 아직까지 얼굴을 붉힐 수 있다는 것만도 기쁘게 생각한다!"

"그렇지 않아요. 난 거짓말이 아네요!"

두네치카는 차츰 냉정을 잃으면서 이렇게 외쳤다.

"나도 그이가 내 가치를 인정하고 아껴주리라는 확신이 없는 한 결혼하지 않을 거고요. 다행히 나는 오늘이라도 그 확신을 얻게 될 거예요. 이 결혼은, 오빠가 말씀하시는 것이 옳고 내가 정말 비열한 결심을 했다 하더라도…… 내게 그렇게까지 말씀하시는 것이 오빠로서는 너무 잔인하지 않나요? 어째서 오빠는 자기에게도 없을지 모르는 용기를 나한테 요구하시는 거죠? 그것은 지나친 횡포예요, 억압이에요! 만일 내가 누군가 남의 일생을 망친다면 또 몰라도, 이건 다만 나 혼자의 일이 아니냐 말이에요…… 나는 아직 남을 죽이는 짓 따위는 하지 않았어요! …… 왜 그런 눈으로 나를 보시죠? 왜 그렇게 파랗게 질리세요? 로쟈, 왜 그래요, 네, 로쟈!"

"아아, 이를 어쩌나! 또 기절해버렸군!"

풀헤리야 알렉산드로브나가 외쳤다.

"아니, 아니…… 그런 소리 말아요…… 아무것도 아니에요! …… 조금 현기증이 났을 뿐이지 기절은 무슨 기절이에요…… 뭐든 다 기절인 줄 아세요! …… 흐음! 그래서…… 무슨 말을 하려 했더라? 아, 그렇지, 너는 오늘 당장 네가 그 사람을 존경할 수 있고 그 사람도 너를 인정해주리라는 확신을 얻을 것이라고 했는데, 도대체 그건 무슨 뜻이니, 응? 너는 아까 분명히 오늘이라고 말했지? 혹시 내가 잘못 들었나?"

"어머니, 표트르 페트로비치의 편지를 오빠한테 보여주세요."

두네치카는 말했다.

풀헤리야 알렉산드로브나는 손으로 편지를 넘겨주었다. 그는 남다른 호기심을 가지고 그것을 받았으나, 펼쳐보기 전에 갑자기 무엇에 놀란 듯한 얼굴로 두네치카를 바라보았다.

"이상한데."

마치 무언가 새로운 상념에 몹시 놀라기라도 한 듯이 그는 느릿느릿 말했다. "나는 무엇 때문에 이렇게 마음을 쓰는 걸까? 무엇 때문에 이렇게 고함을 지르고 야단이지? 제 마음대로 아무하고나 결혼하라고 내버려두면 되잖나 말이야!"

그는 혼잣말처럼 말했으나 목소리는 꽤 컸다. 그리고 한참 동안 어리둥절한 얼굴로 누이동생을 바라보았다.

그는 여전히 그 어떤 이상한 놀라움에 사로잡힌 채 편지를 펼쳤다. 그리고 천천히 주의 깊게 읽기 시작하여 두 번이나 되풀이해 읽었다. 풀헤리야 알렉산드로브나는 누구보다도 불안한 표정이었다. 다른 사람들도 모두 뭔가 색다른 일이 일어날 것이라고 예기하고 있었다.

"이거 참 놀라겠는걸."

잠깐 생각한 뒤에 편지를 어머니에게 돌려주면서 그는 혼잣말처럼 입을 열었다.

"그 사람은 변호사라 늘 소송 사건만 취급해서 그런지 말할 때도……더러운 버릇이 있지만, 글 쓰는 데도 영 무식쟁이나 다름없군."

좌중에 약간 동요의 빛이 보였다. 전혀 다른 것을 기대하고 있었기 때문이다.

"그자들은 모두 그런 식으로 쓰잖아."

라주미힌이 불쑥 주석을 달았다.

"자네도 읽은 게로군?"

"응."

"우리가 보여드렸다. 로쟈. 우린 아까…… 서로 의논을 했단다."

풀헤리야 알렉산드로브나는 머뭇거리며 말했다.

"그게 이른바 재판소 식 문체라는 거야."

라주미힌이 가로막았다.

"재판소 문서는 아직도 그런 투로 쓰고 있거든."

"재판소 식? 아, 이게 재판소 식, 사무가 식이라는 거군. 전혀 무식한 것도 아니지만, 그렇다고 문학적인 것도 아니고, 결국 사무가 식이로군그래."

"표트르 페트로비치는 자기가 제대로 교육받지 못했다는 걸 숨기려 하진 않아요. 오히려 혼자 힘으로 자기 길을 개척한 것을 자랑으로 삼고 있으니까요."

오빠의 새로운 어조에 다소 모욕을 느낀 아브도치야 로마노브나는 이렇게 쏘아붙였다.

"그게 어떻다는 거냐. 자랑으로 삼는다면 그럴 만한 이유가 있겠지…… 나는 반대하지 않는다. 두냐, 내가 이 편지에 대해서 이런 경박한 비평밖에 하지 않았다고 해서 너는 기분이 나쁜 모양이구나. 그리고 내가 홧김에 너를 긁어주려고 이런 쓸데없는 말을 끄집어냈다고 생각할지 모르나, 실은 그게 아니야. 이 편지의 문체와 관련해서 이번 경우 절대로 묵과할 수 없는 어떤 생각이 머리에 떠올랐기 때문이다. 편지에는 '책임은 당신들에게 있다'는 매우 의미심장하고도 분명한 표현이 있을뿐더러, 내가 가면 즉각 그 자리를 물러가겠다는 위협은…… 고분고분 말을 듣지 않으면 너희 두 사람도 버리고 말겠다는 공갈과 마찬가지란 말이다. 페테르부르크까지 불러 올려다놓고 이제 와서 버리겠다는 거야. 그래, 너는 어떻게 생각하냐…… 루쥔한테서 이런 식의 편지를 받고도 가령 이 사람이나 (라주미힌을 가리켰다) 또는 조시모프나, 그렇잖으면 우리 가운데 누구한테서 그런 편지를 받았을 때처럼 화도 낼 수 없다는 거냐?"

"그게 아녜요."

두네치카는 활기를 띠며 대답했다.

"나도 잘 알겠어요, 이 편지는 너무나 유치하다는 것을. 그리고 문장을 쓰는 재주도 없다는 걸 알겠어요…… 오빠의 평은 정말 적절했어요. 난 생각지도 못했을 정도예요……."

"이게 재판소 식 표현이라는 거다. 하기는 재판소 식으로 쓴다면 이렇게밖엔 쓸 수가 없으므로, 어쩌면 그 사람 자신이 생각하는 것보다 더 무례해졌는지도 모르지. 그건 그렇고, 나는 너를 조금 더 실망시킬 필요가 있을 것 같다. 이 편지에는 또 한 가지 문제점이 있어. 나에 대한 비방이지. 그것도 꽤 졸렬한 비방이야. 나는 어제 곤경에 빠진 폐병쟁이 미망인에게 돈을 주었어. 그러나 '장례 비용이라는 명목으로'가 아니라, 분명히 장례비로서 준 거야. 게다가 그 집 딸, 그 사람이 말하는 '추잡한 영업에 종사하는 여자'에게, 생전 처음 보는 그 여자에게 돈을 준 것이 아니라 바로 미망인에게 주었다. 이러한 모든 점으로 보아, 그 사람이 나를 중상하고 우리 사이를 이간하려는, 너무나도 성급한 의도가 빤히 들여다보인다. 이것 역시 재판소 식 표현일 테지. 즉 너무나 속이 들여다보이는 성급하고 단순한 수법이야. 그 사람은 꽤 영리한 사내지만, 영리하게 행동하려면 영리한 것만으로는 부족해. 이 모든 것으로 그의 사람됨을 알 수 있는 거야. 그래서 나는 그 사람이 너의 가치를 충분히 인정하고 있다고는 생각지 않는다. 이런 말을 하는 것도, 요는 네게 교훈이 될까 해서고, 또 진심으로 너의 행복을 바라기 때문이야……."

두네치카는 대답하지 않았다. 그녀는 벌써 아까부터 마음을 정하고 있었으므로 이제는 다만 저녁이 오기를 기다릴 뿐이었다.

"그러면 로쟈, 너는 대체 어떻게 결정할 작정이냐?"

뜻하지도 않은 그의 사무적인 어조에 더한층 불안을 느끼며 풀헤리야 알렉산드로브나는 이렇게 되물었다.

"결정이라니, 무슨 결정요?"

"글쎄, 표트르 페트로비치는 지금 말한 대로 오늘 저녁에 네가 오지 않도록…… 만약 네가 오면 곧 물러가겠다고 쓰고 있으니 말이다. 그래, 너는 어떻게 할 셈이냐…… 오겠니?"

"아니, 그거야 내가 결정할 일이 아니고, 첫째로 어머니가 결정하실 일이지요. 만약 표트르 페트로비치의 요구를 모욕이라고 생각하지 않는다면 말입니다. 그리고 둘째로는 두냐의 마음에 달렸습니다. 역시 모욕을 느끼지 않는다면 말이지요. 나는 두 분이 좋다는 대로 하겠습니다."

그는 무관심한 어조로 덧붙였다.

"두네치카는 이미 마음을 정했고, 나도 거기에 찬성이다."

풀헤리야 알렉산드로브나가 얼른 끼어들었다.

"오빠, 나는 그 자리에 오빠가 꼭 참석하시도록 부탁하기로 결심했어요."

두냐는 말했다.

"오시겠죠?"

"가지."

"그리고 당신한테도 오늘 저녁 8시에 우리한테 와달라고 부탁드리고 싶어요."

그녀는 라주미힌에게 말했다.

"어머니, 이분도 오시라고 했어요."

"잘했다, 두네치카. 자, 이제 모두 그렇게 결정했으니" 하고 풀헤리야 알렉산드로브나는 덧붙였다.

"결정한 대로 하도록 하자. 나도 그 편이 마음이 편하다. 나는 눈가림을 한다든지 거짓말을 한다든지 하는 건 딱 질색이야. 그러니까 모든 것을 털어놓고 이야기를 하는 게 좋겠다…… 그다음에야 표트르 페트로비치가 화를 내든 말든 알 게 뭐냐!"

4

바로 이 순간, 조용히 문이 열리고 겁먹은 듯이 주위를 두리번거리며
한 여자가 방으로 들어왔다. 모두 놀라움과 호기심으로 그쪽을 돌아다보
았다. 라스콜니코프는 그녀가 누구인지 얼른 알아보지 못했다. 소피야 세
묘노브나 마르멜라도바였다. 그는 어제 이 여자를 처음 보았지만, 그러한
순간이고 그러한 환경이기도 한 데다 또 그녀도 그러한 옷차림을 하고 있
었기 때문에 그의 기억 속에는 전혀 다른 인상이 남아 있었던 것이다. 그
러나 지금 보니 그녀는 초라할 만큼 수수한 옷차림을 하고 있었다. 아직
무척 어려서 앳된 소녀처럼 보였는데, 몸가짐은 겸손하고 예의 바르며, 표
정만은 맑았지만 어딘지 좀 두려워하는 빛이 드러나 보였다. 그녀는 몹시
허술한 평상복을 입고 유행에 뒤떨어진 낡은 모자를 썼으나, 손에는 어제
와 마찬가지로 파라솔을 들고 있었다. 뜻밖에도 방 안에 사람이 가득한
것을 보고 그녀는 당황했다기보다 완전히 얼어버려서 마치 어린애처럼
겁에 질려 곧 되돌아가려는 듯한 몸짓을 했다.

"아아…… 당신이었군요……."

라스콜니코프도 무척 놀라서 이렇게 말했으나, 곧 자신도 당황해버
렸다.

바로 이때 그의 머릿속에는 어머니와 누이동생이 루쥔의 편지로 '추잡
한 영업에 종사하는 여자'의 존재를 다소나마 알고 있으리라는 생각이 퍼

뜩 떠올랐다. 그는 방금 루쥔의 중상을 반박하고 그 여자는 처음 만났을 뿐이라고 해명했는데, 갑자기 그 본인이 이 자리에 들어온 것이다. 그리고 그는 '추잡한 영업에 종사하는 여자'라는 말에 대해서는 조금도 반박하지 않았던 것을 상기했다. 이러한 모든 것이 어렴풋이 순간적으로 그의 머리를 스치고 지나갔다. 그러나 좀 더 유심히 여자를 쳐다보는 사이에 그렇지 않아도 비하된 존재가 더욱더 자신을 비하하고 있는 것을 보고 갑자기 그녀가 가여워졌다. 그리고 그녀가 공포를 느낀 나머지 도망치려는 듯한 몸짓을 했을 때는 마치 가슴속에서 무언가 획 뒤집힌 듯한 느낌이 들었다.

"당신이 오시리라고는 꿈에도 생각지 못했습니다."

눈짓으로 그녀를 멈춰 세우면서 그는 황급히 말했다.

"자, 어서 앉으십시오. 아마도 카체리나 이바노브나의 심부름으로 오셨겠지요. 아니, 이쪽 말고 그쪽으로 앉으십시오……."

세 개밖에 없는 라스콜니코프의 의자 가운데 하나를 문 옆에 놓고 앉아 있던 라주미힌은 그녀에게 길을 비켜주느라고 자리에서 일어났다. 처음에 라스콜니코프는 조시모프가 앉아 있던 소파의 한쪽 끝을 권하려 했으나 그렇게 하면 지나치게 다정한 듯도 하고, 또 소파는 자기의 침대 역할도 하고 있다는 점을 생각하여 급히 라주미힌의 의자를 가리켰다.

"자네는 이쪽에 앉게" 하고 그는 조시모프가 앉았던 한쪽 구석에 라주미힌을 앉혔다.

소냐는 두려움에 온몸을 떨다시피 하며 자리에 앉자 겁먹은 눈으로 두 여인 쪽을 바라보았다. 보아하니 그녀는 어떻게 자기가 이런 사람들하고 나란히 앉게 되었는지 스스로도 잘 이해가 가지 않는 듯싶었다. 여기에 생각이 미치자 그녀는 깜짝 놀란 듯이 다시 자리에서 일어나 어찌할 바를 모르고 쩔쩔매면서 라스콜니코프에게 말했다.

"저…… 저는…… 잠깐 말씀드릴 게 있어서 들렀는데, 방해가 되어 죄송합니다."

그녀는 더듬거리면서 말하기 시작했다.

"저는 카체리나 이바노브나 심부름으로 왔어요. 아무도 보낼 사람이 없어서…… 어머니가 내일 장례식에 꼭 참석해주십사 부탁드리고 오라고 해서…… 아침에…… 기도식이 있습니다…… 미트로파니예프스키 묘지에서…… 그다음 우리 집에서…… 간단한 식사라도 들어주시면…… 영광으로 생각한다는 어머니의 당부였습니다."

소냐는 말이 막혀 입을 다물고 말았다.

"꼭 가도록 하겠습니다…… 꼭."

라스콜니코프도 역시 일어서서 대답했으나, 그 역시 중간에 말이 막혀 끝까지 말해버리지는 못했다.

"제발 좀 앉으십시오."

그는 불쑥 이렇게 말했다.

"잠깐 드릴 말씀이 있습니다. 바쁘시겠지만…… 나를 위해 2분만 시간을 내주십시오……."

이렇게 말하고 그는 그녀에게 의자를 권했다. 소냐는 다시 자리에 앉더니 또다시 겁먹은 눈으로 흘긋 두 여인을 보고는 얼른 눈을 내리깔았다.

라스콜니코프의 파리한 얼굴이 확 달아올랐다. 그의 온몸은 마치 경련이라도 일으킨 듯했고 두 눈은 이글이글 불타기 시작했다.

"어머니" 하고 그는 강압적이고 굳센 어조로 말했다.

"이분은 소피야 세묘노브나 마르멜라도바입니다. 아까 말씀드린 마르멜라도프 씨, 어제 내 앞에서 마차에 치인 그 불행한 사람의 따님입니다……."

풀헤리야 알렉산드로브나는 흘긋 소냐를 보고는 가늘게 실눈을 지었다. 로쟈의 집요한 도전적 눈초리에 당황했음에도 그녀는 이런 태도로 일종의 쾌감을 맛보지 않고는 견딜 수가 없었다. 두네치카는 심각한 표정으로 가련한 여자의 얼굴을 똑바로 보며, 미심쩍은 듯이 그녀를 살펴보고 있었다. 소냐는 소개의 말을 듣고 다시 눈을 들려 했으나, 이번에는 전보다 더 당황해버리고 말았다.

"당신에게 묻고 싶었습니다만" 하고 라스콜니코프는 급히 그녀에게 말을 건넸다.

"오늘 댁에서는 일이 잘 처리되었습니까? 시끄러운 일은 없었나요? …… 가령 경찰에서라든지……."

"아니요, 다 끝났어요…… 사망 원인이 아주 명백하니까 별로 귀찮은 일은 없었어요. 다만 한집에 사는 사람들이 화를 내서……."

"무슨 일로요?"

"시체를 오랫동안 놔둔다고 해서…… 날씨가 더우니 냄새가 날 수밖에요…… 그래서 오늘은 저녁 기도식 때 묘지로 가져가서 내일까지 예배당에 맡겨두기로 했어요. 처음에 어머니는 싫어하셨지만, 지금은 당신으로서도 달리 방법이 없다는 걸 아셨으니까……."

"그럼 오늘이군요?"

"어머니는 내일 교회 장례식에 당신도 참석해주시길 바라십니다. 그다음 집에서 있을 추도식에도 들러주십사고요."

"어머니는 추도식을 하신답니까?"

"네, 그저 간단한 식사를. 어머니는 특히 어제 도와주신 데 대해 감사의 말씀을 꼭 드리라고 하셨어요…… 정말이지 당신이 안 계셨으면 장례도 치르지 못할 뻔했으니까요."

갑자기 그녀의 입술과 턱이 후들후들 떨리기 시작했다. 그러나 그녀는 황급히 다시 눈을 내리깔고는 용기를 내어서 꾹 참아냈다.

이야기를 나누는 동안 라스콜니코프는 유심히 그녀를 관찰했다. 몹시 마르고 야윈, 창백한 데다 별로 윤곽이 고르지 않은, 어딘가 뾰족한 느낌이 드는 조그만 얼굴이어서 조그마한 코와 턱도 뾰족해 보였다. 미인이라고는 할 수 없었으나, 대신 푸른 눈은 투명하고 맑아서 그것이 생기를 띨 때는 누구나가 끌릴 만큼 얼굴 표정이 더할 수 없이 선량하고 순진해 보였다. 그리고 그녀의 얼굴이나 그 모습 전체에는 한 가지 뚜렷한 특색이 있었다. 그것은 그녀가 열여덟 살인데도 그 나이보다 훨씬 어리게, 소녀라기보다 오히려 어린애처럼 보인다는 점이었다. 그것이 어떤 때는 우스울 정도로 그녀의 행동에 나타났다.

"그런데 카체리나 이바노브나는 그 적은 돈으로 어떻게 일을 다 치르고, 게다가 식사까지 대접하려는 겁니까?"

라스콜니코프는 끈질기게 말을 계속해 나가면서 이렇게 물었다.

"관도 보통으로 하고…… 그리고 모든 것을 간략하게 하니까 얼마 들지 않아요…… 실은 아까도 어머니와 둘이서 계산해보았더니 추도식을 할 만큼은 남았어요…… 어머니는 꼭 그렇게 하고 싶어 하세요. 그렇게라도 하지 않으면…… 어머니한테는 그것만이 위안이니까요…… 아시다시피 그런 어머니신걸요……."

"알겠습니다, 알고말고요. 그야 물론이지만…… 그런데 왜 그렇게 방을 둘러봅니까? 아까도 우리 어머니가 마치 관 같다고 하셨답니다."

"어제 우리한테 몽땅 털어놓으셨군요!"

소네치카는 힘 있고 빠른 소리로 속삭이듯 말하고는 또다시 고개를 푹 숙였다. 입술과 턱이 또 떨리기 시작했다. 그녀는 벌써 아까부터 라스콜니코프의 가난한 살림살이에 충격을 받고 있었으므로, 저도 모르게 이런 말이 튀어나왔던 것이다. 침묵이 흘렀다. 두네치카의 눈은 이상하게 빛나기 시작했고, 풀헤리야 알렉산드로브나조차 상냥한 눈으로 소냐를 바라보았다.

"로쟈" 하고 그녀는 자리에서 일어나면서 말했다.

"자, 이따 우리 함께 식사를 하는 거다. 두네치카, 가자…… 그리고 로쟈, 너는 밖에 나가 산책이라도 하고 잠시 누워서 쉬는 게 좋겠다. 그리고 되도록 빨리 오너라…… 너를 피로하게 한 것 같아서 마음이 놓이지 않는구나…….”

“예, 예, 가고말고요.”

그는 일어서면서 황급히 대답했다.

“그러나 볼일이 좀 있는데…….”

“아니, 설마 식사까지 따로 할 생각은 아니겠지?”

깜짝 놀란 듯이 라스콜니코프를 쳐다보면서 라주미힌이 외쳤다.

“자네, 그게 무슨 소리야?”

“그래그래, 가고말고, 물론…… 그러나 자네는 좀 여기 남아주게. 이 사람은 지금 필요 없죠, 어머니? 내가 가로채는 건 아니겠죠?”

“아니다, 그럴 리가 있니! 그럼 드미트리 프로코피치, 당신도 꼭 오셔야 해요, 아시겠죠?”

“제발 와주세요” 하고 두냐도 간청했다.

라주미힌은 인사를 했으나 그 얼굴은 기쁨에 빛났다. 그 순간 모두 왠지 갑자기 어색한 기분에 사로잡혔다.

“그럼 안녕, 로쟈. 아니, 그게 아니지, 이따가 또 보자, 나는 ‘안녕’이라는 말이 싫어. 안녕, 나스타시야…… 어머, 또 ‘안녕’이라고 해버렸군!”

풀헤리야 알렉산드로브나는 소네치카에게도 인사를 하려고 했으나, 어째서인지 목적을 이루지 못하고 허둥지둥 방에서 나가버렸다.

그러나 아브도치야 로마노브나는 마치 차례를 기다리기라도 한 듯 어머니를 따라 소녀의 곁을 지나치면서 공손히 정성 어린 정식 인사를 했다. 소네치카는 놀라고 당황하여 몹시 허둥대며 답례를 했으나, 아브도치야 로마노브나의 정중한 태도와 마음씨가 그녀에게는 오히려 거북하고 괴로웠는지 그 얼굴에는 일종의 병적인 느낌마저 떠올랐다.

"두냐, 그럼 잘 가거라!"

문간에서 라스콜니코프는 이렇게 외쳤다.

"자, 손을 내줘!"

"어머! 방금 악수하시고서도, 잊었어요?"

상냥하면서도 어색하게 오빠 쪽으로 돌아서며 두냐는 대답했다.

"어떠냐, 한 번 더 하자!"

이렇게 말하고 그는 동생의 손가락을 꼭 쥐었다. 두네치카는 방긋 웃어 보이고 얼굴을 붉혔다. 그리고 재빨리 손을 빼고 어머니의 뒤를 쫓아갔다. 왜 그런지 온몸이 행복에 겨운 듯했다.

"아, 이제야 됐군!"

방에 돌아오자 밝게 갠 눈으로 소냐를 보면서 그는 말했다.

"주여, 죽은 자에게는 평안을 주시고, 산 자에게는 더 살 것을 허락해 주시옵소서! …… 그렇지 않습니까? 예? 그렇지요?"

소냐는 어리둥절한 표정으로 별안간 명랑해진 그의 얼굴을 바라보았다. 그는 잠시 동안 말없이 그녀를 응시했다. 죽은 마르멜라도프가 들려준 그녀에 대한 이야기가 이 순간 불현듯 그의 기억에 되살아났다.

"아아, 두네치카!" 하고 밖으로 나오자마자 풀헤리야 알렉산드로브나는 말을 꺼냈다.

"거기서 나오니 왜 그런지 나 자신이 이렇게 기뻐지는구나. 이상하게도 마음이 꽤 가벼워진 것 같다. 사실 말이지, 어제 기차 안에서는 설마하니 이런 일을 가지고 기뻐하리라고는 생각지도 못했지만!"

"다시 말씀드리지만, 어머니, 오빠는 아직도 불편한 몸이에요. 그걸 어머니는 모르세요? 어쩌면 우리 일을 너무 걱정하다가 건강을 망쳐버릴지도 몰라요. 우리는 좀 더 관대해져야 해요, 그러면 많은 것을 용서해줄 수 있을 거예요."

"하지만 너도 관대하게 대한 건 아니었어!" 하고 풀헤리야 알렉산드로 브나는 곧 열띤 어조로 시기하듯이 딸의 말을 막았다.

"얘, 두냐, 나는 너희 둘을 비교해보았는데 너는 어쩌면 그렇게도 오빠를 닮았니, 얼굴 생김새뿐 아니라 성미까지 말이다! 너희는 모두 우울하고, 침울하고, 화를 잘 내고, 오만하고, 그러면서도 둘 다 마음이 넓어…… 그런데 그 애가 이기주의자라니, 될 법이나 한 말이니, 두네치카? 그렇지? …… 아아, 오늘 저녁에 무슨 일이 일어날까 생각만 해도 가슴이 오그라드는 것 같다!"

"걱정하지 마세요, 어머니. 결국 일어날 건 일어나게 마련이에요."

"두네치카, 지금 우리가 어떤 처지에 놓여 있는지 너도 좀 생각해보려무나! 표트르 페트로비치한테 거절당하면 우린 어떻게 되겠니?"

가엾은 풀헤리야 알렉산드로브나는 경솔하게도 불쑥 이렇게 말하고 말았다.

"만약 그렇다면 그런 사람에게 무슨 값어치가 있겠어요!"

두네치카는 멸시하는 듯한 날카로운 어조로 대꾸했다.

"그래도 이렇게 나오길 참 잘했구나."

풀헤리야 알렉산드로브나는 황급히 딸의 말을 가로막았다.

"로쟈는 어디 볼일이 있다고 했는데, 조금은 밖을 산책하고 맑은 공기라도 마시는 게 좋겠지…… 그 방은 숨이 꽉꽉 막히고 정말 지독하더라. 그런데 여기선 어딜 가면 좋은 공기를 마실 수 있을까? 거리에 나와도 바람구멍 하나 없는 방 안 같으니! 아아, 무슨 도시가 이럴까…… 애야, 이쪽으로 좀 비켜서라, 깔려 죽겠다. 뭔가 나르고 있어! 어머, 피아노를 날라오는구나. 아니, 저런…… 부딪치겠다니까…… 나는 여자도 역시 무서운 생각이 들더라……."

"어느 여자 말이에요, 어머니?"

"바로 그 여자 말이다. 방금 온 소피야 세묘노브나라는 여자……."

"아니, 왜요?"

"어쩐지 그런 예감이 드는구나, 두냐. 글쎄, 너는 어떨지 모르지만 그 여자가 들어서는 순간 나는 그런 생각이 들었다. 모든 까닭이 거기에 있다고……."

"아무 까닭도 있을 리 없어요!"

두냐는 화가 나는 듯이 소리쳤다.

"어머니 예감도 참 곤란하군요. 오빠는 어제 처음으로 그 여자와 만났을 뿐이고, 들어왔을 때 얼른 알아보지도 못했잖아요?"

"글쎄, 두고 보렴! …… 나는 그 여자가 자꾸 마음에 걸린다. 이제 두고 봐라, 두고 봐. 나는 정말 가슴이 섬뜩했다. 나를 바라보는 그 눈이란, 나는 의자에 앉아 있을 수 없을 정도였다. 생각나니? 오빠가 그 여자를 소개할 때 말이다. 난 이상한 느낌이 들었어. 로쟈는 그 여자를 우리한테, 더구나 너한테까지 소개하다니! 그러고 보면 그 여자는 로쟈한테 소중한 사람이란 말이다!"

"편지 같은 것은 문제가 될 수 없어요! 우리에 대해서도 세상에선 마찬가지로 여러 말을 하고 쓰고 했잖아요. 다 잊으셨어요? 제가 보기에 그 여자는…… 훌륭한 여자이고, 그런 소문은 모두 터무니없는 낭설 같아요."

"제발 그래주었으면!"

"표트르 페트로비치는 주책없는 떠버리니까요."

갑자기 두네치카가 이렇게 잘라 말했다.

풀헤리야 알렉산드로브나는 고개를 숙이고 말았다. 대화는 끊어져버렸다.

"그런데 여보게, 자네한테 좀 할 말이 있는데……."

라스콜니코프는 라주미힌을 창문 쪽으로 끌고 가면서 이렇게 말했다.

"그러면 카체리나 이바노브나에게 당신이 오시겠단다고 전하겠습니다……."

소냐는 돌아가려고 인사를 하면서 성급히 이렇게 말했다.

"잠깐만, 소피야 세묘노브나. 우리 이야기는 비밀이 아니니까 상관없습니다. 아직 나는 당신한테 한두 마디 할 말이 있으니……."

그는 말을 맺기도 전에 뚝 끊어버리고 얼른 라주미힌 쪽으로 돌아섰다.

"자네는 그 친구를 알고 있겠지…… 뭐랬더라…… 아, 포르피리 페트로비치 말이야?"

"알다마다! 친척인걸. 그래, 그 친구가 어쨌다는 건가?"

솟구치는 어떤 호기심을 느끼며 라주미힌은 되물었다.

"그자가 지금 그 사건을…… 그 살인…… 사건 말이야…… 어제 자네들이 얘기한…… 그걸 맡는다고 했지?"

"응…… 그래서?"

라주미힌은 눈이 휘둥그레졌다.

"그가 전당 잡힌 사람들을 조사하는 모양인데, 실은 나도 거기 전당 잡힌 게 있거든. 뭐 대단한 건 아니지만, 그건 내가 이리로 떠나올 때 누이동생이 기념으로 준 반지와 아버지의 은시계야. 다행히 5, 6루블밖에 안 나가는 거지만, 그래도 내게는 아주 귀중한 물건이지, 기념품이니까. 그런데 어떻게 하면 좋을까? 나는 그걸 잃고 싶지가 않아, 특히 시계는 말이야. 실은 아까도 두네치카의 시계 이야기가 나왔을 때 어머니가 그걸 보여달라고 할까 봐 조마조마했다네. 제대로 남은 아버지의 유일한 유물이거든. 만약 그것이 없어지면 어머니는 병나고 말 거야! 아무래도 여자니까! 그러니 어떻게 하면 좋을지 좀 가르쳐주게! 경찰에 신고하면 된다는 건 알지만, 그보다는 오히려 포르피리에게 직접 의논하는 것이 좋지 않을까 하는데, 자넨 어떻게 생각하나? 아무튼 손을 빨리 써야 할 것 같아. 두고 보게, 식사가 시작되기 전에 반드시 어머니가 말을 꺼낼 테니!"

"경찰은 절대 안 돼. 직접 포르피리한테 가야지!"

라주미힌은 웬일인지 매우 흥분하여 외쳤다.

"거참 재미있는 일이군! 꾸물거릴 필요는 없어, 당장 가세. 바로 요 옆에 있으니, 아마 집에 있을 거야!"

"그럼…… 가볼까……."

"그 사람도 자네와 사귀게 된 것을 무척, 아주 무척 기뻐할 거야! 자네 이야기는 많이 해두었지, 기회 있을 때마다…… 바로 어제도 얘기했다네. 자, 가세! …… 그럼 자네는 그 노파를 알고 있었나? 그건 좋아…… 일이 재미있게 되어가는걸! …… 아, 참, 소피야 이바노브나……."

"소피야 세묘노브나야."

라스콜니코프가 정정했다.

"소피야 세묘노브나, 이 사람은 내 친구 라주미힌입니다. 좋은 친구지요……."

"지금 가셔야 한다면……."

소냐는 라주미힌을 보지도 않고 이렇게 말했으나, 그 때문에 더욱 당황했다.

"그럼 같이 나갑시다" 하고 라스콜니코프는 결정을 내렸다.

"오늘이라도 댁에 들르겠습니다. 그런데 소피야 세묘노브나, 어디 사시는지 그것만 좀 가르쳐줄 수 없겠습니까?"

그는 그다지 당황하지는 않았지만, 어쩐지 허둥지둥 그녀의 시선을 피하고 있었다. 소냐는 자기 주소를 알려주었으나 그때 확 얼굴을 붉혔다. 세 사람은 함께 나갔다.

"문은 잠그지 않나?"

두 사람을 따라 층계를 내려가면서 라주미힌이 물었다.

"한 번도 잠가본 일이 없다네! …… 하긴 벌써 2년 동안 늘 자물쇠를 사고 싶다고는 생각해왔지만."

그는 무뚝뚝하게 덧붙였다.

"문을 잠글 필요가 없는 인간은 행복하겠지요?"

그는 웃으면서 소냐에게 말했다.

세 사람은 밖으로 나와 대문 밖에 멈춰 섰다.

"당신은 오른쪽이죠, 소피야 세묘노브나? 그런데 제 거처는 어떻게 찾아냈죠?"

그는 자꾸만 그녀의 조용하고 맑은 눈을 보고 싶었으나 어쩐지 그렇게 되지가 않았다.

"어제 폴레치카에게 주소를 가르쳐주셨잖아요."

"폴레치카? 아아, 그렇지…… 폴레치카! 그 조그만 애…… 그 앤 당신 동생이지요? 내가 그 애한테 주소를 가르쳐줬던가요?"

"어머, 잊으셨어요?"

"아니…… 생각납니다."

"그리고 당신 이야기는 돌아가신 아버지한테서도 들은 적이 있어요…… 하긴 그땐 아직 성함도 몰랐었고…… 아버지도 역시 몰랐던 모양입니다만, 오늘 댁에 갔을 때는 어제 당신의 성함을 들어 알고 있어서 라스콜니코프 씨 댁이 어디냐고 물어봤죠. 당신 역시 셋방살이를 하시리라곤 생각도 못했어요…… 그럼 실례하겠습니다…… 저는 이제 카체리나 이바노브나한테…….'"

그녀는 마침내 두 사람과 헤어진 것이 몹시 기뻤다. 그녀는 눈을 내리뜨고 걸음을 재촉했다. 되도록 빨리 두 사람의 시야에서 벗어나 다음 거리로 접어드는 오른쪽 모퉁이까지의 스무 발자국을 한시바삐 지나서 혼

382

자 천천히 걸으며 누구의 얼굴도 보지 않고, 아무것도 눈여겨보지 않으며, 지금 이야기한 한마디 한마디, 장면 하나하나를 생각하고 되씹고 고려해 보고 싶었다. 그녀는 지금까지 단 한 번도 이런 감정을 경험한 적이 없었다. 커다란 새로운 세계가 자기도 모르게 그녀의 마음속에 아련히 스며들었다. 그녀는 문득 라스콜니코프가 오늘이라도 방문하고 싶다고 한 말을 상기했다. 어쩌면 오전 중에, 아니 어쩌면 지금 곧 올지도 모른다!

"제발 오늘만은 오시지 말기를, 제발 오늘만은!"

마치 조그마한 어린애가 겁먹고 애원을 하듯이 그녀는 가슴을 죄며 중얼거렸다.

"아아! 나한테…… 그 방에…… 그분이 보시면…… 아아, 어쩌나!"

그래서 그녀는 그때 낯선 신사가 뒤를 밟으며 끈기 있게 따라오는 것을 물론 알 턱이 없었다. 사나이는 그녀가 문을 나서자 이내 뒤따라온 것이었다. 라주미힌과 라스콜니코프와 그녀가 복도에 서서 얘기하던 바로 그때, 이 통행인은 옆을 지나치면서 언뜻 들려온 '라스콜니코프 씨 댁이 어디냐고 물어봤죠'라는 소냐의 말을 듣고 저도 모르게 움찔했다. 그는 재빨리, 그러나 주의 깊게 세 사람을, 특히 소냐에게 말하고 있던 라스콜니코프를 훑어보았다. 그리고 그들이 나온 집을 유심히 바라보고 기억에 새겨두었다. 이것은 모두 순간적으로 걸어가면서 생긴 일이었다.

사나이는 아무 내색도 보이지 않으려고 애쓰며 그대로 좀 지나쳐서는 누구를 기다리는 듯이 걸음을 늦추었다. 그는 소냐를 기다리고 있었다. 그는 세 사람이 작별을 고하는 것을 보고 소냐가 곧 자기 집으로 돌아가리라는 것을 알고 있었다.

'그런데 어디로 돌아가는 걸까? 어디서 본 듯한 얼굴인데' 하고 그는 소냐의 얼굴을 되새기면서 생각했다.

'확실히 알아봐야지.'

모퉁이까지 이르자 그는 거리 맞은편으로 건너가서 뒤돌아보았다. 소냐는 아무것도 알아차리지 못하고 뒤에서 같은 길을 걸어오고 있었다. 모퉁이까지 오자 마침 그녀도 똑같은 쪽으로 굽어들었다. 그는 건너편 길에서 눈을 떼지 않고 그 뒤를 따라갔다.

그는 쉰 살쯤 되어 보이고, 키는 중키보다 약간 큰 편이며, 넓은 어깨가 좀 올라갔기 때문에 약간 등이 굽어 보이는 뚱뚱한 몸집의 사나이였다. 그는 편안하고도 멋진 복장을 하고 아주 의젓한 신사다운 모습이었다. 멋진 스틱으로 한 걸음 한 걸음마다 보도를 똑똑 울리고, 손에는 새 장갑을 끼고 있었다. 광대뼈가 좀 높은 널따란 얼굴은 인상이 좋고 얼굴에도 생기가 넘쳐흘러서 페테르부르크 사람 같지가 않았다. 머리털은 아직 숱이 많았고, 약간 희끗희끗할 뿐 완전한 금발이었다. 삽 모양으로 기른 폭 넓고 짙은 턱수염은 머리칼보다 훨씬 연한 빛이었다. 눈은 하늘빛이고, 싸늘하면서도 생각에 잠긴 듯한 두 눈은 찌르는 듯이 날카롭고 입술은 타는 듯이 빨갰다. 일반적으로 말해서 젊음을 고스란히 간직한, 자기 나이보다는 훨씬 젊어 보이는 그런 종류의 인간이었다.

소냐가 운하 옆에 나왔을 때 길에는 그들 둘뿐이었다. 그녀를 자세히 관찰하던 그는 그녀가 무언가 깊은 생각에 잠긴 채 방심 상태에 빠져 있는 것을 알 수 있었다. 자기 집까지 이르자 소냐는 대문 안으로 들어갔다. 그도 그녀 뒤를 따라 들어갔으나 다소 놀란 눈치였다. 마당에 들어서자 그녀는 자기 방으로 통하는 층계를 향해 오른쪽 구석으로 돌아갔다.

"어럽쇼!"

정체불명의 신사는 이렇게 중얼거리며 뒤따라 층계를 올라가기 시작했다. 이때 처음으로 소냐는 그를 알아차렸다. 그녀는 3층으로 올라가자 복도를 꺾어 들어 문에 분필로 '재봉사 카페르나우모프'라고 쓰인 9호실의 벨을 울렸다.

"아니, 이건!"

정체불명의 신사는 신기한 일치에 놀라 또다시 되풀이했다. 그리고 이웃인 8호실의 벨을 울렸다. 두 출입문은 서로 여섯 발자국밖에 떨어져 있지 않았다.

"카페르나우모프 집에 사시오?"

그는 소냐를 보고 웃는 얼굴로 말했다.

"어제 그 사람은 내 조끼를 수선해주었어요. 나는 바로 옆집 레슬리흐, 게르트루다 카를로브나 부인 집에 살고 있습니다. 참 이상한 인연이군요!"

소냐는 유심히 그를 바라보았다.

"이웃이군요."

그는 유난히 유쾌한 듯이 말을 계속했다.

"나는 이 도시에 온 지 겨우 사흘쨉니다. 그럼 또 뵙겠습니다."

소냐는 대답하지 않았다. 문이 열리자 그녀는 얼른 안으로 들어가버렸다. 그녀는 왜 그런지 부끄러운 생각이 들고, 어째서인지 가슴이 섬뜩하기도 했다.

라주미힌은 포르피리에게 가면서 전에 없이 흥분해 있었다.

"자네, 참 잘 생각했어."

그는 몇 번이나 되풀이했다.

"나도 기쁘네! 나도 기뻐!"

'도대체 무엇이 그렇게 기쁘다는 걸까?' 라스콜니코프는 속으로 생각했다.

"나는 자네가 그 노파한테 전당 잡힌 줄은 전혀 몰랐거든. 그래…… 그건 오래된 일인가? 그러니까 거기 간 게 오래됐느냐 말이야?"

'이 순진한 바보 같으니라고!'

"언제냐고?"

라스콜니코프는 생각하면서 걸음을 멈췄다.

"그 노파가 죽기 사흘 전쯤인 것 같아. 그러나 나는 지금 그 물건을 되찾으러 가는 건 아닐세."

그는 이상하게 서두르면서 특히 그 물건이 마음에 걸린다는 듯이 얼른 말을 이었다.

"나한텐 1루블밖에 없어…… 어제 그 저주스러운 열 때문에!"

그는 열이라는 말에 특별히 힘을 주어 발음했다.

"응, 그래그래, 맞아!"

라주미힌도 함께 서두르며 무슨 뜻에선지 연방 맞장구쳤다.

"아아, 그래서 자네는 그때 충격을 받은 모양이군…… 자네는 그때 혼수상태에서 무슨 반지니, 끈이니 하고 연방 헛소리를 했거든! 아아, 그랬군…… 이제야 알겠어, 이제야 모든 게 명백해졌어."

'저것 봐! 저놈들 머릿속에 그런 생각이 뿌리박혀 있었어! 저 녀석은 나를 위해서라면 십자가에 못 박혀도 두려워하지 않을 정도지만, 그런데도 내가 반지에 대해서 헛소리를 한 이유가 명백해졌다고 기뻐하고 있으니 말이야! 그놈들의 머릿속엔 그러한 생각이 완전히 뿌리박혀 있었군그래!'

"그런데 지금 가서 만날 수 있을까?"

그는 소리 내어 물었다.

"그럼, 만나고말고."

라주미힌은 얼른 대답했다.

"그는 참 좋은 친구야. 만나면 알 걸세! 좀 무뚝뚝한 데도 있지만, 그래도 세상살이에는 익숙한 인간이지. 나는 다른 의미에서 무뚝뚝하다고 하는 거야. 매우 영리해. 도저히 바보라고 할 수 없을 정도로 영리하지만, 사고방식은 좀 특이한 데가 있어…… 의심이 많은 회의파고, 비꼬기를 잘하고…… 놀려주기를 좋아해. 아니, 놀려준다기보다 우롱하기를 좋아해……
물질주의적인 낡은 수법이지…… 그러나 자기 일만은 잘 처리하지, 잘 처
리해…… 지난해에도 거의 오리무중인 살인 사건을 훌륭하게 해결해버렸
거든! 자네하고는 무척 사귀고 싶어 하더군!"

"무엇 때문에 그렇게 사귀고 싶어 하지?"

"뭐 별다른 이유는 없겠지만…… 사실 요즘 자네가 병이 나고부터 자
네에 대해서 이야기할 기회가 자주 있었지…… 그래서 듣고 안 거야. 그런
데 그는 자네가 법과에 다니다가 사정이 있어 졸업을 못하고 있는 것을
알고 '참 안됐다!'고 말하기도 했다네. 그래서 나는 결론을 지었지만 말이
야…… 즉 이런 일이 모두 합쳐져, 아니 뭐 이것만이 이유는 아니지만……
어제도 자묘토프가…… 이봐, 로쟈, 어제 취중에 내가 뭐라고 자네에게 지
껄였지, 우리 함께 집으로 올 때 말이야…… 그래서 나는 자네가 그걸 너
무 대단하게 생각하지 않나 하고 걱정하고 있다네. 실은…….."

"뭐 말인가? 모두가 나를 미치광이 취급하고 있다는 것 말인가? 아니,
그건 사실일지도 몰라."

그는 긴장한 듯 웃었다.

"그래그래…… 아니, 무슨 말을 하는 거야, 그런 게 아니야! 아무튼 내
가 말한 건 모두, 그 밖의 다른 말도 포함해서 다 술김에 한 헛소리였어."

"자네는 뭘 그렇게 변명하나! 이제 그런 일은 지긋지긋해!"

라스콜니코프는 몹시 초조한 듯이 외쳤으나, 반은 연극을 하고 있었던
것이다.

"좋아, 좋아, 알고 있어. 나도 잘 알고 있다는 것만은 알아줘. 입에 담기
에도 부끄러울 정도야…….."

"부끄럽거든 그런 말을 하지 말란 말이야!"

두 사람은 입을 다물었다. 라주미힌은 말할 수 없이 기뻤다. 그러나 라

스콜니코프는 혐오를 느꼈다. 라주미힌이 지금 포르피리에 대해 한 말도 역시 그에게는 불안을 더해주었다.

'그자에게도 역시 하소연해서 도움을 받아야지…….'

그는 가슴의 고통을 느끼며 창백해진 얼굴로 이렇게 생각했다.

'되도록 자연스럽게 해야 한다. 그러나 가장 자연스러운 건 아무 말도 하지 않는 거야. 애써 아무 말도 하지 않도록 하자! 아니, 너무 애쓰면 또 부자연스러워진다…… 아무튼 저쪽에서 어떻게 나올지…… 두고 보자…… 이제 곧…… 그러나 지금 이렇게 찾아가는 게 과연 좋을까, 나쁠까? 나방이 스스로 촛불에 뛰어들 때가 있으니 말이야. 가슴이 뛰는군. 아무래도 좋지 않은걸!'

"저 회색 건물이야" 하고 라주미힌이 말했다.

'무엇보다도 중요한 것은 어제 내가 저 마귀할멈 집에 가서…… 피에 대해 물은 일을 포르피리가 알고 있는가 하는 점이다. 발을 들여놓자마자 우선 이것부터 첫눈에 알아차려야 한다. 상대방의 안색으로 알아야 한다. 그렇잖으면…… 아니, 무슨 일이 있더라도 반드시 알아내고야 말 테다!'

"그런데 말이야?"

그는 갑자기 라주미힌을 보고 능청스럽게 웃으면서 말했다.

"난 오늘 자네가 아침부터 몹시 흥분하고 있다고 느꼈는데, 어때, 맞지?"

"흥분이라니? 나는 조금도 흥분한 일이 없어."

라주미힌은 얼굴을 찌푸렸다.

"아니야, 뻔히 나타나 보였는걸. 아까 의자에 앉아 있을 때만 해도 여느 때와는 전혀 달랐어. 이상하게 의자 끝에 쭈그리고 앉아서 계속 경련이라도 일으키는 것 같더군. 공연히 벌떡 일어나기도 하고, 쓸데없이 금방 성을 내는가 하면, 어찌 된 영문인지 갑자기 달콤한 얼음사탕 같은 얼굴이 되기도 하고, 더욱이 얼굴까지 붉히더군그래. 특히 두냐가 식사에 초대하자 아주 홍당무가 되던데."

"그럴 리가 없어, 거짓말 마. 아니, 무엇 때문에 그런 말을 하지?"

"그럼 자넨 왜 어린애처럼 갈피를 못 잡는 거야? 저것 봐, 또 빨개졌잖아!"

"넌 정말 돼지만도 못한 놈이구나!"

"그럼 뭣 때문에 당황하지? 이봐, 로미오! 가만있자, 오늘 어디서 이걸 좀 폭로해야겠군, 하하하! 그래서 어머닐 웃겨드려야지…… 그리고 다른 사람도……."

"이봐, 이봐, 내 말 좀 들어봐. 글쎄 이건 농담이 아니야, 그러면 정말…… 그런 짓을 하면 어떻게 되느냐 말이야? 제기랄!"

라주미힌은 겁에 질려 오싹 소름까지 끼치면서 완전히 갈피를 못 잡았다.

"도대체 그분들에게 무슨 소릴 하겠다는 건가? 나는 이봐…… 에잇, 이 돼지만도 못한 놈아!"

"아무것도 아냐, 그저 봄날의 장미꽃이지! 자네한텐 정말 잘 어울리는걸. 그걸 자네가 볼 수 없는 게 유감이야, 6척이 넘는 로미오! 한데 자네 오늘은 몸치장을 단단히 했군. 손톱까지 닦았군그래? 여태까지 그런 일이 있었나? 야, 이거 놀랐는걸, 머릿기름까지 발랐잖아! 좀 숙여보게!"

"이 돼지 같은 놈!"

라스콜니코프는 도저히 참을 수 없었는지 마침내 웃음보를 터뜨렸다. 그리고 계속해 웃으면서 포르피리 페트로비치의 방으로 들어갔다. 라스콜니코프는 이렇게 할 필요가 있었다. 그들이 웃으며 들어가서 현관에서 아직도 높은 소리로 웃는 것을 안에서도 듣게 하고 싶었다.

"여기서 한마디라도 더 지껄이면 네 대갈통을…… 부숴놓겠다!"

라스콜니코프의 어깨를 움켜쥐며 라주미힌은 미친 듯이 속삭였다.

5

그러나 라스콜니코프는 이미 방 안에 들어서고 있었다.

그는 어떻게 해서라도 웃지 않으려고 있는 힘을 다해서 참는 듯한 얼굴로 들어갔다. 그 뒤에서 완전히 기가 죽어 처참한 형상이 된 라주미힌이 작약 꽃처럼 빨간 얼굴로 부끄러운 듯이 어슬렁어슬렁 어색하게 들어갔다. 그 얼굴 표정과 전체 모습은 그야말로 우스꽝스러워서 라스콜니코프의 웃음도 무리는 아닌 듯싶었다. 초면에 아직 소개도 받지 못한 라스콜니코프는 방 한가운데 서서 미심쩍은 듯 두 사람을 보고 있는 주인에게 인사하고 손을 내밀어 악수를 했으나, 그동안에도 끊임없이 들뜬 기분을 억제하면서 두세 마디라도 자기소개를 하려고 몹시 애쓰는 듯한 표정이었다. 그러나 간신히 진지한 태도로 되돌아가 뭐라고 말하려는 순간, 다시금 무심코 라주미힌을 돌아본 그는 도저히 참을 수가 없었다. 참고 참았던 웃음은, 여태껏 참아온 정도가 강했던 만큼 한층 심하게 터지고 말았다. 그리고 이 '뱃속에서 우러나온' 웃음소리에 대한 라주미힌의 보기 드문 처참한 모습은 이 전체 장면에 더할 나위 없이 진지한 명랑한 기분과 무엇보다도 중요한 자연스러움을 더해주었다. 라주미힌은 일부러 약속이나 한 듯이 더욱 그 효과를 돋우어준 것이다.

"에잇, 망할 자식!"

그는 한 손을 홱 내저으면서 짖어댔으나, 그 순간 빈 찻잔이 놓여 있는 조그마한 둥근 탁자를 내리치고 말았다. 모든 것이 한꺼번에 날아가며 쟁 강쟁강 요란한 소리를 냈다.

"아니, 뭣 때문에 의자를 부수나? 이건 국고 손실이 아니냐 말이야!"

포르피리 페트로비치는 유쾌한 듯이 소리쳤다.

이때의 광경은 우선 다음과 같았다. 라스콜니코프는 자기 손이 주인의 손에 잡혀 있는 것도 잊고 한바탕 웃어대기는 했으나, 그래도 정도는 알았 으므로 되도록 빨리, 그리고 자연스럽게 끝낼 기회를 기다리고 있었다. 탁 자를 쓰러뜨리고 컵까지 깨뜨려 극도로 당황한 라주미힌은 침울한 얼굴 로 컵 조각을 바라보다가, 이윽고 침을 탁 뱉고는 창가로 몸을 돌려 여러 사람에게 등을 보이고 선 채 잔뜩 얼굴을 찌푸리고 창밖을 내다보았으나 아무것도 눈에 들어오지는 않았다. 포르피리 페트로비치도 웃고 있었다. 그리고 더 웃고 싶었지만, 그보다도 무슨 영문인지 그 까닭을 알고 싶어 하는 눈치였다. 한구석 의자에 자묘토프가 앉아 있었으나, 손님이 들어오 는 것을 보자 얼른 일어나서 입가에 미소를 띤 채 다음 장면을 기다리고 있었다. 하지만 무언가 이해할 수 없다기보다는 의심스럽다는 듯이 이 광 경을 바라보고 있었다. 특히 라스콜니코프를 보는 눈에는 어딘지 당황한 기색조차 엿보였다. 예기치 않았던 자묘토프와의 동석은 라스콜니코프에 게 불쾌한 충격을 주었다.

'저 녀석도 염두에 두지 않으면 안 되겠군!' 하고 그는 생각했다.

"제발 용서하십시오."

그는 일부러 당황한 척하면서 입을 열었다.

"라스콜니코프입니다……."

"천만의 말씀을. 매우 반갑습니다. 더욱이 들어오는 모습들도 무척 유 쾌하더군요…… 그런데 어떻게 된 겁니까, 저 사람은 인사하기도 싫은가 보군요?"

포르피리는 라주미힌을 턱으로 가리켰다.

"정말 왜 저렇게 미친 듯이 성을 내는지 까닭을 모르겠습니다. 나는 다만 오는 길에 그가 로미오를 닮았다고 말하고, 그것을 증명했을 뿐입니다. 그 밖에 별로 다른 일은 없었던 것 같은데요."

"돼지 같은 놈!"

라주미힌은 뒤도 돌아보지 않고 소리쳤다.

"단 한마디로 저렇게 화내는 걸 보니, 무언가 매우 중대한 이유라도 있는 모양이군요."

포르피리는 소리를 내어 웃었다.

"뭐야, 자넨! 예심판사 근성이로군! …… 너희하곤 상종도 하기 싫다!"

라주미힌은 내뱉듯이 외쳤으나, 느닷없이 자기도 깔깔거리고 웃으면서 마치 아무 일도 없었다는 듯이 유쾌한 표정으로 포르피리에게 다가갔다.

"이제 그만하세! 모두 바보들이야. 그보다도 용건에 들어가지. 이쪽은 내 친구 로지온 로마느이치 라스콜니코프야. 첫째로는 여러 가지로 자네 말을 듣고 서로 사귀기를 원하고 있고, 둘째로는 자네한테 좀 볼일이 있어서 찾아왔네. 아니, 자묘토프! 자네는 어떻게 여기 왔나! 자네들은 아는 사이인가? 전부터 알고 있었나?"

'이건 좀 이상하군!' 하고 라스콜니코프는 불안한 마음으로 생각했다.

자묘토프도 당황한 듯했으나 그리 대단치는 않았다.

"어제 자네 집에서 알게 되었지."

그는 구김 없는 어조로 대답했다.

"덕분에 내 수고가 덜어진 셈이군. 실은 포르피리, 지난주에 이 친구가 자네를 꼭 소개해달라고 나한테 부탁했었거든. 그런데 자네들은 나를 빼놓고 친해졌군그래…… 담배는 어디 있나?"

포르피리 페트로비치는 가운을 입고 무척 깨끗한 셔츠에 낡은 실내화를 신은 편한 차림새였다. 나이는 서른대여섯, 키는 중키보다 약간 작고 뚱뚱한 몸집에 배가 좀 나온 편이며, 콧수염이나 턱수염을 모두 깨끗이 깎고 특히 뒤통수가 동그랗게 튀어나온 크고 둥근 머리는 짧게 깎여 있다. 약간 납작한 코와 둥글고 투실투실한 얼굴은 병적으로 누런빛을 띠었으나, 제법 원기가 있어 보이고 남을 조소하는 듯한 표정까지 엿보였다. 누구에겐가 눈짓이라도 하듯이 노상 깜박거리는, 희끗희끗한 속눈썹으로 덮인, 끈적끈적 물기 어린 빛으로 번들거리는 그 눈의 표정만 없었더라도 그 얼굴은 제법 선량한 인상까지 풍겼을지 모른다. 그 눈초리는 여자다운 데가 있어 보이는 몸매와는 전혀 어울리지 않아서, 첫눈에 느끼는 인상보다는 훨씬 성실한 분위기를 그 모습에 더해주었다.

포르피리 페트로비치는 손님이 자기에게 '볼일'이 있다는 말을 듣자 곧 그를 소파에 앉히고 자기도 한쪽 끝에 앉아서 즉시로 용건의 설명을 기다리며, 지나칠 정도로 성실한 주의를 기울여 열심히 상대방의 얼굴을 응시했다. 이러한 주의는 특히 상대가 초면인 경우에 첫 대면부터 마음을 무겁게 하여 어리둥절하게 만들게 마련인데, 더욱이 용건이 그다지 대단한 주의를 받을 만한 것이 못 된다고 생각될 때는 더욱 그러하다. 그러나 라스콜니코프는 간단하고 요령 있는 말로, 스스로도 만족할 만큼 명확하게 자기 용건을 설명했다. 그리고 그는 그사이에 포르피리의 사람됨을 잘 관찰할 수 있는 여유까지 가졌다. 포르피리도 그동안에 한 번도 그에게서 눈을 떼지 않았다. 두 사람을 상대해서 같은 탁자 맞은편에 자리 잡은 라주미힌은 쉴 새 없이 두 사람을 번갈아 보면서 성급할 만큼 열심히 설명에 주의를 기울이고 있었는데, 그것이 좀 지나칠 정도였다.

'바보 같으니!' 하고 라스콜니코프는 속으로 욕했다.

"경찰에 신고해야 합니다."

극히 사무적인 어조로 포르피리는 대답했다.

"이러이러한 사건, 즉 그 살인 사건에 대해 들었고 사건의 심리를 담당한 예심판사에게 이러이러한 물건이 자기 것이므로 그것을 매수하고 싶다고 통고해주기 바람…… 등등으로 말입니다. 하긴 경찰서에서 잘 알아서 써줄 것입니다."

"문제는 그겁니다만, 나는 지금……"

라스콜니코프는 되도록 당황한 듯한 표정을 지었다.

"실은 수중에 돈이 없어서…… 그만한 푼돈조차 만들 수 없는 형편입니다. 그래서 우선은 그 물건이 내 것이긴 하지만 돈이 생겼을 때…… 찾겠다는 것만을 신고하고 싶습니다만……"

"어느 쪽이든 마찬가집니다."

포르피리는 돈에 관한 그의 설명을 냉정하게 듣고 나서 이렇게 대답했다.

"원하신다면 나한테 직접 서면을 제출하셔도 무방합니다. 역시 같은 뜻의 것을. 즉 이러이러한 사건을 듣고 이러이러한 자기 물건에 대해서 신고하니 여사여사한 선처를……"

"보통 용지로도 됩니까?"

다시금 재정적인 사정을 걱정하여 라스콜니코프는 급히 말을 막았다.

"예, 아무 종이라도 상관없습니다!"

이렇게 말하자 갑자기 포르피리는 눈을 가늘게 뜨고 마치 윙크라도 하듯이 조소 어린 표정으로 그를 바라보았다. 물론 그것은 순간적이었으므로 라스콜니코프에게만 그렇게 느껴졌는지도 모른다. 그러나 적어도 그 비슷한 것은 있어 보였다. 라스콜니코프는 무엇 때문인지는 몰라도 포르피리가 자기에게 윙크를 선사한 것이 틀림없다고 믿어 의심치 않았다.

'알고 있구나!' 하는 생각이 번개처럼 그의 머리를 스쳤다.

"죄송합니다, 이런 쓸데없는 일로 수고를 끼쳐서."

그는 다소 더듬거리며 말을 계속했다.

"내 물건은 불과 5루블 정도밖에 안 나가는 거지만 내게는 둘도 없이 귀중한 기념품입니다. 그것을 준 사람들 때문에. 그래서 솔직히 말씀드려 그 얘기를 들었을 때는 정말 놀랐습니다……."

"아, 그래서 자네는 그렇게 놀랐군그래. 어제 내가 조시모프에게 포르피리가 전당 잡힌 사람들을 조사한다고 말했을 때 말이야!"

뻔히 들여다보이는 속셈으로 라주미힌이 참견했다.

이젠 더 참을 수가 없었다. 라스콜니코프는 참다못해 분노에 불타는 검은 눈을 번득이며 그를 노려보았다. 그러나 곧 제정신이 들었다.

"자네는 또 나를 놀릴 셈인가?"

재치 있게 분노를 가장하면서 그는 라주미힌 쪽으로 얼굴을 돌렸다.

"물론 자네 눈에는 내가 그런 하잘것없는 물건 때문에 지나치게 마음을 쓰는 것처럼 보일 걸세. 그러나 그것 때문에 나를 에고이스트라든가 욕심쟁이라고 욕할 수는 없어. 게다가 내 눈으로 보자면 그 두 가지 하잘것없는 물건도 매우 소중한 것이니까. 이미 자네한테도 말했지만, 그 서푼의 값어치도 없는 은시계는 돌아가신 아버지의 유일한 유품이야. 나를 비웃겠으면 얼마든지 비웃게. 그러나 이번엔 어머니가 오셨으니까" 하며 그는 갑자기 포르피리 쪽으로 향했다.

"만일 어머니 귀에 들어가면" 하고 일부러 목소리가 떨리도록 애쓰며 그는 또다시 라주미힌 쪽을 향했다.

"시계가 없어졌다는 걸 알면, 이만저만 낙심하시는 게 아닐 거야! 아무튼 여자니까!"

"아니, 절대 그게 아니야! 나는 결코 그런 뜻에서 한 말이 아니야! 오히려 정반대야!" 하고 라주미힌은 안타깝다는 듯이 외쳤다.

'이쯤하면 됐을까? 자연스럽게 들렸을까? 지나치게 과장한 건 아닐는지?' 라스콜니코프는 내심 은근히 걱정했다.

'그건 그렇고, 아무튼 여자니까, 라는 말을 뭐 때문에 덧붙였을까?'

"아니, 어머니가 오셨다고요?"

무엇 때문인지 포르피리는 되물었다.

"네."

"언제 오셨지요?"

"어제 저녁입니다."

포르피리는 무슨 생각을 하는지 잠시 입을 다물었다.

"당신의 물건은 무슨 일이 있어도 없어질 염려는 없습니다."

그는 침착하고 냉정하게 이야기를 계속했다.

"나는 벌써부터 당신이 오시기를 기다리고 있었지요."

그는 이렇게 말하면서 아무 일도 없다는 듯이 담뱃재로 양탄자를 마구 더럽히고 있는 라주미힌에게 얼른 재떨이를 내밀었다. 라스콜니코프는 흠 칫 몸을 떨었다. 그러나 포르피리는 여전히 라주미힌의 담배에 정신이 팔려서 그를 보지도 않는 듯했다.

"뭐라고? 기다렸다고! 자네는 알고 있었나? 이 사람이 거기다 전당 잡혔다는 걸."

라주미힌이 외쳤다.

포르피리는 정면으로 라스콜니코프 쪽으로 돌아앉았다.

"당신의 두 가지 물건, 시계와 반지는 함께 종이에 싸여서 그 여자한테 있었습니다. 종이에는 당신 이름이 연필로 뚜렷이 적혀 있더군요. 그리고 당신한테서 그 물건을 잡은 날짜도 역시……."

"참 조사도 잘하셨군요……."

라스콜니코프는 특히 상대방의 눈을 똑바로 보려고 애쓰며 매우 어색 한 웃음을 지었으나, 끝내 참지 못하고 이렇게 덧붙였다.

"내가 이렇게 말하는 것은 전당 잡힌 사람이 꽤 많았을 텐데…… 그들을 전부 기억하기란 쉬운 일이 아니라고 생각했기 때문에…… 그런데 당신은 한 사람 한 사람 정확히 기억하고 계실뿐더러, 게다가……."

'바보 같은 짓을 했군! 이런 맥 빠진 소리를 하다니! 무엇 때문에 이런 말을 덧붙였을까!'

"전당 잡힌 사람들은 이제 거의 다 알고 있어요. 그러니까 여태껏 오지 않은 사람은 당신 하나뿐이지요."

보일 듯 말 듯한 조소를 띠며 포르피리는 이렇게 대답했다.

"나는 몸이 좀 불편했기 때문에……."

"그 말도 들었습니다. 무엇 때문인지 정신 상태가 매우 혼란하다는 얘기도요. 지금도 어쩐지 안색이 좋지 않은 것 같군요."

"안색은 조금도 나쁘지 않습니다…… 이젠 완전히 건강해졌습니다!"라고 라스콜니코프는 갑자기 어조를 바꿔 독기 어린 말투로 거칠게 잘라 말했다. 분노가 몸속에서 끓어올랐다. 그는 그것을 억누를 수가 없었다.

'성을 냈다가는 지껄이게 될지도 모른다!' 하는 생각이 다시 머리를 스쳤다.

'그런데 이자들은 왜 나를 괴롭히는 걸까…….'

"몸이 좀 불편했다고?"

라주미힌이 말꼬리를 잡았다.

"거짓말도 분수가 있지! 바로 어제까지만 해도 거의 인사불성으로 헛소리만 지껄인 주제에…… 내 말 듣게, 포르피리. 간신히 설 수 있을까 말까 하는 몸으로 어제 우리가, 나하고 조시모프가 잠깐 한눈을 판 사이에 옷을 입고 살그머니 빠져나가서는 거의 밤중까지 싸돌아다녔거든. 더구나 전혀 제정신이 아니면서 말이야. 이런 일을 자네 상상할 수 있겠나! 정말 놀랄 만한 일이지 뭔가!"

"전혀 제정신이 아니었다니? 거참, 놀라겠군!"

어딘지 모르게 여자 같은 몸짓으로 포르피리는 고개를 흔들었다.

"쓸데없는 소리 마! 그런 말 믿지 마세요! 그렇잖아도 곧이듣지는 않으실 테지만!"

라스콜니코프는 홧김에 그만 이렇게 내뱉고 말았다.

"그러나 열에 들떠 있지 않았다면 왜 밖으로 나갔겠나?" 하고 라주미힌은 갑자기 핏대를 올렸다.

"왜 나갔어? 무엇 때문에? …… 왜 그렇게 살그머니 빠져나갔느냐 말이야? 이래도 그때 온전한 의식이 있었단 말인가? 이제는 모든 위험이 사라졌으니까 나도 기탄없이 자네한테 말하는 거야!"

"어제는 정말이지 저자들이 귀찮아서 죽을 지경이었습니다."

라스콜니코프는 도전하는 듯한 능글맞게 웃으며 갑자기 포르피리 쪽으로 몸을 돌렸다.

"그래서 나는 두 번 다시 이자들에게 발견되지 않게끔 새로운 방을 찾으려고 도망쳐 나왔던 겁니다. 돈도 두둑이 가지고 나갔지요. 저기 자묘토프 씨도 그 돈을 보았습니다. 자, 자묘토프 씨, 어제 내가 제정신이었는지, 아니면 열에 들떠 있었는지, 이 논쟁을 좀 해결해주시죠?"

그는 이 순간 자묘토프의 목이라도 조르고 싶은 심정이었다. 그의 눈초리와 침묵이 매우 마음에 들지 않았다.

"내가 보기에 당신 말투는 지극히 이성적이어서 오히려 교활할 정도였어요. 다만 지나치게 초조한 것 같은 느낌은 있었지만요."

자묘토프는 대수롭지 않게 말했다.

"오늘 니코짐 포미치 서장한테서 들은 얘기지만" 하고 포르피리가 말했다.

"어제 밤이 꽤 깊었을 무렵 마차에 치여 죽은 어떤 관리 집에서 당신을 만났다더군요…….”

“글쎄, 그 관리의 일만 해도 그렇지!”

라주미힌이 말을 가로챘다.

“어때, 그 관리 집에서도 제정신이었다고 말할 수 있나? 주머니에 있는 돈을 박박 긁어서 장례 비용으로 과부한테 몽땅 줘버리다니! 굳이 도와주고 싶으면 15루블이나 20루블 정도면 어때, 적어도 3루블 정도는 수중에 남겨놓았어야 하는데 25루블을 몽땅 주다니, 그게 될 말인가?”

“그렇지만 내가 어디서 보물단지라도 발견했는지 자네가 어찌 알겠나? 어제도 그렇게 마구 돈을 뿌렸으니까…… 아, 자묘토프 씨는 내가 보물을 발견한 걸 알고 있지! …… 아, 이거 용서하십시오.”

그는 입술을 떨면서 포르피리에게 말했다.

“이런 쓸데없는 일로 반 시간이나 방해해서…… 아마 지루하셨겠죠?”

“천만의 말씀, 오히려 그 반댑니다. 반대예요! 당신이 내게 얼마나 흥미로운지 아마 상상도 못하실 겁니다. 보고 있으나 듣고 있으나 아주 재미가 있군요…… 그래서 실은 당신이 와주셔서 무척 기쁘게 생각합니다…….”

“그럼 차라도 좀 내놓게나! 목이 타서 죽겠군!”

라주미힌이 소리쳤다.

“아, 좋은 생각이야! 모두 함께 드시죠. 그런데 어떤가…… 차를 들기 전에 뭔가 배를 채울 만한 것으로 하면?”

“빨리 갔다 오게!”

포르피리는 차를 부탁하러 나갔다.

갖가지 상념이 회오리바람처럼 라스콜니코프의 머릿속에서 맴돌았다.

‘문제는 무엇보다 놈들이 내 앞에서 감추려 하지 않을뿐더러 꺼리지도 않는다는 점이다! 만약 내 일을 전혀 모른다면 무슨 까닭으로 니코짐 포미치 서장과 내 이야기를 한단 말인가? 그러니까 놈들은 개처럼 내 뒤를 쫓아다니는 것을 이제 숨기려고도 하지 않는 거다! 이젠 아주 맞대놓고 침을 뱉고 있는 거야!' 하며 그는 분노에 몸을 떨었다.

'때리면 정면으로 때릴 것이지, 고양이가 쥐를 앞에 놓고 놀리듯 희롱하진 말란 말이다. 그런 무례한 짓이 어디 있느냐, 포르피리 페트로비치? 나도 이대로 가만있지는 않을지도 모른다…… 벌떡 일어나서 너희들의 상관에게 진상을 낱낱이 토해버리마. 그때야말로 내가 얼마나 경멸하고 있는지 너희들도 알게 될 거다…….'

그는 가까스로 숨을 몰아쉬었다.

'그러나 만약 이것이 나 혼자만의 생각이라면? 만약 이것이 신기루에 지나지 않고, 모든 것이 내 오해라고 한다면? 경험이 없는 탓으로 공연히 화를 내서 이 비열한 역할을 끝내 감당해내지 못한다면? 어쩌면 저놈의 말은 별다른 속셈이 있어서 하는 얘기가 아닐지도 모르지 않는가? 놈들이 하는 말은 모두 평범하지만 그 속에는 무엇인가 들어 있다…… 언제든지 흔히 할 수 있는 말이긴 하지만, 그래도 반드시 무언가가 있기는 있다. 왜 저놈은 '그 여자한테'라고 단도직입적으로 말했을까? 왜 저놈들은 그런 어조로 말하는 걸까? 그렇다…… 어조다…… 그런데 라주미힌은 같이 한 자리에 있으면서도 왜 아무것도 느끼지 못할까? 아니, 그 순진한 바보는 언제나 아무것도 느끼지 못하니까! 또 열이 나는군! …… 아까 포르피리는 나에게 윙크를 한 걸까, 안 한 걸까, 아니면 나를 긁어주려는 걸까? 아, 모든 것이 다 신기루일까, 아니면 놈들이 알고 있는 걸까? 자묘토프까지 거만하게…… 아니, 정말 자묘토프는 거만한 걸까? 자묘토프는 하룻밤 새 생각이 달라졌군. 나도 녀석이 생각을 바꾸리라고는 예감했지. 녀석은 오늘 여기 처음 왔다면서 마치 제 집처럼 행동하고 있군그래. 포르피리도 손님이라고 여기지 않는 모양으로 녀석에게 등을 대고 앉아 있다. 서로 친해졌어! 순전히 내 일로 친해졌을 거야! 아마 우리가 오기 전에 내 이야기를 하고 있었겠지! …… 그런데 내가 그 집에 갔던 걸 알고 있을까? 아, 한시 바삐 그걸 알았으면! …… 내가 어제 방을 구하려고 도망쳐 나갔다고 했을 때, 녀석은 잘 듣지도 않았고 별로 문제 삼지도 않았지만…… 아무튼 방 이야기를 꺼내기를 잘했다. 나중에라도 도움이 될 거다. 열에 들떠 있었다고 하면 되는 거야! …… 하, 하, 하! 녀석은 어젯밤 일을 죄다 알고 있군그래! 그러면서도 어머니가 온 것만은 모르고! 그런데 마귀할멈이 연필로 날짜까지 적어놓았다고! …… 거짓말 마, 누가 그런 수단에 넘어갈 줄 알고! …… 하지만 이건 사실이 아니고 단지 신기루에 지나지 않는다. 아무튼 사실을 제시해달라고 해야지! 방을 보러 간 것은 사실이 아니야, 열때문이었으니까. 녀석들에게 얘기할 구실은 다 준비되어 있다…… 그러나 방에 관한 걸 알고 있을까? 그걸 알아내기 전에는 안 돌아가겠다! 나는 무엇 때문에 여기 왔지? 그런데 나는 지금 이렇게 등이 달아 있는데, 아마이게 바로 사실이라는 거겠지! 제기랄, 나는 어쩌자고 이렇게 화를 잘 낼까! 하긴 어쩌면 이쪽이 좋을지도 모른다…… 병적인 역할을 하는 거니까. 나를 떠보고 있어, 나를 어리둥절하게 만들 테지. 아아, 나는 무엇 때문에 여길 왔을까?'

이러한 모든 상념이 번개처럼 그의 머리를 스치고 지나갔다.

포르피리 페트로비치는 곧 돌아왔다. 그는 웬일인지 갑자기 기분이 좋아 보였다.

"나는 말일세, 어제 자네 집에 다녀온 후부터 어쩐지 머리가…… 게다가 웬일인지 온몸의 나사가 다 빠져버린 기분이야."

그는 아까와는 전혀 다른 어조로 웃으면서 라주미힌에게 말했다.

"어때, 재미있었나? 나는 어제 한창 재미있을 때 빠져나왔지만 말이야. 그래, 누가 이겼나?"

"물론 아무도 이긴 사람은 없어. 영원한 문제를 타고 허공을 날았을 뿐이니까."

"로쟈, 어제 우리가 무슨 문제를 논했는지 아나? 범죄가 있느냐 하는 문젤세. 나중에는 별의별 엉터리 이론들이 다 쏟아져 나왔다네!"

"그게 뭐 그렇게 놀랄 일인가! 평범한 사회문제지."

라스콜니코프는 대수롭지 않다는 듯 대꾸했다.

"문제는 그런 형식상의 것이 아니었어요."

포르피리가 지적했다.

"그렇지는 않았어, 그건 사실이야."

라주미힌은 늘 하는 버릇대로 성급하게 열을 올리며 곧 이렇게 동의했다.

"알겠나, 로쟈? 들어보고 자네 의견도 좀 들려주게. 꼭 듣고 싶네. 어제 나는 그들을 상대해서 악전고투했어. 그래서 자네가 오기를 기다렸지. 나는 여러 사람에게 자네가 온다고 말했었거든…… 이야기는 우선 사회주의자의 견지에서 시작되었어. 그 견지란 잘 알다시피 범죄는 비정상적인 사회제도에 대한 항의라는 거야. 다만 그뿐이야, 그 이외에는 아무것도 없어. 그것 말고는 어떠한 원인도 인정하려 들지 않는 거야, 아무것도!"

"또 거짓말을 늘어놓는군!"

포르피리가 외쳤다. 그는 눈에 띌 만큼 활기를 띠고 연방 웃으면서 라주미힌의 얼굴을 보고는 한층 그를 부추겼다.

"아무것도 인정하려 들지 않는단 말일세!"

라주미힌은 열띤 어조로 말을 막았다.

"거짓말이 아니야! …… 뭣하면 그들의 책이라도 보여주지. 그들의 말로는 '환경에 침식당했기' 때문이라는 걸세. 그 밖에는 아무것도 없어! 그들이 좋아하는 판에 박은 문구지! 그 이론을 그대로 밀고 나간다면, 만약 사회가 정상적으로 조직되면 모든 범죄도 한꺼번에 없어져버린다는 결론이 나오는 거야. 결국 합의할 이유가 없어지고, 모든 사람이 대번에 올바른 인간이 되어버리기 때문이라는 거지. 인간의 본성 같은 것은 염두에도 안 두고 있어. 인간의 본성은 제거되고 무시당하고 있는 거야! 그들의 생각에 따르면, 인류는 역사적인 산 과정을 밟아 끝까지 발전하여 마침내는 스스로 정상적인 사회가 되는 것이 아니라, 그 반대로 무언가 수학적 두뇌에서 뽑아낸 사회적 시스템이 곧 전 인류를 조직하여 모든 살아 있는 과정에 앞서고 모든 살아 있는 역사적 과정도 없이 삽시간에 그것을 올바르고 죄 없는 사회로 만든다는 거야! 그러니까 그들은 본능적으로 역사라는 것을 싫어하지. '역사란 모두 추악하고 우열한 것이다'라고 하며, 모든 것을 우열함만으로 설명하고 있어! 그러므로 인생의 산 과정은 좋아하지 않고 산 영혼 따위는 필요 없다는 거야! 산 영혼은 생명을 요구한다, 산 영혼은 기계학을 따르지 않는다, 산 영혼은 의심스럽다, 산 영혼은 반동적이다! 그러나 이쪽 인간은 약간 송장 냄새가 나기는 하지만 고무로 만들 수가 있다. 그 대신 살아 있지 않다, 그 대신 의지가 없다, 그 대신 예속적이고 반역도 모른다! 그래서 그 결과는 다만 공동 숙소*의 벽돌을 쌓든가, 복도나 방의 배치에 대해서나 생각할 뿐이다! 그러나 공동 숙소는 마련되었다 하더라도 숙소를 위한 인간의 본성은 아직 안 돼 있다. 본성은 생활을 하고 싶지만, 생활을 위한 과정은 아직 완성되지 않았으니, 무덤에 가기엔 아직 이르다는 거지! 단지 이론만으로 자연성을 뛰어넘을 순 없는 거야! 이론은 다만 세 가지 경우만을 예상할 뿐이지만, 실제로는 무수히 많으니까! 그 무수한 경우를 다 무시해버리고 모든 것을 안락이라는 한 가지 문제에 귀결시키지! 문제를 해결하는 데 이보다 쉬운 방법은 없다는 거야! 정말 구미가 당길 정도로 명백하지. 도대체 생각할 필요가 없으니

---

* 프랑스의 공상적 사회주의자 푸리에가 제창한 생활 공동체

까! 중요한 것은 생각할 필요가 없다는 바로 이 점이야! 인생의 온갖 비밀
도 인쇄지 두 장에 전부 집어넣을 수 있으니까!"

"드디어 터졌어, 막 쏟아져 나오는군! 손이라도 붙들어 매야겠는걸."

포르피리는 웃었다.

"자, 상상이 되시죠?"

그는 라스콜니코프 쪽으로 얼굴을 돌렸다.

"어젯밤에도 이랬다니까요, 여섯 사람이 모두 핏대를 세우고…… 게다
가 그전에 실컷 술을 퍼마셨으니까요. 대개 상상할 수 있겠지요? …… 그
런데 여보게, 그건 틀려, 거짓말이야. 범죄에는 '환경'이라는 것이 커다란
의의를 지니고 있어. 그걸 내가 증명하지."

"커다란 의의를 지니고 있다는 것쯤은 나도 알아. 그럼 한 가지 내 질
문에 대답해보게. 마흔 살 된 남자가 열 살짜리 소녀를 능욕했다면, 이것
도 환경이 시킨 일인가?"

"암, 물론이지, 엄밀한 의미에서 말하자면 그것도 역시 환경 탓이랄 수
있지." 놀랄 만큼 엄숙한 어조로 포르피리는 이렇게 말했다.

"소녀에 대한 범죄는 얼마든지 '환경'으로 설명될 수 있어."

라주미힌은 미칠 듯이 흥분해버렸다.

"좋아, 원한다면 지금 당장이라도 **증명**해주지" 하고 그는 짖어댔다.

"자네의 속눈썹이 하얀 것은, 다름 아니라 다만 이반 대제(大帝)의 사원
높이가 7.5미터나 되기 때문이라는 것을 정확 명료하게 진보적으로, 어디
그뿐인가, 자유주의적인 느낌까지 곁들여가며 훌륭하게 증명해 보이겠네.
자, 들어! 어때, 내기라도 할까!"

"좋아! 어떻게 증명하나 들어봅시다!"

"언제까지나 저렇게 시치미를 떼려 들거든, 망할 자식!"

라주미힌은 외치면서 벌떡 일어나서 한 손을 내저었다.

"이 친구하곤 정말 이야기도 못하겠다니까! 모두가 일부러 그러는 거야. 로쟈, 자넨 아직 이 친구를 모를 거야! 어제도 이 녀석은 사람을 우롱하고 싶어서 그들 편을 들었어. 게다가 어제 이 녀석이 한 말이란, 아아, 그런데도 그자들은 그걸 기뻐하더란 말이야…… 아무튼 이 녀석은 그런 식으로 2주쯤은 견디어낼 작자야. 작년에도 무엇 때문인지는 몰라도 수도사가 되겠다고 우리를 믿게 하고, 두 달이나 고집을 부렸지! 불과 얼마 전에도 결혼한다, 식 준비도 다 되었다고 우리를 속이려 했어. 옷까지 새로 맞췄으니 말이야. 그래서 우리는 정말 축하까지 했지. 그런데 신붓감도 없거니와 그런 기미도 없어. 모든 게 신기루야!"

"또 거짓말을 하는군! 옷은 그전에 맞춘 거야. 새 옷이 되니까 자네들을 곯려주려는 생각이 났던 거지."

"당신은 정말 그렇게 시치미 떼기를 좋아하십니까?" 하고 라스콜니코프는 퉁명스럽게 물었다.

"그렇지 않다고 생각하셨나요? 기다리십시오, 이제 당신도 한번 곯려줄 테니…… 하, 하, 하. 아니, 그렇지만 당신한테는 사실을 말하지요. 범죄라든가, 환경이라든가, 여자라든가 하는 문제와 관련해서 지금 문득 생각났습니다만, 아니 지금까지도 늘 흥미를 가지고 있었습니다만 당신의 그 논문 말입니다. 범죄에 대하여…… 라든가 뭐 제목은 잘 생각이 나지 않습니다만, 2개월쯤 전에 《월간 논단》에서 흥미 있게 읽었습니다."

"내 논문이라고요? 《월간 논단》에서?"

라스콜니코프는 놀라서 반문했다.

"사실 나는 약 반년 전에 대학을 그만둘 때 어느 책에 대해 논문을 하나 썼습니다만, 그때 나는 것을 《월간 논단》이 아니라 《주간 논단》에 가져 갔었는데요."

"그러나 《월간 논단》에 실렸더군요."

"하긴《주간 논단》이 폐간되었기 때문에 그때는 실리지 못했습니다."

"맞습니다. 그런데《주간 논단》은 폐간과 동시에《월간 논단》과 통합되었으므로, 당신 논문도 두 달 전에《월간 논단》에 실렸습니다. 전혀 모르셨습니까?"

라스콜니코프는 사실 아무것도 모르고 있었다.

"그것 참, 놀라겠군요. 당신은 논문의 고료를 청구할 수도 있을 텐데! 당신 성격도 참 어지간하십니다! 자기와 직접 관계되는 일까지도 모르고 있을 정도로 고독한 생활을 하고 계시니. 하여튼 이건 사실입니다."

"브라보, 로쟈! 나도 역시 몰랐어!" 하고 라주미힌이 외쳤다.

"오늘이라도 당장 도서관에 가서 그걸 빌려 보세! 2개월 전이랬지? 날짜는 언젠가? 아니, 아무래도 좋아, 찾아낼 수 있을 테니까! 거참, 재미있군! 그래놓고도 아무 말 없었으니!"

"그런데 나라는 걸 어떻게 아셨지요, 나는 이름 머리글자만 서명했는데?"

"이삼일 전에 우연한 일로 편집자한테 들었습니다. 아는 사이거든요…… 매우 흥미를 느끼며 읽었어요."

"나는 범죄 수행 전 과정에서의 범죄자의 심리 상태를 고찰했던 것으로 기억합니다만."

"그렇습니다. 범죄 행위는 항상 질환을 수반하는 것이라고 주장하셨더군요. 그야말로 독창적인 의견이에요. 그러니까…… 내가 흥미를 느낀 것은 당신 논문의 이 부분이 아니고, 논문 끝머리에서 잠깐 비쳤던 당신의 사상입니다. 그러나 유감스럽게도 그것은 다만 암시적으로 쓰여 있을 뿐이어서 명백하지 않더군요. 한마디로 말해서, 기억하시는지 모르겠습니다만, 이 세상에는 온갖 불법이나 범죄를 행할 수 있는 사람…… 아니, 행할 수 있을 뿐 아니라 거기에 대한 절대적 권리를 가진 어떤 종류의 인간들이 존재하고 있어서, 그들을 위해서는 법률 따위 없는 것과 같다…… 이러한 것을 암시하고 있더군요."

라스콜니코프는 이 고의적으로 과장한 자기 사상의 곡해에 대해 빙그레 미소를 흘렸다.

"뭐, 뭐라고? 범죄에 대한 권리라고? 그럼 '환경에 침식당했기 때문'이 아니잖아?"

무언가 겁에 질리는 듯한 표정으로 라주미힌이 물었다.

"아니, 그런 것만도 아니지" 하고 포르피리는 대답했다.

"문제는 이분의 논문에 따르면, 모든 인간이 '범인(凡人)'과 '비범인(非凡人)'으로 분류된다는 점이야. 범인은 항상 복종 가운데 살아야 하고 법을 초월할 권리 따위 갖지도 못한다. 왜냐하면 그들은 범인이기 때문이지. 그러나 비범인은, 특히 비범인이란 이유만으로 모든 범죄를 행하고 어떠한 법률도 초월할 수 있는 권리를 가지고 있다…… 아마 이런 의견이었지요, 내가 오해하지 않았다면?"

"아니, 어떻게 그럴 수 있나? 그런 일은 있을 수가 없어!"

라주미힌은 알 수 없다는 듯이 이렇게 중얼거렸다.

라스콜니코프는 또다시 씽긋 웃었다. 그는 문제의 초점이 어디에 있으며, 상대방이 어디로 자기를 유도하려는가를 얼른 알아챘다. 그는 자신의 논문을 기억하고 있었다. 그는 이 도전에 응하기로 결심했다.

"내가 쓴 것은 당신의 의견 그대로는 아닙니다."

그는 솔직하고 겸손한 어조로 입을 열었다.

"그러나 솔직히 말해서 당신은 거의 정확하게 그 내용을 말해주셨습니다. 아니, 완전히 정확했다고 해도 좋을 정도입니다…… (그는 완전히 정확했다고 인정하는 것이 몹시 흐뭇했다.) 다만 한 가지 차이가 있다면, 나는 당신이 말하는 것처럼 비범인이 언제나 불법을 행해야 하고 온갖 불법을 행할 의무가 있다고 주장한 것은 결코 아니라는 점입니다. 그런 논문이라면 발표될 수도 없었으리라고 생각될 정돕니다. 나는 그저 간단히 다음과 같은 것을 암시했을 뿐입니다. 즉 비범인은 어떠한 권리를 가지고 있다……. 그러나 공적인 권리가 아니라 어떤 장애를 넘어서는…… 자기 양심에 허용할 권리를 스스로 가진다는 겁니다. 그러나 그것은 자기의 이념, 때로는 전 인류를 구원할 수 있을지도 모른다는 이념의 실행이 그것을 요구하는 경우에 한합니다. 당신은 내 논문이 명백하지 못하다고 하셨지만, 그 점에 대해서도 되도록 자세히 설명해드릴 용의가 있습니다. 당신이 아마 그러길 원하시리라고 생각해도 틀림은 없으리라 믿습니다만, 그럼 실례지만 말해보겠습니다. 내 생각으로는 케플러나 뉴턴의 발견이 어떤 복잡한 사정 때문에 한 사람이나 열 사람, 백 사람, 또는 그 이상 되는, 이 발견에 방해가 되거나 장애물로 앞길을 가로막는 사람들의 생명을 희생시키지 않으면 어떠한 방법으로든 세상에 알릴 수가 없다고 한다면, 그런 경우에 뉴턴은 그 발견을 온 인류에 보급하기 위해 그 열 사람이나 백 사람의 인간을…… 제거할 권리를 갖습니다. 아니, 그렇게 하지 않으면 안 될 의무까지 지니게 됩니다. 그러나 그렇다고 해서 뉴턴이 아무나 닥치는 대로 사람을 죽이거나 날마다 시장에서 물건을 훔칠 수 있는 권리를 가졌다는 것은 결코 아닙니다. 그리고 확실히 나는 그 논문에서 이런 식으로 논지를 전개했다고 기억하고 있습니다. 즉 모든…… 예를 들어 인류의 입법자나 건설자는, 고대의 인물로부터 리쿠르고스, 솔로몬, 마호메트, 나폴레옹 같은 사람들은 모두 예외 없이 새로운 법률을 제정하고 그 법률에 따라 종래의 사회에서 신성시되어온, 조상 적부터 전해 내려온 낡은 법률을 파기했는데, 그것 하나만으로도 그들은 모두 훌륭한 범죄자였던 겁니다. 그리고 물론 자기를 돕는 길이 오직 피의 방법밖에 없었다고 한다면, 때때로 낡은 법률을 위해 용감히 흘린 무고한 피도 있긴 했지만, 유혈의 참변조

408

차 그들을 말릴 수는 없었습니다. 이러한 인류의 은인, 건설자 대부분이 특히 무서운 살육자였다는 것은 주목할 만한 일입니다. 한마디로 말해서 사람은 누구든지, 위인뿐 아니라 조금이라도 범속의 궤도를 벗어난 사람은, 즉 조금이라도 무언가 새로운 것을 말할 수 있는 재주를 가진 사람이라면 그 천성에 따라서, 물론 다소 정도의 차이는 있습니다만, 반드시 범죄자가 되지 않을 수 없다는 것이 나의 결론입니다. 그렇지 않고서는 도저히 궤도를 벗어날 수 없습니다. 그렇다고 해서 그대로 궤도에 남아 있는 것도 역시 본래의 천성 때문에 불가능한 일입니다. 아니, 내 생각으로는 그대로 남아 있어서는 안 될 의무까지 있다고 봅니다. 요컨대 지금까지의 나의 이론에는 보시다시피 특별히 새로운 점 따위는 전혀 없습니다. 이런 것은 벌써 몇천 번이나 쓰이고 읽혀온 것입니다. 그런데 범인과 비범인의 분류에 대해서는, 나도 다소 독단적이었다고 인정합니다. 정확한 숫자에 근거를 두고 주장한 것은 아니니까요. 나는 다만 내 자신의 근본 사상을 믿을 뿐입니다. 바로 이런 겁니다. 인간은 자연법칙에 따라 **대략** 두 등급으로 나뉩니다. 즉 자기와 동등한 것을 생식하는 일 말고는 아무런 능력도 없는, 말하자면 단순한 소재(素材)에 지나지 않는 저급한 등급 곧 범인과, 또 하나는 본래의 인간, 즉 생존하는 사회에서 **새로운 발언**을 하는 천품이나 재능을 지닌 사람들로 나뉩니다. 그것을 자세히 구별하자면 물론 한이 없겠습니다만, 이 두 범주를 구별하는 특질은 어느 정도 명백한 것입니다. 첫 번째 등급, 즉 소재적 인간은 대체적으로 보수적이며, 예의 바르고, 복종을 일삼고, 복종적인 것을 좋아하는 사람들입니다. 내 생각에 그들은 복종적이어야 할 의무조차 지니고 있습니다. 왜냐하면 그것이 그들의 사명이니까요. 거기에는 그들 입장에서 굴욕적인 것이 아무것도 없습니다. 두 번째 등급은 모두가 법률을 범하는 파괴자든가, 또는 그런 경향을 지닌 사람들입니다. 재능에 따라 다소의 차이는 있겠지요. 이런 사람들의 범죄는 상대적이며 물론 다종다양하기도 하지만, 그들 대부분은 갖가지 성명을 통해 더 나은 장래의 명목으로 현존하는 질서의 파괴를 요구합니다. 그래서 만약 자기의 이념을 위해서 시체나 피라도 밟고 넘어가야 할 경우 그들은 자기 양심의 판단에 따라 피를 밟고 넘어가도 된다는 허가를 스스로에게 내줄 수가 있다고 생각합니다. 물론 그것은 이념의 성질이나 이념의 규모에 따라 다르기는 합니다. 이 점을 주의해주십시오. 다만 이런 의미로 나는 그 논문에서 범죄에 대한 그들의 권리를 논하고 있으니까요…… 이 논의가 법률문제에서 시작되었다는 것을 상기하시기 바랍니다. 그러나 그다지 걱정할 것은 없습니다. 대중은 거의 어느 시대에나 그들의 이러한 권리를 인정하지 않고, 그들을 벌하고 교수형에 처해버리니까요…… 다소 정도의 차이는 있습니다만. 그리고 그렇게 함으로써 극히 공명정대하게 자신의 보수적 사명을 다하는 것입니다. 그러나 다음 시대가 되면 바로 그 대중이 전에 벌을 준 범죄인을 상좌에 모시고 그에게 경의를 표합니다, 다소 차이는 있습니다만. 첫 번째 등급은 언제나 현재의 지배자요, 두 번째 등급은 미래의 지배자입니다. 첫 번째 등급에 속하는 사람들은 세계를 유지하고 양적으로 확대해갑니다. 두 번째 등급에 속하는 사람들은 세계를 움직여서 목적으로 이끌어갑니다. 그러므로 양쪽 다 동등한 생존권을 갖는 것입니다. 요컨대 내 생각으로는 누구나 다 동등한 권리를 가지고 있습니다. 그래서…… Vive la guerre éternelle*이지요. 물론 새로운 예루살렘이 올 때까지만!"

"그럼 당신은 역시 예루살렘을 믿으십니까?"

"믿습니다."

라스콜니코프는 단호히 대답했다. 그는 기나긴 이야기를 늘어놓는 동

---

* '영원한 싸움 만세'라는 뜻

안 처음부터 끝까지 양탄자 위의 한 점을 골라 그곳만 바라보고 있었다.

"그, 그러시다면 하느님도 믿습니까? 이상한 질문해서 실례입니다만."

"믿습니다."

눈을 들어 포르피리의 얼굴을 보면서 라스콜니코프는 되풀이했다.

"그럼 나사로의 부활도 믿습니까?"

"믿습니다. 왜 그런 걸 묻지요?"

"문자 그대로 믿습니까?"

"문자 그대로."

"그래요…… 그저 호기심에서 좀 물어보았습니다. 실례했습니다. 그런데 한 가지 또 묻겠습니다. 다시 아까 이야기로 돌아갑니다만, 비범인은 언제나 반드시 벌을 받는다고 할 수도 없지 않습니까, 개중에는 도리어……."

"살아서 승리를 구가하는 자들도 있다는 거죠? 그거야 그렇지요. 개중에는 살아 있는 동안에 목적을 달성하는 사람도 있습니다. 그러나 그때는……."

"자기 쪽에서 남을 처벌하기 시작한다, 그런 말입니까?"

"필요하다면, 아니 대부분 그렇게 되겠지요. 아무튼 당신의 관찰은 매우 예리하군요."

"고맙습니다. 그런데 한 가지 더 말씀해주십시오. 도대체 무엇으로 범인과 비범인을 구별합니까? 날 때부터 무슨 표지라도 붙어 있습니까? 내 말뜻은, 거기엔 좀 더 정확성이 필요하다는 겁니다. 말하자면 좀 더 외면적인 명확한 정의가 필요하지 않을까요…… 이것은 실제적이고 온건한 인간으로서는 당연한 걱정거리라 생각하시고 양해해주십시오. 그러나 어떨까요, 가령 특수한 제복을 입는다든가, 무언가 몸에 달고 다닌다든가, 그보다도 낙인 같은 것을 찍는다든가 할 수는 없을까요? …… 그렇잖으면 혹시 혼란이 일어나서 한쪽 등급에 속하는 인간이 자기는 다른 등급에

속해 있다는 망상을 일으켜, 당신의 재치 있는 표현처럼 '모든 장애를 제거'하기 시작한다면 그때는 그야말로……."

"네, 그건 정말 흔히 있는 일입니다! 당신의 이번 관찰은 아까보다 한층 더 예리해졌군요……."

"고마운 말씀입니다."

"아니, 천만에요. 그러나 이 점을 고려해주셨으면 합니다. 그러한 오해는 단지 첫 번째 등급, 즉 '범인', 이것은 매우 졸렬한 호칭이었는지 모르겠습니다만 범인 쪽에서만 일어날 수 있는 겁니다. 복종을 좋아하는 천성적인 경향이긴 해도, 자연의 희롱으로 그들 가운데 꽤 많은 자들이 스스로 선구자나 '파괴자'라고 망상하고 '새로운 말'을 하고 싶어 합니다. 그리고 그것이 매우 진지하다니까요. 동시에 그들은 진짜 '새로운' 인간에게는 주의를 돌리지 않는 경우가 너무도 많습니다. 뿐만 아니라 오히려 시대에 뒤떨어진 비열한 사고방식의 인간으로 경멸할 정도입니다. 그러나 내 생각에 거기에는 별로 대단한 위험은 없다고 봅니다. 그러니까 당신도 걱정하실 것까지는 없습니다. 왜냐하면 그들은 결코 큰일을 저지르지는 못하니까요. 물론 주제넘게 날뛸 때는 제 분수를 알려주기 위해서 가끔 채찍 맛을 보여주는 것도 좋지만, 그 이상은 필요 없습니다. 형벌의 집행조차 필요 없을 정돕니다. 그들은 자기 스스로 채찍질합니다. 원래가 품행이 방정한 사람들이니까요. 저희들끼리 서로 형벌을 주고받는 수도 있겠고, 개중에는 자기 손으로 자기를 벌하는 자도 있겠지요…… 그리고 여러 가지로 대중 앞에 회오(悔悟)의 뜻을 자초하기도 합니다. 요컨대 조금도 염려하실 필욘 없습니다…… 그러한 법칙이 있는 것이니까요."

"예, 적어도 그 방면에는 다소 나를 안심시켜주셨습니다만, 또 한 가지 곤란한 일이 있습니다. 한 가지 더 묻겠습니다만, 도대체 그 타인을 죽일 권리를 가진 사람, 즉 비범인이라는 건 많이 있나요? 나는 물론 언제든 그 앞에 머리를 숙일 수 있습니다만, 그러나 생각해보십시오, 그런 사람들이 너무 많다면 기분이 좋을 리 없지 않겠어요?"

"아니, 그것도 염려하실 것 없습니다."

역시 같은 어조로 라스콜니코프는 말을 이었다.

"대체로 새로운 사상을 가진 인간은, 아니 그뿐만 아니라 무슨 새로운 말을 겨우 할 수 있을 만한 인간도 극히 소수밖엔 태어나지 않습니다. 정말이지 놀랄 만큼 적습니다. 그러나 단 한 가지 명백한 것은 이들 등급이나 세분(細分)에 속하는 사람이 태어나는 순서가 어떤 자연법칙으로 매우 정밀하고 정확하게 정해져 있다는 사실입니다. 그 법칙이 무엇인지 물론 아직은 분명하지 않지만, 그것은 반드시 존재하며 앞으로 언젠가는 명백해지리라고 나는 믿고 있습니다. 인류의 거대한 대중, 즉 소재는 결국 어떤 노력을 거쳐서 오늘날까지 신비에 싸여 있는 일종의 과정이나 종족과 혈통 교차 등의 방법으로 진통을 겪은 끝에 비록 천 명에 한 사람만이라도 독립적인 정신을 지닌 인간을 낳기 위해 이 세상에 존재하고 있는 것입니다. 그보다 더 광범위한 정신을 가진 인간은 만 명에 한 사람 정도밖에 태어나지 않을지도 모릅니다…… 저는 알기 쉽게 개략적인 이야기를 하고 있는 겁니다. 그리고 또 그보다 더 광범한 정신의 소유자는 십만 명에 하나 정도, 천재적인 인간은 백만 명에 한 사람밖에 태어나지 않을 것이고, 위대한 천재 곧 인류의 완성자는 몇백만 몇천만 명을 흘려보내고 난 뒤에야 겨우 태어날까 말까입니다. 한마디로 말해서 이러한 모든 것이 생성되고 있는 증류기(蒸溜器)는, 나도 들여다본 적은 없습니다만, 일정한 법칙은 반드시 존재합니다. 또 존재하지 않으면 안 될 겁니다. 여기 우연 같은 것은 있을 수 없습니다."

"아니, 자네들은 뭐야, 농담들을 하고 있나?"

마침내 라주미힌이 외쳤다.

"서로 속이기 내기라도 하는 것 같군그래? 마주 앉아서 서로 놀리고들 만 있으니! 로쟈, 자넨 진정인가?"

라스콜니코프는 말없이 그를 향해 창백하고 서글픈 얼굴을 들었으나, 아무 대답도 하지 않았다. 이 조용하고 서글픈 얼굴과 포르피리의 노골적 이면서도 끈덕지고 초조하면서도 불손하리만큼 독기 어린 표정을 비교해 보자, 라주미힌에게는 어쩐지 이상한 느낌이 들었다.

"여보게, 정말 그것이 진정이라면…… 그건 물론 자네가 말하는 대로 전혀 새로운 것이 못 돼. 우리가 몇천 번이나 읽었거나 들은 것과 아주 비슷한 이야기니까. 그러나 그중에서 참으로 **독창적인 의견**, 즉 자네 자신의 의견은, 무서운 일이지만 자네가 **양심에 비추어** 피를 허용하고 있다는 점 이야…… 실례지만 거기에는 환상적인 데가 없지 않아…… 따라서 이 점 에 자네 논문의 근본 사상이 들어 있다고 해야겠지. 그러나 **양심에 비추어** 피를 허용한다는 것은, 그것은…… 내 생각으로는 피를 흘려도 좋다는 공 적인 법률상의 허가보다 더 무서운 일이야……."

"사실 그래, 그것이 더 무섭지……" 하고 포르피리가 말을 받았다.

"아니, 자네는 어쩌다가 끌려든 거야! 여기엔 확실히 오류가 있어. 내 가 한번 읽어보겠네…… 자네는 저도 모르게 끌려 들어갔을 거야! 자네가 그런 걸 생각할 리 없어…… 어디 한번 읽어봐야지."

"논문에 그런 이야기는 전혀 없어. 그저 암시가 있을 뿐이지" 하고 라 스콜니코프는 말했다.

"그래요, 맞습니다."

포르피리는 제자리에 가만히 앉아 있을 수가 없는 모양이었다.

"당신이 범죄에 대해서 어떤 견해를 가졌는지 이제야 확실히 알게 되 었습니다. 그러나…… 너무 귀찮게 물어서 정말 죄송합니다만, 너무 괴로 움을 끼쳐드려서 면목이 없을 정도입니다! 사실은 아까 두 가지 등급의 혼동이라는 오해에 대해서는 나를 무척 안심시켜주셨습니다만, 그러나…… 아직도 나는 여러 가지 실제적인 경우가 마음에 걸려 죽겠군요! 가령 어느 한 사나이가, 또는 청년이 자기를 리쿠르고스, 물론 미래의 리쿠르고스나 마호메트인 양 망상하여…… 당장에 모든 장애를 제거하려 든다면 어떨까요…… 눈앞에 대원정이 기다리고 있는데 그 원정에는 돈이 필요하다…… 그래서 자금 조달에 착수한다…… 아시겠어요?"

한쪽 구석에서 갑자기 자묘토프가 웃음을 터뜨렸다. 그러나 라스콜니코프는 그쪽을 돌아보려고 하지 않았다.

"나도 거기엔 동의하지 않을 수 없군요."

그는 침착하게 대답했다.

"그런 경우가 실제로 있을지도 모르죠. 어리석은 놈이나 허영심이 많은 놈은 흔히 그러한 유혹에 잘 걸려들 겁니다, 특히 젊은 층이."

"그렇겠지요, 그러면 대체 어떻게 되겠습니까?"

"뭐, 어떻게 될 것도 없지요."

라스콜니코프는 비시시 웃었다.

"그렇다고 해서 내 책임은 아니니까요. 그것은 현재도 그렇거니와 앞으로도 늘 그럴 겁니다. 지금도 저 친구는(하고 라주미힌을 턱으로 가리켰다) 방금 나한테 피를 허용한다는 말을 했습니다만, 그런 게 어쨌다는 겁니까? 사회는 유형, 감옥, 예심판사, 징역 등으로 충분히 보증되어 있지 않느냐 말이에요…… 걱정할 것이 뭐 있습니까? 그저 그 도둑을 잡아내면 되죠!"

"그래서 만일 잡아낸다면?"

"벌을 받는 게 당연할 테죠."

"당신은 정말 논리적이군요. 그럼 그자의 양심은 어떻게 되는 겁니까?"

"그런 것까지 당신이 상관할 건 아니잖습니까?"

"아니, 그저 좀 인도적인 감정에서 묻는 겁니다."

"양심이 있는 인간이라면 자기의 과오를 자각한 이상 스스로 고민하겠지요. 그것이 그자에 대한 벌입니다, 징역 이외의……."

"그럼 참으로 천재적인 인간은" 하고 미간을 찌푸리며 라주미힌이 물었다.

"즉 살인의 권리가 부여된 인간은 자기가 흘린 피에 대해서도 전혀 고민해서는 안 된단 말인가?"

"어째서 이 경우 '안 된다'는 말을 쓰지? 거기에는 허가도 금지도 있을 수 없어. 만약 희생을 가엾게 여긴다면 멋대로 괴로워하라지…… 대체로 고민과 고통은 원대한 자각과 깊은 심정의 소유자에게 항상 필연적인 것이야. 내 생각에 참으로 위대한 인간은 이 세상에서 위대한 비애를 느끼지 않으면 안 된다고 봐."

그는 갑자기 이야기의 어조와는 어울리지 않는, 생각에 잠기는 듯한 표정으로 이렇게 덧붙였다.

그는 눈을 들어 침울한 표정으로 좌중을 돌아보고 웃으며 모자를 집었다. 그는 아까 들어올 때에 비해서 매우 침착했다. 그 자신도 그것을 느끼고 있었다. 모두 일어났다.

"욕하시거나 화를 내실지 모르겠습니다만, 나는 아무래도 참을 수가 없군요" 하고 포르피리가 다시 입을 열었다.

"제발 한 가지만 더 묻고 싶습니다. 이거 대단히 죄송합니다. 실은 한 가지 생각난 게 있어서 그걸 말하고 싶었습니다. 아주 사소한 건데 그냥 넘기고 싶지가 않아서……."

"좋습니다, 당신의 그 생각을 말해보시죠."

라스콜니코프는 파리하고도 진지한 얼굴로 그의 앞에 선 채 질문을 기다렸다.

"이런 겁니다…… 글쎄, 어떡하면 좀 더 잘 표현할 수 있을지 엄두가 나지 않습니다만…… 그 생각이라는 게 너무 장난스러운…… 심리적인 것이어서…… 실은 이렇습니다. 당신이 그 논문을 썼을 때 말입니다. 설마 그런 일은 없었겠지만, 헤, 헤, 당신이 당신 자신을 말이에요, 혹시 **새로운 말**을 하는 인간이라고 생각하지는 않으셨는지…… 즉 당신이 말씀하시는 그런 뜻에서 말입니다…… 그렇지는 않았습니까?"

"그럴 수도 있었겠지요."

라스콜니코프는 경멸하는 듯한 어조로 대답했다.

라주미힌은 몸을 움찔했다.

"만약 그렇다면 당신 자신은 그런 일을 결심하지는 않았나요? 말하자면 무슨 생활상의 실패나 곤경 때문에 또는 전 인류에 대한 어떤 공헌을 한다는 이유로…… 장애를 밟고 넘어설 생각은 나지 않았습니까? …… 가령 사람을 죽이고 도둑질을 한다든가?"

이렇게 말하고 그는 또 갑자기 왼쪽 눈을 껌벅여 윙크를 하고 아까하고 똑같이 소리 없이 웃었다.

"설사 내가 밟고 넘어섰다 하더라도 당신한텐 물론 말도 안 할 겁니다."

도전하는 듯한 오만한 경멸의 빛을 보이면서 라스콜니코프는 이렇게 대답했다.

"아니, 그저 약간 흥미를 느꼈을 뿐입니다. 말하자면 당신의 논문을 이해하기 위해서, 다만 문학적인 관점에서 말입니다……."

'흠, 어쩌면 저렇게 빤히 들여다보이는 뻔뻔스러운 수작을 할까!'

혐오감을 느끼면서 라스콜니코프는 생각했다.

"한마디 드리겠습니다만" 하고 그는 무관심한 어조로 대답했다.

"나는 자신을 마호메트나 나폴레옹이나…… 그러한 종류에 속하는 인간이라고는 생각하지 않습니다. 따라서 그러한 인물이 아닌 내가 어떠한 행동을 취할 것인가에 대해서는 만족할 만한 설명을 드릴 수 없습니다."

"아니, 그런 말 마십시오. 오늘날 우리 러시아에서 스스로를 나폴레옹이라고 생각하지 않는 자가 어디 있습니까?"

갑자기 몹시 친숙한 태도를 보이며 포르피리가 말했다. 이번에는 그 말의 억양에서까지 어떤 명백한 의도가 엿보이는 듯했다.

"지난주에 알료나 이바노브나를 도끼로 죽인 것은 그 미래의 나폴레옹 같은 자의 소행이 아닐까요?"

난데없이 한쪽 구석에서 자묘토프가 불쑥 말했다.

라스콜니코프는 말없이 포르피리를 뚫어지게 쏘아보았다. 라주미힌은 침울하게 얼굴을 찌푸렸다. 그는 아까부터 어떤 상념에 사로잡혀 있었다. 그는 성난 듯이 주위를 둘러보았다. 어두운 침묵이 1분쯤 흘렀다. 라스콜니코프는 빙그르 몸을 돌리고 나가려고 했다.

"왜 벌써 가시렵니까!"

사뭇 정답게 손을 내밀면서 포르피리는 상냥하게 말했다.

"이렇게 알게 되어 정말 무척 기쁩니다. 의뢰하신 건에 대해서는 염려 마십시오, 내가 말한 대로만 써 보내세요. 요 이삼일 안으로…… 뭣하면 내일이라도 좋습니다. 11시경에는 틀림없이 나가 있습니다. 모든 걸 처리해버립시다…… 그리고 이야기도 좀 하시고…… 당신은 **그곳에** 간 최후의 한 사람으로서 무슨 얘기든 해주실 수 있을 테니까요……."

그는 지극히 호인다운 표정으로 덧붙였다.

"당신은 정식으로 나를 취조할 셈입니까, 모든 걸 다 갖추어놓고?" 하고 라스콜니코프는 날카롭게 물었다.

"무엇 때문에요? 아직은 전혀 그럴 필요가 없습니다. 당신은 뭔가 오해하고 계십니다. 하긴 기회를 놓치고 싶지 않아서…… 전당 잡힌 사람들과는 거의 다 만나서 이야기를 해보았습니다…… 개중에는 증언을 받은 것도 있습니다…… 그래서 당신도 최후의 한 사람으로서…… 아, 마침 잘되었습니다!"

그는 갑자기 무엇인가 기쁜 일이라도 생각난 듯이 외쳤다.

"마침 생각났군, 나도 참!"

그는 라주미힌을 돌아보았다.

"그 니콜라이 일로 자네는 그때 귀에 못이 박히도록 내게 이야기했었지…… 그 문제라면 나도 알고 있어, 잘 알고말고."

그는 또다시 라스콜니코프 쪽으로 돌아섰다.

"그 청년은 결백해요. 그러니 어떡합니까, 결국 이번엔 미치카에게 혐의가 넘어갈 수밖에요…… 그래서 문제가 여기에 있습니다…… 이것이 문제의 핵심입니다만, 당신이 그때 층계를 지나치면서…… 실례지만 당신이 갔던 것은 7시가 지나서였죠?"

"7시 지나서였습니다" 하고 라스콜니코프가 대답했으나, 그 순간 이런 것은 말하지 않아도 좋았을걸 하고 불쾌하게 생각했다.

"그래서 7시 지나서 층계를 올라갈 때, 당신도 보지 못하셨나요, 2층의 열려 있는 방 안에, 기억하세요, 두 칠장이가 있었던 것을? …… 아니면 그 중 한 사람이라도? 거기서 페인트를 칠하고 있었는데, 알지 못했습니까? 이건 그들에게 매우 중요한 일입니다만……."

"칠장이라뇨? 아니, 못 봤습니다……."

라스콜니코프는 기억을 되살리듯이 천천히 대답했다. 동시에 그는 온몸을 긴장시키면서 한시바삐 함정이 있는 곳을 간파하지 않으면 안 된다, 섣불리 실언을 하면 큰일이다, 하는 생각에 심장이 마비되는 듯한 고통을 느꼈다.

"보지 못했어요. 문을 열어놓은 방이라고는 본 기억이 없는데요…… 아, 참, 4층에서 (그는 이제 함정이 어디 있는가를 완전히 알아차리고 개가를 올렸다) 한 관리가 이사하고 있던 것을 기억합니다…… 그거라면 확실히 기억하고 있습니다…… 군인 출신의 인부가 소파 같은 것을 짊어지고 나가면서 나를 벽에다 떼밀었으니까요…… 그러나 칠장이는 없었습니다, 그런 사람들이 있었다고는 생각되지 않습니다…… 하여튼 문을 열어놓은 방은 아무 데도 없었던 것 같습니다. 그렇습니다. 없었습니다…….”

“이봐, 자넨 무슨 소릴 하고 있나!”

라주미힌은 퍼뜩 정신을 차리고 사정을 알았다는 듯이 갑자기 이렇게 외쳤다.

“페인트칠을 한 것은 살인이 있던 바로 그날이고, 이 사람이 간 건 그보다 사흘 전의 일이 아니냐 말이야? 자넨 뭘 묻고 있는 건가?”

“아차, 완전히 혼동을 했군!”

포르피리는 자기 이마를 탁 쳤다.

“제기랄, 나는 이 사건으로 완전히 머리가 돌아버렸어!”

그는 사과라도 하듯이 라스콜니코프를 돌아보았다.

“내가 요즘 누구든 그 방에서 7시 지나서 두 사람을 보지 못했는가 하는 것만 열심히 생각하다 보니까, 당신에게 물으면 알 것 같아서 그만…… 아주 뒤죽박죽이 되어버렸군!”

“그럴수록 더 조심을 해야지.”

라주미힌은 시무룩한 표정으로 주의를 주었다. 마지막 대화는 현관에서 오갔다. 포르피리는 지극히 상냥하게 그들을 문간까지 배웅했다. 두 사람은 어둡고 침울한 얼굴로 한길로 나와서는 몇 걸음을 걷는 동안 전혀 입을 열지 않았다. 라스콜니코프는 깊숙이 숨을 몰아쉬었다.

6

"나는 믿지 않아! 믿을 수 없어!"

완전히 어리둥절해진 라주미힌은 열심히 라스콜니코프의 결론을 뒤엎으려고 애쓰면서 이렇게 되풀이했다. 두 사람은 풀헤리야 알렉산드로브나와 두냐가 이미 오래전부터 그들을 기다리고 있는 바칼레예프의 하숙집 근처까지 와 있었다. 그들이 처음으로 이 사건을 입 밖에 내서 말했다는 것만으로도 완전히 당황하고 흥분해버린 라주미힌은 이야기에 열중한 나머지 자꾸만 길 한가운데 멈춰 서곤 했다.

"믿지 않아도 좋아!"

라스콜니코프는 냉정하고 무심한 웃음을 띠면서 대답했다.

"자네는 언제나 그렇듯이 아무것도 알아차리지 못한 듯한데, 나는 한마디 한마디를 저울질하고 있었어."

"자네는 의심이 많으니까 저울질 같은 걸 하는 거야. 흠…… 사실 포르피리의 말투는 퍽 이상했어, 그건 나도 동감이야. 특히 그 바보 같은 자묘토프 녀석까지! …… 자네 말대로 녀석에겐 확실히 뭔가 있었어. 한데 왜들 그러지? 왜들 그래?"

"하룻밤 새 생각이 달라진 거야."

"아니, 그건 그렇지 않아, 그렇지 않아! 만일 녀석에게 그런 어리석은 생각이 있다면, 그야말로 온 힘을 기울여 그것을 감추고, 나중에 한몫 단단히 보기 위해 자기 카드를 엎어놓으려고 애쓸 거야…… 그런데 오늘은…… 너무 뻔뻔스럽고 조심성이 없었어!"

"만약 놈들이 사실을, 확실한 사실을 잡고 있다면, 또는 다소나마 근거가 있는 혐의를 가지고 있다면 더욱 커다란 승리를 얻으려는 기대에서 정말 승부를 비밀로 했을지도 모르지…… 그러나 그때는 이미 오래전에 벌써 가택수색을 했을 걸세! 하지만 그들에게는 확증이 없어, 하나도 없단 말이야. 모든 것이 신기루야, 모든 것이 이렇게도 저렇게도 붙잡을 수 없는 허공에 뜬 관념뿐이지. 그러니까 녀석들은 뻔뻔스러운 방법으로 이쪽을 골탕 먹이려고 애쓰는 거야. 그러나 어쩐지 확증이 없기 때문에 화를 내고, 또 홧김에 터뜨렸는지도 모르지. 또 어쩌면 무슨 계략이 있는지도 몰라…… 그자는 그래도 꽤 영리해 보이니까…… 아니면 아는 체하면서 나를 위협하려고 했는지도 모르지…… 거기에는 또 그 나름의 심리학이 있는 거야…… 하지만 이런 걸 일일이 설명하는 건 참 더러워. 그만두세!"

"아무튼 모욕적이야. 모욕적이고말고! 자네 심정은 잘 알겠어! 그러나…… 우리도 이미 이렇게 분명히 말을 꺼낸 이상 나도 이젠 솔직히 털어놓고 이야기하겠네만, 결국 분명히 말을 꺼낸 것은 참 잘한 일이야, 나는 기쁘네! 나는 벌써부터 녀석들이 그런 생각을 갖고 있는 걸 눈치채고 있었어. 그동안 죽 물론 보일 듯 말 듯 약간 꿈틀거리는 정도이긴 했지만. 그런데 비록 꿈틀거리는 정도였다고는 해도 도대체 어째서일까? 감히 어떻게 그런 생각들을 할 수 있어? 어디에, 도대체 어디에 그런 근거가 숨어 있는 걸까? 내가 얼마나 분개했는지 자네는 아마 상상도 못할 걸세! 자, 들어보게. 가난과 우울증에 시달리는 불우한 대학생이 열 때문에 의식을 잃은 그 무서운 병에 걸리기 전날에, 그러나 어쩌면 이미 병이 시작되었을지도 모르는 그때에 말이야…… 알겠나! 이 의구심 많고 자존심 강한, 자기 가치를 알고 있는 사나이가, 더욱이 6개월 동안이나 자기 방에 틀어박혀 아무도 만나지 않던 사나이가 누더기를 걸치고 밑 빠진 신을 신고……
사람 같지도 않은 경관들 앞에 서서 그들의 모욕을 꾹 참고 있다. 거기에
뜻하지 않은 빚…… 7등관 체바로프에게 준, 기한이 지난 어음이 눈앞에
내밀어진다. 게다가 썩은 페인트 냄새, 섭씨 30도의 무더위, 숨 막힐 듯한
공기, 들끓는 사람들, 그 전날에 방문한 사람이 피살된 이야기 등등이 한
꺼번에 공복에 밀어닥친 거야! 그러니 누군들 졸도하지 않고 견딜 수 있
겠느냐 말이야! 그런데 이것을 일체의 근거로 삼으려 하다니! 망할 자식
들, 정말 분통 터질 일이야. 그건 나도 알겠어. 그러나 로쟈, 내가 만일 자
네라면 녀석들을 맞대놓고 통쾌하게 비웃어주겠네. 아니, 그보다도 녀석
들의 얼굴에다 퉤 침을 뱉어주겠어. 그것도 끈적끈적한 가래침을 말이야.
그리고 사방팔방으로 스무 대쯤 뺨을 갈겨주는 거야. 이게 제일이야. 녀석
들에겐 언제나 이런 식으로 본때를 보여줘야 해. 그렇게 끝장을 내야 하는
거야. 침이라도 뱉어주라니까. 기운을 내! 부끄럽지도 않나!"

'하지만 이 친구도 제법 그럴싸하게 설명하는군' 하고 라스콜니코프는
생각했다.

"침을 뱉어주라고? 그러나 내일은 또 신문을 받아야 해!"

그는 비통하게 말했다.

"과연 그런 자들한테 변명 같은 걸 해야 할까? 어제 술집에서 자묘토
프 같은 바보를 상대한 것만 해도 분통이 터져 죽을 지경인데."

"제기랄! 내가 포르피리한테 가보지! 그리고 이번엔 친척으로서 한번
압력을 넣어서 속속들이 다 털어놓게 해야겠어! 그러면 자묘토프 같은
건……."

'드디어 알아차린 모양이군!' 하고 라스콜니코프는 생각했다.

"잠깐만!" 하고 갑자기 그의 어깨를 잡으면서 라주미힌은 외쳤다.

"잠깐만! 자네 말은 틀렸어! 가만 생각해보니 자네 말은 옳지 않아! 그

게 무슨 계략이란 말인가? 자네는 칠장이에 대한 질문이 계략이라는 거지? 그렇지만 잘 생각해보게, 만약 자네가 **그 짓을** 했다면 칠장이가…… 벽을 칠하고 있는 것을 봤다고 말할 수 있을까? 천만에, 설사 보았다고 치더라도 아무것도 보지 못했다고 하는 게 당연하지! 자기에게 불리한 자백을 할 놈이 어디 있겠나?"

"만약 내가 그 짓을 **했다면** 틀림없이 칠장이도 보고 방도 봤다고 했을 거야."

눈에 띄게 혐오의 빛을 띠면서 라스콜니코프는 내키지 않는 어조로 대답을 계속했다.

"하지만 무엇 때문에 자기에게 불리한 말을 하지?"

"그야 신문할 때 무조건 아무것도 모른다고 끝까지 버티는 것은 시골 뜨기가 아니면 경험이 없는 풋내기나 하는 짓이니까! 조금이라도 교양이 있고 경험이 있는 인간이라면 부득이한 표면적 사실은 되도록 죄다 자백하려고 애쓸 거야. 다만 뭔가 다른 이유를 찾아내서 거기에 전혀 다른 의미를 부여하고, 뭔가 전혀 생각지도 못할 만한 독특한 사실을 삽입하는 거야. 포르피리도 내가 반드시 그러한 답변을 하여, 사실같이 보이게 하기위해 보았다고 답변하고 설명조로 뭔가를 좀 삽입하리라고 생각했을 거야……."

"그러면 그자는 당장 그 자리에서 말꼬리를 잡고는, 이틀 전에는 그곳에 있었을 리 없다, 그러니까 자네는 살인이 있던 날 7시 지나서 그곳에 있었다, 라고 말한다는 거지. 결국 대수롭지 않은 일로 꼬리를 잡겠다는 거로군."

"그래, 녀석은 바로 그 점을 노린 거야. 내겐 잘 생각할 만한 여유라곤 없었으니까, 조금이라도 사실처럼 대답하려고 초조해져서 사흘 전에 칠장이가 있었을 리가 없다는 것을 잊어버리리라고 생각했을 거야."

"어떻게 그런 것을 잊을 수 있겠나?"

"흔히 있을 수 있지! 그러한 극히 하잘것없는 일로 교활한 족속들이 곧잘 걸려들게 마련이거든. 인간이 교활하면 교활할수록 그런 사소한 일로 꼬리를 잡히리라고는 생각지도 않으니까. 지극히 교활한 인간은 가장 하잘것없는 일로 꼬리를 잡아야 해. 포르피리는 자네가 생각하는 것처럼 그런 바보만은 아니야……."

"그런 짓을 하는 걸 보니 그자도 역시 비열하군!"

라스콜니코프는 웃지 않을 수 없었다. 그러나 그 순간 그는 자기가 최후의 변명을 시도했을 때 그렇게까지 활기를 띠고 적극적이었던 것이 이상하게 느껴졌다. 그때까지의 대화는 분명히 어떤 목적에 따라 침울한 혐오의 기분으로 마지못해 계속해왔던 것이다.

'화제의 관심이 딴 곳으로 흐르고 말았군!' 하고 그는 마음속으로 생각했다.

그러나 거의 같은 순간에 뜻하지 않았던 불안한 상념에 놀라기라도 한 듯 그는 갑자기 초조감을 느꼈다. 불안은 차츰 더해갔다. 두 사람은 어느새 바칼레예프의 하숙집 앞까지 와 있었다.

"자네 혼자 들어가게."

갑자기 라스콜니코프가 말했다.

"곧 돌아올 테니까."

"어딜 가려고? 벌써 다 왔는데!"

"난 좀 가봐야 해, 일이 있어서…… 30분이면 돌아오지…… 두 사람에게 그렇게 말해주게나."

"마음대로 하게. 나도 따라가겠네!"

"아니, 자네까지 나를 괴롭힐 생각인가?" 하고 그는 외쳤으나, 그 눈에는 말할 수 없이 비통한 초조와 절망의 빛이 감돌았으므로 라주미힌은 그만 단념하는 수밖에 없었다. 라주미힌은 한참 동안 입구 계단에 서서 라스콜니코프가 자기 집이 있는 옆 골목 쪽으로 빠른 걸음으로 걸어가는 모습을 침울한 얼굴로 바라보았다. 이윽고 그는 이를 악물고 주먹을 불끈 쥔 채 오늘이라도 당장 포르피리 녀석을 레몬처럼 쥐어짜야겠다고 마음속으로 다짐하면서, 자기들이 너무 오래 나타나지 않아서 불안해하고 있을 풀헤리야 알렉산드로브나를 안심시키려고 층계를 올라갔다.

라스콜니코프가 자기 집에 이르렀을 때 관자놀이는 땀에 흠뻑 젖어 있었고 숨결도 매우 거칠었다. 그는 부리나케 층계를 올라가서 열려 있는 자기 방에 들어가자 곧 문을 잠갔다. 그러고는 겁에 질린 얼굴로 미친 듯이 그때 장물을 감춰두었던 한구석 구멍 난 벽지 쪽으로 달려가서, 그 속에 손을 집어넣고 구석구석까지 벽지의 접힌 곳을 뒤집어보기까지 하면서 몇 분 동안 샅샅이 뒤져보았다. 아무것도 없음을 확인하고 나서야 그는 일어서서 깊은 안도의 숨을 내쉬었다. 조금 전에 바칼레예프의 집 문 앞까지 이르렀을 때 혹시 무슨 물건이, 가령 쇠사슬이라든가 커프스단추라든가 또는 그것을 싸서 노파가 손수 이름을 적어둔 종잇조각 같은 것이 어쩌다가 빠져서 어느 틈바구니에 끼어 있을지도 모른다는 생각이 갑자기 떠올랐던 것이다. 그렇게 되면 나중에라도 뜻하지 않은, 확고부동한 증거가 되어 느닷없이 그의 눈앞에 제시되는 경우가 없다고도 할 수 없는 일이었다.

그는 생각에 잠긴 듯 우두커니 서 있었다. 무슨 모욕을 당한 듯한, 반쯤 무의식적인 괴상한 미소가 그의 입가에 감돌았다. 이윽고 그는 모자를 집어 들고 살그머니 방을 빠져나갔다. 그는 머리가 혼란스러웠다. 그는 생각에 잠기면서 문으로 내려갔다.

"바로 저분입니다!" 하고 큰 소리로 외치는 목소리가 들렸다. 그는 고개를 들었다.

문지기가 자기 방문 앞에 서서, 누군지 그다지 키가 크지 않은 사나이에게 자기를 가리켜 보이고 있었다. 그것은 가운 같은 옷에 조끼를 입어서 멀리서 보기에는 여자같이 보이는, 얼른 보기엔 상인 같은 차림의 사나이였다. 기름때가 묻은 모자를 쓴 머리는 아래로 푹 수그러지고 전체 모습도 어쩐지 등이 굽은 것 같은 느낌이었다. 시들어 빠진 주름투성이의 얼굴은 그를 쉰 살 이상으로 보이게 하고, 조그맣고 흐릿한 눈은 침울하고 엄하며 어쩐지 불만스러운 표정이었다.

"왜 그러지?"

문지기 쪽으로 다가가면서 라스콜니코프는 물었다.

상인은 곁눈질을 하며 조금도 서두르는 기색 없이 찬찬히 조심스럽게 그를 훑어보았다. 그러고는 천천히 몸을 돌려 아무 말도 없이 대문 밖으로 나가버렸다.

"대체 어떻게 된 거야!" 하고 라스콜니코프는 외쳤다.

"누군지는 모르겠지만, 저 사람이 당신 이름을 대면서 여기 이런 대학생이 있느냐, 누구 집에 하숙하고 있느냐고 묻는 거예요. 그러고 있는데 마침 당신이 내려오기에 내가 가르쳐주었더니 그냥 가버리지 않습니까. 원, 별사람 다 보겠네요."

문지기도 좀 의아스럽다는 얼굴이었으나, 그리 대단한 일도 아닌지라 약간 고개를 갸우뚱한 뒤에 몸을 돌려 자기 방으로 들어가버렸다.

라스콜니코프는 상인 뒤를 쫓아 달려가서 이내 그를 발견했다. 여전히 규칙적이고 여유 있는 걸음걸이로 발끝만을 내려다보면서 무엇인가 생각하는 듯 거리 저쪽 편을 걸어가고 있었다. 그는 곧 사나이를 따라잡아 얼마 동안 뒤따라 걸었다. 그러다가 이윽고 사나이와 나란히 걸으며 옆으로 얼굴을 보았다. 저쪽에서도 그를 알아차리고 흘끗 보았으나, 다시 눈을 내리뜨고 말다. 이렇게 그들은 1분쯤 아무 말도 없이 서로 나란히 걸음을 옮겼다.

"당신이 나를 찾으셨죠…… 문지기한테?"

드디어 라스콜니코프는 입을 열었으나 웬일인지 몹시 작은 목소리였다.

상인은 아무 대답도 하지 않았고, 거들떠보려고도 하지 않았다. 두 사람 사이에는 다시 말이 없었다.

"당신은 뭐요…… 사람을 찾고도…… 잠자코 있으니…… 대체 무슨 일이오?"

라스콜니코프의 목소리는 더듬거렸고, 어째서인지 그 말조차 똑똑히 발음하고 싶지 않은 듯한 표정이었다.

상인도 이번에는 눈을 들어 기분 나쁜 음울한 눈초리로 라스콜니코프를 쏘아보았다.

"살인자!"

갑자기 사나이는 나직하나 또렷하고 단호한 목소리로 내뱉었다.

라스콜니코프는 그 사나이와 나란히 걷고 있었는데, 갑자기 그의 두 다리는 무서울 만큼 힘이 빠지고 등골이 오싹해졌다. 그 순간 심장은 얼어붙는 듯하더니, 이윽고 걸어놓았던 빗장이 벗겨진 듯이 덜컹거리기 시작했다. 이렇게 두 사람은 나란히 다시 아무 말 없이 100보쯤 걸어갔다.

상인은 그를 거들떠보지도 않았다.

"무슨 소릴 하는 거요, 당신은…… 아니…… 누가 살인자라는 거요?"

겨우 알아들을 만한 목소리로 라스콜니코프는 중얼거렸다.

"**너는 살인자야.**"

사나이는 더한층 명확하고 위압적인 목소리로 말했다. 그것은 증오에 찬 승리의 웃음이라도 풍기는 듯한 어조였다. 그리고 또다시 라스콜니코프의 새파랗게 질린 얼굴과 생기 잃은 눈을 정면으로 쏘아보았다. 두 사람은 그때 네거리에 이르렀다. 상인은 왼쪽 길로 돌더니 뒤도 돌아보지 않고 앞으로 걸어갔다. 라스콜니코프는 그 자리에 선 채 오랫동안 그 뒤를 바라보았다. 그는 그 사나이가 50보쯤 걸어갔을 때 홱 몸을 돌리더니, 꼼짝도 않고 그 자리에 서 있는 자기를 돌아보는 것을 보았다. 라스콜니코프는 분명히 볼 순 없었지만, 이번에도 사나이가 냉정하고 증오에 찬 승리의 웃음을 빙긋이 지은 것처럼 느껴졌다.

기진맥진 힘없는 걸음걸이로 무릎을 덜덜 떨면서 마치 꽁꽁 언 사람처럼 되어 라스콜니코프는 가던 길을 되돌아와서 자기 방으로 올라갔다. 그는 모자를 벗어 탁자 위에 놓고 10분가량이나 그 옆에 꼼짝도 않고 서 있었다. 그리고 힘없이 소파에 쓰러져 가느다란 신음 소리를 내면서 병자처럼 누웠다. 눈이 감겼다. 이렇게 그는 30분쯤 그대로 누워 있었다.

그는 아무것도 생각하지 않았다. 다만 어떤 상념, 상념이라기보다 상념의 단편들이, 혹은 환상 같은 것이 질서도 연결도 없이 머리를 스칠 뿐이었다. 어린 시절에 보았거나 어디선가 단 한 번 만났을 뿐 아무래도 생각해낼 수 없었던 사람들의 얼굴, V사원 종각, 어느 요릿집의 당구대 옆에 서 있던 장교, 어느 지하실 담배 가게 시가 냄새, 목로주점, 구정물로 더럽혀진 달걀 껍데기가 흩어져 있는 언제나 캄캄한 뒤 층계, 그런가 하면 어디선가 일요일의 종소리가 들려오기도 한다…… 이렇게 갖가지 대상들이 뒤바뀌며 회오리바람처럼 소용돌이쳤다. 그중에는 마음이 끌리는 것도 있어서 거기에 매달려보기도 했으나, 곧 사라져버렸다. 전체적인 느낌으로는 무엇인가 내부에서 그를 억누르는 것이 있었으나, 그것도 그리 강한 것은 아니었다. 어떤 때는 오히려 기분이 좋았다. 가벼운 오한은 아직 사라지지 않았지만, 그것마저 역시 쾌감을 주는 듯한 감촉이었다.

라주미힌의 바쁜 듯한 발소리와 그의 목소리가 들려왔다. 그는 눈을 감고 자는 체했다. 라주미힌은 방문을 열고 잠시 망설이듯이 문지방에 서 있다가, 얼마 후에 살며시 방 안에 발을 들여놓고 조심스레 소파로 다가

왔다. 나스타시야의 속삭이는 소리가 들렸다.

"건드리지 마세요. 푹 쉬게 하세요. 식사는 나중에 해도 되니까."

"그게 좋겠군."

라주미힌은 대답했다. 두 사람은 조심조심 밖으로 나가더니 문을 닫았다. 다시 30분쯤 지났다. 라스콜니코프는 눈을 떴다. 그리고 두 손을 머리 밑에 받치고 다시 몸을 반듯이 누였다.

'그 녀석은 대체 누굴까? 땅속에서 솟아난 듯한 그 사나이는 대체 뭐 하는 놈일까? 어디 있다가 뭘 본 것일까? 그 녀석은 모든 것을 다 봤어, 틀림없다. 그렇지만 대체 그때 어디 서서, 어디서 보고 있었을까? 그렇다면 왜 이제야 마루 밑에서 솟아난 듯이 나타났을까? 그리고 어떻게 해서 볼 수 있었을까? …… 과연 그럴 수 있었을까? 흠…….'

오싹하는 오한에 몸을 떨면서 라스콜니코프는 생각을 계속했다.

'그리고 미콜라이가 문 뒤에서 발견했다는 주머니, 그것 역시 있을 수 있는 일일까? 증거? 10만 분의 1 정도의 조그만 것이라도 어쩌다 떨어뜨리면 마지막이다. 이집트 피라미드만큼의 증거가 되니까! 파리가 한 마리 날고 있었는데, 그놈이 본 게지! 하지만 그런 일이 있을 수 있을까?'

그는 갑자기 기력이 쇠진한 것을, 육체적으로 기력이 쇠진한 것을 자각하고 스스로 혐오를 느꼈다.

'나는 마땅히 이럴 줄 알았어야 하는 거야' 하고 그는 쓴웃음을 흘리면서 생각했다.

'왜 나는 나 자신을 알면서도, 나 자신을 예감하면서도 도끼 따위를 가지고 피비린내 나는 짓을 했을까? 나는 미리부터 알았어야 하는 거야…… 아니, 나는 알고 있지 않았던가!' 그는 절망한 나머지 신음하듯 속삭였다.

이따금 그는 어떤 상념 앞에 꼼짝도 못하고 멈춰 서곤 했다.

'아니, 그러한 인간들은 애초부터 종류가 다르다. 모든 것이 허용되는 진짜 **통치자**는 툴롱을 폐허로 만들고, 파리에서 대학살을 감행하고, 이집 트에 대군을 **내버리고**, 모스크바 원정에서 50만 인명을 **소비하고**, 빌뉴스 에서는 말 한마디로 해치우고서도 어디까지나 태연하다. 게다가 죽은 후 에는 그런 인간을 모두 우상으로 떠받들고 있지 않은가. 그러니까 **모든 것**이 허용되고 있는 것이다. 아니, 그러한 인간들의 몸은 살로 되어 있지 않고 청동으로 만들어진 모양이다!'

어떤 뜻하지 않은 빗나간 상념이 떠올라 그는 하마터면 소리 내어 웃 을 뻔했다.

'나폴레옹, 피라미드, 워털루…… 거기에 빨간 가죽 트렁크를 침대 밑 에 감추고 있는 야위고 꾀죄죄한, 관리의 미망인인 돈놀이 노파, 이쯤 되 면 아무리 포르피리라 해도 소화하기 어려울 것이다! …… 그자들이 어떻 게 이것을 소화한담! 미학(美學)이 방해를 할 테니까…… '나폴레옹이 설 마 **노파**의 침대 밑에 기어들라고!' 쳇, 시시하다!

때때로 그는 정신착란을 일으키고 있는 듯이 느껴졌다. 그리고 그는 열병적인 환희에 젖는 듯한 기분을 느꼈다.

'노파 따위는 문제 될 것도 없다!'

그는 열심히 끈질기게 생각했다.

'노파는 어쩌면 과실이었는지도 모르지만, 문제는 거기 있었던 것이 아 니다! 노파는 단순한 질병에 지나지 않았던 거야…… 나는 조금이라도 빨 리 밟고 넘어가고 싶었던 것이다. 나는 인간을 죽인 것이 아니라 주의(主 義)를 죽였다. 주의를 죽이기는 했으나 밟고 넘어가지는 못하고 그냥 이쪽 에 남고 말았다…… 그저 죽이는 일만 해치운 것이다. 아니, 그것도 이제 보니 제대로 해내지 못한 셈이다. 그런데 주의는? 바보 같은 라주미힌은 또 뭣 때문에 아까 사회주의자들을 욕했을까? 그들은 일을 좋아하는 수 완 있는 장사꾼들이고 '인류 공동의 행복'을 위해 일하고 있지 않은

가…… 그렇다, 인생은 나에게 한 번 주어질 뿐 두 번은 주어지지 않는다. 나는 '인류 공동의 행복'이 올 때까지 기다리고 싶지는 않다. 나 자신도 살고 싶다. 그렇지 않으면 차라리 살지 않는 편이 낫다. 그런데 어떠냐? '나는 인류 공동의 행복'을 기다리면서 자기 돈을 주머니 속에 움켜쥐고 굶주린 어머니 곁을 모른 체 지나치기가 싫었을 뿐이다.

'나는 인류 공동의 행복을 건설하기 위해 벽돌 한 개를 운반하고 있다. 그럼으로써 마음의 위안을 느끼는 것이다.' 하, 하! 어째서 자네들은 나를 빠뜨렸지? 어차피 나도 한 번밖에 살지 못하니까 나도 남처럼 살고 싶단 말이다…… 아아, 나는 미적(美的)인 이(蝨)다. 그 이상의 아무것도 아니다.'

갑자기 미친 듯이 웃어대며 그는 이렇게 덧붙였다. '그렇다, 나는 정말 이다.' 그는 짓궂은 기쁨을 느끼면서, 이 상념에 매달려 그것을 파헤치고, 희롱하고, 즐기면서 생각을 계속했다.

'그것은 다음의 이유만으로도 명백하다. 첫째, 지금 나 자신이 이라는 것을 고찰하고 있다는 바로 그 점이다. 둘째, 나는 전지전능의 신을 증인으로 끌어내 꼬박 한 달 동안 나의 이 계획을 내 육욕이나 생욕(生慾) 때문이 아니라 위대하고 유쾌한 목적 때문이라고 해서 공연한 폐를 끼쳤다는 점이다. 하, 하! 그리고 셋째, 그것을 실행하는 데 되도록 공정과 중용과 척도(尺度)와 수학(數學)을 준수하려고 결심하고 많은 이 가운데서도 가장 유해무익한 놈을 선택했고, 또 그것을 죽이고 나서도 자기의 첫걸음에 꼭 필요한 정도만을 알맞게 취하려고 했다는 점이다…… 나머지는 유언장에 따라 자연히 수도원으로 가게 되어 있으니까. 하, 하! 따라서 나는 역시 이 밖에는 안 되는 인간이다' 하고 그는 이를 갈면서 덧붙였다.

'어쩌면 나 자신이 살해당한 이보다 더 더럽고 혐오할 만한 인간인지도 모른다. 뿐만 아니라 죽이고 난 **뒤엔** 반드시 이런 독백을 하리라고 미리부터 **예감하고** 있었다! 아아, 이 두려움에 비길 만한 것이 또 어디 있을

432

까! 아아, 이 저속함! 이 비열함…… 아아, 이젠 나도 이해하겠다. 말을 타고 대검을 휘두르면서, 알라의 신이 명한다. 복종하라, **떨고 있는** 버러지 같은 놈들아! 라고 호령한 저 **예언자**를 알 만하다! 어느 거리를 가로막고 거창한 포열(砲列)을 짓게 하고, 죄가 있든 없든 구별 없이 변명의 기회조차 주지 않고 용서 없이 쏘아대는 **예언자**는 그야말로 정당하다. 복종하라, 떨고 있는 비열한 자들아, **희망을 품지 마라**, 이건 너희가 관여할 일은 아니니까! …… 아아, 무슨 일이 있어도, 어떤 일이 있어도 나는 그 노파를 용서하지 않겠다!'

그의 머리털은 땀으로 흠뻑 젖고, 떨리는 입술은 바싹 마르고, 움직이지 않는 눈초리는 천장을 응시하고 있었다.

'어머니와 누이동생, 나는 이 두 사람을 얼마나 사랑했던가! 그런데 지금은 왜 그 두 사람을 증오하는 것일까? 그렇다, 그들을 증오하고 있다. 육체적으로 증오하고 있다. 곁에 있는 것조차 참을 수 없을 정도로…… 아까 나는 어머니 곁으로 가서 키스를 했다. 지금도 기억하고 있다. 어머니를 포옹하면서, 만약 그 일을 알게 되면 어떨까 하는 생각이…… 아니, 그렇다면 차라리 죄다 말해버릴까? 어차피 그렇게 될 테니까…… 흠! **어머니**도 나와 다를 게 없지 않느냐.'

그는 마치 자신을 사로잡는 악몽과 싸우기라도 하듯이 열심히 생각하면서 이렇게 덧붙였다.

'아아, 정말이지 그 노파가 미워 죽겠구나! 만일 그 노파가 다시 살아난다면, 나는 또 한 번 그녀를 죽일 것이다. 가엾은 리자베타! 무엇 때문에 그런 곳에 불쑥 나타났을까! 그러나 이상하다, 왜 나는 그녀에 대해서는 거의 생각하지 않을까, 마치 그녀를 죽이지 않은 것처럼! …… 리자베타! 소냐! 두 사람 다 상냥한 눈을 가진 가엾고 얌전한 여자다…… 착하디착한 여자들, 왜 그녀들은 울지 않는가? 왜 신음하지 않는가? 그녀들은 모든

것을 다 주면서도…… 그 눈은 상냥하게 차분히 가라앉아 있다…… 소냐! 소냐! 조용한 소냐!'

그는 의식을 잃고 말았다. 그래서 자기가 어느새 어떻게 해서 거리 한가운데 서 있는지 기억이 없는 것이 이상하게 느껴졌다. 이미 늦은 저녁녘이었다. 황혼 빛도 짙어지고 둥근 달도 점점 밝아졌다. 그러나 어째선지 공기는 유달리 후텁지근했다. 사람들은 떼를 지어 거리를 거닐고 있었다. 직공이나 볼일이 있는 사람들은 집으로 흩어져 가고 그 밖의 사람들은 산책하고 있었다. 석회며, 먼지며, 시궁창 냄새가 풍긴다. 라스콜니코프는 수심 어린 침울한 모습으로 걸었다. 그는 무슨 목적이 있어서 집을 나왔으므로 무엇인가 해야 하고 서둘러야 한다는 것은 잘 기억하고 있었지만, 그것이 무엇이었는지는 까맣게 잊었다. 문득 그는 발길을 멈췄다. 한길 건너편 보도 위에 한 사나이가 서서 그에게 손짓하고 있는 것을 발견한 것이다. 그는 길을 건너서 그 사나이 쪽으로 갔다. 그러자 사나이는 획 몸을 돌리더니 마치 아무 일도 없었다는 듯이 고개를 숙인 채 돌아보지도 않을 뿐더러 자기가 부르지도 않은 것 같은 태도로 걷기 시작했다.

'가만있자, 정말 저 사내가 부른 걸까?' 하고 라스콜니코프는 생각했으나, 그래도 뒤를 쫓기 시작했다. 그는 열 걸음도 채 가기 전에 그 사나이를 알아보고 소스라치게 놀랐다. 그것은 가운 차림의 등이 굽은 아까 그 상인이었다. 라스콜니코프는 조금 거리를 두고 쫓아갔다. 심장이 두근거렸다. 얼마 후 어떤 골목으로 접어들었다. 사나이는 여전히 돌아보려고도 하지 않았다. '내가 뒤를 밟고 있다는 걸 알고 있을까?'

라스콜니코프는 생각했다. 상인은 어느 큼직한 대문 안으로 들어섰다. 라스콜니코프는 급히 그 대문으로 다가갔다. 그리고 사나이가 돌아보지나 않을까, 자기를 부르지나 않을까 하고 살피기 시작했다. 과연 사나이는 대문을 지나 뒤뜰로 발을 들여놓자 홱 뒤를 돌아보며 다시 그에게 손짓한 듯했다. 라스콜니코프는 곧 문 안으로 들어갔으나, 이미 뒤뜰에 상인의 그림자는 보이지 않았다. 그러고 보면 사나이는 바로 앞 층계를 올라간 모양이다. 라스콜니코프는 그 뒤를 쫓아 올라갔다. 과연 2층쯤 위에서 누군가의 규칙적인 여유로운 발소리가 들렸다. 이상하게도 층계는 어딘지 눈에 익었다! 아, 저기 아래층 창문이 보인다. 달빛이 침울하고 신비스럽게 유리를 통해 비쳐 들고 있다. 이제 곧 2층이다. 앗! 이것은 칠장이들이 페인트칠을 하던 바로 그 방이구나…… 왜 금방 알아차리지 못했을까! 앞에 가던 사람의 발소리가 뚝 끊어졌다. '그러고 보니 그는 걸음을 멈췄든가, 아니면 어디엔가 숨은 모양이다.' 아, 이제 3층이다. 더 올라간 것일까? 어찌나 조용한지 무섭기까지 하다. 그러나 그는 더 올라갔다. 자기 자신의 발자국 소리가 그를 무섭고 불안하게 했다. 아, 어쩌면 이렇게 어두울까! 상인은 분명히 어딘가 이 근처에 숨었을 것이다. 앗! 그 방의 문은 층계를 향해 활짝 열려 있다. 그는 잠시 망설이다가 안으로 들어갔다. 현관은 깜깜하고 텅 비어 인기척이 없고, 가구류도 죄다 실어 내간 듯했다. 살그머니 발끝으로 걸어서 응접실로 들어갔다. 방 안 전체가 선명한 달빛으로 물결치고 있었다. 여기는 모든 게 전과 다름없었다. 의자, 거울, 노란 소파, 액자의 그림들, 커다랗고 둥근 달이 붉은 구릿빛을 내며 창 너머로 들여다보고 있었다.

'달빛 때문에 이렇게 고요한가 보군' 하고 라스콜니코프는 생각했다.

'달은 지금 나한테 수수께끼를 던지고 있을 게다.'

그는 서서 기다렸다. 오랫동안 기다렸다. 달빛이 조용하면 할수록 그의 심장은 점점 더 세게 고동쳐서 나중에는 아플 정도였다. 주위는 여전히 조용하기만 하다. 갑자기 나뭇조각이라도 꺾이는 듯한 메마른 소리가 일순간 정적을 깨뜨렸으나 주위는 다시 죽은 듯 조용해졌다. 잠을 깬 파리 한 마리가 놀란 듯 날아가다가 유리에 부딪혀 애처롭게 윙윙거린다. 마침 이 순간 한쪽 구석의 조그마한 찬장과 창문 사이 벽에 걸려 있는 여자용 외투 같은 것이 눈에 띄었다.

'왜 저런 곳에 여자 외투가 걸려 있을까?' 하고 그는 생각했다. '전엔 저런 것이 없었는데……' 하며 그는 살그머니 다가갔다. 그러자 외투 뒤에 누가 숨어 있는 듯이 느껴졌다. 그는 손을 들어 조심조심 외투를 걷어보았다. 거기에는 의자가 놓여 있고, 그 한 귀퉁이에 노파가 걸터앉아 있었다. 몸을 앞으로 꺾고 고개는 푹 숙이고 있으므로 얼굴을 분간할 수는 없었지만, 틀림없이 그 노파였다. 그는 잠시 노파를 내려다보며 서 있었다. '무서워하는군!' 하고 그는 생각하고, 살그머니 올가미에서 도끼를 빼어 노파의 정수리를 내리쳤다. 한 번, 또 한 번. 그러나 이상하게도 노파는 도끼로 얻어맞고도 옴짝달싹 않는다. 마치 목상(木像)과도 같았다. 그는 깜짝 놀라 좀 더 가까이 몸을 굽히고 노파를 살펴보기 시작했다. 그러나 그녀 쪽에서는 점점 더 고개를 숙였다. 그래서 그는 마룻바닥에 닿을 만큼 몸을 굽히고 밑에서 그녀의 얼굴을 들여다보았다. 들여다보는 순간, 그는 마치 송장처럼 새파랗게 질리고 말았다. 노파는 앉은 채로 웃고 있지 않은가. 그가 들을까 봐 열심히 참으면서 소리 나지 않게 조용히 웃고 있었다. 갑자기 침실 문이 방긋이 열리고, 거기서도 역시 사람들이 웃고 속삭이는 듯한 느낌이 들었다. 그는 분노에 사로잡혀 있는 힘을 다해 노파의 머리를 내리치기 시작했다. 그러나 도끼로 내리칠 때마다 침실의 웃음소리와 속삭임은 점점 더 크게, 점점 더 높이 들리고, 노파는 온몸을 흔들면서 웃어젖혔다. 그는 도망치려 했으나 현관은 어느새 사람들로 가득 차 있었다. 층계로 향한 문들은 모조리 열려 있고 복도에도, 층계에도, 그리고 아래쪽에도…… 머리들을 서로 맞대고 이쪽을 바라보고 있었다. 게다가 모두 숨을 죽이고 말없이 기다리고 있지 않는가! …… 그는 가슴이 죄어들고 발은 뿌리가 박힌 듯 움직여지지 않았다. 그는 소리를 지르려다가…… 퍼뜩 눈을 떴다.

그는 괴롭게 숨을 몰아쉬었다. 그러나 이상하게도 꿈은 여전히 계속되고 있는 것만 같았다. 방문은 활짝 열려 있고, 문지방 위에는 전혀 안면이 없는 한 사나이가 서서 그의 모습을 지켜보고 있었다.

라스콜니코프는 완전히 눈을 뜨기도 전에 다시 감아버렸다. 그는 반듯이 누운 채 꼼짝도 하지 않았다. '이것은 아직도 꿈의 계속일까, 아닐까?' 하고 그는 생각했다. 그리고 한 번 더 살피려고 저쪽에서 알아차리지 못할 만큼 살며시 속눈썹을 쳐들어 보았다. 낯선 사나이는 여전히 같은 자리에 선 채 계속해서 그를 바라보고 있었다. 갑자기 사나이는 조심스레 문지방을 넘어서, 뒤로 살그머니 문을 닫고는 탁자로 가까이 다가와 1분쯤 기다렸다. 그사이에도 그는 라스콜니코프에게서 한시도 눈을 떼려 하지 않았다. 그다음 조용히 소리 나지 않게 소파 옆 의자에 앉고는, 모자를 옆의 마루 위에 놓고 두 손을 스틱 위에 포개고서 그 위에 턱을 괴었다. 아무래도 끝까지 기다릴 모양이다. 깜박이는 속눈썹 사이로 본 바로는, 그는 이미 젊은 편이 아니며 엷은 빛의 숱 많은 희끗희끗한 턱수염을 기른 건장한 몸집의 사나이였다.

10분쯤 지났다. 아직 밝기는 했으나, 날은 이미 저물어가고 있었다. 방 안은 물을 끼얹은 듯이 조용했다. 층계 쪽에서도 아무 소리가 들려오지 않았다. 다만 커다란 파리 한 마리가 힘차게 날다가 유리창에 부딪혀서 윙윙거릴 뿐이었다. 이제는 더 참을 수가 없었다. 라스콜니코프는 벌떡 몸을 일으켜 소파 위에 앉았다.

"자, 말하시오, 당신은 무슨 볼일이 있소?"

"아니, 나도 당신이 잠든 것이 아니고 그저 잠든 체하고 있다는 건 알고 있었어요."

낯선 사나이는 침착하게 웃으면서 기묘한 어조로 대답했다.

"초면에 실례입니다만, 나는 아르카지 이바노비치 스비드리가일로프입니다."

(2권에 계속)

옮긴이 **김학수**

한국외국어대학교 노어과를 졸업, 미국 인디애나대학교 대학원에서 러시아문학을 전공하고 석사학위를 받았다. 한국외국어대학교와 고려대학교에서 노어과 교수를 역임했다. 옮긴 책으로 이반 투르게네프의 《첫사랑》《사냥꾼의 수기》《루진》, 레프 톨스토이의 《부활》《인생의 길》, 안톤 체호프의 《체호프 단편선》, 표도르 도스토옙스키의 《신과 인간의 비극》, 알렉산드르 솔제니친의 《이반 데니소비치의 하루》《1914년 8월》《수용소군도》, 블라디미르 두진체프의 《빵만으로 살 수 없다》외 다수가 있다.

죄와 벌 1

1판 1쇄 발행 2013년 4월 25일
2판 1쇄 발행 2024년 10월 15일

지은이 표도르 도스토옙스키 | 옮긴이 김학수
펴낸곳 (주)문예출판사 | 펴낸이 전준배
출판등록 2004. 02. 11. 제 2013-000357호 (1966. 12. 2. 제 1-134호)
주소 04001 서울시 마포구 월드컵북로 21
전화 02-393-5681 | 팩스 02-393-5685
홈페이지 www.moonye.com | 블로그 blog.naver.com/imoonye
페이스북 www.facebook.com/moonyepublishing | 이메일 info@moonye.com

ISBN 978-89-310-2391-6 04800
      978-89-310-2365-7 (세트)

• 잘못 만든 책은 구입하신 서점에서 바꿔드립니다.

문예출판사® 상표등록 제 40-0833187호, 제 41-0200044호

■ 문예세계문학선

★ 서울대, 연세대, 고려대 필독 권장 도서   ▲ 미국대학위원회 추천 도서
● 《타임》 선정 현대 100대 영문 소설   ▽ 《뉴스위크》 선정 세계 100대 명저

　　　1 젊은 베르테르의 슬픔 괴테 / 송영택 옮김
▲▽　2 멋진 신세계 올더스 헉슬리 / 이덕형 옮김
▲●▽　3 호밀밭의 파수꾼 J. D. 샐린저 / 이덕형 옮김
　　　4 데미안 헤르만 헤세 / 구기성 옮김
　　　5 생의 한가운데 루이제 린저 / 전혜린 옮김
　　　6 대지 펄 S. 벅 / 안정효 옮김
●▽　7 1984 조지 오웰 / 김승욱 옮김
▲●▽　8 위대한 개츠비 F. 스콧 피츠제럴드 / 송무 옮김
▲●▽　9 파리대왕 윌리엄 골딩 / 이덕형 옮김
　　　10 삼십세 잉게보르크 바흐만 / 차경아 옮김
★▲　11 오이디푸스왕 · 안티고네
　　　　　소포클레스 · 아이스킬로스 / 천병희 옮김
★▲　12 주홍글씨 너새니얼 호손 / 조승국 옮김
▲●▽　13 동물농장 조지 오웰 / 김승욱 옮김
★　14 마음 나쓰메 소세키 / 오유리 옮김
★　15 아Q정전 · 광인일기 루쉰 / 정석원 옮김
　　　16 개선문 레마르크 / 송영택 옮김
★　17 구토 장 폴 사르트르 / 방곤 옮김
　　　18 노인과 바다 어니스트 헤밍웨이 / 이경식 옮김
　　　19 좁은 문 앙드레 지드 / 오현우 옮김
★▲　20 변신 · 시골 의사 프란츠 카프카 / 이덕형 옮김
★▲　21 이방인 알베르 카뮈 / 이휘영 옮김
　　　22 지하생활자의 수기 도스토옙스키 / 이동현 옮김
★　23 설국 가와바타 야스나리 / 장경룡 옮김
★▲　24 이반 데니소비치의 하루
　　　　　A. 솔제니친 / 이동현 옮김
　　　25 더블린 사람들 제임스 조이스 / 김병철 옮김
★　26 여자의 일생 기 드 모파상 / 신인영 옮김
　　　27 달과 6펜스 서머싯 몸 / 안흥규 옮김
　　　28 지옥 앙리 바르뷔스 / 오현우 옮김
★▲　29 젊은 예술가의 초상 제임스 조이스 / 여석기 옮김
▲　30 검은 고양이 에드거 앨런 포 / 김기철 옮김
★　31 도련님 나쓰메 소세키 / 오유리 옮김
　　　32 우리 시대의 아이 외된 폰 호르바트 / 조경수 옮김
　　　33 잃어버린 지평선 제임스 힐턴 / 이경식 옮김

　　　34 지상의 양식 앙드레 지드 / 김붕구 옮김
　　　35 체호프 단편선 안톤 체호프 / 김학수 옮김
　　　36 인간 실격 다자이 오사무 / 오유리 옮김
　　　37 위기의 여자 시몬 드 보부아르 / 손장순 옮김
●▽　38 댈러웨이 부인 버지니아 울프 / 나영균 옮김
　　　39 인간희극 윌리엄 사로얀 / 안정효 옮김
　　　40 오 헨리 단편선 O. 헨리 / 이성호 옮김
★　41 말테의 수기 R. M. 릴케 / 박환덕 옮김
　　　42 파비안 에리히 케스트너 / 전혜린 옮김
★▲▽　43 햄릿 윌리엄 셰익스피어 / 여석기 옮김
　　　44 바라바 페르 라게르크비스트 / 한영환 옮김
　　　45 토니오 크뢰거 토마스 만 / 강두식 옮김
　　　46 첫사랑 이반 투르게네프 / 김학수 옮김
　　　47 제3의 사나이 그레이엄 그린 / 안흥규 옮김
★▲▽　48 어둠의 속 조셉 콘래드 / 이덕형 옮김
　　　49 싯다르타 헤르만 헤세 / 차경아 옮김
　　　50 모파상 단편선 기 드 모파상 / 김동현 · 김사행 옮김
　　　51 찰스 램 수필선 찰스 램 / 김기철 옮김
★▲▽　52 보바리 부인 귀스타브 플로베르 / 민희식 옮김
　　　53 페터 카멘친트 헤르만 헤세 / 박종서 옮김
★　54 몽테뉴 수상록 몽테뉴 / 손우성 옮김
　　　55 알퐁스 도데 단편선 알퐁스 도데 / 김사행 옮김
　　　56 베이컨 수필집 프랜시스 베이컨 / 김길중 옮김
★▲　57 인형의 집 헨리크 입센 / 안동민 옮김
★　58 소송 프란츠 카프카 / 김현성 옮김
★▲　59 테스 토마스 하디 / 이종구 옮김
★▽　60 리어왕 윌리엄 셰익스피어 / 이종구 옮김
　　　61 라쇼몽 아쿠타가와 류노스케 / 김영식 옮김
▲▽　62 프랑켄슈타인 메리 셸리 / 임종기 옮김
▲●▽　63 등대로 버지니아 울프 / 이숙자 옮김
　　　64 명상록 마르쿠스 아우렐리우스 / 이덕형 옮김
　　　65 가든 파티 캐서린 맨스필드 / 이덕형 옮김
　　　66 투명인간 H. G. 웰스 / 임종기 옮김
　　　67 게르트루트 헤르만 헤세 / 송영택 옮김
　　　68 피가로의 결혼 보마르셰 / 민희식 옮김

(뒷면 계속)